TANJA HEITMANN

Morgenrot

TANJA HEITMANN

Morgenröt

Roman

HEYNE

Die Zeilen aus dem Gedicht *To* … von Edgar Allen Poe sind entnommen:
Edgar Allen Poe, *Gesammelte Werke in 5 Bänden.*
Band 5, *Gedichte und Essays*. Zürich, 1998.

Die Zeilen aus dem Gedicht *Die Zerstörung* von Charles Baudelaire sind
entnomme: Charles Baudelaire, *Die Blumen des Bösen*.
Frankfurt, 1986. In der Übersetzung von Wolf Graf von Kalckreuth.

FSC
Mix
Produktgruppe aus vorbildlich
bewirtschafteten Wäldern und
anderen kontrollierten Herkünften

Zert.-Nr. SGS-COC-1940
www.fsc.org
© 1996 Forest Stewardship Council

Verlagsgruppe Random House FSC-DEU-0100
Das für dieses Buch verwendete
FSC-zertifizierte Papier *EOS*
liefert Salzer, St. Pölten.

Dieses Werk wurde vermittelt durch die Literarische Agentur Thomas
Schlück GmbH, Garbsen
Redaktion | Kerstin von Dobschütz
Layout und Herstellung | Helga Schörning
Satz | C. Schaber Datentechnik, Wels
Druck und Bindung | GGP Media GmbH, Pößneck
Printed in Germany 2008

ISBN | 978-3-453-26605-6

Für Bastian

Der Duft der Dinge ist
die Sehnsucht,
die sie uns nach sich erwecken.

Christian Morgenstern

PROLOG

Mitten in der Nacht

Die gläserne Eingangstür schwang auf und ließ einen Schwall frischer Nachtluft herein, der Leas nackte Unterarme streifte. Eine willkommene Abkühlung, denn die Luft in der überfüllten Bar war stickig und schwer vom Tabakrauch. Außerdem hatte der Rosé in dem von Feuchtigkeit beschlagenen Glas Lea bereits kräftig eingeheizt: Ihre Wangen glühten, während ein Schweißtropfen im trägen Zickzackkurs ihr Dekolleté hinabglitt und sie schließlich zwischen den Brüsten kitzelte. Erneut presste Lea die brennenden Handflächen auf das Leder der Sitznische, doch das kühle Material bot kaum Linderung.

Dabei fand Lea die Hitze gar nicht so unangenehm. Die vielen Menschen, deren Schultern und Rücken sich unentwegt berührten, weil sie eng beisammensaßen und dicht gedrängt an der Bar standen, das Stimmengewirr, untermalt von dröhnender Club-Musik, und das indirekte Licht, das alles weich, beinahe verschwommen erscheinen ließ, hüllten ihre Sinne in samtige Tücher.

Gerade bahnte sich ihre Freundin Nadine einen Weg durch die Menge, und Lea winkte ihr mit einem wohligen Lächeln zu. Nadine lächelte zurück, blieb jedoch im größten Gedränge stehen: Ein Mann schien ihre Aufmerksamkeit erregt zu haben, der sich mit einigen Freunden ausgelassen unterhielt.

Lea musste den Hals recken, um besser sehen zu können, und was sie zu sehen bekam, ließ sie schmunzeln: Der blondhaarige Mann, den Nadine gerade genüsslich Zentimeter für Zentimeter musterte, war bestenfalls Anfang zwanzig und zeichnete sich vor allem durch breite Schultern aus. Ungeniert schnupperte sie an seinem Nacken, dann warf sie Lea einen vielsagenden Blick zu und ließ die Zungenspitze über ihre Lippen tanzen. Während sich Lea über die Unverfrorenheit ihrer Freundin amüsierte, beugte sich Nadine plötzlich vor und leckte tatsächlich über die bloße Haut am Nacken ihrer Beute. Dann drehte sie sich abrupt um und kam zur Sitznische herüber. Zurück blieb die Gruppe junger Männer, die Nadine mit offenem Mund nachschaute.

Nadine gab Lea zur Begrüßung einen Kuss auf die Wange und setzte sich zu ihr.

»Was war das denn für eine Nummer?«, fragte Lea. Doch es gelang ihr nicht, einen angemessen strengen Ton anzuschlagen. An diesem Abend fühlte sie sich überraschend wohl in ihrer Haut, und fand das Macho-Gehabe ihrer besten Freundin, über das sie ansonsten immer schimpfte, sogar unterhaltsam.

Nadine schien ihre Stimmung zu erraten, denn sie beugte sich zu ihr und sagte mit übertrieben sinnlicher Stimme, jedes einzelne Wort betonend: »Ich … liebe … Frischfleisch.«

Lea schüttelte lachend den Kopf und strich sich die dunklen Haare hinters Ohr. In diesem Augenblick fiel es ihr leicht, sich treiben zu lassen. Nur allzu gern wollte sie sich zurücklehnen, niemandem Speziellen ein nettes Lächeln schenken und noch ein weiteres Glas Rosé bestellen. Dennoch verspürte sie eine innere Unruhe, ein beharrliches Warnsignal im Hintergrund. Zwar war es nur ganz schwach, aber es sorgte dafür, dass Lea fremde Gesichter inspizierte, anstatt ihren Blick einfach entspannt umherschweifen zu lassen.

Nadine hatte Leas Bedürfnis, ständig ihre Umgebung im Auge zu behalten und alles und jeden sofort zu bewerten, einmal mit dem *Terminator* verglichen. »Ich könnte schwören, dass da sogar ein kleines rotes Licht hinter deiner Iris leuchtet«, hatte Nadine in ihrer herausfordernden Art gesagt und dabei den Zeigefinger dicht vor Leas Auge kreisen lassen. »Das erklärt auch, warum du immerzu so schrecklich beherrscht bist und am liebsten von früh bis spät vorm Computer hockst: Du bist ein Roboter, den man in einen Frauenkörper gesteckt hat. Nur dass dieser Roboter nichts mit seiner netten Hülle anzufangen weiß.«

Anstatt der Freundin eine passende Antwort zu geben, wie es eigentlich unter ihnen üblich war, hatte Lea lediglich ertappt geblinzelt. Passte dieser Vergleich doch erschreckend genau. Sobald Lea die Sicherheit ihrer Wohnung oder des Verlages verließ, funktionierte ihr Gehirn wie das dieser Maschine: Alle erhältlichen Daten wurden umgehend ausgewertet, während ein im Sekundentakt blinkendes Licht signalisierte, ob alles im grünen Bereich war. Gelegentlich schaltete es auf Rot, wenn ihr Blick plötzlich einen Mann mit lässigen Bewegungen streifte oder jemand sie unerwartet berührte. Dann stockte Lea der Atem so lange, bis ihr Verstand das erlösende Wort »Fehlermeldung« durchgab. In all den Jahren hatte sie sich daran gewöhnt, mehrere Male pro Tag vor Furcht zu erstarren.

An diesem Abend in der Bar war es Lea zum ersten Mal seit langer Zeit gelungen, das sensible Suchraster in ihrem Kopf einzudämmen. Doch jetzt kehrte die Aufmerksamkeit allmählich wieder zurück und zerstörte das Gefühl, Teil der berauschten und flirtenden Menge zu sein. Sie wurde wieder die Lea, die sich an öffentlichen Orten nur sicher fühlte, wenn sie sämtliche Fluchtwege im Auge behielt. Die Lea, die seit Jahren einfach alles unter Kontrolle haben musste.

Ihre Fingen fuhren über die rötlich schimmernden Vernarbungen auf ihrer Wange. Es sah aus, als habe sie ein feiner Funkenregen gestreift. Zwar waren die Narben schon leicht verblasst und nur auf den zweiten Blick unter dem sorgfältig aufgetragenen Make-up zu erkennen, aber ihre Fingerspitzen kannten jede einzelne Vertiefung, so oft waren sie schon über sie hinweggeglitten.

Lea spürte einen Anflug von Bitterkeit, schüttelte ihn jedoch mit einem Seufzen ab. Was nützten schon die ganzen Überlegungen? Schließlich hatte sie noch nie zu diesen hingebungsvoll feiernden Wesen gehört, die sich mit Haut und Haaren auf den Moment einlassen konnten – *Terminator*-Radar hin oder her.

Der spezielle Zauber, der einen auf den Tischen tanzen und flirten ließ, war Lea einfach nicht gegeben. Deshalb hatte sie sich auch damit abgefunden, zur ewigen Wachsamkeit verdammt zu sein, die einem jede Leichtigkeit nahm.

Nun, vielleicht nicht ganz. Denn nach wie vor gab es einige unbeugsame Bereiche in ihrem Inneren, die rebellierten und Lea in Versuchung führten: Ich habe eine anstrengende und erfolgreiche Woche im Verlag hinter mir, dachte Lea. Nach dem großartigen Abschluss heute habe ich ein Recht auf etwas Vergnügen. Diese Bar ist so ein pulsierender und aufregender Ort. Erstaunt stellte Lea fest, wie sich bei diesen Gedanken ihre Rückenmuskulatur entspannte. Dermaßen ermutigt, spann sie den Gedanken fort: Und die gute Nadine ist heute Abend ganz besonders entzückend. Ich darf ihr auf keinen Fall schon wieder einen Strich durch die Rechnung machen, indem ich an meinem Wein nippe und mich nach zehn Minuten mit einer fadenscheinigen Ausrede aus dem Staub mache. Das hat sie nun wirklich nicht verdient, nachdem sie immer so geduldig mit mir ist.

Entschlossen stürzte Lea den letzten Schluck Rosé hinunter und bestellte einen weiteren bei dem ausgesprochen attraktiven Kellner. Kurz flackerte die alte Furcht auf, doch Lea schob sie beiseite. Sie wollte sich amüsieren, mit ihrer Freundin plaudern und lachen. Punkt.

Mit einer betont lässigen Geste nahm Lea das volle Weinglas entgegen und schenkte dem Kellner ein umwerfendes Lächeln, um im nächsten Moment überrascht zu Boden zu schauen. Wer hätte nach all der Zeit gedacht, dass sie zu so etwas imstande sei? Hätte sie dieses verführerische Lächeln auch nur eine Sekunde länger aufrechterhalten, dann wäre der Kellner, dessen Hintern alle weiblichen Gäste mindestens schon einmal an diesem Abend mit entrücktem Blick begutachtet hatten, am Ende noch neben ihr niedergesunken.

Verwirrt drehte sich Lea zu Nadine um, die ebenfalls einen verblüfften Eindruck machte, sich aber wesentlich schneller wieder unter Kontrolle hatte. »Meine süße Lea«, sagte Nadine mit einem anzüglichen Lächeln, »das war ja eben ganz großes Kino. Verrätst du mir, wie lange du für diesen Auftritt vorm Spiegel geprobt hast?«

»Niemals«, erwiderte Lea lachend und prostete ihrer Freundin zu.

Der Wein prickelte auf ihrer Zunge, und ein zufriedenes Lächeln bereitete sich auf Leas Gesicht aus. Die Zeit flog dahin, während sie sich zusehends entspannte und dem unterhaltsamen Geplauder ihrer Freundin lauschte – bis es plötzlich ins Stocken geriet. Es dauerte ein wenig, bis Lea in ihrer Trägheit bewusst wurde, dass ihre Freundin schwieg. Neugierig musterte sie Nadines Gesicht, auf dem sich verzückte Erregung spiegelte: Die rot geschminkten Lippen waren vor Anspannung geschlossen und zitterten leicht, und ihr stets Energie versprühender Körper vibrierte vor Anspannung. Noch wurde die Beute beobachtet, aber gleich würde Nadine aufspringen und sich ohne Gnade auf sie stürzen.

»Er schaut schon eine ganze Zeit lang in unsere Richtung«, sagte Nadine und bestätigte damit Leas Vermutung. Dabei gingen die einzelnen Worte wegen ihrer unversehens heiser gewordenen Stimme beinahe im Lärm der Bar unter. »Also, er ist recht groß. Netter Anzug, toller Körperbau und ein klassisches Gesicht, wirklich ganz erstaunlich schön geschnitten. Leider hat er das Haar zurückgekämmt … Ich weiß nicht recht: dunkelblond? Auf jeden Fall leicht gewellt. Was soll ich sagen: Der Mann ist ein wandelnder Höhepunkt.« Während Nadine sprach, schaute sie unverwandt das Objekt ihrer Begierde an. »Himmel, was für ein eindringlicher Gesichtsausdruck – ich würde glatt der ganzen Bar eine Runde ausgeben, wenn ich dafür seine Gedanken lesen könnte. Da kann nur irgendetwas Verdorbenes sein.«

Lea konnte ein angetrunkenes Kichern nicht unterdrücken – dieser schöne Mann war verloren. Obwohl sie ihre Freundin noch nie auf Männerjagd erlebt hatte, da sie Parties normalerweise früh verließ, hatte sie schon einige Geschichten über Nadine auf der Hatz gehört. Schließlich machte sie keinen Hehl aus ihren Bedürfnissen.

»Tu mir den Gefallen und riskier mal einen Blick«, forderte Nadine sie nun auf. »Ich möchte nämlich gern deine Meinung hören, bevor ich mich auf den Weg zur Bar mache: Frauenbeglücker oder Triebtäter?«

Wie befohlen, ließ Lea die Augen durch die Menge wandern, und obgleich ihr einige gut aussehende Männer auffielen, entsprach keiner Nadines Beschreibung. Gerade als sie Nadine um bessere Koordinaten bitten wollte, traf sie ein Blick direkt. In Sekundenschnelle schaltete Leas Alarmsystem auf Rot. Ihre Bauchmuskeln zogen sich schmerzhaft zusammen. Ihre Lungen streikten, als hätte sie einen mörderischen Schlag abbekommen.

Lea erwiderte den Blick noch lange genug, um festzustellen, dass er zu einem Mann in der Nähe der Bar gehörte.

Ruckartig senkte sie das Kinn bis auf die Brust. Panik machte sich in ihr breit und legte alle Hebel hinter ihrer Stirn um. Nadines Geschnatter an ihrer Seite wurde zu einem monotonen Rauschen. Der Wein kroch ihr bedrohlich die Speiseröhre hinauf. Ihre Hände, die glücklicherweise unter der Tischplatte verborgen waren, begannen wie Schmetterlingsflügel zu flattern. Ihr Gesicht war kreidebleich, selbst ihre Lippen hatten die Farbe verloren.

Eine Flucht war undenkbar. Selbst wenn Lea ihren Körper unter Kontrolle gehabt hätte, so war doch ein Raum voller Menschen der nachtgrauen Straße, auf der sich bei diesem frostigen Novemberwetter niemand aufhielt, hundertmal vorzuziehen.

Während Lea sich selbst nach Luft japsen hörte, forderte Nadine, deren Stimme einen nervösen Zug angenommen hatte, ihre Aufmerksamkeit. Doch Lea war nicht bereit, irgendjemandem in diesem Raum Beachtung zu schenken. Die Furcht, die ihre Seele und ihren Körper in einem eisernen Griff hielt, raubte ihr fast den Verstand, drohte sie zu vernichten.

Mit einer immensen Willensanstrengung gelang es ihr, darüber nachzudenken, was sie eben gesehen hatte. Lediglich ein paar Augen – nein, noch nicht einmal das. Nur einen Ausdruck, an den sie sich zu erinnern glaubte. Sollte sie einen zweiten Blick riskieren? Vielleicht hatte sie sich ja getäuscht? Wie oft war ihr das in den letzten Jahren schließlich passiert. Sie musste lediglich aufschauen, um festzustellen, dass sie sich geirrt hatte. Dann würde ihr inneres Warnsystem den Ausnahmezustand beenden. Aber Lea spürte instinktiv, dass es dieses Mal anders war. Während die Panik nämlich weiterhin ihren gesamten Körper lähmte, fühlte sie zugleich das altbekannte Kribbeln und Ziehen, das sich vom Zentrum ihres Bauchs auszudehnen begann. Das unverkennbare Zeichen, dass er sich wirklich in ihrer Nähe befand.

Ich bin verloren!

Der Gedanke brannte sich in Leas Bewusstsein und weckte die Erinnerung an den Liebestaumel, der der Furcht vorangegangen war. Das stehe ich nicht noch einmal durch. Ich muss sofort etwas unternehmen, mich in Bewegung setzen, schreien … irgendwas! Himmel, was mache ich bloß? Leas Gedanken drehten sich im Kreis, bis ihr die Entscheidung abgenommen wurde.

Als die dunkle Gestalt neben ihr auftauchte, biss Lea die Zähne zusammen, bis der Kiefer schmerzte, und starrte hilflos geradeaus. Schweiß bedeckte ihre Stirn, aber sie war unfähig, die Hand zu heben und ihn wegzuwischen. Aus den Augenwinkeln nahm sie wahr, dass er nicht einmal eine Hand breit von ihr entfernt stehen blieb. Ein Teil von ihr, den sie zu hassen gelernt hatte, sehnte sich danach, diese Distanz zu überbrücken.

»Es ist schön, dich wiederzusehen«, sagte er mit seiner betörenden Stimme.

I

Ostwind

Obwohl es noch früher Nachmittag war, war die Dämmerung schon vor einigen Stunden hereingebrochen. Schonungslos und unvermittelt tauchte sie alles ins Dunkel. In diesen östlich gelegenen Breitengraden gab es keinen sanften Übergang zwischen Tag und Nacht, der die Menschen antrieb, ihre Schritte zu beschleunigen und nach Hause zu eilen. Auch das marode Netz der Straßenlaternen konnte dem anwachsenden Hunger der Dunkelheit nichts entgegenhalten: Jeden Tag brach mehr von der Spanne trüben Tageslichts weg, aber niemand in dieser Stadt schien sonderlich daran interessiert zu sein, die Laternen dem Wandel anzupassen. Lieber stolperte man durch finstere Straßenschluchten und brach sich das Genick in einer Schneeverwehung.

Als Lea an diesem Nachmittag zum ersten Mal von dem Buch aufschaute, das sie mit Anmerkungen versah, blickte sie auf ein schwarzes Fenster, das den Schein ihrer Leselampe reflektierte. Verwirrt blinzelte sie, da dort eben noch die Umrisse des gegenüberliegenden Hochhauses zu sehen gewesen waren. Ein Gähnen unterdrückend, rieb Lea sich den Nacken. Wahrscheinlich war sie die einzige Person in dieser Stadt, die es immer wieder aufs Neue durcheinanderbrachte, mitten im Zentrum, umgeben von breiten Straßen und mehr als zehn Stockwerke hohen Häusern zu sitzen und draußen lediglich einige verwischte Lichtflecke erkennen zu können: Lampen und Kerzen hinter orange-braun gemusterten Vorhängen und gelegentliches Aufflackern von Autoscheinwerfern in der Tiefe der Häuserschluchten.

An diesem Abend verwehrte zudem stetig fallender Schnee die Sicht auf Sterne und Halbmond. Einen Augenblick lang betrachtete Lea das Spiel der bauschigen Flocken, dann öffnete sie das einzige Fenster in ihrem Zimmer einen Spalt und tastete vorsichtig nach dem Haken in der Außenwand. Sofort begannen ihre Finger vor Kälte zu kribbeln, und sie war froh, dass sich der steif gefrorene Knoten des Seils, an dessen Ende ein Stoffbeutel hing, rasch lösen ließ. Sie angelte ein in Wachspapier gewickeltes Stück Käse und eine Plastikflasche mit gefrorener Milch heraus.

So kalt es draußen war, in ihrem Zimmer kochte die Luft. Der Hausmeister, Herrscher über die Zentralheizung und selbst ansässig in einem der unzähligen Wohnlöcher, liebte es offensichtlich schweißtreibend heiß. So kam es, dass Lea in Trägershirt und Pyjamahose auf dem stockig riechenden Fußboden saß und las, während gelegentlich ein Windzug vom undichten Fenster ihre nackte Schulter berührte. Sie hatte sich mittlerweile daran gewöhnt, dass ihre Wangen aufgrund der trockenen Heizungsluft immerzu brannten und sie nachts im festen Glauben aufwachte, in einer Sauna eingeschlafen zu sein.

Als sie ihrer Studienfreundin Marla davon am Telefon berichtet hatte, hatte diese nur trocken erwidert: »Du hast es ja so gewollt. Warum auch Zeit in Paris oder Stockholm vertrödeln, wenn man wildes Neuland erkunden kann. Das waren doch deine Worte, nicht wahr? Als ich dich vor dieser Nummer gewarnt habe, meintest du bloß, dass du Herausforderungen magst. Also nutze sie.«

Mit Mühe hatte Lea eine bissige Bemerkung zurückgehalten, aber dass ihre Freundin keine Spur von Mitleid aufbrachte, hatte ihr unleugbar zu schaffen gemacht. »Diese Stadt und die Menschen bringen mich irgendwie aus dem Konzept«, hatte sie in der Hoffnung angesetzt, Marla doch noch ein paar tröstende Worte entlocken zu können.

Marla hingegen hatte sich in ihrer spröden Art unerbittlich gezeigt: »Du hast dich noch nie sonderlich für deine Umwelt interessiert. Von allen Leuten aus dem Literaturfachbereich, die ich kenne, bist du diejenige, die am meisten in der Bücherwelt lebt. Wenn man von dir wahrgenommen werden will, muss man eine Kurzgeschichte über die eigene Person schreiben.«

»Das mag ja sein, aber …«, hatte Lea stockend entgegnet. »Auch die Leute hier sind so anders. Ich verstehe die Regeln einfach nicht, nach denen hier alles abläuft, von den Sprachproblemen einmal ganz abgesehen. Dass hier alles so seltsam ist, stand in keinem einzigen Reiseführer drin.«

»Du bist es einfach nur nicht gewohnt, dich auf andere einzulassen. Jetzt bist du endlich einmal gezwungen, aus deinem Kopf rauszuschlüpfen und zu sehen, was das Leben sonst noch so zu bieten hat.« An dieser Stelle hatte Lea ein empörtes Schnauben ausgestoßen, doch Marla hatte sich nicht so leicht aus der Ruhe bringen lassen.

»Du solltest die Zeit am Ende der Welt als Chance für dich sehen, deine Mitmenschen einmal richtig wahrzunehmen und nicht bloß neben ihnen herzuleben. Das hast du nämlich bislang immer getan, Lea.«

Nach diesem Satz hatte Lea nur noch eine knappe Verabschiedung genuschelt und seitdem nicht mehr mit Marla gesprochen. Die Worte ihrer Freundin hatten sie mehr verletzt, als sie sich eingestehen mochte. Eigentlich war Lea eine junge Frau, die sich gut allein zurechtfand – schließlich hatte sie es früh genug lernen müssen. Aber in solch einer beklemmenden Situation einfach abgekanzelt zu werden, das wollte sie dann doch nicht hinnehmen.

Trotz allem mochte Lea das Zimmer, das ihr für die Zeit ihres Auslandsstipendiums zur Verfügung gestellt worden war. Es hatte zwar die Größe einer Besenkammer und jenen seltsamen Charme, der von Verfall ausgeht, dennoch war es ihr Nest in dieser befremdlichen Stadt, die sich ihr nicht erschließen wollte.

Während sie auf einem Käsebrot kaute und die trockenen Krümel mit Tee hinunterspülte, weil die Milch noch nicht aufgetaut war, lauschte sie auf die Geräusche im Haus, die nicht vom Glucksen und Pochen des Heizkörpers übertönt wurden. Das sich ständig zankende Paar über ihr schien noch nicht zu Hause zu sein. Die Wohnung links stand leer, wie so viele andere in diesen heruntergekommenen Betonquartieren. Von rechts drangen Kochgeräusche durch die dünne Wand: Jemand klapperte und schepperte mit Blechgeschirr, während das Radio volkstümliche Lieder trällerte. Draußen lärmte die typische Melange aus Straßenverkehr, Geschwätz und noch mehr Heimatliedern. Es war ein überraschend ruhiger Abend.

Noch einmal überflog Lea ihre Notizen und bemühte sich, die seit Stunden an ihr nagende Nervosität zu unterdrücken. An diesem Abend war sie das erste Mal zu einer Diskussionsrunde bei ihrem Literaturprofessor Etienne Carrière eingeladen – Thema sollte die Blütephase der Romantik sein, Leas Studienschwerpunkt. In den Vorlesungen hatte sie bislang noch nicht so glänzen können, wie sie es sich gewünscht hatte. Doch Carrières hervorragender Ruf und die in ihren Ohren kaum verständlich klingenden Kommilitonen hatten ihr wachsendes Unbehagen weiter geschürt, so dass Lea eine Zurückhaltung an den Tag legte, die ihr äußerst fremd war. Glücklicherweise war es ihr trotzdem gelungen, mit einigen Anmerkungen die Aufmerksamkeit ihres Professors auf sich zu lenken und deshalb mit einer Einladung bedacht zu werden.

Das Beste wäre, sagte Lea sich nun, die noch verbleibende Zeit irgendwo anders totzuschlagen. Hier, in ihrem zehn Quadratmeter großen Brutkasten, hielt sie es vor Anspannung jedenfalls nicht länger aus. Ob ihre Wangen von Hitze verbrannt oder vom eisigen Wind erfroren wurden, machte nun keinen Unterschied mehr.

Den Parka und den meterlangen Strickschal unter den Arm geklemmt, eilte sie einige Minuten später durch den dämmrigen Flur, der, aller Vernunft zum Trotz, mit Teppich ausgelegt worden war. Jahrzehnte voller Schneematsch hatten eine schwarze Schneise in der Mitte des Flurs gebildet, die bei jedem Schritt ein saugendes Geräusch machte. Es stank nach Schimmel und Moos. Lea hätte es nicht sonderlich überrascht, wenn sich in den Ecken Farne neigen würden. Dem Fahrstuhl am Ende des Gangs warf sie einen skeptischen Blick zu und stürmte dann ins fensterlose Treppenhaus. Lieber rannte sie die elf Stockwerke hinab, als sich diesem maroden Ungetüm anzuvertrauen.

Auf der Straße konnte sie den Schal nicht fix genug um den Hals schlingen, so schnell hatte der Ostwind jeden Millimeter ungeschützte Haut erobert und sie fast zum Umkehren bewegt. Welcher Teufel hatte sie nur geritten, sich für ein Semester in dieser Eishölle zu bewerben?, fragte sich Lea wie schon unzählige Male zuvor.

Unsicher wich sie vom Verkehr grau gesprenkelten Schneehaufen aus, froh darüber, dass einige Laternen mittlerweile brannten und Teile des Gehsteigs schummerig beschienen. Auch der Schneefall wurde leichter, als Lea fast wieder einmal an der unauffälligen U-Bahn-Station vorbeigelaufen wäre. Nach wie vor war sie sich nicht sicher, ob das Stationsschild geklaut oder gar nicht erst angebracht worden war.

Die Treppe zum Bahnsteig war so vereist, dass Lea gezwungen war, sich mit steifen Fingern am Geländer festzukrallen, während ihre in gefütterten Stiefeln steckenden Füße versuchten, auf dem spiegelglatten Grund Halt zu finden. An ihr hasteten Menschen vorbei, bekleidet mit schweren Mänteln und Fellmützen, und warfen ihr belustigte Blicke zu. Aber daran hatte sich Lea in den letzten Wochen gewöhnt. Im Gegensatz zu ihr tänzelten selbst dick eingemummelte Großmütter elegant über den eisigen Grund.

Einige Minuten später saß Lea im unbeheizten Waggon der U-Bahn und beobachtete drei junge Frauen, die ihr gegenübersaßen und im gleichen Rhythmus Kaugummi kauten. Sie alle trugen weiße Stiefel und kurze Röcke, die Beine nur mit Nylons verhüllt. Über ihre kunstvoll hochgesteckten Frisuren hatten sie keine Wollmützen gezwängt, und die Reißverschlüsse ihrer knappen Jacken standen nachlässig offen.

Ganz versunken in diesen Anblick absoluter Frostresistenz, bemerkte Lea nicht, dass eine der Frauen sie abfällig musterte. Als sie Lea schließlich mit scharfem Ton ansprach, zuckte die schuldbewusst zusammen. Trotz eines zweiwöchigen Intensivkurses verstand Lea nämlich kein einziges Wort. Konzentriert starrte sie der jungen Frau auf die Lippen, was diese offensichtlich noch unhöflicher fand als das Anstarren zuvor. Kurzerhand bewarf sie Lea mit zusammengeknülltem Kaugummipapier.

»Ja, vielen Dank«, sagte Lea und sah zu, dass sie bei der nächsten Haltestelle schleunigst den Waggon verließ, die laut schimpfenden und lachenden Frauen hinter sich lassend.

Sie fand sich an einer verwaisten Station wieder, dessen Namensschild vor lauter Dreck unlesbar geworden war. Außer ihr hatte sich niemand auf den schmalen Bahnsteig verirrt, wenngleich um dieser Zeit viele Menschen unterwegs waren. Da ihre Augen nichts fanden, womit sie sich beschäftigen konnten, kehrten ihre Gedanken zu dem eben Erlebten zurück, so dass Lea verlegen von einem Fuß auf den anderen trat. Sie hatte einfach nicht damit gerechnet, beim Beobachten erwischt zu werden. Normalerweise schenkten ihr ihre Mitmenschen nicht allzu große Aufmerksamkeit, was vor allem ihrer eigenen Haltung geschuldet war: Leas Interesse galt schon immer den Büchern – die konnte man lesen, Menschen hingegen nicht.

Ihre Mutter hatte immer behauptet, Lea besäße eine starke und aufregende Persönlichkeit, müsse das jedoch selbst erst noch entdecken. Aber ihre Kette rauchende

Mutter hatte ebenso immer behauptet, dass Lungenkrebs nur andere bekämen. Lea hingegen vertrat die These, dass sie keine Signale aussendete, die ihre Mitmenschen dazu bewogen hätten, ihr einen zweiten Blick zu gönnen. Es war wie ein unausgesprochenes Übereinkommen: Ich nehme dich nicht wahr, du nimmst mich nicht wahr. Bislang war sie damit recht gut durchs Leben gekommen, wenn man davon absah, dass sie ihre Bekannten an einer Hand abzählen konnte.

Doch hier in dieser fremden Umgebung stach Lea nun plötzlich hervor, was ihr äußerst unangenehm war. Plötzlich wurde das Einkaufen von Gebäck zu einer Boulevardnummer, weil sie die hiesigen Sitten nicht durchschaute – anstellen oder vordrängeln? Nur auf das Gewünschte zeigen oder doch versuchen, es beim Namen zu nennen, auch wenn sie es nicht richtig aussprechen konnte, und die Verkäuferin deshalb verächtlich an ihr vorbeischaute? Inzwischen war Lea sich sicher, dass sie bestens auf die Beachtung ihrer Person verzichten konnte. Wenn Beachtung einen zur wandelnden Zielscheibe für Kaugummipapier machte, dann zog sie eindeutig ein Schattendasein vor.

Eine vorbeidonnernde Bahn riss Lea aus ihren Gedanken und brachte sie dazu, ihren Standort auszumachen. Gerade als sie den angelaufenen Stadtplan hinter einer Plexiglastafel entdeckt hatte, begannen die spärlich gesäten Leuchtröhren über ihrem Kopf zu flackern. In einem Anflug von Panik biss Lea sich auf die Unterlippe und rechnete fest damit, gleich von völliger Dunkelheit umgeben zu sein, weil das Stromnetz wieder einmal zusammenbrach. Allein bei der Vorstellung, in dieser U-Bahn-Station, die einer Katakombe glich, nicht die Hand vor Augen zu sehen, hätte Lea schreien können. Doch nach einem weiteren Flackern und Summen beruhigten sich die Leuchtröhren wieder.

Hastig warf Lea einen Blick auf den Stadtplan, um festzustellen, dass sie sich ganz in der Nähe von Professor Carrières Haus befand. Eigentlich hatte sie vorgehabt, die verbleibende Wartezeit in der Zentralbibliothek zu verbringen. Aber bei der Vorstellung, auch nur einen Augenblick länger in diesem zugigen Tunnel mit den unstet flackernden Lichtern auf die nächste Bahn warten zu müssen, beschloss sie ihren Plan zu ändern. Sie würde ein Stück laufen müssen und dann ... Wie unhöflich konnte es schon sein, eine Stunde zu früh zu einer Verabredung zu erscheinen? Ihr würde bestimmt eine geeignete Ausrede auf dem Fußmarsch dorthin einfallen, tröstete sie sich.

Als sie bei dem fürstlich beleuchteten Stadthaus ihres Gastgebers ankam, war ihr leider noch keine vernünftig klingende Ausrede eingefallen. Ein wenig verloren blieb Lea stehen und versuchte, sich erst einmal zu sammeln.

Nach wie vor raubten die extremen Gegensätze in dieser Stadt ihr den Atem: Fast nahtlos ging das weitläufige Hochhausgetto in den schmalen Streifen altehrwürdiger Bauten über, die vom Bombenhagel der Kriege verschont geblieben waren. Doch schon nach einigen Straßenzügen wurden diese architektonischen Schmuckstücke von einem Gewirr aus Hochstraßen und Industriebaracken eingezäunt. Ein Großteil der Stadt bestand aus verwittertem Beton und vom Frost aufgeplatzten Asphalt. Obwohl die meisten Bauwerke erst einige Jahrzehnte alt waren, sahen sie bereits abbruchreif aus. Während die alten Viertel eine Renaissance erlebten, standen viele der Wohnungen in den Hochhäusern leer, und in den langen Winternächten stachen ihre blinden Fenster besonders unheimlich ins Auge. Die Randgebiete der Stadt wurden lediglich von ein paar verlassenen Hütten und ausgeschlachteten Autowracks am Straßenrand gesäumt. Dahinter begann der Wald. Kein langjährig kultivierter Wald, wie Lea ihn von zu Hause kannte und schätzte und dessen gut ausgebautes Wegenetz zu Spaziergängen am Sonntagnachmittag oder vergnüglichen Fahrradtouren einlud. Nein, dieser Wald hier hatte nicht das Geringste mit einem gepflegten Naherholungsgebiet zu tun.

Auf ihrer Anreise mit dem Zug war Lea durch ihn hindurchgefahren und bei seinem Anblick hatte sie zum ersten Mal diese Verunsicherung verspürt, die sie seitdem nicht mehr losgelassen hatte: eine Armee mächtiger Nadelbäume, die mühelos den Schneemassen standhielten. Im Frühjahr war der Boden ganz gewiss nicht mit kleinen Blumen bedeckt, einfach, weil kein einziger Sonnenstrahl seinen Weg durch das undurchdringliche Nadelgrün fand. Falls man hier so etwas wie Sonnenschein überhaupt kennt, hatte Lea gedacht, während sich ihr angesichts dieses Waldes, der die Stadt von allen Seiten bedrängte, die Kehle zugeschnürt hatte.

Der Anblick von Professor Carrières schönem alten Haus machte einiges von den finsteren Eindrücken der letzten Wochen wieder wett. Die aufwendige Stuckfassade war mit Liebe zum Detail aufgearbeitet worden, die Farben strahlten frisch, und selbst die sichtlich altertümliche Eingangstür aus Holz zeigte keinen einzigen Kratzer im dunkelroten Lack. Das Haus stand frei und war einladend dicht an der Straße gebaut worden: Nur ein zierlicher Schmiedezaun und ein paar vom Schnee bedeckte Rhododendren trennten beide voneinander. Leider konnte Lea keinen Blick in die Räume erhaschen, weil sämtliche Vorhänge zugezogen waren. Aber durch den Stoff drang ein feiner Lichtschein, der sie geradezu einzuladen schien. Auch die nur gedämpft zu hörenden Klänge eines Klavierstücks, die aus dem oberen Stockwerk zu kommen schienen, übten eine magische Anziehungskraft auf sie aus.

Trotzdem trat Lea von einem Fuß auf den anderen, bemüht, das Steifwerden ihrer Zehen zu ignorieren. Immer noch hoffte sie, dass einer ihrer Kommilitonen ebenfalls unhöflich früh auftauchen würde. Gemeinsam wäre die Taktlosigkeit leichter zu ertragen. Ein weiterer beißender Windstoß, der ihr das Haar ins Gesicht trieb, überzeugte sie jedoch davon, dass sich draußen in der Kälte wohl kaum mehr Zeit schinden ließ.

Mit einem Seufzen zog Lea an dem funkelnden Messingstrang neben der Tür, woraufhin ein gedämpftes Glockenläuten im Inneren des Hauses erklang. Nach einer Weile, gerade als Lea ein zweites Mal läuten wollte, öffnete sich die Tür einen Spalt. Eine ältere, in Schwarz gekleidete Frau begrüßte sie in der Landessprache, weshalb Lea davon ausging, eine Hausangestellte vor sich zu haben.

Den kritischen Blick der Frau auf sich spürend, stellte Lea sich vor und gab ein zerknirschtes »Ich bin etwas früh dran« von sich. Einen Augenblick lang befürchtete sie, nicht eingelassen zu werden. Doch die Frau mit dem ausgesprochen missmutigen Gesichtsausdruck trat nach einem Zögern beiseite. Nachdem sie ihr Jacke und Schal abgenommen und Lea ihre durchweichten Stiefel abgestreift hatte, stiegen sie gemeinsam eine mit Orientteppichen ausgelegte Treppe hinauf.

Nur allzu gern hätte Lea den kurzen Gang ausgedehnt, um die reichlich geschmückten Wände und die ausufernden Bücherregale im oberen Stockwerk ausgiebig in Augenschein zu nehmen. Bevor sie sich jedoch versah, hatte die ältere Frau sie in ein Zimmer geschoben und ein paar unverständliche Sätze genuschelt, die Lea beim besten Willen nicht entschlüsseln konnte. Lea wollte gerade noch einen fragenden Blick über die Schulter werfen, da war die Zimmertür bereits wieder geschlossen und sie fand sich allein in einem Salon wieder.

Mit einem Schlag überkam sie das Gefühl, gefangen zu sein, und instinktiv wollte sie nach dem Türknauf greifen. Das ist doch lächerlich, sagte sie sich, aber es gelang ihr nicht, das Unbehagen abzuschütteln. Das Prickeln in ihrem Nacken ignorierend, wandte sie sich von der Tür ab. Mit jedem Schritt, den sie in Richtung Raummitte machte, versank sie mehr in der Schönheit des Salons und der unerklärliche Anflug von Angst verschwand.

Kobaltblaue Vorhänge mit goldenen Längsbahnen schlossen die Nacht aus, und die dunkelroten Seidentapeten schimmerten im Licht eines Kaminfeuers. Genüsslich rieb Lea mit ihren Zehen über den Perserteppich, der einen Großteil des lackierten Holzbodens bedeckte. Ein Bücherregal aus Kirschholz dominierte den Raum, dessen wertvolle Exponate von Lampen angeleuchtet wurden. Überall standen antike Möbel: zierliche Sofas, die gerade mal Platz für zwei Personen boten, verschnörkelte Stühle und Tische, die mit Silberrahmen, Porzellanfiguren und anderen verspielten Kleinigkeiten beladen waren. In einem mit

Blattgold umrahmten Spiegel sah Lea kurz ihr schmales Gesicht aufblitzen, dann schaute sie schnell weg, da ihr der leicht verlorene Ausdruck nicht gefiel.

In einer Ecke entdeckte Lea schließlich das Klavier, dessen Klang sie bis auf die Straße gehört hatte und dessen Deckel immer noch einladend aufgeklappt war. Gerade als sie mit dem Gedanken spielte, sich die Notenblätter anzuschauen, gingen die Lichter aus. Stromausfall Nummer vier an diesem Tag, dachte Lea und fügte ihn in ihre gedankliche Strichliste ein. Wie konnte ein Land nur funktionieren, wenn ständig alles ausgeknipst wurde?

Das Feuer im Kamin verbreitete wohlige Wärme und schwaches Licht. In den letzten Wochen hatte Lea schon in deutlich unangenehmeren Situationen im Dunkeln gesessen, so dass sie sich nach einem kurzen Schrecken gleich wieder entspannte. Das hier war doch sehr viel angenehmer als der zugige Tunnel – Herausforderungen musste man sich eben stellen.

Lea überlegte, zu einem der Sofas am Kamin zu gehen, als plötzlich in der gegenüberliegenden Ecke des Raums eine Kerze aufflackerte. Sofort kehrte das beklemmende Gefühl zurück, in eine Falle getappt zu sein. Mit weit aufgerissenen Augen starrte Lea einen Mann an, der ein Streichholz ausblies und dann mit einem Kerzenleuchter in der Hand auf sie zutrat. Als das Licht auf ihn fiel, wich das Unbehagen augenblicklich einer ganz anderen Art der Gebanntheit: Dieser Mann war atemberaubend schön. Eine hohe, schlanke Gestalt mit einem fast schon unwirklich klassisch geschnittenen Gesicht und weich in Stirn und Nacken fallendem Haar. Er blieb ein Stück vor ihr stehen, und Lea erkannte, dass sein Haar die Farbe von dunklem Honig hatte.

Aber da war noch etwas anderes, das die Schönheit des Mannes vergessen machte. Etwas, das Lea berührte und sich ihrem gierig greifenden Verstand entzog, wie ein vom Wind zugetragener Klang. Ein Gefühl, als ob jemand die richtigen Zeilen ausspricht, und obwohl man sie nicht versteht, man doch weiß, dass sie wahr sind. Dieser Mann war wie ein geheimes Wort, das nur für Lea bestimmt war.

Vollkommen fasziniert starrte Lea ihn an und hätte fast dem Bedürfnis nachgegeben, ihn zu berühren – da bemerkte sie sein spöttisches Lächeln. Damit war der Bann gebrochen, und sie richtete verlegen den Blick zu Boden. Da hatte sie minutenlang das Interieur des Salons begutachtet, ohne die Anwesenheit eines anderen Menschen zu bemerken, und kaum hatte dieser auf sich aufmerksam gemacht, fraß sie ihn mit Blicken auf.

»Hoffentlich gefällt Ihnen auch, was Sie sehen?«, fragte der Mann glücklicherweise in einer Sprache, die Lea geläufig war. Dadurch entging ihr auch die Zweideutigkeit seiner Frage nicht. Zu allem Übel fügte sich seine Stimme in das Gesamtbild ein: wohlklingend und mit einer unterschwellig rauchigen Note. Lea war immer noch so verzaubert, dass sie sich nur ein zustimmendes Seufzen abringen konnte.

»Etienne hat sich bei der Instandsetzung des Hauses die größte Mühe gegeben. Ich kann Ihren hingerissenen Gesichtsausdruck also gut nachvollziehen«, erklärte er und stellte den Kerzenleuchter auf dem Klavier ab. Während er sich auf dem Schemel davor niederließ, deutete er Lea an, auf dem Sofa Platz zu nehmen. Mit steifen Bewegungen kam sie der Aufforderung nach, obwohl sie befürchtete, in seiner unmittelbaren Nähe die Beherrschung zu verlieren und ihm auf den Schoß zu springen. Dass sie gemeinsam im Schein des Kerzenlichtes saßen, erschien ihr fast unwirklich.

»Ich vermute, Sie sind nicht von hier?«, fragte er in einem Ton, als gingen sie einem lockeren Small Talk auf einer Cocktailparty nach.

»Nein«, erwiderte Lea mit unangenehm hoher Stimme. »Ich bin von woanders.«

Nach diesem Höhepunkt der Unterhaltungskunst breitete sich ein Schweigen aus, das Lea ihr Unvermögen vor Augen führte. Bislang hatte sie es nie gestört, nicht zu den großen Verführerinnen ihres Geschlechts zu zählen. Aber gegenüber einem schlicht umwerfenden Mann dermaßen kläglich zu versagen war mehr, als sie verkraftete.

Sterbenselend kauerte sie auf dem Sofa, während sich Minuten zu gefühlten Stunden ausdehnten. Die Augen auf das Flammenspiel im Kamin gerichtet, aber die Ohren gespitzt, damit ihr nur nicht die leiseste Bewegung dieses Mannes entging. Die Situation war so verwirrend, dass es sie nicht überrascht hätte, wenn er sich als eine Art Fata Morgana entpuppte. Wenn sie jetzt zum Klavier hinüberschauen würde, dann läge auf dem Schemel sicherlich nur eine Spur Engelstaub, versuchte sie sich aufzumuntern. Sie wagte es jedoch nicht, den Blick vom Feuer abzuwenden.

In dem Moment, als mit einem Mal alle Lichter wieder aufleuchteten, ging die Zimmertür schwungvoll auf, und Professor Carrière trat mit einer kleinen Studentenschar ein, die sich staunend im Salon umsah. Eine von ihnen war Jazna, mit der Lea sich schon öfter nach den Vorlesungen unterhalten hatte. Sie hatte Jazna ein Kompliment über deren langes Haar gemacht, wodurch das Eis schnell gebrochen war. Sie hatten sich sogar zum Kaffeetrinken und Plaudern über Uni-Angelegenheiten getroffen. Doch nun streifte der Blick der jungen Frau sie nur flüchtig, sie fand nicht mal die Zeit für ein kurzes Nicken, da ihre ganze Aufmerksamkeit dem Mann beim Klavier zuflog. Sieh an, dachte Lea. Offensichtlich übt er nicht nur auf mich eine solche anziehende Wirkung aus.

Lea kam jedoch nicht mehr dazu, sich weitere Gedanken zu machen, denn Professor Carrière schritt gut gelaunt und mit weit vorgestreckter Hand auf sie zu. Wie in Zeitlupe erhob sie sich, wobei die aufgeregten Stimmen der Gruppe ihr regelrecht in den Ohren dröhnten.

»Meine Liebe«, sagte Professor Carrière mit der für ihn typischen singenden Stimme und gab ihr die Hand. »Sind diese ständigen Stromausfälle nicht skurril?« Wie immer ließ seine elegante Erscheinung Lea kurz vor Ehrfurcht erstarren und löste damit den Zauber auf. Die Welt der Universität und des Studiums hatte sie wieder.

Trotz seiner ansehnlichen Körpergröße war Professor Carrière von eher zierlicher Statur, und seine Bewegungen zeichneten sich durch eine seltsame Mischung aus Anmut und Zähigkeit aus, die Lea bisher nur bei passionierten Tänzern beobachtet hatte. Dazu passten auch das graue, kurz geschorene Haar, das asketische Gesicht und der zurückhaltende Kleidungsstil.

Professor Carrière, der eine ausgesprochen höfliche und angenehme Person war, wurde von allen mit Respekt behandelt. Seine Freundlichkeit konnte nicht darüber hinwegtäuschen, dass man es mit einem hochgebildeten und willensstarken Mann zu tun hatte. Lea kannte jede seiner Publikationen und wusste nur zu gut, dass

Professor Carrière ein brillanter Literaturwissenschaftler war. Der Mann war mehr als leidenschaftlich bei dem, was er tat – sowohl als Wissenschaftler als auch als Dozent. Letztendlich war er der ausschlaggebende Grund gewesen, warum Lea sich für diese eher untypische Universitätsstadt entschieden hatte.

Lea schätzte Professor Carrières Freundlichkeit und Fachwissen, aber da war noch mehr, was sie faszinierte: Normalerweise hielt sie Distanz zu ihren Dozenten, doch Professor Carrière brachte jedem einzelnen seiner Studenten solch ein persönliches Interesse entgegen, dass man sich ihm unmöglich entziehen konnte. Deshalb rang sich Lea nun zu einem Lächeln durch, als sie ihn ebenfalls begrüßte.

»Hat Adam sich gut um Sie gekümmert?«, fragte Professor Carrière und deutete in Richtung des schweigsamen Mannes, der Leas Welt soeben auf den Kopf gestellt hatte. Als Leas halbherziges Lächeln ins Rutschen geriet, nickte er wissend. »Wohl eher nicht, wie ich ihn kenne. Du hättest der jungen Dame wenigstens etwas auf dem Klavier vorspielen können, wenn du Konversation für überflüssig hältst«, sagte er, dem jungen Mann zugewandt, der sich immer noch nicht bewegt hatte. »Sie müssen wissen, Adam ist ein schrecklicher Mensch, meine liebe Lea. Ein Zyniker der schlimmsten Sorte. Er passt hervorragend zum hiesigen Wetter. Wahrscheinlich strapaziert er meine Gastfreundschaft deshalb schon seit einer halben Ewigkeit.«

Etwas in Professor Carrières Ton ließ darauf schließen, dass seine Kritik gegenüber Adam nicht ernst gemeint war. Daher war es auch nicht weiter verwunderlich, als vom Klavier her nur ein leises Lachen drang, das dafür sorgte, dass Leas Magen einen formvollendeten Looping vollführte.

Die Gruppe hatte in einem Halbkreis Stühle vor dem Kamin aufgestellt, und die Diskussion war im vollen Gange. Von allen Richtungen aus versuchte das Kolloquium, sich dem Begriff der Romantik zu nähern, aber viel mehr noch bemühte sich jeder einzelne Student, sich vor Professor Carrière zu profilieren. Genau wie Lea hatten sich die anderen bestens auf diesen Abend vorbereitet, der von Carrière selbst als »lockere Runde« bezeichnet wurde. Allerdings war klar, dass jeder, der heute Abend nicht intellektuell glänzen würde, mit keiner weiteren Einladung zu rechnen brauchte.

Lea hatte sich längst damit abgefunden, dieses schöne Haus nie wieder zu betreten. Seit der Begegnung mit Adam gelang es ihr kaum, einen Beitrag zu der anspruchsvollen Debatte beizusteuern. Unverändert war sie von der Anziehungskraft in Anspruch genommen, die dieser fremde Mann auf sie ausübte, sowie von ihrem kläglichen Versagen, ihm wenigstens einen Hauch von Interesse an ihrer Person zu entlocken. So kam es, dass – anstatt ihr umfassendes Wissen über die Epoche der Romantik unter Beweis zu stellen – sie vollauf damit beschäftigt war, das Atmen nicht zu vergessen. Nur weil in dieser Runde ein höflicher Umgangston herrschte, war sie noch nicht wegen mangelnder Beteiligung des Raumes verwiesen worden.

Gelegentlich traf sie ein fragender Blick von Jazna, die sich Adams Zauber offensichtlich wieder hatte entziehen können, sobald es um ihre Universitätskarriere ging. Mit den Lippen formte Jazna die Worte »Was ist los?«, doch

Lea konnte nur stumm den Kopf schütteln. Sie wusste es ja selbst nicht.

Irgendwo in der Tiefe des Raumes zog Adam seine Kreise. Gelegentlich glaubte Lea, ein Rascheln der Vorhänge zu hören, so, als beobachtete er das erneut eingesetzte Schneetreiben. Professor Carrière hatte ihn eingeladen, sich zu ihnen zu setzen, aber er hatte nur ein gleichgültiges »vielleicht später« erwidert. Dass er trotzdem nicht das Zimmer verließ, trieb Lea schier in den Wahnsinn. Und wenn sie sich nicht allzu sehr täuschte, erging es Carrière ähnlich: Immer wieder suchte sein Blick den Salon ab, und sein Gesicht zeigte eine Spur von Irritation.

»Die Frage nach der Seele ist sicherlich von großer Bedeutung, oder was denken Sie?« Professor Carrière hatte das Wort direkt an Lea gerichtet.

Erschrocken suchte sie in ihrem Gedächtnis nach einer passenden Entgegnung. »In der Romantik führt der geheimnisvolle Weg ins Innere«, begann sie, während sie noch ihre Gedanken sortierte. »Die Malerei zeigt das sehr schön: Der Künstler erspürt das Werk in sich. So sagt es jedenfalls Caspar David Friedrich, dessen Gemälde *Der Mönch am Meer* das vielleicht bekannteste Bild der Romantik ist.«

Ehe Lea fortfahren konnte, wurde sie von Boris unterbrochen, dessen stets angriffslustiger Unterton suggerieren sollte, dass Lea falsch- und er auf jeden Fall richtiglag. Denn Boris lag immer richtig. »Ich halte nicht viel von dieser Vermischung der Künste, wenn es um Begrifflichkeit geht«, sagte er einen Tick zu laut und unterstrich seine Aussage mit großzügigen Gesten. »Die Literatur lässt sich nicht mit der Malerei erklären. Wozu denn definieren wollen, wenn man alles mit allem erklären kann?«

Lea wollte ihm schon widersprechen, da ertönte hinter ihr Adams voll klingende Stimme: »Jemandem, der sich für den Geist der Romantik interessiert, sollte es eigentlich schwerfallen, glasklare Grenzen zu ziehen. *Der Mönch am Meer* ist doch ein wunderbares Beispiel. Man könnte sogar behaupten, dass er fast alles in sich trägt, was die Romantik ausmacht.«

Verwirrt drehte Lea sich um und sah Adam unvermittelt in die Augen. Sie waren schmal geschnitten, Katzenaugen, von dichten Wimpern umkränzt, die Iris von einem dunklen Grün. Wie ein von Bäumen beschatteter See, dachte sie entrückt, während ihre universitär geschulte Zunge fragte: »Warum nur fast?«

Adam schaute sie unverwandt an, während das belustigte Lächeln schlagartig aus seinem Gesicht verschwand. »Weil es die dunkle Begierde lediglich andeutet.«

2

Blaue Stunde

Es war die beißende Schärfe der Frostluft, die sie am nächsten Tag weckte. Langsam öffnete Lea die Augen und blinzelte in die dunstverhangene Morgensonne. Hinter ihrer Stirn tobte das Traumkino der Nacht weiter, jagte ein verstörendes Bild nach dem anderen über die Leinwand, so dass ihr schwindelig wurde, obwohl sie flach auf dem Rücken lag. Sie wurde verfolgt, ergriffen, herumgerissen, überwältigt, immer und immer wieder, bis sie kaum noch Luft zum Atmen fand. Doch die Furcht ums nackte Überleben hatte sich mit einer Lust am Ausgeliefertsein gepaart. Und der Erregung, wenn alles um sie herum in Dunkelheit versank. Ein unbeschreibliches Verlangen, wenn schon vernichtet, dann doch wenigstens gefunden worden zu sein.

All dies hinterließ beim Erwachen eine seltsame Empfindung. Was hatte ihre Fantasie da nur zusammengewürfelt?, fragte Lea sich und versuchte, die Eindrücke der Nacht zu verdrängen. Dabei verflüchtigten sich diese wie ein Wolkenbild, das eben noch deutlich den Umriss eines Gesichts gezeigt hatte und im nächsten Moment nichts weiter als angehäufte Watte aus Blau und Weiß war.

Erstaunt bemerkte Lea, dass sie komplett angezogen auf der Matratze in ihrem kleinen Zimmer lag. Das Fenster stand sperrangelweit offen. Sie konnte von Glück sagen, dass der Heizkörper tapfer der hereinströmenden Eiseskälte entgegenbollerte. Ansonsten hätte sie sich zumindest von Zehen und Nasenspitze verabschieden dürfen.

Verwirrt setzte Lea sich auf und tastete ihre Erinnerung behutsam nach den Geschehnissen des letzten Abends ab. Sie hatte weder eine Idee, wie die Diskussion geendet hatte, noch eine Erinnerung an die Verabschiedung. Ihr Körper hatte einfach auf Autopilot geschaltet. Wie in Trance war sie durch die weißen Schneemassen nach Hause getaumelt, den Kopf im Sternenhimmel und das Herz ein tiefer erdiger Schlag, dessen Vibrationen Welten erzittern ließen.

Erst die Kälte brachte die Bilder des vergangenen Abends allmählich zurück. Adams Geruch war dem des Frostes ähnlich gewesen, als er während der Diskussion dicht neben ihr gestanden hatte. Kalt und klar hatte er geduftet, als sie ihm in die Augen geblickt hatte.

Was hatte sie in seinen Augen gesehen?

Mit einem Schlag war es Lea so heiß, als hätte sie das Fenster niemals geöffnet. Schwer atmend kam sie auf die Füße. Da war er wieder, dieser reißende Sog. Doch dieses Mal wehrte sich Lea gegen das überwältigende Gefühl. Was hatte sie in Adams Augen gesehen? Ein Bild blitzte auf, aber sie bekam es nicht zu fassen. Voller Staunen schaute sie auf das Unbeschreibliche, das ihr aus diesen grünen Augen entgegengeblickt hatte und dem sie versuchte, eine Form zu geben. Stattdessen entzog sich ihr das Bild und ließ eine schmerzend leere Stelle zurück. Wenn sie nicht aufpasste, würde ihr der Zauber, der in diesem Blick gelegen hatte, verloren gehen.

Verzweifelt gestand sich Lea ein, dass sie keine passenden Worte für den Moment fand, als Adam ihren Blick erwidert hatte. Es schien so, als höre er deshalb auf zu existieren und würde zu einer bloßen Traumgestalt. Als wäre es ein Rettungsanker, langte Lea nach einem abgegriffenen Gedichtband von Edgar Allen Poe, in dessen Leineneinband vor Jahren ihr Hund Ruben einen Abdruck seiner Zähne hinterlassen hatte. Mit zitternden Fingerspitzen fuhr sie über die Zeilen:

And all the way along
Amid empurpled vapors, far away
There where the prospect terminates – thee only.

Es gelang den Versen, das Zerren in Leas Innerem zu besänftigen. Noch ein wenig wackelig auf den Beinen, schloss sie das Fenster und setzte sich wieder auf die Matratze, wobei sie Poes magische Worte wie ein Mantra leise wiederholte.

Während sie nach dem Grund dieser uferlosen Sehnsucht forschte, wurde ihr schmerzlich bewusst, dass sie keine Ahnung hatte, wann und wo sie Adam wiedersehen würde. Nach der kurzen Unterhaltung hatten sie kein Wort mehr miteinander gewechselt. Vielmehr glaubte Lea, dass Adam noch vor der allgemeinen Verabschiedung verschwunden war.

Sie hing diesem verstörenden Gedanken nach, als plötzlich ihr Handy klingelte. Hektisch suchte sie den Raum ab, bis ihr klar wurde, dass das dröhnende Gerät sich in der Seitentasche ihres Parkas befand, den sie immer noch trug.

»Ja?«, meldete sie sich atemlos.

»Guten Morgen, Lea.« Professor Carrière versuchte gar nicht erst, den belustigten Ton in seiner Stimme zu unterdrücken. »Hoffentlich habe ich Sie nicht geweckt?«

Lea kniff sich heftig ins Nasenbein. Tief einatmen, verdammt!, feuerte sie sich selbst an. »Sie müssen entschuldigen, ich bin eben elf Stockwerke zu Fuß hochgelaufen. Geben Sie mir bitte einen Moment.« Völlig selbstverständlich rutschte ihr die Flunkerei über die vor Aufregung zitternden Lippen.

Erleichtert hörte sie ein leises Lachen vom anderen Ende der Leitung.

»Ich möchte Sie heute ins *Dekadenz* zum Abendessen einladen, meine Liebe. Das Friedrich-Gemälde, über das Sie gestern gesprochen haben, geht mir nicht mehr aus dem Kopf. Eigentlich ist schon so vieles über die Bedeutung des *Mönchs am Meer* für die Romantik gesagt worden, trotzdem würde ich gern da weiter ansetzen. Ich dachte mir, wir treffen uns und lassen den Gedanken freien Lauf. Was meinen Sie?«

Lea nickte begeistert. Als sie begriff, dass Carrière auf ihre Antwort wartete, überschlug sich ihre Stimme beim »Unbedingt!« fast vor Eile.

Den restlichen Tag überließ sie sich dem berauschenden Sog, in den Adam sie am Abend zuvor gestürzt hatte.

Lea konzentrierte sich auf Professor Carrières auf- und zuklappenden Mund. Es konnte doch nicht so verflucht schwer sein, wenigstens einige Worte aufzufangen. Sie hatte nicht den Anschluss an dieses Gespräch verloren, nein, sie hatte schon den Einstieg verpasst. Betäubt saß sie da, die Enttäuschung ins Gesicht geschrieben und minimales Interesse heuchelnd.

Glücklicherweise verstand Professor Carrière unter einer netten Plauderei einen von ihm gehaltenen Monolog. Vis-à-vis mit einer, für die Verhältnisse im *Dekadenz*, reizlos zurechtgemachten Studentin. Dabei hatte Lea in einem Anfall von Wahn die wenigen Kleidungsstücke, die sie für das Auslandssemester mitgenommen hatte, so lange miteinander kombiniert, bis ein einigermaßen akzeptables Outfit dabei herausgekommen war. Nun, zumindest hätte sich der eng anliegende Rollkragenpulli zusammen mit der Jeans gut in einer Studentenkneipe gemacht.

Erneut schluckte Lea die Verzweiflung hinunter. Dabei war es nicht die zweideutige Situation, allein mit ihrem Professor in einem der besten Restaurants der Stadt zu sitzen, die Lea bekümmerte. Als sie zum dezent abseits stehenden Tisch geführt worden war, der eine Aussicht auf das Labyrinth des Straßennetzes bot, hatte sie enttäuscht festgestellt, dass nur für zwei Personen gedeckt worden war.

Die Enttäuschung war sogar so groß gewesen, dass Lea am liebsten wieder gegangen wäre, um zu Hause ausgiebig in ihr Kissen zu schluchzen. Auf diese Art verarbeitete sie seit Kindheitstagen alle Reinfälle, die das Leben ihr bot. Doch dann hatte sie einmal tapfer geschluckt und sich eingestanden, dass Adam an diesem Essen nicht teilnehmen würde.

Kaum hatte der Kellner Lea mit einer galanten Geste an den Tisch geschoben, war Professor Carrière erschienen, hatte ihr die Schulter getätschelt und, noch während er sich setzte, mit seinem Vortrag begonnen. Nur zur Bestellung hatte er eine Pause eingelegt und mit einer generösen Geste Lea die Auswahl überlassen, was sie mittlerweile beide zutiefst bereuten.

Eigentlich war Lea auf die Situation vorbereitet gewesen: Auf ihrem Zimmer hatte sie gewissenhaft die Frage

»Was würden Sie uns heute empfehlen?« nachgeschlagen. Sie hatte nichts von der Antwort des Obers verstanden – das von einem schweren Akzent durchwirkte Französisch schien sogar Professor Carrière vor ein unlösbares Rätsel zu stellen –, dennoch hatte sie tapfer gelächelt und mit einem »wunderbar« geantwortet.

Nachdem die kristallisierte Kürbissuppe und die in Gelee verwandelten Garnelen überstanden waren, hatten ihr die neben Rote Bete-Schaum drapierten Wachtelteilchen samt dem zu einem Miniaturfächer gebundenen Schnittlauch den Rest gegeben. Sie fühlte sich heillos überfordert, und obwohl ihr Magen laut und deutlich vor Hunger knurrte, schob sie den kaum angerührten Teller diskret von sich. Noch eine moderne Geschmacksbombe, und sie würde sich draußen Schnee in den Mund schaufeln müssen, befürchtete Lea.

Professor Carrière lächelte ebenfalls gequält. »Sie haben auch eine spezielle Karte für regionale Spezialitäten, aber die rücken sie nur ungern heraus. Man isst hier halt *en vogue*. Vielleicht sollten wir uns später unten an der Ecke noch eine Portion Piroggen mit Pilzen und Sauerkraut holen.«

Lea nutzte Carrières kulinarische Verunsicherung, um sich kurz in den Waschraum zurückzuziehen. Im Vestibül, der eine groteske Mischung aus fatalem Barockverständnis und dem Schönsten, was der hiesige Kristallhandel zu bieten hatte, darstellte, ließ sie sich seufzend auf einen Hocker vor einem der Schminktische fallen.

Lea war sich bewusst, wie blass sie in diesem Farbenrausch aussehen musste. Die üppig aufgerüschten Damen mit ihren nackten Füßen in Strass-Sandalen und lackierten Lippen schienen das ähnlich zu sehen, denn sie schenkten

Lea keinen zweiten Blick. Sorry, aber die Evolution hat mich noch nicht kälteunempfindlich werden lassen, dachte Lea mürrisch und betrachtete ihre vom Schmelzwasser fleckigen Stiefelspitzen.

Was sollte sie bloß tun? Da saß sie nun im Studentenoutfit in einem First-Class-Restaurant vor lauter originellen Gerichten, die ungenießbar waren, und gab vor, dem nicht enden wollenden Gedankenfluss ihres Professors zu lauschen, während sie vor Sehnsucht am liebsten laut aufgeschrien hätte. Diese ganze Situation war bizarr und hätte sie wahrscheinlich auch überfordert, ohne dass die Abwesenheit eines ihr eigentlich fremden Mannes sie in den Wahnsinn trieb.

Lea seufzte. Ob sie Adam jemals wieder treffen würde? Vielleicht bot sich ja eine Gelegenheit, wenn Professor Carrière ihr später noch eine besonders schöne Ausgabe von *Abenteuer einer Silvesternacht* zeigen wollte. Wahrscheinlich liegt sie in seinem Schlafzimmer, dachte Lea gehässig. Einen Augenblick später zuckte sie schuldbewusst zusammen, denn der Professor hatte den gesamten Abend über nicht die geringsten Anstalten gemacht, mit ihr zu flirten. Deshalb würde sie jetzt auch höflich an den Tisch zurückkehren und ihm zuhören. Und zwar richtig, wie es sich für eine gute Studentin gehörte.

Als Lea in den Saal zurückkehrte, hielt sie den Blick starr auf den Boden gerichtet. Ihr Bedarf an abfälligen Blicken von Geschlechtsgenossinnen war für den heutigen Abend eindeutig gedeckt. Sie kam sich so grau und überflüssig vor wie noch nie zuvor.

»Ich weiß nicht, wie du dieses Zeug hinunterbekommst.« Adam saß mit dem Rücken zum Fenster am Tisch und betrachtete fasziniert die Reste auf Carrières Teller.

»Alles eine Frage der Übung«, erklärte Carrière mit fachmännischem Ton, bevor er Lea bemerkte.

Mit einem Lächeln winkte er sie heran, überließ es jedoch Adam, der jungen Frau mit dem Stuhl behilflich zu sein. Adam nickte lediglich zur Begrüßung, während seine Hände auf der Stuhllehne ruhten. Ohne sich dessen bewusst zu sein, atmete Lea tief ein, während sie sich hinsetzte. Der wunderbare Geruch nach Schnee, der von Adams Kleidung aufstieg, raubte ihr die Sinne.

Wenig später war der Tisch bis auf den Kerzenlüster und drei volle Weingläser abgedeckt, und Lea war sich sicher, einen kleinen Schwips zu haben. Adams berauschender Anblick machte das Ganze nicht besser, auch wenn er ihren Blick mied. Das sollte Lea recht sein, solange sie nur dasitzen und ihn ansehen konnte. Sie versuchte gar nicht erst, seine Aufmerksamkeit auf sich zu ziehen. Seine pure Anwesenheit reichte ihr in diesem Moment vollkommen aus. Genießerisch schwelgte sie in seinem Anblick, studierte die Anspannung in seinem aufrechten Oberkörper. Sie prägte sich die Form seiner Hände ein, die beide locker auf dem Tisch lagen. Beobachtete, wie das Licht immer wieder honigfarbene Strähnen in seinem dunklen Haar aufleuchten ließ, so dass es einen warmen Glanz bekam.

Schließlich riss etwas in Professor Carrières Stimme sie aus der Verträumtheit. Lea blinzelte. Das war eine direkt gestellte Frage gewesen, und sie hatte keine Ahnung, worum es sich dabei handelte. Professor Carrière hatte den Faden wieder aufgenommen und schien zumindest in Adam einen interessierten Zuhörer gefunden zu haben.

Carrière lächelte freundlich. »Meine Liebe, seien Sie nicht schüchtern und erzählen Sie uns, wie Sie in den Sog der Romantik geraten sind.«

Es dauerte einen Moment, bis Lea begriff, dass er nicht von ihren Gefühlen zu Adam gesprochen hatte, sondern weiterhin bei seinem Steckenpferd, der Romantik, verweilte. Ihre Gehirnzellen schalteten auf Hochtouren, ein Kaltstart, wie sie erschrocken registrierte.

»In einen Sog geraten …«, wiederholte sie nachdenklich. »Das kam, wie mit den meisten Übeln, am Ende der Kindheit auf der Schwelle zum Erwachsenwerden. Ich entdeckte eine Schwäche fürs Unheimliche …« Lea hielt inne. Was sie da erzählte, klang furchtbar langweilig. Dabei war diese Erfahrung damals in ihrer ganzen Schlichtheit beinahe eine Erleuchtung gewesen, die ihr ganzes späteres Leben beeinflusst hatte. »Das klang jetzt ausweichend«, setzte Lea erneut an. »In Wirklichkeit habe ich als Zwölfjährige während eines Sommerurlaubs die Welt des Schauerromans entdeckt, sehr zum Leidwesen meiner Eltern. Die Sonne schien, die Leute hatten Spaß, und ich trieb meine Mutter in den Wahnsinn, weil ich mein ganzes Geld in zentnerschwere Taschenbücher mit so schönen Titeln wie *Salem's Lot* investierte. Diese Schauergeschichten haben etwas in mir zum Klingen gebracht, gaben mir das Gefühl, fortgerissen zu werden, ohne Hoffnung auf Rettung. Der Strand und das Wasser waren mir egal, ich saß im Strandkorb und hatte nicht einmal die Zeit für eine kleine Plauderei mit meiner Mutter, weil ich vollkommen gebannt war. Als ich dann anfing, Literatur zu studieren, brauchte ich über meinen Schwerpunkt nicht lange nachzudenken. Ja, ich bin einfach dem Geist der Romantik verfallen. Außerdem lagen mir das Irrationale und die ziellose Schwärmerei schon immer besonders gut.«

Lea hatte während ihres kleinen Vortrags die reflektierenden Lichter in der Fensterscheibe hinter Adams linker Schulter fixiert, und dort blieb ihr Blick haften, bis ein leises Lachen von Professor Carrière sie erlöste. Allerdings wirkte er eher erleichtert als amüsiert.

»Eine Schwäche fürs Irrationale ist eine wunderbare Voraussetzung, wenn man die bekannten Grenzen überschreiten möchte. Lea, wie sieht eigentlich Ihr Leben aus? Sie sind eine hervorragende Studentin mit einem seltsamen Sinn für Humor.« Mit einer einzigen Handbewegung wies Professor Carrière Leas Einspruch ab. »Warum sonst hätten Sie einen Ort wie diesen gewählt, wenn Ihr Stipendium Sie in die großen, alten Städte des Kontinents hätte bringen können? Liebeskummer?«

Beim letzten Wort gönnte Lea sich einen Blick auf Adams Gesicht. Dieser hatte eben einen Schluck Rotwein nehmen wollen, als er mitten in der Bewegung innehielt. Seine Augen wanderten zu Lea, aber schon im nächsten Moment wandte er sich wieder ab und trank aus seinem Glas.

Da Lea ihm eine Antwort schuldig blieb, fuhr Professor Carrière fort. »Sehen Sie, Sie bleiben stets in diesem universitären Rahmen verhaftet. Es ist schwierig, Sie hervorzulocken. Aber mich würde interessieren, was sich hinter der anstudierten Art zu denken und zu reden verbirgt. Was ist der Auslöser für dieses hingebungsvolle Interesse? Ihr Wissen und Ihre Leistungen sind vorbildlich, dennoch kann ich keinen roten Faden erkennen. Ich vermute, Sie wissen nicht, wohin die Reise gehen soll, weil Sie nicht ausloten wollen, woher dieses Verlangen stammt?«

»Sie sind auch an Psychologie interessiert?«, fragte Lea schärfer als beabsichtigt. Doch sie konnte sich des Gefühls nicht erwehren, dass Professor Carrière sie in eine bestimmte Ecke zu drängen versuchte. Außerdem spürte sie deutlich Adams zunehmende Unruhe, dessen Aufmerksamkeit weiterhin Carrière galt. Dabei lehnte er sich so weit über den Tisch, als werde er jeden Augenblick wie eine Raubkatze zum Sprung ansetzen.

Ein Lächeln schlich sich auf Leas Gesicht. Wenn dieses Thema bei Adam eine Regung hervorrief, dann musste sie daran festhalten, selbst wenn sie dabei einem gewitzten Gesprächspartner wie ihrem Professor ins Netz ging. Hauptsache, es gelang ihr, Leben in Adams verschlossenes Gesicht zu bringen, so dass es vielleicht etwas über ihn verriet.

»Ich denke, mich interessieren diese Grenzgänge, auf die einen die Romantik einlädt, bei denen alles verschwimmt und durcheinandergerät, und man nicht mehr weiß, wo oben und unten ist. Das Brechen von Gesetzen, diese vage Sehnsucht nach dem Unbekannten. Vielleicht muss man an der richtigen Stelle empfindsam sein, um sich mit Lord Byron und seinesgleichen einlassen zu können.«

Lea konnte Adam schnauben hören, doch Professor Carrière kam ihm zuvor: »Was ich wissen möchte, meine Liebe: Beruht Ihre Empfindsamkeit auf reiner Neugierde? Oder ist Ihr Verlangen stärker, etwas, worauf man bauen kann?«

Verwirrt blickte Lea den Professor an. Die Worte bewegten etwas in ihr, als habe er mit der Fingerspitze die stille, spiegelglatte Oberfläche eines Sees berührt. Während Lea nach einer Antwort suchte und dabei in Carrières ernstes, vor Konzentration blasses Gesicht sah, brach Adam den Zauber, in dem er abrupt aufstand.

»Beenden wir dieses Verhör für heute. Du kannst sie ja morgen in der Vorlesung weiterquälen. Lea, ich bin mit dem Wagen da und werde Sie jetzt nach Hause bringen, wenn Sie möchten.«

Mit einem Satz sprang Lea auf, um sich im nächsten Moment für diese Unhöflichkeit zu schämen. Doch weder Professor Carrière noch Adam nahmen ihr Verhalten wahr, denn sie waren viel zu sehr damit beschäftigt, einen wortlosen Disput miteinander auszufechten.

Beklommen wartete Lea ab, bis der Professor ihr unvermittelt die Hand zur Verabschiedung reichte. Er tätschelte ihr den Handrücken und sagte verschmitzt: »Wahrscheinlich muss ich mich bei Ihnen weder für mein Temperament noch für meine Neugierde entschuldigen, meine Liebe. Sie haben ja sicherlich Verständnis dafür, wenn man sich vor lauter Leidenschaft nicht zusammenreißen kann und Gefahr läuft, sich lächerlich zu machen.«

Er schenkte ihr noch ein Blinzeln, dann berührten Adams Fingerspitzen kurz ihre Schulter, um sie zum Gehen aufzufordern. Sofort ließ Lea ihre Überlegungen fallen, ob Professor Carrière seine Worte tatsächlich so offenkundig doppeldeutig gewählt hatte, wie es ihr vorkam.

Benommen folgte sie Adam auf dem Weg durch den Speisesaal. Dabei entgingen ihr weder die dunkelblonden Härchen auf seinem Handrücken, als er ihr die Tür öffnete, noch die fest aufeinandergepressten Lippen in der Spiegelung des Wagenfensters, wobei die sinnlich geschwungene Unterlippe nichts von ihrer Wirkung einbüßte. Auch die steile Falte über seiner rechten Braue, die sich seit Carrières Verhör eingegraben hatte, übersah sie nicht. Nur die Fahrt durch die dunkle Stadt war schneller vorbei, als Lea es mitbekam. Bevor sie auch nur den Versuch einer Unterhaltung starten konnte, öffnete Adam ihr bereits die Beifahrertür.

Schweigend erklommen sie die Treppen, und Lea stellte am Grad ihrer Atemlosigkeit fest, dass sie den elften Stock viel zu rasch erreichten. In dieser grauen, spärlich beleuchteten Umgebung schien Adam regelrecht zu strahlen, als stamme er aus einer anderen Dimension, schön und fremd. Eine Treppen steigende Marmorstatue, die einen süchtig machenden Duft verströmte, wie Lea erneut voller Verlangen feststellte.

Als sie vor ihrer Zimmertür ankamen, war Lea außer sich. Wie ein Fluch lastete jene Art von Verliebtheit auf ihr, die einen zur Reglosigkeit verdammt. Zugleich spürte sie Panik aufsteigen, weil Adam sich gewiss jeden Augenblick verabschieden würde.

Adam stand so dicht neben ihr, dass sie nur die Hand hätte anheben müssen, um sein ausdrucksloses Gesicht zu berühren. Doch er mied jeden Kontakt mit ihr. »Gute Nacht, Lea«, sagte er, dann war er auch schon gegangen.

In ihrem Zimmer schaffte es Lea gerade noch, die Kleidung abzustreifen und sich auf die am Boden liegende Matratze fallen zu lassen, ehe sie sich wie ein Fötus zusammenkrümmte und in die Leere hineinfühlte, die ihr Innerstes in Besitz genommen hatte. Gewaltsam zwang sie sich, mit dem Weinen anzufangen, und schließlich schluchzte sie so herzzerreißend, dass sie kaum noch Luft bekam. Trotz der spürbaren Erleichterung kostete es sie noch viele Tränen, bis sie endlich eingeschlafen war.

Einige Stunden später riss die plötzliche Erkenntnis Lea aus dem Schlaf. Keuchend setzte sie sich auf, ihr Brustkorb schmerzte, als hätte etwas Schweres darauf gelegen.

Woher wusste er, wo ich wohne? In welchem Stock? In welcher Wohnung? Er war vorausgegangen, immer! Da war Lea sich sicher. Woher weiß er das alles?

Adam hatte kaum mitbekommen, wie er die Treppen hinuntergestiegen war – Schritt für Schritt, keinen einzigen Gedanken zulassend. Unvermittelt fand er sich im Freien wieder. Hinter ihm knarrte die Eingangstür, die langsam zuschwang. Durch die ewig beschlagenen Glasscheiben der Doppeltür drang das Licht der Flurbeleuchtung, und er glaubte das Surren der Leuchtstoffröhren zu hören. Zunehmend verdichtete es sich zu einem lauten Kreischen, das ihm in den Ohren schmerzte. Es dauerte einen Augenblick, bis er begriff, dass das Kreischen nicht von den Lampen stammte, sondern tief in seinem Inneren wütete.

Nur mit Mühe konnte er dem Drang widerstehen, den Weg, den er soeben qualvoll hinter sich gebracht hatte, zurückzustürzen, um endlich das Verlangen zu stillen, das ihn um den Verstand brachte.

Adam zwang sich, einige Male tief durchzuatmen, dann ging er zu seinem Wagen. Als er den Schlüssel hervorzog, zitterten seinen Hände so sehr, dass es ihm nicht gelang, die Tür aufzuschließen. Mit einem unterdrückten Wutschrei schlug er gegen die Scheibe, die unter der Wucht zersplitterte. Er zog seinen Arm zurück und entdeckte einige rot verwischte Flecken auf dem zerbrochenen Glas.

Augenblicklich ließ der Drang, der ihn bislang in einem eisernen Griff gehalten hatte, nach. Der Anblick des Blutes veränderte alles, und nicht nur Adams Aufmerksamkeit war in diesem Augenblick auf die Blutspur gerichtet.

Das gelbliche Oberlicht der Zentralbibliothek ließ die Augenpartien der gesenkten Köpfe im Schatten verschwinden, und der Anblick der feinen Staubpartikel, die durch die Luft flimmerten, nötigte mancher Lunge ein kratziges Husten ab. Eine ganze Zeit lang beobachtete Lea, wie ein junger Mann, der trotz der Hitze eine dieser grellen Trainingsjacken aus verschleißresistentem Plastik trug, in einem ziemlich gleichmäßigen Fünf-Minuten-Takt die Seiten einer medizinischen Enzyklopädie umschlug. Sie gönnte sich noch drei weitere Seiten, die es umzublättern galt, ehe sie sich erneut dem vor ihr liegenden Gemälde zuwandte.

Der Druck von *Der Mönch am Meer* hatte sich in der Zwischenzeit wieder zusammengerollt. Vorsichtig strich Lea ihn glatt und beschwerte die gewellten Kanten mit Notizblock und Stiftetui. Dann rieb sie sich ausgiebig die vom Schlafmangel brennenden Augen, was diese jedoch noch mehr reizte.

Neben ihr lag das schlechte Gewissen in Form eines Stapels Papier, vollgekritzelt mit geistlosem und schlecht abgekupfertem Zeug. Seit Tagen hatte sie keinen einzigen originellen Gedanken zustande gebracht. Dabei rückte der Abgabetermin bedrohlich näher, und Lea war es nicht gewohnt, unter Zeitdruck zu geraten. Normalerweise flogen ihr die Ideen nur so zu, aber nun herrschte Schweigen. Ihr Intellekt hatte sich widerstandslos ihrer Sehnsucht gebeugt.

Herrgott, es konnte doch nicht sein, dass ein Mann, den sie nicht im Geringsten kannte, ihr so sehr Sinne und Verstand benebelte. Adam mochte ungewöhnlich schön sein, gewiss. Aber war Schönheit in der Lage, eine solche Sehnsucht hervorzurufen, dass es einem die Brust zuschnürte? Und das Einzige, was Adam ihr von seinem Wesen offenbart hatte, war seine Unnahbarkeit. Auch das konnte ohne Zweifel reizvoll sein, doch so reizvoll, dass das ganze Leben plötzlich leer erschien, nur weil dieser Mann nicht anwesend war?

Frustriert starrte Lea die schmächtige, schattenartige Figur des Mönchs an, die ihr den Rücken zugewandt hielt und fast aus dem Bild herauszufallen schien. So wie ich aus meinem Leben, dachte sie, während sie mit den Fingern ein zusammengeknülltes Papier quer über den Tisch schnipste.

Erneut versuchte sie, sich auf den Kunstdruck zu konzentrieren, in der Hoffnung, dass das Werk ihr etwas Inspirierendes einflüsterte. Nichts dergleichen geschah. Einige Sekunden beharrte Lea noch darauf, dem Bild etwas Verwertbares zu entreißen, dann gab sie auf und schaute es sich einfach nur an.

Das unendliche Blau des Horizonts, den Caspar David Friedrich so ungewöhnlich tief gelegt hatte, drang in sie ein, zerrte an Haut und Kleidern, riss sie mit ins unendliche Treiben zwischen Himmel und Meer. Ausgeliefert peitschte ihr der Wind die Haare ins Gesicht, riss die Atemluft vor dem Mund weg, so dass sie aufkeuchte. Lea ließ sich treiben, spürte, wie sie schwankte. Ein Brausen umfing sie, vertrieb den letzten Widerstand, löschte jeden Gedanken. Sie ließ sich in die blaue Unendlichkeit fallen, nur allzu bereitwillig gab sie sich auf.

Später hätte sie nicht sagen können, wie lange sie derartig versunken dagesessen hatte, die Hände um die Kanten der Tischplatte gekrallt, bis ihr Bewusstsein sie Tropfen um Tropfen wieder zusammengesetzt hatte. Sie war nicht sonderlich erfreut darüber, denn sofort setzte aufs Neue das brennende Pochen in ihrer Brust ein, das alles andere unwichtig und abgestorben erscheinen ließ.

So kann es nicht weitergehen, beschloss Lea. Es war lächerlich, die Tage wie in Trance zu verbringen und sich um nichts mehr zu kümmern, was einem bislang wichtig gewesen ist. Die Nächte waren auch nicht besser: Die Einsamkeit raubte ihr den Schlaf, ließ sie immer wieder hochschrecken und das dunkle Zimmer nach jemandem absuchen, der nie vorgehabt hatte, es zu betreten. Dennoch wartete alles in ihr darauf, dass Adam zurückkehrte.

Lea lachte bitter. Wahrscheinlich plante ihre von Verlangen zerrissene Seele so lange in der Warteschleife zu verbringen, bis Adam es sich anders überlegte. Ein Plan B war offensichtlich nicht vorgesehen. Sie würde leblos wie Dornröschen abwarten, bis der Prinz sich blicken ließ. Und wenn nicht? Ach, was war ihr Leben denn schon wert? Alles erschien so sinnlos, gemessen an Adams Abwesenheit.

Erleichtert fühlte Lea, dass etwas wie Empörung in ihr aufstieg. Ein Rettungsanker, nach dem sie hoffnungsvoll griff. Die ganze Geschichte war vollkommener Irrsinn. Sich um den Verstand bringen zu lassen von einem schönen Mann, mit dem sie lediglich ein paar Sätze gewechselt hatte. Wer konnte schon sagen, welche Abgründe sich hinter der verführerischen Fassade verbargen? Oder schlimmer noch: Vielleicht gab es nur die Fassade. Eine solche Faszination mochte zu den unkontrollierbaren Achterbahnfahrten jugendlicher Schwärmereien passen, aber ganz bestimmt nicht zu einer Frau auf dem Weg zu einem angesehenen Promotionsstipendium.

Um sich noch gründlicher vor Augen zu führen, wie sehr sie sich mit dieser Entrücktheit lächerlich machte, malte Lea sich aus, wie sie einer Freundin von Adam erzählte. Nur allzu gut konnte sie sich die mitleidsvollen

Blicke und das unterdrückte Schmunzeln vorstellen, das ein Geständnis hervorrufen würde. Dann ließ sie das Gedankenspiel plötzlich stutzen: welcher Freundin? Und für einen kurzen Augenblick dachte sie an etwas anderes als an diesen anziehenden, aber unerreichbaren Mann.

Zu Hause hatte sie keine richtige Freundin, lediglich Marla, mit der sie jedoch seit ihrer Auseinandersetzung nicht mehr gesprochen hatte. Außerdem war Marla von ihrer Art her viel zu trocken, um sich irgendwelche Schwärmereien anzuhören – da musste Lea nicht lange darüber nachdenken. Hier an der Universität hatte Lea bislang nur mit Jazna mehr als ein paar Worte gewechselt, aber mit ihr über etwas so Verwirrendes zu sprechen? Dafür kannten sich die beiden Frauen noch nicht gut genug. Außerdem erinnerte sich Lea nur ungern an die anzüglichen Bemerkungen über Adam, die Jazna nach dem Abend in Professor Carrières Haus gemacht hatte. Zu hören, wie jemand den Mann, der sie um den Verstand brachte, lediglich als ein Lustobjekt darstellte, war ihr zuwider.

Lea nahm einen Stift zwischen die Hände und rollte ihn in Gedanken versunken hin und her. Ihre Mutter wäre bestimmt begeistert auf das Thema eingestiegen. Schließlich hatte sie stets befürchtet, dass ihre Tochter zwar die verträumte Art ihres Vaters geerbt hatte, aber leider auch dessen Mangel an Leidenschaft. Wieder einmal wurde Lea bewusst, wie sehr sie ihre Mutter vermisste. Der einzige Mensch, der ihr wirklich jemals nahegestanden hatte, dem es gelungen war, mit Beharrlichkeit und sprödem Witz zu ihr durchzudringen.

Verstört biss sie sich auf die Unterlippe, als sie sich zu guter Letzt eingestehen musste, dass es tatsächlich niemanden gab, dem sie ihre verwirrenden Gefühle für Adam hätte anvertrauen können. Möglicherweise war es gerade ihre Einsamkeit, die für diesen rauschhaften Zustand verantwortlich war, dachte sie bitter.

Es war an der Zeit, zu akzeptieren, dass sie in eine Sackgasse geraten war: Sie hatte nicht die geringste Ahnung, wer Adam war. Sie wusste nur mit Bestimmtheit, dass er nicht einmal dazu bereit gewesen war, Interesse an ihr zu heucheln. Sämtliche Überlegungen, warum er zielsicher auf ihre Wohnung zugesteuert war, entsprangen dem gleichen Wunschdenken, das sie nachts in der Hoffnung aufwachen ließ, ihn neben ihrer Matratze sitzend vorzufinden.

Aus, Schluss und vorbei!, stachelte Lea sich an. Ab sofort gab es nur noch den guten alten Lebensmittelpunkt Literatur. Sie würde Professor Carrières Augen mit ihrer Originalität zum Strahlen bringen. Entschlossen drückte sie den Rücken durch und blickte mit völlig neuen Augen auf Friedrichs Meisterwerk.

Erneut traf sie das Blau so unvermittelt und schmerzhaft, dass das Nervengeflecht zwischen Brust und Bauch sofort wieder unter Strom stand. Die Rebellion war verloren, jeder Widerstand war zwecklos. Lea ließ sich abermals willenlos davontreiben, bis Adam kommen und sie erlösen würde.

3

Blut und Schnee

In der Luft breitete sich eine ungewöhnliche Duftspur aus. Kaum wahrnehmbar trug sie der frostklare Wind mit sich und hätte sie beinahe zerfasert, so dass sie von den vielschichtigen Gerüchen der Straße überlagert worden wäre.

Adam blieb stehen und legte den Kopf schief. Die Straße war menschenleer, eine marode Straßenbahn verschwand gerade um die Ecke, und gelegentlich schlitterte ein Auto vorbei, aus dem lautstarke Musik dröhnte. Für einen Moment spielte er mit dem Gedanken, die Augen zu schließen, um sich besser konzentrieren zu können. Wenn seine Sinne ihn nicht täuschten, musste er auf jede Bewegung in seinem Umfeld achten.

Dieser Geruch … nach altem Leder, aber darunter lag noch etwas anderes. Dunkel, präzise … Nein, ganz gleich, wie sehr er sich auch bemühte, nun kitzelten nur noch die Abgase und der Frost in seiner Nase. Er fluchte lautlos und spähte erneut in die verlassene Gasse, aus der der Wind den ungewöhnlichen Duft zu ihm getragen hatte. Jenen Duft, den es in dieser Stadt eigentlich nicht geben durfte.

Deine Erinnerung spielt dir einen Streich, versuchte er sich zu beruhigen. Schließlich wäre dir eine Ablenkung jetzt mehr als willkommen. Denn zum wiederholten Male suchte ihn dieses Drängen heim, versuchte ihn zu nötigen, seinem eigentlichen Ziel entgegen. Adam presste die Zähne fest zusammen und bemühte sich, dieses Sehnen, das ihn unentwegt quälte und zu überwältigen drohte, zu unterdrücken.

Plötzlich streifte der Geruch erneut seine Sinne, und dieses Mal ließ die Erinnerung sogleich ein Bild aufflackern: In der Gasse lauerte ein Raubtier, bereit zum Sprung.

Ohne sich dessen bewusst zu sein, breitete sich ein Lächeln auf Adams Gesicht aus. Er drehte sich um und verschmolz mit der Dunkelheit.

Nach und nach verwandelte sich das unnatürliche Dröhnen in ein gleichmäßiges Ticken. Ein schwaches Geräusch, das seinen Weg in Leas Träume fand, um sie zu rufen. Sie erwachte auf der Seite liegend, ihre Schulter bohrte sich schmerzhaft durch die dünne Matratze. Ihre nackten Knie klebten aneinander. Das Trägershirt haftete nass geschwitzt am Rücken, und trotzdem mochte Lea sich nicht rühren. Erschöpft lauschte sie ihrem rasenden Atem, spürte ihr Herz wild pochen.

Welcher Albtraum auch immer den Angstschweiß ausgelöst hatte, mittlerweile hatte er sich verflüchtigt.

Sie fuhr sich mit der Zungenspitze über die ausgetrockneten Lippen und blinzelte. Stockfinstere Nacht umgab sie. Für einen kurzen Moment spielte sie mit dem Gedanken, eine bequemere Position zu suchen und noch einmal Schlaf zu finden. Doch das Adrenalin rauschte durch ihre Adern, kribbelte in den Zehen und ließ sie zur Lampe neben der Matratze greifen. Schwaches Licht flammte auf.

Leas schlaftrunkener Blick schweifte durchs Zimmer, nahm den umgekippten Bücherstapel sowie die benutzten Teetassen wahr – und nackte Männerbeine. Bevor ihr Verstand diese Unmöglichkeit begriff, war ihr Blick bereits weitergewandert und schnellte nun ruckartig zu den Beinen zurück.

Panisch rappelte Lea sich auf, kam wankend auf Händen und Knien hoch, den Mund vor Überraschung offen stehend.

Drei Schritte von ihr entfernt saß Adam im Halbdunkeln, eine Decke um den nackten Körper geschlungen, so dass lediglich Schultern, Arme und Beine zu sehen waren. Um den einen Unterarm, der locker auf seinem Schoß lag, hatte er ein Tuch gewickelt, das er fest mit der freien Hand umschlossen hielt. Mein Geschirrhandtuch, stellte Lea verstört fest.

Adam hatte die Augen auf sie gerichtet – oder vielmehr dorthin, wo eben noch die schlafende Lea gelegen hatte. Jetzt zuckten seine Lider ein Stück nach oben, und er starrte ihr direkt ins Gesicht.

Instinktiv wich Lea zurück, kam auf ihrem Hintern zu sitzen und verharrte.

Adam rührte sich nicht.

Ein verstörtes Lachen kam über ihre Lippen, die sie sofort wieder fest zusammenkniff.

Was geht hier vor?, fragte sie sich. Du träumst bestimmt, versuchte sie der vernunftbegabte Teil ihres Hirns zu beruhigen. Aber die Sekunden verstrichen, und Adam saß weiterhin wie eine Statue da, erwiderte ihren Blick, ohne sie jedoch wirklich anzusehen.

Langsam richtete Lea sich auf, und Adams grüne Augen folgten ihren Bewegungen mit deutlicher Verzögerung. Während sie vorsichtig auf ihn zutrat, bemerkte sie die dunkle Spur auf dem weißen Tuch um seinen Arm, die sich stetig ausbreitete. Gebannt glitt ihr Blick zu Adams nackter Schulter hinauf, auf der ein handbreiter Bluterguss prangte. Das Schlüsselbein selbst machte einen merkwürdigen Eindruck. Verbogen …

»Adam?« Leas Stimme versagte.

In diesem Moment hatte sie das Gefühl, als packe eine fremde Macht ihren Körper und schleudere ihn an das andere Ende des Raums, während sie zugleich ihren zitternden Fingern dabei zusah, wie sie sich auf Adams Gesicht zubewegten. Ihre Augen trafen sich in dem Moment, als ihre Fingerspitze seine Wange streifte.

»Dein Gesicht ist voller Blutspritzer«, hörte sie sich mit tonloser Stimme sagen.

Ein Traum, ein böser Traum!, schrie die Stimme in ihrem Kopf, aber der verunsicherte Unterton ließ sich nicht überspielen.

Adams Hand gab den verletzten Unterarm frei und schob Leas ausgestreckten Finger behutsam zur Seite. Fasziniert bemerkte Lea, wie ihre Fingerkuppe dabei einen der dunklen Spritzer verwischte. Eine schwache hellrote Spur blieb zurück. Als Adam sich in einer bedächtigen Bewegung erhob, nahm sie wahr, dass seine Lippen leicht zitterten.

Was verbirgt sich wohl unter der Decke?, fragte sich sie. Noch mehr Blut?

Lea konnte sich nicht bewegen, selbst als Adam versuchte, sie etwas von sich zu schieben, damit er zum Spülbecken in der Kochnische gehen konnte. Erst das Geräusch des glucksenden Wasserhahns riss sie aus der Erstarrung. Mit wankenden Schritten taumelte sie ihm nach, bis ihr der metallisch schwere Geruch von Blut in die Nase schlug.

Mit einer Hand klatschte Adam sich Wasser ins Gesicht, das daraufhin rötlich verfärbt im Abfluss verschwand. Erst als das Wasser wieder ganz klar durch das Becken lief, stellte er es ab. Leicht vornübergebeugt verharrte er dort; nasse Haarsträhnen klebten in seinem Gesicht.

Ein dunkler Fleck in Adams zerzaustem Haar zog Lea magisch an, und sie tauchte einen Finger hinein. Etwas Klebriges blieb daran haften. Ihr wurde übel. Hektisch fixierte sie die tiefen Schnittwunden auf Adams Schulterblatt, an deren Rändern sich plötzlich etwas bewegte. Die Wunden wurden schmaler – es ließ sich nicht leugnen. Während Lea die Striemen anstarrte, begannen diese, sich zu schließen.

»Das ist nicht mein Blut. Kein Menschenblut.«

Die Worte rissen Lea aus ihrer Benommenheit, und sie wandte mit aller Gewalt den Blick von der Wunde auf dem Schulterblatt ab. Ihre Hände krallten sich am Rand des Spülbeckens fest. Das kalte Porzellan bot ihr Halt. Die feinen Risse in seiner Oberfläche hatten etwas Wahres, etwas Echtes an sich.

Unsicher streckte sie erneut eine Hand nach Adam aus. Sie sah, wie sich sein Gesichtsausdruck verhärtete, als er sich zu ihr umwandte. Trotzdem legte sie die Handfläche auf seine nackte Brust, und bei der Berührung fühlte sie ein Prickeln, als ginge eine leichte Stromspannung durch sie hindurch. Mit einem Schlag waren alle Verwirrung und Furcht fortgewischt, es gab nur noch das Verlangen, Adams Körper zu spüren, sich an ihn zu drängen, damit auch das kleinste Stückchen ihrer Haut mit diesem Zauber überzogen war.

Doch schon im nächsten Augenblick entzog sich Adam ihr mit einer einzigen fließenden Bewegung. Vor Enttäuschung gab Lea einen verwundeten Laut von sich, den Adam mit einem knurrenden Ton erwiderte. Überrascht hielt sie inne. In Adams Gesicht war dieselbe Erregung zu erkennen, die auch von ihr Besitz ergriffen hatte. Er wandte sich ihr erneut zu, und sie sah, wie sich die Muskeln unter seiner Haut anspannten, als wolle er jeden Moment nach ihr greifen. Aber er blieb regungslos stehen und schien kaum noch zu atmen. Nur mit größter Mühe gelang es ihr, ihn nicht einfach an sich zu reißen.

»Was nun?«, fragte sie stattdessen atemlos.

Adam wischte sich ruppig über das Gesicht, als ob er sich selbst aus einem Traum wecken wolle. Dann legte er sich die Hand über die Augen, und seine untere Gesichtshälfte verschwand im Schatten. Dennoch entging Lea nicht sein leises Lachen. Es klang verzweifelt und erleichtert zugleich.

»Ich sollte einen Arzt rufen. Irgendjemanden«, sagte sie, darum bemüht, etwas wie Normalität entstehen zu lassen.

»Nein!« Adam machte einen hastigen Schritt auf sie zu. Furcht und eine Spur von Zorn flackerten jäh in seinen Augen auf, doch der Ausdruck war sofort wieder verschwunden und machte seiner alten Selbstbeherrschung Platz. »Wir setzen uns jetzt«, sagte er und zeigte auf die Matratze, neben dem verschlissenen Teppich und einem Plastikstuhl die einzige Sitzgelegenheit in diesem Raum.

Lea ließ sich neben ihm auf dem Bett nieder und versuchte, ihn nicht versehentlich zu berühren. Adam war abermals in seine Starre verfallen und schien sie nicht wahrzunehmen. Langsam wich Leas Beklemmung einer kalten Wut. Sie ärgerte sich über diesen schweigenden Mann, der sie von einer Verwirrung zur nächsten trieb. Dabei hatte er eine Grenze überschritten, und sie verlangte nach einer Erklärung.

»Du sitzt mitten in der Nacht in meinem Zimmer«, eröffnete sie das Feuer.

Adam nickte, ohne ihr das Gesicht zuzuwenden. Sein rechtes Bein war leicht angewinkelt, der verletzte Arm mit dem blutgetränkten Verband ruhte wieder auf seinem Schoß. Die Decke, die er sich um den Körper geschlungen hatte, war herabgerutscht und zeigte einen frisch aufgeschürften Hüftknochen.

»Mitten in der Nacht, unbekleidet.«

Da Adam wiederum nur nickte, fügte sie hinzu: »Nackt und blutverschmiert. Verdammt, Adam!«

Gereizt erwiderte er ihren Blick. »Ja«, sagte er lediglich.

»Die Wunde auf deinem Rücken ist gerade dabei, sich selbst zu heilen.«

Adam schloss die Augen, lehnte sich mit dem Hinterkopf gegen die Wand und streckte das Bein durch. Ein Lächeln hatte sich auf sein Gesicht geschlichen, als er knapp antwortete: »Ich weiß.«

Lea zählte ihre Atemzüge, bis er weitersprach.

»Nun gut, ich hätte nicht zu dir kommen dürfen, jedenfalls nicht in diesem Zustand. Etwas hier hat mich angezogen, aber es zieht mich eigentlich jede verfluchte Nacht hierher, seit ich dich das erste Mal in Etiennes Haus gesehen habe. Wenn ich nicht so verwundet wäre, hättest du mich allerdings nicht bemerkt. Mein Fehler.«

Adam schenkte Lea ein gebrochenes Lächeln, woraufhin all die tausend Fragen, die ihr durch den Kopf schossen, schlagartig verstummten. Eine einzigartige Gabe, denn ansonsten gelang es niemandem, Leas immerzu ratternden Verstand abzuschalten. Bei Adam reichte sein bloßer Anblick, um den gerade erlebten Wahnsinn zu vergessen. Schüchtern lächelte sie ihn an.

Zu gern hätte sie dem Kribbeln in ihren Fingerspitzen nachgegeben und seine Wange gestreichelt, da begann Adam den provisorischen Verband von seinem Unterarm abzuwickeln. Auch hier liefen drei tiefe Schnitte quer über das Geflecht aus Adern, die weißen Ränder quollen auseinander, gaben ein dunkles Durcheinander im Fleisch preis. Es kostete Lea alle Kraft, einen Aufschrei zu unterdrücken. Sie glaubte, zerschnittene Venen und das lose Ende einer Sehne zu erblicken. Noch mehr als die entsetzliche Verletzung schockierte sie jedoch, dass sich die Wundränder langsam zusammenzogen.

»Noch ein paar Stunden und es wird nichts mehr zu sehen sein«, erklärte Adam sachlich. »Alles kehrt wieder in seinen ursprünglichen Zustand zurück. Es ist eine Art Krankheit, schwierig zu erklären. Vermutlich wärst du nicht damit einverstanden, die heutige Nacht einfach zu vergessen, oder?«

Erneut schenkte er Lea ein Lächeln, das sie dieses Mal mit einem wütenden Schnauben bedachte.

»Habe ich mir fast schon gedacht«, sagte Adam in einem leicht amüsierten Tonfall. Er schien eine Entscheidung getroffen zu haben und wirkte beinahe erleichtert. Instinktiv rückte Lea ein Stück von ihm ab, als ahne sie, was Adam ihr nun erzählen würde. Der Blick, den er ihr zuwarf, machte klar, dass er ihre Furcht nur allzu gut verstand.

»Ich denke, du würdest es einen Dämon nennen«, sagte Adam mit einer Ruhe, die kaum zu seinen Worten passte.

»Er ist einer. Und doch ist er viele. Er bemächtigt sich deiner voll und ganz, dringt in jede Zelle deines Körpers ein. Indem er deinen Körper wie ein Gefäß ausfüllt, konserviert er ihn zugleich. Wenn ich mich also schneide, wird der Dämon die Wunde schließen, um den alten Zustand wiederherzustellen. Wie ein zurückschnellendes Gummiband.« Er schnipste mit den Fingern, und Lea zuckte zusammen. »Allerdings entbindet einen der Befall durch den Dämon auch vieler menschlicher Eigenarten: Man friert und schwitzt nicht länger, mit dem Schlaf ist es vorbei und auch mit dem Altern. Eigentlich gibt es nur noch eine drängende Verpflichtung: Der Dämon will hofiert werden.«

Lea schaute Adam verständnislos an, aber der schwieg nun. Dann begriff sie mit einem Mal das Gesagte, und die Erkenntnis ließ ihren Atem stocken. »Adam, wessen Blut war das auf deinem Gesicht?«

»Du denkst in die richtige Richtung«, erwiderte er ruhig und suchte dabei ihren umherirrenden Blick. »Das Blut von vorhin hat jedoch nichts damit zu tun. Es stammt aus einer unvorhergesehenen Begegnung mit jemandem meiner Art, einer Söldnerin. Ich bin ihr früher schon begegnet, aber, ehrlich gesagt, hat mich der heutige Zusammenstoß ziemlich aus der Bahn geworfen ... Und bevor du mir vollkommen entsetzt deine Frage noch mal stellst: Es gibt elegantere Wege, um an Blut heranzukommen, als Ahnungslose in dunklen Gassen zu überfallen. Normalerweise laufe ich nicht blutbesudelt durch die Straßen.«

Lange Zeit gingen sie schweigend nebeneinander durch die nächtlich verlassene Stadt, begleitet vom unregelmäßigen Flackern der Laternen. Der Wind hatte am Abend zuvor warme Luft von der Küste mitgeführt, wodurch die Schneedecke ein wenig an Herrlichkeit eingebüßt hatte. Doch in der Nacht hatte der Frost verlorengegangenes Territorium zurückerobert, so dass nun alles von einer glitzernden Schicht überzogen und die Wege in eine gefährliche Eisfläche verwandelt worden waren. Nebelfetzen hingen tief über der Straße und ließen die wenigen Autos, die in dieser merkwürdigen Zwischenzeit bis zum Morgenrot unterwegs waren, träge dahinschleichen. Kälte und kristallisierte Nebeltropfen machten das Atmen zur Qual.

Lea war froh über jede Ablenkung, sogar darüber, dass sie mehr schlitterte als ging und dass sie in der Eile, Adam zu folgen, ihren Schal vergessen hatte und nun erbärmlich fror. Ihr war alles recht, was sie davon abhielt, über das eben Erlebte und Gehörte nachzudenken. Adams Gestalt an ihrer Seite schien ihr zu flüchtig. Beinahe unwirklich, bloß ein Schatten in ihren Augenwinkeln, dessen feste Schritte kein zersplitterndes Krachen auf der hauchdünnen Eisschicht verursachten.

Sie ließen die Hochhäuser hinter sich, die vom Dauerfrost mürben Straßen wurden allmählich enger, ältere Häuser folgten immer dichter aufeinander, schäbig und verlassen. Lea hatte nicht die geringste Ahnung, in welchem Viertel der Stadt sie sich eigentlich befanden. Sie achtete nicht einmal darauf, welche Richtung Adam einschlug.

Als Adam einen Spaziergang vorschlagen hatte, hatte sie sich erleichtert die dicken Sachen übergezogen und war zur Tür hinausgestürzt. Keine Minute länger hätte sie es in dem überheizten Raum ausgehalten, der um sie herum zu schrumpfen schien. Eine giftige Zelle, die zur Bühne von etwas schier Unaussprechlichem geworden war. Vor der Tür hatte Adams Kleidung gelagert, und während er danach gegriffen hatte, war Lea wieder dieser schwere Geruch in die Nase gestiegen. Obwohl sie rasch den Kopf abgewendet hatte, waren ihr die dunklen Schlieren nicht entgangen, die der Teppich aufgesogen hatte. Zweifelsohne war Adams Kleidung blutdurchtränkt.

Um diese Erinnerung zu verscheuchen, beschleunigte Lea nun ihre Schritte. Sie hatte das Gefühl, den Verstand zu verlieren, wenn sie Adam nicht an ihrer Seite spürte. Denn wenn sie das verbotene Wort aussprach, das seit seinem Geständnis unentwegt in ihrem Kopf kreiste, dann würde zumindest das Universum implodieren. Oder schlimmer noch: Adam wäre plötzlich fort, würde sich innerhalb eines Sekundenbruchteils in nichts auflösen. Und dieses Mal konnte sie nicht darauf hoffen, dass etwas flirrender Engelstaub zurückblieb. Deshalb brachte Lea alles in sich zum Schweigen, damit Adam weiterhin existieren konnte.

Nach einer Weile erreichten sie einen Kanal, und Adam blieb mitten auf der breiten Brücke stehen. Die frische Schneedecke reichte ihm bis über die Knöchel, darunter verbarg sich eine dicke Schicht von unzähligen Füßen fest getretenen Schnees. Ein Eisbrecher schob sich im Kanal mühsam durch die gerade erst verheilte Eisdecke und zog eine Spur der Zerstörung hinter sich her: Große Eisstücke wogten im dunklen Wasser auf und ab und schimmerten gelblich schwarz im unsteten Laternenschein. An den Rändern der Fahrrinne schoben sich ächzend Eisplatten unter- und übereinander, so dass ein wirres, gefährlich gezacktes Muster entstand. Ein dumpfes Grollen drang vom Wasser her, noch lange nachdem der Eisbrecher flussaufwärts im Nebel verschwunden war.

Schweigend beobachtete Adam das Spiel des brechenden Eises, während Lea seine bloßen Hände anstarrte, die auf dem weiß überzogenen Eisengeländer ruhten. Die aufgesprungenen Fingerknöchel waren inzwischen fast wieder verheilt. Schließlich packte sie seine Handgelenke und drückte sie sanft nach unten, damit er das Geländer freigab.

Erstaunt sah Adam sie an. Die erste Regung in seinem Gesicht, seit er vor Leas Tür in seine blutverschmierte Kleidung geschlüpft war. »Keine Sorge«, sagte er belustigt. »Meine Hände werden ganz bestimmt nicht daran festfrieren.«

»Genau das macht mich ja so nervös«, entgegnete Lea. Erstaunt registrierte sie, dass ihre Stimme unvermutet gelassen klang.

Adam betrachtete sie nachdenklich. »Eigentlich hatte ich damit gerechnet, dass dir mein Geständnis mehr zu schaffen machen würde. Schließlich widerspricht es den Naturgesetzen …«

»Vielleicht hat mir ja die Romantik schon den Verstand verdreht: Sandmänner, Schattenlose und all die anderen Schauergestalten. Vollkommen abgehärtet gegenüber den Geheimnissen der Dunkelheit«, sagte sie, als dächte sie an eine Vorlesung an der Universität. »Wahrscheinlich bin ich besser als jeder andere darauf vorbereitet, dass das Unheimliche jederzeit ins Leben einbrechen kann. Und dabei hat meine Mutter immer behauptet, dass die ganze Zeit, die ich mit dem Lesen von Schauergeschichten zugebracht habe, verschwendet wäre.«

Plötzlich spürte Lea einen Druck in ihrer Kehle aufsteigen, der schließlich als Lachen hervorbrach. Es wurde lauter und lauter, schrillte ihr schmerzhaft in den Ohren. Nach einiger Zeit war sie sich nicht mehr sicher, ob es sich um Lachen oder Schreien handelte, nur dass es außer Kontrolle und gleichzeitig befreiend war. Sie sah sich selbst dastehen, die Arme um den Bauch geschlungen, die

Schultern nach vorn gekrümmt, der Rücken bebend. Und mit einem Mal endete es so abrupt, wie es angefangen hatte. Lea holte tief Luft und öffnete ihren Parka, denn ihr war unendlich heiß.

»Damit habe ich schon eher gerechnet«, sagte Adam ungerührt und richtete den Blick wieder auf die schlingernden Eismassen.

»Du warst heute Nacht nicht das erste Mal in meinem Zimmer, nicht wahr?«, brachte Lea stockend hervor.

»Nein. Ich war jede Nacht bei dir, seit ich dich das erste Mal getroffen habe.« Obgleich sein Gesicht im Schatten lag, glaubte sie einen Anflug von Pein in seinen Zügen zu erkennen, als mache ihm die Erinnerung an die vergangenen Nächte zu schaffen. Trotzdem klang seine Stimme gefestigt. »Wenn ich allerdings nicht in solch einem desolaten Zustand gewesen wäre, dann hättest du mich auch dieses Mal nicht bemerkt. Aber vielleicht ist es so auch das Beste. Wer weiß, wie lange ich das Ganze noch ertragen hätte. Etienne saß mir deshalb schon unentwegt im Nacken …«

»Halt, zu viel Information auf einmal«, unterbrach Lea ihn, um dann abermals hysterisch zu lachen. Adam wartete ab, bis sie sich wieder gefasst hatte. »Stressabbau«, sagte sie entschuldigend, sich hilflos über das verschwitzte Gesicht wischend. »Habe ich dich richtig verstanden: Professor Carrière ist ebenfalls … infiziert?«

Adam nickte.

»Das kann doch nicht sein! Er unterrichtet tagsüber!«

»Lea, beruhige dich und denk nach. Der Dämon ist dazu imstande, schwere Verletzungen innerhalb kürzester Zeit zu heilen, und da soll ihm das Tageslicht etwas anhaben können?«

»Zeig mir deine Fangzähne!«

»Ich muss dich leider enttäuschen. Diese Art von Geschichten kannst du getrost vergessen. Alles nur Folklore«, sagte Adam. Trotzdem schenkte er ihr ein breites Lächeln, bei dem eine Reihe weißer, allerdings vollkommen normaler Zähne aufschimmerte.

Lea war fast ein wenig enttäuscht. »Wer noch?«

»Reichen Etienne und ich dir denn nicht?«, fragte Adam mit einer Mischung aus Belustigung und Ungeduld.

»Warum wolltest du mir dein Geheimnis erzählen? Das wolltest du doch, oder? Und warum will Carrière das? Du sagst, er dränge dich dazu.«

»Was für eine Art von Kreuzverhör wird das hier eigentlich? Ich denke, wir sollten noch ein wenig spazieren gehen, damit du dich beruhigen kannst.«

Ein gereizter Ton hatte sich in seine Stimme geschlichen, der Lea verängstigte und zugleich herausforderte: »Wirst du mich beißen?«

»Verdammt, Lea!«

Blitzschnell wandte Adam sich ab und lief mit langen Schritten über die Brücke davon. Als sie ihm folgen wollte, glitt sie aus und stürzte seitwärts in einen Schneehaufen. Der mühsame Versuch, sich zu befreien, ließ ihre Glieder nur tiefer versinken. Plötzlich packten sie Adams kräftige Arme, und mit einem Ruck zog er sie auf die Füße. Lea konnte gar nicht schnell genug darauf reagieren, da lehnte er bereits wieder rücklings am Brückengeländer, die Arme vor der Brust verschränkt, sie eingehend beobachtend. Dabei entging ihr nicht der verächtliche Zug um seinen Mund.

Mit einer fahrigen Geste strich sie sich den Schnee von der Kleidung. »Was hast du nur bei mir gewollt?«

Obwohl sie die Frage laut stellte, war sie eigentlich eher an sie selbst als an Adam gerichtet.

»Ich sagte es doch schon, es zieht mich zu dir hin. Nach dem Zusammenstoß mit dieser verdammten Söldnerin heute war ich verletzt und durcheinander. Ich habe mich einfach treiben lassen, und ehe ich mich wieder im Griff hatte, warst du schon wach und außerdem ausgesprochen neugierig. Normalerweise höre ich an deiner Atmung, wie tief du schläfst«, schob Adam mit einem verschlossenen Gesichtsausdruck nach. Dabei musterte er ausgiebig den zerwühlten Schneehaufen, aus dem er sie herausgefischt hatte. Das Geständnis bereitete ihm sichtlich Mühe, aber ganz und gar nicht auf eine schwärmerische Art, wie Lea sich unglücklich eingestand.

»Was meinst du mit ›es zieht dich zu mir hin‹? Das klingt so, als zwinge dich etwas.«

»Wo denkst du hin! Ich kann mir nichts Schöneres vorstellen, als in überhitzten Löchern schlafenden Studentinnen beim Atmen zuzuhören.« Adam gab sich keine Mühe, den Hohn in seiner Stimme zu unterdrücken. Das frustrierte Schnaufen, das folgte, verletzte Lea allerdings noch mehr. Nicht dass sie mit einer Liebeserklärung gerechnet hätte, während ihr vor Kälte die Zähne klapperten und eine weitere Lachsalve bedrohlich ihre Kehle hochstieg. Aber dass Adam die nächtlichen Besuche wie einen lästigen Zwang, wie eine Peinlichkeit darstellte, war mehr, als sie ertragen konnte.

»Ich habe dich nicht eingeladen, zu mir zu kommen«, gab sie deshalb zornig zurück.

Adam quittierte den Seitenhieb mit einem Blinzeln, dann rieb er sich die Augen und nahm eine entspanntere Haltung ein. »So habe ich das nicht gemeint. Es ist nur schwierig, das Ganze zu erklären, denn ich verstehe es selbst nicht so recht. Vielleicht hätte ich doch auf Etiennes Rat hören sollen: nicht denken, nicht reden, sondern handeln. Nun wird alles zusehends komplizierter.«

Völlig unerwartet streckte Adam ihr seinen Arm entgegen, und ohne auch nur einen Augenblick zu zögern, ging Lea auf ihn zu. Er legte ihr den Arm um die Hüfte und zog sie langsam an sich, so dicht, dass sie seinen gefrorenen Atem auf ihren Lippen spüren konnte. Unwillkürlich dachte sie an den Duft von Jasmin – süß und blumig. Aber darunter verbarg sich etwas anderes: Es roch lockend, dunkel, nach erhitzten Körpern, die in Bewegung waren. Und während Lea betört die Augen schloss und ihr Körper sich ganz selbstverständlich so nah wie möglich an Adam anschmiegen wollte, gab er sie abrupt frei und trat zur Seite.

Unerreichbar fern.

Es dauerte verstörend lange, bis sie ihre Enttäuschung einigermaßen überwunden hatte. »Wozu genau hat Etienne dir denn geraten?«, fragte sie mit bebender Stimme.

Adam war inzwischen noch weiter von ihr abgerückt. Auch er war atemlos, und seine Hände umfassten das Brückengeländer, als suche er nach Halt. »Du musst wissen, dass wir nie längere Zeit in menschlicher Gesellschaft verbringen. Ich meine, in engeren Bindungen. Es widerspricht unserem Naturell. Auch wenn es einige gibt, die sich menschliche Diener halten … Und kaum einer von uns ist sonderlich erpicht darauf, längere Zeit mit unseresgleichen zu verbringen. Außerdem neigen viele zu ausgeprägtem Revierverhalten.« Adam lachte leise, während er behutsam seine Schulter betastete. »Vermutlich hängt unser einsames Dasein damit zusammen, dass der Dämon nicht auf Vervielfältigung drängt. Natürlich setzt sich immer wieder mal jemand darüber hinweg, auf der Suche nach Abwechslung, aus Neugierde oder was weiß ich. Aber fast immer misslingt die Verwandlung, denn die wenigsten Körper sind in der Lage, langfristig eine Symbiose mit dem Dämon einzugehen. Der Dämon breitet sich zu rasch aus. Und manchmal auch zu langsam …«

Leichter Schneefall hatte eingesetzt und Lea sah, wie die Flocken unversehrt in Adams Haaren und eine einzelne auf seiner Nasenspitze liegen blieben. Ihr ganzer Körper bebte mittlerweile, aber sie konnte nicht sagen, ob vor Kälte oder vor Entsetzen. Adam machte eine rasche Bewegung auf sie zu, um sofort wieder auf Distanz zu gehen. Er hatte ihr seinen Wollmantel um die Schultern gelegt, und Lea versuchte, nicht an die dunklen Flecken im Stoff zu denken.

Schließlich warf er ihr einen fragenden Blick zu, und obschon sich ihre Kehle angstvoll zuschnürte, nickte sie ihm auffordernd zu. Trotzdem zögerte Adam. Fast schien es, als wolle er sich lieber erneut abwenden und, ohne ein weiteres Wort zu verlieren, fortgehen, als nur einen Augenblick länger in ihrer Nähe zu bleiben. Unsicher streckte Lea die Hand aus und berührte seinen Arm. Adam schloss die Augen, und sie erkannte an der Anspannung seiner Gesichtszüge, die tiefe Schatten in die Haut zeichneten, wie sehr er mit sich kämpfte.

»Die beste Voraussetzung für eine Verwandlung besteht darin, dass es den Dämon zu einem Menschen hinzieht«, sagte Adam schließlich mit kaum hörbarer Stimme. »Aber es kann auch über den reinen Wunsch, einen Menschen zu beherrschen, hinausgehen. Das kommt sehr selten vor, doch manchmal macht der Dämon einem einen Menschen zum Geschenk … Es ist sehr schwierig, das zu erklären. Die

Worte ziehen das Verlangen ins Lächerliche … Wenn der Dämon einen Menschen begehrt, dann spürt man es mit jeder einzelnen Zelle, es reißt an einem, unwiderstehlich. Es ist, als brenne und ertrinke man gleichzeitig.«

Unvermittelt hielt er inne und warf Lea einen fiebrigen Blick zu, der sie zurückweichen ließ. »Als ich dir in die Augen gesehen habe, habe ich dich erkannt. Hat der Dämon dich erkannt. So nennen wir es, wenn wir ein Geschenk des Dämons empfangen: erkennen.«

»In der Bibel bedeutet ›erkennen‹, mit jemanden zu schlafen«, brach es aus Lea hervor, und sie war froh, über etwas Bekanntes in diesem Irrsinn gestolpert zu sein.

Adam lachte leise. »In diesem Fall wäre *vereinigen* wohl passender. Der Dämon in mir wünscht sich nichts dringender, als dass ich dir etwas von mir gebe, damit er mit dir verschmelzen kann … damit wir beide miteinander verschmelzen können. Und nein: Ich werde dir nicht die Halsschlagader zerfetzen und von deinem Blut trinken, bis dein Herz stillzustehen droht, damit du dich drei Nächte später aus deinem Grab erhebst. Vergiss den Blödsinn. Der Dämon dringt gewiss nicht in einen beschädigten Tempel ein. Nein, ich würde dir etwas von mir geben.«

»Aber das willst du nicht«, stellte Lea traurig fest. »Du bist nicht einverstanden mit der Wahl deines Dämons.«

»So ist das nicht.« Er schaute sie ernst an, und in seinen Gesichtsausdruck mischte sich eine Spur von Beunruhigung, als gebe er zu viel von sich preis. »Ich bin mit vielem uneins, was mein Dasein betrifft. Jemanden zu erkennen bindet, legt fest. Eine Gefährtin anzunehmen macht einen noch empfindsamer gegenüber dem Dämon. Und abhängiger, weil eine Gefährtin immer auch ein Geschenk ist … Ich weiß nicht, wie ich es dir erklären soll. Du müsstest mehr darüber wissen, was es bedeutet, von meiner Art zu sein. Etienne sagt, er würde seine unsterbliche Seele für einen Weggefährten geben, wenn er denn noch eine Seele hätte.«

Adams Hand ballte sich zu einer Faust, bis die Knöchel weiß hervortraten und eine fast verheilte Wunde erneut aufbrach. Als er sich dessen bewusst wurde, grub sich eine tiefe Falte zwischen seine Brauen. »Aber was soll daran reizvoll sein? Nach all den Jahren bist du plötzlich an jemanden gebunden, den du dir in keiner Weise erwählt hast. Der Dämon setzt sich über die wenigen Wünsche, die dir geblieben sind, einfach hinweg. Wie sehr du dich auch bemühst, deinen eigenen Weg zu gehen, jemanden zu erkennen, macht dir unweigerlich bewusst, wie wenig dir der Dämon gelassen und wie viel er genommen hat.«

Erschöpft brach Adam ab, und Lea hätte viel dafür gegeben, den Ausdruck auf seinem Gesicht sehen zu können. Doch er hatte sich abgewandt und starrte wieder auf das Spiel des Eises. Traurigkeit breitete sich in Lea aus, als habe man sie einer einmaligen Chance beraubt: »Nicht du hast mich erkannt, sondern der Dämon in dir.«

»Das stimmt nicht«, erwiderte Adam überraschend hart. Er suchte ihren Blick, nicht drängend; als er ihn jedoch eingefangen hatte, hielt er ihn fest. »Der Dämon hat etwas erkannt. Aber ich auch. Ich weiß nur nicht, was es ist. Jedenfalls bin ich im Moment nicht bereit, das Risiko einzugehen, dass er dich vernichten könnte – wie sehr er auch drängen mag. Als ich heute Nacht zu dir kam, lag es nicht nur am Willen des Dämons, sondern auch daran, dass ich etwas bei dir gesucht habe: Wärme und Trost.« Er drehte ihr erneut den Rücken zu. »Wie gesagt, ich verstehe es selbst nicht.«

Schweigend kehrten sie zu Leas Wohnung zurück, jeder den eigenen Gedanken nachhängend. Inzwischen hatte sich trübes Dämmerlicht ausgebreitet, doch dieser Morgen bot Lea nicht das Gefühl eines Neuanfangs, obwohl Adam an ihrer Seite war.

Als sie vor ihrer Zimmertür standen, machte er keine Anstalten einzutreten. »Du musst erschöpft sein«, stellte er nüchtern fest.

Lea überlegte kurz, ob sie ihn unter einer fadenscheinigen Begründung hineinlocken sollte. Aber trotz der vielen Kleidungsschichten schlotterte sie am ganzen Körper, und die sonderbaren Wendungen der letzten Nacht hatten sie viel Kraft gekostet. Sie brauchte schlicht und ergreifend etwas Zeit für sich.

Außerdem regte sich bei Adams Anblick, dem Kälte und Schlafmangel nichts anhaben konnten, ihre Eitelkeit. So, wie er in seinem dünnen Wollpullover, mit samtig fallendem Haar und klaren Augen vor ihr stand, hätte er direkt von einem schön gedeckten Frühstückstisch im Salon von Professor Carrières Stadthaus aufstehen können. Nach frisch gewaschener Haut duftend, die Morgenzeitung noch in der Hand. Die Illusion wäre perfekt gewesen, wenn da nicht das Überbleibsel eines Blutergusses auf dem Wangenknochen aufgeleuchtet hätte. Auch die dunklen Flecken auf der Kleidung und der eingerissene Halsausschnitt störten das Bild eines jungen Mannes, dem sich das Leben nur von seiner besten Seite zeigte.

Lea spielte mit dem Schlüsselbund, um Zeit zu schinden. Ein paarmal ließ sie den angeknüpften Perlenstrang durch ihre Finger gleiten, bis sie sich eingestand, dass sie dringend einige Stunden allein sein musste. Denn Adams Gegenwart wirkte wie eine wunderbare Droge, die selbst die verrücktesten Umstände in ein weiches Licht tauchte.

»Du wirst doch wiederkommen?«, fragte sie und ärgerte sich sogleich über den flehenden Unterton in ihrer Stimme.

Adam nickte zögernd. »Ist heute Abend zu früh?«

»Nein!«

»Dann komme ich zu dir.«

Leas Augen folgten ihm, bis er um die Ecke des Hausflurs gebogen war. Dann schloss sie mit tauben Fingern die Tür auf und genoss die entgegenströmende Hitze. Sie behielt die Kleidung an, kochte sich einen Tee und setzte sich dann mit dem einzigen Stuhl dicht ans Fenster, um in den aufklarenden Himmel zu blicken. Als das Zittern ihres Körpers endlich nachließ, schälte sie sich umständlich aus Adams Mantel und legte ihn über das Waschbecken. Während sie sich nach und nach bis auf die Wäsche auszog, behielt sie den Mantel stets im Auge. Ein eindringlicher metallischer Geruch ging von ihm aus, der den ältesten Teil ihres Gehirns in kurzen Intervallen das Wort »Gefahr« senden ließ.

Das hätte dir auch früher einfallen können, dachte Lea gereizt. Nun ist es zu spät. Mit einem Schlag, als wäre Adams Bann durch seine Abwesenheit aufgehoben worden, erkannte sie die ganze Wahrheit, die in seinem Geständnis lag: Sie hatte sich unsterblich in einen Mann verliebt, der von einem Dämon beherrscht wurde. Von einem Dämon, der Lea um jeden Preis besitzen wollte. Warum glaubte sie bloß, dass Adams Interesse an ihr groß genug war, um dem Drängen des Dämons zu widerstehen?

4

Eiszeit

Die folgenden Tage zogen wie im Traum an Lea vorbei. Seit dem verwirrenden Gespräch am Kanal hatten sie und Adam es peinlichst vermieden, das Thema erneut anzusprechen. Nach wie vor wachte sie jede Nacht auf, weil ihr Stammhirn Warnrufe sandte und das Herz ihr vor Panik aus der Brust zu springen drohte. Doch ehe sie die Augen öffnete, spürte sie stets, wer dort in der Dunkelheit saß und mit seinem ganz persönlichen Dämon kämpfte.

Am Tage tauchte ein schweigsamer, bis an die Schmerzgrenze distanzierter Adam bei ihr auf, wann immer ihm der Sinn danach stand. Wenn sie vom Einkauf nach Hause kam, fand sie ihn neben ihrer Zimmertür vor, einmal stand er plötzlich während eines Stromausfalls in der Bibliothek hinter ihr. Er fing sie nach den Vorlesungen vor dem Hörsaal ab, wobei er nur Augen für sie hatte und die anderen Studenten und ihre neugierigen Blicke unbemerkt an ihm abprallten.

Lea bemerkte diese Blicke umso mehr. Sie wusste nicht so recht, was sie von der Aufmerksamkeit halten sollte, die

Adam unentwegt auf sich zog. Die meisten Menschen schienen sich von ihm angezogen zu fühlen, wagten es allerdings nicht, sich ihm zu nähern. Was nun seiner Schönheit oder was dem Wirken des Dämons zugeschrieben werden konnte, blieb ihr ein Rätsel.

Als Adam an einem Vormittag wartend in der Halle des Universitätsgebäudes stand, packte Jazna sie am Ellbogen, während sie gemeinsam die Treppe hinuntergingen. Da Jazna die letzten Tage wegen eines Familienproblems nicht in der Universität gewesen war, hatte sie noch nichts von den Gerüchten gehört, die von Lea und ihrem geheimnisvollen Schatten erzählten.

»Schau mal, da ist dieser geheimnisvolle Kerl wieder, der bei Professor Carrière lebt«, flüsterte sie nun Lea ins Ohr, und in ihrer Stimme lag eine Mischung aus Erregung und Misstrauen. »Ich steh total drauf, wie der sich bewegt. Da möchte man doch glatt …« Jazna lachte laut auf und machte eine eindeutige Bewegung mit der Hüfte.

Lea zuckte zusammen.

In den letzten Tagen hatte sie immer wieder mit dem Gedanken gespielt, sich Jazna anzuvertrauen, zumindest was ihre Zuneigung für Adam betraf. Sie fühlte sich vom Leben abgekapselt, und selbst wenn Adam bei ihr war, nagte zunehmend die Einsamkeit an ihr, da er sie mit ihren Gefühlen allein ließ. Seit dem Morgen, an dem er ihr sein Geheimnis offenbart hatte, hatte er kaum drei Worte mit ihr gewechselt. Obwohl Lea es nach dem frühen Tod ihrer Mutter und der zeitraubenden akademischen Karriere des Vaters gewohnt war, auf sich allein gestellt zu sein, flackerte das Bedürfnis nach Freundschaft und Verständnis immer öfter auf.

Nun betrachtete sie Jazna prüfend von der Seite und spürte Unsicherheit aufsteigen. »Wahrscheinlich will er mich abholen«, sagte sie deshalb zaghaft.

Jaznas Kopf flog herum und in ihrem Gesicht spiegelte sich pure Ungläubigkeit. »Dich?«

Angesichts ihres verächtlichen Schmollmunds verwarf Lea den Gedanken, ihr von ihrer Verliebtheit zu erzählen. Offensichtlich war ihre Beziehung zu Adam in so mancher Hinsicht viel zu fantastisch.

Während Adam ihnen auf der Treppe entgegenkam, sagte Jazna leise: »Mit welchem Trick hast du dir denn den geangelt? Leitet dein Vater irgendeinen internationalen Konzern? Hast du vielleicht ein Geheimnis aufgedeckt, mit dem du diesen Mann an die Leine gelegt hast?«

Leas Mund klappte auf, aber es kam keine passende Antwort heraus. Zum ersten Mal in ihrem Leben wurde sie mit weiblicher Eifersucht konfrontiert und war zutiefst schockiert. Sie gehörte nicht zu den Frauen, die sich viele Gedanken um ihre äußere Erscheinung machten und wäre niemals auf die Idee gekommen, sich kokett zu verhalten, um einen Mann um den Finger zu wickeln. In Jaznas Augen war sie nun mit einem Mal nichts als eine kleine, unscheinbare Studentin, die eigentlich nicht einmal davon träumen durfte, das Interesse eines Mannes wie Adam zu erregen. Sie spürte Empörung in sich aufsteigen, aber ebenso eine Spur von Unsicherheit. Aus dieser Perspektive hatte sie ihre Beziehung zu Adam nie betrachtet.

Adam nickte ihnen kurz zur Begrüßung zu, dann stellte er sich an Leas Seite.

»Wir sind uns doch bei Professor Carrière begegnet, richtig?«, fragte Jazna rasch, bevor Adam sich abwenden konnte. Sie streckte die Hand aus und berührte seine

Schulter. »Ich kann mich jedenfalls noch sehr gut daran erinnern.«

»Tatsächlich?« Adam legte den Kopf leicht schief.

»Ja, und besonders gut erinnere ich mich daran, dass ... Wie soll ich es sagen?« Jazna trat dicht vor Adam und lächelte. Langsam ließ sie ihre Hand von seiner Schulter zu seinem Oberarm wandern, ohne dass dieser Anstalten machte, sie abzuschütteln. Dann beugte sie sich vor und flüsterte ihm etwas ins Ohr.

Leas Magen zog sich mit einem Stechen zusammen, während sich in ihrem Inneren eine Taubheit ausbreitete, als wäre etwas in ihr abgestorben. Obwohl die beiden nur eine Armlänge von ihr entfernt standen, hatte sie aufgehört zu existieren. Dann sah sie in Adams Gesicht, und vor Schrecken entwich ihr die Luft aus den Lungen. Ein fremder Glanz hatte sich auf seinen Zügen ausgebreitet, ein kühles Interesse, als prüfe er ein verlockendes Angebot. Die verhaltene Gier in seinen Augen, die plötzlich so fremd erschienen, schockierte Lea allerdings noch mehr.

Abrupt trat Adam einen Schritt zurück und blinzelte benommen. Was immer auch gerade sein Wesen bestimmt hatte, es war spurlos verschwunden. Sein Blick fand Lea, und sie erkannte darin eine Bestürzung, die sie kaum begriff.

Ehe die zurückgewiesene Jazna erneut die Hand nach ihm ausstrecken konnte, umschlang Adam Leas Hüften. »Es tut mir leid, aber ich kann mich wirklich nicht erinnern«, sagte er mit einer überraschend festen Stimme. »Wahrscheinlich habe ich an diesem Abend nur Augen für Lea gehabt. So ist es doch immer.« Dann gingen sie gemeinsam die Treppe hinunter.

Lea gewöhnte sich schnell daran, einen zweiten Schatten zu haben. Allerdings machte ihr das andauernde Wechselbad der Gefühle zu schaffen, in das Adams wortloses Kommen und Gehen sie stürzte. Oft fühlte sie sich wie betäubt: Wenn er fort war, wurde sie beinahe hysterisch vor Furcht, dass er nicht zurückkehren könnte. In seiner Gegenwart indessen befürchtete sie stets, dass er sie plötzlich mit Jaznas Augen sehen könnte und sie verließ. Davor graute ihr unendlich viel mehr als vor der Möglichkeit, dass Adam dem Drängen des Dämons nachgeben und sie verwandeln könnte.

Adam hingegen hatte sich vollkommen in seiner Schweigsamkeit eingerichtet und war zufrieden, in Leas Nähe zu sein und sie zu beobachten. Er passte sich widerspruchslos ihrem Alltagsleben an und zeigte nicht das geringste Interesse, eine eigene Note einzubringen.

Die gemeinsam verbrachten Tage verführten nicht gerade zum Träumen, denn sie waren durch und durch unromantischer Natur. Es gelang Lea höchstens, Adam eine Reaktion zu entlocken, indem sie herzhaft in einen Apfel biss. Vor Essen graute es ihm. Er war sich jedoch nicht zu schade, Zeuge ihrer stockend vorgetragenen Bestellung im Gemüseladen zu werden und anschließend ihren wütenden Blick auszuhalten, weil er sich erst eine halbe Ewigkeit später dazu bemüßigt fühlte, die zähe Feilscherei zu übernehmen. Exakt einen halben Schritt hinter ihr hergehend, so, als müsse er sie stets im Auge behalten, trug er die Einkäufe die Treppen nach oben und ignorierte gelassen ihren wachsenden Zorn.

Während Lea mit eispickelgleichen Fingerspitzen auf die Tastatur einhackte, dass es nur so knallte, las Adam ihre Arbeit Korrektur und versah den Rand der Papiere mit

Notizen in seiner eleganten Handschrift. Zumindest werde ich meinen Abgabetermin einhalten können, dachte sie gereizt und putzte sich erneut die Nase, die seit der Nacht am Kanal nicht mehr aufhören wollte zu laufen. Dann hämmerte sie das Schlusswort nieder, wobei Meißel und Stein eigentlich passender gewesen wären als ihr altersschwacher Laptop.

Nun hatte sie eine beschämend durchschnittliche Arbeit abgegeben, sich eine tot stellende Kreatur der Nacht angelacht und beim Rendezvous am Kanal eine hartnäckige Erkältung eingefangen. War das Leben nicht schön?

Später sah Adam ihr regungslos dabei zu, wie sie andächtig über die blaue Tinte seiner Anmerkungen strich. In diesem Moment hätte Lea viel dafür gegeben, wenn er ihr dasselbe abfällige Lächeln wie bei ihrer ersten Begegnung geschenkt hätte. Spott und Hohn wären allemal besser zu ertragen gewesen als diese gleichgültige Maske, die er nicht mehr abnahm.

Eine erneute Welle der Enttäuschung überkam sie und kitzelte ihre ansonsten tief schlummernde Rachsucht wach: Ob er in seiner Starre verharren würde, wenn sie ihm kurzerhand auf den Schoß kletterte und ausprobierte, ob der leichte Bartschatten an seiner Kehle auch wirklich kratzte? Oder ob ihre Lippen auf dem Weg zu seinem Mund nur eine leichte Rauheit spüren würden, während sich die Wärme und der Duft seiner Haut unwiderstehlich vermischten und jede Beherrschung vergessen ließen? Sie wollte das sich im Nacken leicht wellende Haar berühren, herausfinden, wie es sich anfühlte. Dicht? Geschmeidig? Sie sehnte sich danach, zu erforschen, ob die blassen Sommersprossen, die Nase und Wangen bedeckten, auch auf den Schultern und weiter darunter zu finden waren.

Was konnte schon passieren? Dass er sie beiseitestieß? Wütend wurde? Sich angewidert von ihr abwendete? Mittlerweile war Lea jede Reaktion lieber als gar keine. Sie würde es kaum länger ertragen, dass Adam stoisch die *Lea-Show* genoss. Wenn man in Anbetracht seines dauerhaft freudlosen Gesichtsausdrucks überhaupt von Genießen sprechen konnte.

Selbst wenn er sich bei ihrem Überfall weiterhin regungslos stellen würde, dann käme wenigstens sie auf ihre Kosten. Auf eine ziemlich erniedrigende Weise, mahnte der gut erzogene Teil in Lea mit empörter Stimme. Ruhe!, hielt sie dagegen, aber nicht sonderlich entschieden, denn sie musste sich erneut die Nase putzen.

Niedergeschlagen gestand Lea sich ein, dass sie sich zu schwach fühlte, um Adam wie eine wehrhafte Festung zu erobern. Stattdessen warf sie das gerade benutzte Taschentuch nach ihm. Strafe muss sein, sagte sie sich. Das Taschentuch landete vor seinen Füßen, und Adam warf ihr einen prüfenden Blick zu, den sie nicht recht zu deuten wusste. Allmählich verlor sie das Interesse daran, sich den Kopf zu zermartern. Sie war müde und erschöpft und deprimiert und fühlte sich gar nicht gut.

Adam verschwand kurz hinter der Küchenzeile und kehrte mit einem dampfenden Becher in den Händen zurück. Obwohl der Tee verführerisch nach Fürsorge duftete, konnte Lea sich kaum dazu aufraffen, ihn entgegenzunehmen. Ihre Glieder klebten hartnäckig an der Matratze fest, der Druck hinter ihren Augen war nicht auszuhalten.

Erneut stellte sie fest, dass Adam sie beobachtete, als sei sie das Ergebnis eines interessanten Experiments. Aber für eine Beschwerde fühlte sie sich zu betäubt. Selbst das

Werfen vollgeschnupfter Taschentücher war ihr mittlerweile zu mühsam.

Schließlich wickelte Adam sie wie ein kleines Kind in Decke und Mantel, nahm sie in seine Arme und verließ mit ihr die Wohnung. Sie schnaubte nur kurz, um ihren Protest zum Ausdruck zu bringen. Ehe er sie auf die Rückbank seines Wagens legen konnte, war sie bereits in einen traumlosen Schlaf gefallen.

Etienne hatte versucht, ihn zu beruhigen. Aber was wusste Etienne schon von der Verletzlichkeit des menschlichen Körpers, wo er sich seit einer schieren Ewigkeit nur mit den Werken des Geistes beschäftigte? Adam hatte ihn wütend angeblickt und ohne ein weiteres Wort die Villa verlassen.

Er hatte es kaum ertragen können, Leas leblosen Körper zu betrachten, sie all jener Energie beraubt zu sehen, die ihn magisch anzog. Ihm fehlte ihre lebendige Mimik, die stets mehr von ihren Gefühlen verriet, als ihr lieb sein mochte. Ihre klare Stimme, die Unvorhersehbarkeit ihrer Worte. Und nun lag sie einfach nur da, die Wangen schimmerten unnatürlich rot im blassen Gesicht, das Haar nass geschwitzt von Fieber.

Unwillkürlich drehte sich Adam der Magen um, und er lehnte sich atemlos gegen eine Häuserwand. Eine ältere Dame, die mit Einkäufen beladen war, beäugte ihn kritisch und machte dann einen weiten Bogen um ihn. Wahrscheinlich hielt sie ihn für einen Betrunkenen. Dabei wäre Ertrinkender passender gewesen, denn so fühlte er sich: Über ihm schlugen die Wogen brausend zusammen, während er von seiner Angst in die Tiefe gerissen wurde. Angst wovor? Anstelle einer Antwort krampfte sich Adams Magen erneut zusammen.

Während er nach Luft schnappte, brannte das Drängen des Dämons auf. Warum die ganze Sorge?, wisperte er im vielstim-

migen Chor. Wenn Lea erst einmal unser ist, kann nichts und niemand ihr mehr etwas anhaben.

Instinktiv bleckte Adam die Zähne, als wolle er nach dem unverfrorenen Flüsterer schnappen. Die Gier des Dämons, endlich seinen erwählten Tempel in Besitz zu nehmen, widerte ihn noch mehr an als sein eigenes Bedürfnis, Lea nahe zu sein. Lea mit ihren überschäumenden Gefühlen und ihrer verletzlichen Seele – das perfekte Opfer für Dämon und Mann.

Doch von solchen Gedanken ließ der Dämon sich nicht zurückdrängen: Er brüllte, er schmeichelte, er quälte und lockte unentwegt. Adam stand da, die Schulterblätter hart gegen die Mauerwand gepresst, und hoffte darauf, dass die Stimmen und der brennende Schmerz irgendwann nachließen.

Ein junger Mann ging an ihm vorbei und warf ihm einen fragenden Blick zu. Augenblicklich verstummte der Dämon. Ein Friedensangebot. Adam brauchte nicht lange, um es anzunehmen. Er erwiderte den Blick des Mannes und stieß sich von der Wand ab.

Als Lea aufwachte, saß Professor Carrière auf einem Stuhl neben ihrem Bett. Er hatte die Beine elegant übergeschlagen und ein geöffnetes Buch auf dem oberen Knie liegen. Nachdem sich ihre Blicke gekreuzt hatten, legte er sorgfältig einen Finger auf die gerade gelesene Zeile; dort blieb er das ganze folgende Gespräch über liegen.

Ein nebliger Film lag über Leas Augen, und sie musste einige Male blinzeln, bis sie endlich scharf sehen konnte. Es fühlte sich an, als hätte ihr jemand feinen Sand in die Augen gestreut. Sie spielte kurz mit dem Gedanken, die Hand unter der schweren Bettdecke hervorzuziehen, verwarf ihn aber sofort wieder. Allein das Blinzeln war schon anstrengend genug gewesen.

Draußen mochte das erste Tageslicht trübe seine Finger ausstrecken, doch die schweren Stoffvorhänge schlossen es gnädig aus. Lediglich eine verborgene Lichtquelle spendete weiches Licht, wofür sie sehr dankbar war. Ihr Krankenlager war offensichtlich in einem Gästezimmer in Professor Carrières Haus untergebracht, ein angenehm kleiner, quadratischer Raum mit englischer Rosentapete an den Wänden und dunklem Holzmobiliar.

»Es freut mich, dass es Ihnen besser geht«, sagte Professor Carrière und schenkte Lea ein aufrichtiges Lächeln. »Wie gut, dass unsere Anna über so hervorragende Kontakte zum Schwarzmarkt verfügt. Wo sonst hätten wir so schnell ein anständiges Antibiotikum herbekommen, nicht wahr?«

Lea versuchte zu sprechen, doch der geschwollene, vor Schmerzen pochende Hals ließ das nicht zu. So brachte sie lediglich ein gekrächztes »großartig« hervor.

Allerdings machte Professor Carrière nicht den Eindruck, als komme ihm Leas erzwungene Schweigsamkeit ungelegen. Forschend beobachtete er ihr vor Erschöpfung gezeichnetes Gesicht, und Lea rang sich ein einladendes Lächeln ab. Nur zu gern wollte sie wissen, was dem Professor durch den Kopf ging.

»Adam lässt sich entschuldigen«, setzte er bedächtig an, »er war etwas ausgezehrt nach all der Aufregung in den letzten Tagen. Er ist unterwegs, um … nun ja … wieder ein wenig zu Kräften zu kommen. Sie verstehen schon, nicht wahr?« Professor Carrière sah Lea fragend und zugleich fordernd an. Kein Mitleid mit dem Feind – diese Seite kannte Lea bereits bestens an ihm. Adam war also auf Nahrungssuche, das hatte er ja wohl andeuten wollen.

Sie zuckte leichthin mit der Schulter, was sie ungeahnt viel Anstrengung kostete. Doch in Wirklichkeit verstörte sie Carrières Anspielung, denn diesen Aspekt von Adams Existenz hatte sie all die Zeit tunlichst verdrängt. Nun spielte ihre Fantasie ihr einen Streich und zeigte ihr eine Auswahl an grausigen Bildern, zusammengesetzt aus tausend gesehenen Horrorfilmen ihrer Jugendtage. Die Anspannung ihres Kiefers ließ sich nicht unterdrücken, ebenso nicht das leise Ächzen, das ihrer Kehle entglitt.

»Nichts, worüber Sie sich Sorgen machen müssten«, beschwichtigte der Professor sie. Dabei gelang es ihm allerdings nicht, den amüsierten Zug um seinen Mund zu verbergen. »Wenn Adam eine Spur ausgebluteter Leichen über die Stadt verteilen würde, hätten Sie dergleichen sicherlich längst der lokalen Presse entnommen.« Er hüstelte gekünstelt und schien sich in der Rolle eines Laiendarstellers zu gefallen. Anstelle von Applaus starrte Lea ihn allerdings nur abwartend an, bis er die Stirn krauszog und sich seines eigentlichen Anliegens entsann.

»Kleiner Scherz. Ich muss allerdings gestehen, dass mir der Umgang mit Ihnen etwas schwerfällt, Lea. Adam erzählte mir, dass er Sie über uns aufgeklärt habe. Deshalb ist es mir schlicht unbegreiflich, warum Sie sich dann noch in diesem Zustand befinden, der ja alles maßlos verkompliziert. Sehen Sie, ich bin ein großer Menschenfreund … nun, wie soll ich sagen? Hat Adam Sie eigentlich über die zwei Seelen in unserer Brust aufgeklärt?« Professor Carrière schaute Lea fragend an, und sie nickte zögerlich, nicht ganz sicher, worauf ihr Gegenüber hinauswollte. »Nun, vielleicht so herum: Das Interesse von unsereins am Menschen ist an sich gering. Es scheint so gedacht, dass beide Gattungen nebeneinander existieren wie Raubtier und Wild. Dabei sollte es eigentlich nur diesen einen Berührungspunkt des Blutes geben. Leider ist nichts auf der Welt perfekt, denn der Dämon ist zwar ausgesprochen besitzergreifend, aber es gelingt ihm nicht immer, sein ganzes Reich in Besitz zu nehmen. Deshalb bleiben oft Spuren des alten Bewohners zurück, wenn Sie verstehen. Es kostet Kraft und Mühe und, nun ja, vor allem viel Zeit. Aber man kann den menschlichen Anteil wie ein guter Archäologe freilegen. Dazu muss man nur unterdrücken, was dem Dämon wichtig ist.«

Der Professor legte eine Pause ein und schien in sich hineinzuhören. Lea war ausgesprochen dankbar für die plötzliche Stille. Sie musste höchste Konzentration aufbieten, damit ihr in ihrem geschwächten Zustand nichts entging. Gleichzeitig brachte es sie zum Staunen, wie unterschiedlich diese beiden Männer trotz ihrer Vertrautheit waren: Während man Adam auch unter Androhung raffinierter Foltermethoden kaum zum Reden bewegen konnte, sprudelten die Worte aus Professor Carrière hervor wie aus einer unter Druck stehenden Champagnerflasche.

Seine Hände zuckten kurz und verrieten, dass er seinen Gedanken wieder aufzunehmen gedachte: »Die Lust am Trinken ist für uns beinahe von existenzieller Bedeutung und kaum zu beherrschen. Vergleichbar mit der menschlichen Sexualität: Man kann sie unterdrücken, sich ein Zölibat auferlegen, versuchen, sie zu kanalisieren, aber früher oder später wird sie sich einen Weg bahnen. Da glaubt man, alles unter Kontrolle zu haben, und schon findet man sich außer Atem und besudelt neben einem fremden Körper wieder und hofft inständig, dass die Erinnerung niemals den Bereich des Nebelhaften verlassen wird. Gierige Dämonen und Menschen darf man niemals unterschätzen, meine Liebe.«

Seine Wangen hatten sich leicht rötlich verfärbt, aber Lea war sich nicht sicher, ob ihm der Gegenstand seiner Worte peinlich war oder ihn vielleicht doch eher erregte. In Anbetracht des Flackerns in seinen Augen glaubte sie eher Letzteres. Unauffällig verkroch sie sich tiefer unter die Bettdecke.

»Unsereins kann dennoch das Menschliche in sich fördern«, sprach der Professor weiter, der zu sehr in Gedanken versunken war, als dass er von Leas Beklemmung etwas mitbekommen hätte. »Allerdings hält meine Art das für falsch, sieht darin lediglich den krankhaften Wunsch nach Selbstzerstörung. Der Dämon ist stark und schön, er beschenkt uns großzügig. An den Resten des Menschlichen festzuhalten, das im Vergleich zum Dämonischen kraftlos und fade ist, stellt geradezu eine Beleidigung da. Für die meisten von uns ist es eine Ehre, den Dämon in sich bergen zu dürfen. Wer ihn unterdrückt, ist deshalb zwangsläufig ein Narr, wenn nicht sogar ein Feind.«

Das traurige Lächeln und die Art, wie Professor Carrière mit den Schultern zuckte, verrieten Lea mehr über die Wünsche dieses Mannes als seine vielen Worte. Er konnte ihre Überlegung offensichtlich von ihrem Gesicht ablesen, denn leise sprechend fuhr er fort: »Aber wer kann schon wider seiner Leidenschaft, nicht wahr, Lea? Der Mensch ist mein Steckenpferd: Ich kultiviere ihn, wo ich nur kann. Darin liegt auch die seltsame Freundschaft zwischen mir und Adam begründet. Wir sehnen uns beide nach dem, was der Dämon uns genommen hat. Trotzdem kann ich Adams Entscheidung, sich dem Wunsch des Dämons zu widersetzen, nicht nachvollziehen. Schließlich fordert der Dämon keine schlichte Verwandlung. Nein, er hat ihm eine Gefährtin ausgesucht!«

Seine Stimme hatte an Eindringlichkeit gewonnen, und er bedachte Lea mit einem derart konzentrierten Blick, dass sie verlegen das Muster der Bettdecke zu studieren begann. Sosehr sie auch spürte, dass ihr dieses Gespräch unendlich viel mehr über den Dämon offenbarte, als sie aus dem schweigsamen Adam je herausbekommen würde, so sehr fühlte sie sich überfordert.

Doch darauf schien der Professor keine Rücksicht nehmen zu wollen. »Adams Weigerung kann einfach nicht von Dauer sein«, fuhr er fort. »Sein Gegenüber zu erkennen bedeutet, endlich eins werden zu können. Denn so fantastisch die Möglichkeiten, die der Dämon uns anbietet, auch sein mögen, die Einsamkeit bleibt immer unser Begleiter. Die menschliche Gesellschaft erscheint uns zweitklassig und abgeschmackt. Zwar umgeben sich einige von uns mit menschlichen Dienern, aber das ist keine befriedigende Lösung. Und mit unseresgleichen passen wir so gut zusammen wie zwei gleiche Pole. Zweckbündnisse, mehr als das gelingt uns in der Regel nicht.« Er machte eine wegwerfende Geste, als wolle er sagen: Man könnte darüber verrückt werden. Welch ein Schmierentheater diese Existenz doch ist!

»Ein Kräftemessen mit dem inneren Beherrscher, das ist typisch für Adam: Es befriedigt seinen Widerspruchsgeist. Er behauptet zwar, nicht bereit zu sein, das Risiko einzugehen, das jede Verwandlung in sich birgt. Aber diese Verzögerung ist eine unnötige Quälerei – und zwar für beide Seiten, wenn ich Sie mir so anschaue. Niemand kann das Geschenk eines Dämons ablehnen. Ich würde sogar behaupten, dass es ein Geschenk des Schicksals ist.« Der Professor hielt einen Augenblick lang inne, und seine Lippen wurden zu einem harten Strich. »Wenn ich Ihnen einen Rat geben darf, Lea: Sie sollten sich etwas einfallen lassen, um Adam die Pistole auf die Brust zu setzen. Adams Widerspenstigkeit wird gebrochen werden, denn der Dämon wird seinen Willen durchsetzten, das tut er immer.«

»Das kann doch nicht Ihr Ernst sein!« Lea hatte sich vorsichtig in den Kissen aufgerichtet. Augenblicklich schwirrte ihr der Kopf, und die Lungenflügel zogen sich zusammen, um ein bellendes Husten auszustoßen. »Sie wollen, dass ich Adam dazu zwinge, mich in ein Monster zu verwandeln, in eine Besessene?«

Falls Leas Attacke Professor Carrière verletzt haben sollte, so ließ er sich nicht das Geringste anmerken. Mit einer eleganten Geste schlug er das Buch zu und stand auf. »Meine liebe Lea«, sagte er, als er auf die Tür zuging. »Besessen sind Sie doch schon seit dem Moment, in dem Adam Sie erkannt hat. Sie sind sein passendes Gegenstück. Deshalb können Sie Ihrem Schicksal auch nicht entkommen. Sie können es nur herausfordern und verlieren. Es tut mir für den Menschen in Ihnen leid, doch es freut mich für Adam. Entschuldigen Sie, aber es ist grausam, einsam durch die Zeit zu wandern. Eine Gefährtin, die von der gleichen Art ist, kann diesen Schmerz lindern. Das hoffe ich zumindest.«

Das schnelle Schlagen ihres Herzens riss Lea aus dem Schlaf und ließ sie sehnsüchtig die Augen aufreißen. Adam stand mit dem Rücken zu ihr, dem offenen Fenster zugewandt, und starrte unbeweglich in die Nacht hinaus. Diesen Anblick kannte sie mittlerweile zur Genüge, denn in den letzten beiden Tagen hatte er stets so dagestanden. Mittlerweile versetzte es ihr auch keinen Stich mehr, dass er ihr den Rücken zugewandt hielt. Denn sie hatte herausgefunden, dass er ihr Spiegelbild in der Fensterscheibe beobachtete. Die *Lea-Show* ging also nahtlos weiter, aber sie war zu erschöpft von der Krankheit und zu verwirrt von Professor Carrières Worten, um dagegen anzukämpfen.

Langsam setzte sie sich im Bett auf und griff nach der Schale mit Grießbrei, die neben Teekanne, Bücherstapel und Medikamententiegeln auf dem Nachttisch stand. Während sie aß, horchte Lea in ihren wunden Körper hinein: Das Fieber war inzwischen verschwunden, nur die schmerzenden Gelenke erinnerten noch daran. Der Hals kratzte weiterhin, und auch der hartnäckige Husten würde noch eine Zeit lang bleiben, aber im Großen und Ganzen fühlte sie sich deutlich besser. Vor nicht einmal achtundvierzig Stunden hatte das bloße Atmen sie alle Kraftreserven gekostet, doch nun konnte sie schon wieder den Anblick von Adams athletisch geformter Rückenlinie genießen. In ihren Gedanken wanderten ihre Finger über die Stellen des dünnen Stoffes, unter denen sich seine markanten Schulterblätter abzeichneten. Im nächsten Moment berührten ihre Finger keinen Stoff mehr, sondern elektrisierende Haut. Wie sich das anfühlte … mhh …

Derartig in Träumereien versunken, zuckte Lea verblüfft zusammen, als ihr klar wurde, dass Adam sich umgedreht hatte und ein paar Schritte auf das Bett zugegangen war.

Mit einem Mal wurde ihr unangenehm deutlich bewusst, dass ihr das verschwitzte Haar am Kopf klebte und dass das zu große, graue T-Shirt, in das man sie gesteckt hatte, nicht gerade vorteilhaft an ihren eingefallenen Schultern hing. Fahle Haut, Augenringe, glühend rote Schnupfnase – was mochte die Krankheit wohl alles mit ihrem Aussehen angerichtet haben?

Adam schienen allerdings ganz andere Gedanken durch den Kopf zu gehen, wie sie seiner angespannten Miene entnahm. Plötzlich kamen ihr Professor Carrières Worte wieder in Erinnerung, wie schwer es ihm fallen musste, in ihrer Nähe zu sein, ohne dem Drängen des Dämons nachzugeben. Wie groß das Verlangen und um wie viel größer noch Adams Widerwille sein musste. Und sie saß da wie ein verliebter Teenager und schwelgte in erotischen Fantasien.

Obwohl sie so viel Erschreckendes über den Dämon von dem Professor erfahren hatte, war das Verlangen, den Verstand auszuschalten und sich Adam bedingungslos hinzugeben, kaum zu unterdrücken. Es war so würdelos! In einem Anflug von Scham kniff Lea die Augen so heftig zusammen, dass es hinter den Lidern weiß blitzte. Mühsam unterdrückte sie das Bedürfnis, mit den Fäusten auf die Bettdecke einzuschlagen.

»Ich würde gern genau wissen, was Etienne dir erzählt hat«, hörte sie Adam mit erstaunlich sanft klingender Stimme sagen. Trotzdem glaubte sie einen gereizten Unterton herauszuhören, egal wie sehr Adam das auch zu verbergen suchte. Er hatte sich ans Fußende des Bettes gestellt und eine Hand auf den Bettpfosten gelegt.

Lea sah ihn prüfend an. Der wache, interessierte Ausdruck auf seinem Gesicht überraschte sie. Sie war es einfach nicht gewohnt, dass er ihr direkt in die Augen sah. Hilflos hockte sie zwischen all den blütenweißen Kissen mit der leer gelöffelten Breischale in der Hand und rang nach Luft, während ihr das Blut in die Wangen schoss. Sie musste diesen Bann sofort brechen, das war sie ihrem Stolz schuldig. Ein bisschen Aufmerksamkeit durfte sie nicht in ein schmachtendes Häufchen Dämonenfutter verwandeln.

»Professor Carrière hat angedeutet, du seiest auf der Jagd gewesen und dass das Trinken für euch so etwas wie der menschliche Orgasmus sei. Es würde mich, ehrlich gesagt, schon interessieren, wie oft es euch so kitzelt … Hängt es von der Libido des Dämons ab?«

Zunächst reagierte Adam gar nicht, dann zog er die Augenbrauen hoch.

Eine Reaktion!, jubilierte Lea. Ich habe ihm tatsächlich eine Reaktion entlockt. Zufrieden zupfte sie die Kissen in ihrem Rücken zurecht.

Aber Adam nahm es gelassen, ließ sich sogar zu einem vagen Lächeln hinreißen. »Eines von Etiennes Lieblingsthemen. Das liegt wohl daran, dass er sich so vorbildlich zurückhält.«

»Du hältst dich nicht zurück, nicht wahr? Du bist vom Typ her ein echter Aufreißer, oder?« Kaum war der letzte Satz heraus, da wurde Lea übel. Sie war mit dieser geschmacklosen Formulierung eindeutig übers Ziel hinausgeschossen. Außerdem weckte sie auch wieder jene grausigen Fantasien, die ihr so zu schaffen machten.

Lea wich Adams Blick aus, denn seine nächste Reaktion wollte sie sich lieber ersparen.

Zum Glück war Adam großzügig oder pikiert genug, um ihre Bemerkung zu ignorieren. »Eigentlich kann ich mir denken, welchen Vortrag Etienne dir gehalten hat. Ich muss ihn mir schließlich auch jedes Mal anhören, wenn es mir nicht gelingt, ihm rechtzeitig aus dem Weg zu gehen. Unser Freund ist ausgesprochen hartnäckig, wenn es um unsere gemeinsame Zukunft geht.«

Lea nickte, wobei sie die Augen stur auf die Bettdecke gerichtet hielt. »Seine Reden über Schicksal, Verschmelzung und das Grauen der ewigen Zerrissenheit können einem ganz schön zu schaffen machen.«

»Ich weiß nicht, wie es weitergehen soll.« Adams Worte schlugen bei Lea wie ein Blitz ein. Zwar verharrte er immer noch regungslos am Bettende, aber er hatte etwas von seiner Unnahbarkeit eingebüßt. So hatte sie ihn noch nie erlebt, nicht einmal, als er verletzt in ihrem Zimmer gesessen hatte. Die Schutzhülle, die ihn stets wie eine zweite Haut umgab, schien mit einem Mal geborsten. Der Glanz des Dämons hatte einen empfindlichen Sprung erhalten. Vor ihr stand ein Mann.

»Die letzten Tage, deine Krankheit … Im Gegensatz zu mir bist du sterblich. Es braucht nicht viel, um dich auszulöschen. Nur einen dummen Zufall.« Er presste die Lippen zusammen und verstummte einen Augenblick lang, der Lea wie die Ewigkeit vorkam. Dann ließ er den Bettpfosten los und stellte sich neben sie. »Vielleicht macht mich Etiennes Gerede auch nur langsam mürbe. Wir sollten eine Entscheidung treffen …«

Er beugte sich leicht zu ihr hinab, und Lea spürte, wie ihr jeglicher Wille abhanden kam. Sie würde einfach nur dasitzen und akzeptieren, wofür Adam sich auch immer entscheiden würde.

Sie war gar nicht in der Lage, auch nur den geringsten Widerstand zu leisten.

»… aber nicht heute«, sagte Adam und lachte leise. Es war ein trauriges Lachen, dennoch ließ es Lea aufatmen. Dabei war sie sich gar nicht bewusst gewesen, dass sie den Atem angehalten hatte.

Der Bann war gebrochen, die Entscheidung vertagt.

Mit einem Schlag fühlte sie sich lebendig und kraftvoll, als hätte sie die letzten Tage nicht schwerkrank im Bett, sondern gipfelstürmend verbracht. Adam stand nur eine Armeslänge von ihr entfernt, sprechend und zugänglich. Sie würde ihn ein wenig reizen, ihn zum Spielen auffordern. Wer konnte schon sagen, wie lange die Welt so perfekt sein würde?

»Ist es wirklich nur das Wissen um die vom Dämon erwählte Gefährtin, das dich zu mir hinzieht?«, fragte Lea lockend, wobei sie einen schmollenden Unterton nicht unterdrücken konnte. Diese Frage quälte sie schon seit der Nacht am Kanal. Es kostete sie viel Mut, sie zu stellen. Das Risiko, dass es nur der Wille des Dämons war, der Adam an sie band, war herzzerreißend groß. Und so hielt sie seinem belustigten Gesichtsausdruck ein zorniges Augenfunkeln entgegen. Beschwichtigend hob Adam die Hände, deren bloßer Anblick schlagartig alle Angriffslust in ihr auslöschte. Wahrscheinlich würde sie seine kräftigen Finger nie betrachten können, ohne sich sofort vorzustellen, wie sie über ihre Haut strichen. Als er zu einer Antwort ansetzte, konnte sie seinen Worten kaum folgen, dermaßen gefangen war sie von der plötzlichen Erregung, die ihre Haut zum Glühen brachte.

»Davon abgesehen, dass man beim Erkennen wohl kaum von *nur* sprechen kann, gibt es da auch andere Aspekte, die ich an dir sehr anziehend finde.«

Dieses umständlich verpackte Geständnis war mehr, als Lea erwartet hatte, weshalb sie ein glückliches Strahlen nicht unterdrücken konnte. Adam quittierte ihre Begeisterung mit einem Stirnrunzeln. »Sei nicht so geheimniskrämerisch«, hakte sie herausfordernd nach. »Von welchen

Aspekten redest du? Von meinem bestechenden Intellekt oder von meinem Aussehen vielleicht?«

»Ich achte nicht sonderlich darauf, wie Menschen aussehen.«

»Sondern …?«, bohrte Lea nach, als Adams Mimik verriet, dass er das Thema fallenlassen wollte. Dabei war sie sich nicht sicher, ob sie die Antwort überhaupt hören wollte. Hoffentlich nahm das Spiel keine schlimme Wendung. Der vage Verdacht, dass ihr etwas Unangenehmes bevorstand, breitete sich in ihrer Magengegend aus und ließ sie auffällig laut schlucken.

Adam warf ihr einen wissenden Blick zu. Trotzdem machte er zunehmend den Eindruck, als bereite auch ihm die Unterhaltung Vergnügen. Er trat ganz dicht ans Bett und beugte den Kopf erneut zu ihr herab. Mit seiner anziehend klingenden Stimme, deren Timbre eine Gänsehaut erzeugte, erklärte er ruhig: »Ich gehe mehr nach dem Geruch. Das liegt vielleicht an meinem ausgeprägten Jagdinstinkt.«

»Du meinst, du kannst meine Fährte aufnehmen?«, fragte Lea, die sich kaum noch bei Sinnen wähnte, weil Adam ihr so nah war. Zwischen unseren Körpern muss sich wohl eine Art elektrische Spannung bilden, irgendein besonders ausgefallenes Naturphänomen, dachte sie, während ihr die Hitze verräterisch den Hals entlangkroch.

Adam nickte langsam, dann deutete sich ein mysteriöses Lächeln auf seinen Zügen an. Ganz offensichtlich amüsierte er sich. Etwas bereitete ihm eine diebische Freude, wie Lea irritiert feststellte.

Unsicher lächelte sie zurück.

Einen Augenblick lang hielt er inne, als wolle er die Vorfreude bis zur Neige auskosten. »Es geht nicht nur darum, jemanden verfolgen zu können«, sagte er eindringlich. »Es ist mehr … Der Geruch eines Menschen spiegelt sein gesamtes Gefühlsleben wider. Es ist also viel sinnlicher und aufregender, dem Duft eines Menschen zu verfallen als seinem Äußeren. Ich kann an deinem Duft erkennen, ob du durcheinander bist, ob dich etwas in Sorge versetzt oder ob du dich ganz besonders freust, in meiner Nähe zu sein.«

Den letzten Satz ließ er mit einem vielsagenden Lächeln ausklingen. Lea war jedoch zu sehr von der Aufgabe in Anspruch genommen, den Abstand zwischen ihren beiden Körpern weiter zu verringern, um den Sinn der Worte vollends zu begreifen. »Ob ich mich freue …«, wiederholte sie deshalb mechanisch, während sich die Erkenntnis allmählich ihren Weg bahnte. »Oh!«

Schlagartig rutschte sie in die Kissen zurück, um ihren verräterischen Körper auf Sicherheitsabstand zu bringen. Dabei fielen ihr ein Dutzend Situationen gleichzeitig ein, in denen ihre erhitzte Haut sämtliche Wünsche und Fantasien in Adams Nähe offenbart hatte.

Hastig zog sie sich die Decke bis unter die Nasenspitze.

Das war ja noch schlimmer als Gedankenlesen! Der Geruch war etwas so Körperliches, Sinnliches, dass Lea vor Scham am liebsten gestorben wäre. Unbarmherzig jagte ein Adrenalinschub nach dem anderen das Blut durch ihren Körper, bis das Rauschen in ihren Ohren dröhnte. Wie wohl Panik riecht?, fragte sich Lea, als Adam ihr so nahe kam, dass ihre Gesichter sich beim nächsten Atemzug berühren mussten.

»Was denkst du denn, warum ich mich in deiner Nähe nur schlecht beherrschen kann?«, fragte er leise, und sie zuckte angesichts des aggressiven Untertons leicht zusammen.

»Ist mir noch gar nicht aufgefallen, dass du dich nur schlecht beherrschen kannst …«

Doch Adam schien ihren atemlosen Einwurf nicht zu hören. Er fixierte sie mit wütend funkelnden Augen, und die Anspannung seines Kiefers befeuerte Leas Puls, dass sie ernsthaft befürchtete, gleich ohnmächtig zu werden. Ihr Körper konnte sich nicht entscheiden, ob er vor Furcht zusammenbrechen oder ob er eine stürmische Umarmung, gefolgt von einem noch stürmischeren Kuss, wagen sollte. Adams Nasenflügel bebten, und ehe Lea recht wusste, wie ihr geschah, fand sie sich allein im Raum wieder.

5

Blutrausch

Der Dampf glitt niedrig über die Oberfläche aus flüssigem Gold, kletterte am weißen, leicht nach außen gewölbten Porzellanrand hinauf, um von dort als zartgraue Säule aufzusteigen. Der Duft nach den Berghängen von Darjeeling breitete sich aus, vermischte sich mit dem kräftigen Aroma des im Kamin verglühenden Lorbeerholzes.

Lea entspannte sich, während sie einen Löffel voll Akazienhonig in die Teetasse tauchte. Obgleich das Aroma von Tee und das Kaminfeuer lauter gemütliche Bilder aufsteigen ließen, suchte sie nach einem ganz anderen Duft, den sie für immer mit Schnee und Blut in Verbindung bringen würde. Unbewusst wandte sie ihr Gesicht in Richtung Klavier, wo Adam saß und ein Stück von Gershwin spielte. *Prelude Nr. 2* – wie passend. Während die eine Hand spielerisch über die Tasten tanzte, beschrieb die andere eine bedrohliche Melodie. Zwei Seelen in einer Brust. In Adams Brust …

Lea senkte verträumt die Augenlider, aber bevor eine sinnliche Fantasie Gestalt annehmen konnte, erklang ein falscher Ton. Ein grober Schnitzer. Dabei hatte Adam bei den letzten drei Stücken nicht ein Mal danebengegriffen.

Professor Carrière, der gegenüber von Lea im Sessel saß, blickte überrascht von dem Stapel Manuskriptseiten auf, den er bislang leise murmelnd überflogen hatte. Dann fuhr er sich mit der flachen Hand über das kurz geschorene Haar und widmete sich wieder seiner Arbeit.

Ertappt griff Lea nach der Teetasse und verbarg ihr rot angelaufenes Gesicht hinter den Dampfschwaden. Als wäre sie nicht willensstark genug, um Selbstbeherrschung an den Tag zu legen. Sie hatte sich doch nur etwas treiben lassen wollen, ehe sie sich im Zeichen der allgemeinen Schicklichkeit erneut zusammenriss. Schließlich hatten die letzten Tage ihr ausreichend Gelegenheit geboten, sich im Zügeln ihrer Libido zu üben. Es war ihr auch gar nichts anderes übrig geblieben, denn Adam wich kaum noch von ihrer Seite und das Geständnis seines ausgeprägten Geruchssinns hatte sie nachhaltig beeindruckt.

Trotzdem gab es schwache Momente, besonders wenn sie nicht mit ihnen rechnete. Zum Beispiel wenn die Beine in eine mollige Decke eingewickelt waren, man dem Klavierspiel lauschte und Honig in den Tee tröpfelte. In solch einer Situation wurde sie dann mit einem brachialen Griff in die Tasten abgemahnt. Demnächst gab es wahrscheinlich einen warnenden Klaps auf die Finger, begleitet von einem gezischten »Pfui, Lea!«.

»Professor Carrière, was passiert eigentlich, wenn Ihnen … sagen wir mal … eine Hand abgeschlagen wird?« Die Frage platzte regelrecht aus Lea heraus. »Wächst Ihnen dann automatisch eine neue nach, oder müssen Sie das abgetrennte Glied an den Stumpf halten, damit sie wieder zusammenwachsen können? Ich habe mir überlegt, dass der Dämon die im Dreck liegende Hand ja auch zurückschnellen lassen könnte. Eine Art magischer Gummibandtrick, so dass man den Körper eigentlich überhaupt nicht zerreißen kann.«

Der Professor blickte sie über den Rand seiner Brillengläser abwägend an. »Soll das eine ernst gemeinte Frage sein? Oder wollen Sie mich veralbern?«

Rasch bemühte Lea sich um einen ernsthaften und interessierten Gesichtsausdruck. Gleichzeitig lauschte sie dem Klavierspiel, das weiterhin gleichgültig dahinplätscherte. »Ausgesprochen ernst gemeint«, erwiderte sie, wobei sie einen Anflug von Zorn nur schwerlich unterdrücken konnte. »Es kann schließlich nur von Vorteil sein, wenn ich alles über den Dämon weiß, da ich meinem Schicksal ja doch nicht entkommen werde. Sie müssen wissen, Professor Carrière, dass ich unter einer lebhaften Fantasie leide. Das Wissen würde mir die Wartezeit erleichtern, die, wie es aussieht, lang werden wird. Zumindest aus menschlicher Sicht. In Ihrer Zeitrechnung bedeuten einige Jahre vermutlich nicht sonderlich viel.«

»Vielleicht sollten Sie Ihre Fragen lieber mit Adam diskutieren«, warf der Professor ausweichend ein und begann umständlich, den durcheinandergeratenen Papierstapel zu sortieren.

»Das würde ich ja gern. Aber leider weigert der sich, das Thema mit mir zu besprechen. Falls es Ihnen noch nicht aufgefallen sein sollte: Adam weigert sich grundsätzlich, mit mir zu sprechen. Es ist schon elend schwer, ihm ein zustimmendes Murmeln abzuringen, wenn ich über den andauernden Schneefall klage. Also, wie ist es nun um abgeschlagene Hände, Blutrausch und das ewige Leben bestellt?«

Ohne sich dessen bewusst zu sein, hatte sie sich mehr und mehr auf dem Sofa aufgerichtet. Gemeinsam mit Professor Carrière blickte sie zum Klavier hinüber, aber Adams Finger glitten weiterhin unbeeindruckt über die Tastatur.

Professor Carrière räusperte sich, nachdem er den säuberlich zurechtgezupften Papierhaufen auf einem zierlichen Beistelltisch abelegt hatte. »Nun gut, Lea. Wenn Adam sich dieser Aufgabe nicht gewachsen fühlt, werde ich sie selbstverständlich übernehmen. Ich kann Ihren Wissensdurst gut nachvollziehen. Wo wollen wir beginnen? Vielleicht beim zentralen Thema der Verwandlung? Das kommt ja schon bald auf Sie zu. Vorweg sollte ich vielleicht erwähnen, dass unsereins in der Lage ist, den Dämon in jeden beliebigen Menschen eindringen zu lassen. Der Unterschied besteht darin, dass die meisten Körper den Dämon nicht in sich beherbergen können. Sie zerfallen wie ein Haus, das von einem Tornado ergriffen wird. Einen Menschen auf diese Weise zu vernichten ist ein beliebtes Hinrichtungsritual, wie Sie sich sicherlich vorstellen können.«

Lea schüttelte mit entsetztem Gesichtsausdruck den Kopf, besann sich aber augenblicklich eines Besseren, da sie den Redefluss des Professors keineswegs hemmen wollte. Der hagere Mann blickte sie wissend an. Wahrscheinlich wäre aus Professor Carrière niemals solch ein anerkannter Wissenschaftler geworden, wenn er sich vor der Erkenntnis gefürchtet hätte.

»Wenn der Dämon gewillt ist, ein neues Haus oder vielmehr einen Tempel zu beziehen, wird der Pakt mit einem Kuss besiegelt. Ein einzigartiger Akt der Verschmelzung … Fragen Sie mich bitte nicht, warum er vonnöten ist. Aus irgendeinem Grund liebt der Dämon dieses Verführungsspiel, erst danach okkupiert er seinen neuen Besitz. Er zeigt sich gern in seiner ganzen Pracht. Und welcher Augenblick könnte dafür schon geeigneter sein? Wenn Adam Sie also geküsst hat, meine liebe Lea, bis Sie Wachs in seinen Händen geworden sind, wird ein weiterer Kuss folgen – ein Kuss des Blutes: Adam wird Sie dicht an seine Halsschlagader oder ans Handgelenk heranführen, während der Dämon Sie wie ein Liebhaber umarmt. In dem Augenblick, in dem Sie Adams Blut als das Geschenk eines neuen Lebens annehmen, werden Sie endlich eine der unsrigen sein, Lea. So, wie es das Schicksal für Sie vorgesehen hat.«

Während der Professor seine Rede mit klarer, gleichgültiger Stimme vortrug, hatte Adam die Melodie langsam ausklingen lassen und schlug nun scheinbar gelangweilt einzelne Tasten an. Allerdings verriet ihn seine Körperhaltung: Die Schultern waren ein Stück hochgezogen, sein linker Oberschenkel zuckte im Takt.

»Ich hätte dir eine geschicktere Provokation zugetraut, Etienne«, sagte er, ohne sich umzudrehen.

»Warum sollte ich mich anstrengen? Schließlich habe ich recht«, entgegnete Professor Carrière gelassen. »Es ist armselig, wie du dich hinter deiner Schweigsamkeit verschanzt. Ehrlich gesagt, bin ich persönlich enttäuscht, dass du so wenig Haltung an den Tag legst.«

»Du würdest es also als ein Zeichen von Stärke ansehen, wenn ich einfach dem Drängen des Dämons nachgeben würde?«, fragte Adam nun deutlich aggressiver, so dass Leas Herz sofort schneller schlug.

Professor Carrière hingegen ignorierte Adams anschwellende Wut. »So weit brauchst du meinetwegen nicht zu gehen«, sagte er ruhig. »Ich fände es schon beeindruckend, wenn du Manns genug wärst, dich mit Lea auf der menschlichsten Ebene überhaupt auseinanderzusetzen: im Gespräch. Auf der einen Seite läufst du ihr wie ein dummer Schuljunge hinterher, andererseits weist du sie beständig zurück. Umgangssprachlich nennt man jemanden, der ein solches Verhalten an den Tag legt, wohl einen Schlappschwanz.«

Mit einem Satz war Adam auf den Beinen und funkelte den Professor zornig an.

Lea blieb fast das Herz stehen, so sehr erschreckte sie Adams ebenso unvermittelte wie raubtierhafte Reaktion. Mit einem Schlag war die eben noch behagliche Atmosphäre im Salon gekippt. Trotzdem riss sie sich zusammen und stellte sich etwas unsicher neben das Sofa.

»So ein alberner Machokram«, sagte sie. »Muss man dich wirklich bei deiner Männlichkeit packen, um dir eine Reaktion abzuringen?«

»Nein, muss man nicht«, knurrte Adam.

»Natürlich nicht! Und warum, bitte schön, fährst du dann so aus der Haut?« Ehe Lea ihrer Wut weiterhin Ausdruck verleihen konnte, wurde die Tür des Salons aufgerissen und schlug mit einem lauten Knall gegen die Wand.

Noch während Leas Kopf in Richtung Tür flog, versperrten ihr Adams breite Schultern den Blick: Mit einem Sprung hatte er sich vor ihr aufgebaut und sie aufs Sofa zurückgedrängt. Leicht vorgebeugt stand er nun da … lauernd, zum Angriff bereit. Sie wäre nicht überrascht gewesen, wenn ein drohendes Knurren aus seinem Brustkorb aufgestiegen wäre.

Sein Blick folgte einer dunkelhaarigen Frau, die, ohne ein Wort zu verlieren, mit geschmeidigen Bewegungen dicht an der Wand entlang zum Klavier schritt. Dort nahm sie eine Körperhaltung an, als wappne sie sich gegen eine Attacke. Dabei behielt sie Adam fest im Visier. Nur kurz schaute sie Lea an: kühle, berechnende Augen, als studiere sie ein Objekt und keine junge Frau, die sie verwundert beobachtete.

Obwohl sich unter der eng anliegenden Kleidung der Unbekannten ein hagerer, wenn nicht gar knochiger Körper abzeichnete, strahlte er eine enorme Stärke und Zähigkeit aus. Lea hegte keinen Zweifel daran, dass diese Frau genau wusste, wie man seinen Körper als gefährliche Waffe einsetzte.

Doch weitaus mehr faszinierte Lea auf irritierende Weise ihr Gesichtsausdruck: Die Art, wie diese Frau Adam anstarrte, spiegelte Wiedererkennen … gepaart mit einer unausgesprochenen Herausforderung. Auch wenn sich die Fremde darum bemühte, eine gleichgültige Miene zur Schau zu tragen, so war ihre aggressive Vorfreude nicht zu übersehen. Unwillkürlich dachte Lea an die Nacht, als sie Adam verletzt neben ihrem Bett vorgefunden hatte. Die Söldnerin, von der er gesprochen hatte, die ihn im Kampf schwer verletzt hatte …

»Guten Abend wünsche ich allerseits«, unterbrach eine unangenehm nasale Stimme Leas Gedanken. »Eure Haushälterin war so freundlich, uns durch den Hintereingang einzulassen. Manchen Angestellten kann man einfach nicht genug zahlen, wenn es um Loyalität geht. Aber ich dachte mir, Sie wüssten einen dramatischen Auftritt zu schätzen, mein lieber Etienne.«

Im Gegensatz zu Adam hatte Professor Carrière sich keinen Zentimeter bewegt. Allerdings wich das Erstaunen in seinem Gesicht rasch einem Ausdruck von Verärgerung und – wie Lea beunruhigt feststellte – Unsicherheit. Das feine Zucken, das seine Mundwinkel umspielte, alarmierte sie mehr als Adams fiebrige Körperanspannung.

Professor Carrière wandte sich in Richtung Tür. »Adalbert, was soll ich sagen: Die Zeit ist nicht gut mit dir umgesprungen! Ich habe dich auf den ersten Blick gar nicht wiedererkannt.« Dann fuhr er sich mit der Zunge über die Lippen, als wolle er Zeit schinden. »Eigentlich hätte ich wissen müssen, dass etwas nicht stimmt, als Adam mir von dem überraschenden Zusammenstoß mit dieser Söldnerin erzählt hat.«

Ein schales Lachen erklang von der Tür. »Ich muss zugeben, dass die gute Truss bei dem Zusammenstoß mit deinem Freund hier ein wenig eigenmächtig, sogar unüberlegt gehandelt hat. Selbst die sorgfältigste Planung gerät in Gefahr, wenn zwei Raubtiere die Chance wittern, sich miteinander zu messen.«

Lea staunte über die Intensität des herablassenden Tons. Im Salon hatte sich eine bedrohliche Atmosphäre ausgebreitet, sie durchzog die Luft mit einer Vorahnung von Gewalt und Zerstörung. Mit einem Mal war Lea dankbar dafür, dass Adam sich schützend vor sie gestellt hatte. Denn in ihr keimte der Verdacht, dass es nicht mehr lange bei einem verbalen Schlagabtausch bleiben würde.

»Aber, ehrlich gesagt, kann ich Truss' Temperamentsausbruch nachvollziehen«, fuhr der Eindringling unterdessen fort. »Schließlich musste ich in den letzten Wochen eine enorme Selbstbeherrschung an den Tag legen, um Sie nicht einfach an einem der öffentlichen Plätze zu stellen, die Sie so sehr lieben. Und nun stehe ich hier – Etienne Carrière vor mir auf dem Präsentierteller.«

Die letzten Worte ließen Lea zusammenzucken, und die Beklemmung schnürte ihr die Atemluft ab. Vorsichtig ließ sie sich auf dem Sofa zur Seite sinken und erhaschte einen Blick auf eine bullige Gestalt im Türrahmen. Das aufgedunsene Gesicht des Mannes, das von einem feinen Netz unzähliger roter Narben übersät war, unterstrich die unterschwellige Gewalttätigkeit, die von seiner massiven Statur ausging. Die geschorene Glatze schimmerte schwach im Kaminlicht, genau wie die altmodischen Messingknöpfe an seinem Lodenmantel.

Im Schatten des Ungetüms verbarg sich eine Figur mit gebeugtem Rücken, die knochigen Hände ineinander verschlungen. Schwarze Murmelaugen hinter Brillengläsern, Hakennase und farbloses Strubbelhaar. Auch wenn die Gestalt klein und schwächlich wirkte, so funkelte etwas Verschlagenes in ihren Augen, das Leas inneres Alarmsystem leuchtend rot aufblinken ließ.

Obgleich dem hünenhaften Wortführer und seinem Schatten etwas Bedrohliches anhaftete, beunruhigte Lea die schweigsame Frau namens Truss am meisten. Deren unverhohlen aggressive Ausstrahlung in Verbindung mit dem Wort »unseresgleichen« verstärkte ihre böse Ahnung, dass Adam hier auf eine gefährliche Kontrahentin gestoßen war.

Adams Rückenmuskulatur zitterte vor Anspannung, doch offensichtlich siegte sein Beschützerinstinkt über die Kampfeslust, obwohl sie den Verdacht nicht abschütteln konnte, dass Adams Zurückhaltung nicht mehr lange andauern würde.

In diesem Moment deutete Truss eine Vorwärtsbewegung an, woraufhin Adam leicht in die Knie ging, als wolle er zum Sprung ansetzen. Dabei strahlte er eine derart erregte Energie ab, dass sich die Härchen auf Leas Unterarm wie elektrisiert aufrichteten. Doch da nahm Truss wieder ihre Ausgangshaltung ein, und ein kühles, wissendes Lächeln schlich sich auf ihr Gesicht. Es war lediglich ein Test gewesen – und zugleich ein Versprechen auf mehr.

Professor Carrière hüstelte und durchbrach somit die Anspannung. Elegant schlug er die Beine übereinander und zupfte den leichten Stoff seiner Hose am Knie zurecht. Auch auf seinem Gesicht lag nun ein Lächeln, gerade so, als wolle er beweisen, dass diese Provokation ihn nicht aus der Ruhe zu bringen vermochte. Aber Lea stellte nervös fest, dass sich das Lächeln nicht in seinen Augen widerspiegelte.

»Es freut mich, dass du so zufrieden mit dir bist, Adalbert. Schließlich wissen wir beide nur allzu gut, dass das nicht immer so gewesen ist. Was kann ich also für dich tun, damit du für deine Mühen, mir vors Angesicht zu treten, auch entsprechend entlohnt wirst?«

»Sie denken, ich will verhandeln? Wollen Sie mich beleidigen?« Die Stimme des mit Narben übersäten Mannes wogte vor Überheblichkeit. »Ich bin hier, um mir nach all der Zeit des Wartens und Verzweifelns meine Trophäe zu holen: den Kopf einer heruntergekommenen Kreatur, die viel zu lange schon den Boden beschmutzt, auf dem ich wandle. Meinen wortbrüchigen alten Herrn, der mich zur Sterblichkeit verdammt hat, nur weil ihm plötzlich in den Sinn kam, wie ein Mensch leben zu wollen. Ich habe Ihnen ausreichend Zeit geschenkt, damit Sie Ihre Menschlichkeit vervollkommnen können. Nun ist es an der Zeit, Sie zu richten, Etienne.«

In diesem Moment gab Adam ein Geräusch von sich. Ein kehliges Knurren, das Lea zutiefst erschreckte. Animalische Angriffslaute passten mit dem schweigsamen, zurückhaltenden Mann, als den sie ihn bislang kennengelernt hatte, kaum zusammen – trotz all der Gespräche über Blut und Triebe. Auch die klaffenden Wunden, mit denen er sie in jener einen Nacht aufgesucht hatte, waren niemals Anlass gewesen, sie zurückschrecken zu lassen vor dem, was er war. Sie hatte sich bis zu diesem Moment geweigert, darüber nachzudenken, was die Herrschaft des Dämons wirklich bedeutete. Sie hatte immer nur Adam sehen wollen, nicht seine dunkle Hälfte …

Die Erkenntnis, dass Adam dieser Söldnerin in seiner Lust auf Kampf und Unterwerfung anverwandt war, traf Lea vollkommen unvorbereitet. Zum ersten Mal lud Adams Anblick sie nicht zum Schwärmen ein, sondern machte ihr bewusst, welche Macht in diesem unsterblichen Körper steckte.

»Keine Sorge, Kettenhund, ich habe dich nicht vergessen«, ging Adalbert eine Spur zu belustigt auf Adams Herausforderung ein. »Ich befürchte allerdings, dass die Dinge für dich nicht zum Besten stehen. Es sei denn, du kannst dich zweiteilen … Aber ich vermute mal, dass du die junge Frau hinter dir nicht kampflos aufgeben wirst, bloß um dich mit mir zu messen? Erstaunlich, dass Etienne jemanden gefunden hat, der seine Perversion teilt. Ihr zwei seid wirklich ein seltsames Gespann: Anstatt dem Dämon zu huldigen, gebt ihr euch mit Sterblichen ab. Gerade so, als wären sie vom selben Rang!«

»So schmerzhaft es für dich sein mag, Adalbert«, unterbrach Professor Carrière Adalberts Redefluss, »ich habe mich damals auch mit dir abgegeben, obwohl du nur ein Mensch bist.«

Ehe Lea den Sinn dieser Worte vollends begreifen konnte, gellte ein Wutschrei durch den Raum, dem einen

Sekundenbruchteil später ein atemloses Keuchen in ihrer unmittelbaren Nähe folgte.

Mit einer fahrigen Bewegung wischte sie sich über die Augen. Etwas Funkelndes war durch die Luft geflogen. Als sie sich Professor Carrière zuwandte, sah sie, dass der kurze Griff eines Wurfmessers schräg in dessen Stirnplatte steckte. Während sie noch fassungslos zuschaute, wie der Professor nach einer kurzen Benommenheit mit den Fingerspitzen die Waffe betastete, griff Adam an.

Im letzten Moment umfasste er die blitzartig vorschnellende Truss, bevor sie sich auf Lea stürzen konnte. Es gelang ihr jedoch, Leas Schläfe mit ihren krallenartigen Fingernägeln zu ritzen. Lea schrie auf und blickte entsetzt in die gierig funkelnden Augen der Söldnerin, die von Adam weggerissen wurde. Gemeinsam stürzten die beiden Kämpfenden über die hohe Sofalehne, wobei Truss ein unmenschliches Fauchen ausstieß.

Diese Furie wollte sich auf mich stürzen!, schoss es Lea ungläubig durch den Kopf. Tatsächlich hatte Truss mit ihrem Angriff bis zu dem Moment gewartet, da Adam von Adalberts Provokation abgelenkt wurde.

Hinter dem Sofa erschallte ein dumpfes Poltern, als die beiden Ringenden auf dem Boden aufschlugen. Sofort gingen sie aufeinander los.

Unschlüssig kam Lea auf die Beine. Sollte sie fliehen, solange Adam diese Verrückte noch in Schach hielt? Doch sogleich meldete sich das schlechte Gewissen: Sie konnte sich doch unmöglich von dem verletzten Professor abwenden und ihn seinen Peinigern überlassen.

Zögerlich machte sie einen Schritt auf Carrière zu, der sich langsam das Messer aus dem Schädel zog. Plötzlich sprang der immer noch lautstark fluchende Adalbert nach vorn. Mit einem waagerecht ausgeführten Streich hieb er eine lange schmale Klinge in Professor Carrières Hals.

Ehe Adalbert die Klinge herausziehen und erneut zustechen konnte, gelang es dem Professor, ihm einen Tritt gegen das Knie zu verpassen, woraufhin der schwere Mann einknickte und zur Seite fiel. Adalbert stöhnte vor Schmerzen auf und griff sich an sein verletztes Bein.

Mit einem vor Entsetzen kreidebleichen Gesicht blieb Lea vor Carrière stehen und blickte stumm auf die Klinge, die ihm mitten in der Kehle steckte. Seine Augen waren grotesk geweitet, während sie auf den wippenden Griff der Waffe gerichtet waren. Seine Wangen bebten, und er öffnete den Mund, wie um etwas zu sagen. Stattdessen drang ein Schwall dunklen Blutes heraus, der ihm übers Kinn hinab auf die Brust lief.

Lea erstarrte. Alles an ihr fror bei diesem Anblick ein: Atem, Herzschlag, Gedanken. Sie registrierte nicht einmal, wie der Professor sich die Klinge mit einem satten Schmatzen aus der Kehle riss. Erst als Tropfen der Blutfontäne, die unter Hochdruck aus der Wunde herausschoss, ihre Lippen benetzten, setzten ihre Lebensgeister wieder ein: Sie schrie wie von Sinnen.

Währenddessen hieb Professor Carrière mit der Waffe nach Adalbert, der schwankend wieder auf die Beine gekommen war. Mit einem Fluchen wich Adalbert zurück, die Gesichtszüge schmerzverzerrt, und förderte ein weiteres Messer zutage. Obschon seine Hände vor Anspannung zitterten, setzte er zum Wurf an. Doch im entscheidenden Moment streifte seinen Arm ein zurücktaumelnder Adam, dem Truss gerade einen mächtigen

Schlag verpasst hatte. Das Messer flog im hohen Bogen davon und fiel scheppernd auf den Boden.

Adam stieß mit dem Rücken gegen die Wand und glitt daran hinab. Das Haar hing ihm wirr ins Gesicht, die Wange war trotz der rasch anwachsenden Schwellung eingedrückt, und der Nasenrücken wies eine blutige Bruchstelle auf. Als er jedoch den Kopf anhob und seine Gegnerin am anderen Ende des Raums anvisierte, strahlten seine Augen ungebrochenen Kampfeswillen aus. Die Schmerzen schienen nicht zu ihm durchzudringen, genauso wenig wie die Gefahr, in der sie alle sich befanden.

Bei seinem Anblick wich Lea einige Schritte zurück, bis das Sofa sie zum Halten zwang. Dieser Mann mit dem wilden und gleichzeitig konzentrierten Gesichtsausdruck war ihr vollkommen fremd. Auf seinen Zügen spiegelte sich eine Rohheit, eine Freude an der Gewalt, die in ihr eine bislang unbekannte Furcht weckte. Was für ein Irrsinn! In einem Raum voller Monstren fürchtete sie sich am meisten vor dem Mann, den sie noch vor einigen Augenblicken für die Liebe ihres Lebens gehalten hatte.

Mit ungeahnter Schnelligkeit rappelte sich Adam auf und stürmte auf Lea zu. Entsetzt streckte sie die Arme vor, doch er durchbrach ihre Abwehr mühelos und riss sie mit sich zur Seite.

Einen Sekundenbruchteil später flog Truss wie ein Schatten an ihnen vorbei und landete beinahe lautlos auf dem Boden, nur ein leises Lachen auf den Lippen.

»Lass mich los!«, schrie Lea und versuchte, sich panisch aus Adams Umarmung zu befreien, doch der knurrte sie zornig an. Kurzerhand drehte er sie um die eigene

Achse und presste ihren Rücken fest gegen seine Brust. Die Leichtigkeit, mit der er sie bezwang, war erschreckend.

Lea setzte bereits zur Gegenwehr an, als sie einen mächtigen Schlag verspürte, der ihren Körper wie ein Erdbeben durchfuhr. Erst einen Moment später begriff sie, dass nicht sie, sondern Adam getroffen worden war. Sie hatte lediglich den Aufprall zu spüren bekommen. Für einen Augenblick wich die Spannung aus Adams Körper, so dass er das Gleichgewicht verlor und zusammen mit ihr auf das Sofa fiel.

Bei dem Sturz stieß Leas Schienbein hart gegen die Holzumrahmung. Der Schmerz durchfuhr ihren Körper und ließ die unbezähmbare Furcht mit einem Schlag in Vergessenheit geraten. Wie sie anschließend unsanft in den Polstern landete, nahm sie schon gar nicht mehr wahr. Selbst Adams Gewicht, als er auf sie fiel, war für einige Atemzüge lang nichts im Vergleich zu dem unerträglichen Pochen in ihrem Bein.

Adams Körper zuckte merklich zusammen, dann noch einmal. Es dauerte eine Zeit, bis Lea verstand, dass jemand heftig auf seinen Rücken einschlug. Truss setzte ihren Angriff fort. Im nächsten Augenblick wurde Adam von ihr fortgezerrt, und sie schnappte gierig nach Luft.

Mühsam rappelte Lea sich auf und zog die Beine an, während ihre Arme schützend den Oberkörper umschlangen. Entgegen ihrer Instinkte schloss sie die Augen und verbarg ihr Gesicht hinter den Knien. Schmerz und Entsetzen hatten sie in eine Ecke gedrängt, ihr den Lebensmut geraubt. Es war ihr gleichgültig, dass die Welt sich von einem Augenblick zum anderen in eine Hölle der Gewalt verwandelt hatte.

Um sie herum tobte der Kampfeslärm, schmerzverzerrtes Keuchen, Flüche und kehliges Gebrüll. Sie hörte unzählige Schritte, das Krachen umstürzender Möbel sowie das Geräusch reißenden Stoffes. Nein, nein, nein! Lea schüttelte verzweifelt den Kopf. Sie wollte das alles nicht hören. Die Hölle hatte sich aufgetan, aber sie hatte damit nichts zu schaffen.

Plötzlich erklang ein unmenschlich hoher Schmerzensschrei und kündete von ungläubigem Entsetzen. Ihm folgte das Geräusch von zersplitterndem Glas, das Lea dazu brachte, zu den Fenstern in ihrem Rücken zu schauen. So konnte sie gerade noch sehen, wie Adam ihr einen von Gewalt trunkenen Blick zuwarf, den Blick eines Jägers, bevor er seine Beute niederstreckte. Von Truss war nichts zu sehen, Adam stand inmitten der Überreste des Salons vor einem aus den Angeln gerissenen Fenster, in dem der zerfetzte Vorhang wie eine vom Kriegstreiben zerstörte Fahne hing.

All das Grauen und die Gefahr hatten etwas in Adam geweckt, und dieses Etwas schenkte Lea nun ein erschreckend sinnliches Lächeln. Zu ihrem Entsetzen spürte sie, wie ein Teil von ihr zurücklächelte. Zum ersten Mal, seit sie diesen Mann getroffen hatte, wünschte sie sich nichts sehnlicher, als dass er ging und den Dämon in seinem Inneren mitnahm.

Adam blinzelte ihr zu und sprang dann katzengleich zum eingeschlagenen Fenster hinaus, der Fährte seiner Beute folgend.

Ein spitzer und gleichzeitig überraschter Schrei riss Lea endgültig aus ihrer Benommenheit. Professor Carrière war es gelungen, Adalbert in einem Zweikampf einen so heftigen Stoß zu verpassen, dass der massige Mann gegen die gemauerte Umrahmung des Kamins geprallt war. Ein weiterer Stoß sorgte dafür, dass Adalbert in das Feuer stürzte. Dabei fing sein Mantel Feuer. Adalbert brüllte, wälzte sich aus dem Kamin heraus und ließ seine Waffe fallen, um mit der Hand nach den Flammen zu schlagen.

»Maiberg!«, rief er wutentbrannt. »Mach, dass du herkommst, und hilf mir, du elender Feigling.«

Zu Leas Erleichterung blieb Maiberg im Türrahmen stehen, scheinbar unschlüssig, ob er es wirklich wagen sollte, seinem Herrn zu Hilfe zu eilen.

Der Professor nutzte die Auszeit, indem er sich gegen die Wand lehnte und verzweifelt Luft in die Lungen sog. Sein Gesicht war grau und blutleer, und er bebte am ganzen Körper vor Erschöpfung. Er wirkte auf einmal unendlich einsam.

Dieser Anblick reichte aus, um Lea wachzurütteln. Das Adrenalin jagte durch ihren Körper, so dass sich die Muskeln in Armen und Beinen anspannten. Im nächsten Augenblick fand sie sich neben dem Professor wieder, die eben noch auf dem Boden liegende Klinge in der Hand. Ohne einen weiteren Gedanken zu verschwenden, legte sie sich Carrières kraftlosen Arm um die Schultern, während sie angriffslustig den mageren Kerl namens Maiberg fixierte, der gerade seine Stellung im Türrahmen verließ, um zu seinem verletzten Herrn zu eilen.

»Halt dich bloß fern!«, fauchte Lea.

Kurz erwiderte Maiberg ihren Blick mit wild blinzelnden Augen, und sie glaubte, eine verschlagene Drohung in ihnen zu erkennen.

Lea schlang den Arm um die Hüfte des Professors, um ihn dazu zu bringen, dass Gewicht auf sie zu verlagern.

Aber Carrières Körper versteifte sich unwillig. Er versuchte sogar, ihr den Arm, der um ihre Schultern lag, zu entziehen.

»Mach, dass du hier rauskommst, Kind!«, sagte er mit einer beängstigend tonlosen Stimme. Dann stieß er sich von Lea ab und ließ sich in einen Sessel fallen. Doch ihm fehlte die Kraft, sich aufrecht zu halten. Langsam rutschte er von den Polstern hinab und blieb stöhnend auf dem Boden sitzen.

Bestürzt erkannte Lea, dass dem Professor ein Unterarm fehlte. Der Arm unterhalb des Ellbogens endete in einem dunkel verfärbten Hemdfetzen. Ihr Blick streifte suchend über den Boden, als sie bemerkte, dass Adalbert mittlerweile allein beim Kamin stand und seine vom Feuer verbrannten Hände begutachtete, während Maiberg wieder zur Tür schlich. Er hielt etwas an sich gedrückt, eine Beute, die er in Sicherheit bringen wollte.

Wut stieg in Lea auf, als sie den gekrümmten Rücken dieses Handlangers betrachtete. Maiberg hatte erst den sicheren Hafen verlassen, als er keine Gefahr mehr zu befürchten hatte. Und nun schaffte er etwas beiseite, das ihm gewiss nicht zustand. Das Tückische und Hinterhältige, das dieser Kreatur anhaftete, schürte in ihr das Verlangen, ihn zu stellen. Entschlossen setzte sie ihm nach, dass Kurzschwert fest umklammernd und zum Angriff ausgerichtet.

Im dunklen Flur hantierte Maiberg an einem großen fassartigen Metallzylinder, aus dem eine Spur von Nebel aufstieg. Unter die Achsel geklemmt hielt er etwas, das verdächtig nach Professor Carrières abgeschlagenem Unterarm aussah.

Lea blieb wie angewurzelt stehen.

Als Maiberg sie bemerkte, tunkte er blitzschnell den abgetrennten Unterarm in das Fass und schleuderte mit seiner Hilfe einen Schweif von Tropfen in ihre Richtung. Intuitiv riss Lea den Schwertarm hoch, um abzuwehren, was auch immer da angeflogen kam. Zu ihrem Glück zielte Maiberg schlecht, so dass nur einige feine Tropfen ihren Weg in Leas Haare und auf Wange und Ohr fanden.

Augenblicklich setzte das Brennen ein, als hätte ein Funkenregen ihre Haut gestreift. Panisch wischte sie sich mit dem Ärmel über die beißenden Flecken, wodurch sie jedoch nur die Fläche vergrößerte. Der Geruch verätzter Haut stieg ihr in die Nase und rief Übelkeit hervor.

»Rauchende Salzsäure!«, rief Maiberg triumphierend. »Falls du Drecksstück mir zu nahe kommen solltest, sorge ich dafür, dass dein ganzer Kopf im Fass landet. Versprochen!«

Mit diesen Worten drohte er Lea noch einmal mit dem tropfenden, bereits rot verätzten und mit Blasen übersäten Unterarm von Professor Carrière, so dass Lea einige Schritte rückwärts in die Dunkelheit taumelte.

Unschlüssig stand sie da, hin- und hergerissen zwischen dem Verlangen, Maiberg zu stellen, und der zurückkehrenden Furcht. Plötzlich tauchte der Professor wankend in der Tür auf. Erschöpft blickte er sie an, doch ehe er etwas sagen konnte, ertönte aus der Eingangshalle im unteren Geschoss das Bersten von zersplitterndem Holz. Unnatürliches Kreischen und das Geräusch brechender Knochen ließen ihn sichtbar zusammenfahren.

»Wie es sich anhört, sind unsere Kampfhunde zurück«, sagte Maiberg kichernd, als der Kampfeslärm davon zeugte, dass die beiden Gegner keinerlei Rücksicht mehr auf ihre Umgebung nahmen.

Bei dem Gedanken an einen Adam, der vor Mordlust vollkommen die Kontrolle über sich verloren hatte, zog sich Leas Magen krampfend zusammen.

»Sie sehen mächtig ramponiert aus, mein lieber Etienne«, äffte Maiberg den Ton seines Herrn Adalbert nach, von dem selbst keine Spur zu sehen war. »Warum bereiten Sie Ihrem Elend nicht ein Ende und springen in dieses Fass? Ich werde Sie gut verstaut darin mitnehmen, das verspreche ich Ihnen. Wäre nicht das erste Mal, dass ich einen von den Ihrigen in ein Fass stopfe. Jawohl! Das sollten Sie sich einmal gründlich durch den Kopf gehen lassen, bevor Sie mir zu nahe kommen.«

»Ich sagte doch: Mach, dass du wegkommst, Mädchen«, wandte Professor Carrière sich mit rot unterlaufenen Augen an Lea, als sie – all ihren Mut zusammennehmend – mit ausgerichtetem Schwert auf Maiberg zuschritt. »Im Gegensatz zu Adam und mir bist du sterblich.«

»Oh, das sind Sie auch, mein Lieber«, mischte sich Maiberg mit wachsender Zuversicht ein. »Oder glauben Sie etwa, dass der Dämon sich dem Säurebad langfristig widersetzen kann? Ich kann Ihnen aus Erfahrung verraten, dass es sich nicht so verhält.«

Ehe Lea reagieren konnte, wiederholte Maiberg seinen Trick mit dem Säureregen, nur dass er Professor Carrières Gesicht genau traf. Mit einem Ächzen fuhr sich der geschundene Mann über die Augen. Trotz des fahlen Lichts konnte Lea erkennen, wie sich ein dichtes Geflecht aus roten Flecken rasch auf der Haut auszubreiten begann. Dabei bemerkte sie nicht, wie ein irre grinsender Adalbert neben ihr auftauchte und ihr das nur noch lose umklammerte Schwert aus der Hand riss. Sie konnte zu keiner Abwehr ansetzen, denn er hieb längst mit dem

Schwertgriff hart gegen ihre Schläfe. Augenblicklich riss der Schmerz ihr den Boden unter den Füßen weg, und während sie das Bewusstsein verlor, gellte ihr der eigene trockene Schmerzensschrei in den Ohren.

Lea kam wieder zu sich, als man sie auf den Rücken drehte. Sie schlug die Augen auf, aber alles war verschwommen. Jemand berührte sie, schickte sich an, ihr Gesicht zu streicheln. Voller Panik schlug sie wild um sich. Daraufhin wurde sie hart auf den Boden gedrückt, so dass ihr Schädel zu explodieren drohte. Sie registrierte einen Griff in ihrem Haar, und im nächsten Augenblick fürchtete sie, dass ihr sämtliche Haare samt Wurzeln ausgerissen würden. Doch der Griff lockerte sich sofort, als sie jede Gegenwehr einstellte.

»Du solltest dich jetzt besser einkriegen, verdammt!«, sagte Adam dicht an ihrem Ohr. Dabei klang seine Stimme wenig besänftigend. Es schwang eine aggressive Erregung mit, die Leas Angst schürte. In diesem Moment traute sie Adam alles zu. Und so ließ sie jeden einzelnen Muskel erschlaffen, um ihn nicht weiter herauszufordern.

Ihre Schultern umfassend, drehte Adam sie zu sich um und starrte sie eindringlich an. Lea musste sich zusammenreißen, um sich nicht wie ein kleines Mädchen zu winden. Sie schluckte mehrmals hintereinander, der Druck in ihrer Kehle ließ jedoch nicht nach. Adam erschien ihr mit einem Mal unerträglich fremd, sie fand keine Spur des Mannes wieder, der voller Konzentration Klavier gespielt hatte. Stattdessen blickte sie einem Dämon ins blutüberströmte Antlitz.

Eine klaffende Platzwunde zog sich von Adams Schläfe bis zu seinem Ohr. In einer Wange steckten Glassplitter, die allerdings wie von Geisterhand aus den sich schließenden Wunden rieselten. In seinem leicht geöffneten Mund glaubte sie, einige zersplitterte Zähne aufschimmern zu sehen. Ein beißender Geruch stieg von seinen zerfetzten Kleidern auf.

Aus dem Salon erklang ein Poltern, und Lea begriff, dass Adalbert und sein Gehilfe den verletzten Professor Carrière erneut durch den Raum jagten.

Adam leckte sich nachdenklich über die aufgesprungenen Lippen, während sich der Ausdruck auf seinem Gesicht unmerklich veränderte: Da mischte sich Besorgnis und Angriffslust mit einem dunklen Vergnügen. Was immer auch Adam mit den beiden Eindringlingen im Raum zu tun gedachte, er würde es nicht nur der Verteidigung halber tun. Es würde ihm eine tiefe Befriedigung verschaffen und ein Lächeln auf sein Gesicht zaubern. Es ist der Dämon in ihm, verstand Lea. Für ihn ist dieses Schlachtfest wahrscheinlich Gottesdienst und Festmahl zugleich. Und so, wie Adam sie gerade eben angestarrt hatte, war sie sich nicht mehr sicher, ob sich der Dämon mit nur zwei Opfern zufriedengeben würde.

Adam nahm eine lauernde Position ein, alle Muskeln und Sinne bis zum Zerreißen gespannt. Der Lärm und Adalberts siegessichere Stimme zerrten an seiner Geduld, als er Lea vom Boden hochzog und anherrschte: »Geh auf dein Zimmer und bleib dort. Truss ist irgendwo im Keller damit beschäftigt, sich wieder zusammenzusetzen. Ich habe also nur wenig Zeit, um mit diesen beiden Spinnern fertig zu werden und dann der verfluchten Söldnerin ein Ende zu bereiten. Los, geh jetzt!«

Obwohl Leas Beine ihr kaum gehorchten, taumelte sie an der Wand entlang in Richtung ihres Zimmers. Angst ließ sie Übelkeit und Schmerzen vergessen. Adam hatte sich von ihr abgewandt und wankte deutlich angeschlagen zum Salon, in dem Adalberts Jubelschreie von Professor Carrières Niederlage zeugten.

Kaum hatte Adam ihr den Rücken zugedreht, da machte Lea eine Kehrtwende und lief die Treppe hinunter. Das Herz pochte ihr bis zum Hals und ihre Zunge rieb unablässig gegen den Gaumen. Keine Sekunde länger würde sie in diesem Haus mit seinen verfluchten Gestalten bleiben. Nichts würde sie dazu bringen, in einem Zimmer darauf zu warten, dass Adam sie aufsuchte, die Mordlust noch lebendig in seinen Augen funkelnd. Sie würde auf die Straße laufen und losrennen – fort von diesem Wahnsinn, fort von dieser Orgie der Gewalt. Wie um sie anzutreiben, erschallte von oben Adalberts gepeinigtes Schreien, und Lea wäre vor Hast beinahe über die letzten Treppenstufen gestürzt.

In der Eingangshalle bot sich ihr der Anblick totaler Verwüstung. Die edle Seidentapete wies meterlange Kratzspuren auf, als hätte jemand versucht, sich daran festzuhalten, während er weggezerrt wurde. Das mit kostbarem Porzellan gefüllte Büffet war umgestoßen und zerborsten. Die Kristallvasen, die Lea immer so bewundert hatte, bildeten nun einen glitzernden Scherbenteppich. Als habe ein Tornado gewütet und nichts an seinem angestammten Platz gelassen.

Vorsichtig tastete sie sich ihren Weg um alle Hindernisse herum, um bei der aus den Angeln gerissenen Eingangstür noch einmal stehen zu bleiben und zurückzuschauen. Ein Fehler, wie sie sogleich erkannte. Denn in diesem Moment schwang die angelehnte Kellertür am Ende des Flurs auf, und eine vollkommen zerschundene

Truss kroch schlangenartig aus dem Keller. Die Hälfte ihrer Haare waren vom Schädel gerissen worden, das Gesicht war bis zur Unkenntlichkeit entstellt. Obwohl sie Lea aus den verschwollenen Augen kaum erkennen konnte, richtete sie den Blick auf sie, und Lea sah, wie ihre Nasenflügel, ein zerschlagener Haufen Knorpel, bebten.

Sie wird mich jagen, schoss es Lea durch den Kopf. Im Augenblick mag sie nur ein Haufen Fleisch und Knochen sein, aber sie wird sich rasch wieder erholen. Vielleicht setzt sich gerade in diesem Augenblick ihre Wirbelsäule neu zusammen oder die gebrochene Kniescheibe.

Wie um ihre Befürchtungen zu bestätigen, stemmte sich Truss auf alle viere und kroch schwerfällig auf Lea zu. Mehr Beweise benötigte Lea nicht. Völlig von Sinnen stürzte sie aus der Villa und rannte um ihr Leben.

Lea konnte nicht sagen, wie lange sie schon gelaufen war. Dem Brennen in ihrer Lunge und der Schwere ihrer Beine nach hätte sie die Stadt längst hinter sich gelassen haben müssen. Stattdessen umgaben sie immer noch restaurierte Villen. Erschrocken stellte sie fest, dass sie mehr taumelte als lief.

In der frischen Schneeschicht, die Gehwege und Straßen bedeckten, waren weit und breit keine Spuren außer Leas Fußabdrücken zu entdecken. Kein Mensch war in dieser dunklen Nacht auf der Straße unterwegs. Wahrscheinlich saßen alle wodkaselig vereint vorm Fernseher und genossen einen Volksmusikabend.

Sie hatte nicht die geringste Idee, wie sie sich in Sicherheit bringen konnte. Sollte sie an eine der Türen klopfen, bis jemand öffnete? Aber wer würde sie einlassen, wo sie doch kaum in der Lage war, einen Satz in dieser fremdartigen Sprache zustande zu bringen? Außerdem kümmerten sich die Menschen in dieser Gegend nicht um fremde Angelegenheiten. Adam und Truss hatten in ihrem Kampfrausch das halbe Haus zerstört, und trotzdem hatte offenbar niemand die Polizei gerufen. Und selbst wenn sie in eins der Häuser eingelassen werden würde, welchen Schutz konnte ihr eine Holztür vor der drohenden Gefahr bieten? Sie musste fort, nur Distanz brachte Sicherheit.

Vor dem schmiedeeisernen Tor eines hinter hohen Mauern verdeckten Anwesens blieb Lea kurz stehen, um nach Luft zu schnappen. Bevor sie sich versah, knickten ihre Beine ein, und sie fand sich hilflos, von Seitenstichen gepeinigt, im Schnee kauernd wieder. Nach einer Weile rappelte sie sich auf, eine Hand gegen die schmerzenden Rippen gepresst, und wankte erneut die Straße entlang. Als sie endlich eine Kreuzung mit einer größeren Querstraße erreichte, stiegen ihr Tränen in die Augen. Auch wenn bei Nacht und durch den Schnee alles gleich aussah, wusste sie nun ungefähr, wo sie sich befand: Sie hatte lediglich ein paar hundert Meter Abstand zwischen Professor Carrières Haus und ihren entkräfteten Körper gebracht. Nicht annähernd weit genug.

Plötzlich tauchten die Lichter eines Wagens vor ihr auf, der leicht schlingernd auf der verschneiten Straße auf sie zukam. Augenblicklich keimte Hoffnung in Lea auf und gab ihr einen Energieschub, den sie eben noch für unmöglich gehalten hätte. Sie sprintete los.

In diesem Moment fühlte sie, wie etwas sie von hinten zu greifen versuchte und sie um Haaresbreite verfehlte. Sie hörte ein frustriertes Keuchen, gefolgt von einem

Knirschen, das ihren Körper mit einer Gänsehaut überzog. Doch es scherte sie nicht, was hinter ihr in der dunklen Gasse geschah. Sie hatte nur noch Augen für das herannahende Auto.

Mehr fallend als rennend, erreichte sie endlich die breite Querstraße, wedelte wie wild mit den Armen und stürmte schreiend auf den Wagen zu. Die Bremsen des alten VW wurden voll durchgetreten, er drehte sich um die eigene Achse und kam rumpelnd kurz vor ihr zum Stehen. Die Fahrertür ging auf, und der Oberkörper eines dick vermummten Mannes tauchte auf. In dem rot glänzenden Gesicht prangte unter einem Schnauzbart ein gut gelauntes Lächeln. Er rief Lea etwas zu, das sie nicht verstand, aber das war ihr herzlich egal. Sie riss die hintere Tür auf und blickte auf eine Rückbank, die mit drei stämmigen Männern restlos überfüllt war. Eine Wolke aus Alkohol und Zwiebeln schlug ihr entgegen, begleitet von Lachen.

Lea zögerte einen Moment.

Dann hörte sie jemanden ihren Namen rufen.

Adam rief ihren Namen.

Mit einem Satz sprang Lea auf den Schoß von einem der Männer und zog die Tür hinter sich zu. Das sofort einsetzende Gegröle ignorierend, schrie sie dem Fahrer etwas zu, dass hoffentlich »Beeilung« hieß.

Der Fahrer lehnte immer noch zur Tür hinaus, aber mit einem Mal verging ihm das Lachen. Lea wollte gar nicht wissen, was er wohl gesehen hatte, sondern brüllte ihn einfach weiter an. Mit ungeahnter Schnelligkeit zog der Mann die Tür zu, legte einen Gang ein und trat so heftig aufs Gas, dass die Räder im Schnee durchdrehten. Es kostete ihn sichtlich Beherrschung, den Fuß ein wenig zurückzunehmen und die Kupplung langsam kommen zu lassen. Dann endlich fuhr der Wagen an, beschleunigte zu Leas Erleichterung zunehmend und ließ die dunkle Seitengasse zurück.

Regungslos starrte Lea auf den Hinterkopf des Fahrers und zwang sich dazu, keinen letzten Blick zurück in die Dunkelheit zu werfen. Es war ihr gleich, dass dort draußen irgendwo ihr Name gerufen wurde. Sie war entkommen.

6

Die Rückkehr

»Es ist schön, dich wiederzusehen.«

In dem Moment, als das Nervengeflecht in Leas Schulter durch Adams Berührung aufflammte, sprang sie auf. Benommen registrierte sie, wie das dabei umgeworfene Weinglas im Zeitlupentempo zu Boden schwebte und in unzählige Splitter zerbarst, die ihre schwarzen Satinpumps wie mit Diamanten verzierten. Sie wartete auf das Klirren des Glases, während sie im Rücken den Widerstand von Adams Körper spürte. Mit einem festen Griff umfasste er ihre Oberarme und zog sie noch näher an sich heran. So stand Lea da, den Rücken an Adams Brust gelehnt – gefangen.

Unwillkürlich entwich ihr ein schwaches Keuchen. Zu lautstarkem Protest fehlte ihr die Kraft. Sie fühlte sich wie eine Stoffpuppe, die willenlos in sich zusammensacken würde, sobald Adam den Griff um ihre Arme gelockert hätte.

Lea spürte einen Atemzug an der Ohrmuschel, und ihre Nasenflügel flatterten unwillkürlich in der Hoffnung, Adams vertrauten Duft einzufangen. Von dort, wo seine Hände ihre nackten Arme berührten, verströmte die Haut kribbelnde Wellen bis hinab in die Zehenspitzen. Entsetzt nahm sie wahr, wie ihr Körper einen schmutzigen Verrat an ihr beging: Nach all der Zeit reagierten immer noch all ihre Sinne auf Adams Nähe.

Als gehe ihm der gleiche Gedanke durch den Kopf, flüsterte Adam ihr zu: »Ich wusste, dass du dich freuen würdest, mich wiederzusehen.« Dabei lockerte er den Griff, und seine Finger begannen, sanft über Leas Arme zu streicheln. »Wir könnten einen gemeinsamen Spaziergang unternehmen. Die frische Luft würde dir guttun.«

»Ein Drink würde mir guttun«, gab Lea mit brüchiger Stimme zurück. Mit einer fahrigen Geste schüttelte sie Adams Hände ab, dann neigte sie sich über den Tisch zu Nadine, deren verstörter Gesichtsausdruck sie beinahe hysterisch auflachen ließ. Meine toughe Freundin Nadine! Wie würdest du erst aussehen, meine Süße, wenn du wüsstest, was mir gerade im Nacken sitzt, dachte Lea.

»Macht es dir etwas aus, wenn ich mich eine Zeit lang zur Bar begebe?«

»Wenn du nicht eine so gute Freundin wärst, würde ich jetzt beleidigt sagen: Ich habe ihn zuerst gesehen.« Obwohl Nadine einen Schmollmund aufsetzte, gelang es ihr nicht, ihre Verwirrung zu überspielen. Ein Blick auf Adam ließ ihre Lippen zu einem nervösen Strich werden. »Allerdings macht er von nahem nicht mehr den Eindruck, ein nettes Spielzeug zu sein. Bist du dir sicher, dass du einen Drink möchtest? Vielleicht sollten wir beide uns ganz fix ein Taxi rufen und zu Hause sorgfältig die Türen verschließen.« Als Lea sich mit einem gequälten Lächeln abwenden wollte, langte Nadine rasch nach ihrer Hand. »An dem wirst du dir die Finger verbrennen.«

»Das habe ich schon«, erwiderte Lea kaum hörbar, um sich dann, Adam ignorierend, ihren Weg durch die Menge zu bahnen.

»Einen Gin Tonic, bitte.«

Der Barkeeper schenkte Lea ein gleichgültiges Nicken, gab einem anderen Gast das Wechselgeld heraus und verschwand dann in Richtung Spülbecken.

An der Bar herrschte großes Gedränge. Trotzdem wusste Lea genau, dass es Adam war, der sich neben sie stellte. Die Energie, die von seinem Körper ausging, umhüllte sie wie ein knisternder Film. So als wäre jeder Quadratmillimeter ihrer Haut mit kleinen Antennen ausgestattet, deren Empfang ausschließlich auf ihn ausgerichtet war. Diese Magie hatte sie nie vergessen können; ein Teil von ihr hatte sich nach ihrer Flucht allem Widerstand zum Trotz danach gesehnt.

Als ihr Longdrink kam, trank Lea den Gin in einem Zug aus und drehte dann die eiskalte Tonic-Flasche zwischen den Händen. Erleichtert stellte sie fest, dass das taube Gefühl nach der Panikattacke sich allmählich verflüchtigte. Mühsam versuchte sie, sich zu sammeln, solange Adam ihr noch Zeit dazu ließ.

Aus den Augenwinkeln warf sie ihm einen hastigen Blick zu. Sein Haar glänzte dunkel, doch Lea dachte an den tiefen Honigton, den es annahm, wenn es vom Licht berührt wurde. Mit einem Arm stützte er sich auf dem Tresen ab, während der andere locker herunterhing. Die Körperhaltung entsprach einem lässigen Barbesucher, bereit zu einem Flirt. Aber Adam konnte niemanden täuschen, ihn umgab eine so bedrohliche Aura, dass ihm selbst hier im größten Gedränge Platz gemacht wurde.

Niemand wollte das Risiko eingehen, diesen Mann auf sich aufmerksam zu machen oder gar durch eine Berührung zu provozieren.

»Es ist übrigens kein Zufall, dass wir uns hier treffen. Ich habe dich gesucht«, eröffnete Adam das Gespräch.

»Das interessiert mich nicht, Adam.« Lea staunte selbst über die Gewissheit, die in ihrer Stimme lag. »Ich möchte, dass du jetzt gehst. Ich will dich nicht in meiner Nähe haben.«

Einen Moment lang herrschte Schweigen, dann erwiderte Adam gelassen: »Darauf werde ich keine Rücksicht nehmen. Es ist ein Fehler von mir gewesen, zu akzeptieren, dass du mich verlassen hast.«

Lea schnaubte protestierend.

»Du solltest mich nicht unnötig reizen, Lea«, wies Adam sie augenblicklich zurecht. Der bedrohliche Unterton in seiner Stimme ließ sie zusammenzucken. Kalt und einschüchternd klang er und machte ihr erneut bewusst, wer dort an ihrer Seite stand. Welche Gewalttätigkeit und Kraft in diesem scheinbar menschlichen Körper steckte. Unwillkürlich flackerten Erinnerungsfetzen von Blut und zerstörten Körpern auf, so dass ihr die Tonic-Flasche aus den Händen glitt. Blitzschnell fing Adam sie auf und stellte sie achtlos auf den Tresen. Dabei brannte die kalte Wut in seinem Blick sich regelrecht in Leas Haut.

»Ich habe in all den Jahren nicht vergessen, dass du mich gezwungen hast, mich zwischen dir und Etienne zu entscheiden. Und wofür? Ich habe einen Freund im Stich gelassen für eine Frau, die ging, ohne ein einziges Mal zurückzublicken. Es ist deine Schuld, dass Etienne vernichtet wurde.« Auch wenn er merklich darum bemüht war, distanziert zu klingen, entging Lea nicht der Bruch in seiner Stimme. Die Vorstellung, dass seine Selbstbeherrschung bei der Erinnerung Risse erlitt, verstärkte ihre Besorgnis. Denn Wut machte Adam unberechenbar, lockte den Dämon hervor.

Adam kam ihr ein Stück näher und sagte mit kaum verhohlenem Zorn: »Ich war so dumm, dir hinterherzulaufen und Etienne zurückzulassen. Wärst du in deiner idiotischen Panik nicht geflohen, hätte ich die Situation unter Kontrolle bekommen. Und dann wendest du dich auch noch von mir ab.« Sein Atem ging stoßweise, und Lea starrte verängstigt auf seine Lippen, die vor Anspannung blass geworden waren und leicht zitterten. »Als ich zur Villa zurückgekehrt bin, stand alles in Flammen. Adalbert hatte vollbracht, weshalb er erschienen war. Deinetwegen war ihm das gelungen. Du solltest also weder heute Abend noch irgendwann auf mein Wohlwollen zählen.«

Schmerzerfüllt kniff Lea die Augen zusammen, als könnte sie dadurch das Bild ihres alten Professors verscheuchen. Etienne Carrière, dieser geniale Schöngeist und Menschenfreund. All die Jahre über hatte sie die Frage gequält, wie der Kampf um ihn ausgegangen sein mochte. Obschon Lea die Erinnerung an jene Nacht mit aller Kraft verdrängt hatte, war ihr diese Frage in jedem unvorsichtigen Moment ins Bewusstsein getreten und hatte ihr stets aufs Neue vor Augen geführt, was sie alles verloren hatte. Etienne Carrière war also vernichtet worden – ihretwegen, wie Adam ausdrücklich hervorhob.

»Ich begreife das nicht ganz«, sagte sie stockend, während Adams elektrisierende Wut ihr die Luft zum Atmen raubte. »Du machst mich dafür verantwortlich, dass

Etienne zerstört worden ist. Wenn du mich nach so langer Zeit nun bestrafen willst, warum kommst dann hierher, in eine überfüllte Bar?«

Mit ausdruckslosem Gesicht beugte Adam sich zu Lea hinab, doch unter der Oberfläche tobte unleugbar ein Orkan. Am liebsten wäre Lea zurückgewichen, aber sie zögerte. Am Tresen standen die Gäste dicht gedrängt und boten ihr Schutz, aber nur so lange, wie sie sich unauffällig verhielt. Das Risiko, dass Adam die Unterhaltung draußen in der Dunkelheit fortsetzen wollte, weil sie mit ihrem Verhalten Aufmerksamkeit auf sich zog, war zu hoch. Sie hörte auf ihren Instinkt und ließ Adam gewähren. Als seine Hand ihre Hüfte streifte, zuckte er sichtlich zusammen. Es schien, als bringe die Berührung, so leicht sie auch war, etwas in ihm ins Wanken – zumindest dämpfte sie den Zorn, wie Lea erleichtert feststellte.

Deutlich beherrschter ging er auf ihre Frage ein: »Mit ›bestrafen‹ meinst du wohl verwandeln. Da brauchst du dir keine Sorgen zu machen: Ich habe nicht vor, nach der Pfeife des Dämons zu tanzen. Hier geht es nur um das, was ich will. Und ich will nach wie vor in deiner Nähe sein. Aber über das Warum werde ich mir nicht länger den Kopf zerbrechen. Schließlich gibt es niemanden, dem ich zur Rechenschaft verpflichtet bin.«

»Ich bin also nicht nur an Carrières Tod schuld, sondern auch noch ein Niemand. Das ist doch lächerlich, Adam!«, hielt Lea atemlos dagegen. »Gut, ich bin damals sehr naiv und gewiss auch mit der Situation überfordert gewesen. Etienne und du, eure Worte haben mich nicht darauf vorbereiten können, was der Dämon euch aufbürdet. Außerdem war ich so schrecklich verliebt in dich, dass mir eh alles vollkommen unwirklich erschien. Richtig verstanden, wozu ihr in der Lage seid, habe ich erst in der Nacht, als Truss mit ihrem zerschundenen Körper auf mich zugekrochen ist.«

Unwillkürlich hielt sie inne, die Erinnerung an dieses Erlebnis war zu schmerzhaft. Im Nachhinein war sie sich sogar unsicher, ob dieser Moment ihr Leben nicht noch mehr geprägt hatte als ihre Liebe zu Adam. Nun wünschte sie sich sehnlichst, dass er ihr den Mund verbieten würde, nur damit sie ihre verletzte Seele nicht ganz offenbarte. Adam schwieg jedoch, und die Worte fanden ihren Weg von selbst über ihre Lippen. »Weißt du, was mich damals vollends den Verstand verlieren ließ? Dass du es gewesen bist, der Truss diese unaussprechliche Gewalt angetan hat. Dass es dir eine widerwärtige Freude bereitet hat, sie zu jagen und niederzuringen. Vielleicht kannst du dir selbst einreden, dass es dir bei diesem Kampf bloß um Etiennes und meine Verteidigung gegangen ist. Aber ich konnte die Mordlust in deinen Augen sehen, also tu ja nicht so scheinheilig.«

Adam zog spöttisch die Augenbrauen hoch. Für einen Moment war die lähmende Angst wie weggewischt und es war fast wie früher: Lea befand sich im Streit mit dem alten Adam, der zwar von einer überlegenen Warte auf sie herabblickte, sich aber trotzdem zu ihr hingezogen fühlte. Wenn er sie als feige Verräterin brandmarkte, dann musste er sich zumindest anhören, ein blutgieriges Scheusal zu sein.

»Die Bilder dieser Nacht springen mich immer noch an – wenn ich meine Katze streichle oder mitten in einem Gespräch. Selbst aus dem Tiefschlaf reißen sie mich. Bilder von schrecklichen Verletzungen, blinder Zerstörungswut und dem Blutrausch des Dämons, der aus dir einen Fremden gemacht hat. Du hast mein Leben mit Angst verseucht, Adam. Wenn du glaubst, ich würde dich noch einmal an meiner Seite dulden, dann täuschst du dich.« Lea war selbst überrascht, wie leicht ihr die Worte über die Lippen gingen.

Allerdings entlockten sie Adam ein freudloses Lächeln. »Ich glaube, du verstehst mich nicht ganz«, erwiderte er kühl. »Es ist vollkommen gleichgültig, was du willst. Du stehst in meiner Schuld.« Mit diesen wenigen Worten machte er deutlich, dass er in diesem Spiel die Regeln diktierte und nicht vorhatte, sich das Heft aus der Hand nehmen zu lassen. Bei diesem Gespräch ging es nicht darum, einander zu umkreisen und Grenzen abzutasten. Nichts war mehr so wie damals, und diese Erkenntnis setzte Lea unerwartet hart zu.

Ohne über die Konsequenzen nachzudenken, gab sie einem inneren Drang nach und rückte von Adam ab. Dabei stieß sie einer Frau, die gerade an ihrem Martini nippte, den Ellbogen in die Seite. Der Drink rann der überraschten Frau übers Kinn den Hals hinab und hinterließ eine ölige Spur auf dem Seidentop. Die Frau wollte gerade lautstark protestieren, als sie einen Blick von Adam einfing. Daraufhin blinzelte sie lediglich verwirrt und verschwand in der Menge. Offensichtlich verfügen die meisten Menschen über ausreichende Urinstinkte, um eine so offensichtliche Gefahrenquelle wie den Dämon zu erkennen, dachte Lea voller Bitterkeit. Nur bei mir versagen die Instinkte auf ganzer Linie – vor allem in Bezug auf Adam.

Langsam streckte er die Hand aus und legte sie um Leas Nacken. Die Berührung war unerträglich heiß, und gleichwohl ihr nichts Zärtliches anhaftete, entlockte sie

Lea ein Schaudern. Ihren schwachen Widerstand ignorierend, zog er sie so dicht an seine Brust heran, dass sie die blassen Sommersprossen auf seiner Nase und seinen Wangen ausmachen konnte. Dieser Anblick hatte etwas verstörend Unschuldiges an sich und ließ Bilder von einem spielenden Jungen in Leas Kopf tanzen. Sie war kurz davor, in Gelächter auszubrechen, aber der verstärkte Griff im Nacken machte ihr klar, dass Adam ihr jetzt keinen hysterischen Anfall durchgehen lassen würde.

Einen Augenblick lang versenkte er sein Gesicht in ihrer Halskuhle, dann wanderten seine Lippen zu ihrem Ohrläppchen. »Du bist jemand, von dem ich etwas will und der mir etwas schuldet«, flüsterte er. Lea glaubte, auch Erregung in seiner Stimme zu hören.

Ja, natürlich, sagte sie sich. Es ist deine Furcht, die ihn so anmacht. Falls er nicht auch deine verfluchte Erregung wahrnimmt … Tatsächlich hielt Adam für einen Augenblick inne, als gebe er sich ihren Duft hin, erst dann sprach er weiter. »Und so, wie die Dinge liegen, siehst du wohl keine Möglichkeit, dich mir zu widersetzen. Sonst würdest du nicht hier stehen bleiben und mir erzählen, dass du mich nicht in deiner Nähe duldest. Du würdest einfach gehen.«

Adam machte eine kurze Pause, als wolle er ihr die Möglichkeit geben, ihn vom Gegenteil zu überzeugen. Doch Lea rührte sich nicht. Sie wusste, dass Adam recht hatte. Das Wissen, dass sie ihm und seinesgleichen nichts würde entgegensetzen können, hatte sie die erste Zeit nach ihrer Flucht fast um den Verstand gebracht. Es hatte sie viel Kraft gekostet, sich einzugestehen, dass es keinerlei Schutz gab und sie mit ihrer Verletzlichkeit und der steten Unsicherheit leben musste. Aber da war noch etwas anderes, das sie in diesem Moment zum Bleiben bewegte, nur würde sie das weder sich selbst und schon gar nicht Adam eingestehen.

»Ab jetzt spielen wir nach meinen Regeln«, fuhr Adam fort. Er hatte sich ein Stück von ihr zurückgezogen und betrachtete eingehend ihr Gesicht. »Wenn ich dich an meiner Seite haben möchte, dann wirst du da sein und dich so benehmen, wie ich es für richtig halte. Ich werde mich nicht erklären und mich auch für nichts entschuldigen. Weder vor dir noch vor dem Dämon oder sonst irgendwem.«

»Wenn du glaubst, dass ich mich von dir herumkommandieren lasse …«, entgegnete Lea kraftlos und wusste dann nicht, wie sie den Satz zu Ende bringen sollte.

»Ich werde mir nicht die Mühe machen, dir zu drohen, Lea«, sagte Adam gefährlich sanft. »Ich kenne dich gut genug, um zu wissen, wie lebendig deine Fantasie ist. Sie wird dir schon ausmalen, was ich mit dir veranstalten werde, wenn du dich mir entziehst. Vielleicht denkst du einfach an die Zeiten, als du außerhalb meiner Nähe kaum atmen konntest.«

Mit diesen Worten, die sie eindeutig beschämen sollten, lehnte er sich wieder mit dem Rücken gegen den Tresen. Sein ebenmäßiges, lebloses Profil versetzte Lea einen unerwarteten Stich. Damals, als Adam ihr wie ein Schatten gefolgt war, war seine Zurückhaltung die pure Qual gewesen. Aber die beharrliche Kälte, mit der er ihr nun entgegentrat, und die Skrupellosigkeit seiner Erpressung erschütterte sie weitaus mehr. Denn es kümmerte ihn nicht länger, ob sie etwas empfand – sei es nun Verliebtheit oder Furcht. Er verfolgte ausschließlich seine eigenen Pläne. Dass er nicht nur seine Zuneigung zu ihr verloren hatte, sondern offenbar auch den Respekt, verletzte sie so tief, dass ihr die Tränen in die Augen stiegen.

Adam beachtete sie nicht länger. Lea war für diesen Abend entlassen.

Es dauerte eine Zeit lang, bis sie sich so weit unter Kontrolle hatte, um sich vom Tresen abzustoßen und zum Ausgang zu begeben, ohne allzu sehr zu wanken. Gerade als sie die Eingangstür aufziehen wollte, spürte sie eine Berührung an der Schulter, die sie heftig zusammenfahren ließ. Es war Nadine. Ehe diese etwas fragen konnte, winkte Lea erschöpft ab. Gemeinsam verließen die beiden Freundinnen die Bar und traten in die Nacht hinaus.

7

Unter Wasser

Die ersten Tage nach Adams Wiederkehr bescherten Lea das Gefühl, in einer schalldichten Taucherglocke gefangen zu sein, während der Ozean des Alltags wie ein seltsames Meereswesen stumm und gemächlich an ihr vorbeizog. In den Nächten wagte Lea es kaum, die Augen zu schließen.

Immer wieder fuhren ihre Fingerspitzen über das zarte Narbengeflecht, das die Salzsäure ihr in Wange und Ohrmuschel gebrannt hatte, so wie die Erinnerung an diese Nacht ihre Seele gezeichnet hatte.

Morgens stellte Lea der Katze einen vollen Napf hin und stolperte in den Verlag, wo alles Geschehen an ihr vorbeirauschte. Geduldig saß sie ihre Zeit ab und starrte handlungsunfähig auf den Bildschirm ihres Rechners. Wenn sie dann abends in ihrer Wohnung vom Blinken des Anrufbeantworters begrüßt wurde, bescherte es ihr jedes Mal Magenkrämpfe, ehe sie endlich den Mut fand, die Abhörtaste zu drücken. Aber es war stets nur Nadines Stimme zu hören. Paralysiert lauschte sie der zuerst fragenden, bald wütenden und zum Schluss verunsichert klingenden Stimme ihrer einzigen Freundin, unfähig, den Hörer aufzunehmen und sie zurückzurufen.

Lea sah sich außerstande, mit Nadine über die Nacht in der Bar zu sprechen. Allein der Versuch hätte bedeutet, auch über andere Nächte zu sprechen. Vollkommen unvorstellbar. Gewiss könnte sie Nadine eine Beziehungsgeschichte auftischen, die an den gewalttätigen Neigungen ihres Geliebten gescheitert war – eben jenem atemberaubenden Mann in der Bar, den sie nun nach langer Zeit wiedergetroffen hatte. Diese Lüge und die unzähligen anderen, die sie sich in ihrer Verzweiflung ausdachte, waren eine süße Verführung. Denn sie sehnte sich danach, mit ihrer Freundin über Adam zu reden. Sie wusste jedoch nur allzu gut, dass jede Annäherung an dieses Thema zwangsläufig dazu führen würde, Nadine auch von dem quälenden Schmerz in ihrer Brust zu erzählen, weil die Sehnsucht nach diesem Mann sie in den Wahnsinn trieb.

Lea sah Nadines verwirrtes Gesicht förmlich vor sich, das Nichtbegreifen sowie Mitleid verriet. Ihre Freundin war zwar eine starke Persönlichkeit, aber für ein solches emotionales Chaos war sie einfach nicht die richtige Ansprechpartnerin, redete sich Lea aus Feigheit ein. Wahrscheinlich würde Nadine, ohne mit der Wimper zu zucken, ihre Anwältin per Direktwahl anrufen, damit Adam das bekam, was – wenn es nach Nadine ginge – jeder aufsässige Mann verdient hatte: eine lebenslängliche Auszeit. Außerdem schämte sie sich für ihre leidenschaftlichen Gefühle, wo doch nur Wut und Ablehnung in ihrem Magen brodeln sollten.

Das Wochenende begrüßte Lea mit Nieselregen. Ihr graute vor den freien Tagen, von denen sie nicht wusste, wie sie sie am schnellsten hinter sich bringen sollte. Der Gedanke, weiterhin in einem Netz widerstreitender Gefühle gefangen zu sein, war wenig erfreulich.

Während sie in einer Höhle aus Decken und Kissen auf dem Bett ihrer melancholischen Stimmung nachhing, tauchten mit einem Mal zwei spitze Katzenohren über dem Bettrand auf. Es folgte ein lebensbejahender Blick aus funkelnden Katzenaugen, der Lea sofort ein schlechtes Gewissen machte. »Du hast ja recht, Minou«, sagte sie. »Ich muss aufhören, meine Lebenszeit zu verschwenden.« Energisch strampelte sie die Decke von sich, schlüpfte in ihre Sportsachen und schnappte sich den iPod.

Wie an jedem Morgen liefen, radelten und skateten die Menschen kreuz und quer durch den Park, mit ihrer bunten Regenbekleidung lauter Farbtupfer auf den weit ausladenden Wiesen und Spazierwegen. Trotz des Regenwetters tobten zwischen den Baumalleen die Kinder, und Hunde ignorierten die Anweisungen ihrer Besitzer.

Lea zog die Baseballkappe tiefer ins Gesicht und drehte die Lautstärke auf, bis ihr der Gitarrenriff von *Seven Nations Army* fast das Trommelfell zersprengte. Aber sie wollte die Umgebung ausblenden, einfach laufen, bis sich zumindest ein von freigesetzten Endorphinen geschaffenes Glücksgefühl einstellte. Nach der langen Taubheit wollte sie endlich wieder sich selbst spüren, auch wenn sie dafür ihren untrainierten Körper antreiben musste.

Anfangs richtete sie den Blick stur auf die weiß aufblitzenden Schuhspitzen und versuchte, sich ausschließlich auf die Atmung zu konzentrieren. Aber schon nach kurzer Zeit tauchte die Erinnerung an das Wiedersehen mit Adam auf. Sie schulde ihm etwas, hatte er gesagt. Dieser elende Mistkerl! Und was schuldete er ihr? Nur so etwas Läppisches wie Seelenfrieden. Sie hatte nicht nur allein mit dem ganzen Wahnsinn fertig werden müssen, sondern auch mit dem Verlust ihrer großen Liebe. Hatte er überhaupt die geringste Ahnung, wie schmerzvoll und zugleich leer ihr Leben seitdem war?

Ohne es zu bemerken, war Lea zunehmend schneller gelaufen, getrieben vom Rhythmus der Musik und von wütenden Gedanken. Schon lange hatte sie die Spazierwege verlassen und lief stattdessen über einen Trampelpfad, als sich plötzlich die Muskeln an ihrer linken Wade verhärteten. Sie stieß einen Schmerzensschrei aus, der zwei andere Läufer vor ihr eine Kehrtwende machen ließ, um ihr zu Hilfe zu eilen.

»Ist alles okay bei dir?«, fragte einer der beiden mit rotem Gesicht, während Lea vor ihm im Dreck hockte und wimmernd das linke Bein umklammerte.

»Wadenkrampf«, brachte sie zwischen zusammengebissenen Zähnen hervor.

»Du musst dagegen anarbeiten«, erklärte ihr der andere Läufer fachmännisch. Kurzerhand packte er Leas angewinkeltes Bein und streckte es gerade durch.

Der Schmerz schlug wie ein Blitz hinter ihren Augen ein und ließ sie erneut aufschreien. Dann ebbte der Schmerz ab. Mr. Gnadenlos griff Lea unter die Achseln und zog sie auf die Beine.

»Immer schön weitermachen«, sagte er.

Er gab Lea Hilfestellung, bis sie das pochende Bein wieder belasten konnte. Noch brannte und zuckte es, und weil es so guttat, schrie sie einfach noch einmal auf. Dann holte sie tief Luft, sagte brav »danke« und humpelte zu einem Findling am Wegesrand davon. Die beiden Läufer riefen ihr noch etwas über Magnesium und vernünftiges

Aufwärmtraining hinterher, aber sie winkte nur ab. Erschöpft setzte sie sich auf den kalten Stein und suchte mit zittrigen Fingern nach dem Ausschalt-Button des iPod. Der Schweiß lief ihr zwischen den Schulterblättern hinab und sorgte dafür, dass ihr das T-Shirt am Rücken klebte. Trotz des Pochens in der Wade fühlte sie sich überraschend lebendig.

Sie würde sich damit abfinden müssen, dass Adam das tat, wonach ihm der Sinn stand. Schließlich konnte sie sich weder vor ihm verstecken noch ihm Paroli bieten. Sie war ihm in jeder Hinsicht unterlegen: sowohl körperlich als auch emotional. Wahrscheinlich schuldete sie ihm wirklich etwas … Im Gegensatz zu ihr hatte Adam sich damals für sie entschieden, weil er sie unversehrt an seiner Seite haben wollte, obwohl ihm der Dämon unentwegt zugesetzt hatte. Lea hingegen war in einem Moment vor Liebe noch völlig von Sinnen und im nächsten schon auf der Flucht gewesen.

Vorsichtig massierte sie ihre Wade. Der Nieselregen hatte sich zu einem festen Schleier verwoben und durchnässte ihre Kleidung nun vollends. Auf der vor ihr liegenden Wiese tobten zwei Hunde, unbeeindruckt vom schlechten Wetter, durch das hohe Gras, während ihre Besitzer lediglich Schemen in der Ferne waren. Als sich die Gänsehaut auf Leas Armen nicht länger ignorieren ließ, stand sie auf und humpelte in Richtung Stadt davon.

Widerwillig gestand sie sich ein, dass es ihr unmöglich war, Adam fortzuschicken. Nicht nur, weil er sich offensichtlich keinen Deut um ihre Meinung scherte, sondern auch, weil das tiefe Drängen in ihrem Inneren sogleich wieder eingesetzt hatte, als ihr Körper seine Nähe gespürt hatte. Während all der vergangenen Jahre war dieses Sehnen wegen der Erlebnisse in Etienne Carrières Haus verschüttet gewesen.

Letztendlich hat es nicht viel gebraucht, um dieses Sehnen erneut zu wecken, dachte Lea spöttisch, während sie beim Bäcker duftende Buttercroissants kaufte. Es hatte auch wenig genutzt, die Luft anzuhalten und darauf zu hoffen, dass bald alles besser würde. Denn es war nie besser geworden. Die letzten Jahre waren ungefähr so angenehm gewesen wie das endlose Warten in einer Bahnhofshalle.

Und so beschloss sie an diesem Samstagmorgen das Naheliegendste: Sie würde es Adam gleichtun. Sie konnte akzeptieren, dass ein unkontrollierbarer Teil sich zu ihm hingezogen fühlte, während die Vernunft sie unablässig auf die Gefahr hinwies. Die Lea jedoch, auf die sie Einfluss nehmen konnte, würde sein Spiel unbeteiligt mitspielen. Adam hatte recht, wenn er meinte, man dürfe sich dem Drängen anderer nicht ausliefern. Vielleicht war sie zu feige und zu schwach, um sich ihm zu widersetzen, aber sie war in der Lage, ihm ihre Zuneigung zu entziehen.

Den Kopf gefüllt mit diesem Schlachtplan, schaute Lea noch beim Schlachter vorbei, um etwas Tartar für Minou zu besorgen. Die Katze hatte es sich wirklich verdient.

8

Eine Einladung

Feindselig stierte Lea den Drucker an. Der Gestank, den er zusammen mit der muffig-warmen Luft ausspie, schlug ihr auf den leeren Magen. Außerdem trieb das monotone Rauschen, mit dem der Apparat Seite um Seite auswarf, sie fast in den Wahnsinn. Der Tag im Verlag war eindeutig zu lang und zu nervenaufreibend gewesen. Telefonate mit Autoren, die zwischen Verzweiflung und Euphorie taumelten, wurden von nicht enden wollenden Meetings abgelöst. Die Assistentin, eine ehrgeizige junge Frau mit einem Hang zur Perfektion, hatte am Vormittag, von Migräneanfällen gepeinigt, das Handtuch geworfen, und so musste Lea in all dem Chaos auch noch einen spontanen Geschäftstrip ihrer Chefin organisieren.

Mittlerweile war sie der einzige Mensch auf der Etage, auf der der Verlag Quartier bezogen hatte, alle anderen waren längst in den Feierabend entschwunden. Sobald dieser verdammte Drucker die letzten Seiten des Manuskripts ausgespuckt hatte, würde sie in ihre Pumps schlüpfen, die sie schon vor Stunden genervt in die Ecke geschleudert hatte, sich beim Italiener um die Ecke noch eine große Portion Antipasti einpacken lassen und dann auf dem Sofa zusammenbrechen. Rotwein und der neueste Roman ihrer Lieblingsautorin – so viel Belohnung musste nach einem Tag wie diesem sein.

Als sie schließlich, wie auf der Flucht, durch die menschenleere Lobby stürmte, hätte sie Adam fast übersehen. Mit einer unnachahmlichen Lässigkeit saß er mit übergeschlagenen Beinen in der Ledersitzgruppe neben der Eingangstür, eine zusammengerollte Zeitschrift neben sich. Der geöffnete Mantel ließ Anzug und Krawatte aufblitzen.

Noch so eine neue Eigenart an Adam. Früher war er nie zurechtgemacht gewesen, hatte stets nur schlichte Hosen und Pullover getragen. Lea hatte diese Nonchalance damals ganz besonders anziehend gefunden, denn sein Stil hatte einen Kontrast zu seinem ungewöhnlich schönen Gesicht und seiner athletischen Körperhaltung gebildet. Diese modische Eleganz, gepaart mit Adams distanziertem Gebaren, gab Lea das Gefühl, ein falsches Requisit in einem Film noir zu sein.

Kurz spielte sie mit dem Gedanken, einfach weiterzuhasten. So zu tun, als hätte es Adams Anblick nicht geschafft, Eingang in ihre verknoteten Gehirnwindungen zu finden. Gerade so, als hätte sie die Begegnung vor einigen Wochen in der Bar unter dem Motto »Ein verrückter Traum« abgelegt. Sollte er ihr doch hinterherlaufen, wenn er wollte!

Aber dann fiel ihr Blick auf eine Frau, die hinter Adam stand wie des Teufels Advokat. Sie legte kurz vor der Sitzgruppe einen scharfen Stopp hin. Eine unnatürlich schlanke Hosenanzugträgerin, deren Blondhaar zu einem perfekten Chignon hochgesteckt war. So, wie sie sich leicht versetzt hinter Adam aufgebaut und die eine Hand auf die Rückenlehne des Sofas gelegt hatte, nur einen Hauch von seiner Schulter entfernt, hätte sie auch einer dieser Raben sein können, die Zauberern in Märchen auf der Schulter hocken und finster dreinstarren. Lea fühlte sofort eine abgrundtiefe Abneigung in sich aufsteigen. Am liebsten hätte sie die Oberlippe hochgezogen und die Frau angeknurrt. Stattdessen wendete sie sich Adam zu, der sich nun erhob.

»Mach's kurz«, eröffnete Lea die Begrüßung. »Ich habe einen furchtbaren Tag hinter mir und absolut keine Energie mehr für eines deiner Spielchen.«

»Guten Abend, Lea. Darf ich dir Megan vorstellen?«

Wenn Leas abweisende Art Eindruck auf Adam gemacht hatte, dann verriet zumindest sein Gesicht nichts davon. Ruhig ging er auf Lea zu, und die Blondine glitt augenblicklich an seine Seite.

»Man könnte sagen, Megan ist so etwas wie meine rechte Hand. Leider ist sie für die Zeit meines Aufenthalts in dieser Stadt nur geliehen. Wie du dich bestimmt erinnern kannst, umgeben sich einige der Unsrigen gern mit Sterblichen … Megan, das ist Lea. Allerdings bin ich mir nicht sicher, als was ich sie vorstellen soll. Vielleicht als meine Begleitung für den heutigen Abend?«

Lea legte den Kopf schief und funkelte Adam wütend an. »Ich werde jetzt nach Hause gehen. Wenn du darauf bestehst, kannst du mitkommen und mir dabei zusehen, wie ich in einem Nest aus Papier auf dem Sofa einnicke.«

Adam schenkte Lea ein erschreckend gleichgültiges Lächeln, während er ihr die zentnerschwere Tasche abnahm. Dann führte er sie hinaus zu einer dunklen Limousine, die direkt vor dem Verlagsgebäude auf sie wartete. Höflich hielt er ihr die Rücktür auf und als sie ein stures »Ich will aber vorne sitzen« hervorbrachte, drängte er sie behutsam ins Innere des Wagens. Geschmeidig schlüpfte er hinterher. Megan, die bislang keinen einzigen Ton von sich gegeben hatte, stieg vorn auf der Beifahrerseite ein. Während sich Lea noch darüber wunderte, ließ der Chauffeur den Wagen mit einem sanften Schnurren anspringen.

»Eine persönliche Assistentin, Chauffeur, Limousine … Findest du das alles nicht etwas zu großspurig, Adam? Ich hätte nie gedacht, dass du derlei Auftritte nötig hast.«

Sie konnte einfach nicht aufhören, ihn anzugreifen. Dabei wünschte sie sich sehnlichst, einen Hauch von der Gelassenheit an den Tag zu legen, den er verströmte. Da sie dafür jedoch zu aufgewühlt war, wollte sie ihm wenigstens eine Reaktion entlocken. Doch Adam ließ sich nicht provozieren. Er schwieg, und Lea hätte vor lauter Frust am liebsten auf das weiche Leder der Rückbank eingeschlagen.

Plötzlich drehte sich Adam zu ihr, und sie hielt unwillkürlich den Atem an. Mit einer trägen Bewegung öffnete er ihren Trenchcoat, um dann das Tuch, das sie sich um den Hals geschlungen hatte, wegzuziehen und somit ihr Dekolleté freizulegen. Lea ertappte sich dabei, wie der kleine wilde Teil in ihr inständig darauf hoffte, dass seine Fingerspitzen ihre Haut berühren würden. Doch den Gefallen tat Adam ihr nicht. Stattdessen lehnte er sich in die Polster zurück und legte den Kopf locker auf die Nackenlehne, die Augen halb geschlossen, den Mund entspannt. Seine Hände spielten unablässig mit Leas Halstuch, das noch ganz warm von ihrer Haut sein musste.

Als Lea endlich den Blick von Adam lösen konnte und hinaus in die Dunkelheit schaute, bemerkte sie, dass sie sich auf der falschen Seite des Flusses befanden. Parkanlagen umgaben die weitläufigen Villen, die sich durch eine einzigartige Mischung aus Geschmack und Geld auszeichneten. Schließlich hielt der Wagen vor einem Haufen hell erleuchteter Würfel inmitten eines golfplatzgroßen Rasens, und ihr wurde klar, dass sie meilenweit von ihrer kleinen Wohnung entfernt waren. Der mit hellem Naturstein gepflasterte Weg zum Haus war mit Fackeln beleuchtet. Wahrscheinlich handgebürstetes Edelstahl von Jungdesignern aus Skandinavien, dachte sie zynisch. Die Zufahrt war mit zahlreichen Wagen zugeparkt und von überall her strömten Gäste Richtung Eingang.

»Eine Cocktailparty bei einem Zahnarztpaar, das sich dem Geist der Moderne verpflichtet fühlt. Wie unterhaltsam, mein Schatz«, stichelte Lea wider besseres Wissen, als Adam ihr aus dem Auto half.

Kurz krampfte sich ihr Magen zusammen, während sie darüber nachsann, wohin Adam sie verschleppt haben mochte. Was für eine Feier erwartete sie in dieser modernen Villa? Eine wüste Orgie, bei der verrückte Kreaturen Kristallkelche voller Blut schwenkten? Oder eine dämonische Massenverwandlung, so wie manche christlichen Sekten ihre Taufen vollzogen? Fast hätte sie über ihre wirren Gedankengänge gelacht.

Megan war erneut an Adams Seite gehuscht, und ihr verkniffenes Gesicht ließ Lea innerlich die Krallen ausfahren. Zu allem Überfluss sagte Adam lediglich: »Megan wird sich um dich kümmern«, dann ging er allein in Richtung Haustür davon.

Lea war zu perplex, um zu reagieren. Mit offenem Mund starrte sie Adam hinterher, wie er in einem Meer von Licht im Eingang des Würfelhauses verschwand. Schließlich suchte sie Megans Blick, die sie vollkommen ungeniert von oben bis unten musterte. »Wir werden, denke ich, besser den Hintereingang nehmen«, sagte Megan, und setzte dem Ganzen noch die Krone auf.

Lea fand sich in einem großzügig geschnittenen Zimmer mit hohen Wänden wieder, das sie darüber staunen ließ, wie viel Raum dieses Setzkastenmodell von einem Haus umspannen musste. Die Wände des Zimmers waren mit einer Stofftapete bezogen, auf der weiße und goldene Ornamente prangten. Der geölte Betonboden war fast vollständig mit einem weißen Flokati bedeckt, der Megan auf ihren Stilettos einiges von ihrer zur Schau getragenen Selbstsicherheit kostete. Das Zimmer befand sich auf der Rückseite des Hauses und die verglaste Front zeigte, dass es hier neben einem perfekt getrimmten Rasen auch einen stilisierten Garten gab, dessen weiße Kieselwege ebenfalls mit Fackeln beleuchtet wurden. Noch flanierte allerdings niemand zwischen den Reihen geometrisch gestutzter Buchsbäume.

Mitten im Raum stand eine Chaiselounge, auf der ein zitronengelbes Abendkleid mit türkisfarbener Schärpe ausgebreitet lag. Bevor Lea es sich allerdings genauer anschauen konnte, wurde sie bereits kommentarlos von Megan in das angrenzende Badezimmer gedrängt.

Das Innere des indirekt ausgeleuchteten Raums glich einer Stahlbox. Was für eine Einrichtungshölle!, keuchten Leas überreizte Sinne. Es war eindeutig an der Zeit, das Ruder wieder in die Hand zu nehmen. »Hören Sie,

Megan. Was soll das ganze Theater eigentlich? Soll ich jetzt ein Schaumbad nehmen, damit ich vor Erschöpfung einschlafe und ertrinke? Ist es das, was Sie wollen?«

Megan fuhr konzentriert mit dem manikürten Nagel ihres Zeigefingers die Braue entlang. »Für ein Schaumbad bleibt leider keine Zeit mehr, auch wenn es Ihnen sicherlich guttun würde. Ich vermute, ein wenig Frischmachen wird reichen müssen, denn die anderen Gäste treffen gerade ein. Sie haben uns einfach zu lange warten lassen, nun muss es schnell gehen.«

»Warten lassen?«, wiederholte Lea ungläubig. »Ich hatte nicht die geringste Ahnung, was mich unten in der Lobby des Verlagshauses erwarten würde. Außerdem war heute einer von diesen Tagen, an denen ich nicht einmal dazu gekommen bin, auch nur eine Sekunde lang an Adam zu denken.«

Abrupt hielt sie inne.

Megan schenkte ihr einen abfälligen Blick, der wohl bedeuten sollte, dass sie sich besser als jede andere damit auskannte, was solche Tage bedeuten. Dann sagte sie unerbittlich: »Ich gebe Ihnen zehn Minuten, dann komme ich wieder rein und werde Ihnen mit dem Make-up und dem Kleid helfen. Sie wollen doch Ihre Einführung nicht vermasseln, oder?«

Lea fühlte sich versucht, Megan mit einer Unverschämtheit zu brüskieren und dann geradewegs dieses Würfelhaus zu verlassen. Es dürfte kein Problem sein, auf der Auffahrt ein Taxi zu finden, das sie mitnahm. Was bildete sich Adam eigentlich ein, sie einfach zu verschleppen und dann auch noch mit dieser grauenhaften Person allein zu lassen? Unwillkürlich kehrten ihre Gedanken zu dem Kleid zurück, das im Raum nebenan für sie bereitlag. Gelbe Seide, zarter als ein Blütenblatt … Sie selbst hätte sich dieses Stück niemals ausgesucht, es wäre ihr viel zu auffällig und mondän gewesen. Ihre dunklen Haare würden diese Farbe gewiss zum Leuchten bringen. Ob Adam ihr Aussehen seiner Assistentin beschrieben hatte, damit sie ein passendes Kleid für den Abend aussuchen konnte? Diese Vorstellung ließ Lea ihre Widerspenstigkeit vergessen, und sie löste ihren Pferdeschwanz, um das Haar zu bürsten. Dabei vermied sie tunlichst den Blick auf ihr vor Aufregung gerötetes Gesicht.

Nachdem Megan sie in einvernehmlichem Schweigen geschminkt und angekleidet hatte, stöckelte Lea auf ungewohnt hohen Absätzen zum barockgerahmten Spiegel, wo sie mit Erstaunen ihr Spiegelbild anstarrte. Eigentlich war sie weder ein Magnet für Männeraugen, noch hatte sie sich jemals den Kopf über Worte wie »aufregend« und »sexy« zerbrochen. Das Spiel mit der Oberfläche war ihr so fremd wie die Marke der Stilettos an ihren Füßen.

Megans Räuspern riss sie aus ihrer Betrachtung und erinnerte sie daran, dass die Lea im Spiegel ein Geschöpf von Adams »rechter Hand« war. Ein Geschöpf, das nichts mit der vom Berufsalltag gestressten Frau gemeinsam hatte, die vor wenigen Minuten den Raum betreten hatte.

Verspielt drehte Lea noch eine Pirouette, um die im Sekundentakt auf die Uhr schielende Megan zur Weißglut zu treiben. Aber ein gerade noch so abgefangener Sturz, als ein Absatz am Teppich hängen blieb, dämpfte ihren Überschwang, und sie verließ mit geröteten Wangen das Zimmer. Die kurzweilige Verschnaufpause war vorbei, Adam erwartete sie.

9

Die Spinne

Megan schritt direkt hinter Lea her und raunte ihr leise die Marschroute zu. Auf Außenstehende hätte Megan leicht den Eindruck einer Entführerin machen können, die ihrem Opfer eine verborgene Waffe gegen die Nieren drückte. Dabei verschwendete Lea keinen einzigen Gedanken mehr an eine Flucht. Die seltsame Erregung, die sie beim Ankleiden ergriffen hatte, hielt immer noch an, und sie musste sich eingestehen, dass ihr dieses Spielchen Vergnügen bereitete.

Sie gingen einen langen Flur entlang, dessen Wände mit moderner Kunst geschmückt waren – Lea zweifelte weder an ihrer Echtheit noch an ihrer absoluten Geschmackshoheit –, während vom Ende des Ganges leises Stimmengewirr und Musik erklangen. Der Flur mündete in eine Empore vor einer breiten Marmortreppe, die in eine große, festlich beleuchtete Halle führte. Das Treppenende wiederum ging nahtlos in einen Steg über, der ein quadratisches, in Marmor eingefasstes Wasserbecken überspannte. Im Wasser schwammen Kois ihre Runden.

An die rechte Seite der Halle schloss sich ein Wintergarten an, von dem aus man wahrscheinlich in den Garten gelangen konnte, den Lea von ihrem Ankleidezimmer aus gesehen hatte. Auf der linken Seite gaben die weit aufgezogenen Schiebetüren den Blick auf einen riesigen gemauerten Kamin frei. Über die gesamte, atemberaubend große Fläche verteilt standen Sofas, Korbsessel und Stehtische, die zum Verweilen einluden. Im Wintergarten, zwischen all den Palmen und Orchideen, glaubte Lea sogar, ein Himmelbett zu erspähen.

Doch mehr als ihre Umgebung faszinierten sie die unzähligen Gäste, die sich in der Halle tummelten. Hätte einer ihrer Autoren eine solch bunt gemischte Gesellschaft in einem seiner Romane beschrieben, hätte Leas Kommentar sicherlich »Wir wollen mal lieber nicht übertreiben« gelautet. Und nun stand sie hier in einem zitronengelben Kleid, das dafür geschaffen worden war, alle Aufmerksamkeit auf sie zu ziehen, und beobachtete das seltsame Treiben. Da unterhielten sich altehrwürdige Herren mit Punks. Tief dekolletierte Venusfallen prosteten sich mit grauen Pagenköpfen der Bildungsbürger zu, und ganz in Schwarz gewandete Künstlerpersönlichkeiten gingen mit eindeutig Minderjährigen auf Tuchfühlung. Zwischen all diesen merkwürdigen Paaren glitten Kellnerinnen in seidig schwarzen Trikots auf Rollschuhen hindurch, wobei sie Tabletts voller Champagnergläser trugen, und Varietékünstler samt Zigarettenmädchen aus einer längst vergessenen Epoche mischten sich unter die Gesellschaft. Aus dem Kaminzimmer drang die mitreißende Version von *Presidential Suite* der Super Furry Animals, und es hätte Lea nicht überrascht, wenn eine ganze Combo dahintersteckte.

Ein sicherlich zwei Meter großer, schwarzer Transvestit mit Plateaustiefeln und in einem paillettenbesetzten Turnanzug, der Abba alle Ehre gemacht hätte, zog Leas ganze Aufmerksamkeit auf sich. Sie war von seinem Auftritt derart begeistert, dass sie sich unbedingt jemandem mitteilen musste, selbst wenn es Megan war. Um nicht wie ein kleines Kind mit dem Finger auf das schillernde Paradieswesen zeigen zu müssen, riss sie widerwillig ihren Blick los und wollte ihr über die Schulter etwas zurufen. Doch Megan war nicht mehr da.

Lea stand allein auf der Empore und spürte, wie ihr die Unsicherheit mit heißen Fingern ins Gesicht glitt. Nicht, dass sich bisher jemand aus der Gesellschaft für die einsame Figur auf der Balustrade interessiert hätte. Dafür waren alle viel zu sehr mit sich selbst beschäftigt. Aber mit einem Mal fühlte sich Lea wie Aschenputtel, deren Prinz vergessen hatte, am Ende der Treppe auf ihren Auftritt zu warten. Wahrscheinlich vergnügte sich Adam bereits bestens, während sie hier oben allein und verlassen herumstand.

Kurz spielte sie mit dem Gedanken, sich ins Ankleidezimmer zurückzuziehen und auf der Chaiselounge liegend auf standesgemäße Rettung zu hoffen. Doch dann dachte sie an ihr Spiegelbild, das ihr verführerisch zugeblinzelt hatte. Heute Nacht war sie eine andere Lea: eine außergewöhnliche Lea auf einem rauschenden Fest. Beschwingt, aber immer noch die Stilettos bedenkend, schwebte sie die Treppe hinunter und steuerte direkt auf den Transvestiten zu, dessen mächtiger Afro sein Haupt umfing wie ein dunkler Heiligenschein.

»Wie ist die Luft da oben?«, fragte Lea.

»Das ist mit Abstand die originellste Anmache, die mir jemals an den Kopf geworfen wurde. Oder sollte ich besser sagen, gegen den Hüftknochen?« Der Transvestit presste die Lippen schmollend aufeinander, so dass das natürliche Kirschrot seines Mundes aufschimmerte und sich mit dem Lila des Lippenstifts biss.

Lea war restlos begeistert. Rasch fischte sie zwei langstielige Champagnergläser von einem Tablett und reichte eines davon diesem wahr gewordenen Glamourtraum, der es mit spitzen Fingern entgegennahm.

»Auf die Großartigkeit«, schlug sie vor, als sie miteinander anstießen.

»Das kannst du laut sagen, Schätzchen«, erwiderte der Zwei-Meter-Riese und winkelte dabei den linken Arm lasziv an. Mit dem Glas tippte er sich kurz gegen die Brust. »Gregor – und worauf haben dich deine Erzeuger getauft, Zitronenfalter?«

»Lea.«

»Na ja, man kann es sich halt nicht aussuchen, nicht wahr? Mordsparty, oder was denkst du? Wenn ich nicht bald betrunken bin, schlafe ich im Stehen ein wie ein Papagei auf der Stange. Ich hätte Geld dafür verlangen sollen, dass ich überhaupt komme. Was hat dich hierher verschlagen? Wohl kaum die Lust auf hemmungslosen Beischlaf, wenn ich mir die Auswahl hier mal so ganz unauffällig anschaue.«

Nun wusste Lea, warum sie sich zu Gregor hingezogen fühlte: Das war Nadine in einem Männerkörper, der in einem Frauenfummel steckte. Augenblicklich ging ihr das Herz über, und wie es sich in einer Unterhaltung mit Nadine an dieser Stelle gehört hätte, kicherte sie ein wenig albern, ehe sie antwortete: »Ehrlich gesagt, habe ich nicht die geringste Ahnung, was ich hier soll. Mein Prinz hat mich verschleppt, und als Nächstes fand ich mich, in einen Schmetterling verwandelt, auf diesem Fest wieder – mutterseelenallein.«

»Mutterseelenallein … es bricht mir das Herz. Da ich ein gutes Mädchen bin, darfst du getrost an meiner Seite bleiben. Wenn ich allerdings etwas Geeignetes zum Ficken finde, heißt es aber husch, husch ins Körbchen. Da bin ich rigoros, verstanden?«

Statt einer Antwort schenkte sie LaGregor, wie sie ihre neue Freundin insgeheim nannte, ein strahlendes Lächeln, auf das LaGregor mit einem sorgfältigen Abtasten der Frisur reagierte.

»Vorschlag von meiner Seite, da ich keine verzweifelten Flattermänner ertrage und Happy Ends liebe: Wie sieht dein Superman denn aus? Vielleicht erblicke ich ihn ja von hier oben.«

»Wunderschön und ausgesprochen maskulin«, entgegnete Lea, die ihr leeres Glas erfolgreich losgeworden war und zwei neue erbeutet hatte.

»Klingt nicht, als hinge dein Herzschlag von seiner Anwesenheit ab. Das enttäuscht mich ein wenig, wenn ich ehrlich bin.« LaGregors Stimme troff vor Ironie.

Lea trank ihr zweites Glas mit einem Zug aus und fühlte sich auf den hohen Absätzen mit einem Mal viel sicherer. »Was hältst du davon, wenn wir uns gemächlich und Champagner trinkend durch dieses Gewühl schlagen? Dabei können wir uns gegenseitig Kuriositäten zeigen, bis die Fanfaren ertönen und mein verschollener Prinz plötzlich vor uns steht.«

LaGregor schaute sie mit ihren schwarz-roten Augen prüfend an, dann sagte sie gedehnt: »Bevor ich mich zu Tode langweile …«

Entspannt lehnte Adam sich mit dem Rücken gegen die Wand und verfolgte die Spur des Zitronenfalters, der kreuz und quer durch die bunte Blumenwiese schwebte und ein vergnügtes Lachen hinter sich herzog.

Er hatte schon seit einiger Zeit gut verborgen darauf gewartet, dass Lea endlich auf dem Fest erscheinen würde, und er war nicht enttäuscht worden. Die Art, wie sie verloren oben auf der Empore gestanden hatte, und der plötzliche Ausdruck kindlicher Begeisterung in diesem immer viel zu ernsten Gesicht hatten Adam einen Stich versetzt, und fast wäre er die Treppe hinaufgestiegen, um mit ihr zusammen das Fest zu erkunden. Doch da hatte Lea den Rücken durchgestreckt und war in die feiernde Menge eingetaucht, um sich einer einfach unglaublichen Erscheinung anzuschließen.

Nachdem ein Anflug von Enttäuschung abgeklungen war, musste er wider Willen lächeln. Lea hatte sich in den letzten Jahren verändert. Zwar war sie noch nie die Art von Frau gewesen, die auf Rettung wartete, aber nun erschien sie ihm unerschütterlicher. Auch wenn man es dieser in sich gekehrten, leicht egozentrischen Frau auf den ersten Blick nicht ansah, so verfügte sie doch über eine enorme Stärke. Aber das wusste er nur allzu gut. Schließlich hatte sie sogar die Willenskraft aufgebracht, ihm den Rücken zuzukehren, während er ihr nachgelaufen war – immer noch nachlief. In seinen Tiefen hörte Adam den Dämon gehässig lachen.

Er wurde aus seinen trüben Gedanken gerissen, als sich eine junge Frau nur einen Hauch von ihm entfernt mit der Schulter gegen die Wand fallen ließ. Ihre Wangen waren vom Tanzen gerötet, und der Champagner hatte ihr ein anzügliches Lächeln auf die Lippen gezaubert. Lange Strähnen schokoladenfarbenen Haars fielen ihr über die nackten Schultern. »Hey«, sagte sie und tippte mit dem Zeigefinger gegen seine Brust.

Einen Moment lang musterte Adam sie noch, dann suchte sein Blick erneut nach Lea. Doch der Dämon ließ sich nicht so leicht ablenken. Seine Gier breitete sich mit einem rasanten Brennen in Adams Gliedern aus und schürte ein Verlangen, das er kaum zu beherrschen vermochte. Solch ein Geschenk, dröhnte der Dämon. Solch eine leichte Beute!

Adam begriff kaum, wie er den Kopf erneut der Frau zuwendete und ihr ein Lächeln schenkte, das sie erregt nach Luft schnappen ließ. »Hey«, sagte er so leise, dass sie sich unweigerlich noch dichter zu ihm beugte.

Vom Dekolleté der Partyschönheit stieg der verräterische Duft nach williger Hingabe auf und ließ den Dämon voller Begeisterung aufbrüllen. Doch Adam drehte sich abrupt um und durchmaß den Raum mit großen Schritten. Weder Lärmen noch Locken des Dämons vermochten gegen seine Entscheidung etwas auszurichten. Der Duft dieser Frau, so verführerisch er auch gewesen sein mochte, war nicht der Duft, nach dem Adam sich sehnte.

Zu Leas absoluter Begeisterung hielt LaGregor den Unterhaltungspegel hoch, und sie ließ sich nur allzu gern mitreißen. Was sie sahen, bereitete ihnen beiden ein Heidenspaß, und sie hätte viel dafür gegeben, alles auf Film festhalten zu können. Das Fest war ein einziger Rausch, und sie fühlte sich unbeschreiblich lebendig inmitten all dieser Fremden, die ihren eigenen Passionen nachgingen und den Augenblick genossen. Alle menschlichen Urbedürfnisse schienen parallel zur Aufführung zu kommen: Es wurde geschwätzt und gelästert, geküsst und getanzt. Alles war in Bewegung zum Rhythmus des sich ständig steigernden Beats. Es wurde voller und lauter. Lea bemerkte überrascht, dass sie nicht mehr neben LaGregor herging, sondern -tanzte. Ihre Wangen waren gerötet, ein leichter Schweißfilm bedeckte ihre bloßen Schultern, und ihre Stimme hatte vom vielen Schreien und Lachen einen heiseren Ton angenommen.

Es hätte nicht viel gefehlt und sie wäre vollkommen in dieser überdrehten Stimmung aufgegangen, als Adam so unvermittelt vor ihr auftauchte, dass sie fast die Kontrolle über ihre wankenden Absätze verloren hätte. Blitzschnell schlang er einen Arm um ihre Hüften und zog sie dicht an sich heran, so dass sie nur noch seine Lippen wahrnahm, deren obere Hälfte schmal, die untere voll und weich war. Sie sah die leichten Bartstoppeln, die sich in der kleinen Einkerbung oberhalb des Kinns angesammelt hatten. Sie schaute auf den Kragen des weißen Hemdes, das trotz der Krawatte leicht geöffnet war, und fantasierte darüber, was sich wohl darunter verbergen mochte.

»Hallo, mein Prinz«, hauchte sie.

Prüfend sah Adam sie an. »Hast du dich gut amüsiert?«, fragte er, während er sich Zentimeter um Zentimeter von ihr löste und nur die Hand auf ihrer Hüfte zurückließ.

»LaGregor ist die wunderbarste Freundin, die sich ein Mädchen wünschen kann«, versuchte Lea an das Hochgefühl der letzten Stunden anzuschließen. Doch der Blick, den Adam und LaGregor in der Zwischenzeit austauschten, beraubte sie der Hoffnung auf ein lustiges Zusammensein zu dritt.

Ehe ihr ein rettendes Wort einfiel, beugte sich LaGregor zu ihr herunter und küsste sie auf die Wange: »Wir feiern ein anderes Mal weiter, Schmetterling. Ich werde mir jetzt erst einmal etwas Anständiges zu naschen besorgen, und du huldigst brav deinem Prinzen. Bis bald, mein Schatz.«

Und mit diesen Worten verschwand LaGregor in der feiernden Menge, und Lea blickte dem wogenden Afro hinterher. Für einen kurzen Moment konnte nicht einmal Adams Anwesenheit sie trösten. »Du hast sie verjagt«, klagte sie, der verlorenen Freundin nachschauend.

»Ich möchte, dass du jemanden kennenlernst«, erwiderte Adam trocken, aber sie glaubte, den Hauch eines Lächelns zu sehen.

Adam umfasste ihren Ellbogen und führte sie in den Wintergarten, der die Ausmaße eines großzügig angelegten Regenwaldhauses hatte. Die creme- und lachsfarbenen Blütenkelche der Trompetenbäume wetteiferten mit rankenden Jasmindolden um den betörendsten Duft. In schneeweißer Blüte stehende Orangenbäume standen dicht an dicht mit Drachenpalmen in Terrakottakübeln, und auf bemoosten Zweigen prangten zierliche Orchideen. Ein in den Boden eingelassener Wasserlauf mit verzweigten Armen, der von einem Messingspringbrunnen gespeist wurde, sorgte dafür, dass die Luft mit feinsten Wassertropfen angereichert war.

Im Wintergarten hielten sich deutlich weniger Leute auf als in den beiden anderen Räumen. Außerdem herrschte eine seltsam gedämpfte Atmosphäre, die ausgelassene Musik war hier nur noch als ersticktes Pochen wahrnehmbar. Kleine, leise plaudernde Gruppen bestimmten das Bild, zwischen denen ein stetes Kommen und Gehen herrschte, so als führten sie einen Ritualtanz auf.

Während sie sich leicht benommen von Adam führen ließ, wurde Lea mit einem Mal klar, dass all diese Leute um ein Zentrum zirkulierten. Es war das Bett, das sie von der Empore aus erspäht hatte. Zielstrebig steuerte Adam darauf zu, während die anderen Gäste es in einem Sicherheitsabstand umschwirrten, als gäbe es eine unsichtbare Grenze, die man nicht ungebeten überschritt.

Ehe Adam diesen Bannkreis durchbrechen konnte, griff Lea nach einem weiteren Glas Champagner. Eine Mischung aus Unsicherheit und Beklemmung machte sich in ihr breit und vernichtete die letzten Spuren der Leichtigkeit, die sie an LaGregors Seite genossen hatte. Adam quittierte die Schnelligkeit, mit der sie das edle Getränk hinabstürzte, mit dem Hochziehen einer Augenbraue, enthielt sich aber eines Kommentars. Ungeduldig umschloss er ihren Ellbogen und zog sie ein paar Schritte voran.

Eine Gruppe junger Frauen in aufsehenerregenden Kleidern zerstreute sich, als sie Adam ansichtig wurden, und gab den Blick auf ein King-Size-Bett unter einem mit smaragdgrüner Seide bezogenen Himmel frei. Auf dem Bett, das mit schneeweißen Pelzen ausgelegt war, lagerte eine Gruppe unterschiedlicher Gestalten, ein repräsentatives Gemenge dieses rauschenden Festes. Lea erkannte sofort, dass das androgyne, in schwarze, hautenge Sachen gekleidete Wesen die Sonne dieses Universums war. Auf den ersten Blick erweckte es den Eindruck, lediglich ein Kind zu sein, das schon bald von den ersten Einbrüchen der Erwachsenenwelt heimgesucht werden würde. Doch die glatten, ungewöhnlich ausgewogenen Gesichtszüge spiegelten pure Macht wider, die keinen Zweifel daran aufkommen ließen, dass Vorsicht angebracht war. Der Herrscher dieses Festes döste scheinbar müßig inmitten seines Hofstaates, während seine erschreckend schmalen Finger das Fell eines Windhundes durchkämmten.

»Männlein oder Weiblein?«, fragte Lea verwirrt.

»Sag du es mir«, entgegnete Adam mit einem geheimnisvollen Lächeln.

Erschrocken stellte Lea fest, dass dieser Abend die Züge eines Traums annahm, und sie war sich nicht sicher, mit welcher Art Traum sie es zu tun hatte. Auf diesen Augenblick zielte die ganze Vorbereitung des Abends also ab, hierfür hatte Adam sie auf dieses Fest gebracht und Megan sie so großartig zurechtgemacht: Sie sollte diesem unwirklichen Wesen vorgestellt werden. Die Art, wie Adam sie ins Herz des Festes geführt hatte, war perfekt inszeniert gewesen. Er hatte sie in das passende Kostüm gesteckt und ihr genug Zeit zugestanden, sich von dem mitreißenden Sog einfangen zu lassen. Nun stand der große Auftritt bevor. Ihre »Einführung«, wie Megan vor einer halben Ewigkeit gesagt hatte.

Plötzlich verspürte sie das trotzige Bedürfnis, Adam einen Strich durch die Rechnung zu machen. Mit einer fließenden Bewegung baute sie sich vor ihm auf und überließ sich ganz dem Willen ihres Körpers, der schon seit Stunden auf sein Recht pochte, Adam nahe zu sein. Mit geschlossenen Augen blieb sie vor ihm stehen, die Arme entspannt herabhängend, während all ihre Sinne nur noch ihn umkreisten. Sie ließ sich treiben, gab sich ganz diesem Ziehen hin, das jedes Mal Besitz von ihr ergriff, wenn er sie berührte oder sein Geruch sie umfing. Allerdings widerstand sie dem unerträglichen Drang, die Hand auszustrecken und ihn zu berühren.

Zunächst blieb Adam nur widerwillig stehen, aber schon einen Atemzug später spürte Lea, wie seine Hände fordernd um ihre Taille wanderten. Kaum hatte er sie dicht an sich herangezogen, da stellte sie sich auf die Zehenspitzen, so dass ihr Gesicht unmittelbar vor seinem war. Sein heftig ausgestoßener Atem fühlte sich auf ihren empfindsamen Wangen wie eine prickelnde Explosion an.

Ihre Gedanken verschmolzen mit dem unterschwelligen Rhythmus der fernen Musik. Das Fest, die Gäste, das wartende Himmelbett zwischen all den Palmen und seltenen Pflanzen, all das war vergessen. Hinter ihren geschlossenen Lidern verdichtete sich ein sinnliches Bild und sendete Flammenzungen über ihre Haut, so dass Lea überwältigt die Augen aufschlug. Der Intensität, mit der die Sehnsucht sich einen Weg bahnte, haftete etwas Schockierendes an.

Ein Blick auf Adams aufgewühltes Gesicht genügte, um zu erkennen, dass er sich dem leidenschaftlichen Drängen ebenfalls nicht entziehen konnte. Egal welche Pläne er bis zu diesem Augenblick verfolgt haben mochte, er verschwendete keinen einzigen Gedanken mehr daran. Seine Finger gruben sich durch den feinen Stoff ihres Kleides, und seine Umarmung fühlte sich keineswegs mehr verspielt an. Als sein Gesicht nur noch einen Hauch von ihrem entfernt war, wurde ihr schlagartig bewusst, dass Adam kurz davor war, die Beherrschung zu verlieren.

Unwillkürlich dachte sie an den Moment, als sie den ungeschminkten Ausdruck von Begehren zum ersten Mal auf seinem Gesicht entdeckt hatte: in der Nacht, in der Adam sich einen brutalen Kampf mit Truss auf den nächtlichen Straßen geliefert hatte. Damals hatte Lea ihn das erste Mal berührt, als er blutverschmiert vor ihr gestanden hatte. Doch sie war zu verwirrt gewesen, um die Bedeutung seiner Reaktion zu ermessen. Zu schnell war dieser sinnliche Augenblick von den folgenden verwirrenden Eindrücken überlagert worden.

Die Erkenntnis, dass sie einander nach wie vor begehrten, und die Gewissheit, dass dies kein Spiel war, trafen sie wie ein Schwall kalten Wassers. Sie befreite sich aus Adams

Umarmung und schaute ihm ins Gesicht, ehe er Gelegenheit fand, sich zu fangen und die alte Maske der Gleichgültigkeit aufzusetzen. Ein wilder Glanz lag auf den halb geschlossenen Augen, und die leicht geöffneten Lippen zitterten. Lea zögerte. Was sah sie: Dämon oder Mann?

Sie war sich nicht sicher.

Adam reagierte auf ihren unvermittelten Rückzug mit einem kaum unterdrückten Knurren. Einen Moment lang glaubte sie, dass er sich auf sie stürzen würde, aber da hatte er sich schon wieder unter Kontrolle. Das teilnahmslose Gesicht, das Lea so vertraut war, wurde erneut zur Schutzmauer, hinter der Adam seine eigenen Wünsche und die des Dämons verbarg. Doch die Mauer hatte Risse erhalten, das Funkeln in seinen Augen verriet ihn.

Trotz des Schreckens und der widerstreitenden Gefühle schenkte sie ihm ein kühnes Lächeln. Sie hatte einen Sieg über seine Unnahbarkeit errungen, von dem sie nicht einmal zu träumen gewagt hatte. Wenn es ihr gelang, Adams Gefühle zu wecken, dann war sie nicht länger der willenlose Spielball, zu dem er sie in der Bar herabgesetzt hatte. Adams Mundwinkel zuckten leicht nach oben, als gönne er ihr diesen kleinen Sieg durchaus.

Beide waren derartig ineinander vertieft, dass sie vor Schreck zusammenfuhren, als eine angenehm weiche Stimme sie in die Gegenwart zurückholte: »Was für eine beeindruckende Vorstellung.«

Während Lea wie versteinert stehen blieb, schlich sich ein Lächeln auf Adams Gesicht, das nichts anderes bedeuten konnte als »Mögen die Spiele beginnen«. Er hauchte ihr einen Kuss auf die Wange und führte sie zu dem großen Bett. Dort stellte er sich dicht hinter sie, umfasste sanft ihre Oberarme und vergrub kurz das Gesicht in ihrem offenen Haar.

Verwirrt überlegte Lea, was diese zärtliche Geste zu bedeuten hatte. Ein Judaskuss, ehe er sie den Raubtieren vorwarf? Aber Adams immer noch erregter Körper, den sie in ihrem Rücken spürte, führte diesen Gedanken ad absurdum. Mit glühenden Wangen schaute sie zum Himmelbett, wo die androgyne Gestalt sie mit unverhohlenem Interesse musterte.

»Pi, das hier ist meine unberechenbare Lea. Wie du siehst, ist sie so mühsam zu bezwingen wie eh und je«, sagte Adam. Lea glaubte, so etwas wie Besitzerstolz aus seiner Stimme herauszuhören.

Die schmale Gestalt, die Adam mit dem seltsamen Namen Pi angesprochen hatte, machte eine einladende Bewegung, der Lea gehorsam Folge leistete. Ein leichtes Schaudern unterdrückend, glitt sie auf den Platz, den ihr ein Mitglied des Hofstaates frei gemacht hatte. Der Junge mit der schneeweißen Haut blinzelte sie unter dem hellblonden Wimpernkranz an und schmiegte sich an eine spärlich bekleidete Frau, die eine Zigarette zwischen den feisten Fingern hielt und Rauchringe in die Luft blies. Adam blieb am Fuß des Bettes stehen.

Nur eine Armlänge von Pi entfernt, ließ Lea seine unverhohlene Musterung über sich ergehen. Es waren große, schön geschwungene Augen, die sie maßen, doch dem Glanz darin war nichts Kindliches zu eigen. Vielmehr entdeckte sie eine unermessliche Gier darin, gepaart mit Machtwillen. Selbst der zarte, fast unreife Körper strahlte auf unerklärliche Weise die gleiche Gefahr aus wie ein Truck, der mit Höchstgeschwindigkeit direkt auf einen zuhielt.

Lea vertraute ihrem Instinkt, der ihr riet, sich möglichst zurückhaltend zu benehmen. Deshalb ließ sie es auch ohne Murren zu, als dieselben Finger, die zuvor noch den weißen Windhund liebkost hatten, über ihren Hals streichelten. Dann führte Pi mit einer genießerischen Geste die Finger unter seine Nase und verzog das Gesicht zu einem wissenden Lächeln.

»Lecker«, sagte das schmächtige Geschöpf kaum hörbar. Trotzdem kicherte der Hofstaat im Chor, so dass es Lea eiskalt den Rücken herunterlief. In diesem Moment begriff sie, wem sie dort gegenübersaß. Ein prüfender Blick in Pis zeitloses Gesicht verriet Lea, dass sie einen Dämon vor sich hatte.

Der Gedanke, lediglich eine Armlänge von einer unberechenbaren Kreatur entfernt zu sitzen, ließ sie hysterisch kichern, was Pi mit einem äußerst interessierten Miene bedachte. Während Leas eben noch schockgefrorene Glieder anfingen zu kribbeln und anschließend zu zittern, flüsterte ihr eine unbekannte Stimme zu, dass es besser wäre, ihren Widerstand endlich aufzugeben. Warum sich nicht von dieser hilflosen und verletzlichen Hülle abnabeln und in Sicherheit bringen, solange es Gelegenheit dazu gab? Nach all den Jahren der Furcht war sie noch nie so erschöpft gewesen wie in diesem Augenblick. Sollte der Dämon doch seinen verdammten Tempel haben!

Doch bevor Lea sich ganz und gar selbst aufgeben konnte, geriet die Oberfläche des Bettes in Bewegung: Adam hatte sich hinter sie gesetzt und mit der flachen Hand ihre vor Angst geweiteten Augen geschlossen, die an Pis mysteriösem Lächeln gebannt hängen geblieben waren. Mit einer kräftigen Bewegung zog er sie wie ein kleines Kind auf seinen Schoß, wobei sich ihre Wange gegen seine Brust schmiegte. Mit beiden Armen hielt er sie umfangen und streichelte beruhigend ihren Rücken.

Adams körperliche Nähe und das rhythmische Streicheln befreiten Lea langsam von dem Bann. Während sie sich mehr und mehr entspannte, zwang sie sich, die Worte der geflüsterten Unterhaltung zwischen Adam und Pi zu begreifen.

»Wirklich, das war ein äußerst gelungener Auftritt.« Pis Kompliment klang zynisch. »Kein Gast, der es mit eigenen Augen gesehen hat, würde jemals vermuten, dass sie nur dein Schoßhündchen, ein albernes Spielzeug, ist. Man könnte schwören, dass da echte Leidenschaft mit im Spiel ist … Obwohl ich zugeben muss, dass ich einen Moment lang befürchte habe, du würdest sie zerreißen, anstatt sie nur in den Armen zu halten. Du solltest mehr Zeit mit der süßen Lea verbringen, das würde deinen Jagdtrieb vielleicht etwas eindämmen.«

»Das halte ich für keine gute Idee«, erwiderte Adam gereizt.

»Wie auch immer – du solltest dich jetzt besser mit ihr zurückziehen. Ihre Starre löst sich langsam, wenn ich mich nicht irre. Wenn ihr fort seid, können die Gäste außerdem besser über euch tratschen. Und das ist es doch, was du willst, nicht wahr?«

Adam hob Lea hoch und setzte sie erst ein paar Schritte vom Himmelbett entfernt wieder ab. Als Lea einen Blick über die Schulter zurückwarf, hatte sich der Ring der Gäste wieder geschlossen, und das Himmelbett dahinter war verschwunden. Das Herzstück des Festes war für sie plötzlich unsichtbar geworden.

Sie schwankte, doch Adam legte ihr einen Arm um die Schultern und bahnte ihnen mit entschlossenem Gesichtsausdruck einen Weg durch die Menschenmenge. Sie ließen die Feier hinter sich, hasteten durch einen dämmrigen Gang, der zu einem Fuhrpark führte. Wortlos half Adam ihr auf den Beifahrersitz eines englischen Wagens, und kaum war das Tor weit genug geöffnet, schoss das Auto los.

10

Im Morgenlicht

Mit fahrigen Bewegungen versuchte Lea, den Schlüssel ins Schloss zu ihrer Wohnung zu stecken. In ihrem Inneren herrschte ein heilloses Chaos. Sollte sie sofort die Nerven verlieren oder doch besser ein Pokerface aufsetzen und ein paar knallharte Fragen stellen? Einfach ausflippen und wild um sich schlagen? Oder sich zu einer Kugel zusammenrollen und darauf hoffen, dass sich alles von selbst zum Guten wenden würde?

Letzteres schien so verlockend, dass sie Adam kampflos den Schlüsselbund überließ, damit er aufschloss. Die Tür schwang auf, und sie betrat schweigend das Dunkel des Flurs, ohne sich um ihren Begleiter zu scheren. Ihr immer noch zitternder Körper wollte Lea in die Küche lotsen, wo eine angebrochene Flasche Chianti auf der Anrichte stand. Aber sie marschierte geradewegs ins Schlafzimmer und ließ sich der Länge nach aufs Bett fallen.

Das Gesicht so tief ins Kissen vergraben, dass sie kaum noch Luft bekam, lauschte sie in die Leere hinein, die sich endlich in ihrem Inneren auszubreiten begann. Sie war erschöpft und verstört. Alles in ihr weigerte sich, auch nur eine Sekunde lang über das Erlebte nachzudenken. Selbst Adams Anwesenheit war ihr gleichgültig. Nicht einmal, als sie sein Gewicht auf dem Bett spürte, konnte sie die bleierne Schwere abstreifen. Lea fühlte seine Hand sanft auf ihrem Nacken, dann schlief sie ein.

Sonnenlicht durchflutete das schmale Zimmer, in dem Leas Bett stand. Bei dem weiß lackierten Metallgestell, das sie vor einigen Jahren auf dem Flohmarkt erstanden hatte, drohten an einigen Stellen die Schweißnähte zu brechen. An den Wänden hingen nicht sonderlich wählerisch angebrachte Rahmen mit Rosenmotiven, Erbstücke ihrer Mutter, die niemals Berührungsängste mit Kitsch verspürt hatte. In einer hell beschienenen Ecke, wo Staubflocken im Morgenlicht durch die Luft tanzten, stand ein altersschwacher Schaukelstuhl, auf dessen Kissen die Katze döste.

Normalerweise konnte Lea bei Helligkeit nur schwerlich schlafen, aber heute hatte ihr Körper gnädigerweise einmal eine Ausnahme gemacht. Nun jedoch streckte die Sonne ihre Finger über das Bett aus, so dass es unter der Decke zunehmend heißer wurde. Schließlich wachte sie japsend auf. Haarsträhnen klebten ihr im verschwitzten Gesicht, und als sie sich ein wenig hochstemmte, spürte sie, wie ihre Brüste sekundenlang am feuchten Laken haften blieben. Verschlafen drehte sie sich auf den Rücken und strampelte die Decke zur Seite. Ihre erhitzte Haut zog sich sofort mit einem Kribbeln zusammen, dennoch genoss sie die kühle Luft. Mit den Handflächen rieb sie sich übers Gesicht.

Langsam richtete sie sich auf und streckte die Arme ausgiebig in die Höhe, da geriet plötzlich die Matratze in

Bewegung. Lea fuhr vor Schreck zusammen: Neben ihr lag ein verwirrt dreinschauender Adam, der sich seitlich auf den Ellbogen aufstützte. Alles an ihm war so perfekt wie immer: die Haut makellos rein und so frisch wie nach einem Morgenspaziergang, das Haar leicht verwuschelt. Zu allem Überfluss verströmte er einen angenehmen Geruch nach Mann. Trotzdem hätte Lea schwören können, dass er gerade erst aufgewacht war. Das offen stehende Hemd war zerknittert, und die gelöste Krawatte lag zwischen ihnen auf dem Laken, als habe er sie mitten in der Nacht schlaftrunken abgestreift.

Verunsichert schaute Adam Lea an, und seine Lippen bewegten sich, als wolle er zu einer Erklärung ansetzen. Doch es kamen keine Worte.

»Ich denke, du kannst nicht schlafen?«, sprach Lea aus, was Adam offensichtlich selbst durch den Kopf ging.

»Das kann ich auch nicht«, gab er so gereizt zurück, als hätte sie ihn soeben bei etwas Unanständigem erwischt. »Ich wollte nur noch bei dir bleiben, während du schliefst, und da habe ich wohl die Zeit vergessen …«

Sie warf ihm einen zweifelnden Blick zu, den Adam jedoch nicht bemerkte, da er sich irritiert im Zimmer umschaute, als wäre er im falschen Film aufgewacht. Das dachte sie auch, als ihr bewusst wurde, dass sie splitternackt neben einem bekleideten Adam lag. Bei dem Versuch, die Decke möglichst rasch wieder über ihren Körper zu ziehen, schlug sie reichlich unelegant mit dem Hinterkopf ins Kissen und ließ die durchgelegene Matratze vibrieren.

Großartig, jetzt sehen wir beide so aus, als wären wir in einer verfänglichen Situation überrascht worden, überlegte Lea grimmig.

Dann widmete sie sich erneut der Tatsache, kein einziges Stück Stoff am Leib zu haben. Sie konnte sich nur daran erinnern, vollkommen erschöpft aufs Bett gefallen zu sein. Zum Auskleiden hatte ihr schlicht die Kraft gefehlt. »Hätte es nicht gereicht, mir das Kleid über den Kopf zu ziehen und die Schuhe abzustreifen?«, fuhr sie Adam an.

Es dauerte einige Sekunden, bis die Worte ihn erreichten, mit denen er sich nur widerwillig auseinandersetzte. »Du riechst besser, wenn du nichts anhast«, sagte er schließlich in einem Ton, als frage sie ihn nach Lutschbonbons, während er sich mit grundlegenden Dingen wie Leben und Tod auseinandersetzte.

»Das freut mich für dich«, gab Lea unwirsch zurück. Sie schlang sich die Daunendecke mehr schlecht als recht um die Körpermitte und kletterte ungelenk über einen teilnahmslosen Adam hinweg.

Wenig später schlug sie frisch geduscht und mit Trainingshose und T-Shirt bekleidet den Weg in Richtung Küche ein, als ihr ein verstohlener Blick ins Schlafzimmer verriet, dass Adam dort immer noch auf dem Bett saß. Sie hatte bereits zwei Tassen Kaffee und Toast intus, als er schließlich die Küche betrat.

Stillschweigend setzte er sich an den Holztisch, der Leas ganzer Stolz war, da sie ihn unter Anleitung ihrer Mutter selbst als junges Mädchen an einem trüben Samstagmorgen abgeschliffen und lackiert hatte. Ohne sie oder den perfekt glänzenden Tisch zu beachten, begann er, einen Toast zu zerkrümeln. Adam war so in Gedanken versunken, dass er sich einen der Toastfetzen in den Mund steckte. Augenblicklich kehrte Leben in seine Augen zurück. Lea gönnte sich eine Portion Schadenfreude, während Adam – sichtlich angeekelt – würgend schluckte.

»Ich hoffe, du hast nicht vor, mit meinem Blut nachzuspülen.«

Statt einer Antwort schenkte Adam ihr lediglich einen humorlosen Blick, der ihr deutlich machte, dass weitere Neckereien die Situation kaum entschärfen würden. Nervös nippte sie am Kaffee, damit ihr Mund etwas Unverfängliches zu tun bekam. Doch lange hielt sie das Schweigen nicht aus, zu sehr peinigte sie die Erinnerung an die letzte Nacht. Deshalb beschloss sie, mit einer unverfänglichen Frage zu beginnen: »Wer ist Pi?«

Eine Zeit lang ließ Adam die Frage im Raum stehen und schnipste Krümel quer über die spiegelglatte Tischplatte. Schließlich lockerten sich seine Schultern, und er ließ sich gegen die Rückenlehne des Stuhls sinken. »Pi ist einer von uns, wie du ja selbst herausgefunden hast. Wahrscheinlich gehört er schon länger als viele andere dazu …«

»Du sagst *er* – ist Pi nun doch männlich?«, unterbrach sie ihn.

Adam legte den Kopf schief und schaute sie prüfend an, bis Lea sich mit roten Wangen erneut dem Kaffeebecher widmete. »Ich würde es so ausdrücken, dass er sich mir gegenüber männlich verhält – deshalb *er*. Wahrscheinlich denkt Pi, es wäre passender. Keine Ahnung, warum. Jedenfalls hat Pi so ziemlich überall seine Finger mit im Spiel, wie du gestern auf dem Fest ja bestens anhand der bunten Meute beobachten konntest. Wenn man seit einer halben Ewigkeit inmitten derselben Stadt nistet, reichen die Verbindungen weit. Und die eigenen Interessen können beliebig aufgefächert werden, wenn man unsterblich ist und niemals schläft.«

Unwillkürlich hielt Adam inne.

Den Gedanken, der ihm so zu schaffen machte, wollte er Lea vorenthalten. Obwohl sie es kaum verstehen konnte, wollte sie ihn nicht weiter bedrängen und fragte stattdessen: »Wenn Pi lediglich geschäftstüchtig ist, was will er, sie, es dann von dir?«

»Was Pi will, hm …?« Es war offensichtlich, dass Adam Zeit schinden wollte, um seine Gedanken zu sortieren. Seine Fingerspitzen klopften in einem Rhythmus gegen die Tischkante, als wären sie ein Trommelwirbel auf dem Weg in die Schlacht. Je länger er nachsann, desto nervöser wurde Lea. Es wäre ihr lieber gewesen, direkte, knappe Antworten auf die Fragen zu bekommen.

»Der Grund für unsere Zusammenarbeit liegt weiter zurück«, fuhr Adam schließlich fort. Seine Stimme klang ruhig, dennoch spürte Lea, wie er um jedes einzelne Wort rang. »Etienne hat mich damals bei sich aufgenommen, weil er eine Bedrohung empfand. Zwar schwebte ihm keineswegs das Ende vor, das ihn schließlich ereilte. Er wird nicht damit gerechnet haben, dass sein ehemaliger Untergebener Adalbert jahrelang unter seiner Zurückweisung litt und nur auf den richtigen Zeitpunkt wartete, um Rache zu nehmen. Aber Etienne wünschte sich jemanden in seiner Nähe, der sich entschlossener zur Wehr setzen konnte als er selbst.«

Ein trauriges Lächeln schlich sich auf Adams Gesicht, doch schon im nächsten Moment wurde er sich dessen bewusst und verscheuchte es, als handele es sich um eine unangebrachte Schwäche. »Etienne und meine Verbindung war bestimmt höchst ungewöhnlich, aber sie funktionierte. Etienne fühlte sich trotz der vielen Menschen, die ihn umgaben, einsam. Und ich … ich wusste vor lauter Zerrissenheit nicht, wohin mit mir, und fühlte mich in seiner Nähe geborgen. Er war so etwas wie ein Vater, der seinem rebellischen Sohn die lange Leine lässt.« Er stockte. »Überraschenderweise vermochten wir beide einander etwas zu geben: Freundschaft. Eigentlich gibt es so etwas in unserer Welt nicht, aber wahrscheinlich hat uns beide die Suche nach dem Menschen in uns zusammengeschweißt. Das war mehr, als ich mir jemals erhofft hatte. Zumal Hoffnung keinen besonderen Stellenwert in meiner Daseinsform genießt.«

Während Adam redete, rieb Lea unter der Tischplatte verborgen unentwegt ihre immer feuchter werdenden Hände aneinander. Sie hatte oft über die Beziehung zwischen den zwei ungleichen Männern nachgedacht. Dass sie die beiden letztendlich nicht nur auseinandergebracht hatte, sondern in Adams Augen auch für Etiennes Vernichtung verantwortlich war, versetzte ihr einen qualvollen Stich. Er würde sie für diese Schuld noch bitter bezahlen lassen, da war sie sich sicher.

»Ich würde alles dafür geben, um Adalbert in die Finger zu bekommen«, fuhr Adam fort. »Leider ist er seit jener Nacht samt seinem Kumpan Maiberg und Etiennes Überresten spurlos verschwunden. Aus Truss war nichts herauszubringen, obwohl du mir glauben kannst, dass ich es aufrichtig versucht habe.«

Der unverstellte Blick, den er ihr zuwarf, zeigte Lea das Bild einer gefolterten Truss, die mit einem ungebrochenen Knurren die immer gleichen Fragen beantwortete, bis kaum noch etwas von ihr übrig war, das gepeinigt werden konnte. Zum Glück brachte ihre Fantasie genug Mitleid auf, um Truss' Peiniger bei seiner Arbeit kein Gesicht zu verleihen. Ansonsten wäre sie wahrscheinlich schluchzend aus der Küche gestürzt.

»Im letzten Frühjahr wurde mir schließlich klar, dass es an der Zeit war, einen Schritt weiterzugehen. Außerdem wollte ich zurück in deine Nähe. Die Wut auf deinen Verrat war nach all der Zeit nicht mehr ganz so kraftvoll, als dass ich dem tobenden Dämon länger Paroli hätte bieten können, der sich nur dafür interessierte, dich in Besitz zu nehmen. Ob ich wollte oder nicht, ich hetzte also deiner Fährte hinterher, das erste Mal seit langem wieder eins mit dem Dämon.«

Bei diesen Worten zuckte Lea unwillkürlich zusammen. Auch wenn es dem Dämon gleichgültig zu sein schien, dass sie sich von Adam abgewandt hatte, so bedeutete es noch lange nicht, dass auch Adam ihr vergeben hatte – selbst wenn er sich aus eigenem Antrieb auf die Suche nach ihr gemacht hatte. Trotz der Anziehungskraft, die sie unleugbar auf ihn ausübte, konnte sie sich nicht sicher sein, wie er eigentlich zu ihr stand.

»Du hältst dich also schon seit einigen Monaten in meiner Nähe auf?«, fragte sie mit leiser, brüchiger Stimme.

Obwohl Adam langsam nickte, wagte sie es nicht, nachzufragen, ob er sich auch dieses Mal wieder nachts neben ihr Bett gesetzt und sie beobachtet hatte, während sie sich, von Albträumen geplagt, umherwälzte. So viel zu ihrem Glauben, alles perfekt unter Kontrolle gehabt zu haben.

»Aber als ich hierherkam, fand ich nicht nur dich, sondern auch Pi«, redete Adam unterdessen weiter, der sich an Leas wachsendem Unbehagen nicht zu stören schien. »Na ja, Pis ganze Existenz ist so angelegt, dass man ihn nicht verfehlen kann … Jedenfalls fühlt auch er sich trotz all der aufwendigen Vorkehrungen, die er getroffen hat, bedroht. Ein guter Handel für mich, denn er hat seinen Einfluss über die ganze Stadt ausgebreitet. Und da er neben Kontakten und Gefälligkeiten auch Reichtum sammelt, ist er nicht unbedingt der schlechteste Umgang. Es passt alles außergewöhnlich gut zusammen, nicht wahr?«

Adam schloss den letzten Satz mit einem selbstzufriedenen Lächeln ab, aber Lea war nicht im Geringsten überzeugt. Wort für Wort ging sie seine Geschichte noch einmal durch, dankbar dafür, nicht länger über ihr verwirrendes Gefühlsleben nachdenken zu müssen. Schließlich ließ sie sich tief in den Stuhl sinken, stützte die Ellbogen auf die Lehnen und presste die Fingerspitzen gegeneinander. Unbewusst hatte sie ihre typische Verhandlungsposition eingenommen, die im Verlag unter ihren Kollegen verschrien war. Wenn Lea diese Haltung einnahm, gab man besser gleich auf und legte die Karten offen auf den Tisch.

»Du willst mir doch nicht ernsthaft erzählen, dass Pi dich als eine Art Bodyguard angeheuert hat? Ich kann nachvollziehen, warum jemand wie Etienne sich nicht selbst schützen konnte, aber Pi ist ein ganz anderes Kaliber. Er ist kein wehrloser Schöngeist, der einen Racheengel aus der Vergangenheit fürchten muss. Wahrscheinlich würdest nicht einmal du es darauf anlegen, Pi zum Gegner zu haben. Außerdem ist dein Zeugnis als Beschützer nicht gerade das beste, Adam.« Als der letzte Satz ausgesprochen war, hielt sie gebannt den Atem an. Aber Adam strich sich lediglich die Haare aus dem Gesicht und blieb dann mit angewinkeltem Arm, die Hand den Hinterkopf massierend, sitzen. Aufmerksam schaute er sie an, und Lea spürte instinktiv, dass sie den Ball noch etwas weiter spielen musste.

»Wenn du glaubst, ich nehme dir ab, dass dich lediglich die Sehnsucht nach mir hierher verschlagen hat, dann irrst du dich gewaltig. Vielleicht bin ich dir damals in meiner Verliebtheit naiv vorgekommen, doch du tust gut daran, mich nicht zu unterschätzen. Mir so einen romantischen Blödsinn aufzutischen: Konntest dich nicht länger von mir fernhalten, von wegen!« Herausfordernd funkelte sie Adam an, was dieser mit einem angedeuteten Lächeln quittierte. »Du hast Adalbert nicht aufgegeben, Adam, das würdest du niemals tun. Wahrscheinlich hat dich eine Spur in diese Stadt geführt, oder du bist mit Pi, dieser gut vernetzten Spinne, irgendeinen Handel eingegangen. Wo ziehst du mich da mit rein? Dein neu entfachtes Interesse an mir, die Inszenierung gestern Nacht … Wenn du mich für irgendetwas missbrauchen willst, dann solltest du lieber gleich auspacken!«

»Sonst was?« Adam lachte leise. »Leere Drohung haben immer etwas Würdeloses an sich, wenn du mich fragst. Das passt nicht zu dir. Adalbert ist verschwunden, und ich habe keine frische Spur. Das macht mich, ehrlich gesagt, wahnsinnig. Aber du solltest deine Wirkung auf mich nicht so gering schätzen. Ich habe vielleicht Etienne verloren, dich habe ich jedoch noch. Deswegen bin ich hier.« Einen Augenblick lang ließ er die Worte im Raum stehen, dann fuhr er fort: »Allerdings gibt es noch einen anderen Grund, obwohl man es nicht einmal den Hauch einer Spur nennen kann. Unseresgleichen werden weniger. Nun ja, wir sind noch nie besonders zahlreich gewesen – es weiß niemand genau, wie viele es von uns gibt. Und da wir nicht sonderlich oft Umgang miteinander pflegen, ist es schwierig zu sagen, ob einer von uns verschwunden ist oder nur seine Jagdgründe gewechselt hat.

Trotzdem verdichtet sich das Gerücht über den Schwund. Und wer könnte besser darüber Bescheid wissen als Pi?«

Adam lehnte sich leicht über den Tisch und blickte Lea eindringlich an. »Im Moment passt für mich einfach alles bestens zusammen: Ich bekomme dich und kann gleichzeitig Pis Netzwerk nutzen, um meine Neugierde zu befriedigen. Wie sieht es aus, Lea: Bist du zufrieden mit der Antwort?«

Lea kniff die Lippen zusammen. Sie war sich nicht sicher, was sie von alldem halten sollte. Aber sie glaubte nicht, dass Adam sich weiter bedrängen ließe. Darum schlug sie eine andere Richtung ein: »Pi sagte, du solltest mehr Zeit mit mir verbringen, damit du deinen Jagdtrieb besser unter Kontrolle bekommst. Was hat er damit gemeint?«

Auf dem Fest hatte Pi angedeutet, dass Adam vor Erregung kurz davor gewesen war, Lea etwas anzutun – doch das verschwieg sie lieber. Denn sie glaubte, dass Pi sich in diesem Punkt geirrt hatte. Adam war sicherlich kurz davor gewesen, über sie herzufallen. Aber auf eine ganz andere Art, als sie Pi vorschwebte.

Rasch schob sie die Erinnerung an die leidenschaftliche Umarmung auf dem Fest beiseite. Dabei behielt sie Adams schmale Nasenflügel im Auge, für den Fall, dass er ihre aufflackernden Gefühle wittern sollte. Doch er schien viel zu konzentriert, um ihre Erregung wahrzunehmen.

»Kannst du dich daran erinnern, was ich dir über die Wirkung erzählt habe, die der Umgang mit Menschen auf meinesgleichen hat? Es drängt das Dämonische in uns zurück. Wenn wir jedoch den anderen Weg einschlagen, büßen wir nach und nach unsere Menschlichkeit ein, unsere Persönlichkeit spitzt sich unnatürlich zu. Vielleicht kann ich es dir so erklären: Während der Mensch in seinem Leben ein kompliziertes Netz von Seitenstraßen durchstreift, rast der Dämon auf einer Einbahnstraße entlang. Der dämonisierte Mensch widmet sich ganz einer Herzensangelegenheit.« Ein Nerv unter Adams rechtem Auge zuckte kurz, und Lea konnte deutlich erkennen, wie sich unter der Haut sämtliche Gesichtsmuskeln verhärteten. Offensichtlich machte ihm das Thema zu schaffen, auch wenn er es sich nur ungern anmerken ließ. »So, wie es aussieht, liegt mir die Jagd eben. Pi hat wohl gemeint, dass es mir nur guttun würde, ein wenig von diesem Trip herunterzukommen. Die beste Methode dafür ist nun einmal das Zusammensein mit einem Menschen, in dem man nicht nur das nächste Opfer sieht.«

Lea stand auf und ging zum Küchenfenster. Langsam fuhren ihre Fingerspitzen über das Holz des Rahmens, der sehr kühl war. Noch waren ihre Zweifel nicht vollständig ausgeräumt, und ihr Urteilsvermögen funktionierte einfach besser, wenn sie Adam nicht so nah war. »Und warum war es dir dann so wichtig, mich mit solch einem Knall auf Pis Fest einzuführen? Warum wolltest du diese Aufmerksamkeit?«

Zu ihrer Überraschung stand Adam auf und kam zu ihr. Mit vor der Brust verschränkten Armen stellte er sich neben sie, so dicht, dass sie die Wärme seines Körpers spüren konnte. Einen Augenblick lang betrachteten beide die winterlichen Reste des Hinterhofgartens vier Stockwerke unter ihnen. Die Schneedecke war bereits an vielen Stellen geschmolzen und zeigte vom Frost verbrannte Rosenstauden und gelbliche Grasbüschel. Nicht mehr lange und der Garten würde zu neuem Leben erwachen.

»Wie gesagt, wir sind nicht sonderlich gesellig, aber wir gehen immer wieder einmal Zweckbündnisse ein.« Während Adam sprach, hob er einen Arm an, um sich den Nacken zu massieren. Lea hielt unwillkürlich den Atem an, als er sie dabei kurz streifte. »Pi zieht Personen an, die seine Nähe aus den unterschiedlichsten Gründen brauchen – so wie ich. Mit deiner Einführung wollte ich diesem ganzen Pack klarmachen, dass du tabu bist. Der Auftritt war eine reine Schutzmaßnahme. Nun, hegst du noch mehr Verdächtigungen, die ich dir ausreden kann, oder bist du jetzt endlich friedlich?«

Ehe ihr eine scharfe Entgegnung über die Lippen kommen konnte, klingelte es an der Tür. Sie zuckten beide zusammen, aber es war Lea, die als Erste ihre Sprache wiederfand: »Ich hoffe doch sehr, dass das nicht Megan ist, die dir frische Wäsche bringt.«

Als sie an ihm vorbei in Richtung Flur ging, schenkte Adam ihr ein aufgesetztes Lächeln, das wahrscheinlich bedeuten sollte: »Du kannst mich mal gern haben.« Aber auch ihm war deutlich anzumerken, dass ihm die unerwartete Störung gegen den Strich ging.

Bei Adams Anblick spitzte Nadine die mattrot geschminkten Lippen, als hätte ihr jemand eine Beleidigung an den Kopf geworfen, und ihre Nasenflügel blähten sich beim Schnauben auf wie zwei Windsegel. Demonstrativ blieb sie vor der Küchentür stehen, die Arme unter dem Prachtbusen verschränkt, und musterte Adam einmal gründlich vom Kopf bis zu den Zehenspitzen.

Lea war sich nicht sicher, was sie von dem überraschenden Besuch ihrer Freundin halten sollte. Seit dem Wiedersehen mit Adam in der Bar hatte sie Nadine nach

Kräften gemieden. Da Lea als hartnäckige Handyverweigerin berüchtigt war, hatte Nadine ihr lediglich im Kommandoton vorgetragene Anweisungen auf dem Anrufbeantworter hinterlassen können, sich gefälligst umgehend zu melden. Lea hatte im Gegenzug Nadines Anrufbeantworter mit fadenscheinigen Ausreden besprochen: Wie furchtbar viel Arbeit sie im Augenblick habe, aber dass sie sich natürlich sofort melden würde, wenn sich eine Lücke im Terminkalender auftäte.

Obwohl unter den Freundinnen, die ihren Job beide sehr ernst nahmen, das unausgesprochene Gesetz galt, dass die Arbeitsstätte ein heiliges Refugium war, war Nadine daraufhin im Verlag aufgetaucht. Als Lea vom Mittagessen mit ein paar Vertriebskollegen zurückgekehrt war, hatte ihr der Pförtner sofort vom Besuch einer äußerst aufgebrachten Frau erzählt: Nadine hatte dem armen Mann den Zeigefinger unter die Nase gehalten und ihn gewarnt, sie besser nicht mit Ausflüchten zum Besten zu halten. Bei dieser Vorstellung war Lea flau im Magen geworden.

Nadine war die einzige Freundin, die sie hatte. Außer dieser selbstbewussten Frau war es in den letzten Jahren niemandem gelungen, durch die Papierstapel durchzudringen, hinter denen sie sich versteckte. Dafür musste man schon ausgesprochen hartnäckig sein – und das war Nadine, wie sie soeben wieder einmal bewiesen hatte, indem sie unangekündigt vor ihrer Tür stand. Trotz ihrer herrischen Art hing Lea an ihr, und der Gedanke, die Freundin so sehr vor den Kopf gestoßen zu haben, dass sie sich abwenden könnte, machte ihr Angst. Immerhin war Nadine der letzte Ankerpunkt in ihrem aus den Fugen geratenen Leben.

Nach dem Tod von Leas Mutter hatte sich ihr Vater endgültig in die Arbeit gestürzt, so dass die Familienbindung nach und nach eingeschlafen war. Lea war damals zu jung und gewiss auch zu sehr in sich gekehrt gewesen, um eigenständig den Kontakt zur Verwandtschaft aufrechtzuhalten. Es hatte sich auch niemand darum geschlagen, dass trauernde und als eigensinnig verschriene Mädchen zu sich einzuladen. Aber seit ihrer Liaison mit Adam und der anschließenden Flucht konnte man nicht einmal mehr von einem Kontakt sprechen. Zwar pflegte sie einige oberflächliche Bekanntschaften, und die schmerzende Leere füllte sie, indem sie sich für die Familiengeschichten ihrer Kollegen und Autoren interessierte. Die mitleidigen Blicke, die sie deshalb verfolgten, hatte sie erfolgreich abzuschütteln gelernt. Nach wie vor machte es ihr allerdings zu schaffen, wenn ihr Gegenüber dreist genug war, sie auf die Welt außerhalb des Verlagshauses hinzuweisen. Solchen Leuten sprang Lea regelmäßig an die Kehle, wobei ihr bewusst war, dass sie ihre Dünnhäutigkeit unter dem feministischen Mäntelchen der Selbstbestimmung versteckte. In Wirklichkeit war es in den letzten Jahren schon schwer genug gewesen, die Arbeit und den Hauch von Privatleben unter Kontrolle zu halten, während jederzeit das Grauen über sie einbrechen konnte.

Dabei wusste Lea während der ganzen Zeit, dass ihr Leben ohne sie stattfand. Aber was hätte sie schon dagegen tun können? Mit Adams Existenz war alles unsagbar kompliziert geworden. Die unerfüllte Liebe hatte sie in die Einsamkeit flüchten lassen, und das Wissen um diesen Dämon, der die Vorstellung von einer natürlichen Ordnung ad absurdum führte, hatte sie beschmutzt. Sie hatte etwas erfahren, das sie ihren Mitmenschen entfremdete.

So ähnlich musste sich ein Kind fühlen, das ganz genau wusste, dass das neben ihm hockende Monster mit dem blauen Fell real war, dennoch würde es nicht einmal seiner Mutter davon erzählen, auch wenn die Bestie ihr Maul schon bis zum Anschlag aufgerissen hätte.

Rückblickend wunderte sich Lea darüber, wie sie so lange in Angst hatte leben können, dieser undurchschaubaren Angst, die sie mehr und mehr in die Ecke gedrängt hatte. Nun, da Adam zurückgekehrt war, bekam sie allmählich eine Ahnung davon, was sich dahinter verbarg: Sie fürchtete den Dämon, die Gewalt, zu der er fähig war, wie auch die Tatsache, dass er etwas Unnatürliches darstellte. Ihr graute vor seiner Berührung, und die Gewissheit, dass er sie in Besitz nehmen wollte, kam ihr vor wie ein Fluch. Trotzdem konnte sie sich ihm nicht entziehen, da es ihr unmöglich war, Adam abzuweisen. Sie war vor ihm geflohen, aber nicht weit genug. In ihrem Innersten hatte sie stets darauf gehofft, dass er eines Tages wieder vor ihr stehen würde. Sie wurde von der Angst getrieben, ihr Herz an jemanden verschenkt zu haben, der den Kern ihres Wesens in jedem Moment zerbrechen konnte.

»Was will der Kerl hier?«

Nadines Stimme riss Lea aus ihren Gedanken. Sie war unschlüssig hinter der Freundin im Flur stehen geblieben und spähte an deren Pelzmantel vorbei. Adam hatte sich von seinem Platz beim Fenster gelöst und kam nun langsam auf sie beide zugeschlendert. Nadine wich unwillkürlich ein Stück zurück, als Adam knapp vor ihr zum Stehen kam. Ohne eine Regung in seinem Gesicht musterte er Nadine. Dann zitterten seine Nasenflügel fast unmerklich und sein Mund verzog sich zu einem kalten Lächeln. Bedrohlich nah drängte er sich an Nadine vorbei, die instinktiv die Hände zu Fäusten ballte. Kurz blieb er neben Lea stehen, dann war er auch schon zur Tür hinaus.

»Dass dieser Typ hier bei dir ist, erklärt einiges. Von wegen Arbeit ohne Ende!«, giftete Nadine los, sobald die Tür ins Schloss gefallen war. Doch Lea entging nicht das leichte Beben ihrer Schultern, das ihre Arroganz Lügen strafte.

Fügsam half sie der Freundin aus dem Mantel und bugsierte sie aufs Sofa, während diese in einem fort vor sich hin schimpfte. Als Lea schließlich mit zwei Tassen Kaffee in den Händen zurückkehrte, hatte sich Nadine eine Zigarette angesteckt und sich einigermaßen beruhigt.

»Ich gebe dir jetzt die Chance, mir das ganze Theater zu erklären.« Nadine spuckte die Worte gemeinsam mit einem Schwall grauen Rauchs heraus. »Aber wenn ich das Gefühl bekomme, dass du mich anlügst, bin ich in null Komma nichts zur Tür hinaus. Und das war's dann!«

Lea setzte sich in einen Korbsessel und legte sich eine Decke über die Beine. Die Unterhaltung mit Adam hatte sie viel Kraft gekostet, und ihr war kalt. Für einige tiefe Atemzüge schloss sie die Augen, um sich zu sammeln. Was sollte sie Nadine bloß erzählen? Kurz spielte sie mit dem Gedanken, zu schweigen und die Freundin einfach ziehen zu lassen. Das wäre wahrscheinlich auch das Beste für Nadine gewesen, nachdem Adam ihr dieses beängstigende Lächeln zugeworfen hatte. Aber im Moment war sie dazu außerstande. Niemand konnte von ihr erwarten, die einzige Freundin in ihrem Leben gerade zu diesem Zeitpunkt aufzugeben.

»Ich wollte es dir schon die ganze Zeit über erzählen, aber es ist nicht einfach«, sagte sie tonlos. »Es gibt einige … Dinge in meiner Beziehung zu Adam, die ich dir einfach verschweigen muss. Und wie ich dich kenne, wird dir das nicht passen. Außerdem ist alles, was mit diesem Mann zusammenhängt, sehr kompliziert und unbeschreiblich schmerzhaft für mich. Ich weiß einfach nicht, wie ich dir das Ganze erzählen soll, ohne dich zu gefährden.«

»Gehört er zur Mafia?«

Obwohl Nadine die Frage ernst gemeint hatte, musste Lea darüber lachen, als hätte sie eben einen guten Witz gehört. Nachdem sie sich wieder beruhigt hatte, sagte sie: »Ja, so etwas in der Art. Können wir uns also darauf einigen, dass du mich nicht zu Tode peinigst, wenn ich etwas auslasse und es dir deshalb seltsam erscheint?«

Nadine zögerte. Ihre hohe Stirn legte sich in Falten, das Kinn schob sich vor, während sie über Leas Angebot nachsann. Dann entspannten sich ihre Züge. »Einverstanden«, sagte sie geschäftstüchtig. »Aber ehe du loslegst, flehst du mich erst einmal inständig um Verzeihung an. Du egoistisches Miststück hast mich nämlich ganz schon viele Nerven gekostet. Außerdem wirst du mir sofort schwören, mich nie wieder so abprallen zu lassen. Ich weiß zwar nicht, wie man da, wo du herkommst, mit Busenfreundinnen umspringt, aber hier tut man das nicht.«

Als Nadine am frühen Abend Lea nach einigen Abschiedsumarmungen und Freundschaftsbekundungen endlich verließ, fühlte sich Lea unendlich erschöpft. Erschöpft, aber auf eine friedliche Art und Weise. Es war ihr gelungen, Nadine von Adam und ihren widersprüchlichen Gefühlen für ihn zu erzählen, ohne die großen Geheimnisse zu streifen. Obgleich sie es nicht erneut angesprochen hatte, vermutete Nadine irgendwelche kriminellen Machenschaften als Grund, was Lea ganz recht war. Das würde sie auf Distanz halten, was Adam anging. Etienne Carrières Tod bei einem Überfall passte da sehr gut ins Bild, in diesem Punkt hatte sie sich besonders bedeckt gehalten. Nun trieb sich Adam geschäftlich in der Stadt herum und war dabei in der Bar auf Lea gestoßen. Diese Bemerkung hatte Nadine ein skeptisches Schnaufen entlockt, das Lea wohlweislich ignoriert hatte. Dafür gestand sie Nadine nach einigem Nachhaken ein, sich nur bedingt freiwillig mit Adam zu treffen. Aber sie konnte den Vorschlag abweisen, ihm einen Schläger auf den Hals zu hetzen.

Mit schweren Gliedern kuschelte Lea sich in den Sessel und genoss die Ruhe. Doch schon einige Minuten später sprang ihr die Katze auf den Schoß und drehte sich einige Male um die eigene Achse, bis sie die richtige Position gefunden hatte. Dabei schnurrte Minou und bohrte die Krallen ihrer Vorderpfoten genüsslich in Frauchens Oberschenkel. Augenblicklich kam Lea der Aufforderung nach und begann Ohren und Nacken des Fellknäuels durchzuwalken. Ihr Blick glitt zum Fenster hinaus in den nachtblauen Himmel, während das Schnurren sie warm umhüllte.

11

Gefährliche Spiele

Nach ihrer Einführung auf Pis imposantem Fest hatte Adam sich nicht mehr blicken lassen. Dennoch vermutete Lea ihn praktisch hinter jeder Tür, denn sie wollte ihm nicht noch einmal unvorbereitet in die Hände fallen. So kam es, dass sie die Lobby des Verlagshauses erst einmal einer gründlichen Inspektion unterzog, bevor sie sie betrat, obwohl ihr dieses Verhalten verdutzte Blicke von Kollegen und Gästen einbrachte. Jedes Klingeln an der Tür verursachte ihr Herzrasen, und wenn sie in der Schlange auf dem Wochenmarkt anstand, rechnete sie damit, dass Adam ihr gleich auf die Schulter tippen würde. Allein bei der Vorstellung, er könnte plötzlich neben ihr stehen, verspannte sich ihr ganzer Körper. Aber es stellte sich auch Vorfreude ein, und auf dieses Kribbeln hätte sie gern verzichten können.

Dennoch gelang es Adam, sie erneut in einem Moment völliger Unachtsamkeit abzufangen.

Auf dem Weg vom Verlag nach Hause war Lea in einen dieser Regenschauer geraten, bei denen innerhalb von Sekunden die Straßen überflutet sind und die Kanalisation überläuft. Unglücklicherweise war Leas Arbeitstasche bis zum Anschlag mit Papierkram vollgestopft, so dass sie das handschriftlich abgefasste Manuskript eines technikfeindlichen Autors unter den Arm geklemmt hatte. Schon bei den ersten Regentropfen verspürte sie eine aufsteigende Panikattacke, als ihr Blick auf die zerlaufende Tinte fiel.

»Sie dürfen mein Unikat auf keinen Fall einem dieser teuflischen Kopierer überlassen«, dröhnten ihr die Worte des Autors im Kopf. »Ich würde das spüren, Lea. Und dann wäre die Vertrauensbasis vollkommen zerstört. Der Akt des Schreibens ist etwas zutiefst Menschliches. Man darf ihn nicht mit dem Künstlichen der Technik verunreinigen. Erst wenn der Schaffensprozess wirklich abgeschlossen ist, können wir über Vervielfältigung nachdenken. Das verstehen Sie doch?«

Sie hatte zustimmend genickt, denn bei Bestsellerautoren verstand sie aus Prinzip alles: Keine Marotte zu albern, keine Forderung zu groß. »Verdammt! Der wird mich um Grund und Boden verklagen, wenn sich sein schöpferischer Akt in Pappmaschee verwandelt«, schimpfte sie vor sich hin, während sie den herabstürzenden Wasserfluten zum Trotz den Mantel auszog und das Manuskript in den Stoff einwickelte. Froh darüber, dem Schicksal ein Schnippchen geschlagen zu haben, störte sie es nicht einmal, als eine neben ihr anhaltende Limousine sie in einen Schwall von Regenwasser hüllte. Schließlich war sie sowieso schon nass bis auf die Haut.

Erst als sie durch die von Regentropfen verschleierten Wimpern Adam erkannte, der mit einem aufgespannten Schirm auf sie zulief, machte sie vor Schreck einen Satz zurück. Das Manuskript rutschte unter dem Mantelstoff hervor und hätte sein sicheres Ende in einer Pfütze gefunden, wenn Adam es nicht mit raubtierhafter Schnelligkeit aufgefangen hätte. Nach dieser Heldentat folgte Lea ihm ohne Murren zum Wagen.

Im Inneren der Limousine lauerte ihr Megan auf, die ihr grußlos einen Haufen Kleidung hinhielt. Da Leas nasse Sachen ihr wie eine zweite Haut am Leib klebten, nahm sie das Angebot gern an, auch wenn ihr Megans Kleidervorgaben langsam gegen den Strich gingen. Allerdings fühlte sich der Chiffon der blassblauen Tunika wunderbar in ihren Händen an. Als Megan jedoch anfing, an ihrer vom Regen ruinierten Frisur herumzuzupfen, drohte Lea ihr einen Klaps auf die Finger an.

»Ich würde Ihnen dringend raten, einen Sicherheitsabstand von mindestens dreißig Zentimetern einzuhalten«, sagte sie und dabei war es ihr durchaus ernst mit der Drohung.

»Dann sollten Sie sich selbst um die Wiederherstellung Ihrer Frisur bemühen. Und zwar sofort«, schlug Megan vor, als Lea lediglich mit den Augen rollte. »Wenn ich nämlich den Eindruck bekommen sollte, dass das nichts wird, lasse ich es auf ein Handgemenge ankommen. In einem solchen Zustand werden Sie diesen Wagen jedenfalls nicht verlassen.«

Lea spielte kurz mit dem Gedanken, Adams Unterstützung einzufordern. Doch der starrte vom Beifahrersitz aus gleichgültig in den Regen hinaus. Wahrscheinlich war es auch besser so, denn es war würdelos genug, dass sich zwei erwachsene Frauen wie zwei zickige Teenager aufführten. Deshalb warf sie Megan lediglich einen drohenden Blick zu und machte sich dann an ihrer Frisur zu schaffen, indem sie das nasse Haar nach hinten strich und zu einem strengen Zopf flocht.

Die Limousine brachte sie in die Innenstadt, wo die offizielle Einweihung eines gerade fertiggestellten Gebäudes gefeiert wurde. Die untere Etage des Glaspalastes war dem städtischen Museum kostenlos zur Verfügung gestellt worden. Hier sollte die an Bedeutung wachsende Sammlung von Fotografien untergebracht und ausgestellt werden. Lea hatte von der Eröffnungsveranstaltung gehört: Jeder, der in der Stadt über Rang und Namen verfügte, würde anwesend sein, so er denn eine der raren Einladungskarten erhalten hatte.

Als Adam sie am Ellbogen hineinführte, interessierte sie sich allerdings weniger für die mondänen Gäste als für die Architektur. Helle, verschwenderisch hohe Räume, deren grafische Anordnung sie an Pis Haus erinnerte. So war sie auch nicht überrascht, als sie das androgyne Wesen umherschlendern sah. Wie schon beim letzten Mal war Pi ganz in Schwarz gekleidet, gerade so, als wäre er – oder sie, wie Lea dachte – einer der gerahmten Fotografien entsprungen.

Während Pi zu beiden Seiten von beflissen nickenden Anzugträgern umringt war, schritt hinter ihm eine Gestalt einher, die sofort Leas Aufmerksamkeit erregte: Ein einschüchternder Mann mit dunklem Haar, dessen Brauen wie zwei Balken über den durchdringenden Augen hingen. Jedes Detail dieses Gesichts, ob nun markante Nase oder Kinn, schien zu schreien: Männlich! Verwegen! Gefährlich! Besonders Letzteres hätte sie sofort unterschrieben, denn das sardonische Lächeln des Mannes betonte den Dämon, der unleugbar in ihm hauste. Sie erkannte instinktiv, wer dort durch die unbekümmert plaudernde Gästeschar schritt: ein Wolf im Schafspelz, der sich wegen der Dummheit der Lämmer allerdings kaum die Mühe machte, sein wahres Inneres zu verbergen.

Der umherschweifende Blick des Mannes blieb kurz an Lea hängen, und sie sah darin etwas Hemmungsloses, das sie zutiefst schockierte. Rasch senkte sie die Augen und drängte sich dichter an Adams Seite.

Offensichtlich war auch Adam der Blick, der Lea aus der Fassung gebracht hatte, nicht entgangen. Sofort spannte sich seine Körperhaltung an und verriet, dass er einem Kampf mit diesem provozierenden Mann regelrecht entgegenfieberte. Da mochte Adam dem Dämon noch so viel Widerstand leisten, wie er wollte, aber wenn es um ein Kräftemessen mit einem ebenbürtigen Gegner ging, lechzten Mann und Dämon im Einklang nach Blut. Das außer Kontrolle geratene Ringen mit Truss hatte offensichtlich keinen bleibenden Eindruck bei Adam hinterlassen.

Diese Reaktion beunruhigte Lea, und ihr Herz überschlug sich fast vor Aufregung. Erst jetzt wurde sich Adam der Verantwortung seiner Begleitung gegenüber bewusst. Kurz streichelte er ihre Schulter, senkte jedoch rasch wieder die Hand, als hätte er sich verbrannt.

»Das ist Macavity«, sagte er gedämpft. »Das passende Gegenstück zu Pi – sehr eindeutig in seinem Auftreten … eindeutig aggressiv. Schwierig zu sagen, wer von den beiden gefährlicher ist.«

Lea blieb ihm eine Antwort schuldig. Ansonsten hätte sie ihn darauf hinweisen müssen, dass dieser Macavity nicht der einzige Mann im Raum war, der seine Lust auf eine Auseinandersetzung kaum zu zügeln vermochte.

Als sie wieder aufblickte, war der Furcht einflößende Mann verschwunden und mit ihm der Eindruck von Gefahr, den sie wie einen lähmenden Bann gespürt hatte.

Sobald Pi sie bemerkt hatte, steuerte er auf sie zu, ein Lächeln im Gesicht, das Lea auf unangenehme Art an das Grinsen der Katze aus *Alice im Wunderland* erinnerte. Deshalb war es ihr mehr als recht, dass Pi geschmeidig an Adams Seite glitt und ihn in Beschlag nahm, ohne sie zu beachten.

Obgleich Pi schon nach wenigen geflüsterten Sätzen weiterschwirrte, schritt Lea noch die nächste halbe Stunde unbeachtet an Adams Seite durch die Ausstellung. Sämtliche Versuche, ihm eine Reaktion abzutrotzen, scheiterten an seinen gut geölten Abwehrmechanismen: Seine Ohren schalteten automatisch auf Durchzug, wenn sie laut über eine Fotografie nachdachte, und sein Blick bot ihr nicht ein einziges Mal die Möglichkeit, ihn einzufangen. Er hielt durchgehend Abstand, und sogar ihren zaghaften Bemühungen, seinen Handrücken oder die Schulter zu streifen, wich er mit einer Geschmeidigkeit aus, die sie verzweifeln ließ. Schließlich beschloss sie, den Rest Stolz zu wahren, der ihr noch geblieben war. Aber als sie sich zum Gehen abwenden wollte, legte Adam ihr blitzschnell den Arm um die Taille und zog sie an sich heran.

»Du kannst noch nicht gehen«, sprach er ihr leise ins Ohr, wobei es ihr schwerfiel, seine Stimme richtig zu deuten: Klang sie drohend oder vielleicht doch bittend?

Lea spielte kurz mit dem Gedanken, die Chance zu nutzen und ihn in ein Streitgespräch zu verwickeln, doch dann hielt sie inne: Sie befürchtete, mehr von ihrer Stimmung preiszugeben, als ihr lieb war. In den letzten Tagen hatte sie sich eingestehen müssen, dass Adam ihr fehlte. Seine Abwesenheit hatte mehr an ihr gezerrt als der verletzte Stolz.

Ihr Schweigen weckte Adams Aufmerksamkeit, als wäre er sich ihrer Gegenwart erst in dem Moment bewusst geworden, in dem sie sich ihm entziehen wollte. »Lea«, sagte er flüsternd, und es klang, als spräche er den Namen seiner Lieblingsnascherei aus – hingebungsvoll, aber mit leicht amüsierter Note.

Sanft umfasste Adam ihr Kinn und brachte sie dazu, ihn anzuschauen. Sofort nahmen sie diese tiefgrünen Augen gefangen. Ihr Körper entspannte sich augenblicklich, jeder Gedanke an Flucht war ihr mit einem Mal fremd. Bis in alle Ewigkeit konnte sie so vor ihm stehen, völlig versunken in die Betrachtung seines schönen Gesichts.

Ein Seufzen brachte Lea wieder zu sich. Wer hatte hier eben ergeben geseufzt? Das konnte auf keinen Fall sie selbst gewesen sein. Beschämt schlug sie sich die Hand vor den Mund, der Bann war gebrochen. »Das ist unfair«, brach es aus ihr hervor. »Du brauchst mich nicht zu hypnotisieren, damit ich bleibe. Ein wenig höfliche Zuwendung würde schon ausreichen!«

Adams Mund verzog sich zu einem Lächeln. »Dafür habe ich leider nicht die Zeit. Ich werde dich jetzt sogar für einen Augenblick verlassen müssen.«

»Du willst doch wohl nicht etwa hinter diesem Macavity her?«

»Nein«, antwortete Adam und lachte kurz auf. »Den hebe ich mir für ein anderes Mal auf. Aber Pi möchte mich ein paar Leuten vorstellen und du …« Er tippte ihr kurz auf die Nasenspitze, als wäre sie ein launisches Kätzchen, »… du wartest hier auf mich, ja? Megan wird dir währenddessen Gesellschaft leisten.«

»Megan? Das ist nicht dein Ernst!«

Aber Lea konnte ihre Verdrossenheit nicht mehr in Worte fassen, denn Adam hatte seiner rechten Hand, die sich bislang im Hintergrund gehalten hatte, schon ein Zeichen gegeben. Daraufhin gesellte sich Megan zu Lea und überreichte ihr, einer Friedenspfeife gleich, ein Champagnerglas. Adam nutzte Leas zornige Erstarrung, um in der Menge zu verschwinden.

Obwohl Megan ihr ein bemühtes Lächeln schenkte, war Lea sich sicher, dass diese Frau in Wirklichkeit nur darauf wartete, wie sie ihre Unwürdigkeit, an Adams Seite zu stehen, unter Beweis stellen könnte. Aber diesen Gefallen würde Lea ihr nicht tun. Lieber stand sie zur Salzsäule erstarrt da und hielt die Atmung künstlich flach, während eine Haarsträhne sie am Mundwinkel kitzelte.

»Interessante Ausstellung«, versuchte Megan, ein Gespräch anzuregen. Dabei machte sie ein Gesicht, als wäre sie gezwungen, etwas Freundliches über ein paar Rotznasen zu sagen, die ihr gerade die Zunge rausgestreckt hatten.

»Ehe ich mich ernsthaft mit Ihnen über Kunst unterhalte, müssen Sie mir schon noch ein paar von denen hier besorgen«, gab Lea unwirsch zurück und schwenkte das leere Glas. Megan ging mit steifen Schritten davon, und Lea konnte sich einen Kommentar nicht verkneifen: »Bei einem so vorbildlich abgerichteten Kläffer sollte eigentlich ein Schwanzwedeln drin sein.«

Megans zuckende Schultern verrieten, wie sehr sie die Worte trafen, dennoch ging sie unbeirrt einem Kellner entgegen, um ihm ein neues Glas abzunehmen.

Nach dem Schlagabtausch ärgerte sich Lea über sich selbst: Statt ihre Niedergeschlagenheit direkt an Adam auszulassen, lieferte sie sich einen armseligen Kleinkrieg mit seiner Handlangerin Megan. Sie atmete tief durch und gelobte Besserung. Leider erwies sich Megan nach ihrer Rückkehr als resistent gegenüber Versöhnungsgesten. Leas halbherzige Versuche, eine Unterhaltung in Schwung zu bringen, wurden mit Einsilbigkeit abgestraft. Selbst ein Kompliment zum eleganten Hosenanzug entlockte ihr lediglich einen Blick, der deutlich machte, was Megan von Leas Modeverstand hielt. Dämliche Sklavin, dachte Lea beleidigt. Dann schweigen wir uns eben an.

Als Adam endlich zurückkehrte, war der verspielte Zug aus seinem Gesicht verschwunden. Lea konnte die Kluft, die sich plötzlich zwischen ihnen aufgetan hatte, förmlich fühlen. Er blieb noch einige Minuten in Gedanken versunken neben ihr stehen, dann entließ er sie mit einer knappen Verabschiedung. Sie versuchte gar nicht erst, ihn auf irgendeine Art zu berühren, sondern verließ – verstört über die unüberwindbare Kühle, die von ihm ausging – die Ausstellung. Draußen brachte Megan sie zu der Limousine, und Lea bekam nicht einmal mit, ob diese sich über die Art, wie Adam sie abgeschoben hatte, amüsierte.

Zu Hause angekommen, stand Lea lange Zeit regungslos vor dem Spiegel und schaute sich an, als betrachtete sie eine Fremde. Vielleicht lag sie mit diesem Vergleich auch gar nicht so falsch, denn mit der Frau, die sie mutlos und verletzt anstarrte, hätte sie am liebsten nichts zu tun gehabt.

Einige Tage später folgte ein Abendessen mit einer Gruppe von Leuten, die sich alle um Adam bemühten und aufgeregt durcheinanderredeten. Hinterher konnte Lea sich beim besten Willen an kein einziges Detail des Essens mehr erinnern.

Am frühen Abend hatte sie nämlich – wie schon an den Abenden zuvor – zwei Schlaftabletten eingenommen, weil sie vor lauter Stress und Verwirrung kaum noch zur Ruhe kam. Sie war bereits eingeschlafen, als Megan sie plötzlich vom Sofa gezerrt und sie mit gnadenlosem Drill wie eine Anziehpuppe herausgeputzt hatte. Lea war viel zu betäubt gewesen, um ernst zu nehmenden Widerstand zu leisten.

»Hören Sie eigentlich jemals Ihren Anrufbeantworter ab, oder betrachten Sie ihn lediglich als Dekorationsstück?«, hatte Megan gereizt gefragt, während sie ruppig an Leas Haaren gezerrt hatte. Offensichtlich hatte Megan den deutlich formulierten Auftrag auf dem Apparat hinterlassen, dass Lea sich am Abend für Adam bereitzuhalten habe.

Es hatte eine Weile gedauert, bis Lea zu einer Erwiderung imstande gewesen war. »Seit Nadine ungefähr eine Billion wütender Nachrichten darauf hinterlassen hat, meide ich den Apparat tunlichst. Nadine ist meine Freundin«, hatte sie benommen nachgesetzt.

Doch Megan hatte schon nicht mehr zugehört, sondern Lea ein Paar mit Schmucksteinen besetzte Sandalen hingehalten. Da Lea sich im Funkeln der Steine zu verlieren gedroht hatte, hatte Megan sie mit einem schlichten, aber effektiven »Anziehen!« angeherrscht.

Während Megan eifrig ihr Dekolleté hergerichtet hatte, hatte sich Leas von den Tabletten benebelter Geist hartnäckig gefragt, wie diese Frau überhaupt in ihre Wohnung gelangt war. Die elegante Megan mit einem Bund voller Dietriche – wie passte das denn, bitte schön, zusammen?

Nun saß Lea mit verwirrtem Gesichtsausdruck im Separee eines Edelitalieners. Zur Begrüßung hatte Adam ihr einen hochprozentigen Aperitif in die Hand gedrückt, offensichtlich der Auffassung, dass sie den bitter nötig hatte. Leider ergab die Verbindung, die der Alkohol mit dem Schlafmittel einging, jedoch nicht die gewünschte Wirkung. Statt einigermaßen geradeaus denken zu können, schalteten bei Lea innerhalb kürzester Zeit sämtliche Sicherungen ab.

Es kostete Adam eine ungeheuerliche Willenskraft, den Blick von Lea loszureißen und seinem Tischnachbarn die erforderliche Aufmerksamkeit zukommen zu lassen. Allerdings musste er feststellen, dass van Weinhuus' Mund zwar offen stand, aber kein einziger Laut herausdrang. Seine Pasta rustica stand unberührt vor ihm, und in der Hand hielt er die unbenutzte Gabel wie einen vollkommen vergessenen Gegenstand. Ein ungewöhnlicher Zustand für diesen genusssüchtigen Mann, so dass Adams Blick pfeilschnell zu Lea zurückeilte, die ihm gegenüber platziert worden war.

Lea hatte einen Arm angehoben und massierte sich mit ungewöhnlich langsamen Bewegungen den Nacken. Die feingliedrigen Chandeliers glitzerten im Licht und schmiegten sich an die Linie ihres Halses. Erneut hob sie den Arm ein Stück an, und das Dekolleté ihres schwarzen Bustierkleides gab einen schwindelerregenden Anblick frei.

Im letzten Moment gelang es Adam, ein Aufkeuchen zu unterdrücken. Doch er konnte nicht verhindern, dass ihm das Blut leuchtend rot in die Wangen schoss und ihm der Schweiß ausbrach. In der Hoffnung auf Ablenkung wandte er sich seiner Tischnachbarin zu, da van Weinhuus' Herumgerutsche auf dem Stuhl verriet, dass er immer noch in Leas Anblick vertieft war.

Frau van Weinhuus schaute ihn erwartungsvoll an. Adam hatte schon den ganzen Abend über ihren Blick auf sich gespürt und war mit wenig Erfolg ihren Versuchen, ihn zu berühren, ausgewichen. Kokett strich sie sich nun über den Hals, unbewusst Leas verführerische Pose nachahmend.

»Ihre Begleitung scheint heute Abend ein wenig neben sich zu stehen. Oder entspricht diese kindliche Geistesabwesenheit etwa ihrem Naturell?«

Bevor Adam etwas erwidern konnte, hüllte ihn ein berauschender Duft ein. Süß wie Karamell, aber zugleich durchzogen mit einer Spur von etwas Herbem, einer Orangenschale ähnlich, die einem in der Nase prickelt. Dieser Duft konnte sich nicht entscheiden, ob er verführen oder mit seiner Ausdrucksstärke beeindrucken wollte. Adam kannte ihn nur allzu gut, denn auf keinen anderen reagierte sein Körper mit solch einer Intensität.

Mit einem Anflug von Verzweiflung ballte er die Hände zu Fäusten. Verblüfft zog er die Augenbrauen in die Höhe, als seine Tischnachbarin ein Stück von ihm zurückwich, ihm aber zugleich ein anzügliches Lächeln schenkte. Den Grund dafür fand er in seinem Spiegelbild der weit aufgerissenen Augen von Frau van Weinhuus: Er sah einen Mann, der kurz davor war, die Beherrschung zu verlieren. So sehr er sich auch darum bemühte, die auflodernde Begierde, die Lea in ihm wachrief, zu kontrollieren, sie ließ sich nicht überspielen.

In einem Anflug von Galgenhumor musste Adam beinahe auflachen. Hier saß er nun endlich in der Gesellschaft, in die zu gelangen ihn so viel Mühe gekostet hatte. Und anstatt sich darauf zu konzentrieren, die Beziehungen auszubauen, verlor er die Fassung wegen einer Frau, die kaum mehr als ein Schmollen für ihn übrig hatte.

Erneut streifte Adam der sinnliche Duft von Leas erhitzter Haut, und er umfasste stöhnend die Tischplatte. Er hielt den Atem an und versuchte, wieder Herr seiner überspannten Sinne zu werden. Mit wachsender Verzweiflung starrte er Lea an, die sich lasziv über den Nacken streichelte, wobei ihr Busen aus dem Ausschnitt zu rutschen drohte. Dabei hielt sie die Augen geschlossen und den Mund leicht geöffnet. Schon einen Augenblick später ertappte er sich dabei, wie seine Gedanken lüstern um ihre geöffneten Lippen kreisten.

»Liebling, würdest du bitte deinen Arm herunternehmen?« Wie aus großer Entfernung hörte Adam seine eigene raue Stimme, die mehr von seiner Verfassung verriet, als ihm lieb war.

Lea verharrte einen Augenblick, dann blickte sie ihn an, als sei sie gerade aus einem Traum erwacht. Langsam senkte sie den Arm, wobei eine feine Strähne ihres Haars zwischen den Fingern haften blieb, wie Adam fasziniert beobachtete. Dann stützte sie den Ellbogen auf den Tisch und tauchte ihre Fingerspitzen in das Wasserglas.

»Mir ist furchtbar heiß.« Die Stimme klang ungewöhnlich ruhig, fast ein wenig schleppend.

Nicht so heiß wie mir, mein Engel, dachte Adam und hätte am liebsten schallend aufgelacht.

Am nächsten Morgen schlug Lea die Augen auf und lag ausgekleidet in ihrem Bett, während Adam – zu ihrem Elend vollständig bekleidet – im Schaukelstuhl saß, sie aufmerksam beobachtete und dabei die schnurrende Katze streichelte. Er ging, ehe sie ein Wort sagen konnte.

12

Ein Abend in der Oper

So sah inzwischen also Leas Leben aus: Kaum verließ sie den Verlag, schon saß sie wie auf glühenden Kohlen und wartete ab, ob Adam für irgendeinen Auftritt ein menschliches Accessoire am Arm brauchte. Was hatte er noch einmal in der Küche gesagt? Er wäre zu ihr zurückgekehrt, weil er in ihrer Nähe sein wollte … Das muss wohl ein Witz gewesen sein, dachte Lea bitter. Mittlerweile fühlte sie sich wie eine Hostess, die auf Abruf bereitstand. Als Sahnehäubchen bot sie die außervertragliche Leistung, ihren Begleiter von der Seite her anzuschmachten.

Der Höhepunkt dieser Entwicklung sollte ein Abend in der Oper werden: Am Vormittag stattete Megan Lea einen unerwarteten Besuch im Verlag ab, beladen mit zart fliederfarbenen Kartons und einer im Stakkatoton vorgetragenen Liste, wann Lea wo und wie zurechtgemacht zu erscheinen habe. Adam würde zusammen mit einer Gesellschaft in die Oper gehen, und da sollte sie gefälligst sofort parat stehen und ihn schwungvoll in Empfang nehmen, erklärte Megan kurz angebunden.

»Ihnen ist nicht zufällig der Stapel Arbeit auf meinem Schreibtisch aufgefallen?«, unterbrach Lea Megans Redefluss. »Sie können Adam ausrichten, dass ich Besseres zu tun habe, als mich herauszuputzen und dann gelangweilt meine Zeit an seiner Seite abzusitzen.« Es wollte ihr einfach nicht gelingen, ihre Enttäuschung über die beiden letzten Treffen zu überspielen.

Megan verzog ihren akkurat geschminkten Mund zu einem Lächeln, und zum ersten Mal entdeckte Lea ein Funkeln in ihren Augen. »Lea«, sagte sie mit sanfter Stimme, als rede sie mit einem trotzigen Kind. »Wir wissen doch beide, dass das Unsinn ist. Natürlich werden Sie im Foyer auf Adam warten. Das steht hier doch gar nicht zur Debatte. Wenn der Herr pfeift, folgen wir beide artig. Das haben Sie doch selbst neulich so schön in Worte gefasst! Falls Sie mit dem Outfit nicht zurechtkommen sollten, rufen Sie mich bitte an. Ich stehe dann – wie gewohnt – sofort zur Stelle.«

Ehe der verdutzten Lea eine angemessene Unverschämtheit einfiel, war Adams böse rechte Hand zur Tür hinaus. Zunächst setzte sie sich wieder hinter den Schreibtisch, als wäre nichts geschehen. Doch nachdem ihre Augen zum hundertsten Mal magisch vom Schachtelturm angezogen worden waren, gestand sie sich ein, dass sie schlicht zu neugierig war, um weiterzuarbeiten. Also gab sie sich geschlagen.

Beim ersten Durchsehen der Schachteln staunte Lea nicht schlecht über die Auswahl an Kleidungsstücken, mit denen Megan sie bedacht hatte. Wie detailliert Adams Vorgaben hierzu wohl dieses Mal gewesen sein mochten? An jedem dieser ungeliebten Abende war in Adams Augen bei ihrem Anblick ein Aufblitzen auszumachen gewesen. Stets hatte er versucht, es hinter seiner ausdruckslosen Maske zu verbergen. Doch das Funkeln hatte ihr verraten, dass seine Vorgabe »soll zum Anbeißen aussehen« gelautet haben musste. Jedenfalls war Megan ihrer Pflicht mit einer an Perfektionssucht grenzenden Sorgfältigkeit nachgekommen – und heute hatte sie sich dabei selbst übertroffen.

Lea hielt sich das Cocktailkleid aus taubengrauem, in Falten gelegtem Chiffon vor den Körper und betrachtete ihr schemenhaftes Spiegelbild in der Fensterscheibe. Formvollendete Eleganz, anders konnte sie das Kleid nicht bezeichnen. Einmal mehr hatte sie den leisen Verdacht, dass sich Megan mit der Kleiderwahl auch ein wenig über sie lustig machte, indem sie die ansonsten legere Lea als Dame von Welt verkleidete. Sie konnte geradezu Megans versnobte Stimme hören, die darauf hinwies, dass dieses Kleid die gute Lea schon tragen würde.

Noch einmal studierte Lea das Outfit und kam zu dem Entschluss, dass Megan auf den ersten Blick alles richtig gemacht hatte. Aber wenn man darüber nachdachte, entpuppte es sich als eine der epidemisch auftretenden Audrey-Hepburn-Kopien. Der schlechte Geschmack der Hölle bestand also darin, besonders smart aussehen zu wollen, tröstete sie sich.

Nach diesem im Geiste ausgetragenen Zweikampf mit Megan übersprang Lea die Frage, ob sie nun Adams Anweisung nachkommen sollte oder nicht. Es fiel ihr unsäglich schwer, dennoch musste sie Megan in diesem Punkt recht geben: Sie würde, wie bestellt, an Ort und Stelle sein, denn Adam bestimmte nach wie vor die Spielregeln.

Als Lea am Abend die Oper betrat, gönnte sie sich einen Moment der Ruhe und ließ die belebte Eingangshalle auf sich einwirken. Sie hatte die Minuten, bevor sie Platz nahm und der Vorhang sich hob, immer besonders genossen. Die Aufregung und die Vorfreude belebten sie. Sie beobachtete, wie die Gäste sich aus den Mänteln schälten, einander über die Köpfe der plaudernden Grüppchen hinweg zuwinkten oder rasch noch ein Glas Sekt leerten, während die Auftritte der anderen Gäste mit Kennermiene begutachtet wurden. Oftmals war das bunte Treiben im Foyer spannender als die Geschehnisse auf der Bühne.

An diesem Winterabend entwickelte das Oberlicht der Oper seine volle Pracht, und Lea hätte zu gern die Augen geschlossen, um das Klacken von Absätzen, das Aufkommen von Gesprächsfetzen und das Rascheln von Kleidern auf sich einströmen zu lassen. Aber das unbestimmte Drücken im Magen und das bestimmte Drücken der ungewohnten High Heels ließen diesen Luxus nicht zu. Nun, sie war ja auch nicht zu ihrem Vergnügen hier, sondern weil Megan, oder besser gesagt Adam, es so angeordnet hatte.

In einem Anflug von Aufsässigkeit ließ Lea den Blick schweifen, und er blieb sogleich an Adams Profil hängen. Er musste gerade erst eingetroffen sein, denn er stand umringt von einer Gruppe, die ihn freundlich begrüßte. Wie immer stach er aus der Menge heraus, als wäre ein gleißendes Spotlight auf ihn gerichtet. Betört betrachtete Lea seine klar geschnittenen Gesichtszüge, die grünen Katzenaugen unter den markant geschwungenen Brauen, das dunkelblonde Haar, das er sich in unbeobachteten Momenten zurückstrich, damit es nicht unentwegt die Wimpern streifte, den leicht zur Seite geneigten Kopf, die selbstsichere Haltung der Schultern … Die Tatsache, dass er sie trotz seiner Unnahbarkeit wie ein Magnet anzog, verärgerte sie mehr als die erzwungene Kostümierung und der zu absolvierende Pflichttermin.

Adam und die kleine Gruppe von elegant gekleideten Opernbesuchern standen ein Stück unterhalb der Balustrade, die Lea sich wegen der guten Aussicht ausgesucht hatte. Regungslos wartete sie ab, bis sein Blick sie fand. Für den Bruchteil einer Sekunde lang glaubte sie, Faszination in seinen Augen lesen zu können, doch schon im nächsten Moment war da wieder nur kühle Aufmerksamkeit. Sie schob den Unterkiefer vor und spürte, wie sich eine Zornesfalte zwischen ihre Augen grub.

Eine Zeit lang starrten sie einander feindselig an. Erst als Adam ihr mit einem ungeduldigen Nicken zu verstehen gab, dass sie gefälligst zu ihm kommen solle, setzte Lea sich betont langsam in Bewegung. Einen Augenblick lang spielte sie mit dem Gedanken, mit dem Handrücken einfach den roten Lippenstift zu verwischen und ihren programmierten divengleichen Auftritt damit zu karikieren. Doch sie riss sich zusammen. Was hätte sie damit gewonnen? Dass Adam sie wie einen Trotzkopf behandelte, war kaum in ihrem Interesse. Außerdem fragte sich eine aufdringliche Stimme in ihr, wie Adam mit seinen frisch rasierten Wangen und dem noch feucht glänzenden Haar wohl duften mochte.

An seiner Seite angekommen, bemühte sie sich redlich um einen gleichgültigen Gesichtsausdruck und widerstand dem Bedürfnis, Adam zur Begrüßung mehr als einen flüchtigen Kuss auf die Wange zu geben.

»Du siehst wunderschön aus«, sagte Adam mit ungewöhnlichem Ernst. Seine Finger glitten kurz über ihre Taille, dann zog er die Hand schnell wieder zurück. »Sogar dem trotzigen Zug um deinen Mund haftet etwas Verführerisches an.«

So schwer es Lea fiel, sie wandte sich von seinem forschenden Blick ab und konzentrierte sich stattdessen auf die anderen Gäste in der Runde. Zu ihrer Überraschung begrüßten diese sie aufmerksam. Ihr selbst sagten weder Namen noch Gesichter etwas, auch wenn sie sich nicht des Gefühls erwehren konnte, all diesen Menschen schon einmal begegnet zu sein.

Während sie der Hand voll Leute zunickte, bemerkte sie, dass Adams Rechnung aufging: Sie beide gaben ein außergewöhnliches Paar ab. Glänzend zurechtgemacht, merkwürdig entrückt und von dem Hauch eines Geheimnisses umgeben. Der Beifall in den zahlreich auf sie gerichteten Augen war nicht zu übersehen. Als Adam ihr schließlich die Hand um die Hüfte legte, ertappte sie sich dabei, den Moment zu genießen. War das wirklich sie? Verstört nahm sie den von Adam angebotenen Arm und folgte ihm die Treppe hinauf zu ihren Plätzen.

In der kleinen Loge gesellte sich ein distinguierter Herr mit grauem Haarkranz und Wohlstandsbauch zu ihnen. Ein gewisser van Weinhuus, der Lea im Foyer überschwänglich wie eine gute Bekannte begrüßt hatte. »Wie hübsch Sie sich wieder einmal zurechtgemacht haben, mein Kind«, plauderte er fröhlich auf sie ein. »Ganz wunderbar, die Grazie in Person, alle anderen Damen sind bei Ihrem Anblick von Neid erfüllt.« Während seiner Lobpreisungen klopfte van Weinhuus einem kühl dreinblickenden Adam unablässig die Schulter, als wolle er ihm zu seinem erfolgreichen Rennpferd gratulieren.

Unterdessen suchte Lea noch immer verzweifelt ihre Erinnerung ab. Woher kannte sie diesen Mann? Sie glaubte, sich dunkel an van Weinhuus' Gesicht mit den Hängebacken zu erinnern. Das Abendessen vor ein paar Tagen bei diesem exquisiten Italiener, bei dem sie wegen des Cocktails aus Schlafmittel und Alkohol vollständig von der Rolle gewesen war, dämmerte es ihr schließlich. Nun verstand sie auch, warum van Weinhuus mit ihr wie mit einem kleinen Kind sprach, das man bloß nicht überfordern durfte und besser bei Laune hielt. Wahrscheinlich sollte sie dankbar dafür sein, dass sich über diesen Abend der Schleier des Vergessens gelegt hatte.

Peinlich berührt schweifte Leas Blick zur Seite und fiel auf van Weinhuus' Gattin: eine Eisprinzessin wie aus dem Bilderbuch, samt eingefrorenem Lächeln und dauerhaft überrascht aussehenden Augen. Madame Gattin hatte längst mit dem Rest der kleinen Gesellschaft in derselben Loge Platz genommen und schaute nun ungeduldig zu ihnen herüber.

Doch van Weinhuus schien noch nicht gewillt, sich zu ihr zu gesellen. Vielmehr trat er einen Schritt zur Seite und gab die Sicht auf einen Asiaten mittleren Alters frei, der einen überaus vornehmen Smoking trug. Der Mann erhob sich mit Anmut und fixierte unumwunden Adam, der den Blick mit gleicher Intensität erwiderte.

Das rundliche Gesicht des Mannes wurde von tief liegenden Augen hinter dicken Brillengläsern dominiert. Seine Haut war großporig und erinnerte von der Farbe her an eine Zeitung, die wochenlang vergessen auf der sonnigen Fensterbank gelegen hatte. Die Mundwinkel hingen schlaff herunter und verliehen ihm den Ausdruck eines Quenglers. Doch Mimik und Körperspannung strahlten Disziplin und Ehrgeiz aus, gepaart mit einem hohen Maß an Neugierde. Dieses hoch konzentrierte

Interesse ließ sich auch nicht verbergen, denn sein Blick blieb ungebührlich lange an Adams Gesicht hängen, der ihn mindestens um zwei Kopflängen überragte.

Väterlich legte van Weinhuus dem Asiaten die Hand auf die Schulter und unterstrich die Bekanntmachung mit einer ausladenden Geste. »Mein lieber Freund, das hier ist Doktor Kizu Akinora, von dem ich Ihnen schon so viel erzählt habe. Adam ist sehr an Ihrer Forschung interessiert, müssen Sie wissen. Er ist zwar ein Laie, aber im aktuellen Forschungsstand besser bewandert als manch einer Ihrer Kollegen, wenn ich das unter uns einmal so behaupten darf.«

Fragend blickte Lea Adam an, denn sie konnte sich nicht vorstellen, auf welchem Forschungsgebiet er es mit diesem Akinora aufnehmen konnte. Der berechnend wirkende Mann erweckte nicht gerade den Eindruck, ein Vertreter der Geisteswissenschaften zu sein.

»Die Richtung, in die Ihre Experimente zielen, haben mein Interesse geweckt. Sie scheinen tatsächlich vor einem Durchbruch zu stehen«, erklärte Adam, die an seinem Arm zupfende Lea ignorierend. »Allerdings hat sich bei mir der Eindruck eingestellt, dass Ihnen zur Lösung des Problems noch etwas Besonderes fehlt.«

»Ja«, erwiderte Akinora mit einem angedeuteten Nicken. »Damit könnten Sie recht haben. Haben Sie vielleicht eine Idee, mit der Sie mir auf die Sprünge helfen könnten? Ich würde mich für jede Unterstützung ausgesprochen dankbar zeigen.« Als Adam nicht sogleich antwortete, hakte Akinora noch einmal nach. »Wenn Sie sich so sehr für meine Forschung interessieren, können Sie sicherlich auch ermessen, wie weit ich für einen Durchbruch gehen würde. Also, haben Sie etwas für mich?«

Mit einer Hand fuhr Adam über seinen Nacken, als wolle er einen unsichtbaren Griff abschütteln. »Vielleicht«, antwortete er schließlich.

Van Weinhuus setzte ein breites Lächeln auf, als hätte er die beiden Männer gerade vor den Traualtar geführt. Adam und Kizu Akinora hingegen musterten sich weiterhin ununterbrochen, als ringen sie auf einer unsichtbaren Ebene miteinander. Dann verzog Akinora seinen Mund zu einem widerwilligen Lächeln und deutete mit dem Kopf eine leichte Verneigung an.

Während van Weinhuus ein aufgesetztes Lachen erschallen ließ, beugte er sich zu Lea und zog sie am Ellbogen ein Stück zu sich herüber. »Und das hier ist seine bezaubernde Begleitung Lea – eine sehr reizvolle Persönlichkeit, wenn Sie mir die Bemerkung erlauben. Die junge Dame versteht es auf beeindruckende Weise, eine Gesellschaft zu unterhalten.«

Zunächst schien es so, als wollte Akinora Lea lediglich einen flüchtigen Blick schenken, aber dann blieb das Augenpaar mit dem gelblichen Stich an ihr hängen. Dabei fühlte sich Lea weniger wie eine besonders attraktive Gespielin, die man ruhig einmal genauer betrachten durfte, sondern eher als Gegenstand einer wissenschaftlichen Analyse.

»Lea also … ganz wunderbar«, sagte Akinora mit kaum hörbarer Stimme und zog die Mundwinkel hoch, als hätte man ihm etwas Appetitliches vor die Nase gestellt.

Gebannt hielt Lea dem Blick stand, während Adam mit schlecht verhohlener Erleichterung auf den Gong reagierte, allen einen »schönen Abend« wünschte und Lea mit sich zu ihren Plätzen ziehen wollte. Doch mit einem unerwarteten Ruck befreite sie sich von seinem Griff.

»Doktor«, sagte Lea selbstsicher, wobei sich ihre Augen zu Schlitzen verengten.

»Doktor Lea also«, erwiderte Akinora heuchlerisch. »Und worin, wenn man fragen darf?«

»Literatur. Und was ist Ihr Gebiet, Doktor Kizu?«

Akinora lächelte weiter, aber es gelang ihm nicht, dass unwillige Zusammenfahren seiner Brauen zu überspielen. Ja, so schnell kann man vom Objekt zum Subjekt werden, dachte sich Lea mit erhobenem Kinn.

»Genetik«, erwiderte er kurz angebunden, und seine Stimme versank in den ersten Tönen von Verdis *Tosca*.

Adams und Leas Plätze lagen schräg hinter Akinoras, so dass Adam sich nur hätte nach vorn beugen müssen, um ihm etwas ins Ohr zu flüstern. Doch Adam scherte sich während der Dauer der Oper genauso wenig um Akinora, wie er sich um Lea bemühte. Seine Distanziertheit ärgerte sie so sehr, dass sie kurz mit dem Gedanken spielte, ihn zu fragen, ob er sich über ihren Schlagabtausch mit Akinora aufgeregt habe. Aber ein Blick auf sein abweisendes Gesicht brachte sie rasch wieder zur Räson. Seine Stimmung war mit einem Schlag gekippt, seit Akinora ein Interesse an Lea gezeigt hatte. Aus irgendeinem nicht ersichtlichen Grund bereute es Adam seit diesem Moment, sie in die Oper mitgenommen zu haben. Was immer er geplant hatte, er war mit dem Ausgang offensichtlich unzufrieden. Seine Kiefermuskeln waren so angespannt, dass die Wangenknochen scharf hervortraten. Zwar gab er vor, sich auf die Musik zu konzentrieren, doch seine Finger trommelten in einem vollkommen anderen Takt auf die Oberschenkel. Dabei musterte er immer wieder Leas Profil aus den Augenwinkeln, so dass sie zusehends nervöser wurde. Sie ertappte sich dabei, im Rhythmus seiner Finger mit dem Fuß zu wippen. Sie konnten also beide nicht die wunderbare Musik genießen.

Ein weiterer verschenkter Abend.

»Warum interessiert dich dieser Doktor Kizu Akinora?«, fragte Lea schließlich, während eine Arie frenetisch vom Publikum beklatscht wurde. Auch wenn Adam Akinora seit ihrer kurzen Begrüßung nicht weiter beachtet hatte, so hegte sie den Verdacht, dass der ganze Opernbesuch nur dem Zweck gedient hatte, diesem asiatischen Genforscher vorgestellt zu werden.

Adam überging die Frage, indem er den Blick stur geradeaus gerichtet hielt, gerade so, als trenne sie eine schalldichte Glaswand voneinander. Sie blinzelte und versuchte, ihre Enttäuschung über sein Schweigen hinunterzuschlucken. Eigentlich hatte sie doch auch nichts anderes erwartet, tröstete sie sich.

Mitten im Allegro erklang dann das monotone Piepen eines Handys, und alle Augenpaare in der Loge richteten sich auf Akinora, der ungeniert einen Anruf entgegennahm. Sekunden später eilte er dem Ausgang entgegen. Sein letzter Blick galt Lea.

13

Schwarze Spitze

Sobald der letzte Ton der Oper verklungen war und der Applaus durch den Saal brandete, verabschiedete Adam sich knapp von einem verdutzt dreinschauenden van Weinhuus. Ohne jeden weiteren Kommentar fuhr er Lea nach Hause, die sich inzwischen grimmig in ihr Schicksal gefügt hatte. Wahrscheinlich würde Adam ihr gerade noch genug Zeit zugestehen, vor ihrer Haustür aus dem Wagen zu springen, um dann mit quietschenden Reifen davonzufahren.

Umso erstaunter war sie, als Adam den dunkelgrauen Wagen abschloss, nachdem er ihr hinausgeholfen hatte. Nach wie vor mied er direkten Blickkontakt, aber die Art, wie er sie das Treppenhaus hinaufscheuchte, kam ihr verdächtig vor. Kaum standen sie im schmalen Wohnungsflur, stieß Adam mit dem Absatz seines Schuhs die Eingangstür zu und streifte Lea mit einem geschickten Griff den Mantel von den Schultern. Mit beiden Händen fuhr er über den zarten Stoff, der ihre Hüften umspannte. Im nächsten Augenblick versenkte er das Gesicht in ihrer Mulde zwischen Hals und Schulter, während seine Finger den Verschluss des Kleides betasteten.

»Muss ich jetzt dafür herhalten, dass dieser Abend noch einen Sinn bekommt, nachdem Akinora sich unversehens aus dem Staub gemacht hat?«

Lea bemühte sich redlich darum, verbittert zu klingen, doch Adam ließ sich nicht täuschen. Anstelle einer Antwort schaute er ihr erwartungsvoll in die Augen. Der abweisende Zug war aus seinem Gesicht gewichen und an seine Stelle war etwas Neckendes, Spielerisches getreten. Schlagartig stand Leas Körper unter einer Spannung, die sie zu zerreißen drohte.

Während Adam den Reißverschluss öffnete, dachte Lea unwillkürlich an die Dessous, die im Moment noch vom Stoff des Kleides verdeckt wurden. Eine der fliederfarbenen Schachteln hatte nämlich schwarze Spitze enthalten. Als sie den durchsichtigen BH begutachtet hatte, war sie froh gewesen, dass Megan solch einen abgehetzten Abgang hingelegt hatte.

Bis zum letzten Moment hatte sie mit sich gerungen, ob sie dieses Zeug anziehen oder es im hohen Bogen in den Mülleimer befördern sollte. Sie hatte sich beschämt und erregt zugleich gefühlt. Ihre Schubladen waren bislang strikt für helle Baumwolle reserviert gewesen, durchsetzt mit rosafarbenen Tupfern. Trotzdem war es natürlich lächerlich, wegen dieses Häufleins feinen Nichts die Contenance zu verlieren. Vor allem, da Megan die Wäschestücke gewiss nur beigefügt hatte, weil sie an das perfekte Outfit glaubte und nicht etwa, weil sie Adam eine besondere Freude machen wollte. Oder weil Adam es sogar aufgetragen hatte ... Diesen Gedanken hatte Lea in ihrem Büro schnell beiseitegeschoben, denn sie hatte auf jeden Fall vermeiden wollen, dass ihr die feministisch angehauchte Stimme in ihrem Inneren befahl, die Wäsche augenblicklich in Brand zu setzen. Aber worüber machte sie sich Sorgen? Schließlich hatte Adam ihr einmal erzählt, dass er sich nichts aus Äußerlichkeiten machte. Dabei hatte sie mit behutsamen Fingern das Sternenmuster der Spitze betastet.

Als Adam ihr nun das Kleid vom Körper strich und es achtlos auf den Boden fallen ließ, biss sie sich trotzdem vor Scham auf die Lippen. Adams Reaktion machte die ganze Sache nicht unbedingt besser: Er trat einen Schritt zurück und betrachtete sie ausgiebig, wobei ihm die Augenbrauen verblüfft in die Höhe rutschten. Offensichtlich hielt er weiße Baumwolle doch für das Gewagteste an Wäsche, die eine anständige Frau tragen durfte. Es hätte Lea in diesem Augenblick nicht überrascht, wenn er pikiert mit dem Finger auf sie gezeigt hätte. Das tat er dann auch – allerdings auf verbale Weise.

»Was ist das?«

Er machte sich nicht die Mühe, die Rauheit in seiner Stimme zu überspielen. Offensichtlich waren ihm Äußerlichkeiten doch nicht so gleichgültig. Lea konnte ihm deutlich ansehen, wie er einen inneren Kampf ausfocht – Ekstase oder Wutanfall? Leider schien Letzteres zu siegen.

»Willst du mich etwa verführen, Lea? Falls du das vorhaben solltest, kannst du mir vertrauen: Das Ergebnis würde dir nicht gefallen! Es wäre besser, wenn du dich zurückhalten würdest, statt mich auch noch aufzumuntern.«

»Aber die Dessous hat doch Megan angeschleppt«, hielt Lea wenig überzeugend dagegen.

In diesem Augenblick hätte sie viel dafür gegeben, sich mit einem »Paff« in Luft auflösen zu können. Während sich ihr Körper unter Adams missbilligendem Blick verspannte, wallte Enttäuschung in ihr auf. »Als ob ich großartig irgendetwas getan hätte«, fuhr sie mutiger fort, als sie sich fühlte. »Du musst aus einem der vorherigen Jahrhunderte stammen, so entsetzt, wie du mich gerade musterst. Ich kann mir nämlich nicht vorstellen, dass ein moderner Mann eine Frau so behandeln würde, weil sie aufregende Wäsche trägt. Und was geht dich überhaupt meine Unterwäsche an? Mein Duft dürfte wohl kaum durch das bisschen Spitze beeinträchtigt werden. Und etwas anderes als mein Geruch scheint dich eh nicht zu interessieren. Ich langweile dich ja sogar so sehr, dass du neben mir einschläfst!«

»Nun beruhige dich doch wieder«, unterbrach Adam sie beschwichtigend, ohne dass der raue Ton aus seiner Stimme verschwand. »Ich war nur einen Moment lang irritiert.«

Lea sah es jedoch nicht ein, sich auf sein Kommando hin zu beruhigen. Sie war es leid, immer zurückgewiesen zu werden. Sie müsste eigentlich diejenige sein, die sich abweisend verhielt. »Es passt dir also nicht, wenn ich einmal die Initiative ergreife?«, fragte sie mit gefährlich ruhiger Stimme.

»Was meinst du mit Initiative? Ich denke, Megan hat diese Sachen angeschleppt …«

Was auch immer Adam mit dieser Aussage bewirken wollte, bei Lea brachte es das Fass zum Überlaufen. »Ich frage mich ernsthaft, wo das Problem wäre, wenn ich dich verführen würde? Falls es hier gerade um deinen Querkopf geht, kannst du mir glauben, dass das absolut lächerlich ist. Schließlich ziehst du mich ständig aus, schläfst neben mir in meinem Bett …«

»Ich kann nicht schlafen!«, funkte Adam dazwischen.

»… und bist ganz verrückt nach meinem Geruch. Du kannst also ruhig zugeben, dass dich das hier anmacht.

Aber nein! Adam lässt sich nichts von seiner sinnlichen Seite vorschreiben. Das wäre dann doch eine Spur zu menschlich, und das ist ja so *igitt igitt*. Lieber gibst du den Trieben nach Rache und Blut nach.«

»Sei nicht albern«, schnauzte Adam sie gereizt an. Dann breitete sich ein Grinsen auf seinem Gesicht aus. Lea kannte dieses Grinsen. Es bedeutete, dass er langsam Spaß an der Unterhaltung fand. »Warum gibst du nicht einfach zu, dass du dich ärgerst, weil ich nicht mit dir schlafen will?«, fragte er und fuhr mit dem Zeigefinger den schmalen BH-Träger entlang.

»Natürlich willst du das!«, erwiderte sie und schob seine Finger weg. »Das steht doch außer Frage. Ich ärgere mich bloß darüber, dass du so ein Theater darum machst. Wenn du mir jetzt erzählen willst, dass du dich nicht genügend zu mir hingezogen fühlst, dann kratze ich dir die Augen aus. Lass dir was Besseres einfallen. Zum Beispiel dass du generell keine Erektion zustande bringst, weil du leider keine hattest, als der Dämon in dich eingedrungen ist. War da nicht was, etwas mit ›den ursprünglichen Zustand wiederherstellen‹?«

Zu Leas Empörung lachte Adam vergnügt. »Also, anstatt mich nach allen Regeln der Kunst zu verführen, willst du mich jetzt demütigen. Womit genau habe ich diese Abrechnung eigentlich verdient?«

»Weil du ein durch und durch sturer Heuchler bist«, zischte Lea. Dass er sich so gut amüsierte und sich weigerte, ihren Zorn ernst zu nehmen, machte sie wahnsinnig. »Du bestimmst, wo es langgeht, während ich das brave Mädchen zu spielen habe, und damit basta! Mir bleibt ja nur, zu beten und zu hoffen, dass du doch noch eines Tages akzeptierst, dass du dich zu mir hingezogen fühlst.«

»Du verstehst das vollkommen falsch …«

Aber Lea hatte sich schon viel zu sehr in Rage geredet, um sich unterbrechen zu lassen. »Nein, das tue ich nicht. Ich weiß nur nicht, wie ich dir deinen Widerstand austreiben kann, auf den du so stolz bist. Wer die Stärke aufbringt, einem Dämon die Stirn zu bieten, wird sich kaum von seinem eigensinnigen Herzen etwas vorschreiben lassen, nicht wahr, Adam? Und wenn ich mich erdreiste, dir zu nahe zu kommen, dann pfeifst du mich sofort zurück. Schließlich bin ich dein Schoßhündchen, das dich auf Ausflüge begleiten darf. Sitz, Lea! Aus, Lea! Bisher lief das Spielchen doch so gut. Aber allmählich habe ich die Schnauze gestrichen voll von diesen Machtdemonstrationen …«

»Lea …«, versuchte Adam, sie zu bremsen.

»Unterbrich mich nicht ständig, und hör gefälligst mit diesem geraunten ›Lea‹ auf. Was glaubst du eigentlich, wen du vor dir hast?«

Adam lachte übermütig. »Eine Frau in durchsichtigen Dessous, die ihrem Liebhaber die Leviten liest, weil der sich unwillig zeigt?« Dabei musterte er sie von Kopf bis Fuß mit einem anzüglichen Blick.

Mit allem hatte Lea gerechnet, aber dass er ihre Empörung für eine erheiternde Showeinlage hielt, war zu viel. Wütend riss sie die Wohnungstür auf, wies mit ausgestrecktem Arm ins dunkle Treppenhaus und fauchte: »Raus!«

Adam hob beschwichtigend die Arme und biss sich auf die Unterlippe, um ein Lachen zu unterdrücken, was ihm jedoch nur leidlich gelang. »Komm, beruhige dich doch bitte«, sagte er in einem Ton, der unverschämt gut mit seiner tiefen Stimme harmonierte. Zu ihrem Entsetzen registrierte sie, wie jede Faser ihres Körpers darauf ansprang. Hiss die weiße Fahne und kapituliere!, schrie alles in ihr.

Adams Blick hielt Lea gefangen. Diese Art von Blick muss ein Geschenk des Dämons sein, dachte sie, während sie Adam gegen ihren Willen anzulächeln begann. Kein normaler Mann kann so eine Reaktion auslösen, indem er einen einfach nur anschaut – da schob allein der menschliche Überlebenswille einen Riegel vor. Wer über eine solche Macht verfügt, kann von seinem Gegenüber alles verlangen. Zum Beispiel dass er den Kopf schräg legt, damit das Zubeißen leichter fällt, mischte sich eine galgenhumorige Stimme in Leas Gedanken ein.

Sofort war sie wieder bei Sinnen.

Adam machte einen Schritt auf sie zu und streckte einladend den Arm aus, um ihre nackte Schulter zu berühren, doch sie schlug die Hand fort. Vergiss alle Würde, dachte sie sich. Wenn dieser Mistkerl nicht sofort freiwillig meine Wohnung verlässt, werde ich ihn hinauszerren, egal wie albern ich dabei aussehe. Vor lauter Wut hätte sie genug Energie aufgebracht, um den hochgewachsenen Adam die gesamten drei Stockwerke des Altbaus hinunterzutragen.

Adam schien etwas Ähnliches durch den Kopf zu gehen, denn er wich leicht zurück.

»Raus!«, wiederholte Lea noch einmal mit vor Entrüstung bebender Stimme.

Demütig ließ Adam den Kopf hängen, aber sein Schmunzeln verriet ihn. »Ich besuche dich in ein paar Tagen, wenn du dich wieder beruhigt hast«, erklärte er, während er in den Hausgang trat. Dort hielt er kurz inne, als ringe er mit sich selbst, dann sagte er ausgesucht höflich: »Wenn ich noch eine Bitte äußern darf?«

Lea hatte bereits den Türgriff gepackt, und ihre Knöchel traten weiß hervor, so viel Kraft kostete es sie, ihm nicht die Tür vor den Kopf zu knallen. Sie atmete tief durch, richtete sich würdevoll auf und reckte das Kinn. Adam bemühte sich redlich, einen geknickten Eindruck zu machen. Aber als sie seine vor Vergnügen blitzenden Augen sah, bereute sie ihr Zögern.

»Wirf die Dessous nicht weg«, sagte er mit flehendem Ausdruck, bevor die Tür mit einem solchen Schwung zuknallte, dass sie Sekunden später noch in den Angeln zitterte.

Im Lack platzte ein Riss auf, den Lea ungläubig anstarrte. Draußen auf dem Flur glaubte sie, Adam lachen zu hören. Ein befreites Lachen, wie sie es nie zuvor von ihm gehört hatte. Unter anderen Umständen wäre sie bestimmt entzückt gewesen und hätte sich nichts mehr gewünscht, als ihm dabei ins Gesicht zu sehen und sich mit ihm zu freuen. Aber jetzt war ihr mehr danach zumute, ihn mit einem Baseballschläger zum Schweigen zu bringen.

Zornig riss sie sich die minimalistischen Wäschestücke vom Leib und stopfte sie heftiger als nötig in die Mülltonne. Am liebsten wäre sie noch in den Eimer gestiegen, um den Inhalt in Grund und Boden zu stampfen. Erst im letzten Moment konnte sie sich beherrschen. So weit war es also mit ihr gekommen: Nackt und vor Wut zitternd stand sie in ihrer Küche und suchte nach etwas, an dem sie ihre Aggressionen auslassen konnte. Leider war das Einzige, worauf einzuschlagen sie befriedigt hätte und das dabei nicht kaputtgegangen wäre, gerade gegangen.

Vor lauter Übermut nahm Adam gleich zwei Treppenstufen auf einmal, während ihm ein befreites Lachen über die Lippen tanz-

te. Er konnte kaum sagen, was ihn glücklicher machte: die berauschende Leichtigkeit, die Lea mit ihrer herausfordernden Art in ihm geweckt hatte, oder die Aussicht auf ein Wiedersehen mit ihr unter einem günstigeren Stern. Himmel, er liebte es, sich mit ihr zu streiten, wenn sie sich vor Zorn kaum noch beherrschen konnte. Eigentlich liebte er jede Gefühlsregung an ihr, ihre Leidenschaft weckte etwas in ihm …

Ohne in seinem raschen Gang innezuhalten, gab Adam der schweren Eingangstür unten im Treppenhaus einen Schubs, so dass sie mit einem widerwilligen Ächzen aufschwang. Kaum streifte die herbe Nachtluft auf der Straße sein Gesicht, da verharrte er und streckte sich ausgiebig. Während er den Rücken durchbog, stellte er erstaunt fest, dass seine Muskeln immer noch unter einer angenehmen Anspannung standen. In seiner Brust hatte sich ein Prickeln eingenistet, das er nicht recht zu deuten wusste. Doch es fühlte sich gut an – alles fühlte sich an dieser Nacht gut an.

Erneut ließ er Leas wunderbaren Wutausbruch vor seinem inneren Auge vorbeiziehen und lachte augenblicklich wieder auf, zwar deutlich leiser und beherrschter, aber immer noch voller Vergnügen. Nur mit Mühe konnte er sich disziplinieren, damit er nicht wie ein verliebter Dummkopf in die Hände klatschte und zu pfeifen begann. Lea war einfach unglaublich, ein wahres Geschenk.

Der Wind wehte ihm Schneeflocken ins Gesicht, und als Adam aufblickte, sah er weitere Tupfen im blassen Lichtkegel der Straßenlaternen tanzen. Zwar vermochte ihn die Kälte nicht zu berühren, aber er zog die Schultern trotzdem ein Stück hoch und steckte beide Hände in die Manteltaschen. Er warf seinem am Straßenrand wartenden Wagen einen Blick zu, dann entschied er, dass die Nacht zu schön war, um sich nicht ein wenig treiben zu lassen.

Zum ersten Mal seit einer halben Ewigkeit schlenderte Adam ohne ein Ziel vor Augen auf den Straßen entlang, in Gedanken versunken und nicht darauf bedacht, ob irgendwo in den Schatten eine Gefahr lauern oder ein gefügiges Opfer warten könnte. Ein nächtlicher Spaziergänger, dem der eisige Wind das Haar zerzauste.

So wäre Adam auch fast in die dunkle Gestalt hineingelaufen, die vor einem Automaten stand, als er schnellen Schrittes um eine Ecke bog. Es war ein junger Mann, der überrascht nach Luft schnappte, als Adams hohe Gestalt knapp vor ihm zum Halten kam. Dann schenkte er ihm ein beschämtes Lächeln. Adam zog die Augenbrauen hoch, doch ein Blick auf den Automaten erklärte die Verlegenheit des Jungen: Er wollte gerade Kondome kaufen.

Sieh mal einer an, dachte Adam sich. Da hat heute Nacht jemand mehr Glück gehabt als ich.

»Ich bin kopfüber los und habe einfach nicht genug Kleingeld eingesteckt«, klagte der junge Kerl und verpasste dem Automaten einen leidenschaftlichen Schlag. Er trug ungeschnürte Turnschuhe an den Füßen und offensichtlich keine Socken. In der Eile hatte er sich lediglich eine Trainingsjacke übergestreift, kein Schal bedeckte trotz der Kälte seinen Hals, so dass Adam seinen Kehlkopf auf und ab springen sehen konnte.

Adam spürte, wie sich bei diesem Anblick der Dämon regte, doch zu seiner eigenen Verwunderung kümmerte er sich nicht darum. Stattdessen verzog er den Mund zu einem kameradschaftlichen Grinsen und sagte: »Ich helfe dir aus.«

14

Wahre Geschichten

Lea hatte sich schon früh aus dem Verlag ins Wochenende verabschiedet, da sie dringend einen Lesenachmittag einschieben musste. Ausgerüstet mit einer Kanne grünem Tee, Keksen und einer Wolldecke nistete sie sich auf dem Sofa ein. Sofort sprang ihr die Katze auf den Schoß und begann – begleitet von einem beharrlichen Schnurren –, die Decke mit den Tatzen zu bearbeiten. Als sie versehentlich eine Kralle in Leas Oberschenkel bohrte und diese aufjaulte, warf Minou ihr einen Blick zu, der wohl bedeuten sollte: »Nun stell dich mal nicht so an, Baby!« Eingeschüchtert steckte Lea ihre Nase wieder in eine sorgfältig gebundene Leseprobe.

Der Autor versuchte sich an einer modernen Version von Joris-Karl Huysmans *Gegen den Strich*, wie sie nach einigen Seiten feststellte. Huysmans Held, der das Künstliche feiert und alles Natürliche und Menschliche zutiefst verabscheut, hatte schon immer eine seltsame Anziehungskraft auf sie ausgeübt. Das Versinken in eine Welt der Dinge, ihre absolute Überhöhung, diese Verlockung schillerte in dunklen Farben. Aber genau aus diesem Grund hatte Lea *Gegen den Strich* vor einigen Jahren beiseitegelegt, nachdem sie gerade mal die Hälfte des Buches gelesen hatte. Der Grund dafür waren feine Alarmsignale gewesen, dass dieses Buch von etwas erzählte, mit dem sie lieber nichts zu tun haben wollte.

Auch diese Leseprobe, die den Versuch unternahm, Huysmans Geschichte in die Gegenwart zu überführen, blätterte Lea mit spitzen Fingern durch. Auf den eng bedruckten Seiten driftete der verkümmernde Held wie in einem Rausch durch virtuelle Welten, die von Frankenstein-Kreaturen belebt wurden. Ein wildes Kaleidoskop, bei dem sie schon bald die Übersicht verlor, da alles mit rasender Geschwindigkeit durcheinandergewirbelt wurde.

Obwohl die Leseprobe sicherlich nicht die Kraft von *Gegen den Strich* besaß, so fühlte sie sich trotzdem unsittlich berührt. Es kam ihr vor, als schlichen sich die Gedanken und Ideen des Romans bei ihr ein, um an unbekannten Orten zu nisten. Lea fürchtete sich vor dieser Brut, die dann – eines schönen Tages – ganz plötzlich schlüpfen könnte. Sie hatte in ihrem Leben schon genug Grauenhaftes und Fantastisches erlebt, sie wollte gar nicht erst darüber nachdenken müssen, was sonst noch alles vorstellbar war.

Außerdem wurde die Gefahr, dass sie diesen exzentrischen Autor zu guter Letzt annahm, mit jeder Seite, die sie las, größer. Dabei hatte sie längst eine stolze Sammlung von eigenwilligen Poetenseelen beisammen. Deshalb spielte sie mit dem Gedanken, den Text kurzerhand einer Kollegin ins Fach zu legen. Dabei kam ihr der Verdacht, dass ihr selbst die Leseprobe untergeschoben worden war. Wieder so ein Verrückter, der auf dem Boden aus der Hand isst? Dann ab damit zu Lea.

Das Klingeln an der Tür verhinderte, dass Lea eine Liste potenziell schuldiger Kollegen zusammenstellen konnte, denen sie bei Gelegenheit einmal auf den Zahn fühlen würde. Ein Blick auf die Uhr verriet, dass Nadine ihr gleich die Leviten lesen würde, weil sie anstelle eines schicken Partykleidchens in Trainingshose und Kapuzenpulli steckte. Mit einem raschen Griff verschwanden die verräterischen Manuskriptseiten unter dem Sofa, und Lea verwuschelte sich auf dem Weg zur Tür noch rasch die Haare.

Gähnend öffnete sie Nadine die Tür, die sie sofort einer genauen Musterung unterzog. Dann drängte sie sich mit strenger Miene an Lea vorbei in die Wohnung.

»Tu mir den Gefallen und spiel mir nicht vor, du wärst eingeschlafen. Ich weiß genau, wer die Verantwortung dafür trägt, dass du wie eine Pennerin aussiehst. Wenn du also noch einmal gähnst und mir dabei deine Mandeln zeigst, werde ich das verdammte Buch finden, wegen dem du Zeit und Raum vergessen hast, und es vor deinen Augen in Brand setzen. Und das hier …«, dabei wedelte Nadine mit einem elfenbeinfarbenen Kuvert vor Leas Nase herum, »… werde ich ebenfalls den Flammen überlassen.«

»Wo hast du das her?«, fragte Lea, die sich nicht traute, nach Nadines Beute zu greifen. Schließlich konnte ihre Freundin die Krallen noch schneller ausfahren als Minou.

»Steckte im Türrahmen und riecht nach Mann, wenn du mich fragst.« Mit diesen Worten überreichte Nadine ihr den Umschlag und schälte sich aus ihrem perfekt auf Taille geschnittenen Mantel.

Normalerweise hätte Lea zuerst einmal Nadines Outfit bewundert, denn ihre Freundin verfügte über einen

Geschmack, der Normalsterbliche beeindruckt nach Luft schnappen ließ. Aber der helle Umschlag duftete auf eine Art, die dafür sorgte, dass alles andere unwichtig erschien. Eine kaum wahrnehmbare Spur nach Schnee und Blut. Aber auch wenn es nicht dieser Duft gewesen wäre, so hätte Lea an der eleganten Handschrift den Absender erkannt. In dunklem Blau stand dort einzig der Name *Lea*. Unschlüssig rieb sie mit dem Daumen über die feine Struktur des Papiers.

Das Klicken eines Feuerzeugs riss sie aus ihrer Verzauberung. Nadine hatte den Vorhang beiseitegezogen und blies einen Rauchschwall durchs geöffnete Fenster in die Kälte hinaus. Weiter unten lärmte der Feierabendverkehr.

»Ich dachte, du hättest das Rauchen aufgegeben«, sagte Lea. Ohne den Brief beiseitezulegen, stellte sie sich neben die Freundin.

Den einen Arm vor den Bauch gelegt, den anderen elegant auf den Hüftknochen aufgestützt, stand Nadine da. Die Zigarette brannte zwischen ihren schlanken Fingern, die auf derselben Höhe mit ihrem Mund waren. Ihr Gesicht wirkte abgespannt, und ihre Mundwinkel bebten leicht.

»Ich werde nur rückfällig, wenn ich genervt bin«, erwiderte sie schließlich. »Ehrlich gesagt, bin ich zur Zeit ziemlich genervt. Und dieser Umschlag, den du da anbetest, als enthielte er die Antwort auf alle deine Wünsche, macht das Ganze nicht gerade besser.«

Lea stöhnte theatralisch auf. »Du hast mir hoch und heilig versprochen, dass Adam heute Abend kein Thema sein würde! ›Mädchenabend unter Alkoholeinfluss‹ – das Motto hast du selbst vorgegeben! Jetzt fängst du schon wieder damit an, mir Löcher in den Bauch zu fragen.«

Nadine winkte versöhnlich ab. »Alkohol ist das richtige Stichwort zur richtigen Zeit. Ich schlage dir einen Deal vor: Da du aussiehst wie ich morgens früh um fünf nach ein paar lustigen Martinis und unzähligen Zigaretten, bleiben wir heute Abend hier bei dir. Dafür, dass ich dich nicht in die Welt dort draußen zerre, lässt du mich ohne Murren und Unterbrechungen Bericht erstatten, einverstanden?«

»Bericht erstatten? Worüber?«

»Schatz«, sagte Nadine und schaute Lea dabei an, als rede sie mit einem begriffsstutzigen Kind. »Ich bin die persönliche Referentin des Managers der bedeutendsten Bank im Umkreis von zigtausend Kilometern. Wenn mich jemand interessiert, brauche ich nur die Fühler auszustrecken, und – schwupps – kann ich dir sagen, welche Sorte von Unterhosen die Person bevorzugt.«

»Du hast in Adams Kreditkartenabrechnung herumgeschnüffelt?«

Ehe Lea genug Luft für eine Standpauke in ihre Lungen ziehen konnte, sagte Nadine rasch: »Bevor du anfängst, hier die Ehre deines Geliebten zu verteidigen, hol lieber erst einmal zwei Gläser und eine Flasche Wein. Außerdem ist es nicht Adam, der mich so nervös macht, wenn du es genau wissen willst«, fügte Nadine beschwichtigend hinzu.

Erst da setzte Lea sich in Bewegung.

In der Küche starrte sie zunächst einmal hin- und hergerissen den elfenbeinfarbenen Umschlag an. Sollte sie mit dem Lesen warten, bis Nadine wieder fort war? Nein, sie würde bestimmt wie auf heißen Kohlen sitzen und die ganze Zeit darüber nachdenken, was Adam ihr wohl geschrieben hatte. Eine solche Unaufmerksamkeit hatte ihre Freundin nicht verdient.

Ein Brief – dieser alte Romantiker. Doch das ironische Schmunzeln auf Leas Gesicht verwandelte sich innerhalb von Sekunden in ein seliges Lächeln. Hastig öffnete sie den Umschlag mit dem Korkenzieher und zog einen gefalteten Papierbogen hervor.

Bin in ein paar Tagen zurück – lass uns dann da weitermachen, wo wir aufgehört haben.

Adam

Zwei Zeilen. Das war nicht sein Ernst! Seit sie ihn vor die Tür gesetzt hatte, wartete sie auf ein Zeichen von ihm. Offensichtlich war diesem elenden Kerl gar nicht bewusst, dass sie wie ein Fisch an seinem Haken zappelte und um Erlösung flehte! Diese Kaltschnäuzigkeit würde sie ihm heimzahlen. Wenn er das nächste Mal vor ihr stünde, würde er nicht so glimpflich davonkommen, das schwor sie sich.

Nachdem die erste Wut verraucht war, begann sie über die Worte »da weitermachen« nachzugrübeln. Wo weitermachen? Beim Streiten oder beim Ausziehen? So, wie Adam sie angeschaut hatte, bevor sie ihm die Tür vor der Nase zugeschlagen hatte, hoffte sie auf Letzteres.

Das nervöse Klacken von Pfennigabsätzen auf den Dielen brachte Lea in die Gegenwart zurück. Nadine brauchte wirklich ein Glas Wein. Rasch legte sie den Brief in den Umschlag zurück, ehe Nadine in der Küchentür auftauchte, um zu sehen, wo sie blieb.

Als Lea wenig später mit Wein, einer Käseplatte und Crackern beladen ins Wohnzimmer zurückkehrte, hatte Nadine ihre hohen Stiefel ausgezogen und es sich mit angezogenen Beinen auf dem Sofa gemütlich gemacht. Leas organisch geformte Teetasse – ein Erbstück ihrer in Keramik vernarrten Mutter – war kurzerhand zum Aschenbecher umfunktioniert worden. Eine halb aufgerauchte Zigarette erlosch gerade mit einem Zischen in einer Lache Tee. Hastig begann Nadine, den Wein einzuschenken, wobei ihre Hände leicht zitterten.

Eine schnurrende Minou unternahm den Versuch, ihre Krallen an Nadines edel schimmerndem Rock zu schärfen, und wurde kurzerhand vom Sofa manövriert. Nadine ließ sich nicht gern ärgern.

Geschieht dir ganz recht, du kleines Miststück, dachte sich Lea und bedachte die Katze mit einem Grinsen. Die frischen Striemen auf ihrem Oberschenkel brannten nämlich immer noch. Es sind halt nicht alle so dumm, sich von dir kratzen zu lassen, Minou. Aber als die Katze ihr einen eingeschnappten Blick zuwarf und mit erhobenem Schwanz das Zimmer verließ, suchte sie sofort das schlechte Gewissen heim. »Eigentlich dulde ich in meiner Wohnung weder Schnüffler noch Tierquäler«, sagte sie halb im Ernst.

»Na, da habe ich ja Glück, dass ich als deine einzige Freundin einen Sonderstatus genieße.«

»Jetzt schieß endlich los!«

»Ja, doch!« Nadine rutschte unbehaglich auf dem Sofa hin und her, als ob es sich plötzlich in eine Holzpritsche verwandelt hätte. »Um es vorweg zu sagen – aber denk bitte an unseren Deal, dass du erst einmal den Mund hältst –, ich bin tatsächlich Adams Spur gefolgt. Ehrlich gesagt, bin ich selbst überrascht, wie viel detektivisches Potenzial in mir schlummert.«

Nadine legte theatralisch eine Hand auf ihren Busen und ließ den Kiefer nach unten klappen. Aber Lea winkte nur gereizt ab, für solche Spielereien mangelte es ihr an

Geduld. Nadine schnitt eine Grimasse, dann fuhr sie in geschäftsmäßigem Ton fort.

»Als ich dich neulich morgens besucht habe, ist mir der außergewöhnlich gut instand gesetzte Jaguar vor deiner Haustür aufgefallen. Ich meine, den einzigen Luxuswagen, den diese armselige Straße jemals zu Gesicht bekommen hat, ist meiner. War nicht schwierig, den Wagen und damit seinen Inhaber herauszubekommen. Und zack, schon hatte ich Adams Kreditkartenabrechnung vor mir liegen. Ganz interessant zu sehen, wohin es diesen Kerl so treibt. Aber darauf komme ich später noch zu sprechen. Was viel spannender war als die von Adam eingeschlagenen Wege, war die Karte selbst: No limit, zur Verfügung gestellt von seinem Auftraggeber.«

»Du meinst Pi«, warf Lea wenig überrascht ein.

Eine von Nadines Brauen fuhr ruckartig in die Höhe. »Du kennst Pi?«

»Ich bin ihm auf einer Feier in seinem Haus von Adam vorgestellt worden. Ein seltsames Zwitterwesen, mit dem nicht gut Kirschen essen ist, wenn du mich fragst.«

»Okay, das ist interessant«, sagte Nadine mit tonloser Stimme. »Hast du eigentlich eine Ahnung, wem du da vorgestellt worden bist?«

Lea zuckte lässig mit der Schulter, obwohl es ihr bei dem Gedanken an Pis unheimliches Lächeln kalt den Rücken runterlief. »Sicherlich bin ich nicht so gut unterrichtet wie du, denn ich schnüffle ja auch nicht in fremder Leute Bankangelegenheiten herum. Aber ich habe sein Haus und seine Gäste gesehen, deshalb kann ich mir denken, dass er in Geld schwimmt.«

Nachdenklich schnappte sich Nadine eine weitere Zigarette aus der Schachtel und eilte mit ihr erneut zum

Fenster. Bis sie die Zigarette aufgeraucht hatte, schwieg sie beharrlich. Den Blick hielt sie aus dem Fenster gerichtet, so dass Lea ihr Gesicht nicht sehen konnte. Da ihr bewusst war, dass ihre Freundin unter großer Anspannung stand, bedrängte sie sie auch nicht.

Schließlich schnipste Nadine die noch glühende Kippe aus dem Fenster, drehte sich um und fixierte Lea. »Hast du eigentlich eine Idee, was der Name Pi bedeutet? Da es sich um eine mathematische Größe handelt, gehe ich einfach mal davon aus, dass du keine Ahnung hast. Womit du etwas mit den Mathematikern dieser Welt gemeinsam hast: Niemand weiß so richtig, was Pi ist, aber es taucht überall auf – in der Natur, in den Wissenschaften, in der Religion, selbst in der Geschäftswelt. Die Beschreibung passt doch perfekt, nicht wahr?«

Lea starrte Nadine sprachlos an. Ja, es passte perfekt, aber es machte ihr Angst, wie gut ihre Freundin es auf den Punkt gebracht hatte. So nah sollte sie auf gar keinen Fall an Adams seltsamem Auftraggeber dran sein.

»Wer auch immer diese Person namens Pi ist, er hinterlässt jede Menge Spuren in unserem Banksystem«, fuhr Nadine unterdessen fort. »Nicht alle konnte ich verfolgen, ehrlich gesagt, sogar eine ganze Menge nicht. Du kannst mir glauben, dass das ungewöhnlich ist. Denn normalerweise gehört es ja zu meinen Aufgaben, meinen Vorgesetzten regelmäßig über unsere besten Kunden zu briefen.« Nadine hielt inne, bis Lea mit einem Nicken zeigte, dass sie auch wirklich begriff, wie seltsam das war.

»Natürlich bin ich im Lauf der letzten Jahre, wie jeder andere hier in der Stadt, über Pi gestolpert.« Nadine sprach den Namen aus, als rede sie von einer Märchenfigur – Rumpelstilzchen etwa. »Ein Mythos mit einem

Finanzfluss, der verästelter ist als der Stammbaum der englischen Königsfamilie. Was ich gefunden habe, hat mir jedenfalls den Eindruck vermittelt, dass Adams Chef so ziemlich überall seine Finger im Spiel hat. Mit ›überall‹ meine ich wirklich überall. Die graue Eminenz im Hintergrund, wenn du verstehst. Wenn man ein wenig bohrt, stößt man nämlich auch auf Spuren, die verwischt werden sollten und über die sich deshalb nur noch Vermutungen anstellen lassen. Pi ist Mitfinanzier öffentlicher Bauprojekte, Förderer der schönen Künste, aber auch Miethai und Spekulant. Da fließen Gelder ins Milieu genau wie in eine atemberaubende Sammlung von Luxuswagen. Ich könnte monatelang meine Abende damit verbringen, verworrene Transaktionen aufzuschlüsseln, und es wäre trotzdem nur die Spitze des Eisbergs.«

Lea hing stumm an Nadines Lippen. Sie versuchte sich ein Bild von dem zu machen, was Nadine gerade vor ihr ausbreitete, aber es gelang ihr nur unzureichend. Wenn es um Finanzen ging, stieß sie sofort an geistige Grenzen. In dem befremdlichen Universum der Zahlen hatte sie von Kind an Hausverbot gehabt. Trotzdem beschlich sie der Verdacht, dass es sich um außergewöhnliche Ausmaße handeln musste, wenn sie Nadine derartig aus der Fassung brachten.

»Aber weißt du, was mich noch mehr irritiert als die Vielzahl der unterschiedlichen Sujets?«, fuhr Nadine fort. »Die Zeitspanne, seit der Pi schon aktiv ist. Ich würde mal so behaupten, er ist unser ältester Kunde. Quasi seit der ersten Stunde mit von der Partie. Und das bei einer Bank, die wahnsinnig stolz auf ihre 450-jährige Geschichte ist. Wahrscheinlich gehört der Großteil des Ladens sogar Pi!«

Nadine lächelte humorlos. In diesem Moment wünschte sich Lea, ebenfalls zu rauchen. Dann könnte sie die Anspannung jetzt einfach überspielen, indem sie sich eine Zigarette anzündete. Das wäre auf jeden Fall besser gewesen, als sich den halben Inhalt des Weinglases auf den Schoß zu kippen.

Während sie an ihrer nassen Hose herumwischte, beobachtete Nadine sie eindringlich. Offensichtlich entsprach die Reaktion nicht ganz ihren Erwartungen. »Hast du mich eigentlich verstanden, Lea?«, hakte sie mit gereiztem Tonfall nach.

Lea rieb sich mit beiden Händen die Augen, bis die Haut zu schmerzen begann. »Du sagst, dein Zugriff auf Pis Daten ist eingeschränkt. Vielleicht ist dir da etwas durcheinandergeraten …«

»Du kannst mich mal! Mir ist nichts durcheinandergeraten. Es ist mir auch scheißegal, was mit diesem Pi los ist, denn ich werde mir sicherlich nicht weiter die Finger an ihm verbrennen. Falls ich das nicht schon getan habe, denn mein Boss hat mich heute ziemlich übel angepflaumt: Warum ich an Files herumspielen würde, für die mir der Zugang gesperrt ist. Wahrscheinlich hockt er gerade mit verbissener Miene vor meinem Rechner und versucht zu rekonstruieren, was ich so treibe, während er die Assistentin auf der Ledercouch im Besucherraum durchnimmt.« Nadine schnappte aufgebracht nach Luft, dann entspannte sie sich wieder und sagte ruhig: »Was mich wirklich interessiert, ist, was dein Adam eigentlich so im Auftrag dieses Kind gebliebenen Methusalems treibt. Kennst du seine Aufgabe?«

»So vage«, versuchte Lea sich herauszureden.

»Ja, sicher doch.« Nadine schnaufte verächtlich und

nahm einen kräftigen Schluck vom Wein. »Aber keine Sorge, ich verrate es dir. Er bastelt sich mithilfe von Pis Geld und Bekannten ein eigenes Netz von Verbindungen. Allerdings läuft bei ihm alles in eine bestimmte Richtung.«

»In welche?«, fragte Lea. Dabei konnte sie die Anspannung in ihrer Stimme nicht länger überspielen.

Nadine blickte sie lange prüfend an, dann sprach sie weiter: »Sieht ganz so aus, als interessiere dein Adam sich brennend für die Arbeit des PhöniX-Gentechnikzentrums. Streng geheime Kiste, zu einem Großteil aus Privatvermögen finanziert. Der gute Adam ist in den letzten Wochen sehr eifrig darauf bedacht gewesen, seinen Weg in die Kreise zu finden, die dem Vorstand von PhöniX nahestehen. Diese Clique um den großkotzigen van Weinhuus … Was hat das Ganze wohl zu bedeuten? Will Pi sich klonen lassen und weitere Imperien in anderen Städten aufbauen?«

Lea schüttelte erschöpft den Kopf. »Ich weiß es nicht.«

15

Erzwungene Nähe

Lea musste sich zwingen, nicht an dem Faden herumzuzupfen, der vom Saum ihres Parkas abstand und sie magisch anzog wie der heilige Gral einen Kreuzritter. Tapfer biss sie die Zähne zusammen. Bestimmt ließ sich der Faden mit einem entschlossenen Griff herausreißen … Untersteh dich, bläute sie sich ein. Heute wird keine Schwäche vor dem Feind gezeigt, egal wie viel Anstrengung es auch kosten mag. Sie war die Selbstbeherrschung in Person, nüchtern und klar. Sie musste nur noch ihre Augen unter Kontrolle bringen, die im Sekundentakt von diesem verdammten Faden zur Tür hinüberflitzten, durch die hoffentlich gleich Adam treten würde.

Nicht, dass Lea ihn sehnsüchtig erwartete. Schließlich nahm sie ihm immer noch die Szene übel, die er ihr wegen der Dessous gemacht hatte. Und noch übler nahm sie ihm, dass er ihre Wut so amüsant gefunden hatte. Der Brief hatte zwar eine besänftigende Wirkung gehabt, aber die hatte sich mit jedem weiteren Tag des Wartens verflüchtigt. Dabei beabsichtigte sie keinesfalls, Adam ihre verletzten Gefühle zu offenbaren. Der Schlachtplan sah vor, ihm die kalte Schulter zu zeigen, bis er um Gnade bettelte. Allerdings hatte sich Lea ihre Wiedervereinigung anderes vorgestellt: Anstatt sie mit Leidenschaft im Blick und den Arm voller Rosen zu begrüßen, ließ Adam sie schon seit geraumer Zeit schmoren.

Megan hatte sie auf dem Weg zum Wochenmarkt abgefangen und zu Pis Villa kutschiert. Kommentarlos hatte sie Lea in diese Art Empfangssaal im vorderen Bereich des Würfelhauses geführt und mit dem Kopf auf das mit dunkelgrauem Wildleder bezogene Sofa gedeutet, ehe sie sich vors Fenster gestellt hatte.

Seitdem vermied Lea es, Megan nach ihrem Auftrag zu befragen. Denn mittlerweile waren die beiden Frauen dazu übergegangen, sich gegenseitig anzuschweigen. Lea hatte nicht vor, als Erste nachzugeben, nur weil die Ungeduld sie quälte. Megan und sie hatten sich beide von Anfang an nicht ausstehen können. Außerdem hatten sie einander im Laufe der Zeit ein paar ordentliche Schläge unterhalb der Gürtellinie verpasst – daraus würde keine Freundschaft mehr werden.

Megan hatte die Arme hinter dem Rücken verschränkt und blickte in den Garten, der von der anbrechenden Dämmerung in ein mildes Licht getaucht wurde. Lea nutzte die Gelegenheit und inspizierte Megans Frisur: Das hochgesteckte Haar konnte einen schier in die Verzweiflung treiben, wie es sich so geschmeidig um den Kopf legte. Nicht ein widerspenstiges Härchen stand ab. Lea hatte sich einige Male bemüht, diese Frisur zu kopieren, war aber vollauf gescheitert. Einen Moment lang spielte sie mit dem Gedanken, Megan kurzerhand nach ihrem Geheimnis zu fragen. Aber dann stockte sie, das Kompliment kam nicht über ihre Lippen. Kein Geplauder mit Adams bösartigem Schoßhund, der wahrscheinlich nur beißen würde, ermahnte sie sich und richtete den Blick wieder auf den lästigen Faden an ihrem Parka.

Unabwendbar kehrten ihre Gedanken zu dem Thema zurück, das sie bei Tag und Nacht beschäftigte: Adam. Während sie versuchte, die wachsende Aufregung zu unterdrücken, umschlossen ihre Finger unwillkürlich den lästigen Faden. Trotz eifrigen Zupfens gab der nicht nach.

Lea seufzte frustriert. Es gelang ihr einfach nicht, still zu sitzen und Megan mit einer lässigen Haltung zu beeindrucken. Schuld daran war vor allem dieses vorfreudige Kribbeln, das sich in der letzten halben Stunde wie ein Spannungsnetz zwischen ihren beiden Hüftknochen ausgebreitet hatte. Lea ahnte, dass ein gewaltiger Stromschlag durch dieses Netz jagen würde, sobald Adam die Tür durchquerte. Ihr Körper würde sie wieder einmal hemmungslos verraten, indem er Adam seine übergroße Willigkeit direkt auf die Nase band.

Um sich abzulenken, schaute sich Lea in dem Raum um: Gegenüber dem Sofa, auf dem sie saß, stand ein Rokokosofa, das kaum zwei Personen Platz bot. Dazwischen stand ein Tisch aus Plexiglas, dessen Aufgabe darin bestand, als möglichst dekorativer Sockel für eine Plastik zu dienen. Lea hatte diese Plastik nun schon ausgiebig bewundert, während die Minuten im Stundentakt verstrichen. Dabei herrschte im ganzen Haus die gleiche Stille wie in einer Gruft.

Gerade als Lea mit dem Gedanken spielte, Megan mit einer Bemerkung über ihr selbst erwähltes Schoßhunddasein zu einem kleinen Zwist herauszufordern, drang plötzlich ein Schrei in ihre Ohren. Er war kaum vernehmbar, so, als käme er aus großer Entfernung oder sickerte durch besonders dicke Wände. Unsicher warf sie einen Blick auf Megan, doch die zuckte nicht einmal mit den Schultern. Lea dachte schon, dass sie sich getäuscht hatte, da ertönte ein weiterer Schrei. Nun war sie sich sicher, konnte aber nicht sagen, ob jemand seine Angst oder seine Lust hinausbrüllte.

Herrgott, darüber musste sie nun wirklich nicht mutmaßen! Schließlich wusste sie doch ganz genau, was für ein unappetitliches Hobby sich der Besitzer dieses Hauses leistete. Es war ganz eindeutig an der Zeit zu gehen, Adam hin oder her. Sie würde nicht – brav wie ein Lamm – darauf warten, dass Pi sich auf die Suche nach Nachschub machte oder Megan plötzlich die Bemerkung fallen ließ, Adam sei nun mit dem Essen fertig und würde gleich erscheinen.

Hastig sprang Lea auf die Beine, und im selben Augenblick öffnete sich eine der Flügeltüren, und Pi trat ein. Sein Blick traf geradewegs Leas vor Angst geweitete Augen. Pis zart geschwungene Lippen verzogen sich zu einem Lächeln, das vorgab, einem Engel zu gehören. Doch Lea nahm die dämonische Fratze wahr, die sich unter dieser Maske verbarg. Trotzdem – oder gerade deshalb – wagte sie es nicht, die unausgesprochene Aufforderung auszuschlagen, und ließ sich wieder auf das Sofa sinken.

Während Pi die Tür hinter sich schloss, gab Megan endlich ihre versteinerte Haltung auf. Allerdings nur, um raschen Schrittes zu der Seitentür hinauszueilen, durch die sie mit Lea den Raum betreten hatte. Megan ist gewiss gegangen, um Adam zu holen, versuchte Lea sich zu beruhigen. Sie ist nicht einfach verschwunden, damit es keine Zeugen für das anstehende Blutbad gibt. Leas Kehle schnürte sich zu. Das würde ja auch gar nicht zu

Megan passen, ihre verhasste Konkurrentin einfach so im Stich zu lassen.

Mit Schritten, die an das Tippeln einer Geisha erinnerten, näherte sich Pi ihr und nahm dann Platz auf dem Rokokosofa. Ehe diese zerbrechliche Person die nackten Füße unter sich ziehen konnte, erhaschte Lea einen Blick auf die schwarz lackierten Fußnägel. Mit untergeschlagenen Beinen, kerzengeradem Rücken, die Hände brav in den Schoß gelegt und auf dem Gesicht einen blanken Ausdruck, bot sich Pi regelrecht zur Musterung an.

Lea machte von dem Angebot begierig Gebrauch, denn trotz ihrer Furcht vor dieser nur scheinbar zerbrechlichen Gestalt quälte sie die Neugierde. Forschend betrachtete sie das ovale Gesicht mit seiner unnatürlich ebenmäßigen Oberfläche. Obwohl Pi laut Nadines Recherche sehr alt sein musste, zeigte sich nicht die geringste Spur der erlebten Jahre. Es schien viel mehr, als hätte die Zeit nach und nach alle Eigenarten abgeschliffen, die einen Menschen ausmachten. Vor ihr saß nur eine Hülle, die vorgab, Mensch zu sein. Lea schauderte, denn in Adams Gegenwart war ihr ein solcher Gedanke niemals gekommen. Adam war ein Mann, der einen Fremdkörper in sich trug, welcher ihn wie ein Stachel im Fleisch schmerzte. Pi hingegen machte sich nicht einmal die Mühe, das Menschsein überzeugend vorzugaukeln.

Offensichtlich hatte er selbst seine Geschlechtlichkeit aufgegeben. Während Lea nach Merkmalen wie einem Bartschatten suchte, verstärkte sich der Eindruck, eine Frau vor sich sitzen zu haben. Das weich fallende, nougatfarbene Haar, die feinen Gesichtszüge … nur die von dunklen Wimpern umrandeten Augen verrieten eine Spur von Männlichkeit. Die Augen selbst waren hart und unnahbar. Der Körper war der eines Kindes und damit kaum einem Geschlecht zuzuordnen, auch wenn die eng anliegende Kleidung vorgab, kein Geheimnis zu verbergen.

Überrascht stellte Lea fest, dass ihre Zunge vor lauter Aufregung am Gaumen haften blieb, als sie den Mund aufmachte, um etwas zu sagen. Sie schloss die Lippen wieder und glaubte, ein feines Kichern zu vernehmen. Doch Pis Gesicht verriet keine Spur von Belustigung. Stattdessen wirkte er, als wolle er lediglich ein wenig Small Talk machen.

Habe ich sowieso vorgehabt, sagte Lea sich. Eine Unterhaltung würde sie zumindest davor bewahren, sich in ihre Furcht hineinzusteigern. Außerdem hegte sie die Hoffnung, dass Pis Interesse, ihr etwas anzutun, nachlassen würde, wenn er sie als Individuum wahrnahm – war das nicht ein Trick, mit dem man Entführer davon abhalten konnte, ihrer Geisel ein Leid zuzufügen?

»Ich hoffe, dass Abendessen hat keine Scherereien bereitet, indem es sich gewehrt hat?«, fragte Lea in einem ausgesprochen zuvorkommenden Ton, gerade so, als wolle sie sich nach dem allgemeinen Wohlbefinden erkundigen.

Pi wedelte ein wenig nichtssagend mit einer Hand in der Luft herum. »Der Lärm … tja, den hat wohl Macavity ausgelöst. Er ist eine spielerische Natur, deshalb ist Agatha auch so vernarrt in ihn.« Dann bereitete sich gespieltes Entsetzen auf seinem Gesicht aus, das von einer Geste unterstrichen wurde, indem er sich theatralisch die Hand auf den Brustkorb legte. »Du glaubst doch hoffentlich nicht, dass wir in diesem Haus so ungeschickt vorgehen, dass unser Essen Gelegenheit zum Schreien erhält?«

Pi lächelte wissend, als Lea laut schlucken musste.

»Wir sind schließlich zivilisiert. Oder hat sich Adam dir gegenüber vielleicht von einer anderen Seite gezeigt? Nein? Nun, zuzutrauen wäre es ihm ja durchaus. Ein wilder Bursche – das liegt an seinem ausgeprägten Jagdinstinkt. Gabe und Fluch zugleich, wenn du mich fragst.«

Alle Härchen an Leas Körper stellten sich gleichzeitig auf. Da hatte Pi unleugbar ihre schwache Stelle getroffen. Denn obwohl sie für gewöhnlich eine unbezähmbare Neugierde an den Tag legte, hatte sie Adam niemals gedrängt, ihr über die Bedürfnisse des Dämons zu erzählen. Ihre Beziehung zu Adam war ohnehin schon kompliziert genug, auch ohne dass sie bei seinem Anblick jedes Mal an blutleere Leichen denken musste. Ihr hatte es gereicht, dass er einmal behauptet hatte, nicht »blutbesudelt durch die Gegend zu laufen«. Gemeinsam mit diesem flüchtigen Kommentar und Elementen der modernen Horrorliteratur hatte Lea sich eine eigene Theorie zusammengestückelt. Dabei ging es hauptsächlich um steril abgepackte Blutkonserven vom Schwarzmarkt. Eine saubere Sache ohne aufgerissene Halsschlagadern. Eine Vorstellung, an der man sich festhalten konnte, solange Pi mit seinen Bemerkungen keine Zweifel säte.

Dabei litt Lea schon genug unter dem Wissen, zu welchen Gewalttaten Adam und seinesgleichen fähig waren – das war ihr damals in Etienne Carrières Haus eindrücklich demonstriert worden. Der Schreck war immer noch lebendig und sorgte dafür, dass Lea sich keinen einzigen Augenblick lang in Pis Gegenwart entspannen konnte. Ganz gleich, wie unschuldig er sich in den Polstern rekelte.

Krampfhaft suchte sie nach einem unverfänglichen Gesprächsthema. Doch mittlerweile war sie viel zu aufgeregt für ein elegantes Ablenkungsmanöver, und Pis herausforderndes Lächeln machte ihr deutlich, dass sie für die dreiste Provokation von eben zahlen würde. Die alte Spinne würde ihre Beute noch eine Zeit lang im Netz zappeln lassen und sich an ihrem Herzklopfen ergötzen.

Vor einigen Minuten hatte Lea sich noch fest vorgenommen, Adam die nächsten hundert Jahre die kalte Schulter zu zeigen, nun wollte sie nur die Arme um seinen Hals schlingen und ihn bitten, sie nach Hause zu bringen. Sie wollte eine Tasse Tee, sie wollte, dass er ihr den Kopf streichelte und mit seiner tiefen Stimme beruhigend auf sie einredete. Doch Adam ließ auf sich warten und so versuchte Lea, ihr Gegenüber in ein halbwegs normales Gespräch zu verwickeln. »Ich mag die Art, wie Sie Ihr Haus eingerichtet haben. Sehr sophisticated«, sagte sie matt. Dann zog sie mühsam die Mundwinkel nach oben. Das Ergebnis war armselig, trotzdem hielt sie es tapfer aufrecht.

Pi hingegen gelang es deutlich besser, ein Lächeln hervorzuzaubern, auch wenn es genauso unecht war wie Leas. »Vielen Dank. Und ich mag deine unverblümte Art der Konversation. Sehr einnehmend. Ich kann mir gut vorstellen, dass du über ein breites Netz an Freundinnen verfügst, nicht wahr?«

Eindeutig weiblich, befand Lea. Diese Anspielung in zuckersüßer Verpackung bekam nur eine Frau so raffiniert hin. Mit einem Schlag vergaß Lea ihre Furcht, diese hinterhältige Art hatte sie noch nie ausstehen können. »O ja«, entgegnete sie aufgeregt und rutschte mit ihrem Hintern bis auf die äußerste Sofakante vor. Die Stimme hatte sie um eine Oktave nach oben geschraubt. »Freundinnen sind etwas Wunderbares! Allerdings sollte man gut aufpassen, wenn man jemanden Neues kennenlernt. Denn es ist besser, sehr wählerisch vorzugehen. Nicht jede Person, die sich einem aufdrängt, hat auch Beachtung verdient. Man muss immer hinter das Lächeln schauen … Sie verstehen doch sicherlich, was ich meine?«

Lea blinzelte Pi verschwörerisch zu, doch anstatt beleidigt die Nase zu rümpfen, spiegelte sich nur kühle Berechnung auf den Gesichtszügen. »Das sehe ich ganz genauso«, sagte Pi und blickte ihr tief in die Augen. »Seine Freundinnen sollte man sich ganz genau anschauen. Ich vertrete sogar die Meinung, dass man ihnen auf die Finger schauen sollte. Wenn man dann nämlich feststellt, dass sie die in Angelegenheiten hineinstecken, die sie nichts angehen, kann man ihnen rasch einmal drauf klopfen, bevor das jemand anders übernimmt. Bist du eine gute Freundin, Lea?«

Lea blinzelte, als hätte sie einen Schlag ins Gesicht bekommen. »Bin ich deshalb hier, weil Nadine ihre Nase in Ihre Angelegenheiten gesteckt hat?«, fragte sie heiser. »Wenn Sie mir drohen wollen, dann kann ich Ihnen gleich versichern, dass ich mit Druck ganz schlecht umgehen kann. Sollten Sie also mit dem Gedanken spielen … Wo, zum Teufel, steckt Adam eigentlich!«

Ohne über die Folgen nachzudenken, war Lea aufgesprungen und auf Pi zugegangen. Angriffslustig beugte sie den Oberkörper leicht nach vorn. Das Bedürfnis, sich zur Wehr zu setzen, ließ sie für einen Augenblick vergessen, dass das zerbrechliche Wesen vor ihr nur ein Trugbild war, hinter dem sich eine Kraft versteckte, der Lea nicht im Geringsten gewachsen war. Doch ehe sie zum Opfer ihrer Fehleinschätzung werden konnte, flog eine der Flügeltüren so weit auf, dass sie mit lauten Knall gegen die Wand donnerte. Augenblicklich stellte sie ihre Drohgebärden ein und schaute zur Tür. Auch Pi schien überrascht und richtete sich leicht auf, um über die hohe Rückenlehne des Sofas blicken zu können.

Zu ihrer Enttäuschung betrat eine junge Frau das weitläufige Zimmer. Ihr platinblondes Haar war am Hinterkopf antoupiert und einige Strähnen hingen vom Nacken schnurgerade bis aufs Schlüsselbein. Ein überlanger Pony, der hinters Ohr geklemmt war, umgab das aufsehenerregende Gesicht wie ein Rahmen aus Edelmetall. Am meisten jedoch beeindruckte die Nase mit ihrem hoch angesetzten Höcker, der zwischen den prägnanten Nasenflügeln in eine feine Spitze auslief, die sich noch einmal vorwitzig nach oben bog. Die klar gemeißelten, hohen Wangenknochen und ein spitzes Kinn bildeten die perfekte Umgebung für dieses Kunstwerk. Genau wie die leicht offen stehenden Lippen, die einen verwirrend geschwollenen Eindruck machten. Im Verhältnis zu diesen Attributen nahmen sich die dunkel geschminkten Augen fast gewöhnlich aus: Sie waren grau und leblos.

Die junge Frau trug ein Wickelkleid aus Seide, das mit grafischen Mustern bedruckt war. Um ihren Hals hing eine mehrreihige Perlenkette, die bis zum Bauchnabel reichte. Der V-förmige Ausschnitt des Kleides klaffte weit auseinander, so dass Lea mehr als den bloßen Brustansatz zu sehen bekam.

Unvermittelt war die Frau im Türrahmen stehen geblieben, schenkte den Anwesenden jedoch keinerlei Aufmerksamkeit. Sie machte viel mehr den Eindruck, als lausche sie einer Stimme, die nur sie hören konnte. Während sie innehielt, betasteten die Finger unablässig die einzelnen Perlen der Kette.

Pi hatte sich mittlerweile wieder in die alte Sitzposition zurückfallen lassen und inspizierte die seltsam glatten Innenflächen seiner Hände. »Agatha-Schatz, mach doch bitte die Tür zu und setzt dich zu uns«, sagte Pi, ohne fordernd zu klingen. Offensichtlich rechnete er nicht damit, dass Agatha reagieren würde. Tatsächlich blieb diese ungerührt in der Tür stehen und horchte weiterhin in sich hinein.

»Man weiß nie so recht, auf welcher Zeitebene sich Agathas Geist gerade befindet«, erklärte Pi gelangweilt. »Nach einigen Jahrhunderten läuft unsereins Gefahr, dass die Abfolge von Ereignissen ineinander verschmilzt. Vor allem, wenn man keinen Anker findet, an dem man festmachen kann. Dann geht man im Sog der Zeit verloren. Ewiges Leben raubt vielem die Bedeutung, die Dinge rauschen an einem vorbei und nichts schafft es mehr, hervorzustechen. Früher oder später erscheint alles belanglos. Außerdem muss jeder die Erfahrung machen, wie viel Erinnerung und Erfahrung er ertragen kann. Agatha ist jedenfalls der lebende Beweis dafür, dass die Unsterblichkeit nicht für alle von uns ein Geschenk ist.«

Auch wenn sie sich dessen kaum bewusst war, nickte Lea zustimmend. Es wollte ihr nicht gelingen, den Blick von diesem überspannten Schmetterling namens Agatha zu lösen. Selbst die Eröffnung, sich mit einer weiteren von Dämonen besessenen Person in einem Raum zu befinden, änderte nichts an ihrer Gebanntheit. Zu sehr schillerte der Ausdruck völliger Verwirrung auf dem reizvollen Gesicht, als dass sie Angst empfunden hätte.

»Es ringelt sich ganz mächtig, wenn man draufdrückt. Das habe ich dir gesagt, aber du …«, klagte Agatha mit einer ungeahnt sinnlichen Stimme, immer noch im Türrahmen stehend. Für einen kurzen Augenblick glühte in den grauen Augen ein Lebensfunke auf. Dann, genauso plötzlich, wie Agatha angefangen hatte zu sprechen, verstummte sie auch wieder. Ihr Zeigefinger, der aufgeregt durch die Luft gesaust war, fuhr noch eine Weile länger auf und nieder, ohne jedoch einen rechten Zweck zu verfolgen. Mit einem Mal reckte Agatha den Hals, als hätte jemand nach ihr gepfiffen. Mit großen Schritten ging sie auf das Wildledersofa zu und ließ sich nieder. Ganz akkurat, Knie an Knie, beide Hände neben der Hüfte abgelegt.

»Was genau ist sie?«, fragte Lea und versuchte gar nicht erst, ihr Erstaunen zu verbergen. Sie war einige Schritte zurückgewichen, damit sie nicht länger direkt zwischen den beiden rätselhaften Kreaturen stand.

»Ich würde sagen, sie ist so etwas wie ein exotisches Haustier«, erwiderte Pi. Als Reaktion auf Leas pikierten Blick fuhren beide Hände abwehrend in die Höhe. »O nein, sie gehört nicht mir, bewahre! Sie lebt zwar in meinem Haus, und ich genieße gelegentlich ihre Anwesenheit, aber sie ist Macavitys Spielzeug, wenn du es genau wissen möchtest.«

Ohne ihrer Unterhaltung Aufmerksamkeit zu zollen, ließ sich Agatha ein Stück weit vom Sofa gleiten, bis sie mit eingeschlagenen Beinen auf dem Boden zu sitzen kam. Die Schultern presste sie dabei tief in die Sitzfläche, bog den Rücken unnatürlich stark durch und legte zugleich den Kopf in den Nacken, so dass sich das platinblonde Haar fächerartig auf dem dunklen Grund des Sofas ausbreitete. Die geschlossenen Augenlider, auf denen ölig schwarzes Make-up glänzte, flatterten wie bei einer

Schlafenden. Doch zwischen den leicht geöffneten Lippen drang von Mal zu Mal ein Stöhnen hervor, das in Leas Ohren nach einer perversen Lust klang.

Das Wickelkleid war ihr bis über die Hüften gerutscht. Wie hypnotisiert starrte Lea auf eine Ansammlung unzähliger Blutergüsse, mit denen die alabasterfarbenen Oberschenkel bedeckt waren. Weiter oben, wo die beiden Schenkel eng gegeneinander gepresst waren, zeichnete sich ein Blumenbouquet aus schwarz unterlaufenen Bisswunden ab.

Mühsam riss Lea den Blick von der abartigen Darbietung los und wünschte sich innigst, niemals Zeuge davon geworden zu sein. Doch es war zu spät, ihr Selbstschutz hatte versagt: Das Bild einer Frau, die ihre abstoßenden Verletzungen wie ein Kunstwerk vorführte, hatte sich in ihrer Erinnerung eingebrannt und würde Lea in unbedachten Momenten auflauern. Stets würde sie sich die Frage stellen, auf welche Art diese Wunden der entrückten Agatha zugefügt worden waren.

Währenddessen sah Pi mit unverhohlener Neugierde Agatha dabei zu, wie ihre unnatürlich schlanken Finger mit den abgehackten Bewegungen von Spinnenbeinen über das Wildleder glitten, bis sie beide Arme weit ausgebreitet hatte. In dieser Position verharrte Agatha. Die hochgerutschten Ärmel ihres Kleides gaben ein wirres Geflecht von Schnittwunden preis, die kreuz und quer über den Puls verliefen. Allerdings hatte der Dämon sich bereits darangemacht, die klaffenden, blutleeren Wunden zu heilen.

Nach einer Weile gebannten Staunens gelang es Lea endlich, den Blick von Agatha abzuwenden. Während sie die dunkelrote Oberfläche des Teppichs musterte, der die

Sitzgruppe umgab, rang sie um Fassung. Trotz allem, was sie bislang erlebt hatte, war sie mit dieser Situation schlichtweg überfordert.

So reagierte sie auch nicht, als die Seitentür geöffnet wurde und mit einem leisen Klacken wieder zuschnappte. Erst als Pi den Kopf abrupt zur Seite drehte, begriff Lea, dass Adam den Raum betreten hatte. Verwirrt schaute sie ihn mit gesenktem Kopf an. Zuerst sah es so aus, als wolle er direkt auf sie zugehen, doch ein kaum vernehmbares Zischen aus Pis Richtung ließ ihn ein paar Schritte von ihr entfernt stehen bleiben.

Lea erkannte sofort, dass Adam unter einer enormen Anspannung stand, die er sich nicht anmerken lassen wollte. Zwar hingen seine Arme locker herab, aber die Hände waren zu Fäusten geballt. Auch die leicht vorgebeugten Schultern verrieten, dass Muskeln und Sehnen nur auf den Befehl warteten, ihre Spannung in einen Angriff umzuleiten. Stattdessen musterte Adam schweigend die seltsame Runde, wobei sich eine tiefe Zornesfalte zwischen den Brauen eingrub.

»Schön, dass du hier bist«, zwitscherte Pi und streckte genüsslich die Arme über dem Kopf aus. Dabei tippten die schwarz lackierten Zehen kurz auf dem Boden auf. »Ich befürchte nämlich, dass Lea unserer Gesellschaft allmählich überdrüssig ist.«

Adam atmete tief durch, dann antwortete er mit gedämpfter Stimme: »Dann hatte sie ja Glück, dass ich überhaupt in der Nähe des Hauses war. Wer hätte sie sonst wohl gerettet?«

Pi setzte ein Lächeln auf, das nicht verriet, ob er die Andeutung und die nur schwerlich unterdrückte Wut in Adams Stimme bemerkt hatte. »Wir beide, Lea und ich, haben uns gerade so nett über den Wert der Freundschaft unterhalten«, fuhr er unbekümmert fort. »Dass sich hinter dieser Art von Verbindung immer eine große Verantwortung verbirgt, der man sich nicht entziehen darf. Dass man sich um seine Freunde kümmern muss … Tja, und dann hat uns Agatha ganz unerwartet eine ihrer beeindruckenden Vorstellungen geliefert.«

»Du lädst Lea ohne mein Wissen in dein Haus ein, während Macavity und seine schwachsinnige Gefährtin von der Leine gelassen sind?«

Der unterdrückte Zorn ließ Adam so sehr den Kiefer aufeinanderpressen, dass Lea damit rechnete, das Krachen von zersplitterten Zähnen zu hören. Sie spürte geradezu körperlich, wie der Teil von Adam, der seine Vernunft beheimatete, stetig an Kontrolle verlor und das Feuer des Dämons durch die Risse der bröckelnden Fassade strahlte. Nur mit größter Mühe beherrschte sie den Drang, einfach zu fliehen.

Sogar Agatha schien die drohende Gefahr wahrzunehmen: Ohne ein Geräusch zu verursachen, lief sie mit ungeahnter Zielstrebigkeit durch die immer noch offen stehende Flügeltür aus dem Zimmer, in dem sich die Anspannung rasant zu einer erstickenden Atmosphäre verdichtet hatte.

Pi hingegen strich mit einer überzogen ruhigen Bewegung den Stoff an seinen schmalen Oberschenkeln glatt und sagte ausdruckslos: »Beruhige dich bitte wieder, mein Guter. Diese finstere Miene steht dir zwar ausgesprochen gut zu Gesicht, aber hierbei handelt es sich lediglich um einen netten Plausch unter Mädchen. Da ich dich kaum noch zu sehen bekomme, dachte ich mir: Warum sollte ich mir die Zeit nicht mit Lea vertreiben?

Deine bessere Hälfte leidet schließlich genauso unter deinem Einsamer-Wolf-Verhalten wie ich. Natürlich hätte ich mir dieses Beisammensein mit ihr untersagt, wenn ich geahnt hätte, dass es dich dermaßen in Rage bringt. Ehrlich gesagt, habe ich mir nichts weiter dabei gedacht.«

»Du hast dir nichts dabei gedacht? Das soll wohl ein Scherz sein! Wir wissen doch beide nur allzu gut, dass du nicht einmal mit der Wimper zuckst, ohne eine gewisse Absicht damit zu verfolgen.« Mit einer angespannten Bewegung fuhr Adam sich durchs Haar, und legte dann den Kopf in den Nacken. Unter der mit schimmernden Bartstoppeln übersäten Haut an seinem Hals pochte ein wild schlagender Puls. Leas Beklommenheit wuchs, als sie beobachtete, wie Adam kurz und fest die Augen zusammenkniff. Die Wut war trotz Pis geheuchelter Entschuldigung noch längst nicht verraucht, und es fiel ihm sichtlich schwer, sich zusammenzureißen. Es verriet viel über Pis Macht, dass Adam seinen Gefühlen nicht einfach freien Lauf ließ. Mehr, als Lea lieb war.

»Falls du das nächste Mal Lust auf Frauengespräche verspürst, sprich mich bitte direkt an, dann können wir gemeinsam mit Lea einen Spaziergang am Fluss entlang machen. Ich werde dann auch gern drei Schritte hinter euch beiden Ladys hergehen, um nicht zu stören. Aber bitte gib Megan in Zukunft keine Anweisungen mehr, die Zweifel an ihrer Loyalität mir gegenüber aufkommen lassen. Das hat sie nicht verdient.«

»Zunächst einmal gehört Megan mir …«, ließ Pi mit einer gefährlich scharfen Stimme vernehmen.

Trotzdem unterbrach Adam ihn. »Du hast mir Megan an die Seite gestellt, also untersteht sie meiner Befehlsgewalt. Du willst doch nicht etwa mit mir über die Auslegung feilschen, welchen Regeln sich ein Diener zu unterwerfen hat, oder? Schließlich wissen wir beide, dass sie aus gutem Grund nicht verhandelbar sind.«

Pi hatte elegant die Beine übergeschlagen und die Hände hinterm Nacken verschränkt, ganz so, als ginge von Adam nicht die geringste Bedrohung aus. Doch Lea ahnte, dass dies ein Spiel war, und sie die Einzige war, die weder wusste, wie die Regeln aussahen noch um welchen Einsatz gespielt wurde.

»Das klingt alles so, als wolltest du mir etwas unterstellen, Adam«, entgegnete Pi. »Vielleicht solltest du einmal in Ruhe darüber nachdenken, wie der Handel aussieht, den wir in unser beider Interesse abgeschlossen haben. Dann wirst du dich auch daran erinnern, dass ich derjenige war, der dir einen enormen Vertrauensvorschuss entgegengebracht hat, als du mit dem Kopf voller wirrer Vermutungen hier aufgetaucht bist. Ich habe dir Türen geöffnet und dich auf die richtige Spur gesetzt. Und nun zürnst du mir, weil ich meine Neugierde nicht unterdrücken konnte und ein wenig dein Spielzeug begutachtet habe.«

Einen Moment lang überlegte Lea, ob sie es wagen konnte, Adam zu sagen, dass Pi keineswegs vorgehabt hatte, sie lediglich zu beschnuppern. Sondern dass er vielmehr indirekt gedroht hatte, Nadine etwas anzutun, wenn die sich künftig nicht aus seinen Angelegenheiten heraushielt. Aber angesichts des vor Aggressivität knisternden Blickwechsels zwischen Pi und Adam hielt Lea es für das Klügste, zu schweigen.

Adam lachte kurz heiser auf, als Pi den Blick hinaus zum Fenster gleiten ließ, als sei alles gesagt. Er schritt dicht an das Rokokosofa heran, bis Pi ein Stück in den

Polstern zurückwich. »Eigentlich dachte ich, dass ich mich bei unserem Gespräch vor ein paar Tagen deutlich genug ausgedrückt hätte, Pi. Also noch einmal: Ich will nicht, dass Lea weiterhin mit unserer Welt in Berührung kommt. Hast du mich jetzt verstanden?« Anstelle einer Antwort verzog Pi schmollend den Mund, aber Adam ließ sich nicht provozieren. Mit betont kühlem Unterton sagte er: »Es wäre besser, wenn du meine Privatangelegenheiten künftig nicht mit der Aufgabe in Verbindung bringen würdest, die ich für dich zu lösen gedenke.«

»Du hast Lea doch selbst zu einem Teil unserer Welt gemacht, als du sie auf dem Fest eingeführt hast. Das ist deine und nicht meine Idee gewesen.«

Adam ließ ein unterdrücktes Knurren hören, das Pi augenblicklich zum Schweigen brachte. »Die Dinge haben sich geändert. Ich werde meine Hälfte des Pakts erfüllen, aber wie ich das erledige, ist meine Angelegenheit. Und du würdest gut daran tun, die Grenzen, die ich ziehe, nicht zu überschreiten.«

»Ich bin nicht dafür verantwortlich, dass das Gefüge ins Wanken geraten ist!« Obwohl Pi seine Körperhaltung nicht um einen Deut verändert hatte, schrie er mittlerweile. Der Kontrast zwischen der manierlichen Pose und der schrillen Stimme hätte Lea fast ein verstörtes Lachen entlockt. »Du hast eigenwillig den Schlachtplan umgestellt, ohne zuvor mein Einverständnis einzuholen. Es wäre also eigentlich an mir, hier zu toben und das verloren gegangene Vertrauen zu beklagen.«

»Es gibt keinen Grund für dich, sich zu beklagen«, hielt Adam unbeeindruckt entgegen. »Ich halte mich an die Absprache, aber ich werde sie so erfüllen, wie ich es für richtig halte. Also veranstalte besser keine Spielchen mit mir, Pi. Sonst könnte ich auf die Idee kommen, den Spieß umzudrehen.«

Pis Gesicht verriet nicht die geringste Regung, als Adam nach den letzten Worten zu Lea ging, ihr den Arm um die Schultern legte und sie langsamen Schrittes aus dem Zimmer führte. Lea warf Pi einen letzten flüchtigen Blick zu und sah, wie Speicheltropfen Lippen und Kinn benetzt hatten. Dieses seltsame Wesen wird nicht umsonst Gift verspritzt haben, erkannte Lea hellsichtig. Jemand wird dafür bezahlen müssen, dass Pi gerade den Kürzeren gezogen hat. Bei diesem Gedanken legte sich ein eisiges Korsett um Leas Lungen und ließ sie verzweifelt nach Luft schnappen.

16

Wahre Lügen

Auf dem Weg zu Adams Wagen, der direkt vor dem großen Eingangsportal des Hauses mit weit offen stehender Fahrertür geparkt stand, begegnete ihnen Megan. Adam nahm kurz den Arm von Leas Schulter und tauschte mit Megan einige leise Sätze aus, dann half er Lea beim Einsteigen.

Schweigend fuhren sie in Richtung Innenstadt, bis Adam unvermittelt den Wagen am Straßenrand anhielt und ausstieg. Noch ganz aufgewühlt von der bedrohlichen Auseinandersetzung, deren Zeugin sie soeben geworden war, stieg Lea ebenfalls aus. Es brauchte einen Moment, bis sie erkannte, wohin er sie gebracht hatte: in das lebendigste Viertel der Stadt, an dessen Rand auch ihre eigene Wohnung lag.

Lea mochte dieses kleinteilige Geflecht aus Straßen, in denen zu jeder Tages- und Nachtzeit rastloses Gewusel herrschte. Sie liebte die Buchläden, die noch mit persönlichem Ehrgeiz und einem aus der Mode gekommenen Bewusstsein, dass es die Menschheit zu bilden und in ferne Welten zu entführen galt, betrieben wurden. Sie mochte die kuriose Mischung aus Gemüseständen, Tätowierbuden und Secondhandshops ebenso gern wie die bunte Schar, die plärrende Kleinkinder an der Hand hinter sich herzog oder den Nachmittag beim Durchstöbern von Pappkartons voller Vinylplatten verbrachte. Es war ein klarer, wenn auch kalter Frühlingstag. Einige Cafés hatten Tische und Stühle auf dem Gehweg aufgebaut, und zahlreiche Passanten nutzten die Gelegenheit, um ein paar Sonnenstrahlen einzufangen.

Die Geräuschkulisse aus Geplauder, Autolärm und Musikfetzen beruhigte ihre Nerven. Doch kaum konnte sie einmal befreit ausatmen, da erinnerte sie sich an das Bild, wie Pis sorgfältig lackierte Zehen auf dem Boden auftippten. Lea blieb mitten auf der Straße stehen und reagierte auch nicht, als Adam sie mit einem Mal grob am Ellbogen packte und zur Seite riss.

»Was soll das?«, fragte sie verärgert.

Anstelle einer Antwort deutete Adam lediglich auf einen jungen Kerl auf einem Skateboard, der sie beinahe umgefahren hätte. Der zeigte ihr nun, über die Schulter zurückblickend, einen Vogel.

Lea lachte leise. »Na, so was«, sagte sie und schmiegte sich an Adams Seite, was dieser ohne zurückzuweichen geschehen ließ.

Es war eine gute Idee von ihm gewesen, hier haltzumachen. Denn der Anblick dieser pulsierenden Alltagswelt gab Lea die Möglichkeit, durchzuschnaufen und den sich in Schräglage befindenden Kosmos des Würfelhauses abzuschütteln. In diesem Augenblick wollte Lea nichts lieber, als für den Rest ihres Lebens entlang der belebten Straßen des Viertels zu spazieren und über den Einkauf von Kartoffeln und die anfallende Stromrechnung nachzudenken.

Voller Elan beschleunigte sie ihre Schritte, woraufhin Adam ihr einen besorgten Blick zuwarf, als befürchte er, dass es sich lediglich um ein letztes Aufbäumen vor dem Zusammenbruch handelt. Dann schlenderten sie eine Zeit lang in Gedanken versunken nebeneinander her, gerade so, als wären sie ein natürlicher Bestandteil des Straßenlebens und nicht zwei Flüchtlinge, die für einen kurzen Moment Unterschlupf in der Realität suchten.

An einem Gebäckstand kaufte Adam ein mit Marzipan gefülltes Croissant, in das Lea zaghaft biss, nachdem sie sich auf eine Parkbank gesetzt hatten. Als ihre Geschmacksknospen verzückt auf die überwältigende Süße des Marzipans reagierten, stellte Lea erleichtert fest, dass das Leben sie zurückhatte. Allerdings setzte damit auch das Begreifen ein, was Pi mit seinen Bezichtigungen angedeutet hatte. Die Anschuldigungen, die Adam am liebsten gewaltsam unterdrückt hätte.

Während sie auf dem Croissant herumkaute und vorgab, ein sich innig küssendes Paar in einem Ladeneingang zu beobachten, ließ sie sich den Schlagabtausch zwischen Adam und Pi noch einmal Wort für Wort durch den Kopf gehen. »Wann genau hast du den Plan, mich als Köder zu benutzen, eigentlich aufgegeben?«, fragte sie schließlich.

Obgleich Adam auf diese Frage gewartet haben musste, zuckte er so heftig zusammen, als habe Lea ihm überraschend einen Finger zwischen die Rippen gebohrt. Sein Gesicht verlor schlagartig an Farbe, und um die Augen, die geradeaus ins Leere starrten, legte sich ein verspannter Zug. Er hatte einen Ellbogen auf der Rückenlehne der Bank aufgestützt, und die in der Luft hängende Hand zitterte leicht. Alles deutete darauf hin, dass Adam sich schon länger vor dieser Frage gefürchtet hatte.

Als er beharrlich schwieg, dachte Lea einfach laut weiter nach: »Die Geschichte, dass du mich so über die Maßen auffallend auf Pis Fest eingeführt hast, um allen klarzumachen, dass ich nur dir gehöre, war also doch eine Lüge. Du wolltest, dass ich bemerkt werde. All die Male, die du mich mitgezerrt hast, dienten ausschließlich dazu, jemanden anzulocken …« Kaum hatte sie die Worte ausgesprochen, wurde ihr bewusst, dass Adam sie seit seinem Auftauchen in dieser Stadt kein einziges Mal aufgesucht hatte, nur weil er in ihrer Nähe sein wollte. Es war ihm immer nur darum gegangen, sie vorzuführen, sie für einen unausgesprochenen Zweck zu benutzen. Der Schmerz, den diese Erkenntnis hervorrief, traf sie so unvorbereitet, als hätte ihr jemand einen Elektroschocker an die Schläfe gehalten.

Trotz all der Kämpfe, der Angst und der unglücklichen Vergangenheit hatte Lea stets geglaubt, dass da mehr war, das sie mit Adam verband. Nur wegen dieser Hoffnung hatte sie den ganzen Wahnsinn überhaupt ertragen können. Nun zu erkennen, dass sie für Adam lediglich ein Mittel zum Zweck darstellte, dass er sie schamlos belogen hatte und die erlebte Nähe wahrscheinlich nur ein netter Nebeneffekt für ihn gewesen war, fraß Leas Innerstes auf – als wüte eine alles vernichtende Feuersbrunst in ihr.

Während sie sich, eine Hand breit entfernt von ihm, Stück für Stück auflöste, schüttelte Adam vehement den Kopf. »So war es doch nur zu Anfang. Aber eigentlich nicht einmal da …«, begann er stockend, und es kostete Lea unendlich viel Kraft, ihm auch wirklich zuzuhören. »Als ich in diese Stadt gekommen bin, habe ich mir eingeredet, dass ich dich nur deshalb suchen würde, weil du mir etwas schuldest und nun der perfekte Zeitpunkt gekommen wäre, diese Schuld einzulösen. Das habe ich dir damals in der Bar auch gesagt, aber wirklich daran geglaubt habe ich schon zu diesem Zeitpunkt nicht mehr. Doch ich war einfach zu wütend, um mir das einzugestehen. Diese Wut hatte sich im Lauf der Jahre regelrecht verselbstständigt und prägte mein ganzes Denken. Da war kein Platz mehr für irgendetwas anderes.« Immer schneller brachen die erklärenden Worte aus ihm heraus. »Ich habe ja nie einen Hehl daraus gemacht, dass ich diesen Gefühlen für dich nicht über den Weg traue. Und was damals in Etiennes Haus passiert ist, hat es nicht unbedingt besser gemacht. Ist dir eigentlich jemals bewusst geworden, dass ich Etienne in dieser Nacht gerettet hätte, wenn ich dir nicht wie ein verliebter Idiot hinterhergelaufen wäre? Und als Krönung hast du dich auch noch von mir abgewendet. Lauter falsche Entscheidungen, nur kann ich sie nicht mehr ungeschehen machen.«

»Wäre es dir lieber gewesen, wenn Truss mich zerfetzt hätte?«

»Nein, das wollte ich damit nicht sagen.«

Aus den Augenwinkeln nahm Lea wahr, wie Adam sich mit einer flüchtigen Geste über den Mund wischte. Diese schlichte Bewegung zauberte eine Nähe, zu der Worte nicht in der Lage waren. Wie schafft er das nur immer wieder, fragte sie sich und wusste nicht, ob sie ärgerlich oder betört sein sollte.

Unterdessen sprach Adam weiter: »Aber hier, in dieser Stadt, bietet sich mir endlich die Möglichkeit einer Wiedergutmachung. Ich dachte, es wäre nur fair, dass du – wenn auch unfreiwillig – einen Beitrag dazu leisten würdest. Gleichzeitig konnte ich so auch wieder in deiner Nähe zu sein und mir trotzdem noch selbst in die Augen sehen.«

Obwohl ihr verletzter Stolz sie zu einem Wutausbruch anstacheln wollte, blieb Lea nur ermattet auf der Parkbank sitzen. Sie war einfach zu erschöpft, um Adam niederzubrüllen und anschließend voller Verachtung fortzugehen. Am liebsten hätte sie sich sogar gegen seine Schulter gelehnt und ein wenig geweint. Sie versuchte, aus seinen Erklärungsversuchen schlau zu werden. Aber es war alles zu kompliziert, und sie fühlte sich für diese plötzliche Offenbarung seines Gefühlslebens viel zu ausgebrannt.

Ihr Blick glitt über die Häuserzeile, blieb an Topfpflanzen auf Fensterbänken und verblassten Graffiti hängen und verfing sich dann erneut an dem Liebespaar, das sich immer noch ungestüm küsste. Aus dem seit Kurzem wieder hip gewordenen Plattenladen an der Ecke, dessen Eingangstür sperrangelweit offen stehen blieb, wenn ein Kunde sie nicht mit Gewalt hinter sich zuzerrte, dröhnte ein alter Popsong:

Yeah, it's so cold
What … is … this feeling called love?

Bevor es Lea gelang, aus reinem Selbstschutz auf Durchzug zu schalten, bohrten sich die Strophen durch ihre Gehörgänge in ihren Kopf. Herrgott, warum war dieses Album nicht längst zu Staub zerfallen? Als würde jemand dafür bezahlt, den richtigen Soundtrack für diese verfahrene Szene zu liefern.

»Ich versteh dich nicht, Adam«, sagte sie schließlich mit matter Stimme. »Wozu dieses ganze Theater? Du hättest mich doch gar nicht erst belügen müssen. Schließlich hatte ich gar keine andere Wahl, als mich deinem Willen zu beugen.«

»Du hörst mir nicht richtig zu, Lea«, antwortete er sanft. »Ich habe in diesem Spiel viele Karten offen auf den Tisch gelegt. Nur dass ich dich benutzt habe, um eine gewisse Aufmerksamkeit zu erregen, habe ich geleugnet. Aber nicht etwa, weil ich befürchtete, dass du dich weigern könntest mitzuspielen. Sondern weil ich mich selbst belogen habe.«

Er hielt inne und strich einige Croissantkrümel von Leas Oberschenkel, doch es fühlte sich eher wie eine zärtliche Berührung an. Damit Adam die Hand dort nicht liegen ließ, überschlug Lea die Beine, und er zog sie zurück, ohne sich etwas anmerken zu lassen. Aber er presste kurz die Lippen aufeinander, eher er weitersprach. »Ich habe mir eingeredet, dass du ein Werkzeug bist, das ich nur richtig einsetzen muss. Damit mein Plan aufging, musstest du ganz mit unserer Beziehung beschäftigt sein. Davon einmal abgesehen, wärst du weniger überzeugend als meine Gefährtin gewesen, wenn ich dich eingeweiht hätte. Anstatt mich verliebt anzusehen, hättest du eine beleidigte Miene aufgesetzt, und jeder hätte erkannt, dass deine Begleitung erzwungen war.«

»Verliebt angeschaut? Ich bitte dich! Meine Begleitung ist erzwungen«, warf Lea wenig überzeugend ein.

Zum ersten Mal, seit Adam das Zimmer in Pis Haus betreten hatte, schenkte er ihr wieder einen direkten Blick. Das dunkle Grün in seinen Augen funkelte auf und verursachte ein Prickeln mitten in Leas Solarplexus, das sich wie ein Lavastrom in Richtung Dekolleté ausbreitete. Augenblicklich schlich sich ein wissendes Lächeln auf Adams weiterhin von Anspannung gezeichnetes Gesicht. »Findest du es nicht ein wenig dick aufgetragen, mich als Lügner hinzustellen, während du selbst gerade dabei bist, mir Märchen aufzutischen?«

Ein Schatten legte sich über das grüne Funkeln, als Lea schweigend abwinkte, anstatt sich auf ein Wortgefecht einzulassen. Im Gegensatz zu ihrem Körper hatte sie einfach keine Energie mehr für solche Neckereien übrig, selbst wenn sie Adam damit ein Lächeln zu entlocken vermochte.

Adam kniff sich ins Nasenbein und massierte dann mit der Hand die untere Gesichtshälfte. Abschließend strich er sich über Augenlider und Stirn und seufzte tief. »Das Irrsinnige an der Lügengeschichte besteht darin, dass ich mir selbst strenge Grenzen setzen wollte, um dich auf Distanz halten zu können. Du hast nämlich so eine Art an dir, geschlossene Türen einzurennen: Du tust immer so, als könntest du kein Wässerchen trüben, und dann läuft doch alles nach deiner Nase. Allerdings muss ich zugeben, dass es bei diesem albernen Spielchen in erster Linie um meinen verletzten Stolz ging. Aber das wurde mir erst klar, als es für eine Kehrtwende fast schon zu spät war. Trotzdem habe ich sie eingeleitet, bei unserem Opernbesuch … Erinnerst du dich an diesen Akinora?« Adam machte eine Pause und fuhr erst fort, nachdem Lea leicht genickt hatte. »Du bist der Köder, den Akinora schlucken sollte. Dass ich dich ihm in der letzten Sekunde vor der Nase weggeschnappt habe, hat dazu geführt, dass Pi mir heute einen Denkzettel verpassen wollte. Ich habe dir nach dem Fest bei Pi erzählt, dass einige von unseresgleichen verschwinden. So wie es aussieht, ist jemand an bestimmten Exemplaren unserer Spezies interessiert. An solchen, die irgendwie aus der Gruppe herausstechen. Und was sticht mehr heraus als jemand, der dem

Drängen des Dämons widersteht? Jemand, der sich weigert, die menschliche Existenz einer Frau zu vernichten, obwohl der Dämon sie erobern will? Kurzum: Wir haben die gewünschte Aufmerksamkeit erregt.«

Fast schon gewaltsam rieb Lea sich die Schläfen, um die letzten Reserven an Aufmerksamkeit aus sich herauszuholen. Zwar wäre sie lieber beim Thema Adams Gefühlswelt geblieben, damit er mit weiteren Liebesgeständnissen ihre wunde Seele streicheln konnte, aber sie begriff auch die Dringlichkeit dieser Erläuterung: Ihretwegen hatte er sich mit dem unberechenbaren Pi angelegt, während dort draußen ein Unbekannter unterwegs war, der gerade ein unschönes Interesse an Adam entdeckt hatte. Trotzdem begriff Lea immer noch nicht, wie Adams Trauer um Etienne und die Verschollenen miteinander zusammenhingen. »Du hast also Adalbert gesucht und bist letztendlich bei Akinora gelandet?«, versuchte sie sich an einer Erklärung.

Adam nickte. »So kann man das sagen. Ich weiß, dass es dir schwerfällt, die Verbindung zu erkennen – und es hat mich auch einige Anstrengungen gekostet, Pi davon zu überzeugen –, aber es ist die richtige Spur. Ich sollte ganz bestimmt nicht stolz darauf sein, doch ich bin ein guter Jäger. Akinora ist der Schlüssel zu dem Unbekannten, unter dessen Schatten sich Adalbert verkrochen hat. Der Weg, der mich hierher geführt hat, ist zu verworren, um ihn dir jetzt nachzuzeichnen. Nur so viel: Wahrscheinlich wäre ich bei meiner Suche schon bedeutend weiter, wenn ich dich Akinora wie geplant auf einem Silbertablett präsentiert hätte. Deshalb hat Pi ja auch so gereizt reagiert.«

Während er nach Worten suchte, mit denen sich die komplizierten Zusammenhänge schildern ließen, gab er vor, Leas Kragen zurechtzupfen zu wollen. Doch die Fingerspitzen glitten wie beiläufig zwischen Stoff und Haut und verharrten schließlich an ihrem Puls, der sofort wild zu pochen begann. Eine erregende Berührung, über deren Wirkung Adam sich nicht im Geringsten bewusst zu sein schien. Einen Augenblick später ließ er die Hand wieder sinken. Lea schaute ihr sehnsüchtig nach.

»Es treibt Pi schlicht in den Wahnsinn, nicht zu wissen, wer sich hinter dem Geheimnis verbirgt«, sagte Adam geschäftig. Aber seine Stimme verriet, dass er noch nicht wieder ganz bei der Sache war. Seine Aufmerksamkeit war auf die eigenen Fingerspitzen gerichtet, die er langsam aneinanderrieb. »Dass jemand in der Lage ist, an Pi vorbei seine eigenen Pläne durchzusetzen, hat eine Urangst heraufbeschworen. Dabei hat sich unser Freund doch unschlagbar gewähnt.«

Für einen kurzen Moment schlich sich ein Lächeln auf Adams Gesicht – offensichtlich gefiel ihm die Vorstellung eines verwundbaren Pis nach dem heutigen Erlebnis ausgesprochen gut.

»Und je schwieriger sich die Suche nach dem großen Unbekannten gestaltet, desto nervöser wird Pi. Nachdem er mich zuerst spaßeshalber bei meiner Suche unterstützt hat, ist es jetzt sein neues Steckenpferd geworden, und jede Verzögerung lässt ihn Gift und Galle spucken. Aber ich werde das Rätsel auf meine Art lösen, ohne dich Akinora als Versuchskaninchen anzubieten.«

»Was will dieser Mensch denn von mir?«

Zu Leas Bestürzung verzog Adam das Gesicht zu einem kalten Lächeln, das in Verbindung mit seinem schönen Gesicht fast übermenschlich wirkte. »Dein Blut natürlich«, sagte er trocken, während der Ausdruck in seinen Augen preisgab, wie sehr ihm dieses Geständnis zu schaffen machte. »Nur wenige Menschen sind in der Lage, den Dämon in sich zu tragen. Du bist auserwählt, aber noch nicht einverleibt – welch ein Glücksfall für einen Genforscher und seinen Auftraggeber. Für Akinora bist du die Fleisch gewordene Antwort auf die Frage nach der Unsterblichkeit, Lea. Unsterblichkeit als Forscher und als Mensch, dafür würde Akinora mehr begehen als nur schlichten Verrat.«

Während die Sonne langsam unterging und die sich zwischen den Häuserschluchten ausbreitende Kühle die Menschen zurück in ihre Wohnungen trieb, erfuhr Lea, dass der ursprüngliche Plan vorgesehen hatte, Akinora einen Deal vorzuschlagen: Etwas von ihrem Blut gegen einen Fingerzeig in Richtung seines namenlosen Sponsors. Aber dann hatte Adam sich zu einem Rückzieher entschlossen, da ihm das Risiko nur schwer abschätzbar erschien. Warum sollte sich Akinora mit einer Phiole von Leas Blut zufriedengeben, wenn sein Mentor so einflussreich und wohlhabend war, dass es nicht einmal Pi gelang, ihn trotz seiner vielfältigen Kontakte zu orten?

Mit einem Mal stockte Adams Redefluss, und Lea spürte deutlich, dass es da noch etwas gab, das sich nicht so leicht in Worte fassen ließ wie der Plan, sie als Lockvogel zu missbrauchen. Abwartend betrachtete sie Adam, der erneut die kleine Furche zwischen Stirn und Nase massierte, als wolle er eine böse Erinnerung vertreiben. Seinem verhärmten Gesicht war es deutlich anzumerken, dass ihm das nicht gelingen wollte. Dann atmete er tief ein, als wolle er sich für die Endrunde wappnen. Lea spürte, wie sie im Gegenzug automatisch die Luft anhielt, ängstlich darauf bedacht, Adam nur durch nichts von dem abzulenken, was er gleich sagen würde.

»Als ich in der Oper das gierige Funkeln in Akinoras Augen gesehen habe, ist mir plötzlich bewusst geworden, dass ich diesen Schritt unmöglich tun kann. Dich als Einsatz zu benutzen wäre ein völliger Ausverkauf dessen gewesen, was du für mich bist – und dazu bin ich nicht bereit. Als ich diese Entscheidung getroffen habe, hätte ich mich zuerst selbst ohrfeigen können. Denn was bedeutete schon dieser eine Schritt nach all den anderen, die ich bislang ohne Skrupel getan hatte? Aber ganz gleich, was mir durch den Kopf ging, ein unbekannter Teil von mir hatte längst die Steuerung übernommen.«

»Und welcher Teil von dir ist das wohl?«, fragte Lea und merkte augenblicklich, wie ihr Gesicht rot anlief. So neugierig hatte sie eigentlich nicht sein wollen.

Ungeachtet Adams anzüglichem Grinsen spiegelte sich in seinen Augen weiterhin Kummer. »Wie es scheint, hat Etiennes Liebe zum Menschsein doch tiefere Wurzeln in mir geschlagen, als geahnt. Ich würde es mal so formulieren: Deine Nähe infiziert mich immer mehr mit dem Virus Mensch.«

»Und das quält dich?«

»Ja.«

Nun war es an Lea, anzüglich zu lächeln. »Deshalb reagierst du auch immer so mürrisch, wenn es darum geht, dass du plötzlich schlafen kannst.«

»Themenwechsel«, murrte er, wie erwartet. »Wir haben ein Problem, weil ich Akinora auf deine Fährte gebracht habe …«

»Warum ist dir die Sache mit dem Schlaf so peinlich?«, bohrte Lea beharrlich weiter und zupfte Adam am Ärmel, weil dieser einfach nur stur geradeaus blickte.

»… und Pi wird nach unserer heutigen Unterhaltung sicherlich auch nicht die Füße stillhalten …«

»Du machst ein Gesicht, als hätte ich meinen Finger auf eine Wunde gelegt. Zu schlafen und zu träumen ist doch etwas ganz Wunderbares.« Lea bemühte sich um einen unschuldigen Gesichtsausdruck, als Adam sie wütend anfunkelte. Du kannst ruhig knurren, dachte sie sich. Dass du mich nicht beißen wirst, habe ich längst begriffen.

Nachdem es Adam nicht gelungen war, Lea niederzustarren, fuhr er fort. »Ja, genauso wunderbar wie die Liebe. Und auf die bin ich ja schon immer ganz besonders scharf gewesen. Aber ehe wir beide jetzt anfangen, uns gegenseitig Kosenamen zu geben und Liebesschwüre in die Parkbank zu ritzen, sollten wir uns besser überlegen, wie wir dich aus der Schusslinie bekommen. Akinora ist hier das kleinere Übel, denn bislang kennt er lediglich deinen Vornamen und weiß, dass du mit Literatur zu tun hast.«

Bei dem Gedanken an die unangenehme Unterhaltung mit dem Asiaten schüttelte es Lea kurz. Warum hatte sie diesem Menschen unbedingt ihren Titel auf die Nase binden müssen? Ansonsten wäre sie jetzt nichts weiter als ein Gesicht oder, besser gesagt, ein mit genetischen Informationen angereicherter Zellhaufen, an den er unbedingt herankommen wollte.

»Du solltest die Stadt verlassen, bis ich hier alles geklärt habe und Pi wieder besänftigt ist.«

»Augenblick mal«, unterbrach Lea Adams übereifrige Planung. »Nachdem du mich in diesen Schlamassel reingezogen hast, willst du mich jetzt einfach abschieben? Ich weiß, dass du dazu neigst, das Kommando an dich zu reißen. Aber zufällig führe ich ein eigenständiges Leben, das nicht in dem Moment abgeschaltet wird, wenn du die Bühne verlässt.«

»Der Verlag kommt auch ein paar Wochen ohne dich aus«, erwiderte Adam ungerührt. »Dir steht doch sicherlich noch der gesamte Resturlaub der letzten Jahre zur Verfügung.«

Zu diesem Punkt schwieg Lea sich lieber aus. »Ich lasse mich doch von dir nicht auf den Verlag reduzieren. Du weißt rein gar nichts über mein Privatleben, weil wir beide, seit wir uns kennen, nicht einen normalen Satz miteinander gewechselt haben …«

»Du kannst die Katze mitnehmen, wenn du willst«, bot Adam mit unergründlichem Gesichtsausdruck an. Nicht die leiseste Spur von Schalk ließ sich darin finden, so dass es Lea schlicht die Sprache verschlug. »Die heutige Nacht verbringst du in einem Hotel im Außenbezirk und überlegst dir in Ruhe, wo du hinmöchtest. Am besten an einen Ort, wo du noch nie gewesen bist und der dich auch nicht im Geringsten interessiert. Solche Spuren sind am schwersten zu verfolgen. Megan wird genug Bargeld für eine längere Reise dabeihaben.«

Bei diesem Satz erwachte Lea wieder aus ihrer Lethargie. »Megan?«, echote sie ungläubig. »Du willst mich nicht nur ins Exil, sondern wohl auch in den Wahnsinn treiben! Das kannst du dir abschminken, mein Lieber. Ich sehe ein, dass ich mich eine Zeit lang zurückziehen sollte. Aber bevor ich Megan als meinen Schutzengel akzeptiere, schlitze ich mir lieber die Pulsadern auf und biete Akinora demütig meinen Gencode an.«

»Megan wartet bereits in deiner Wohnung auf dich«, entgegnete Adam so gelassen, als hätte Lea eben keinen Widerspruch eingelegt.

»Dieser kleine romantische Ausflug war also nichts weiter als ein Ablenkungsmanöver, damit Megan genug Zeit hat, meine Sachen nach Dingen zu durchwühlen, die ihrer Einschätzung nach für unseren Roadtrip notwendig sind?«

»Genau.«

»Du bist so ein elender Lügner«, zischte sie und ballte die Hände zu Fäusten. Am liebsten hätte sie ihre Zähne in seinen Unterarm versenkt, der immer noch locker zwischen ihnen hing. Stattdessen bemühte sie sich, all die drängende Entrüstung in ihre Stimme zu legen. »Adam, ich weiß, du kannst deine Ohren perfekt auf Durchzug stellen, aber ich sage es dir jetzt trotzdem noch einmal: Vergiss es!«

Er funkelte sie zornig an, aber Lea dachte gar nicht daran, auch nur einen Zoll nachzugeben. So starrten sie sich eine Weile an, bis Adam schließlich den Bann brach, indem er laut durch die Nase schnaubte. Dann stand er auf und machte eine altmodische Verbeugung vor Lea.

»Bedeutet das, dass du nachgibst?«, fragte sie ungläubig.

»Weißt du, Lea, ich würde alles tun, damit du jetzt endlich die Klappe hältst und ohne weiteren Widerstand mit mir kommst«, antwortete er und setzte dabei ein würdevolles Gesicht auf. In seinen Augen blitzte es jedoch listig – nur war Lea zu abgekämpft, um über ihre Beobachtung weiter nachzusinnen.

Nachdem er sich ihrem Willen gebeugt hatte, war es ihr eigentlich ganz recht, sich einfach von ihm den Arm um die Hüfte legen zu lassen und zum Auto zurückzukehren. Schweigend genoss sie seine Nähe und seinen verführerischen Duft, der seinen Weg durch die klare Frühlingsluft in ihre Nase fand.

17

Im Exil

Sie hätte ihm weiterhin verbissen Paroli bieten müssen, warf sich Lea zum tausendsten Mal vor, während sie Megan beim Schlafen beobachtete. Dieser verlogene Mistkerl hatte ihre Erschöpfung schamlos ausgenutzt.

»Hör zu, mein Engel, Megan packt doch nur die Sachen für dich, weil du so erschlagen bist.«

»Megan fährt dich doch nur zu diesem Hotel, auf das Pi niemals kommen wird. Du kennst den Weg nicht und musst dich außerdem um die Katze kümmern.«

»Megan checkt dann nur noch die Details mit dem Hotelier und trägt die Koffer aufs Zimmer.«

Auf das Doppelzimmer, wie sich schließlich herausstellte. Außerdem stellte sich heraus, dass Megan schwerer aus diesem Zimmer zu entfernen war als eine Zecke aus der Leiste. Mit stoischer Gelassenheit befolgte sie den Auftrag, den Adam ihr zugeraunt haben musste, als Lea versucht hatte, Minou mit einem Säckchen Katzenminze unter dem Bett hervorzulocken.

Spätestens als Adam sie kurz beiseitegenommen hatte, nachdem sie Megan Schläge angedroht hatte, wenn sie nicht sofort ihre Finger aus der Wäschelade nehmen würde, hätte ihr klar werden müssen, worauf die Scharade hinauslief.

»Hör auf, Megan anzupflaumen«, hatte Adam sie mit gefährlich beherrschter Stimme angefahren. Dass er sich dermaßen am Riemen riss, hätte zumindest ihren Argwohn wecken müssen. »Megan hat sich für uns schon mehr als nötig aus dem Fenster gelehnt. Dass sie uns jetzt hilft, geschieht nur aus einem starken Gefühl der Loyalität heraus. Danach wird sie sich selbst aus der Schusslinie bringen müssen, denn Pi wird sie nicht in seine Dienste zurücknehmen. Kannst du dir überhaupt vorstellen, was es für Megan bedeutet, nicht länger Dienerin zu sein?«

»Es tut mir wirklich sehr leid für Megan, dass sie so plötzlich zur Freiheit gezwungen wird. Unter Pis Fittichen ist es sicherlich schön kuschelig gewesen.«

Ihr Gespött geflissentlich überhörend, hatte er ein Totschlag-Argument nachgeschoben: »Dass ich dein geheimes Stelldichein mit Pi durchkreuzt habe, hast du einzig und allein Megan zu verdanken. Also lass es jetzt gut sein, einverstanden?«

Nachdem Lea ein leises Knurren zur Antwort gegeben hatte, hatte Adam geseufzt und sie kurzerhand mit diesem speziellen Blick bedacht, der jedes Mal den Boden unter ihren Füßen schmelzen ließ. Normalerweise wäre sie bestrebt gewesen, ihm einen Strich durch die Rechnung zu machen. Sie konnte diese dämonische Finesse nicht ausstehen. Aber an diesem Abend war sie zu erschöpft gewesen, um Widerstand zu leisten. Und so brach Adams Zauber erst, als Megan sich nicht aus dem Hotelzimmer verdrängen ließ.

»Nein, ich werde bleiben, bis Adam die Gelegenheit findet, sich Ihnen wieder zuzuwenden«, hatte Megan roboterhaft wiederholt, während sie entnervt mit den Augen geblinzelt hatte. Dabei hatte Megan ähnlich derangiert gewirkt wie Lea. Offensichtlich waren die letzten Stunden auch nicht ganz nach ihrem Geschmack gewesen.

Was hatte Adam bloß in dieser Unperson zum Klingen gebracht, dass sie sich einfach nicht abschütteln ließ, Loyalität hin oder her! Lea war ratlos. Warum kroch Megan nicht einfach auf allen vieren zu Pi zurück und winselte um Vergebung, statt immer weiter in Ungnade zu fallen?

Nachdem Lea ihre restliche Energie, das ihr der Tag noch gelassen hatte, in einen Wutanfall investiert hatte, war sie auf dem Bett zusammengebrochen, ohne dass Megan ihren Wachposten aufgegeben hätte. Das gibt Rache, hatte sie sich noch geschworen, dann war sie in einen traumlosen Schlaf gefallen.

Mitten in der Nacht schreckte sie plötzlich mit einem Satz hoch, als hätte ihr jemand direkt ins Ohr geschrien. Die Katze, die zusammengerollt auf ihrer Brust geschlafen hatte, fiel vom Bett und verzog sich beleidigt in eine dunkle Ecke. Als Lea die Nachttischlampe anknipste, fiel der Lichtkegel zwar nicht auf einen wartenden Adam, dafür aber auf eine Schachtel mit Thunfisch-Pizza. Die ist mir jetzt sowieso viel lieber, dachte Lea nachtragend und machte es sich in einem Sessel bequem.

Während sie das kalte Fast Food hinunterschlang, tastete ihr Gedächtnis im Rückwärtslauf die Ereignisse des letzten Tages ab. Als sie bei Pis unausgesprochener Drohung angekommen war, Nadine auf die Finger zu klopfen, sprang ihr Herz dermaßen die Kehle hoch, das es mit einem Stück vom Pizzarand kollidierte. Einen Augenblick lang glaubte Lea, ersticken zu müssen, und nichts anderes hätte sie eigentlich auch verdient, sagte sie sich. Sie war so vollkommen mit ihrem eigenen Drama beschäftigt gewesen, dass sie das Wohlergehen ihrer besten Freundin vergessen hatte. Jene Freundin, die bloß in die Schusslinie geraten war, weil sie ihr hatte helfen wollen.

Nadine! Du hast nur eine einzige Freundin und schaffst es nicht, dich um sie zu kümmern. Du hast diesen kaltschnäuzigen Bastard namens Adam so etwas von verdient … Echte Menschen mit Gefühlen sollten einen weiten Bogen um dich machen, denn bei dir kann man sich ja nur eine blutige Nase holen. Himmel, wie hatte das nur passieren können? Wäre sie eine Romanfigur, würde sie jetzt jede Leserin hassen. Denn wer wegen eines Kerls einfach die beste Freundin vergaß, hatte mindestens das Fegefeuer verdient.

Nachdem der Schwall an Selbstbeleidigungen allmählich wieder abflaute, wurde Lea klar, dass sie besser handeln als lamentieren sollte.

Das waren die Fakten:

Sie hatte Adam nichts von Pis Drohung gegen Nadine erzählt – Fakt.

Megan würde kaum bereit sein, ihr in dieser Angelegenheit behilflich zu sein – Fakt.

Sie konnte Megans Handy nicht benutzen, um bei Nadine anzurufen – Fakt.

Aber sicherlich den Münzsprecher in der nächsten Eckkneipe … So ein Anruf ließ sich doch nicht rasch orten, oder? Und wenn, war es auch egal. Schließlich hatte sie nicht vor, noch ein Bier an der Theke zu trinken. Was für ein paranoider Gedanke, der könnte direkt von Adam stammen, dachte Lea griesgrämig. Sie selbst befürchtete nämlich nicht ernsthaft, dass sich einer von Pis Spießgesellen an ihre Fersen geheftet hatte. Bestimmt würde es Pi viel mehr Freude bereiten, seine Wut direkt an Adam auszulassen. Vielleicht hatte er Adam schon längst – mit einer Schleife versehen – dem großen Unbekannten als Opfergabe dargeboten, während sie hier Zeugenschutzprogramm mit Megan spielte.

Anscheinend schien Megan die Lage ähnlich einzuschätzen. Sonst würde sie wohl kaum selig schlafen, sondern mit einem halb geöffneten Auge an der Zimmertür hängen, in den Händen die entsicherte Waffe, die sie in Leas Wäschelade gefunden hatte. Schließlich war die gute Megan ja das Pflichtbewusstsein in Person.

Lautlos schlüpfte Lea in ihre Schuhe, griff sich Mantel und Schal. Ihre Augen flitzten zu der kleinen Automatikwaffe, die Megan nachlässig auf dem Nachttisch hatte liegen lassen. Nachdenklich kaute sie auf ihrer Unterlippe. Nachdem sie aus Etienne Carrières Haus geflohen war, hatte die Angst sie fast in den Wahnsinn getrieben. Sie war wie eine Schlinge um den Hals gewesen, die sich von Tag zu Tag mehr zugezogen hatte. Als sie schließlich kaum noch Luft bekommen hatte, hatte Lea sich mit letzter Kraft zum Handeln entschlossen.

Da sie trotz all der Schrecken um sie herum nicht vorgehabt hatte, ein vollkommen neues Leben in fernen Landen zu beginnen, hatte sie sich an Selbstverteidigung versucht: Wing Chun, Boxen … Bei allem, was ihren Körper in eine Waffe verwandeln sollte, hatte sie allerdings kläglich versagt. Weder legte sie den rechten Biss an den Tag noch besaß sie die notwendigen Instinkte. Dann hatte sie jedoch Schusswaffen für sich entdeckt. Ihr gefiel der Gedanke, dass der Angreifer bei dieser

Kunst gar nicht erst die Chance bekam, mit ihr auf Tuchfühlung zu gehen.

Bevor Lea sich versah, hatte sie die Waffe an sich genommen und fand sich einige Minuten später in einem Telefonhäuschen drei Straßen vom Hotel entfernt wieder. Die Straßen waren menschenleer, was um diese Uhrzeit und in einer solchen Gegend auch kaum verwunderlich war. Trotzdem wäre es Lea lieber gewesen, wenn zumindest ein Pärchen vorbeigehuscht wäre oder jemand seinen Hund ausgeführt hätte. Die lichterlosen Wohnblocks, die sich dicht an dicht aneinanderreihten, verstärkten ihre Nervosität auf unangenehme Weise, als sie mit klammen Fingern Nadines Handynummer wählte. Es klingelte ein paar Mal, und Lea befürchtete schon, gleich die Mailbox dran zu haben, als plötzlich abgehoben wurde.

»Nadine?«, rief Lea erleichtert.

»Is' gerade ungünstig«, antwortete Nadine. Obwohl sie ausgesprochen leise redete, konnte Lea das Nuscheln in ihrer Stimme heraushören. Nadine war eindeutig angetrunken. Wie wunderbar! Wenn sie um zwei Uhr morgens betrunken ans Handy ging, dann war wohl alles okay.

»Hör mir zu, ich muss unbedingt mit dir über Pi sprechen«, sagte Lea, wobei sie Probleme hatte, ein erleichtertes Lachen zu unterdrücken. Sie fühlte sich, als hätte sie eben das letzte Weihnachtsgeschenk ausgepackt, das zu ihrer Überraschung den größten ihrer Herzenswünsche enthielt.

»Ja, das kannst du auch, Süße«, erwiderte Nadine kurz angebunden. »Aber bitte erst morgen.«

Ehe Nadine auflegen konnte, brüllte Lea ein »Warte!« in den Hörer. Ein scharfes Einatmen zeigte ihr, dass ihre Freundin vor Schreck ein wenig nüchterner geworden war.

»Lea, jetzt hör mir mal zu: Diese Gruselgeschichten können bis morgen warten«, sagte Nadine gereizt. »Ich habe einen absolut leckeren Fisch an der Angel, der gerade unsere Rechnung an der Bar begleicht. Danach werde ich den Kerl auf der Rückbank des Taxis besteigen und anschließend noch einmal bei mir zu Hause. Und wenn er morgen beim Aufwachen immer noch da sein sollte, gibt es eine Zugabe. Nachdem ich geduscht und gefrühstückt habe, darfst du anrufen und mich mit diesem Mist heimsuchen, okay?« Mit diesen Worten legte Nadine auf.

Entgeistert starrte Lea noch eine Zeit lang den piependen Hörer in ihrer Hand an, schließlich hängte sie ihn ein. Sie setzte sich auf den Bordstein, zog die Knie unters Kinn und dachte nach.

Wenn Nadine gerade dabei war, ihre sexuellen Bedürfnisse zu zelebrieren, dann spürte sie wohl kaum Pis Würgegriff um den Hals. Lea konnte also getrost das Morgengrauen abwarten und dann mit Megan sprechen, die wiederum mit Adam reden würde, der daraufhin … ja, was würde Adam daraufhin unternehmen? Eigenhändig Nadines Koffer packen und sie im Hotelzimmer nebenan einquartieren? Unwillkürlich zwängte sich Lea das Bild der beiden auf, wie sie sich, zwei aufgepeitschten Kampfhähnen gleich, in ihrer Küche gegenübergestanden hatten. Wahrscheinlich würde es Lea harte Überzeugungsarbeit kosten, ehe Adam sich als Nadines Retter die Hände an ihr schmutzig machen würde. Und die Hände würde er gewiss einsetzen müssen, allein schon, um Nadine den Mund zuzuhalten, wenn sie ihn zum Teufel wünschte.

Während Lea widerwillig Adam von der Liste möglicher Retter strich, bemerkte sie kaum, wie die Kälte sich durch ihre Kleidung bohrte und ihre Gliedmaßen steif werden ließ. Erst, als das Klappern der Zähne ihre Gedanken übertönte, wurde ihr bewusst, dass sie schon eine halbe Ewigkeit gedankenverloren am Straßenrand hockte. Mühsam kam sie wieder auf die Beine und hopste einige Male auf und ab, bis der Motor ihrer inneren Energiequelle ansprang.

Trotz der anhaltenden Dunkelheit glaubte sie, dass der Morgen bereits angebrochen war. Mittlerweile dürfte aus Nadines Liebhaber kaum noch etwas Nennenswertes herauszuholen sein, so dass Nadine sicherlich nichts dagegen einzuwenden hätte, wenn Lea ihr bei einem – zugegeben sehr frühen – Frühstück Gesellschaft leisten würde.

Kurz entschlossen warf Lea einige Münzen in den Apparat und rief bei der Taxizentrale an. Warum Adam eine Aufgabe aufhalsen, die sie selbst liebend gern übernahm? Ihr schlechtes Gewissen Nadine gegenüber quälte sie, außerdem sehnte sie sich geradezu schmerzhaft danach, mit ihrer Freundin zu reden. Vielleicht würde Nadine ihr sogar Absolution erteilen, indem sie einfach mit der Schulter zuckte und Lea zwischen einigen Zigarettenzügen versicherte, dass sie ihre Pi-Recherche unverzüglich einstellen würde und damit alle Probleme aus der Welt wären.

Als das Taxi schließlich mit Lea auf der Rückbank losfuhr und um die nächste Ecke bog, glaubte sie im Rückfenster einen Schemen erblickt zu haben, der verdächtig nach einer abgehetzten Megan aussah. Das kann nicht sein, sagte sich Lea mit einem bösen Lächeln auf den Lippen. Megan würde es niemals wagen, die Katze unbeaufsichtigt zurückzulassen. Sie war doch so loyal.

18

Schusswechsel

Vor Nadines Stadtbungalow hatte Leas Euphorie einen faden Beigeschmack angenommen, so dass sie lediglich von einem Fuß auf den anderen trat, anstatt die Klingel zu drücken. Durch den Milchglaseinsatz neben der weiß lackierten Haustür schimmerte schwaches Licht, das aus dem am Ende des Ganges liegenden Schlafzimmer sickerte.

Erneut tastete ihre Zunge über ihre blau gefrorenen Lippen, während sich ihre Hände immer tiefer in die Taschen ihres Parkas gruben. Wahrscheinlich würde sie zu guter Letzt mit der Nasenspitze klingeln müssen, so wie sich ihre Hände in den Stoff krallten.

Dabei war die Sorge, dass ihr ein halb nackter Fremder mit einem Weinglas in der Hand die Tür öffnen könnte, noch die geringste. Während der Taxifahrt hatte Lea sich den Kopf darüber zerbrochen, was sie Nadine sagen würde, während sie den Fahrer zum wiederholten Male bat, endlich die Heizung hochzudrehen. Währenddessen hatten sich Kurzfilme in ihre Überlegungen eingeschlichen, in denen Nadine ihr die Hölle heißmachte, weil sie mitten in der Nacht ihr Liebesnest als Überbringer von unausgesprochenen Drohungen schändete.

Nadine konnte ziemlich kompromisslos sein, wenn es um ihre erotischen Vergnügungen ging. Bei der Bank, für die sie arbeitete, hieß es nicht umsonst, sie sei der einzig echte Kerl im Verein. Im Vergleich zu ihr waren die ganzen Anzugträger lediglich Weicheier, wenn es nach Feierabend gepflegt zur Sache ging.

Außerdem hatte Nadine sich ziemlich klar ausgedrückt, ab wann sie Lea eine Audienz gewähren würde. Nun, dachte Lea ein wenig bange, ein Blick durchs Schlafzimmerfenster wird nicht schaden. Wenn der Kerl tatsächlich über ausreichend Stehvermögen verfügen sollte, um sich immer noch in Nadines Bett aalen zu dürfen, würde sie einfach den nächstbesten Fast-Food-Laden aufsuchen und sich mit Kaffee wach halten.

Zu ihrem Glück war Nadine fast krankhaft darauf fixiert, ihren Nachbarn jeglichen Einblick auf ihr Grundstück zu verwehren, so dass das Haus von einer dichten Hecke aus verschiedenen Büschen und Sträuchern umgeben war. Einmal gepflanzt, wucherte das Grünzeug wild vor sich hin, wodurch es in dieser durchgestylten Straßenzeile den Eindruck erweckte, als habe jemand einen Würfel Dickicht ausgeschnitten und zwischen zwei gepflegte Eigenheime gepresst. Gewiss schmiedete der Hass auf Nadine die gesamte Nachbarschaft zusammen, weil sie dank ihres Dschungels niemals den ersten Platz für »Unsere schöne Straße« gewinnen würden. Aber darauf ansprechen würde Nadine bestimmt niemand, schließlich kannte sie von der Hälfte der Anwohner die Hypotheken. Eine Frau, die ihre Persönlichkeit wie einen Skorpionstachel zur Schau trug, wollte man nicht unbedingt zur Feindin haben.

In diesem Moment war Lea ausgesprochen dankbar für Nadines ausgeprägtes Revierdenken, verschaffte ihr der teils immergrüne Urwald doch den nötigen Sichtschutz, als sie zum großen Schlafzimmerfenster auf der Rückseite des Bungalows pirschte. Offensichtlich war Nadine nicht dazu gekommen, die Vorhänge zuzuziehen. Warum sollte sie auch, wenn sie gerade beide Hände voll zu tun hatte? Niemand, außer ein paar Buchsbäumen und Eiben, würde Zeuge der nächtlichen Vergnügungen werden.

Lea hockte sich hinter einen Rhododendron und gestand sich ein, wie albern die ganze Aktion war, als sie plötzlich einen verzerrten Schrei hörte. Okay, dachte sie irritiert, der Kerl ist noch aktiv – also ab zu Kaffee und Croissants. Aber die Gänsehaut auf ihren Unterarmen, die nicht die Kälte hervorgerufen hatte, ließ sie innehalten.

Der Schrei war hier draußen nur schwach zu hören gewesen, mehr ein spitzes Aufkeuchen. Was weißt du schon über Lustschreie?, zog sie sich selbst auf. Du bist die Frau, deren Liebster sich mit Stolz geschwellter Brust rühmt, sich ihr zu verweigern. Trotzdem gelang es ihr nicht, ihren jähen Stimmungswandel zu ignorieren. Obwohl die kalte Nachtluft sie weiterhin bibbern ließ, pulsierten ihre Fingerspitzen und zwischen ihren Schulterblättern bildete sich ein glühendes Dreieck.

Sie atmete tief ein und kroch auf alle vieren zum Sims unter dem Fenster. Vorsichtig hob sie den Kopf so weit an, dass sie über den Fensterrand sehen konnte. Der Anblick, der sich ihr bot, ließ sie versteinern. Es war, als befinde sich Lea in einer Luftblase, in der Zeit und Raum eingefroren waren, während der Rest der Welt dank einer Zeitmaschine einen magischen Schritt nach vorn machte.

Ein dunkles Paar Augen auf der anderen Seite der Scheibe brachte die Luftblase schließlich zum Platzen. Sie war entdeckt worden. Denn ohne es zu bemerken, hatte Lea sich aufgerichtet und stand nun inmitten des Lichtpegels. Das dunkle Augenpaar war direkt auf sie gerichtet und in ihm schwang eine freudige Erregung, die so gar nicht zu dem blutverschmierten Lächeln passen wollte, das Macavity ihr zuwarf.

Mit einer ungeahnt zielsicheren Bewegung fischte Lea die Waffe aus der Seitentasche, ehe sie den Mantel abstreifte. Obwohl ihre Gedanken rasten, nahm sie sich die Zeit, die kalte Glätte des Laufs zu registrieren, dann legte sie beide Hände um den Schaft. Während sie die Arme ausstreckte und zielte, machte sie einige Schritte nach hinten.

Macavitys Blick hielt sie weiterhin gefangen, und die Mischung aus ungezügelter Neugierde und dem Fehlen jeglicher Angst oder Scham, die ihr aus seinen Augen entgegenfunkelte, hätte Lea normalerweise sofort in die Flucht geschlagen. Doch der Teil ihres Ichs, der für jegliche Art von Gefühlsregung zuständig war, hing weiterhin schockgefroren in der Zeitblase fest.

Lea beobachtete, wie Macavity die Mundwinkel zu einem Grinsen hochzog und die Zunge genießerisch über die Oberlippe fahren ließ. Aber sie sah auch, wie sich seine Muskeln in Schultern und Oberarmen anspannten. Bevor er zum Sprung ansetzen konnte, krümmte sich Leas Zeigefinger um den Abzug.

Zuerst spürte sie nur den Rückstoß der Waffe in den Unterarmen, den sie gekonnt in ihr zurückgesetztes Standbein umleitete. Dann dröhnte der Schuss in den ungeschützten Ohren, gefolgt vom Klirren des berstenden Fensterglases. Lea atmete tief ein und zwang sich, die Luft einen Moment länger als nötig in den Lungen zu halten.

Macavity war nicht mehr zu sehen. Nur das erleuchtete Schlafzimmer.

Kurz kniff Lea die Augen zusammen und entspannte die Armmuskulatur, dann richtete sie die Waffe erneut aus. Zielstrebig ging sie auf das Fenster zu und verschaffte sich einen Überblick: Mitten im Raum stand das große Futonbett, auf dem Nadine ausgestreckt lag. In ihren offenen Haaren hatten sich unzählige Glassplitter verfangen und in der nackten Schulter hatte eine einzelne Scherbe die Haut geritzt. Doch im Vergleich zum Rest des Körpers sah die Schulter relativ unversehrt aus.

Nadine schob mühsam den Kopf in den Nacken und starrte mit leeren Augen auf das zerstörte Fenster. Dabei bemerkte sie Lea, und nach einigen, unendlich langen Sekunden erkannte sie sie auch. Verzweifelt versuchte Nadine, ein Stöhnen auszustoßen, doch der Knebel in ihrem Mund dämpfte das Geräusch.

Lea nickte ihr kurz zu, dann suchte sie den Bereich vor dem Bett ab. An der gegenüberliegenden Wand befand sich auf der Höhe, wo eben noch Macavitys Kopf zu sehen gewesen war, ein dunkler Fleck. Darunter lag Macavity auf der Seite und sah merkwürdig verdreht aus. Er lag mit dem Rücken zu ihr, so dass sie nicht erkennen konnte, wo ihn die Kugel getroffen hatte. Aber sie hatte ihn nicht nur getroffen, sondern regelrecht von den Füßen gerissen. Während Lea noch die Blutlache beobachtete, die sich unter seinem Kopf ausbreitete, zuckte sein nackter Körper, bis er endlich reglos liegen blieb.

Mit der Schuhsohle trat Lea einige hervorstehende Glasreste aus dem Fensterrahmen und kletterte dann vorsichtig über den Sims in Nadines Schlafzimmer. Als sie auf dem Parkettboden aufkam, zielte sie mit der Waffe erneut auf Macavitys Kopf. Sie spielte mit dem Gedanken, ihm das ganze Magazin in den Schädel zu jagen, konnte sich aber gerade noch zusammenreißen.

Für eine Flucht sah Nadine zu schwer verletzt aus. Lea würde Zeit schinden müssen, um einen Notruf zu tätigen. Bis sie den Klang der Sirene hörte, würde sie Macavity jedes Mal eine Kugel verpassen, sobald er versuchen sollte, sich wieder aufzurichten.

Sie überprüfte noch einmal, dass der zusammengekrümmte Macavity leblos dalag. Dann setzte sie sich neben Nadine aufs Bett, wobei sie die Waffe weiterhin mit einem Arm ausgerichtet hielt. Mit der freien Hand löste sie den Knebel, was nicht weiter schwer war. Offensichtlich war es Macavity lediglich darum gegangen, Nadines Schreie zu dämpfen. Sie vollends zu ersticken hätte ihn ja auch um seinen Spaß gebracht.

»Fuck!«, krächzte Nadine. Die Stimme klang verschnupft, was vermutlich an der gebrochenen Nase lag, aus der unentwegt ein dünner Faden Blut lief. Mühsam drehte Nadine den Kopf zur Seite und spuckte einen dunklen Schwall auf die Laken. Mit Gewalt riss Lea ihre Augen von der Lache weg, die wie frisch lackiert glänzte, bevor sie in den Stoff einsickerte.

Obgleich Macavity sich nicht rührte, verpasste Lea ihm einen Schuss, der in den Hals eindrang und die Haut wie einen Krater ausspringen ließ. Mit einem Keuchen schlossen sich seine Hände instinktiv um die Wunde und er drehte sich um.

Kurz gönnte Lea sich den Anblick seines schmerzverzerrten Gesichts. Am liebsten hätte sie es mit einer Taschenlampe ausgeleuchtet, damit sie auch die kleinste Regung wahrnehmen konnte. Vielleicht würde sie das den Schnitt vergessen lassen, der sich um Nadines Hals schlängelte. Kein gefährlich tiefer Schnitt und abseits der Schlagader, sondern verspielt und sadistisch. Hier hatte sich jemand amüsieren wollen und Wert darauf gelegt, dass das Spielzeug nicht gleich zu Anfang den Geist aufgab.

Mit einem groben Zerren versuchte Lea, Nadines hinter dem Kopf zusammengebundene Hände zu befreien. Als Nadine gepeinigt aufschluchzte, legte sie schließlich die Waffe beiseite und bemühte sich, vorsichtig, aber schnell den Knoten zu lösen. Ein schwieriges Unterfangen, denn Nadine hatte in ihrer Pein so sehr an den Fesseln gezerrt, dass die Verbundstelle wie verschmolzen war. Zudem hatte die aufgescheuerte Haut einen glitschigen Film auf der Oberfläche der Nylonkordel hinterlassen.

Leas Fingernägel glitten immer wieder an der Kordel ab und rissen schmerzhaft ein, dennoch bemerkte sie die Ansammlung frischer Brandmale über Nadines linker Brust, die sich zu dem Buchstaben M zusammensetzten. Wie gern wäre sie augenblicklich zu dem stöhnenden Mann gesprungen und hätte ihn mit bloßen Händen in Stücke gerissen. Doch Nadine, der die Befreiungsprozedur zu lange dauerte, zerrte erneut an den Fesseln, so dass Lea ihre Bemühungen verdoppelte.

In dieser Zeit gelang es Macavity, den Oberkörper an der Wand aufzurichten. Stark hin und her schwankend, hielt er mit einer Hand die Schusswunde am Hals umklammert. Zwischen seinen Finger sickerte Blut hindurch – allerdings nicht annähernd genug Blut, um ihn für längere Zeit außer Gefecht zu setzen. Mit dem freien Arm und den angezogenen Beinen versuchte er, das Gleichgewicht zu halten. Er bot einen grotesken Anblick: Fast hätte man glauben können, einen betrunkenen Mann vor sich zu haben, der gestolpert war und sich verletzt hatte.

Langsam, als gehöre sein Kopf einer Marionette, an deren Faden gezogen wurde, hob Macavity das Gesicht an und suchte Leas Blick. Direkt unter seinem linken Wangenknochen klaffte ein schwarzes Loch, dort, wo Leas erster Schuss ihn getroffen hatte. Kein schlechter Treffer, dachte Lea, während sie unablässig mit dem verfluchten Knoten kämpfte. Die verletzte Gesichtshälfte sah seltsam verzerrt aus, und das Gewebe um die Wunde wirkte aufgeworfen und verbrannt. Trotzdem konnte sie deutlich erkennen, dass das Blut inzwischen geronnen war. Der Dämon war also schon fleißig bei der Arbeit.

Macavity öffnete den Mund, es kam jedoch nur ein Schwall Blut hervor. Ein genervter Ausdruck legte sich auf sein Gesicht, gerade so, als könne er es nicht fassen, dass ein paar lächerliche Kratzer ihm seinen Auftritt vermasselten.

Endlich gelang es Lea, den Knoten zu lösen, und die blutverklebten Fesseln fielen aufs Bett. Nadine stöhnte auf, als Lea ihr half, die Arme nach vorn zu nehmen. Von der gegenüberliegenden Wand drang ein Gurgeln herüber, das in Leas Ohren verdächtig nach einem Lachen klang. Mit versteinertem Gesicht griff sie erneut zur Waffe, malte in Gedanken eine Zielscheibe auf Macavitys dunkel behaarten Oberkörper und schoss.

Der Schuss dröhnte nicht mehr annähernd so laut in ihren Ohren wie die beiden Vorgänger. Wahrscheinlich würde sie in den nächsten Tagen weder von Minous gelangweiltem Miauen noch von Adams Wutausbruch belästigt werden. Über alle Geräusche, die unter dem Pegel eines Presslufthammers lagen, würde sich ein monotones Piepsen legen.

Nadine gelang es, einen Arm über ihre geschundene Brust zu legen und die zitternden Schenkel anzuwinkeln. Dann zog sie eine Ecke des zerwühlten Lakens über ihren Körper. Dafür war Lea ausgesprochen dankbar, denn nun wurde ihr Blick nicht länger von der Bissspur angezogen, die entlang der Aorta unter der linken Brust über die Bauchdecke hinweg in Richtung Schoß verlief. Um die Male hatten sich dunkle Blutergüsse gebildet, so dass man fast den Eindruck gewinnen konnte, eine Blumengirlande in allen erdenklichen Violetttönen schlängele sich über Nadines Körper. Lea hatte es sorgsam vermieden, der Girlande bis an ihr Ende zu folgen. Ihr Bedarf an grausamen Details, die Nadines Körper hatte ertragen müssen, war absolut gedeckt. Sie verspürte nur noch den dringenden Wunsch, es Macavity heimzuzahlen.

Mit ein paar Schritten stand sie vor ihm. Während sie noch überlegte, wo ihn der nächste Schuss treffen sollte, rückte Macavity von der Wand ab und ließ sich flach auf den Rücken fallen. Er streckte alle viere von sich und stierte Lea herausfordernd an, während die Wunde in seinem Unterbauch wild pulsierte, als führe sie ein Eigenleben. Einen Augenblick lang war Lea versucht, Ausschau nach der Bettdecke zu halten und sie ihm über die Lendengegend zu werfen. Unübersehbar machte die ganze Angelegenheit Macavity einen Heidenspaß.

»Du schießt zu rasch hintereinander weg«, erklärte er mit einer unnatürlich rauen Stimme. Doch Lea wusste genau, dass in ein paar Minuten nicht die geringste Brüchigkeit mehr zu bemerken sein würde. Die Wunden verheilten erschütternd schnell. »Du hast nur noch drei Kugeln.«

»Mehr brauche ich auch nicht«, gab Lea eine Spur zu selbstsicher zurück. »Ich zerschieß dir einfach das Herz, und während du ausblutest, hole ich mir ein Küchenmesser und schneide dir den Kopf ab. Wollte schon immer mal sehen, wie der Scheißdämon das wieder zusammenflickt.«

»Ist eine Riesensauerei. Wetten, dass du anfängst zu kotzen, ehe du mir auch nur die Kehle durchgeschnitten hast? Mit einem Küchenmesser! Du hast ja vielleicht eine Ahnung, du blöde Kuh!«

Während Lea beleidigt schluckte, krächzte Nadine aus dem Hintergrund: »Wir schneiden dem Wichser was ganz anderes ab und schauen dann dabei zu, wie er versucht, es wieder aus der Toilette herauszufischen.«

»Zu schade, dass ich nicht mehr dazu gekommen bin, ein Präsent in dieser großkotzigen Schlampe zu hinterlassen«, sagte Macavity gehässig. »So eine missglückte Verwandlung ist eine spannende Sache.«

»Lass die perverse Sau nicht quatschen, knall sie endlich ab!« Nadine hatte sich leicht aufgerichtet und starrte Macavity mit hasserfülltem Blick an.

Lea war trotz allem erleichtert, denn wenn ihre Freundin noch ausreichend Kraft fand, sie zu einem Lynchmord aufzufordern, dann dürfte zumindest ihre Persönlichkeit nicht gebrochen worden sein. Selbst nach diesem Überfall legte Nadine mehr Biss an den Tag als sie.

Hin- und hergerissen zielte sie auf das Herz, zögerte aber. Macavity hatte recht: Drei Schuss waren nicht viel bei einem Gegner, der immer wieder aufstand. Und außer dieser Waffe hatte sie ihm nichts entgegenzusetzen. Gehetzt schaute Lea sich im Zimmer um. Sollte sie dem unsterblichen Bastard vor ihren Füßen einen Kopfschuss verpassen und ihm dann mit Nadines Fesseln die Hände auf dem Rücken zusammenbinden? Allerdings bezweifelte sie, dass ein einfacher Knoten Macavity lang genug bezwingen würde, bis endlich Hilfe kam.

Als hätte er ihre Gedanken erraten, feixte Macavity: »Was die Polizei wohl denken wird, wenn sie mich hier aus sämtlichen Löchern blutend vorfindet? Die gehen bestimmt erst einmal auf die Amokläuferin mit der Waffe los. Und bevor irgendwer den Durchblick hat, hat Pi im Hintergrund längst die entscheidenden Fäden gezogen, und du wanderst als arme Irre in eine Gummizelle ab, während deine Freundin ganz unerwartet von inneren Blutungen dahingerafft wird. Du solltest dich verpissen, Süße, solange du noch die Gelegenheit dazu hast.«

Am Ende mit ihrer Geduld, jagte Lea ihm Kugel Nummer vier in den Oberschenkel. Dabei hatte sie eindeutig höher gezielt.

Mit einem dumpfen Stöhnen umfasste Macavity die sprudelnde Wunde. »Verdammte Scheiße, ich laufe ja regelrecht aus!«

Ganz so ernst schien die Lage doch nicht zu sein, denn in das schmerzdurchwirkte Fluchen stahl sich ein Lachen, das Leas Furcht zurückkehren ließ. Augenblicklich begannen ihre Unterarme zu zittern, als könnten die überanstrengten Muskeln die Waffe keine Sekunde länger halten. Ihr wurde bewusst, dass ihre Zunge wie festgewachsen am Gaumen klebte und sich weigerte, die dringend benötigte Luft vorbeizulassen. Plötzlich reichte der ganze Sauerstoff des Raumes nicht mehr aus, um Leas Lungen das zu geben, wonach sie sich so brennend sehnten.

Himmel, nur noch ein paar Minuten durchhalten, spornte sie sich an. Sie glaubte das schwache Signal einer

Sirene zu hören, aber vielleicht spielte ihr das Piepsen im Ohr auch einen Streich. Gerade als Macavity die Hände von der Wunde nahm, deren Blutung allmählich versiegte, zerrte Nadine mit einem Wutschrei Lea die Waffe aus den zitternden Händen.

»Ich knall das Dreckschwein ab! Du wirst nie wieder deine Scheißfresse aufreißen und zubeißen, du verdammter Bastard!«

Nadine feuerte ab, ehe Lea reagieren konnte. Der unerwartete Rückstoß riss ihr die Waffe aus der Hand, die mit einem Krachen aufs Parkett schlug und unter den Futon schlitterte. Hastig schwenkte Lea den Kopf in Macavitys Richtung, bloß um festzustellen, dass Nadines Kugel lediglich eine Schneise in dessen schwarzes Haar geschlagen und die Kopfhaut angeritzt hatte.

Dicht neben sich registrierte Lea eine Bewegung: Nadine wollte sich auf Macavity stürzen. Im letzten Augenblick fasste sie die Freundin um die Taille und zog sie zurück. Trotz ihres geschwächten Zustands wehrte sich Nadine wie von Sinnen, und Lea musste ihre ganze Kraft aufbieten, um die tobende Frau wieder auf das Bett zu drängen.

»Hände weg, ich bring ihn um!«, schrie Nadine und schlug blindwütig nach Leas Gesicht und Armen. Doch schließlich gab sie nach und blieb vor Erschöpfung ausgestreckt auf dem Rücken liegen.

Gerade als Lea nach der Waffe greifen wollte, spürte sie einen gnadenlosen Griff in ihrem Haar. Ohne ein Wort zu verlieren, zerrte sie ein humpelnder Macavity hinter sich her. Alles ging so schnell, dass sie nicht einmal die Chance bekam, sich zu wehren. Macavitys Schwung zog sie einfach mit sich durch den Raum, und der beißende

Schmerz, als er ihr das Haar strähnenweise ausriss, jagte Blitze hinter ihre zugekniffenen Augenlider.

Im nächsten Augenblick verpasste Macavity ihr einen brutalen Stoß, und sie flog kopfüber durch den Fensterrahmen. Dabei zerschnitt eine der übrig gebliebenen Scherben, die wie gläserne Klippen aus dem Holz hervorstachen, ihre Hose und streifte den Hüftknochen. Doch der Schmerz erreichte Leas Gehirn nicht – er wurde vom Aufprall ihrer Schulter auf die steinerne Terrasse überlagert.

Betäubt blieb sie auf dem Rücken liegen. Ehe die Bewusstlosigkeit sie umfing, tauchte vor ihr eine verschwommene Dämonenfratze auf. Dann wurde sie unter den Armen gepackt und hochgezerrt. Lea schrie vor Pein auf: Macavity hatte den von der ausgerenkten Schulter leblos baumelnden Arm gegriffen und zog sie quer durch das Gestrüpp des Gartens. Wie von Sinnen setzte Lea einen quälenden Schritt vor den anderen, unfähig, ihm den verletzten Arm zu entreißen.

Als sie auf den beleuchteten Gehweg traten, erkannte sie am Ende der Straße, die noch im morgendlichen Dunst lag, den Schemen eines Joggers. Wie würde der Mann wohl reagieren, wenn er einen blutverschmierten nackten Kerl sah, der eine halb ohnmächtige Frau hinter sich herschleifte? Sobald er einen Blick auf Macavitys Gesicht werfen würde, in dem sich eine Mischung aus Größenwahn und Zerstörungsfreude spiegelte, würde er wahrscheinlich das Letzte aus seinen Beinen herausholen. Erst zu Hause, wenn alle Türen gesichert und er mit dem Baseballschläger seines Sohnes bewaffnet wäre, würde er einen Anruf bei der Polizei tätigen. Bis dahin wäre Macavity mit ihr längst über alle Berge verschwunden. Doch bevor der Schatten des Läufers im Morgengrauen feste Konturen annehmen konnte, verschwand er in einem der Hauseingänge. Ein enttäuschtes Seufzen entfloh Leas Lippen, und sie hasste sich für diese Schwäche.

Macavity schenkt ihr ein bösartiges Lächeln, das sie endgültig aus der Benommenheit riss. Dann umfasste er ihren Nacken und drückte ihr einen Kuss auf. Er presste seinen Mund so hart auf ihren, dass Leas Unterlippe aufplatzte. Auch Macavity entging dies nicht. Genießerisch fuhr seine Zungenspitze über die Wunde, dann saugte er die Lippe kurz ein wie ein verspielter Liebhaber.

Angewidert drehte Lea den Kopf zur Seite. Die Bewegung ließ erneut das dumpfe Pochen in ihrer Schulter aufbranden. Nebel breitete sich hinter ihrer Stirn aus, während sie zurückzuweichen versuchte. Vergebens.

Macavity grinste. »Ich hätte nicht gedacht, dass du so zimperlich bist. Wie sehen denn die Spielchen aus, die Adam mit dir veranstaltet?«

»Leck mich«, entgegnete sie mit letzter Kraft.

»Hab ich doch schon«, sagte Macavity gelangweilt. Dann renkte er ihr ohne Zögern die ausgekugelte Schulter ein.

Einen Augenblick lang glaubte sie, in Flammen zu stehen, so glühend war der Schmerz. Doch nach all den Schrecken dieser Nacht hatte ihr Körper nun eine Grenze überschritten und schaltete aufs Notprogramm um: Lea brach zusammen. Ihr letzter Gedanke galt dem Sirenengeheul in weiter Ferne. Zumindest Nadine war in Sicherheit.

19

Das Blutopfer

Als Erstes erwachte Leas Geschmackssinn wieder zum Leben: Was auch immer sich in ihrem Mund angesammelt hatte, es schmeckte wie geschmeidige Erde. Mit einer metallischen Note. Langsam füllte es die Mundhöhle aus, drückte die Zunge herab. Die Zunge, die sich viel zu dick anfühlte. Ein aufgedunsener Fremdkörper. Dann kroch die Flüssigkeit den Rachen hinunter, und als sie schon glaubte zu ersticken, erinnerte sich die Muskulatur an ihre Aufgabe und ließ sie schlucken. Sofort sammelte sich erneut eine bittere Lache an. Offensichtlich hatte sie sich kräftig auf die Zunge gebissen.

Mühsam unterdrückte Lea den aufsteigenden Brechreiz und versuchte, den Rest ihres Körpers zu erspüren. Doch unterhalb der Kehle fühlte sich alles taub an. Nun gut, dachte sie, wobei die Gedanken seltsam träge in ihrem Schädel kreisten. Ruhe ich mich halt noch etwas aus. Warum auch nicht?

Ein monotones Summen bohrte sich in die Bewusstlosigkeit und hinterließ Lichter, die sie lockten, erneut aus der Dunkelheit aufzusteigen. Während sie sich selbst zuflüsterte, dass ihr das alles egal sein konnte, dass sie müde und ausgebrannt war, dass sie dringend noch eine Pause brauchte und die Situation außerhalb ihres Körpers sicherlich nichts Erfreuliches zu bieten hatte, machte sich Lea auf den Weg ins Hier und Jetzt.

So wie die samtene Benommenheit abnahm, verlor das Summen rasch an Gleichmäßigkeit und klang stattdessen immer mehr nach einer verfremdeten Stimme, die Kauderwelsch sprach. Es waren Fragmente einer Unterhaltung, die an Leas Ohr drangen. Zwar waren die Bruchstücke kaum zu verstehen, weil sie so verzerrt waren, aber ihr wurde klar, dass sie nicht in aller Abgeschiedenheit dahindämmerte.

Langsam wich die Taubheit aus ihrem Körper, und die wieder erwachten Gliedmaße begrüßten sie mit einem unkontrollierbaren Zittern. Alles an ihr schlotterte und bibberte, als liege sie in einer unter Strom gesetzten Pfütze. Selbst ihre Zähne schlugen ununterbrochen aufeinander. Ganz leicht nur, trotzdem gelang es Lea nicht, sie unter Kontrolle zu bringen. Davon einmal abgesehen, gelang ihr so gut wie nichts: Obwohl die Augenlider wild zuckten, blieben sie geschlossen. Auch die Lippen ließen sich nicht öffnen. Nicht einmal der Gaumen wollte sich anheben lassen, um der wunden Zunge etwas mehr Platz zu machen.

Nach einigen Minuten eiserner Anstrengung gab Lea auf, ließ ihren Körper zittern und konzentrierte sich stattdessen auf das Stimmengewirr. Sie konnte es seitlich von sich lokalisieren und tippte auf mindestens zwei Sprecher, vielleicht auch drei.

»Wo hätte der Austausch denn sonst stattfinden können?«

Die Worte waren gedehnt und hallten nach. Lea brauchte einen Augenblick, um die Laute zu einem wirklichen Satz zusammenzusetzen, so dass ihr die Antwort entging. Die Sprecher mussten dicht beisammenstehen, was ihr das Zuhören nicht unbedingt erleichterte.

Ein merkwürdiges Gackern erschallte, das sie schließlich als Lachen identifizierte. »Und dann hätte ich sie in meinem Kofferraum verstaut und im Alleingang hierher gebracht? Was für eine absurde Idee: Während ich in aller Abgeschiedenheit auf die Ergebnisse warte, hat der bissige Freund dieser Frau wahrscheinlich schon meine Spur aufgenommen. Braucht nur einen günstigen Moment abzuwarten und springt mich dann von hinten an. Nein, ich denke, es ist besser, gemeinsam auf das Ergebnis zu warten. Ihre Anwesenheit, mein Guter, gewährleistet immerhin, dass Ihre Leute motiviert genug sind, mich zu schützen.«

Schweigen breitete sich aus und ermöglichte es Lea, das Gehörte auszuwerten. Gerade als sie das Rätsel als unlösbar abhaken wollte, kehrte die Erinnerung zurück. Sie war plötzlich erleichtert darüber, dass sie bereits am ganzen Leib zitterte. Es brauchte nicht viel, um sich auszumalen, zu wem Macavity sie verschleppt hatte: Der Genetiker Kizu Akinora hatte seinen Judasschilling erhalten, und Pi würde endlich das Geheimnis lüften, das ihm solches Kopfzerbrechen bereitete. Sie lag – vollkommen ausgeliefert – ein paar Schritte von ihm entfernt, außerstande, auch nur den geringsten Widerstand zu leisten.

Vor Schreck hätte sie fast ihre Augen aufgerissen, die jedoch nicht reagierten. Bestimmt war es besser, weiterhin die bewusstlose Beute zu spielen. Denn was konnte sie mit diesem betäubten Körper schon anfangen? Protest oder gar Flucht waren in diesem Zustand ausgeschlossen. Deshalb würde sie einfach weiterhin zuhören und sich ein Bild von der Lage machen. Vielleicht reichte Akinora ja eine einzige Probe ihres Blutes, sprach sie sich Mut zu. Schließlich beabsichtigte er, auf höchst wissenschaftlichem Niveau ihrem Blut ein paar Informationen zu entlocken. Sicherlich würde man sie später betäubt auf einer Parkbank zurücklassen. Natürlich unversehrt, damit Akinora sich gegebenenfalls Nachschub besorgen konnte. Aber sicher doch!, höhnte die Zynikerstimme in Lea. Bestimmt bietet Akinora dir nach der Blutspende noch ein Portion Erbsensuppe an, damit du wieder auf die Beine kommst.

Die Situation war hoffnungslos. Lea rechnete fest damit, vor Panik gleich zu hyperventilieren, aber ihre Brust hob und senkte sich weiterhin so regelmäßig, als liege sie zu Hause in ihrem Bett, während Minou dicht neben ihr schnurrte. Erstaunt registrierte sie, dass ihr Körper offensichtlich von ihren Gefühlen losgelöst war. Er atmete, schluckte und zitterte mit einer roboterhaften Gleichmäßigkeit, ohne auf den Zustand des Geistes Rücksicht zu nehmen.

»Ich begreife immer noch nicht ganz, warum Sie sich so sehr für meinen Sponsor interessieren. Von seiner Seite droht Ihnen doch keinerlei Gefahr«, sprach Akinora wieder. »Wenn ein Interesse bestehen würde, wäre er sicherlich schon an Sie herangetreten – schließlich sind Sie unter Ihresgleichen bekannt wie ein bunter Hund, wenn Sie mir den Vergleich verzeihen.«

»Reine Prävention. Wenn jemand in unserer Welt solch hohe Wellen schlägt, ist es besser, gründlich informiert zu sein.«

Obwohl die Stimmen weiterhin verzerrt an Leas Ohr drangen, wusste sie doch sofort, wem diese eine gehörte. Weich und kühl zugleich. Pi hatte also beschlossen, die Beute höchstpersönlich zu schlagen, auf die Adam verzichtet hatte.

Wie wunderbar sich der Kreis für die alte Spinne nun schloss: Nadine würde sich nach ihrer Nacht mit Macavity gründlich überlegen, ob ihr Ego die Gefahr eines erneuten Zusammentreffens mit diesem Sadisten wert war. Lea befand sich dort, wo der Schlachtplan sie ursprünglich vorgesehen hatte – in den Forscherhänden Akinoras. Pi erhielt die Informationen über den geheimnisvollen Unbekannten, und Adam würde denken, dass sie sich erneut von ihm abgewandt hatte, nachdem sie, ohne eine Nachricht zu hinterlassen, verschwunden war. Es stand zu befürchten, dass er tief verletzt war und gar nicht erst auf die Idee kam, nach ihr zu suchen.

Akinora ließ erneut sein gackerndes Lachen hören. »Hohe Wellen? Ich bitte Sie! Wenn dieser Bluthund nicht so versessen an seiner Fährte festgehalten hätte, wären Sie doch niemals auf meinen Sponsor aufmerksam geworden. Ein paar Gerüchte hier und da – wer hätte da schon ein Muster erkannt, wo Ihresgleichen doch so unnachahmlich mit sich selbst beschäftigt ist. Das ganze Ausmaß wäre Ihnen doch erst bewusst geworden, wenn Sie selbst Gegenstand seines Interesses geworden wären. Und dann wäre es zu spät gewesen. Wenn Sie Ihren Vorgarten sauber halten wollen, sollten Sie einfach diesen Adam beseitigen. Scheint mir ein wenig außer Kontrolle geraten zu sein, der Gute.«

»Sehr freundlich, dass Sie sich meinen Kopf zerbrechen.« Pis Stimme gewann zunehmend an Kontur, und

Lea glaubte eine gewisse Schärfe herauszuhören. Ein Warnschuss. »Aber wie Sie schon sagten: Adam ist ein Bluthund. Auf seiner Suche nach dieser Frau wird er zuerst die naheliegendsten Orte absuchen – zum Beispiel Ihr Institut. Deshalb ist es im Augenblick gar nicht so schlecht, dass wir uns beide an einem Ort befinden, auf den er erst über Umwege stoßen wird. Bis dahin haben ihn meine Leute längst eingefangen, und wir beide haben eine Sorge weniger.«

»Sie sollten seiner habhaft werden, bevor er in meinem Umfeld Unruhe stiften kann. In Ihrem eigenen Interesse!« Akinoras Anspannung ließ sich nicht länger überspielen, zu sehr trieb Pi ihn in die Ecke. »Mein Sponsor lässt sich nur ungern in die Karten blicken. Wenn jemand auf die Idee kommt, zu viele Fragen zu stellen, würde seine Reaktion bestimmt auf eine Tabula-rasa-Lösung hinauslaufen. Und Ihre Verbindung zu diesem Adam haben Sie naiverweise ja geradezu zur Schau gestellt.«

Eine Pause entstand, in der Lea erneut versuchte, ihre Augen aufzureißen. Die gefährliche Spannung, die sich inzwischen aufgebaut hatte, bereitete ihr Unbehagen.

»Herr Akinora, dass Sie ständig auf die Allmacht Ihres Sponsors hinweisen, lässt mich allmählich an seinem angeblichen Einfluss zweifeln. Also hören Sie damit auf, sich hier aufzuplustern! Sorgen Sie lieber dafür, dass dieser Kasten endlich das Ergebnis ausspuckt, damit Sie Ihren Teil des Pakts erfüllen können. Ich verspüre nur wenig Lust, länger an diesem verstaubten Ort zu bleiben.«

»Wenn wir diesen wild gewordenen Köter nicht auf unserer Spur hätten, könnten wir jetzt die Rechner in meinem Labor benutzen. Glauben Sie, ich arbeite gern mit diesen vorsintflutlichen Apparaten?«

Erneut trat Schweigen ein. Nur das eintönige Summen arbeitender Prozessoren und das Knacken von Neonröhren drangen an Leas Ohr.

Also gingen diese beiden Verschwörer davon aus, dass Adam sich auf die Suche nach ihr machen würde. Wahrscheinlich war die Jagd sogar schon eröffnet, und es war lediglich eine Frage der Zeit, bis Adam sie fand. Bei diesem Gedanken entspannte Lea sich ein wenig. Wenn Adam wirklich so gut war, wie die beiden befürchteten, würde er sie vielleicht finden, ehe Akinora sie im Dienste der Wissenschaft ausgeweidet hatte.

Da ertönte das Schnurren eines Druckers, gefolgt vom Klacken mehrerer Paar Schuhe. Lea nutzte die Gelegenheit und zwang mit Gewalt ihre Augen einen Spalt auf. Doch das Einzige, was sie sah, war grelles Licht. Gegen ihren Willen schlossen sich ihre Lider wieder, und nur mit viel Kraft konnte sie sie erneut öffnen. Allmählich gewöhnte sie sich an die Helligkeit, und die Umrisse einer abgehängten Decke, die mit allerlei Neonröhren und Kabeln durchzogen war, bildeten sich heraus.

»Nun«, hakte Pi mit einer deutlich klareren Stimme nach. »Haben Sie jetzt Ihren Beweis, so dass wir zum Kern unseres Handels vordringen können?«

Akinora ließ nur ein vertröstendes Schnauben hören.

Es gelang Lea, den Kopf zur Seite zu drehen, so dass ihre zitternden Arme in ihren Blickwinkel gerieten. Erleichtert stellte sie fest, dass man sie nicht auf eine Bahre gefesselt hatte. Aber der Ärmel ihres Pullovers war weit nach oben geschoben, und in ihrer Vene steckte eine abgeklebte Kanüle. Jemand hatte ihr eine Braunüle gelegt, um ihr jederzeit Blut entnehmen oder etwas in ihre Venen hineinspritzen zu können. Der Anblick der Nadel verursachte ihr Übelkeit, so dass sie sich bemühte, ein Stück weiter nach oben zu blicken. Die Ecke des Raumes, die sie zu sehen bekam, war vollgestellt mit billigen Arbeitstischen auf Rollen, die mit Geräten beladen waren. Alles wirkte angegilbt und ein wenig verwahrlost, genau wie der Linoleumboden und der Drehstuhl vor dem Tisch, auf den man sie gelegt hatte.

»Ich bin mir nicht sicher – das hier könnte in der Tat der Hinweis auf eine Abnormalität sein. Aber ich brauche viel mehr Daten, um es klassifizieren zu können.« Obgleich Akinora hoch konzentriert klang, konnte man doch den begeisterten Unterton heraushören, der an einen Jungen erinnerte, der unter einem Stein einen schillernden Käfer entdeckt hatte.

»Da haben Sie also Ihre ersehnte Abnormalität und ausreichend Prüfmaterial, um der Sache auf den Grund zu gehen. Dann würde ich jetzt gern etwas über die Abnormalität erfahren, der wir den ganzen Aufwand hier zu verdanken haben.« Auf Pis Worte folgte ein rhythmisches Klacken. Lea konnte sich problemlos vorstellen, wie die schwarz lackierten Fingernägel auf Sperrholz eindroschen, weil Akinora sich in einen Datenwust vertiefte, anstatt Rede und Antwort zu stehen.

Lea spannte die Sehnen in ihrem Hals an, so dass ihr Kopf zur anderen Seite schwenkte. Obwohl ihre Augenbraue dabei hart gegen den Tisch schlug, spürte sie keinen Schmerz. Nur einen Druck, der sofort von einer warmen Welle fortgespült wurde. Was auch immer sie ihr gespritzt hatten, es wirkte ganz fantastisch.

Sie brauchte einen Moment, um scharf sehen zu können. Akinora beugte sich gerade über einen breit ausgelegten Papierhaufen, während Pi mit verschränkten Armen neben ihm stand. Keiner der beiden schenkte ihr Beachtung. Nach einer Menge Technikkram fiel ihr Blick auf Macavity, der mit dem Rücken gegen einen Aktenschrank gelehnt stand, und sie anstarrte. Schlagartig erstarrte Leas Blick vor Schreck, und es gelang ihr nicht einmal, die Lider wieder zu schließen, um dieses verhasste Gesicht nicht länger ansehen zu müssen.

Macavity stierte ungerührt zurück. Unter seinem linken Wangenknochen schimmerte noch ein roter Flecken, wo Leas erste Kugel ihn getroffen hatte. Ansonsten sah er absolut quicklebendig und unversehrt in seinem dunklen Maßanzug aus. Sogar das Haar glänzte noch nass. Er hatte also ausreichend Zeit gehabt, zu verheilen und eine Dusche zu nehmen. Demnach musste sie mindestens ein paar Stunden lang bewusstlos gewesen sein. Lange genug, damit Adam ihre Spur aufnehmen und sie finden konnte?

Während Lea und Macavity einander reglos maßen, redete Pi zunehmend ungeduldiger auf Akinora ein, der sich offensichtlich weigerte, den Papierstapel aus den Händen zu legen und Pi endlich die gewünschten Informationen zu geben.

»Ihre Augen sind offen«, sagte Macavity schließlich mit seiner markanten Stimme, die Pis Gezische mühelos übertönte.

Diese Worte holten selbst Akinora aus seiner Versunkenheit. Mit hastigen Schritten eilte er auf den Tisch zu, auf dem Lea lag. Doch dann hielt er plötzlich inne – offensichtlich wollte er nur ungern in Macavitys Reichweite geraten. »Das ist bestimmt nur ein reiner Reflex. Sie müsste eigentlich noch betäubt sein … Gab es irgendeine andere Reaktion als das Flackern der Lider? Ich würde ihr im Augenblick nur ungern eine weitere Dosis verabreichen.«

Ein Lächeln schlich sich auf Macavitys Gesicht. »Ich werde genauer nachsehen.«

Mit raschen Schritten war er bei Lea und versperrte einem unschlüssig dastehenden Akinora die Sicht. Sie hörte das Knirschen der Sohlen, als Akinora sich umdrehte, um mit einem gefauchten »Lassen Sie die Finger davon« zu seinem Ausdruck zurückzueilen, an dem Pi sich bereits zu schaffen machte.

Mit einer lässigen Bewegung ging Macavity in die Hocke, so dass seine anthrazitfarbenen Augen mit Leas auf einer Höhe waren. Sein Gesicht war nur wenige Zentimeter entfernt, so dass sie seine Mimik genau studieren konnte. Um die Lippen hatte sich ein begehrlicher Zug gelegt, und das Funkeln in den Augen verriet ihr, dass er nicht vorhatte, es beim bloßen Anschauen zu belassen. Sein Geruch kroch ihr in die Nase und setzte sich dort fest. Unglücklicherweise gelang es dem Duft von Seife nicht, die unterschwellige aggressive Note zu überdecken, die so sehr zu Macavitys Wesen passte.

Lea fühlte sich durch die erzwungene Nähe regelrecht beschmutzt, aber die Furcht dämpfte den Ekel. Sie hatte erlebt, wozu Macavity fähig war. Erneut hob er die Mundwinkel an, doch der Ausdruck glich eher einem Raubtier, das die Zähne fletscht, als einem Lächeln. »Scheint ein reiner Reflex gewesen zu sein«, sagte er mit ausdrucksloser Stimme, die die Vorfreude auf seinem Gesicht Lügen strafte.

Nach dieser Entwarnung begann Pi, unverzüglich wieder auf Akinora einzureden. Macavity wartete noch kurz ab, bis er sich sicher sein konnte, dass die beiden sich wieder vollständig ihren eigenen Angelegenheiten widmeten. Dann streckte er langsam den Zeigefinger aus und berührte die Einkerbung zwischen Leas angstgeweiteten Augen und der Nasenwurzel.

Wäre es ihr möglich gewesen, hätte Lea den Mund aufgerissen und »Bin doch schon wach!« geschrien, damit Akinora ihr ein Schlafmittel verabreichte und sie nichts mehr von dem mitbekam, was um sie herum geschah. Doch dieser Bereich ihres Körpers entzog sich noch immer ihrer Einflussnahme. Dafür beschleunigten nun endlich Herzschlag und Atmung.

Macavitys Fingerspitze wanderte über die Wange hinab zu Leas Mund und streifte kurz den Mundwinkel. Dann fuhr sein Daumen genießerisch über ihre Unterlippe, und sie erinnerte sich an die Wunde, die Macavitys brutaler Kuss dort hinterlassen hatte. Ein angewidertes Stöhnen entstieg ihrer Kehle.

Einen Augenblick hielt Macavity inne, aber als nichts darauf hinwies, dass jemand den Laut wahrgenommen hatte, und Lea auch nicht in der Lage war, Alarm zu schlagen, zuckte er mit der Schulter. »Pech gehabt, meine Schöne«, sagte er leise.

Mit dem Handballen übte Macavity einen leichten Druck auf ihr Kinn aus, so dass der Mund sich einen Spalt öffnete. Als sein Daumen über ihre Lippen streichen wollte, versuchte Lea, den Kopf abzuwenden. Doch Macavity umfasste mit der freien Hand ihren Nacken und drehte ihr Gesicht zur Seite. Beleidigt spitzte er die Lippen und schüttelte den Kopf, als hätte er es mit einem ungezogenen Kind zu tun. Dann beugte er sich vor, und Lea konnte seine Zunge an ihrem ungeschützten Hals spüren. Einige dunkle Haarspitzen streiften ihre Nase.

Macavity biss zu. Vor Entsetzen gelang es Lea, die Beine anzuwinkeln und die Hüfte ein Stück emporzustemmen. Doch sofort sackte sie wieder kraftlos in sich zusammen.

»Psst, Lämmchen«, flüsterte Macavity. Sein Mund war nur einen Hauch von ihrer Haut entfernt. Die Wunde, die er geschlagen hatte, pulsierte, und Lea spürte ihren Herzschlag bis an die Schädeldecke pochen. »Das ist nur ein wenig Wiedergutmachung für das Blut, das ich deinetwegen verloren habe.« Seine blutbefleckten Lippen strichen zärtlich über den Rand ihrer Ohrmuschel, dann kehrten sie zum Hals zurück.

Endlich gelang es Lea, ihren Mund aufzureißen, aber es folgte lediglich ein stummer Schrei. Ihre Kehle bebte. Macavity ließ seinen Mund ein Stück tiefer gleiten und deutete einen weiteren Biss an. Panik machte sich in ihr breit. Nachdem er ein weiteres Mal über die blutende Wunde geleckt hatte, löste sich Macavity ein Stück und erzwang ihren Blick.

»Nur Wiedergutmachung«, sagte er in einem Ton, als wolle er um die Bezahlung für ihr Blut feilschen. Doch Lea war nur allzu bewusst, dass ihn ihre Angst erregte.

Sie hätte ihm gern einen Strich durch die Rechnung gemacht und ihn eiskalt angefunkelt. Aber sie fürchtete sich tatsächlich zu Tode und konnte ein leises Winseln nicht unterdrücken. Das konnte unmöglich einmal ein Mensch gewesen sein, der ihr gesamtes Gesichtsfeld mit diesen hungrigen Augen ausfüllte. Diese Gier, die Freude an der Quälerei, die Befriedigung durch Dominanz verrieten Seelenlosigkeit. Macavity besudelte Lea mit dem Wissen, dass so etwas Abnormes wie er existierte. Keine Ausgeburt von Träumen, sondern atmende Realität. Lea schloss die Augen, unfähig, diese Kreatur auch nur einen Augenblick länger anzusehen.

Während Macavity sich erneut über ihren Hals beugte, schob sich seine Hand in ihren Ausschnitt und fuhr – zärtlich wie ein Liebhaber – mit den Fingerspitzen über ihre Brüste. Diese Berührung holte Leas Körper endgültig ins Leben zurück: Ihre Gliedmaßen kribbelten, als hätte sie jemand ans Stromnetz angeschlossen. Sie spannte Muskeln und Sehnen in den Armen an. Doch ehe sie Macavity von sich stoßen konnte, wurde die Hand an ihrem Dekolleté fortgezerrt.

Adam konnte nicht sagen, wie lange er schon in der geöffneten Tür stand und Macavity dabei beobachtete, wie er sich zu Lea hinunterbeugte und mit der Zungenspitze über eine dunkle Bisswunde an ihren Hals leckte. Sein Verstand sagte ihm, dass es sich lediglich um einen Augenblick handeln konnte, aber das Bild vor seinen Augen war so machtvoll, als studiere er es schon ein halbes Leben lang. Die Furcht um ihr Wohlergehen, die ihn fast um den Verstand gebracht hatte, während er durch die Stadt jagte, war vergessen.

Lea lag ausgestreckt da, bewegungslos, und obwohl Adam ihre Furcht und ihren Ekel wittern konnte, spürte er eine verwirrende Wut in sich aufsteigen, die durch Macavitys Erregung noch beflügelt wurde. Er konnte Abdrücke einzelner Zähne auf ihrer Haut erkennen, ein rot leuchtendes Muster. Und dazwischen ... ein dunkles Bordeauxrot, durchsetzt mit einem Strom herausdrängenden Blutes. Was nicht an Macavitys Zunge und Lippen hängen geblieben war, war in glänzenden Rinnsalen an ihrem Hals hinuntergeflossen.

Diese Verschwendung brachte den Dämon endgültig zum Toben. Sie gehört mir, raunte er aufgebracht. Nur mir. Doch dieses Mal stellte Adams eigene Wut und kaum beherrschbare Eifersucht die Begierde des Dämons in den Schatten. Er wollte losstürmen und diesen brennenden Zorn dazu gebrauchen, um Macavity in der Luft zu zerreißen. Noch stärker war allerdings der Wunsch, Lea für ihr williges Stillhalten zu bestrafen und sie zugleich in die Arme zu nehmen und beruhigend auf sie einzureden.

Und da war noch etwas anderes, etwas, von dem Adam sich ein Bild zu machen weigerte und das ihn innehalten ließ, obgleich Macavitys Hand Anstalten machte, in die Nähe von Leas Ausschnitt zu gleiten. Ein dunkles Verlangen, das von ihrem ausgestreckten Körper und der blutigen Wunde an ihrem Hals ausgelöst wurde. Es war ihm nicht mehr möglich, zwischen der Erregung des Dämons und seiner eigenen zu unterscheiden.

Unvermittelt traf ihn die Wahrnehmung, wie Lea mit aller Gewalt versuchte, trotz ihres bewegungsunfähigen Körpers zu einer Gegenwehr anzusetzen. Schlagartig spannte Adam alle Muskeln in seinem Körper an, und das unbeschreibliche Locken, das ihn soeben noch gequält und beschämt hatte, war vergessen. Sein Verstand hatte sich wieder eingeschaltet.

Aus den Augenwinkeln registrierte er Pi und Akinora, die in ein Streitgespräch vertieft waren. Während er losrannte, um Macavity in seine Schranken zu weisen, durchspielte er die Möglichkeiten, wie er Lea aus diesem Raum voller Monster unbeschadet herausbringen konnte. Auch der Wunsch, in ihren Körper einzutauchen wie in einen See aus Blut, war vergessen.

Lea riss die Augen auf und starrte sekundenlang in das überraschte Gesicht von Macavity. Dann wurde er zur Seite gerissen, und im nächsten Moment hörte sie das Splittern von Knochen.

Ruckartig hob sie den Kopf und beobachtete, wie Adam Macavitys Arm losließ, den er offensichtlich gerade mit voller Wucht auf die Tischkante geknallt hatte. Adams Augen waren vor Zorn zu Schlitzen verengt, dennoch war das überirdisch grüne Funkeln nicht zu übersehen. Er packte Macavity am Hinterkopf und schlug mehrmals dessen Stirn gegen die Kante.

Die Gewalt, mit der Adam vorging, wirkte fast mechanisch, aber dahinter steckte eine hoch konzentrierte Wut. Sein Gesicht war grau, und auf den Wangen zeichneten sich grellrote Flecken ab. Er sah aus, als würde er explodieren, wenn er sich nicht augenblicklich an Macavity rächen konnte.

Als Adam den Griff lockerte, sackte der große Mann in sich zusammen. Ohne mit der Wimper zu zucken, trat er auf den am Boden liegenden Macavity ein. In dem Moment, in dem Adam auf ihn steigen wollte, brachte ihn ein Schuss in den Oberarm zur Besinnung.

Adam stöhnte auf und wirbelte herum. Dabei stieß er mit dem Hüftknochen hart gegen die Tischplatte und klappte ein wenig vornüber. Lea beobachtete, wie er vor Schmerzen die Zähne aufeinanderbiss. Er umklammerte die Wunde ein Stück über dem Ellbogen mit der Hand und zwang sich, regelmäßig zu atmen.

Vorsichtig berührte Lea mit den Fingern den herabhängenden Arm. Adam schluckte schwer, dann schaute er sie an. Die Vielzahl der Gefühle, die seine Augen verrieten, übermannte sie: Erleichterung und Eifersucht, Wut und Schmerz, Sorge und Kampfeswille. Und ein Funken Gier, als sein Blick über ihren blutenden Hals glitt.

»Was für eine unangenehme Situation«, sagte Pi aus der Tiefe des Raumes. Dabei klang seine Stimme, als hätte soeben ein unangemeldeter Gast die Sitzordnung ruiniert. »Warum tust du nicht einfach das, was man von dir erwartet, Adam? Wir hatten uns gestern Abend doch so schön darauf geeinigt, dass du versuchen würdest, unseren unbekannten Freund über den Geldfluss des Instituts zu ermitteln. Stattdessen legst du hier einen unappetitlichen Auftritt hin.«

Adam nahm die Hand von der Wunde und legte den blutig glänzenden Zeigefinger auf seine Lippen. Dann blinzelte er ihr zu, und Lea glaubte, so etwas wie einen vergnügten Ausdruck entdeckt zu haben.

Dabei hatte sie ganz bestimmt nicht vor, sich in diesen Wahnsinn einzumischen. Denn eins hatte sie damals in Professor Carrières Haus gelernt: Wenn Unsterbliche aufeinander losgingen, zog man sich mit einem zerstörbaren Körper besser aus der Schusslinie. Besonders wenn bei Adam der Dämon hervortrat und sich vor Freude auf den bevorstehenden Kampf die Hände rieb.

»Nur gut, dass wir uns beide offensichtlich nicht allzu viel aus Vereinbarungen machen.« Adam hatte sich Pi zugewandt und lehnte sich nun elegant an die Tischkante. Sein Ton war unverschämt belustigt, als halte er Pi für einen ausgemachten Schwachkopf, weil er überhaupt auf diese Tatsache hinwies. »Aber es war schlicht unmöglich, die Alarmglocken zu überhören, wenn unser verquerer Freund hier Frauen quält, als wäre er scharf auf einen Exklusivvertrag mit der Boulevardpresse. Was denkst du, wie schnell sich die Nachricht ausbreitet, wenn eine mit Bissen und allen möglichen anderen Wunden übersäte Frau in einem Raum voller Projektile und Blutlachen gefunden wird, die schimpft wie ein Rohrspatz und nach jedem männlichen Sanitäter oder Polizisten spuckt. Die Spur war kaum zu ignorieren.«

Lea konnte der Versuchung nicht widerstehen, zu Pi zu schielen. Wie gewöhnlich stand er mit kerzengerader Haltung da, die Arme vor der Brust verschränkt, wobei die Waffe nachlässig in einer Hand baumelte. Offensichtlich machte sich Pi wenig Sorgen darum, ob Adam zu einem spontanen Sprung ansetzen könnte.

Akinora hingegen schien sich da nicht so sicher zu sein und hatte sich und seinen wertvollen Papierstapel hinter einem Aktenschrank in Sicherheit gebracht. Allerdings saß er damit in der Falle, denn zwischen ihm und dem Ausgang stand nun Adam, der gerade ausprobierte, ob er den verletzten Arm wieder anwinkeln konnte.

»Lea war plötzlich weg, und Nadine hat einen Überfall à la Macavity überlebt. Nicht schwierig, sich einen Reim auf die Sache zu machen. Und vor Akinoras Institut stehen ein paar von deinen Leuten herum. Die Idee, einen Abstecher zu Akinoras alter Lehrstätte zu machen, war demnach naheliegend. Also, was soll diese alberne Nummer hier? Du hättest mir Bescheid geben können, dass Lea bei dir ist. Wir hätten uns geeinigt, Pi.«

Pi zuckte mit den Schultern. »Hätten wir gewiss. Aber Akinora kann mir direkt geben, was ich will. Ich habe einfach gemutmaßt, dass sich schon alles in Wohlgefallen auflösen würde. Bevor du mitbekommen hättest, was Sache ist, hätte Akinora sein Blut, ich meine Info und du deine Lea wieder gehabt. So habe ich mir das gedacht. Leider bist du schneller gewesen, als ich erwartet habe.«

»Du meinst wohl, ich bin klüger, als du bislang angenommen hast. Also gib dir besser gar nicht erst die Mühe, mir erzählen zu wollen, dass ich Lea in einem Stück zurückbekommen hätte. Dafür bist du ein viel zu großer Freund davon, ein Exempel zu statuieren. Ich habe nicht nur Akinoras Vergangenheit ausgekundschaftet.«

Pi zuckte gleichgültig mit den Schultern, als wolle er sagen: Was soll's? Dann sind die Karten jetzt halt neu gemischt. Von wegen, Sportsfreund, dachte Lea sich. Du bist ein rachsüchtiges Miststück, dem man besser nicht den Rücken zudreht. Denn Pis verkniffene Lippen verrieten, dass er die Angelegenheit ganz und gar nicht locker nahm.

In der Zwischenzeit hatte sich Macavity etwas von Adams Angriff erholt und versuchte, sich hochzustemmen. Adam reagierte sofort. Er ließ Macavity noch ein Stück robben, dann verpasste er ihm einen Tritt in die Nierengegend. Macavity sackte erneut zusammen. Als Adam den Schuhabsatz auf Macavitys Nacken platzierte, erklang Pis Stimme gemeinsam mit dem Klicken der entsicherten Waffe.

»Wir wollen doch nicht übertreiben.«

Da Adam sich nicht anschickte, dem Befehl Folge zu leisten, richtete Pi den Lauf kurzerhand auf Leas Kopf. Der lag immer noch auf der Seite und bot einen Blick auf die Wunde an ihrem Hals, aus der rhythmisch ein feiner Blutfluss quoll. Lea sah direkt in die dunkle Öffnung der Waffe, und ein kühl berechnender Teil ihres Gehirns wies sie darauf hin, dass Adam unmöglich schneller als die Kugel sein konnte.

In Pis Kommando hatte ein Ton mitgeschwungen, als könne er sich nur mit größter Mühe zu dieser Zügelung durchringen. »Du lässt dich zu sehr gehen, Adam. Ein paar eingetretene Rippen oder Finger, die von einem Schuh zerquetscht werden, hätte ich dir wahrscheinlich kommentarlos durchgehen lassen. Aber ein gebrochenes Genick – das geht dann doch etwas zu weit. Es würde mir einfach zu lange dauern, bis Macavity sich davon erholt hätte, und wer kann schon sagen, ob ich ihn im Verlauf der Unterhaltung nicht noch einmal benötige.«

Widerstrebend zog Adam sich zurück und beobachtete unruhig, wie Macavity aus seiner Reichweite kroch. Er war mit diesem Mann noch nicht fertig, und Lea hoffte inständig, dass sein Verstand nicht vollends von Rachegelüsten ausgeschaltet worden war. Auch wenn sie froh darüber war, dass Adam diesem Scheusal eine Abreibung verpasste, so war ihr Bedarf, als hoch dotierter Pokereinsatz zu fungieren, gründlich ausgereizt. Sie wollte raus aus diesem Laboratorium, und zwar möglichst schnell.

Als hätte er Leas stummes Flehen erhört, sagte Pi zu Adam: »Wie wollen wir jetzt aus dieser unvorteilhaften Situation herauskommen?« Pis Blick wanderte zu Akinora, den lediglich einige Schritte von Adam trennten. »Mein Vorschlag: Du schnappst dir deine wertvolle Lea und wartest in einer Ecke, bis wir drei uns zurückgezogen haben. Dann hat jeder von uns beiden, was er wollte.«

Adam schüttelte den Kopf. »Macavity gehört mir.«

Pi winkte ungeduldig mit der Hand ab. »Jag ihn ein anderes Mal, wenn du das unbedingt brauchst. Aber wenn es dich beruhigt, kann ich dir versichern, dass ich Macavity selbst einer Behandlung unterziehen werde. Erst kommt diese Sauerei bei der Schnüfflerin heraus und dann beißt er hier meine Rückversicherung an, statt auf sie aufzupassen. Du hast ja eben selbst gesagt, dass ich rachsüchtig bin … zufrieden?«

»Ich glaube nicht, dass man Akinora weiterhin frei herumspazieren lassen sollte. Der Mann hat quasi Blut geleckt.«

Akinora keuchte auf und versuchte einen Ausfall. Doch er wurde von einem angeschlagenen und äußerst missmutig dreinblickenden Macavity, der sich lautlos angeschlichen hatte, am Kragen gepackt.

»Der wollte eh nichts freiwillig verraten, hat mich nur hingehalten.« Pi strich sich nachdenklich übers Kinn. »Ich werde ausprobieren, wie weit ich auf anderem Wege an seine wertvollen Informationen herankomme. Ich verspreche dir, dass er sich – wenn ich mit ihm fertig bin – für nichts mehr interessieren wird, was im Entferntesten mit Blut zu tun hat.«

Adam zog die Brauen zusammen und fuhr sich mit der Hand durchs wirre Haar. Dann nickte er kurz, ging um den Tisch herum, ohne Pi oder die anderen beiden Männer auch nur eine Sekunde aus den Augen zu lassen, und schob die Arme unter Leas Kniekehlen und Schultern. Als er sie hochhob, platzte die frische Schusswunde wieder auf, und er stöhnte vor Schmerzen auf. Trotzdem trug er sie bis in eine Ecke des Raumes, die am weitesten von der Zimmertür entfernt lag. Mit einer enormen Willensanstrengung ließ er Lea behutsam auf den Boden sinken. Erleichtert spürte sie die Wand in ihrem Rücken, zog die Knie bis zum Kinn an und zwängte sich in die Ecke. Adam baute sich vor ihr auf und schirmte sie so gut wie möglich ab.

Währenddessen ordneten sich die drei anderen zum Rückzug. Pi nickte Adam noch einmal zu, wobei ein kaltes Lächeln auf seinen Lippen lag. Ein Widerspruch hatte sich in sein Gesicht geschlichen: Auf der einen Seite zeugte er Adam Respekt. Andererseits musste er Adam und Lea ungeschoren davonkommen lassen. Lea begriff nur allzu gut, warum Pi den Luxus eines Fair Play nicht genießen wollte: In seiner Situation war es niemals gut, einen unberechenbaren Feind zu haben. Und Adam einzuschätzen fiel Pi sichtlich schwer. Denn wer konnte schon sagen, wie jemand reagieren würde, der kein Mensch war, sich aber auch nicht den Gesetzen des Dämons unterordnete?

Gerade brachte Macavity den aufgebracht nuschelnden Akinora mit einer Ohrfeige zum Schweigen, die dem Forscher nicht nur die Brille vom Gesicht fegte, sondern ihn auch mit einem wirren Ausdruck im Gesicht zurückließ. Alles verlief chaotisch und eindeutig nicht nach Plan, dafür aber sehr gewalttätig – Akinoras Weltbild hing schief, und nach dem, was Pi eben gesagt hatte, würde er kaum die Gelegenheit finden, es jemals wieder ins Lot zu bringen.

Als Pi im Türrahmen stand, drehte er sich noch einmal um. Er hielt Macavity die Waffe hin, die sich dieser begierig schnappte. Ehe Pi die Hand zurückzog, sagte er noch: »Du setzt ausschließlich Adam außer Gefecht, damit er uns nicht folgen kann. Danach setzt du sofort deinen Hintern in Bewegung. Falls Akinora dir auch nur eine Sekunde lang entgleiten sollte, bekommt Adam doch noch, wonach er so lechzt.«

Macavity fluchte wutentbrannt, als er die Waffe mit einem Arm ausrichtete und mit dem anderen Akinora am Kragen festhielt. Eine Sekunde lang flackerte es in seinen Augen, als spiele er mit dem Gedanken, auf Pis Anweisung zu pfeifen und sich stattdessen an Adam und Lea nach allen Regeln der Kunst auszutoben. Aber er besann sich eines Besseren und schoss das Magazin in Richtung Adams Körper leer, der keine Gelegenheit mehr fand, sich und Lea rechtzeitig in Sicherheit zu bringen.

20

Fluchtwege

Ein kurzes Aufheulen des Motors, und der Wagen machte einen Satz nach vorn und blieb im nächsten Moment wie von allen Geistern verlassen stehen.

Verzweifelt löste Lea die Hände vom Lenkrad und fuhr sich mit zittrigen Fingern über den Mund. Sie brauchte eine Sekunde, um sich zu sammeln, dann wanderten ihre Finger erneut zum Zündschloss. Der Motor schnurrte kaum hörbar, und sie ließ die Kupplung kommen, ganz vorsichtig, damit sie den Schleifpunkt nicht erneut verpasste. Doch alle Konzentration war umsonst, der Wagen soff erneut ab, so dass er der aufragenden Betonwand gefährlich nahe kam.

Auf dem Beifahrersitz stöhnte Adam gequält auf. Obwohl er vollkommen zerschunden aussah, war Lea sich sicher, dass er wegen der verdammten Karre und nicht wegen der Schmerzen ächzte.

Adam saß halb bewusstlos neben ihr und beschmierte das cognacfarbene Kalbsleder mit dem geronnenen Blut, mit dem er von Kopf bis Fuß bedeckt war. Den Kopf hatte er nach hinten gelegt, und sie betrachtete die lila geäderten Augenlider und den leicht offen stehenden Mund, aus dem der flache Atem stoßweise kam. Teils klebte Adam das Haar dunkel und nass am Kopf, teils stand es wirr ab. Lea verspürte das Bedürfnis, es glattzustreichen.

Nicht alle Kugeln, die Macavity hintereinander weg abgefeuert hatte, hatten ihren Weg in Adams Körper gefunden. Aber er hatte ausreichend Treffer in Kopf und Brust hinnehmen müssen, um besinnungslos zusammenzubrechen.

Noch immer schauderte Lea, wenn sie an das gerade Erlebte dachte.

Kaum war der Lärm verklungen gewesen, da hatte Lea seinen Oberkörper auf ihren Schoß gezogen und versucht, sich einen Eindruck von den Verletzungen zu machen. Aber eine Wunde an der Schläfe tauchte innerhalb kürzester Zeit alles in klebriges Rot, und bei dem Anblick von so viel Blut wurde ihr schlecht. Würgend heftete sie den Blick an die Wand und zählte ihre Atemstöße, bis Adam sich in ihren Armen gerührt hatte.

Sie mussten weg von diesem Ort. Früher oder später würde jemand auftauchen, um den Grund für all den Lärm herauszufinden. Ohne lange nachzudenken, beugte sich Lea dicht über Adams Mund und presste seine Lippen auf die Wunde am Hals, die Macavity ihr geschlagen hatte. Die Verletzung war da, und ihr Blut floss bereits – warum also sollte es nutzlos in der Kleidung versickern?, versuchte sie sich selbst zu beruhigen.

Sie spürte, wie Adam schwach an der Wunde zu trinken begann, im selben Rhythmus, in dem ihr das Herz in der Kehle pochte. Mit jedem Zug, den er nahm, klang ein Echo durch ihren Körper. Es war, als wisperten Stimmen durch ihre Adern, riefen einen Namen. Das Herz verdoppelte seine Kraftanstrengungen, ließ frisches Blut zur Wunde hinaussprudeln: eine gern gemachte Gabe.

Lea entspannte sich. Wie gut sich Adams Lippen an ihrem Pulsschlag anfühlten … Doch während sie in die lockende, samtene Dunkelheit abtauchen wollte, ließ Adam den Kopf zurückfallen. Einen Augenblick lang verharrte er mit geschlossenen Augen, als könne er sich nicht dazu durchringen, aus einem Traum aufzuwachen. Dann richtete er sich mühsam auf Hände und Knie, tunlichst darauf bedacht, Leas fieberhaften Blick zu meiden.

Wortlos machten sie sich auf den Weg über leere Korridore, wobei Lea dem halb kriechenden, halb robbenden Adam mit ihrer schmerzenden Schulter keine große Hilfe war.

Unterwegs legten sie eine Pause ein, weil die Braunüle in Leas Armbeuge zu einem brennenden Dorn geworden war. Es wollte ihr einfach nicht gelingen, die Nadel herauszuziehen. Bei jedem einzelnen Blick auf die Braunüle, die in dem geröteten Fleisch steckte, wurde ihr schummerig. Adam betrachtete sie missmutig, als nähme er es ihr übel, dass sie Zeit mit solch einer Kleinigkeit verschwendete. Schließlich streckte er die zitternde Hand nach ihr aus. Finger und Handrücken waren über und über mit geronnenem Blut verschmiert. Und ehe Lea einen klaren Gedanken fassen konnte, hatte sie die Braunüle selbst gezogen.

Irgendwie war es ihnen gelungen, zum Aufzug zu gelangen. Trotz der kargen Notbeleuchtung in dieser verwaisten Tiefgarage entgingen Lea die beiden zusammengesunkenen Körper in der Nähe des Aufzugs nicht. Das mussten zwei von Pis Wachmännern gewesen sein. Sie überlegte kurz, ob diese Männer Adams Bekanntschaft gemacht hatten oder von einem rachsüchtigen Chef für ihr Versagen abgestraft worden waren.

Mit enormer Kraftanstrengung war es ihr schließlich gelungen, Adam auf den Beifahrersitz seines Wagens zu helfen. Aber diesen englischen Wagen aus der Parklücke zu fahren wollte einfach nicht klappen. Mit starrer Miene machte sie sich erneut am Zünder zu schaffen und biss die Zähne fest zusammen, als sie die Gaszufuhr so zu dosieren versuchte, dass der Motor nicht gleich wieder absoff. Warum war es den Kerlen bloß so ungemein wichtig, dass unter einer Nobelkarosse derart viele PS lauerten, dass sich das Baby von Normalsterblichen kaum bezwingen ließ?

Lea hatte nur noch einen Versuch, dann würde der Wagen mit der Schnauze gegen die Wand knallen. Wenn es nach ihrem Frustpegel gegangen wäre, hätte sie es gern darauf ankommen lassen. Würde diesem widerspenstigen Gefährt nur allzu recht geschehen, ein paar Schrammen abzubekommen. Allerdings dürfte es sich bestimmt als wenig hilfreich erweisen, mit einem demolierten Luxuswagen herumzufahren, wenn neben einem das weggetretene Opfer eines Schusswechsels saß.

Millimeter um Millimeter hob Lea den Fuß, bis sie endlich einen Widerstand fühlte und behutsam aufs Gas treten konnte. Dieses Mal erklang ein sattes Schurren, und der Wagen glitt zurück.

Das Auto rollte in Richtung Ausgang, wobei es Lea fast unmöglich war, die Spur zu halten. Denn sie musste den Wagen von der Seite aus lenken, auf der sie normalerweise als Beifahrerin saß. Vor der Rampe zum Ausgang starb der Motor noch dreimal ab, und jedes Mal fluchte Adam leise vor sich hin, obwohl er ansonsten kaum fähig war, seinen Kopf so weit zu stabilisieren, dass er nicht ständig auf seine Brust sank. Auch sie stöhnte innerlich auf und machte drei Kreuze, als sie die Tiefgarage und mit ihr das Institut hinter sich gelassen hatten.

»Wie geht es dir?«, fragte Lea, als eine rote Ampel sie zum Anhalten zwang. Es war früher Morgen, die Kreuzung war um diese Tageszeit noch menschenleer und wirkte gespenstisch im fahlen Zwielicht.

Statt eine Antwort zu geben, brummte Adam nur beschwichtigend und leckte sich mit der Zunge über die ausgetrockneten Lippen. Unwillkürlich musste sie daran denken, dass vor nicht einmal einer Stunde ihr Blut diese Lippen passiert hatte. Sie erschauderte, aber sie verspürte ebenso einen seltsamen Stolz.

Als die Ampel auf Grün schaltete, zwang Lea den Wagen heulend und hoppelnd voran. »In den oberen Gängen macht er mir weniger Schwierigkeiten«, verteidigte sie sich, den Blick stur auf die Straße gerichtet. Trotzdem war sie sich bewusst, dass Adam sein Gesicht gequält verzog. »Alte Dreckskarre«, murmelte sie frustriert. »Null Fahrkomfort, reiner Angeberkram …«

Aus den Augenwinkeln sah sie Adams Hand, die sich zitternd am CD-Player zu schaffen machte. Im nächsten Moment erklang Musik aus den Boxen, deren Lautstärke Adam rasch hochdrehte. Lea war sich nicht sicher, ob er damit ihr Geschimpfe oder den jammernden Motor übertönen wollte. Doch dann schlich sich die Musik in ihre Gedankengänge und löste nach und nach die Schimpftirade auf, die ihr auf der Zunge brannte. Ohne es recht zu bemerken, ließ sie sich von Rhythmus und Melodie mitreißen. Sie bekam das Musikstück nicht recht zu fassen. Zu treibend für einen Popsong, zu kunstvoll für ein Rockstück. Der

Gesang berührte sie, erzählte ihr eine Geschichte. Sie hörte auf, darüber nachzudenken, lauschte nur.

Als Lea endlich einmal tief ausatmete, erschrak sie, da sich dabei ein brennender Schmerz in ihren Brustkorb grub. Sie war sich gar nicht bewusst gewesen, wie sehr sie jeden einzelnen Muskel verkrampft hatte. Während sie sich nun entspannte, protestierte ihr Körper, bis sich der Schmerz in ein warmes Pochen verwandelte. Sie sank ein Stück tiefer in den komfortablen Sitz. Lautlos sang sie den Songtext mit, und als ihre Lippen die Worte »Schatten werfen keine Schatten« formten, schlich sich sogar ein Lächeln auf ihr Gesicht.

Sie waren entkommen.

Wider aller Erwartung.

Gemeinsam.

Lea parkte den Wagen halb auf dem Schotterweg, halb auf dem verwilderten Rasenstreifen. Sie zog den Schlüssel ab, lehnte sich noch einmal in den weichen Sitz zurück und schloss die Augen. Neben sich hörte sie Adams gleichmäßige Atemzüge. Er hatte die Lehne des Sitzes bis zum Anschlag zurückgestellt und schlief nun zusammengekauert unter einer Decke. Vor ein paar Stunden noch hatte er sich hartnäckig geweigert, sich zum Ausruhen auf die Rückbank zu legen. Wahrscheinlich hatte er – trotz seines desolaten Zustands – ernsthaft gehofft, im Verlauf der Reise Lea das Lenkrad doch noch aus den Händen reißen zu können. Dabei hatten sich ihre Fahrkünste rasant gesteigert. Ohne ihr elegantes Anfahren zu loben, war er ins Reich der Träume entglitten.

Sie hatten noch einen Zwischenstopp beim Hotel eingelegt, um die Katze und Leas Habseligkeiten zu holen.

Von Megan war keine Spur zu sehen gewesen, aber Adam hatte sich nicht weiter dazu geäußert, und Lea verspürte wenig Neigung, ihrem Verschwinden auf den Grund zu gehen. Vielleicht hatte Megan sich vor Scham zurückgezogen, weil sie Lea entgegen ihrer Anweisungen aus den Augen verloren hatte. Oder Adam hatte sie aus seinem Dienst entlassen.

Adam hatte mit vor Anstrengung bebendem Rücken den Kopf unter den Wasserhahn gehalten, bis ein Großteil des Blutes abgewaschen war. Den Rest hatte er mit dem verdorbenen Hemd abgewischt. Dann war er in eins von Leas grauen Schlafshirts geschlüpft. In ihre Jeans musste er sich mit Gewalt hineinzwängen. Der Anblick ließ Lea allerdings versonnen strahlen: Die schmalen Hosenbeine drapierten sich normalerweise sexy um die High Heels, die sie seit dem Ball in Pis Haus immer wieder mal getragen hatte. Nun schmückte dieser überlange Saum passend Adams Beine. Seine schmalen Hüften, und erst sein Hintern in dieser Jeans … alles Elend der Welt war plötzlich ganz weit weg.

Adam hatte alles mit stoischer Ruhe hingenommen. Sogar, als Lea den Wagen in Richtung Norden gelenkt hatte, hatte er sich nicht einmal die Mühe gemacht, nach dem Ziel zu fragen. Stattdessen schien er meditiert zu haben, nach einer inneren Kraftquelle geforscht zu haben, die ihn die Schmerzen klaglos ertragen ließ und den Heilungsprozess beschleunigte.

Während der ereignislosen Fahrt hatte sie über die Gelassenheit gestaunt, mit der sie der Flucht begegnete. Offenbar hatte die Lawine von Katastrophen, die innerhalb der letzten zwei Tage über sie hereingebrochen war, sie dermaßen abgestumpft, dass sie ausschließlich auf dem

Überlebensmodus durchs Leben glitt. Konnte ihr nur recht sein. Die Rechnung dafür würde sie später gern bezahlen, wenn Adam und sie in Sicherheit wären. Am besten dann, wenn er sich so weit erholte hatte, dass er sie ausgiebig umsorgen konnte.

Als sie die Stadt und ihr Umland hinter sich gelassen hatten und Adam in einen tiefen Schlaf gefallen war, hatte Lea bei jeder Gelegenheit sein Gesicht bewundert, das zwischen Entspannung und dem sanften Eindrücken von Träumen pendelte. Sie hatte die Hand ausgestreckt und seine Finger berührt, die einen Deckenzipfel umklammert hielten. Sie hatte sich frei und auf eine verrückte Art euphorisch gefühlt. Dieses Gefühl hatte sich nach einigen Stunden in eine angenehme Ruhe gewandelt, die sie auch begleitete, während sie nun aus dem Wagen stieg und dem Schotterweg bis zu einer Gabelung folgte. Nur einige Schritte entfernt zu ihrer Rechten lag die Holzhütte, die ihre Eltern gekauft hatten, als sie jung und verliebt gewesen waren.

Lea hatte hier als Kind einige wundervolle Sommer verbracht, Tage, die mit Bootfahren, Blumen sammeln und endlosen Streifzügen durch die Wildnis angefüllt gewesen waren. Ihre Mutter hatte ihre schicken Caprihosen getragen, auf der Veranda Blumen umgetopft und dabei Kette geraucht, während ihr Vater in einem altersschwachen Campingstuhl Anglerzeitschriften gewälzt hatte. Nach dem Tod ihrer Mutter waren ihr Vater und sie noch einige Male hergekommen; doch nur zu zweit, mit Herzen voller Trauer, hatte dieser Ort keinerlei Magie mehr entwickeln können. Er hatte ihnen nur das Schattenleben, das sie beide führten, schmerzlich deutlich gemacht.

Obwohl ihr Vater in all den Jahren die Hütte lediglich sporadisch besucht hatte, um nach dem Rechten zu sehen, machte sie einen wohnlichen Eindruck. Gewiss brauchten die Holzplanken einen neuen Anstrich, und die Dachschindeln waren fast vollständig von Moos überwuchert. Aber Lea sah auf den ersten Blick nichts, was an Verwahrlosung grenzte und sie von einem gemütlichen Abend vor dem Kamin abhalten würde.

Ihr Blick schweifte zum See, und sie folgte dem schmalen Pfad zum Ufer. Es dämmerte schon, und vom Wasser her zog Kühle ans Land, so dass sie die Arme schützend um den Oberkörper schlang. Sanft plätscherten die Wellen gegen das Ufer aus Geröll und Schilf.

Während sie dastand, spürte sie die Erschöpfung, die sie ab dem Moment verdrängt hatte, als Adam, von den Kugeln getroffen, zusammengebrochen war. Tränen sammelten sich in ihren Augen und glitten ihr über die Wangen. Durch den Tränenschleier schaute sie auf das Blau des Sees, das in der aufkommenden Dunkelheit mit dem Grün des Waldes verschmolz. Das Farbenspiel nahm Leas Sinne gefangen und schenkte ihr einen unerwarteten Augenblick des Friedens.

Als Adam lautlos neben sie trat, zuckte sie nicht einmal zusammen.

Unauffällig musterte sie ihn aus den Augenwinkeln, bemerkte die Gänsehaut auf seinen nackten Unterarmen, sah die dunkelroten, aufgeworfenen Flecken, wo Macavitys Kugeln getroffen hatten. Die Hände steckten in den Gesäßtaschen der Jeans, wobei Lea sich schelmisch fragte, wie ihm das wohl gelungen war. Sein Gesicht verriet Erschöpfung, und er wankte fast unmerklich, während sein Blick auf dem See ruhte.

So blieben sie eine Zeit lang stehen und schauten dem Tanz zu, den die ersten Mücken dicht über dem Wasserspiel veranstalteten, bis Lea sich leicht auf die Unterlippe biss und in neckischem Ton fragte: »Und, lebt die Karre noch?«

Adam senkte den Kopf, um seine Schuhspitzen zu inspizieren. Trotzdem entging Lea nicht, wie sich auf seinem Gesicht ein Schmunzeln ausbreitete. Aber bevor sie erleichtert die Arme um ihn legen konnte, erwiderte er in arrogantem Tonfall: »Eine solche großartige Ingenieurskunst kann nicht einmal von deinem Fahrstil ruiniert werden.«

Statt einer Umarmung verpasste Lea ihm einen Schlag gegen die Schulter und streifte dabei eine der noch nicht ganz verheilten Schusswunden. Doch Adam zuckte nur leicht zusammen.

»Da gibst du nicht einmal einen Mucks von dir, wenn du angeschossen wirst. Aber wenn es um dein albernes Auto geht, stöhnst du herum, als stündest du Höllenqualen aus«, versuchte sie ihm erneut eine Reaktion zu entlocken.

Und tatsächlich stieß Adam ein leises Lachen aus. Allerdings hielt er immer noch den Blick gesenkt, als wolle er nicht, dass sie seine Mimik beobachtete. Gerade jetzt, da es ihm nicht gelingen wollte, die gleichgültige Maske aufzusetzen. Da Lea sich neugierig vorbeugte, senkte er den Kopf weiter, und das etwas zu lang gewordene Haar fiel ihm ins Gesicht. »Albernes Auto …«, äffte er sie scheinbar beleidigt nach. »Eigentlich solltest du über mein Verhalten froh sein. Es ist noch genug Mensch in mir, um mit einem misshandelten Oldtimer mitzuleiden.«

»Du meinst wohl *Mann*«, sagte Lea spitz und genoss es, als Adam erneut ein leiser Lacher rausrutschte. Dann drängte sich ihr ein Gedanke auf, der ihr augenblicklich den Mund austrocknete und die Handinnenflächen in Feuchtbiotope verwandelte. »Apropos Mann: Hoffentlich kommt mein Vater nicht auf die Idee, seine Frühjahrsinspektion der Hütte ausgerechnet jetzt vorzunehmen.«

»Ich glaube nicht, dass du dir darüber Sorgen machen musst«, erwiderte er immer noch belustigt. »Dein Vater arbeitet zurzeit wie ein Besessener an einem bahnbrechenden Aufsatz über *Regressive Konstruktionen*, die er auf dem jährlichen Philologen-Treffen vorstellen will. Er ernährt sich vor lauter Stress fast ausschließlich von Tiefkühl-Sushi – richtig widerlich.«

Lea runzelte die Stirn. »Du bist wirklich sehr gründlich, nicht wahr?«

Adam nickte nur leicht, wobei sein Gesicht wieder aus dem Haarwust auftauchte. Er kaute auf seiner Unterlippe herum, als ginge ihm etwas Wichtiges durch den Kopf, das er nur schwer in Worte fassen konnte. Dann zuckte ein Muskel unter seinem Wangenknochen, und er warf Lea einen flüchtigen Blick zu.

»Vielen Dank für dein Blut«, sagte er heiser. Endlich drehte er ihr sein Gesicht zu. In seinen Augen flackerte Unsicherheit, aber auch etwas, das Lea bei einem anderen Mann sogleich als Zärtlichkeit gedeutet hätte.

Sie stutzte.

Die kleine Spende hatte sie beinahe wieder vergessen, und wenn es nach ihr gegangen wäre, hätte sie auch nie wieder daran gedacht. »Du hast ja sozusagen nur ganz kurz an mir genippt.« Sie stockte und fühlte, wie ihr die

Hitze in die Wangen schoss. »Kann mir gar nicht vorstellen, dass es irgendwas gebracht hat …«

»Es ist nie zu wenig und nie genug«, erwiderte Adam mit einem schiefen Lächeln, das Lea den Atem raubte. Dann legte er ihr den Arm um die Hüfte, und gemeinsam gingen sie zurück zum Wagen, in dem die Katze ihr Beruhigungsmittel längst ausgeschlafen hatte und nun elend vor sich hin maunzte.

21

Tage am See

An ihrem ersten Abend in der alten Blockhütte konnte Lea sich nur mühsam bis ins Schlafzimmer schleppen und die verstaubte Tagesdecke vom Bett ziehen, dann schlief sie geradewegs zwischen dem unbezogenen Bettzeug ein. Als sie endlich wieder zu sich kam, fühlte sich ihre Seele so taub an, als hätte sie den Schlaf in einer schwarzen, traumlosen Sphäre verbracht. Sämtliche Gefühlsregungen waren wie mit Kaugummi verklebt, und anstelle der Vielzahl von Klängen, die ihr normalerweise durch den Kopf schossen, hörte sie lediglich ein Brummen. Offensichtlich hatte ihre Seele nach all den Ereignissen der letzten Tage einen Kater. Das aufdringliche Piepsen in ihren Ohren und die schmerzenden Glieder machten das Ganze nicht besser.

Als sie sich streckte, knirschte es gefährlich im Nacken, und das Ziehen der Halssehne verriet ihr, dass sie offensichtlich viel zu lange in ein und derselben Position gelegen hatte. Vorsichtig drehte sie sich auf den Rücken. Sie verspürte Durst, großen Durst. Sie blinzelte und im trüben Licht, das durch die Stoffvorhänge drang, erkannte sie eine Wasserkaraffe und ein Glas, die jemand Fürsorgliches auf den Nachttisch gestellt hatte. Gleich würde sie den Arm ausstrecken und sich ein Glas eingießen. Aber im Augenblick sah sie sich außerstande, sich auch nur einen Millimeter zu rühren. Sie dämmerte noch eine Zeit lang vor sich hin, bis schließlich die Tür aufschwang, und Adam mit einem Duft nach Gras und nassen Blättern den Raum betrat.

Wie lange auch immer Lea in diesem komatösen Zustand verbracht haben mochte, es hatte ausgereicht, um Adam vollends wiederherzustellen: nicht mal eine Ahnung von Schatten unter den Augen, die Gesichtszüge entspannt. Sie glaubte sogar einen Hauch von erster Sonnenbräune zu erkennen, und die Sommersprossen auf der Nase und den Wangen verliehen ihm einen unverschämt munteren Ausdruck. In diesem Augenblick hätte sie viel dafür gegeben, wenn sein Aussehen der allgemeinen Folklore seine Art betreffend entsprochen hätte. Aber wahrscheinlich hätten diesen Kerl nicht einmal blutunterlaufene Augen und kalkweiße Haut entstellt.

Obwohl Adam immer noch in den gleichen Sachen steckte, die Lea ihm im Hotel gegeben hatte, hätte er in diesem Aufzug jede von Türstehern abgeschirmte Clubtür passiert. Bestimmt hatte er inzwischen einen gesunden Streifzug durch die Natur unternommen und unterwegs einen Jogger gefrühstückt, dachte Lea biestig.

Ohne Adams Lächeln zu beachten, zog Lea sich die Bettdecke, die nun mit einem Blümchenmuster überzogen war, bis zur Nasenspitze. Sie war der festen Überzeugung, dass ihr Gesicht ein einziges Katastrophengebiet war, während ihre Frisur bestimmt einer Perserkatze glich, die sich selbst aus ihrem Grab freigebuddelt hatte.

»Na, wieder von den Toten auferstanden?«, fragte Adam voller Unschuld und raschelte mit einer braunen Papiertüte.

»Wenn du glaubst, mit dieser Gute-Laune-Nummer punkten zu können, hast du dich geirrt«, zischte Lea. Allerdings büßten ihre Worte etwas an Wirkung ein, da sie von der Decke gedämpft wurden.

Adam hielt überrascht inne, dann setzte er sich auf die Bettkante und breitete seine Beute vor ihr aus. Frisch duftende Backwaren. In diesem Raum duftete scheinbar alles frisch – bis auf sie selbst.

»Ich habe einfach das genommen, was am besten aussah«, sagte er versöhnlich.

Es gelang ihr, mit einigen Verrenkungen einen nackten Arm unter der Decke hervorzuholen, ohne zu viel Luft entweichen zu lassen. Den Blick hielt sie habichtartig auf Adams Nasenflügel gerichtet, jeden Moment ein pikiertes Rümpfen erwartend. Sie schnappte sich einen Donut und kratzte mit spitzen Fingern den Zuckerguss ab.

»Das, was am besten schmeckt, wäre mir eigentlich lieber gewesen.«

Sobald die Worte ausgesprochen waren, ärgerte sie sich über ihr zickiges Verhalten. Aber die Ungerechtigkeit dieses Morgens wog schwerer, so dass sie nicht einmal versuchte, etwas Beschwichtigendes hinterherzuschicken. Vielleicht wäre sie dazu imstande gewesen, wenn sie ein Beauty-Wochenende der Spitzenklasse hinter sich gehabt hätte.

Stirnrunzelnd stand Adam auf. »Ich sehe mich draußen mal nach Brennholz um.« Und schon zog er die Tür hinter sich zu – eine Lea zurücklassend, die sich am liebsten selbst mit dem Daunenkissen erstickt hätte.

Ein schüchterner Blick in den Spiegel im kleinen Bad bestätigte ihr, dass sie so schlimm aussah, wie sie es befürchtet hatte. Abgekämpft und mit jeder Menge Spuren ihrer Entführung übersät: Eine aufgeschlagene Augenbraue, der Hals ein einziges blutiges Schlachtfeld, und auf der Hüfte prangte ein hässlicher Schnitt von ihrem Sturz durch das zerbrochene Schlafzimmerfenster.

Nach einer endlos langen Dusche, die wenigstens die schlimmsten Verspannungen abmilderte, und einigen dürftigen Aufhübschversuchen vor dem Spiegel fühlte sich Lea immer noch nicht in der Lage, Adam unter die Augen zu treten. Sie hörte ihn in der Wohnstube rumoren, während sie auf dem Bett hockte und Backwaren mit schalem Wasser hinunterspülte.

Sie fühlte sich ausgebrannt und übellaunig. Nicht etwa, als sei sie Wahnsinn und Todesangst ausgesetzt gewesen, sondern leide lediglich unter einer prämenstruellen Phase. Fühlten sich Helden immer so, wenn der Abspann im Kino schon längst lief und die Welt sich einfach weiterdrehte?, fragte sie sich, während sich das süße Gebäck in ihrem Magen zu einem Klumpen zusammenballte. Lungern sie im Pyjama im Bett herum und schnauzen ihre Liebsten an, anstatt sich leidenschaftlich mit ihnen zu vereinen, bis ihnen Hören und Sehen vergeht, stets beflügelt von dem Wissen, dass man morgen schon tot sein könnte? Oder war nur sie so eine mürrische Trantüte, der es niemals gelingen würde herauszufinden, an welchen Körperstellen Adam weitere Sommersprossen versteckte?

Angeregt von dieser Vorstellung, sprang Lea vom Bett auf und stürmte zur Tür, um zunächst einmal vorsichtig durch den Türspalt zu linsen. Sie erhaschte einen Blick auf den Kamin, in dem ein Feuer brannte, sowie auf

Adams besockte Füße, die sich gegen den rustikalen Couchtisch stemmten.

Das alte Cordsofa und der aus grob behauenem Stein gefertigte Kamin bildeten das Herz der Hütte. Auf dem Sims stand eine Sammlung von Erinnerungsstücken: verdorrte Kastanienmännchen, Familienfotos, selbst getöpferte Aschenbecher mit Sprüngen. Die Dielen des Bodens schimmerten golden im Feuerschein, wo sie nicht von rot- und braunfarbenen Läufern bedeckt wurden. Das Knistern, wenn die Feuerzungen über das trockene Brennholz leckten, glich einer beruhigenden Melodie. Alles schien die Einladung auszusprechen, die Trübsal abzuschütteln und die heimelige Wohnhöhle zu betreten.

Stell dich nicht so an, versuchte sie sich selbst anzuspornen. Bestimmt hat Adam bereits mitbekommen, dass du dich bei der Tür versteckst, anstatt zu ihm zu gehen und um Versöhnung und Zuneigung zu betteln.

Als schiebe sie jemand von hinten an, tapste Lea zum Sofa, auf dem Adam es sich gemütlich gemacht hatte und eine vergilbte Anglerzeitschrift las. Neben ihm lag zusammengerollt die schnurrende Katze.

»Hat Minou denn keine Lust, sich draußen ein wenig umzuschauen?«, fragte sie mit dünner Stimme, nachdem sie mit einem Sicherheitsabstand vor Adam stehen geblieben war. Dabei rang sie die Hände, als könnte sie damit ihre Verlegenheit strangulieren.

»Sie war schon die ganze Nacht und den Tag über unterwegs. Jetzt braucht sie wahrscheinlich mal eine Pause«, sagte er unverbindlich, ohne jedoch den Blick von der Zeitschrift zu heben.

Sie ließ den Blick zu den Fenstern über der offenen Küchenzeile wandern und stellte fest, dass es bereits wieder dämmerte. Sie hatte eine halbe Ewigkeit geschlafen, nachdem sie gestern Abend ins Bett gefallen war.

»Sie hat eine Maus gefangen und mir halb angefressen vor die Füße gespuckt. Ihr Frauen habt eine seltsame Art, Zuneigung unter Beweis zu stellen«, meinte er dann und sah sie endlich an. Die Mischung aus Wärme und Belustigung, die in seinen Augen funkelte, brach den Bann, und bevor sie sich versah, hüpfte sie auf das Sofa und kuschelte sich an Adams freie Seite.

Mit einem Seufzen ließ er die Zeitschrift sinken und legte einen Arm um ihre Schultern. Dann vergrub er das Gesicht in ihren Haaren. Als er wieder auftauchte, wischte er die Strähnen zurück und presste zärtlich die Lippen gegen ihre Schläfe, als wolle er ihren aufgebrachten Puls fühlen. Dabei verstärkte er den Griff um ihre heile Schulter, streichelte sie zuerst vorsichtig, dann deutlich leidenschaftlicher, bis die Finger schließlich unter ihren Pullover glitten und ihren Rücken erkundeten.

Plötzlich wurde Lea sich Adams warmen und drängenden Körpers bewusst. Doch ganz gleich, wie sehr sie sich immer nach seiner erregenden Nähe gesehnt hatte, in diesem Augenblick konnte sie seine Zärtlichkeiten nicht ertragen. Sie fühlte sich zu ausgebrannt, um sich ihrer Lust zu überlassen und seinen Körper zu erforschen. Noch immer dröhnten ihr die Schüsse in den Ohren, und die Bilder von Nadines geschundenem Körper und dem widerlichen Grinsen in Macavitys Gesicht waren viel zu frisch.

Sie stöhnte frustriert auf, als eine Zungenspitze ihren Hals entlangstrich, und wie auf Kommando zog Adam sich zurück. Aber anstatt beleidigt zur Anglerzeitschrift zu greifen, wie sie in einem Anflug von Panik befürchtete, sah er sie nur prüfend an. Dann stand er so geschmeidig auf, dass nicht einmal die Katze sich gestört fühlte, und machte sich beim Küchenregal zu schaffen. Er kehrte mit einer geöffneten Weinflasche und zwei Gläsern zurück. Als er sich wieder auf seinen Platz setzte und den Arm um sie legte, hatte die Geste etwas beruhigend Vertrautes.

»Wir könnten uns ein paar alte Folgen von *Buffy, the Vampire Slayer* anschauen«, schlug Lea vor, wobei sie ungewollt kläglich klang. Aber sie brauchte eine Pause, um sich zu erholen, ehe sie sich Adams ungewohnt offener Zuneigung und den dazugehörigen Konsequenzen stellen konnte. »Ich muss mich dringend entspannen, einfach abschalten. Mit *Buffy* geht das am besten …«

Zuerst sah Adam sie scheel aus den Augenwinkeln an, als suche er nach einem Beweis dafür, dass sie ihn lediglich auf den Arm nehmen wollte. Doch dann zuckte er mit der Schulter. »Meinetwegen.«

Im Laufe des Abends ließ sie die rasche Abfolge von Bildern auf sich einrieseln, trank Rotwein, ohne beduselt zu werden, und vermied es, auch nur einen Fühler in Richtung Innenleben auszustrecken. Sie war zufrieden, Adam neben sich zu spüren, ohne sich weiter Gedanken darum machen zu müssen. Er war bei ihr und zeigte keinerlei Fluchtreflexe oder Abwehrverhalten. Mehr brauchte sie im Augenblick nicht.

Lea blinzelte überrascht, als ein Sonnenstrahl über ihre Nasenspitze wanderte. Das Buch, in dem sie eben noch gelesen hatte, lag mit umgeknickten Seiten auf dem Boden. Ihre Zunge klebte am Gaumen. Sie war auf der Veranda eingenickt. Kurz spürte sie einen Anflug von schlechtem Gewissen. Aber dann reckte sie sich und durchwuschelte mit beiden Händen das platt gelegene Haar am Hinterkopf.

Wie lange sie wohl geschlafen hatte? Das war doch ganz und gar egal, versicherte sie sich hastig. Hier konnte sie die Tage verstreichen lassen, wie es ihr gefiel. Ein vollkommen neues Lebensgefühl, und sie stellte verblüfft fest, dass ihr die Umstellung nicht schwerfiel.

Dabei waren ihre Tage stets mit Terminen vollgestopft gewesen, seit sie denken konnte. Schon als sie ein kleines Mädchen war, hatte ein fein säuberlich ausgearbeiteter Wochenplan mit Pinocchio-Magneten am Kühlschrank befestigt gehangen. Schließlich hatte sie auch als Erwachsene das fortgeführt, was ihre Mutter für das Beste gehalten hatte, um ihre verträumte Tochter an die Realität zu binden: Wer beschäftigt ist, kommt nicht auf die Idee, sich mit Fabelwesen anzufreunden oder Jagd auf Kellergeister zu machen. Aber das begriff Lea erst jetzt.

Wenn man es genau betrachtete, war Adam nicht der Einzige, der sich Veränderungen stellen musste, dachte sie. Erstaunlicherweise fühlte sich der Gedanke an eine den Zwängen des Alltags enthobene Lea gar nicht so schlecht an. Was würde der Aufenthalt am See noch alles zutage fördern?

Zumindest hatte er schon dazu geführt, dass sie mit zitternden Fingern die Nummer ihrer Chefin gewählt hatte. Mit stockenden Worten hatte sie der bemerkenswert gefassten Frau erklärt, dass sie sich in einem anderen Land befände und dort auch für einige Zeit zu bleiben gedachte.

»Das ist doch keine große Überraschung, Lea«, hatte ihre Chefin gesagt. Dabei hatte ihre Stimme so milde geklungen, dass Lea verwirrt gegen den Hörer geklopft hatte. Dieser Tonfall war ausschließlich für Autoren reserviert, die sich in einer tiefen Schreibkrise befanden. »Dieses selbst auferlegte Arbeitspensum war auf Dauer auch nicht zu stemmen. Hier im Haus wurde so manche Wette verloren, weil Sie viel länger durchgehalten haben als der wohlwollendste Tipp. Wir haben uns in der letzten Zeit wirklich große Sorgen um Sie gemacht. Sie wirkten unglaublich abgehetzt und haben niemanden mehr an sich herangelassen. Gönnen Sie sich die Auszeit und lassen Sie sich mal ein wenig verwöhnen! Bücher wird es auch ohne Sie geben.«

Verdutzt hatte Lea in der Küche gehockt und sich die Worte ihrer Chefin durch den Kopf gehen lassen. Offensichtlich hatte jeder damit gerechnet, dass sie über kurz oder lang Opfer eines Burn-out-Syndroms werden würde. Nun, um etwas in der Art handelte es sich ja tatsächlich, und seit ihrer Ankunft am See hatte sie sich auch wie bei einem Sanatoriumsbesuch aufgeführt: dösen, spazieren gehen, lesen …

Adam war dabei die meiste Zeit in ihrer Nähe, werkelte in Haus und Garten und schien selbst kaum das Verlangen zu empfinden, diese Schonfrist zu beenden. Ihre Gespräche drehten sich fortwährend um die Schönheit des Sees, das Seelenleben der Katze und die neuesten Entwicklungen bei *Buffy*.

Meist ließ Lea eine Bemerkung fallen, auf die Adam mit einem Brummen oder schlichten Nicken reagierte. Dennoch hatte sich seine Schweigsamkeit verändert: War es Adam früher darum gegangen, Lea auf Distanz zu halten, so herrschte nun ein Gleichklang zwischen ihnen, der keiner vielen Worte bedurfte. Deshalb genoss sie die Stille. Um die gelegentliche Plauderei in ein tiefer gehendes Gespräch zu überführen, fühlte sie sich noch viel zu angeschlagen.

Auch Adam ging augenscheinlich manches durch den Kopf, das er noch nicht in Worte zu fassen bereit war. Trotzdem machte er niemals einen bekümmerten oder gar unzufriedenen Eindruck. Vielmehr überraschte es Lea, wie leicht es war, ihm ein vergnügtes Lachen zu entlocken. All die Tage über umspielte ein Lächeln seine Lippen, als kitzle ihn jemand an der richtigen Stelle. Gelegentlich ließ er sich sogar auf eine dieser Kabbeleien ein, die bei Lea – trotz ihrer Erschöpfung – mit jedem Mal stärker das Bedürfnis weckten, sich kurzerhand auf seinen Schoß zu setzen und ihm etwas Verdorbenes ins Ohr zu flüstern. Am meisten berührte es sie, wenn er ihr dieses spezielle Lächeln schenkte: eine Andeutung in den Mundwinkeln, die seine Augen zum Funkeln brachte wie ein prächtiges Feuerwerk. Dass sie der Grund für dieses Lächeln sein sollte, konnte sie kaum glauben.

So genossen sie zusammen die schon merklich länger werdenden Tage und beobachteten, wie das Grün immer üppiger wurde. Der Frühling war endlich da, und nichts sprach dagegen, länger hier zu verweilen und die Wunden heilen zu lassen.

Nur einmal durchbrach Adam in dieser Zeit die selbstgenügsame Schweigsamkeit. Sie legten gerade auf einer verwitterten Bank am Waldesrand eine Verschnaufpause ein, als er unvermittelt das Wort an sie richtete. Dabei klang seine Stimme ungewöhnlich ernsthaft: »Mir ist klar geworden, wie wichtig es für unsere Zukunft ist, dass du begreifst, was der Dämon in mir angerichtet hat.«

Vorsichtig warf Lea ihm einen Blick zu und beschloss, dass es das Beste war, sich zurückzuhalten und ihn reden zu lassen.

Denn sie spürte deutlich, dass sie vor einem Scheideweg standen.

»Der Dämon geht mit dem Menschen eine Symbiose ein: Er schenkt ewiges Leben und weitgehende Unverwundbarkeit. Außerdem enthebt er einen der Mühen des menschlichen Alltags. Aber er nimmt auch viel: Man ist nicht mehr Teil der Gesellschaft, es gibt keine Freunde und keine Familie. Das liegt zum einen an unserer neuen Natur … Die Unsterblichkeit ist ein zweischneidiges Schwert, denn worauf richte ich mein Leben aus, wenn um mich herum alles vergeht, während ich selbst davon verschont bleibe? Was fange ich mit der unendlichen Zeit an, die mir zur Verfügung steht? Und dabei immer allein, abgesondert, entfremdet.«

Adam stockte, als sie sich neben ihm versteifte. Für einen Augenblick sah sie das seltsam entrückte Gesicht von Agatha vor sich, die der Unsterblichkeit entflohen war, indem sie die Vergangenheit und Gegenwart so lange durcheinandergewirbelt hatte, bis sie sich selbst ausgelöscht hatte. Ein verwirrendes Bild, das sie rasch beiseiteschob. Mit einem Nicken gab sie Adam zu verstehen, dass sie begriff, worauf er hinauswollte.

Erleichtert atmete Adam aus und zog das eine Knie bis unters Kinn. »Es fällt mir ausgesprochen schwer, dieses Gefühl zu beschreiben«, gestand er. »Ich habe mir die letzten Wochen immer wieder den Kopf zerbrochen, wie ich es dir schildern soll. Etienne wäre besser darin gewesen … Was mich auf eine Idee gebracht hat: Kennst du *Die Zerstörung* von Charles Baudelaire?«

Er lächelte zögerlich, als er ihr Nicken sah. Dann begann er mit seiner ruhigen, tiefen Stimme das Gedicht zu rezitieren:

Ohn Unterlass spür ich, wie mich der Dämon drängt,
Wie regungslose Luft hält er mich rings umfangen,
Ich fühl und schlucke ihn, wie er die Lungen sengt,
Er füllt mein schuldig Herz mit ewigem Verlangen.
(…)
So führt er mich, vom Blick der Gottheit fern gebannt,
Schwerkeuchend und erschöpft durchs weite Wüstenland
Der toten Leere hin, in endlos grauen Stunden.

Vor meinen Augen, die Verwirrung dunkelt, sät
Zerfetzte Kleider er und aufgerissne Wunden
Und des Zerstörungswerks bluttriefend Schlachtgerät!

Als die letzten Worte verklangen, grub sich eine tiefe Falte in Leas Stirn. Das Gedicht hatte sie berührt, etwas in ihr zum Singen gebracht. Sie verspürte den dringenden Wunsch, Adam zu umarmen, ihm zu beweisen, dass sie ihm nah war. Stattdessen saß sie wie versteinert da und beobachtete ihn dabei, wie er sich das Gesicht rieb, als wolle er einen bösen Traum verscheuchen.

»Die erste Zeit nach der Verwandlung hat mich fast in den Wahnsinn getrieben. Plötzlich war da ein Raum in mir, den ich niemals würde betreten können, weil er nicht mir, sondern dem Dämon gehört. Und dieser Raum erhob sich zum Machtzentrum und bestimmte nach Gutdünken über mein Leben, legte Richtlinien fest, die sich vollkommen meinem Einfluss entzogen. Ich bin nicht mehr Adam, der Mensch. Ich kann niemals wirklich sagen, wer ich bin. Ich bin nicht mehr heil, denn ich gehöre nicht mehr mir selbst.«

Gequält schloss er die Augen, als wisse er nicht, wie er sich aus diesem Teufelskreis befreien sollte. Obwohl Lea mit ihm litt, rührte sie sich nicht, denn sie befürchtete, dass eine tröstende Geste ihn verstummen lassen könnte. So wartete sie bloß regungslos ab.

Mit leiser Stimme schloss Adam schließlich: »Egal, welche Entscheidung ich treffe, welchen Plan ich aufstelle, es spielt immer noch jemand mit, dessen Wege nicht die meinen sind. Aber damit werde ich leben müssen – das habe ich nun akzeptiert. Wenn ich nicht verharren oder mich tot stellen will, dann muss ich diesen Raum und seine Macht akzeptieren und trotzdem meinen Weg gehen. Ich denke, ich habe eine Entscheidung getroffen: Für den Menschen in mir, ganz gleich, wie beschadet er auch sein mag. Das bedeutet auch, dass ich dich auf keinen Fall verwandeln werde, Lea. Ich will dich und nicht das Geschöpf, das mir der Dämon an die Seite stellen will. Selbst wenn die gemeinsame Zeit dadurch endlich wird. Das heißt, wenn du damit leben kannst, eine Dreiecksbeziehung zu führen.«

Er versuchte zu lächeln, aber seine Augen blieben ernst. Lea nickte nur erschöpft und verwob ihre Finger mit seinen. Zum ersten Mal, seit sie ihn getroffen hatte, hatte sie das Gefühl, schweigen zu können. Er wusste auch so, dass sie sich längst für ihn entschieden hatte und nie wieder davonlaufen würde.

Und so verstrichen die Tage, wurden länger und wärmer. Der neue Lebensrhythmus und das abgeschiedene Leben am See übten eine ganz eigene Art von Heilungszauber aus. Weit weg von Pi und seinem vergifteten Spinnennetz wirkte die Luft klarer, als könne man endlich wieder seine Lungen füllen, ohne befürchten zu müssen, Asche einzuatmen.

Mit schweren Lidern ließ Lea den Blick über die überdachte Veranda streifen: Eine feine Moosschicht hatte das blassrosa Mosaik der Bodenfliesen überwuchert. Terrakottatöpfe stapelten sich in der Ecke, und auf einer Arbeitsbank aus verblichenem Teakholz rostete Gartenhandwerkszeug vor sich hin. Von den schön geschwungenen Bögen, die das überwucherte Glasdach der Veranda hielten, blätterte die einst weiße Farbe in breiten Streifen ab.

Vor ihrem geistigen Auge verschwand alles moosige und unkultivierte Grün, die Töpfe standen geschrubbt und mit Orangenbäumen und Ranunkeln bepflanzt in Reih und Glied, und sie selbst lümmelte sich auf einem der frisch geölten Holzmöbel, die augenblicklich noch im Lagerschuppen hinter der Hütte vor sich hinschimmelten.

Das Klingeln des Telefons riss Lea aus dem Tagtraum. Viel zu hastig griff sie nach dem Apparat, der auf dem Beistelltischchen lag, und hörte ein unangenehmes Knacken in ihrer Schulter, die noch nicht wieder ganz in Ordnung war.

»Hallo?«, sagte sie atemlos, während sie versuchte, das Gleichgewicht wiederzufinden.

Durch den Hörer drang lediglich ein lautes Knacken, dann ein Zischeln. Lea wartete ab, diese Geräuschkulisse kannte sie bereits.

»Nadine, ich kann dich nicht verstehen, die Leitung ist zu schlecht.«

Nach der Heimsuchung durch Macavity hatte Nadine sich ebenfalls für eine Auszeit entschieden. Auf eigene Verantwortung hatte sie noch am selben Tag das Krankenhaus verlassen und den Polizeibeamten, der sie zu einer Aussage überreden wollte, mit einer unfeinen Handgeste brüskiert. Kurz entschlossen hatte sie sich zu einem Survival-Urlaub in der Wüste angemeldet und wanderte und schwitzte sich den Schrecken ihres Lebens nun aus dem Leib.

Das Knacken verschwand aus der Leitung. »Und jetzt, verstehst du mich jetzt, verdammt noch mal?« Nadines Stimme klang so hohl, als spreche sie durch ein Rohr.

»Hallo, du Königin der Wüste!« Ein fröhliches Lachen fand seinen Weg über Leas Lippen. »Wie spät ist es jetzt bei dir?«

»Vergiss die Uhrzeit! Ich habe einen neuen Schlachtplan, um Pi samt seiner Sippschaft die Hölle heißzumachen, sobald ich zurück bin.«

Bevor Nadine so richtig in Fahrt kommen konnte, unterbrach Lea sie: »Geht es den Blasen an deinen Füßen besser? Kahel hatte dir doch so eine besondere Salbe gegeben.«

Nadine brauchte einen Augenblick, um dem geistigen Haken, den Lea geschlagen hatte, folgen zu können. Dann murmelte sie etwas Unverständliches, und Lea glaubte schon, dass sich die Verbindung wieder verschlechtert habe. Mit einem Stirnrunzeln klopfte sie gegen den Hörer.

»Lass das Geklopfe sein, oder willst du, dass ich taub werde? Diese Blasen sind wirklich hartnäckig, aber Kahel sagt, das wird schon wieder. Ich vertraue ihm da auch voll und ganz. Der Mann verfügt über intuitive Weisheit.«

Kahel war der von Nadine angeheuerte Fremdenführer, der offensichtlich genau die Art von Sanftheit und stoischem Gleichmut an den Tag legte, die Nadine brauchte, um ihren Seelenfrieden wiederzuerlangen. Was Kahel sagte, war im Lauf der letzten Wochen immer wichtiger geworden, während Nadines Pläne, wie sie Pis Imperium in den Abgrund stürzen wollte, allmählich an Bedeutung verloren.

Trotzdem war Lea erleichtert gewesen, als Nadine zu Beginn ihrer Reise noch Gift und Galle gespuckt hatte: Zwar war es Macavity gelungen, sie zu verletzen und bis aufs Äußerste zu demütigen, aber ihren Wesenskern nachhaltig anzugreifen, war ihm verwehrt geblieben.

»Da fällt mir etwas viel Wichtigeres ein: Wie ist es um dein Liebesleben bestellt?«, fragte Nadine mit schlecht verhohlener Neugierde. »Sind die Zeiten des Zölibats vorüber? Darf Adam endlich das tun, wofür sein begehrenswerter Körper geschaffen worden ist?«

Wütend pochte Lea gegen den Hörer und hörte Nadine kurz aufquieken. Doch so leicht ließ sich ihre Freundin nicht von einer Fährte abbringen: »Worauf wartest du eigentlich, meine Süße? Wir sind schließlich nicht durch die Hölle gegangen, damit ihr beiden nun vor lauter Zurückhaltung Staub ansetzt. Du gehst jetzt sofort zu deinem Hengst und tust ausschließlich das, was ich mit seiner Lendengegend anstellen würde. Und zwar …«

Ehe Nadine tatsächlich ihre Auftragsliste vortragen konnte, drückte Lea mit roten Ohren auf die Ausschalttaste des Telefons. Nervös rutschte sie auf dem Küchenstuhl herum – soweit das knirschende Museumsstück das überhaupt zuließ. Als das Telefon erneut klingelte, ignorierte sie es.

Eine Zeit lang saß sie noch in Gedanken versunken da, bis die Katze ihre Aufmerksamkeit erregte, die mit energischen Sprüngen einen Schmetterling durchs hohe Gras verfolgte. Unwillkürlich wanderten ihre Gedanken zu Adam, der am Morgen zu einem Streifzug durch die Wälder aufgebrochen war. Nadines Worte hallten ihr dabei durch den Kopf und schienen mit einem Mal gar nicht mehr so beunruhigend.

Plötzlich kribbelte es in ihren Gliedern. Sie sprang auf die Füße und überquerte die Wiese, auf der sie als Kind Ball gespielt hatte. Sie ging zu dem eingestürzten Bootsanleger und folgte dem Trampelpfad, der um den See führte.

Trotz des für diese Jahreszeit erstaunlich sonnigen Wetters sah das Wasser dunkel aus. Lea wusste, dass das an den dicht stehenden, hohen Bäumen lag, die den See umgaben. Aber für sie war dieser See seit Kindheitstagen eine verwunschene Spiegelfläche, die einem die Fingerspitzen gefrieren ließ, wenn man die Kühnheit besaß, die Oberfläche zu durchbrechen.

Wie überall auf dieser Seite des Sees ragten immer wieder rundköpfige Findlinge aus der dichten Vegetation am Ufer heraus. An einer Stelle schmiegten sich mehrere dieser Steine aneinander und bildeten so einen natürlichen Zugang zum Wasser. Lea zögerte einen Augenblick, dann kletterte sie auf den größten Findling, dessen glatte Oberfläche zum Verweilen einlud.

Sie setzte sich im Schneidersitz nieder, gab sich Kindheitserinnerungen hin und betrachtete das geheimnisvolle Wasser. Bilder von Raubfischen, die an chinesische Drachen erinnerten und schwerelos über den Grund des Sees glitten, setzten sich unwillkürlich zusammen. Rankenpflanzen mit Saugnäpfen wiegten sich in der Strömung, Luftblasen stiegen unablässig auf, und in einem Wald aus Algengestrüpp lauerte etwas Augenloses auf Beute.

Ein Flackern zog Leas Aufmerksamkeit auf sich. Sie blinzelte. Vom Anblick des Sees verzaubert, war sie unsicher, ob ihr die ungezügelte Fantasie vielleicht etwas vorgaukelte. Doch dann zeichnete sich unter der Wasseroberfläche eine helle Silhouette ab. Dort draußen war etwa aufgestiegen und bewegte sich nun dicht unter der

Oberfläche auf sie zu. Seeungeheuer und aufgedunsene Wasserleichen zogen an ihrem inneren Auge vorbei – schneller als das Licht und doch von grausamer Klarheit.

Als der schmale Umriss allmählich die Gestalt eines menschlichen Körpers annahm, atmete sie erleichtert aus. Aber selbst als Adams Kopf auftauchte, war der erschrockene Ausdruck noch nicht gänzlich von ihrem Gesicht gewichen. Obgleich er noch recht weit von ihr entfernt war, konnte Lea sehen, wie sich ein Grinsen auf seinem Gesicht ausbreitete.

Mit kräftigen Zügen schwamm Adam auf das Ufer zu und stieg dann behände über die Findlinge aus dem Wasser. Er blieb auf einem der unteren Steine stehen und schüttelte sich das Wasser aus dem Haar, das ihm an Wangen und Hals kleben blieb.

Leas Blick hing an seinem Lächeln fest, das sie nicht recht zu deuten wusste, während er zu ihr kletterte und sich mit angezogenen Beinen dicht neben sie setzte, die Unterarme locker auf die Knie gelegt.

Lea zwang sich, wieder auf den See zu schauen. Obwohl es ihr selbst albern vorkam, konnte sie die Aufregung, die seine Nähe auslöste, kaum überspielen. Ihre Wangen brannten, ihre Atmung beschleunigte sich auf verräterische Weise.

Eine flüchtige Bewegung ließ ihren Kopf herumfahren. Aber Adam hatte sich lediglich Wassertropfen aus den Wimpern gewischt – allerdings lächelte er immer noch, wie sie aufgewühlt feststellte. Im nächsten Moment ärgerte sie sich jedoch über ihre Schüchternheit. Wenn er so unverfroren war, seine Kleidung nicht zu holen, dann konnte sie ihn ja auch bedenkenlos ansehen, dachte sie sich mutiger, als sie sich fühlte. Trotzig ließ sie den Blick über seine mit Sommersprossen übersäten Schultern wandern. Sie erhaschte einen Blick auf seine behaarte Brust, auf der immer noch Wassertropfen hinabrannen, folgte dem dunklen Streifen am eingezogenen Bauch bis zu den angewinkelten Oberschenkeln, die außerordentlich lang und muskulös waren. Die Unterseite seines Schenkels folgte einem kraftvollen Schwung, der noch einmal einen leichten Bogen nach innen machte, ehe er in die Pobacken überging.

»Das Wasser muss sehr kalt gewesen sein«, platzte es aus ihr heraus. Dabei klang sie wie ein Kessel, der Druck ablassen musste, um nicht zu explodieren.

Adam ließ als Antwort lediglich ein zustimmendes Brummen vernehmen, dennoch ermunterte es Lea, um mit dem Zeigefinger an der Unterseite seines Schenkels entlangzufahren. Seine Haut fühlte sich eiskalt an. Unter ihrer Berührung stellten sich sämtliche noch feuchte Härchen auf, als hätte er einen leichten Stromschlag erfahren.

Er stützte seinen Kopf auf dem Oberarm ab, Mund und Kinn verborgen an der Schulter. Aber der Ausdruck der grünen Augen und die deutlich vertieften Lachfalten luden Lea zu mehr ein. Ihre Finger nahmen einen Umweg über die Hüfte, und als sie beim Rücken angelangt waren, legte sie die ganze Handfläche auf und nahm das Heben und Senken seiner Atmung mit ihrem Körper auf.

In diesem Augenblick verspürte sie neben der Erregung, die Adams nackter Körper an ihrer Seite auslöste, eine neue Empfindung … eine Mischung aus Vertrautheit und Zärtlichkeit. Sie legte ihm die Hand um den Nacken und zog ihn zu sich heran. Zuerst spannte sich seine Muskulatur an, doch dann drehte er sich willig um und legte den Kopf in ihren Schoß.

Behutsam beugte sie sich zu ihm hinab, bis ihre Lippen auf den kühlen, seidigen Widerstand der seinen stießen. Sie hielt einen Moment lang inne und nahm ihn mit allen Sinnen wahr. Sein Duft übermannte sie. Trotz der ersten Wildblumen, die neben den Findlingen blühten, und dem würzig-erdigen Geruch des Seeufers stieg ihr eine klare Note von Schnee in die Nase. Schnee, unter dem sich etwas Lebendiges, Pochendes verbarg. Etwas, das entdeckt werden wollte.

Während ihre Lippen sich erneut trafen, begann Leas Mund bei der sanften Berührung vor Vorfreude zu kribbeln, während ihre Augenlider so leicht auflagen, als träume sie. Als sie den Druck verstärkte, glitten Adams Lippen auseinander, ließen sie ein. Einen Augenblick lang zögerte sie, dann folgte sie der Einladung.

Während seine Lippen wie vom Frost überzogen waren, hatte eine Glut in seinem Innersten alles zum Lodern gebracht. Lea tauchte in die Wärme ein, gab sich ihr hin. Der Kuss war sinnlich und von einer Tiefe, dass sie mit Haut und Haaren an Adam verloren ging. Sie schmeckte und fühlte ihn schmerzlich intensiv. Es strömten so viele Gefühle und Bedürfnisse auf sie ein, dass weder Leidenschaft noch Erregung allein die Oberhand gewinnen konnten. Er schmeckte wie die Erfüllung eines Versprechens, an das sie unauslöschlich geglaubt hatte, seit sie das erste Mal in seinen Bann geraten war. In diesem Augenblick wurde zwischen ihnen ein Band geknüpft, zu dem Worte nicht imstande gewesen wären. Ihn endlich zu küssen war traumhaft erregend, aber auch verstörend, so dass ein Teil von ihr in Tränen ausbrechen wollte.

Adam erwiderte ihren Kuss mit einer Leidenschaft, die sie erschütterte und zugleich trunken machte vor Glück. Er war verspielt und fordernd. Während er sie immer wieder einlud, seinen Mund zu erforschen, die Lippen mit den seinen zu verschmelzen, bedrängte er sie jedoch nicht weiter. Dabei strahlte seine Haut eine Hitze aus, die mehr über seine Wünsche verriet, als ihm gewiss lieb war. Dieser Kuss war sinnlich und noch viel mehr.

Lea war derart versunken in das Spiel ihrer beiden Münder, dass sie nicht einmal auf die Idee kam, die Hände auszustrecken und den Körper des Mannes vor sich zu erkunden. Alles, was sie tun konnte, war, Adam zu küssen und sich darüber hinaus zu bemühen, vor Hingabe nicht den Verstand zu verlieren. Als sie sich schließlich atemlos von seinen Lippen löste, verweilte sie noch einen Augenblick dicht über seinem Gesicht, unfähig, sich zu rühren.

Wenn sie gleich die Augen öffnete, was würde sie sehen?

Langsam hob sie die Lider und sah Adam an. Auf seinem unwirklich schönen Gesicht war nicht eine Spur der Maske zu finden, die er in ihrer Gegenwart so lange getragen hatte. Er war ganz bei ihr, nichts in ihm zögerte oder schreckte gar zurück.

Obwohl es sie reizte, endlich seinen ausgestreckten Körper zu betrachten, konzentrierte sie sich auf sein Gesicht. Sie strich ihm das Haar zurück und beobachtete die Züge, die in ihrer Jugendlichkeit nicht recht zu dem Mann passen wollten, den Lea kannte. Ihre Finger glitten über die angedeuteten Vertiefungen um die Augen, die kaum nennenswerten Querfalten auf der Stirn. Adams Gesicht verriet nur wenige Spuren von Lebenserfahrung, trotzdem glaubte sie eine seltsame Anspannung der Muskulatur unter der Haut erspüren zu können. Ein weitgehend unberührtes Gesicht, höchstens Anfang dreißig, das zu einem Wesen gehörte, das schon zu viel gesehen und erlebt hatte.

Er sieht beinahe jünger aus als ich, stellte sie erstaunt fest und fragte sich zum ersten Mal, in welcher Lebensphase Adam wohl zu dem gemacht worden war, der er jetzt war. Mit einem Mal wurde ihr bewusst, dass sein Äußeres sich nicht verändert hatte, seitdem sie ihn kennengelernt hatte. Diese Stagnation irritierte sie. So unberührt durchs Leben zu gehen, hatte etwas Seelenloses an sich.

Adam regte sich kurz, wie um sie aus ihren Gedanken und wieder zu sich zurückzuholen. Doch als Lea ihn anschaute, schenkte er ihr lediglich ein entspanntes Lächeln und kuschelte sich tiefer in ihren Schoß. Während seine Lider schwer wurden und sich langsam schlossen, wanderten ihre Gedanken zu den antiken Göttern der Griechen. Unsterblich und ewig jung, konnten sie sich auch nicht entwickeln, steckten in ihrer Rolle fest. Vielleicht machte ja genau das Adam zu etwas Besonderem: Er hatte sich weiterentwickelt. Er war in der Lage gewesen, eine Entscheidung zu treffen. Seinen eigenen Weg zu gehen.

Während Lea sein Gesicht studierte, entspannte sich sein Körper zusehends, und seine Lippen öffneten sich leicht. Das Zucken der geschlossenen Augenlider beruhigte sich nach und nach, bis es schließlich ganz aufhörte. Adam war in ihren Armen eingeschlafen.

22

Die Entführung

Die Zeit verstrich unbemerkt, während Lea auf Pfaden wandelte, die auf kein Ziel gerichtet waren. Sie streifte Erinnerungen an das schnappende Geräusch vom Feuerzeug ihrer Mutter, dem Rhythmus ihrer Kindheit, und verweilte an einem Ort, an dem Gedichtfetzen, Songtexte und Impressionen von Gemälden umherschwirrten. Ungewöhnlich lange hielt sie vor einer Collage inne, die sich aus mentalen Schnappschüssen von Adam zusammensetzte: sein lächelnder Mund ... das Seitenprofil wie ein Scherenschnitt ... die Stirn störrisch gerunzelt ... seine entspannten Züge, kurz bevor er einschlief. Als sie einen Ausschnitt entdeckte, auf dem er verblüfft aussah, freute sie sich besonders – eine wahre Rarität. Sie ließ sich weitertreiben, vorbei an Bruchstücken aus Unterhaltungen, dem Farbspiel eines Sommercocktails, den Nadine für sie bestellt hatte, eine zärtliche Berührung an ihrer Schulter, bis sie das dunkle Wasser des Sees aufgriff und es in eine unendlich einsame Meereslandschaft verwandelte.

Lea war derartig in ihren inneren Kosmos versunken, dass sie gar nicht reagierte, als ihre Taille mit festem Griff umschlungen wurde und sich eine Hand über ihren Mund legte. Erst als die Worte »schwitzig« und »weich« in ihr Bewusstsein drangen, wurde sie in die Gegenwart zurückkatapultiert.

Adam war nicht »schwitzig« und »weich«!

Ein Zischen, als entwiche einem Kolben Druck, riss sie endgültig aus ihrer Verträumtheit. Sie blinzelte und blickte auf ein paar Wurstfinger, die gerade ein metallisch schimmerndes Gerät von Adams Hals entfernten, wo nun ein blutrotes Mal aufleuchtete. Adams schmerzverzerrte Gesichtszüge entspannten sich im selben Augenblick.

»Das war fast zu einfach«, sagte eine näselnde Stimme, die unangenehm vertraut klang. »Aber auch sehr klassisch. Denn was macht man mit einem gefährlichen Wachhund? Man betäubt ihn, ehe er zuschnappen kann.«

Obwohl alles in Lea vor Wut und Verzweiflung aufbrüllte, unternahm sie keinen Versuch, den Griff, mit dem ihre Arme an den Körper gepresst wurden, abzuschütteln. Wer immer sie von hinten gefangen hielt, war unleugbar stark. Stattdessen widmete sie sich der Gestalt, die auf Augenhöhe vor ihr hockte: Adalbert. Eben jener Adalbert, der ihr vor einigen Jahren mit seinem Angriff auf Etienne Carrière vor Augen geführt hatte, wozu der Dämon Adam treiben konnte.

Adalberts Gesicht war ihr so nah, dass jeder einzelne der vernarbten Krater auf der verätzten Haut sichtbar war. Erwartungsfroh stierte er ihr in die Augen, als hoffe er dort Schrecken und Verzweiflung zu finden. Aber eine solche Genugtuung wollte sie diesem Mistkerl auf keinen Fall gewähren. Außerdem war sie viel zu aufgebracht, um Furcht zu empfinden: Adalbert hatte sie überrumpelt und dadurch diesen verzauberten Vormittag, der nur Adam und ihr gehören sollte, an sich gerissen und ihn mit seiner Gegenwart beschmutzt. Darüber war sie noch zorniger als über die Tatsache, dass es ihm gelungen war, sie beide so mühelos in seine Gewalt zu bringen.

Sie verengte die Augen zu Schlitzen und funkelte Adalbert voller Verachtung an. Er seufzte ergeben, fasste Adam mit einem brutalen Griff in das immer noch feucht glänzende Haar und zerrte seinen Kopf hin und her. Als Adam nicht die leiseste Reaktion zeigte, ließ er ihn zurück in Leas Schoß fallen. Lea biss die Zähne zusammen: Der Kopf fühlte sich so schwer an wie ein Stein. Wo immer auch Adam sich gerade befand, mit seinem Körper war er nicht verbunden.

Aus der aufgesetzten Tasche seines Tropenanzugs fischte Adalbert ein Stofftuch heraus, an dem er sich demonstrativ die Finger abwischte. »Der kommt nicht mal mehr zu sich, wenn er mit den Füßen voran in einen Schmelzofen geschoben wird«, erklärte er der Person, die hinter Lea kniete und sie – nun ohne übermäßigen Druck – umklammert hielt.

Plötzlich tauchte Maibergs Rattenvisage neben Adalbert auf, so als hätte er sich hinter einem der Bäume versteckt und darauf gewartet, dass sein Herr Entwarnung gab. Sofort machte er sich eifrig dran, Adam von Leas Schoß zu rollen. Dabei vermied er es übertrieben sorgsam, Lea auch nur zu streifen, als hätte sie eine ansteckende Krankheit. Trotz der Feigheit, die jede seiner Gesten verriet, ließ sich Maiberg nicht davon abhalten, ihr ein »Schön brav bleiben, Drecksstück« zuzuzischen.

Lea wusste nicht, welche der beiden Kreaturen sie mehr verabscheute: den brutalen Adalbert oder seinen schmierigen Handlanger. Adam nackt und ausgeliefert zu ihren Füßen liegen zu sehen trieb sie fast in den Wahnsinn. »Was habt ihr mit Adam und mir vor? Steht irgendwo zwischen den Bäumen schon ein Salzsäurefass bereit?«, fragte sie, sich vor der Antwort fürchtend.

»Nein, für unsere Bemühungen, euch beide in einem Stück abzuliefern, erwartet uns die Aussicht, dass ihr deutlich länger leiden werdet, als es in einem schlichten Säurebad der Fall wäre. Mein Mentor erwartet euch sehnsüchtig, schließlich hat er schon viel Außergewöhnliches über dich und deinen tollwütigen Freund gehört. Akinora war ganz aus dem Häuschen, wie ich hörte. Doch schient ihr beide von einem Moment zum anderen wie vom Erdboden verschluckt worden zu sein. Nun, jetzt haben wir euch ja, nicht wahr?«

Adalbert legte eine solche Selbstzufriedenheit an den Tag, dass Leas Magen sich vor Zorn zusammenzog. Gerade als ihr unbekannter Wächter, der sie die ganze Zeit über reglos festgehalten hatte, sie mit schockierender Leichtigkeit hochzog, winkelte sie ihre Beine an und trat heftig, aber wahllos aus. Adalbert brachte sich rasch in Sicherheit, doch zu ihrer unendlichen Befriedigung gelang es ihr, Maiberg am Ellbogen zu erwischen. Sein Aufheulen und die kindliche Empörung in seinen Augen nahmen ihr wenigstens etwas von der Wut.

Plötzlich wurde ihr mit einem Ruck die Luft aus den Lungen gepresst – ihr Wächter war aus seiner Lethargie erwacht. Für eine Sekunde wurde ihr schwarz vor Augen, dermaßen kraftvoll war der Griff des Arms.

»Das nächste Mal reagieren wir aber etwas zügiger, nicht wahr, Randolf?« Adalbert hatte erneut sein Tuch hervorgezaubert und wischte sich über die verschwitzte Stirn.

»Bestimmt«, lautete die melancholische Antwort.

Als Lea wieder klar sehen konnte, gelang es ihr, einen Blick auf ihren Wächter zu erhaschen. Ein massiges Gesicht und geschorenes Haar überragte sie um Hauptes-länge. Ihr drängte sich das Bild einer Bulldogge auf, allerdings bis ins Groteske vergrößert. Aber es passte zu dem schweren Arm mit den unzähligen orangefarbenen Härchen, der sie wie in einer Zwangsjacke gefangen hielt. Ein lebloses Augenpaar blickte sie gleichmütig an – zumindest schien ihr der Riese ihren Wutausbruch nicht übel zu nehmen.

In der Zwischenzeit machte sich Maiberg an dem bewusstlosen Adam zu schaffen. Was genau er in Erfahrung zu bringen gedachte, indem seine Finger über Adams nackten Körper wanderten, war Lea ein Rätsel. Offensichtlich sah Adalbert das ähnlich, denn er tippte Maiberg mit einer Schuhspitze an. Nur widerwillig zog der Handlanger seine Finger zurück.

»Maiberg hat eine Schwäche für Kreaturen, die ihm ausgeliefert sind. Kein besonders hübscher Charakterzug, aber schließlich brauchen wir alle etwas, das uns gebührend motiviert«, erklärte Adalbert, als doziere er, vor einem Kaminfeuer sitzend, über die Unbill des Lebens. Dafür hatte Lea nur ein verächtliches Lächeln übrig, das Adalbert indessen wenig zu beeindrucken schien. »Ihr beide habt in eurer Zweisamkeit aber auch wirklich einen rührenden Anblick geboten. Kein Wunder also, dass längst verschüttet geglaubte Gefühle in Maiberg geweckt wurden. Auch wenn die damit einhergehende Fantasie wahrscheinlich nicht nach Ihrem Geschmack sein dürfte.«

Der massige Mann strich sich einen Fussel von der Schulter, was eher danach aussah, als wolle er sich selbst zu diesem Geniestreich gratulieren. Lea schüttelte es. »So ein hübsches Paar, mitten im Herzen der Natur. Wer hätte je vermutet, dass Adam sich zähmen ließe? Ich habe ihn eher mit gefletschten Zähnen und blutverschmierten Fäusten in Erinnerung. Jederzeit bereit, seiner Wildheit freien Lauf zu lassen. Was der Schoß einer sterblichen Frau so alles bewirken kann ... Eigentlich ist es – nun ja – ernüchternd. Raubt es ihm doch etwas von seiner Größe, wenn Sie verstehen, was ich meine. Da betreibt man solch einen enormen Aufwand, um ihn an die Kette zu legen, ohne allzu viel Schaden anzurichten. Und dann stellt sich heraus, dass aus ihm ein Löwe geworden ist, der sich im Paradies wähnt. Friedlich an der Seite seines Lämmchens.«

»Adalbert«, sagte Lea, bewusst Adams trägen, arroganten Ton imitierend. »Du schwitzt, und bevor du dir diesen netten Anzug vollends ruinierst, sollten wir einfach aufbrechen. Also, gibt es noch irgendetwas, das du unbedingt sagen musst? Irgend so einen aufgeblasenen Unfug wie bei unserem letzten Zusammentreffen, ehe Etienne dir die Hölle heißgemacht hat?«

Adalbert bleckte die Zähne, was vermutlich als Beweis durchgehen sollte, dass keins von Leas Worten seine innere Schutzbarriere durchdrungen hatte. »Ich würde dir ja gerne eine von diesen Betäubungsdosen hier anbieten, damit du unsere Anwesenheit nicht länger ertragen musst. Aber ich befürchte, dass sie ein wenig zu potent für deine Konstitution ausfallen. Falls du trotzdem darauf bestehen willst?« Fragend hob er die Augenbrauen an.

Lea sparte sich eine Antwort.

Es war zum Verzweifeln: All die vielen Jahre war Adams ganzes Sinnen darauf ausgerichtet gewesen, diesen einen Mann in die Finger zu bekommen. Und gerade in dem

Moment, wo er endlich mit der vergeblichen Suche abgeschlossen und seinem Leben einen neue Ausrichtung gegeben hatte, tauchte Adalbert wie ein vorwitziger Schachtelteufel auf. Aber es machte nicht den Anschein, als handele Adalbert aus eigener Motivation heraus. Dahinter steckte jemand anderes, jemand mit Möglichkeiten und einem Interesse, das über Rachegelüste hinausging – jemand, der Adalbert eine Betäubungspistole in die Hand gedrückt hatte, weil es für ihn nicht von Vorteil wäre, Adams Überreste aus einem Salzsäurebad herauszufischen. Und für sie selbst war offensichtlich nicht einmal ein Betäubungsmittel vorgesehen. Keine Verunreinigung des Blutes, kein Risiko, dass ihr etwas geschah.

Lea glaubte in einer Endlosschlaufe festzuhängen, untermalt vom Brummen des Motors und dem stoßweise ausgespuckten Atem Maibergs. Die Landschaft zog hinter den getönten Scheiben des Vans vorbei wie eine Rollkulisse im Theater, unwirklich und fremd. Immer wieder wurde diese seltsame Fahrt unterbrochen, wenn Adalbert den Wagen stoppte und kommentarlos zu ihnen nach hinten einstieg. Mit einem unwirschen Handgriff strich er Adam dann die Haare aus dem Nacken, um ihm eine weitere Betäubungsdosis zu verabreichen.

Jedes Mal wenn das Zischen der sich entleerenden Patrone aufklang, zog sich Leas Magen schmerzhaft zusammen. Einmal hatte sich unter der Einstichstelle ein münzgroßer Bluterguss gebildet und sich rasch ausgebreitet wie ein Tropfen Tinte in einem Glas Wasser. Doch bevor sie die Form des Fleckens hatte ausmachen können, hatte der Dämon die kleine Wunde schon geheilt. Das Betäubungsmittel lieferte ihm offensichtlich einen schweren Kampf. Zumindest zuckte Adam nicht einmal leicht zusammen, wenn die Spritze die Haut an seinem Hals durchschlug und die Flüssigkeit mit Hochdruck ins Gewebe gejagt wurde.

Während Adalbert am See eine Plastikschnur um ihre Handgelenke festgezurrt hatte, hatten der Riese namens Randolf und der asthmatisch röchelnde Maiberg sich um Adam gekümmert. Doch schon nach ein paar Schritten war Maiberg der leblose Körper, den er unter den Achseln hielt, entglitten, und Adams Kopf und Schultern waren dumpf auf den mit Steinen gespickten Weg aufgeschlagen. Daraufhin hatte der Riese die Stirn gerunzelt und war in die Hocke gegangen. Nachdem er den bewusstlosen Adam geschultert hatte, hatte er zitternd die Knie durchgedrückt und war dann den Weg zur Holzhütte zurückgetrottet, wobei Maiberg zwei Schritte hinter ihm hergeschlichen war und sich verträumt die Hände gerieben hatte.

Lea hingegen hatte sich von der personifizierten Selbstzufriedenheit namens Adalbert auf dem Schotterweg vorantreiben lassen, ohne auch nur den geringsten Widerstand zu leisten – wozu auch? Selbst wenn es ihr gelungen wäre, Adalbert zu entkommen, so wäre da noch die Frage gewesen, wie sie den achtzig Kilo schweren, bewusstlosen Mann befreien und mit ihm fliehen sollte. Und ohne Adam konnte sie nicht gehen.

Sich dieser Tatsache ergebend, hatte sie sich stoisch auf die Rückbank des Vans stoßen lassen. Mit der Gelassenheit war es allerdings vorbei gewesen, als sie hatte zusehen müssen, wie ihre Entführer mit Adam umsprangen. Als der Riese ihn auf den bloßen Boden des Vans hatte gleiten lassen, als wäre er lediglich ein lästiges Gepäckstück, hatte sie ihre Fingernägel im Bezug des Sitzes vergraben. Schließlich war Maiberg ins Wageninnere geklettert und hatte Adam grob auf den Bauch gerollt. So hatte er dessen Beine leicht anwinkeln können, damit sich die Schiebetür schließen ließ. Seine Finger waren dabei deutlich länger als nötig über Adams nackte Haut gewandert. Am liebsten hätte sich Lea mit einem Kampfschrei auf Maiberg gestürzt und seine Dreckspfoten ein paar Mal kräftig in der Schiebetür eingequetscht. Aber da hatte ihr Randolf, der sich neben ihr auf der Sitzbank niedergelassen hatte, bereits die schwere Hand auf die Schulter gelegt.

Seit Adalbert den Wagen angelassen hatte, lag Adam reglos auf dem Boden, und zu ihrem Elend konnte Lea sein Gesicht in dieser Position nicht sehen. Aber seine Schultern hoben und senkten sich regelmäßig, als schlafe er immer noch in ihrem Schoß und träume von schönen Dingen.

Eingezwängt zwischen dem Riesen und Maiberg, saß sie auf der Rückbank. Während hinter ihr die Hütte ihres Vaters immer kleiner wurde und schließlich ganz zwischen den Bäumen verschwand, schob sie vorsichtig die Zehenspitzen unter Adams Rippenbogen. Durch den Seidenstoff ihrer Ballerinas drang schwach die Wärme seines Körpers.

»Könnt ihr ihm nicht wenigstens eine Decke überlegen?«, fragte sie tonlos.

»Braucht der nicht«, nuschelte Maiberg. Dabei entging Lea nicht der erregte Ausdruck, der für einen Augenblick über sein Rattengesicht huschte.

Nach einiger Zeit bemerkte sie, dass Maiberg sich übertrieben stark von ihr fernhielt. Wenn ihre Schultern sich gelegentlich streiften, zuckte er zurück, als hätte sie ihm einen Stromschlag verpasst. Und während der ganzen Zeit tanzte einer seiner Oberschenkel nervös auf und ab, peinlich darauf bedacht, nicht zur Seite auszubrechen und Lea zu streifen. Zunächst versuchte auch sie, jede Berührung zu vermeiden – schon deshalb, weil sie sich vor diesem schmierigen Kerl ekelte. Aber je häufiger Maibergs zunehmend geiler Blick auf Adam ruhte, desto mehr kochte es in ihr.

Lea verlagerte ihr Gewicht in Richtung Adalberts Gehilfen und stellte zufrieden fest, wie dieser zurückwich und schon bald zusammengekauert und röchelnd an der Seitenwand des Vans klebte. Mit kühler Berechnung bohrte sie ihm den Ellbogen in die Seite und bemühte sich, ihren Busen an seinen Oberarm zu pressen. Dann platzierte sie ihren aufreizend geöffneten Mund nur einen Hauch von seinem mittlerweile kalkweißen Gesicht entfernt und hauchte ein »'tschuldigung«. Da Maiberg nur schwach quiekte, setzte sie noch einmal nach, indem sie ihr Knie an seinem rieb, während sich ihre Hand in Richtung Oberschenkel aufmachte. Genüsslich beobachtete sie die sich ausbreitende Panik in Maibergs Augen.

»Ganz schön eng hier«, flüsterte sie ihm mit einer sexy Stimme zu.

»Das machst du doch mit Absicht, du dummes Miststück«, platzte es aus Maiberg heraus. Fluchtartig kletterte er über die Lehne auf den Vordersitz und legte dabei eine erstaunliche Gelenkigkeit an den Tag. Befriedigt stellte Lea fest, wie Maiberg sich immer noch angeekelt schüttelte, während Adalbert ihn zur Rückkehr auf seinen alten Platz zu bewegen versuchte. Aber alles Drohen und Schimpfen nutzte nichts, Maiberg blieb, wo er war.

»Jetzt biste aber friedlich, ja?«, raunte der Riese Lea ins Ohr. Während der kleinen Szene hatte er keinerlei Regung gezeigt. Auch jetzt hingen seine Pausbacken ungerührt hinab, und sein wässriger Blick gab keine Gefühlsregung preis.

Lea nickte kaum merklich und lehnte sich zufrieden in die Polster zurück. Auch gefangen und ohne Hoffnung auf Entkommen musste man sich schließlich nicht alles bieten lassen.

Seit sie die Hütte am See verlassen hatten, war der Van stets in Richtung Norden gefahren und hatte am späten Nachmittag einen verlassenen Grenzposten passiert. Als die Nacht schließlich einbrach, fuhren sie schon seit einiger Zeit auf einer Schnellstraße, die durch nicht enden wollende Wälder führte. Die einzige Unterbrechung der Eintönigkeit bestand in Schildern, die vor Wildwechsel warnten, und den gelegentlich aufleuchtenden Lichtern eines anderen Fahrzeugs. Irgendwann schlief Lea ein.

Als sie wieder erwachte, stand der Wagen still und durch die offene Fahrertür wehte ein frischer Wind herein, der nach Harz und nassem Laub roch. Darunter lag eine feine Spur von Salz.

Durch halb geschlossene Lider versuchte Lea, einen Blick auf die Welt außerhalb des Vans zu erhaschen. Es schien später Nachmittag zu sein, denn die nur kurz hinter einer dichten Wolkendecke auftauchende Sonne stand schon sehr tief. Ein leichter Regenschauer ging nieder und wusch alle Konturen unscharf. Offensichtlich hatten sie die Schnellstraße verlassen und befanden sich nun am Ende einer Schotterpiste, die von hohem Baumbestand umringt war.

Unangenehm berührt stellte Lea fest, dass sie sich im Schlaf an Randolf gekuschelt hatte. Er hatte ihr sogar den Arm um die Schultern gelegt wie ein großer Bruder.

Mühsam unterdrückte sie den Drang, den Arm abzuschütteln – haftete der Geste doch etwas Fürsorgliches und Unschuldiges an. Hastig suchte ihr Blick Adam, der unverändert dalag, dann schaute sie hinaus durch die Frontscheibe des Vans, vor dem gerade ein mannshohes Gatter wie von Geisthand geschoben aufschnurrte. Am Maschendrahtzaun, der sich zu beiden Seiten zwischen den Bäumen verlor, baumelte ein Schild, dessen rot-weiße Lackierung mit Rostflecken übersät war. Trotzdem konnte Lea die Worte entziffern: *Privatgelände – Zutritt untersagt.*

Die Abzäunung machte zwar auf den ersten Blick einen heruntergekommenen Eindruck, trotzdem würde sie jeden Wanderer zu einem Umweg zwingen. Der Stacheldraht, mit dem Gatter und Zaun großzügig bedacht waren, machte eine Kletteraktion unmöglich. Außerdem war das einzig Interessante hinter dem Zaun ein verrotteter Wellblechhangar, dessen Flügeltüren offen standen und einen Blick auf gähnende Leere boten. Wie ein Haufen vergessener Schrott schmiegte sich der Hangar an den Berg dahinter. Dieser deprimierende Anblick würde niemandes Abenteuerlust beflügeln, da war sich Lea sicher. Warum bloß hatte Adalbert sie in diese Einöde verschleppt? Sie kaute auf ihrer Unterlippe herum, während sie sich einen Reim auf das Ganze zu machen versuchte.

Während sich das Gatter hinter ihnen wieder schloss, holperte der Van den Schotterweg entlang. Adalbert tippte eine Zahlenfolge ins Handy ein, woraufhin die Rückseite des Hangars zur Seite glitt und einen dunklen Tunnel frei gab, groß genug, dass der Van hineinfahren konnte.

Die Lichtpegel der Scheinwerfer beleuchteten eine sich in der Dunkelheit verlierende Flucht von grauen Wänden. Bei der Vorstellung, in dieses dunkle Loch zu fahren, während sich hinter ihnen der Ausgang zur Welt schloss, kniff Lea panisch die Augen zusammen. Hervorragend verborgene Tunnel im Niemandsland, die in ein Bergmassiv führten, erweckten ihre Fantasie zum Leben. Doch die klaustrophobischen Bilder, die ihr im Schnelldurchlauf durch den Kopf schossen, waren wenig hilfreich: Sie ließen ihr den kalten Schweiß ausbrechen.

Tatsächlich neigte sich der Tunnel abwärts. Während der Van seinen Weg in die Tiefe des Berges antrat, stieg es Lea brennend die Speiseröhre hoch. In ihrer Verzweiflung presste sie das Gesicht gegen Randolfs Brust, der ihr beruhigend den Rücken tätschelte, als wäre sie ein kleines Mädchen, das sich gerade vorm schwarzen Mann erschreckt hatte. Als der Wagen endlich zum Stehen kam, machte er sich vorsichtig von ihr frei und bugsierte sie in eine aufrechte Haltung.

Ehe Lea sich sammeln konnte, wurde ihr plötzlich ein sackförmiges Tuch über den Kopf gestülpt. Automatisch atmete sie vor Schreck tief ein, so dass der leichte Stoff in ihren Mund gesogen wurde und für einen Moment an Lippen und Zunge haften blieb. Ein kühler, glatter Schleier, der ihre Atemwege zu versiegeln drohte. Sie stieß einen qualvollen Laut aus.

Sofort bohrten sich Finger in ihre Oberarme, und sie wurde grob durchgeschüttelt. »Nun mal keine Sorge, Mädchen«, hörte sie Adalberts gereizt klingende Stimme. »Durch Seide lässt es sich ganz hervorragend atmen. Wir wollen dich ganz gewiss nicht ersticken, schließlich handelt es sich bei dir doch um wertvolle Fracht. Aber wo sich die Ausgänge des Höhlensystems befinden, dass brauchst du schließlich nicht zu wissen. Auch wenn du es sowieso nicht lebend verlassen wirst.«

Mit diesen Worten wurde Lea aus dem Wagen gezerrt. Dabei trat ihr Fuß auf etwas, das sie instinktiv als Adams ungeschützte Ferse erkannte. Schnell versuchte sie, das Gewicht zu verlagern, rutschte jedoch ab, und es erklang ein feines Knacken. Schuldbewusst zuckte sie zusammen.

»Bewegung, Maiberg!«, schimpfte Adalbert unterdessen. »Du hilfst Randolf dabei, den Kerl zu tragen. Der ist immer noch ganz weggetreten.«

Ohne Widerstand ließ sie sich von Adalbert führen, während ihr das Tuch über dem Kopf das Gefühl gab, ihre fünf Sinne wären in Watte gewickelt. Jedes Mal wenn sie ausatmete, kroch ihr der eigene Atem in die Nase, bis ihr ganz schummerig wurde. Nur undeutlich vernahm sie das feine Summen von Leuchtstoffröhren und das Schlurfen, wenn Adalbert seinen Fuß auf dem sandigen Boden nachzog. Unweigerlich fragte sie sich, ob das Hinken vielleicht ein Andenken an jene Nacht war, in der er Adam vor Jahren die Stirn geboten hatte. Aber wer konnte schon sagen, welche dunklen Pfade Adalbert seitdem beschritten hatte? Zumindest hatte sich seine Technik deutlich verfeinert, wenn es darum ging, einen Unsterblichen schachmatt zu setzen.

Hinter ihr erklang das Keuchen des Riesen Randolf, der Adam nach einem weiteren Missgeschick Maibergs wieder allein zu tragen schien. Ängstlich lauschte Lea auf ein Poltern, das bewies, dass er die schwere Last nicht länger allein schultern konnte. Wenn seine Kräfte ihn verließen, würde er sicherlich nicht sanft mit Adam umspringen, befürchtete sie.

Mit einem Mal drang ein seltsam verwobener Klangteppich an ihr Ohr. Zuerst schwach und zusammenhanglos, dann immer klarer … Jemand fluchte ausgiebig in einer Sprache, die Lea nicht zuordnen konnte … Jemand anders schrie abgehackt, als ahme er einen Vogel nach … Jemand rezitierte Nonsens-Gedichte … Gedämpft, flüsternd, wie aus großer Tiefe sickerten die Geräusche an ihr Ohr. Versteckte, eingesperrte Stimmen, sie schwirrten durcheinander, lockten: Komm näher, komm spielen, schau, was ich hier für dich habe. Komm lass dich ertasten, verführen, opfern! Wie tausend gierige Finger berührten die Stimmen Lea, während sie einander aufwiegelten und gleichzeitig zu übertönen versuchten. Ein ohrenbetäubendes Durcheinander, das doch nur einem einzigen Sinnen entsprang: dem unbändigen Wunsch des Dämons nach Blut, das so nah und doch so unerreichbar war, dass der Wunsch in Wahnsinn umschlug.

Lea war kurz davor, »Seid endlich still!« zu brüllen, ganz gleich, wie lächerlich der Versuch auch sein mochte. Aber vielleicht wäre dadurch etwas von dem Druck verschwunden, den Erdreich und Gestein, die sich über ihren Köpfen auftürmten, auf sie ausübten. Die Stimmen verstärkten das übermächtige Gefühl, gefangen zu sein, ins Unerträgliche. Pressten ihr die Luft aus den Lungen. Sie begann zu keuchen, hörte, wie sich das Geräusch, mit dem die Luft immer schneller ihren Lungen entfloh, mit dem Stimmengewirr vermischte.

Plötzlich hielt Adalbert an, packte sie an den Schultern und schüttelte sie brutal durch. Einen Augenblick glaubte Lea, die Besinnung zu verlieren, dann stellte sie überrascht fest, dass um sie herum Stille herrschte.

»Das machen sie gern mit Neulingen«, erklärte Adalbert. Dann befreite er ihre Handgelenke von der Plastikschnur.

Neben ihnen ließ Randolf mit einem Ächzen, als drohe etwas in ihm zu zerreißen, Adams Körper zu Boden gleiten. Adalbert gab Lea einen kleinen Schubs, und plötzlich verwandelte sich der Boden unter ihren Füßen in schwankende Planken.

»Gut festhalten!«, krächzte Maiberg vergnügt.

Instinktiv streckte Lea die Arme aus, bekam einen Handlauf zu fassen und krallte sich an ihm fest. Es folgte ein Moment der Schwerelosigkeit. Ein Fall in die Tiefe, dann rammten die Planken unter ihren Füßen festen Grund. Ein weiterer Schubs gegen ihren Rücken ließ sie taumeln und unsanft auf allen vieren landen. Unter der einen Hand fühlte sie Geröll, unter der anderen nackte Haut – Adams Brust. Hilflos schluchzend hielt sie sich an ihm fest.

»Willkommen im Raubtierkäfig«, erklang Adalberts Stimme aus einiger Entfernung, irgendwo weit über ihr. Die nasale Stimme warf ein flüchtiges Echo.

Mit einer fahrigen Bewegung zog Lea sich den Sack vom Kopf und strich sich das Haar aus den Augen. Ungläubig schaute sie sich um: Man hatte sie in einer Felsenlandschaft ausgesetzt. In einer riesigen Höhle, berichtigte sie sich, während ihr Blick nach oben zu einer unregelmäßig gewölbten Decke wanderte. Das war also ihr Ziel gewesen: eine in sich geschlossene, steinerne Welt tief im Herzen der Erde.

In unerreichbarer Höhe waren einige Scheinwerfer angebracht, denen es jedoch nur unzureichend gelingen wollte, die Tiefen der Höhle auszuleuchten. Außerdem schwankten die Strahler sanft an dem Gestänge, an denen sie aufgehängt waren. Das Ergebnis bestand in einer für das Auge verwirrenden Mischung aus Dämmerlicht und schwarzen Stellen, die für Sekundenbruchteile an Konturen gewannen und dann gleich wieder verschwanden.

Unsicher betrachtete sie die Höhle, deren ganzes Ausmaß sie nur erahnen konnte: Schatten und große Felsbrocken versperrten die Sicht. Der Boden war durchsetzt mit Rillen und Geröll. Die kühle Luft stand unbeweglich still und unterstrich mit ihrer Schwere die Abgeschiedenheit dieses Käfigs. Verstärkt wurde dieser Eindruck durch die leicht nach innen gewölbten Wände, die jeden Augenblick einem immensen Druck nachzugeben und in tausend Stücke zu zerbersten drohten. Dieser verstörende Eindruck und ihr Gespür für Gefahren flüsterten Lea ununterbrochen zu, zu fliehen. Dieser Ort war nicht dafür gedacht, von Menschen betreten zu werden. Hier unten sollte eigentlich ewige Dunkelheit herrschen. Die Vision einer Unterwasserwelt zog vor ihrem inneren Auge vorbei, unterstrichen von dem Geruch von Salz.

Lea schüttelte die Ahnung wie eine lästige Berührung ab, dann fand sie den Auslöser: Als hätte jemand eine Ader in den Steinboden gesprengt, schlängelte sich ein Wasserlauf mitten durch die Höhle und verschwand dann in der Felswand. In die Öffnung im Gestein war ein Eisengitter eingelassen. Aber selbst wenn es diese rostigen Stangen nicht gegeben hätte, hätte der zügig fließende Bach keine Fluchtmöglichkeit für Lea dargestellt. Ohne auch nur eine Fingerspitze eingetaucht zu haben, wusste sie, dass das Wasser eisig kalt war. Selbst Adam könnte nicht in diese Dunkelheit eintauchen. Denn wer mochte schon wissen, wohin das Wasser führte? Wie musste es sein, plötzlich gefangen an eine Verengung des Unterwassertunnels zu stoßen und sich nicht wieder gegen den reißenden Strom zurückbewegen zu können?

Unwillkürlich schauderte sie.

Direkt vor ihr schoss eine spiegelglatte, in sich gekrümmte Felswand etwa fünf Meter in die Höhe und endete in einem überstehenden Vorsprung. Dort oben war Randolf, der ein Gestell befestigte, wie es Fensterputzer in alten Hollywood-Filmen benutzten: Ein Käfig mit schlichtem Bretterboden und einem Handlauf, der mehr schlecht als recht Halt bot. Außerdem entdeckte sie Adalbert, der ihr eine flüchtige Kusshand zuwarf, ehe er sich zum Gehen abwandte.

»Mach bloß, dass du wegkommst«, flüsterte sie und schlang die Arme um ihren Körper. In Wirklichkeit wäre es ihr in diesem Moment unendlich viel lieber gewesen, wenn Adalbert sie mit seinem dünkelhaften Gehabe in den Wahnsinn getrieben hätte, anstatt sie mit dem besinnungslosen Adam in dieser riesigen Grabkammer zurückzulassen.

Gab es hier unten tatsächlich ein Raubtier, wie Adalbert angedeutet hatte? Kauerte es hinter einem Felsen oder im schwarzen, rasch dahinfließenden Wasser? Hatte man sie den ganzen Weg hierher getrieben, nur um sie an ein Ungeheuer zu verfüttern?

Lea registrierte, wie ihre Atmung sich erneut zu überschlagen begann, wie der Sauerstoff, kaum dass er die Lungenflügel erreicht hatte, zwanghaft wieder hinausgepresst wurde. Schwarze Punkte tanzten vor ihren Augen, und kalter Schweiß breitete sich auf ihrer Haut aus. Kraftlos ließ sie sich neben Adam sinken und schmiegte sich an seine Seite. Mit ihrem Gesicht an seinem klammerte sie sich verzweifelt an seiner gleichmäßigen Atmung fest und wärmte sich an der Hitze, die sein Körper abstrahlte. Dann begann sie, leise zu weinen.

23

Der Kollektor

Das Rauschen des unterirdischen Flusses hatte Leas Hörgänge vollständig geflutet. Erschöpft hatte sie ihren Kopf auf Adams Brust gebettet, die Augen auf die eigenen Fingerspitzen gerichtet, die über seine nackte Haut streichelten. Nach und nach war ihr Blick verschwommen, und sie hatte sich nicht dagegen gewehrt, in den Schlaf zu gleiten. Darauf vertrauend, dass Adam sie wecken würde, sobald er wieder bei Bewusstsein war. Bis dahin wollte sie nichts mehr von der Welt mitbekommen.

»Es wird gewiss nicht gut ausgehen für die kleine Lea, wenn sie noch länger auf dem kalten Steinboden liegen bleibt. Ist bislang nur ein ungefüllter Kelch, nicht wahr? Das rechte Behältnis für den Beherrscher, aber leer. Schutzlos. Zerbrechlich. Dieser Käfig ist nicht für sie gemacht, aber wo könnte sie wohl sonst untergebracht werden? Eine delikate Frage. Und doch gilt es nichts zu überstürzen.« Die Stimme schien ganz gefangen von den Fragen, die sie sich selbst stellte. Sie war ausdrucksstark und gleichzeitig so sanft wie ein melodiöser Singsang, der sich aufs Schönste mit dem Wasserrauschen verband. Sie erklang aus weiter Ferne, leicht gedämpft, gefolgt vom eigenen Nachhall an den Höhlenwänden.

Einen Augenblick lang ließ Lea sich noch treiben, dann sann sie über die eben gehörten Worte nach. Die Stimme hatte recht, was die Kälte des Steinbodens anbelangte, auf dem sie nun schon so lange lag. Aber warum gegen die eisige Taubheit in den Gliedern ankämpfen, wenn sie bei Adam liegen konnte? Schließlich hatte man ihr die Macht über das eigene Schicksal geraubt, als man sie in diese Höhle geworfen hatte. Ihr Liebster war nur eine leere Hülle, und sie fühlte sich schrecklich allein.

Plötzlich spürte sie ein leichtes Beben unter sich: Adam hatte sich gerührt, seinen Körper in eine andere Position geschoben und dabei einen Arm um sie gelegt. Mit einem Schlag waren alle trüben Gedanken fortgewischt.

Auch jemand anderem waren die ersten Anzeichen, dass Adam wieder zu sich kam, nicht entgangen. »Ja, allmählich wacht unser Tiger auf. Der Kollektor ist sehr gespannt, ob ihm sein neues Zuhause gefallen wird. Ewiges Dämmerlicht, Felsen anstelle eines Dickichts. Ob er sich an die Mauern wird gewöhnen können?«, fragte sich die Stimme verträumt, um dann sogleich mit unverstellter Härte fortzufahren: »Gewiss nicht. Zuerst wird er die Krallen ausfahren und versuchen, die nackten Wände hinaufzuklettern, er wird brüllen und knurren, und irgendwann wird er in dieser Zelle innerlich zerbrechen. Sinnlos hin- und herlaufen wird er, von einem Ende der Höhle zum anderen, den Kopf zwischen den Schultern hängend.«

Traurigkeit sang in der Stimme mit, aber auch die Erregung eines Kindes, das etwas Verbotenes tut, obwohl es weiß, dass Tränen und Reue folgen werden. Doch was soll man dagegen tun?, schien sie zu fragen. Manche Dinge folgen nun mal ihrer eigenen Bestimmung.

»Der Kollektor wird es kaum ertragen können, so viel steht fest. Dieser Tiger lässt sich nicht durch einen Gnadenschuss niederstrecken, o nein. Für diesen Tiger gibt es kein Entkommen, nicht aus diesem Käfig. Deshalb wird der Kollektor ihm auch die Ehre erweisen und ihm besonders viel von seiner wertvollen und so schrecklich knapp gewordenen Zeit widmen und ihn beobachten, solange er noch ein echter Tiger ist. Der Kollektor wird zuschauen und den Kern seines einzigartigen Wesens genießen.«

Mit steifen Bewegungen und ein wenig widerwillig löste Lea sich von Adam und blinzelte hinauf in das Scheinwerferlicht.

Oben auf dem Vorsprung hatte eine Gestalt in einem Regiestuhl Platz genommen und wedelte sich mit einem spanischen Fächer Luft zu, als wolle sie die ruhende Kälte durcheinanderwirbeln. Als die Gestalt sich ihrer Aufmerksamkeit bewusst wurde, ließ sie den Fächer dramatisch mit einem Knall zuschnappen und schlug ihn dann rhythmisch in die mit Handschuhen bekleidete Handinnenfläche. Gebannt verfolgte Lea dieser Bewegung eine Zeit lang, ehe ihr Blick auf das Gesicht der Gestalt fiel.

Obschon es überwiegend im Schatten lag und von überlangen goldfarbenen Haarsträhnen verdeckt wurde, bemerkte sie sogleich, dass etwas nicht stimmte. Ihr Verstand versuchte, die von den Augen gesendeten Informationen umzusetzen, sie zu erfassen, doch er griff immerzu ins Leere. Schließlich tastete er sich an das Gesehene heran, so als könnte eine behutsame Umschreibung des Unmöglichen es irgendwie erträglicher machen:

Der Großteil des Gesichts gehörte einem wunderschönen jungen Mann, der eben erst die letzten Schalen von kindlicher Weichheit abgestreift hatte. Die Züge verrieten mädchenhaft bewimperte Augen, einen Schmollmund, anmutig geschwungene Wangenknochen und eine Himmelfahrtsnase … oder zumindest das, was davon noch übrig geblieben war. Denn eine Ader der Zerstörung hatte das Nasenbein vernichtet sowie die einstige Anmut des Gesichts mit daumendicken Spuren zerfallenden Fleisches ins Gegenteil verkehrt. Als hätte jemand einen Pinsel mit grauer Farbe kreuz und quer über eine Leinwand geführt und damit den makellosen Grund ruiniert. Eine mit Fäulnis und Tod behaftete Marmorstatur, ein für immer verwüstetes Kunstwerk.

Ein Geschöpf Frankensteins, schoss es Lea durch den Kopf. Jemand hatte eine Assemblage aus einem Schönling in der Blüte seines Lebens und eines bei lebendigem Leibe verfaulenden Greises erschaffen. Der Kollektor, wie diese Gestalt sich selbst zu nennen schien, war ein wandelndes Mahnmal für alles Vergängliche.

Als eine goldene Haarsträhne zur Seite glitt und ein totes, eingefallenes Auge offenbarte, zuckte sie angewidert zusammen. Während sie einerseits von der noch offenkundigen Schönheit gebannt war, verursachte ihr andererseits das verrottete Fleisch eine Gänsehaut. Ihr Schauern richtig einschätzend, schürzte die Gestalt die sinnlichen Lippen, deren Konturen vollkommen unversehrt waren und den bizarren Eindruck des Gesichts schmerzlich betonten. Lea wäre nicht überrascht gewesen, wenn plötzlich eine Made aus dem Mund herausgekrochen wäre.

»Braucht sie gar nicht so zu schauen, das alberne Ding«, sagte der Kollektor schnippisch und zeigte mit dem Fächer auf sie. »Hat sie vielleicht noch alles vor sich, wer kann es schon wissen? Blut singt zu Blut, wie wahr – aber manchmal singt es auch eine Lüge. Gierig ist es und zu schön, um immer wahr zu sein. Wer weiß es schon genau?«

»Akinora vielleicht?«

Adams Stimme war heiser und kaum hörbar. Obwohl die Worte ins Schwarze getroffen zu haben schienen, so reagierte Adam – seinem Zustand nach zu urteilen – eher auf ein Stichwort, als dass er wirklich Schlüsse aus den Worten des Kollektors gezogen hätte. Mühsam setzte er sich auf und wäre beinahe vornübergekippt, wenn Lea ihn nicht im letzten Moment gestützt hätte. Als seine Augen sich nach oben verdrehten, schloss er die Lider.

Panisch bohrte Lea ihre Fingernägel in Adams nackte Schultern und flüsterte ihm eindringlich ins Ohr: »Bleib wach. Bleib bei mir.«

Wackelig zog Adam die Knie an und begann am ganzen Leib zu zittern. »Mir ist speiübel«, antwortete er so leise, dass sie Mühe hatte, ihn zu verstehen.

Am liebsten hätte sie ihn an sich gerissen und mit Küssen bedeckt, so erleichtert war sie, ihn wieder bei sich zu haben. Schließlich war ein angeschlagener Adam tausend Mal besser als ein bewusstloser. Das bisschen Übelkeit würde sicher rasch verfliegen! »Das wundert mich gar nicht nach den vielen Ampullen Beruhigungsmittel, die Adalbert dir verpasst hat«, sagte sie gedankenlos, während sie ihm den Nacken streichelte.

Bei dem Namen Adalbert riss Adam ruckartig den Kopf hoch, was er jedoch sofort bereute. Mit schmerzverzerrtem Gesicht tastete er vorsichtig den Hinterkopf ab, als vermute er, dort auf einen faustdicken Krater zu stoßen.

»Wo, zum Teufel, sind wir hier?«

»So wie es aussieht, hast du tatsächlich den großen Unbekannten gefunden – nur anders als geplant. Wenn du mich fragst, sitzt dort oben der geheimnisvolle Sponsor von Akinora«, sagte sie. Zärtlich legte sie ihm einen Arm um die gebeugten Schultern, zog ihn aber augenblicklich zurück, als Adam geräuschvoll zu würgen begann.

Die Zeit verstrich, doch Adam ging es nicht besser.

»Adam, hör mir zu. Schatz, bitte! Wir sitzen in einer verfluchten Höhle fest, und dort oben führt ein grotesker Zombie Selbstgespräche. Ich weiß, es geht dir im Moment nicht gut, doch du solltest dich jetzt wirklich zusammenreißen, okay?«, versuchte sie, ihn zu motivieren.

Er warf ihr lediglich einen beredten Blick zu, bevor es ihn erneut würgte.

Hilflos kauerte sie an seiner Seite, außerstande ihm zu helfen. Gerade als sie ihm anbieten wollte, die rosafarbene Narbe an ihrem Hals, die von Macavitys Biss erzählte, erneut zu öffnen, ließ die Übelkeit nach. Adam blinzelte die Tränen aus den Augen und leckte sich die geschwollenen Lippen. Lea schenkte ihm ein unsicheres Lächeln, das er schwach erwiderte.

»Hallo, dort unten, wie wäre es mit ein wenig Aufmerksamkeit? Schließlich hat der Kollektor hier etwas Leckeres für unser liebes Lea-Kätzchen.« Die Gestalt deutete mit der behandschuhten Hand auf ein geschnürtes Bündel. Dabei beugte sie sich gefährlich weit über den Vorsprung, um das Geschehen auf dem Grund der Höhle besser beobachten zu können.

Sie fühlte sich wie eine elende Verräterin, dennoch klebte Leas Blick an dem Bündel. Mit einem Schlag wurde ihr bewusst, dass sie seit dem Frühstück am See nichts mehr gegessen hatte. Was auch immer es zum Inhalt haben mochte, es würde sich in ihrem Magen gewiss gut anfühlen. Blieb nur zu hoffen, dass der Kollektor von ihr als Gegenleistung kein Schnurren erwartete. Denn sie wollte nur ungern den spärlichen Rest von Würde, der ihr in diesem Käfig geblieben war, in Adams Anwesenheit einbüßen. »Ich hoffe, es sind keine Fischköpfe«, sagte sie deshalb betont gleichmütig.

»Kein Interesse an diesem Angebot? Wie schade«, sagte der Kollektor heuchlerisch. Er hatte sich kerzengerade aufgesetzt und betrachtete die Szenerie vor ihm in der Tiefe wie ein römischer Kaiser, der sich noch nicht genug auf Kosten der Todgeweihten amüsiert hatte.

»Was für ein Spiel soll das denn sein?«, fragte Adam unvermittelt mit gepresster Stimme und unterbrach damit den Schlagabtausch. Offensichtlich hatte er gerade erst festgestellt, dass er keinen einzigen Faden am Leib trug. In all der Aufregung war Lea dieser Umstand schon ganz normal vorgekommen.

»Braucht er sich nicht zu beklagen, schließlich trägt er doch ein Fell.« Der Mund des Kollektors verzog sich zu einem Lächeln, dabei betastete er ängstlich mit den Fingern einen morschen Wangenknochen.

Zuerst blickte Adam irritiert drein, dann genervt. Mit einer geschmeidigen Bewegung, die noch vor einigen Minuten unmöglich gewesen wäre, kam er auf die Beine, legte den Kopf in den Nacken und stierte die Gestalt abwartend an.

Der Kollektor ließ den Fächer wieder aufschnappen.

Immer schön fächeln, dachte Lea gehässig. Vielleicht kühlt sich die Luft dadurch noch weiter ab, und bei diesem Zustand ist die konservierende Wirkung von Kälte sicherlich nicht das Verkehrteste. Trotz ihrer Abneigung befürchtete sie, dass sich der Kollektor erheben und fortgehen könnte. Ganz gleich, wie erniedrigend es auch sein mochte, seinen neugierigen Blicken ausgeliefert zu sein, so war das gewiss besser, als ohne jegliche Antworten in dieser Höhle festzusitzen.

Nachdem der Kollektor eine Weile seinen Gedanken nachgehangen hatte – wobei er jegliches Mimikspiel auf ein Minimum reduzierte –, sagte er schließlich: »Normalerweise beschränkt sich der Kollektor auf das Beobachten von Objekten. Die Situation hier ist demnach recht befremdlich, nicht wahr? Was soll der Kollektor nur von seiner Person halten, wenn er plötzlich anfängt, mit den Objekten zu sprechen, ha! Verrückt, vollkommen verrückt!« Er stieß ein freudloses Lachen aus und lauschte einen Augenblick lang dem Echo, das dem Lachen folgte. »Aber was nutzt all die Aufregung, denn es ist längst entschieden. Das Blut ist hier, der Forscher fort, die Zeit fliegt uns davon. Nein, es ist nicht zu leugnen: Wir steuern auf ein Finale zu!«

Lea erkannte nun, worin die Verbindung zwischen dem Kollektor und dem Genforscher Akinora bestand. Wonach sich der Kollektor so dringlich sehnte, verriet sein von einer missglückten Verwandlung entstelltes Gesicht: Der Dämon hatte seinen Tempel nicht vollständig bezogen, deshalb lag der menschlich gebliebene Teil des Kollektors im Sterben. Wie lange sich dieser einst makellos schöne Mann wohl der ewigen Jugend sicher gewähnt hatte, ehe ihm der Betrug des Dämons bewusst geworden war? Nur einen Augenblick oder ein halbes Leben lang?

Kein Wunder, dass Adalbert in dem Höhlenlabyrinth des Kollektors ein Zuhause gefunden hatte: Die beiden Außenseiter verband wahre Seelenverwandtschaft, denn beide waren sie erfüllt von der Sehnsucht nach dem Dämon und der Wut darüber, dass er sie abwies. Nun, was die Sehnsüchte des Handlangers Maiberg anbelangte, der sich stets in Adalberts Schatten verbarg, so wollte Lea das lieber nicht so genau wissen.

Während sie langsam neben Adam trat, ließ sie sich die Worte des Kollektors durch den Kopf gehen. Akinora musste seinem Geldgeber gegenüber etwas angedeutet haben. Vielleicht dass er den Schlüssel, um den Dämon erfolgreich in einen Körper einkehren zu lassen, so gut wie in den Händen hielt. Doch dann waren Akinora und mit ihm die Lösung des drängenden Problems plötzlich verschwunden, und der Kollektor hatte seine Meute von der Leine gelassen, um sich zumindest einen Teil der Beute zu sichern.

Interessante Objekte für seine Sammlung ... das waren Adam und seinesgleichen also für den Kollektor. Lauter faszinierende Einzelstücke, denn – so viel hatte selbst sie mittlerweile begriffen – ein jeder von ihnen stand für eine einzigartige Eigenschaft. Der Kollektor schnappte sich mit einem Kescher die schönsten Exemplare aus dem Nachtfalterschwarm und sperrte sie in dieses Höhlenlabyrinth ein, wo er sie jederzeit ausgiebig betrachten konnte. Das erklärte auch das Konzert aus verschiedenen Dämonenstimmen, die sie auf dem Weg in ihr Gefängnis eingekreist hatte: Die Sammlung des Kollektors war offensichtlich recht umfangreich.

Während Lea bei der Vorstellung von unzähligen Höhlenkerkern und ihren halb wahnsinnigen Insassen erschauerte, hielt Adam den Blick unverwandt auf die Gestalt geheftet. Die senkrechte Falte zwischen seinen Augen grub sich mit jedem Augenblick tiefer ein. »Wie hat Megan dich gefunden?«, durchbrach er schließlich die Stille.

Ein zufriedener Ausdruck breitete sich auf dem entstellten Gesicht des Kollektors aus. Dann stieß er ein glockenhelles Lachen aus, das fremd durch die Höhle hallte. »Ja, man kann sagen, dass sie jemand auf die richtige Spur gesetzt hat. Ein schlauer Jäger, der genau wusste, was er tat. Die Sklavin Megan brauchte also nichts weiter zu tun, als den einmal beschrittenen Weg zu Ende zu gehen. Es war eine große Überraschung, als sie plötzlich an die Tür des Kollektors klopfte. Nun, zumindest führte sie eine hervorragende Visitenkarte mit sich: blutgetränkt, mit einem Tiger darauf, wenn er versteht?«

Einen Moment lang zögerte der Kollektor, dann stieß er mit der Schuhspitze gegen das Bündel, so dass es mit einem dumpfen Knall auf dem Grund der Höhle aufschlug. Ohne zu zögern, hob Adam es auf und überreichte es Lea. Es enthielt neben einigen Nahrungsmitteln, wie Früchteriegeln, Keksen und einer eingeschweißten Lammfleisch-Salami, auch eine Isomatte und einige Kleidungsstücke.

Während Adam in eine dunkle Pyjamahose und ein Longsleeve schlüpfte, versuchte Lea krampfhaft, eine eigene Theorie über den Hintergrund ihrer Entführung aufzustellen, doch ihr knurrender Magen machte ihr einen Strich durch die Rechnung: ohne Brennstoff keine Leistung. Punkt. Sie riss eine Packung auf und stopfte sich eine Handvoll Haferkekse in den Mund.

»Die Sklavin Megan möchte sehr gern zu ihrer alten Herrin zurückkehren, der wundersamen Netzspinnerin Pi«, sagte der Kollektor mit einer Anmut, als rezitiere er ein Gedicht. »Pi ist ein reizvolles Gesamtkunstwerk: ein Ort, eine Strategie – wunderbar zu beobachten. Dazu muss eins gesagt werden: Der Kollektor ist bei seinen Forschungen äußerst bedacht, weshalb er ein Objekt nur dann aus seinem natürlichen Umfeld entfernt, wenn seine Einzigartigkeit dadurch nicht beschädigt wird. Ansonsten begnügt er sich damit, es aus der Ferne zu beobachten – eine anspruchsvolle, aber reizvolle Aufgabe.«

»Deshalb sperren Sie Adam wohl auch in dieses unterirdische Wildgehege ein.« Lea ignorierte den irritierten Blick, den Adam ihr von der Seite zuwarf. Stattdessen wandte sie sich voll dem Kollektor zu. Gleichzeitig hoffte sie, dass die Kekskrümel an ihrem Kinn ihren mutigen Auftritt nicht schmälerten. »Sie haben doch eben selbst gesagt, dass er hier unten zugrunde gehen wird. Einen natürlichen Jäger einzukerkern muss demnach gegen Ihre Vorsätze verstoßen.«

Der Kollektor nickte bedächtig. Offensichtlich hatte er gegen einen Disput unter Liebhabern nichts einzuwenden. »Normalerweise hätte der Kollektor ja auch keinerlei Interesse daran gehabt, wenn sich nicht dieses spektakuläre Gesamtgebilde ergeben hätte! So stellt es sich aber nun einmal dar. Natürlich würde er das Raubtier nur zu gern beim Jagen beobachten …«

»Könnten wir uns wieder Megan zuwenden?«, unterbrach Adam die sich entspinnende Diskussion gereizt. Der ständige Vergleich mit einem Raubtier schien ihn peinlich zu berühren. Die geröteten Wangen und der unstete Blick verliehen diesem sonst so beherrschten Mann einen Hauch von Unschuld, der Lea berührte. »Megan hat uns beide also ans Messer geliefert, weil sie die Gunst von Pi zurückkaufen will. Das verstehe ich doch richtig?«

Der Kollektor nickte. »Ein einfaches und einträgliches Geschäft: Die Sklavin Megan möchte sich zum Mittler aufschwingen und der Spinne die Nachricht überbringen, dass der Kollektor sie nicht seiner Sammlung einzuverleiben vorhat. Diese Nachricht wäre allem Anschein nach eine wahre Wohltat für die arg strapazierten Nerven ihrer Herrin. Anschließend hofft die Sklavin, in Pis Diensten bleiben zu dürfen. Sie wäre schließlich weiterhin von Wert, da sie den einzigen Kontakt zum Kollektor darstellt. Für die Spinne mit ihrem weitläufigen Netz dürfte dieses Angebot von Interesse sein. So zumindest hat sich das unsere gemeinsame Freundin Megan so gedacht …«

»Wartet Megan noch auf deine Erlaubnis, aufzubrechen?«

Erneut nickte der Kollektor. Sein lebendiges Auge funkelte, und Lea drängte sich der Verdacht auf, dass der Wunsch des Kollektors, Adam bei der Jagd zu beobachten, nun doch noch erfüllt wurde.

Adam zupfte sich nachdenklich an der Unterlippe, aber sie hatte den Eindruck, dass er nur vortäuschte, sich die Situation gründlich vor Augen führen zu müssen. Wahrscheinlicher war es, dass sowohl Adam als auch der Kollektor längst wussten, wohin diese Unterhaltung führen würde. Beide tasteten sich vorsichtig an den Kern der Sache heran, um ihr Gegenüber besser abschätzen zu können.

»Ich würde einmal behaupten, dass sich die gute Megan da in eine ungünstige Situation manövriert hat«, sagte Adam, als denke er lediglich laut nach. »Schließlich ist sie mit dem Beweis an dich herangetreten, dass Verrat kein Hindernis für sie ist, wenn sie etwas unbedingt erreichen will. Von einer verlässlichen Partnerin erwartet man kaum, dass sie einen ans Messer liefert, sobald man sie aus dem Dienst entlässt. Der Gedanke, dass Megan sehr weit gehen würde, um wieder in Pis Gunst zu steigen, liegt nahe. Außerdem hast du Lea und mich bereits deiner Sammlung einverleibt. So gesehen, verfügt Megan über keinen besonders großen Verhandlungsspielraum.«

»Das hat sich der Kollektor auch gesagt und stattdessen einen vertrauenswürdigen Mittelsmann auf den Plan gerufen. Ein alter Freund der Familie, der im Bankgewerbe tätig ist und ebenfalls mit Pi Geschäfte tätigt«, erklärte der Kollektor. Er spielte ein wenig mit dem Fächer herum, ganz so, als säßen sie zu dritt bei einer netten Teerunde und palaverten über den letzten Kurztrip ans Meer und nicht über die Zukunft einer Frau, die über sich selbst mit ihren Machtspielen das Todesurteil verhängt hatte.

»Denn um das Blut zum Singen zu bringen«, fuhr der Kollektor fort, »hätte es des Forschers bedurft. Mit ihm als Anreiz hätte man vielleicht einen schönen Handel zustande bringen können … Nur leider hat die Spinne nichts mehr vom Forscher übrig gelassen, das für einen Handel getaugt hätte. Sehr ärgerlich. Nun hat der Kollektor das Blut, einen Tiger und eine Verräterin. Ein Stück fügt sich nicht sonderlich gut in die Sammlung, wenn er verstehen will.«

Adam ging ein paar Schritte auf und ab, dann wandte er sich erneut dem Kollektor zu. »Das Problem mit Megan würde ich liebend gern für dich lösen. Falls du Zweifel haben solltest, ob es richtig wäre, sie mir zum Fraß vorzuwerfen, hätte ich sogar noch etwas Interessantes draufzulegen, um dir die Entscheidung zu erleichtern.«

Mit einer steifen Bewegung, als sorge er sich um die Belastbarkeit seiner Hüftknochen, schlug der Kollektor die Beine übereinander.

»Was bietet er?«

»Ein hübsches Objekt – das unabhängig von seiner natürlichen Umgebung ist«, erwiderte Adam kalt lächelnd. »Eine der Unsrigen, für die im Laufe der Jahrhunderte die Vergangenheit mit der Gegenwart verschmolzen ist. Dekaden voller Erinnerungen wirbeln in ihrem Geist ziellos durcheinander wie Metallsplitter in einem magnetischen Sturm. Ihr Name ist Agatha.«

24

Verschlungene Wege

»Was hast du da bloß angestellt!«

Erneut griff Lea nach Adams Schulter und versuchte, ihn gewaltsam dazu zu bringen, sich ihr endlich zuzuwenden. Doch er ging einfach weiter stur an den Felswänden der Höhle entlang und inspizierte die Umgebung. Je länger er sie allerdings ignorierte, desto wütender wurde sie, da ihr die Ausmaße dessen, was er mit ein paar Sätzen ins Rollen gebracht hatte, immer deutlicher bewusst wurden.

»Adam!«

Sie schubste ihn von hinten an, woraufhin er ein entnervt klingendes Schnauben vernehmen ließ. Trotzdem setzte er seine Inspektion fort.

»Du kannst dein verfluchtes Revier später abschreiten und meinetwegen auch ausgiebig markieren. Aber jetzt wirst du mir zuhören. Der Kollektor wird Megan bald hierher bringen, und ich möchte gefälligst wissen, was genau du dann mit ihr zu tun gedenkst.«

Adam blieb so abrupt stehen, dass Lea beinahe in ihn hineingelaufen wäre. Langsam drehte er sich um und musterte sie. Instinktiv wich sie einen Schritt zurück, während ihr inneres Alarmsystem anschlug: Wenn er sie weiterhin so beunruhigend ausdruckslos ansah, würde nicht einmal die hinterste Ecke der Höhle Sicherheit bieten. Dass er immer noch imstande war, ihr einen solchen Schrecken einzujagen, schockierte sie. Obwohl er ihr eindringlich geschildert hatte, dass der Dämon stets ein Teil von ihm sein würde, hatte sie nicht damit gerechnet, dass sie sich so bald schon wieder vor ihm fürchten müsste. Verletzt verschränkte sie die Arme vor der Brust.

»Was glaubst du denn, was ich mit Megan tun werde?«, fragte er beängstigend ruhig.

»Sie sollte gar nicht erst hierherkommen.«

»Dann weißt du also, wie Megan für ihren Verrat bezahlen wird. Es wäre also besser, wenn du dir Gedanken darüber machst, wo du dich verstecken wirst, wenn ich dieses Miststück bluten lasse.«

Noch einmal versuchte sie, ihn umzustimmen. »Adam, denk doch mal nach – Megan abzuschlachten, während ich mich in deiner Nähe aufhalte, das willst du in Wirklichkeit weder mir noch dir antun. Außerdem bist du ja nicht ganz unschuldig daran, dass sie uns ans Messer liefern konnte. Du wolltest ihr ja unbedingt vertrauen, dabei ist ihre Loyalität nie völlig eindeutig gewesen.«

Adams Augen verengten sich zu Schlitzen. »Megan hat mir Bescheid gegeben, als Pi dich auf dieses kleine Zwiegespräch eingeladen hatte …«

»Nachdem sie mich dorthin gebracht hatte, ohne dich einzuweihen. Und dass ich so einfach aus diesem Hotelzimmer schlüpfen konnte, während sie selig schlief … Rückblickend würde ich behaupten, dass Megan sehr darum bemüht gewesen ist, sowohl Pis als auch deine Interessen unter einen Hut zu bringen.«

»Du hast ja recht, Lea.« Adams Stimme troff vor Zynismus. »Sobald Megan mir unter die Augen kommt, werde ich mich ausgiebig dafür entschuldigen, dass ich sie mit meiner Blindheit dermaßen in Versuchung geführt habe.«

»Schau mal, ich will dich ja gar nicht angreifen«, sagte sie beschwichtigend, handelte sich aber lediglich ein Schnaufen von Adam ein, dass vielleicht so viel wie »Ja, sicher doch« bedeuten sollte. Trotzdem musste sie ihn davon überzeugen, dass sein Weg der falsche war. Der Gedanke, was er mit Megan anstellen würde, wenn der Dämon sich eingeladen fühlte mitzumischen, war Motivation genug. Als er ihr den Rücken zuwandte und erneut die Höhle abschritt, fuhr sie deshalb fort: »Der Kollektor ist doch durchaus bereit, sich mit uns zu unterhalten. Auf welche Art und Weise er alles abgewogen hat, beweist, dass er vernunftbegabt ist. Anstatt einen archaischen Rachefeldzug in Gang zu bringen, hätten wir ihm Agatha als Tauschmittel für unsere Freilassung anbieten können. Vielleicht fällt uns noch immer etwas ein …«

»Bist du wirklich so naiv, wie dein Vorschlag klingt?«, fragte er hämisch.

Mittlerweile war er dazu übergegangen, den vergitterten Schacht zu untersuchen, durch den der reißende Wasserlauf verschwand. Zuerst überprüfte er die Verankerung der eingelassenen Eisenstangen, dann krempelte er einen Ärmel hoch und ertastete das Flussbett. »Eiskalt, und der Grund ist sehr uneben. Allzu lange scheint das Wasser noch nicht durch diese Spalte im Boden zu fließen.«

Lea beobachtete, wie er den Arm emporzog, das Wasser abstreifte. Nicht einmal eine Gänsehaut hatte sich auf seinem Unterarm ausgebreitet. Vertieft in seinen Anblick, rutschte ihr eine unbedachte Bemerkung heraus: »Es muss furchtbar sein, in einen Körper eingesperrt zu sein, der nach und nach zerfällt, während er einem zugleich vor Augen hält, was man verloren hat.«

Überrascht zuckte sie zusammen, als Adam mit der Zunge schnalzte, um seiner Abscheu Ausdruck zu verleihen. »Also noch jemand«, sagte er, »dem du nur allzu bereitwillig dein aufrichtiges Mitleid schenkst, obwohl er maßgeblich dafür verantwortlich ist, dass wir hier unten in diesem Loch festsitzen. Vielleicht solltest du dir deine Anteilnahme lieber für uns beide aufbewahren, wir werden sie nämlich noch brauchen können.«

Lea zog die Strickjacke vor der Brust zusammen, als könnte sie damit einen Schutzwall gegen die Kälte aufbauen, die Adam zunehmend ausstrahlte. Es verwirrte sie, dass es ihm offensichtlich ein Leichtes war, eine solche unbarmherzige Haltung an den Tag zu legen, und er auch vor den damit verbundenen Konsequenzen nicht zurückschreckte. Natürlich wünschte ein wütender und verletzter Teil von ihr Megan und dem Kollektor die Pest an den Hals. Dennoch konnte sie den Gedanken kaum ertragen, dass Adam so sehr darauf brannte, sich selbst die Hände schmutzig zu machen.

»Du hast den Kollektor doch gesehen: Es ist tragisch«, versuchte sie, sich zu verteidigen.

Sie sehnte sich danach, etwas Weiches und Verständiges in seiner Reaktion zu entdecken. Stattdessen warf er ihr einen eisigen Blick zu. »Es ist abstoßend«, erwiderte er kurz angebunden. »Falls du es nicht bemerkt haben solltest: Der Kerl ist vollkommen verrückt. Wahrscheinlich ist schon ein Großteil seines Gehirns zerfallen. Wenn ich die Möglichkeit hätte, ihm den Hals umzudrehen, würde ich es sofort tun. Ich hasse diese Opfer missglückter Verwandlungen. Egal wie rasch sie zerfallen, es gelingt ihnen immer noch, Unheil anzurichten.«

»Gerade von dir hätte ich ein wenig mehr Verständnis erwartet. Die menschliche Hälfte von ihm zerfällt, während die andere vom Dämon gezwungen wird, weiterzumachen. Irgendwer hat ihn verwandelt, dabei wollte der Dämon ihn gar nicht haben, und nun tötet es ihn Stück für Stück.«

Adam verzog seinen Mund zu einem spöttischen Lächeln. »Gezwungen und geschändet – aber sicher doch! Wenn du mich fragst, handelt es sich bei unserem Freund um einen Sohn aus reichem Hause, der seine Schönheit konservieren und für alle Ewigkeiten in den Annehmlichkeiten seines Reichtums schwelgen wollte. Er wäre nicht der Erste vom Leben verwöhnte Idiot, der glaubt, dass alle Regeln für ihn persönlich außer Kraft gesetzt werden können. Wer hätte gedacht, dass das Schicksal über so viel grausamen Humor verfügt, dass der Kollektor von Jahr zu Jahr zuschauen muss, wie sein engelsgleiches Gesicht allmählich von Wurmfraß durchzogen wird.«

Lea funkelte Adam abschätzig an. Seine zur Schau getragene Rohheit rief ihren Widerspruchsgeist auf den Plan, und sie verspürte den Wunsch, ihn zu verletzten, damit er wenigstens etwas von seiner arroganten Haltung einbüßte, die ihn ihr so entfremdete. »Du kennst dich ja gut aus«, sagte sie heiser und trat herausfordernd einen Schritt auf ihn zu. »Ist es damals vielleicht auch dein Ziel gewesen, deinen adoleszenten Größenwahn zu konservieren? Oder hatte jemand anders einfach beschlossen, *dein* schönes Gesicht für die Nachwelt zu retten?«

Er starrte sie zornig an, und sie musste ihren ganzen Mut zusammennehmen, um dem Blick standzuhalten.

»Wenn du glaubst, mir mit dieser Anspielung die Geschichte meiner Verwandlung entlocken zu können, dann hast du dich geirrt«, entgegnete Adam unnahbar, sich nach all den Wochen wieder seiner alten Maske bedienend.

Am liebsten hätte sie ihn körperlich attackiert. »Als wenn ich das schon tausendfach versucht hätte und jedes Mal gescheitert wäre! Warum kenne ich die Geschichte eigentlich nicht? Ist es vielleicht so etwas wie ein schmutziges Geheimnis?«

»Nein, aber ich mag die Art nicht, wie du mich danach fragst. Du bist wütend auf diesen verdammten Kollektor, weil er uns hier unten eingekerkert hat und für seine Unterhaltung missbraucht. Aber im Gegensatz zu mir traust du deiner Wut nicht über den Weg, weil sein Zustand dein Mitleid erregt. Doch ganz gleich, was du davon halten magst, ich werde mich nicht auf diese Sichtweise einlassen, verstehst du? Ich lasse mich nicht einsperren. Und ich lasse mich auch nicht zum Narren halten, verdammt!«

»Hast du deiner Verwandlung zugestimmt?«, fragte Lea ruhig.

Adam lief einige Male auf und ab – in diesem Moment hatte er in der Tat etwas von einer Raubkatze hinter Gittern, die kein Ventil für die sich aufstauende Aggression fand. Dabei presste er die Lippen so fest aufeinander, das sie sich blass verfärbten, und sie rechnete fest damit, dass er jeden Augenblick mit dem Kopf gegen die Wand rennen würde. Doch dann wurden die Bewegungen langsamer und geschmeidiger, bis er schließlich dicht neben ihr stehen blieb. Die Wildheit spiegelte sich weiterhin in seinen Augen, und Lea war sich nicht sicher, ob ihr diese unterdrückte Empfindung nicht noch viel mehr Angst einjagte.

»Nein«, sagte er. In seiner Stimme klang ein bedrohlicher Unterton mit. Diese Wut richtete sich jedoch nicht gegen Lea, sie war für jemand anderen reserviert. Trotzdem verunsicherte es sie, eine Spur des Adams wiederzuerkennen, der sie damals in Etiennes Haus grob gepackt und unterschwellig bedroht hatte. »Ich habe meiner Verwandlung genauso wenig zugestimmt wie du deiner Zeugung. Wer immer mich geschaffen hat, hat auf den Wunsch des Dämons reagiert, in mich eindringen zu wollen. Wenn man sich nicht in einem derartigen Widerstreit mit dem Dämon befindet wie ich, oder seine Menschlichkeit so pflegt, wie Etienne es getan hat, dann durchschneidet einen das Drängen des Dämons wie ein brennendes Schwert.«

Adam lächelte traurig, während er sich mit der einen Hand den Nacken massierte. Die andere Hand hing locker herab, doch nichts würde sie daran hindern, plötzlich hervorzuschnellen und Leas Schulter zu berühren. Fast sehnte sie sich danach, dass er es tun würde. Aber der Zorn brannte in Adam und drohte, sich durch die papierdünne Schicht seiner Selbstherrschung zu fressen.

Beunruhigt spielte Lea mit dem Gedanken, wie sie ihn daran hindern könnte, den Abstand zwischen ihnen beiden zu überwinden, ohne die Wut noch mehr zu schüren. Sie war sich nicht gewiss, ob sie seine Berührung ertragen könnte. Zwar hatte sie diese dunkle Seite an ihm akzeptiert, aber direkt mit ihr konfrontiert zu werden, verunsicherte sie. Ehe sie begriff, was sie tat, wich sie einen Schritt zurück.

Obwohl Adam nichts sagte, verletzte ihn die Zurückweisung sichtlich. Heiser presste er hervor: »Wer immer es war, der mich verwandelt hat, er ist dem Wunsch des Dämons so schnell nachgekommen, dass ich keine Gelegenheit hatte, mir mehr als ein flüchtiges Bild von ihm zu machen. Er war anscheinend nicht sonderlich interessiert daran, was aus seiner Kreatur werden würde.«

»Es war also ein *Er*?«, fragte Lea kaum hörbar. Sie wusste nicht, was sie davon halten sollte.

Adam nickte, und trotz des dämmerigen Lichts sah sie, wie sich seine Wangen rot verfärbten. Er schloss die Augen, und seine Lippen verwandelten sich in einen schmalen Strich. Besorgt beobachtete sie, wie die Erinnerung ihn heimsuchte, wie alte Verletzungen aufwallten und die Gegenwart fluteten. Hin- und hergerissen zwischen dem Verlangen, sich außer Reichweite zu bringen, und dem tief in ihr pochenden Bedürfnis, Adam Trost zu spenden, blieb sie stehen.

In seiner Trauer und Wut haftete Adam etwas beängstigend Schönes an. Sie brachen etwas in ihm zum Leuchten, auch wenn es mehr ein düsteres Glimmen als ein Strahlen war. Und dieses Glimmen legte sich wie Seide auf Leas Haut, hüllte sie ein und verführte sie mit lockender Dunkelheit. Ein Versprechen umwehte sie mit einem Mal, dass es sich lohnen würde nachzugeben, den freien Willen und den alarmierenden Instinkt abzustreifen. Auch wenn der Preis das eigene Verderben bedeutete, so würde allein der Moment der Hingabe es wert gewesen sein.

Lea zuckte zusammen, als sie erkannte, woraus diese Schönheit gespeist wurde: Auf Adams Haut tanzte der Dämon zu einem Reigen und feierte das bevorstehende Fest von Blut und Gewalt. Er hatte sich die Gelegenheit des emotionalen Chaos zunutze gemacht, um aus den Tiefen aufzutauchen, in denen Adams Wille ihn ansonsten gebannt hielt. Nun stachelte er Adam an, versprach ihm Macht und einen Sieg über alles, worauf er sich stürzen würde. Adams Körper war zur Bühne dieses namenlosen Wesens geworden, und es zeigte Lea seine strahlend schöne Fratze.

Erstmals begriff sie, warum so viele dem Dämon huldigten und opferten: Die dunkle Pracht dieses Besatzers ließ alles andere neben sich unbedeutend erscheinen. Eine an den menschlichen Körper gefesselte Gottheit. Allein der Versuch, dieses Geschöpf zähmen zu wollen, musste bestraft werden. Und sich seinem Wunsch zu widersetzen, einen neuen Tempel zu beziehen, war ein Vergehen, das auf dieser Welt nicht ausreichend gesühnt werden konnte. Fast hätte sie aufgeschrien und sich auf Adam gestürzt, um dem Dämon zu geben, was er begehrte: ihr Blut und ihren Körper, nach dem sich all sein Sehnen richtete.

Aber in diesem Moment bezwang Adam den Dämon erneut, und das wirre Flackern, das hinter Leas Augen gebrannt hatte, verschwand mit einem Mal. Sie schluckte und wankte leicht. Es war, als hätte jemand all die tausend Fäden, die eben noch mit aller Kraft an ihr gezogen hatten, mit einem Hieb durchtrennt.

Adam schien ähnlich erschüttert zu sein, denn sein Gesichtsausdruck war der eines Mannes, der gerade aus einem grauenhaften Albtraum erwacht war. Aber es verriet auch, dass er den Dämon für den Moment besiegt hatte – als habe der sich gleichsam in seine Katakomben verzogen und lauere dort, in seinem Exil, auf die Gelegenheit, in einem unbedachten Augenblick erneut sein Banner zu hissen.

Obgleich Lea spürte, wie sehr sich Adam nach Nähe und Verständnis sehnte, wandte sie sich wortlos ab. Sie brauchte einen Moment der Distanz, einen Fingerzeig, ob sie mit den Geschehnissen der letzten Stunden fertig werden würde.

Mit unsicheren Schritten durchquerte sie die Höhle. Sie ging vorbei an einigen Spalten – wie schwarze, aufgerissene Mäuler – in den Wänden und einem Feld aus mannshohen Felsbrocken, die sich zu einem gefährlichen Wall auftürmten. Dorthin drang das schwache Licht der Scheinwerfer kaum, so dass nur einige gezackte Vorsprünge hervorstachen, während der Rest in bedrohlicher Dunkelheit lag. Schmale Wasserrinnsale bahnten sich einen Weg zwischen lockerem Geröll und Felsspalten und verschwanden wieder im rissigen Boden. Unbegehbares, unheilvolles Gelände, Treibsand durchsetzt mit Pfählen.

Schließlich fand Lea eine Einbuchtung im Stein und setzte sich erschöpft darauf nieder. Die Beine dicht an den Körper gezogen, legte sie den Kopf auf die Knie. Mit jedem Moment wurde ihr kälter. Die abgestandene Luft, die mit einer Spur von Mineralien durchzogen war, blieb auf ihrer Haut liegen und machte die Kleidung schwer.

Während sich ihre Augen nach und nach an die Dunkelheit gewöhnten, tastete sie ihr Innerstes ab, als wäre es ein Krug, der zu Boden gefallen war. Überrascht stellte sie fest, dass die Sprünge nicht so tief waren wie befürchtet. Offensichtlich war der Keil, den der Dämon und Adams Entschluss, Megan zu töten, zwischen sie getrieben hatte, nicht kraftvoll genug gewesen, damit sie sich endgültig von ihm trennte.

Plötzlich zeichnete sich Adams Silhouette in der Dunkelheit ab. Lautlos war er über das Geröll gestiegen. Lea zuckte zusammen, sie fühlte sich einer weiteren Auseinandersetzung nicht gewachsen. Als er noch einen Schritt auf sie zutrat, gewann sein Gesicht an Konturen. Immer noch zeichneten sich dort seine Wut, die ihn aufzufressen drohte, und sein Bedürfnis, ihr nahe zu sein, ab.

Bevor Lea schwach werden konnte, ging sie lieber zum Angriff über: »Es wird nichts an unserer Situation ändern, wenn du Megan tötest.«

»Nein, wirklich nicht? Ich glaube, du übersiehst etwas: Du hast den Kollektor gesehen, ihm rennt schlicht und ergreifend die Zeit davon. Du trägst zwar die Lösung für sein Problem in dir, aber mit Akinoras Vernichtung ist es unmöglich geworden, dir dein Geheimnis rasch zu entreißen. Eigentlich bist du für ihn genauso nutzlos wie Megan. Warum hätte er dich sonst mit mir zusammen hier unten eingesperrt? Jäger und Beute – Tiger und Kätzchen.«

»Das verstehe ich nicht …«

Adam lachte hart, die Arme vor der Brust verschränkt, als könne er sich auf diese Art davor schützen, zu zerfallen. »Tatsächlich nicht? Er weiß, dass ich ihm hier unten über kurz oder lang eine aufregende Show liefern werde. Der Dämon sehnt sich nach Blut, und er sehnt sich danach, in dich einzudringen. Du hast doch gerade eben erst eine Kostprobe von seiner Macht bekommen. Wie lange werde ich ihm Widerstand leisten können? Und wenn ich dann zusammenbreche, wie werde ich mich dann entscheiden: Werde ich den Kelch zu Ende trinken, oder werde ich einen Samen in dich pflanzen? Ich weiß nicht, was schlimmer für mich wäre … Das Opfer, das Megan für ihren Verrat bringen muss, könnte eine Art Schonfrist für dich bedeuten.«

»Warum sagst du *könnte*?«

Adams Brauen zogen sich kummervoll zusammen, ehe er dicht vor sie trat. »Blut zu trinken, das durch einen pulsierenden Körper jagt, ist immer auch ein Gottesdienst zu Füßen des Dämons. Man opfert ihm, singt sein Lied. Man macht sich zu seinem Altar, von dem aus er sich in seiner ganzen Herrlichkeit feiern kann. Unsterblich, unzerstörbar. Normalerweise verweigere ich diesen Dienst …«

Er hielt inne, dann streckte er zögernd eine Hand aus. Sanft fuhren seine Fingerspitzen Leas Wange entlang und strichen über ihre Lippen. Doch schon einen Augenblick später zog er die Hand zurück und sah ihr kalt in die Augen, bis sie den Blick senkte. »Ich werde Megan töten, Lea. Was danach passiert, kann ich dir nicht sagen.«

25

Ein tiefes Rot

»Fütterungszeit!«

»Hallo, Adalbert«, sagte Adam, ohne den Blick von Leas erschüttertem Gesicht zu nehmen.

»Hör zu, mein Freund«, kommandierte Adalbert lautstark herum, der soeben mit Megan den Vorsprung betreten hatte. Der Kollektor nahm bereits wieder seinen Platz im Regiestuhl ein. »Wenn wir den Aufzug runterlassen, wirst du dich von ihm fernhalten. Am besten bleibst du genau da stehen, wo du gerade bist. Das ist sogar ganz in deinem eigenen Interesse. Denn soweit ich weiß, spielst du gern noch ein wenig mit deiner Beute, ehe du ihr den Garaus machst. Falls du also irgendwelche unangemessenen Bewegungen vernehmen lässt, wird Randolf einfach das Seil vom Aufzug kappen, und es gibt Zermatschtes zum Abendbrot.«

Adam beugte sich leicht vor, während seine Hand Leas Nacken und die andere ihren Oberarm umfasste. Für einen kurzen Moment streiften seine Lippen die ihren, eine sanfte, flüchtige Berührung – so schön und herzzerreißend zugleich, dass ihr brennend heiße Tränen in die

Augen stiegen. Es war eine Verabschiedung. Sie wollte ihn bitten, zu bleiben und sie zu halten, anstatt dorthin zu gehen, wohin sie ihm nicht folgen konnte. Sie wollte nach ihm greifen, ihn festhalten. Doch als er sich abwendete, blieb sie nur leise weinend und mit pochendem Herzen sitzen. Mit dem Handrücken berührte sie die verwaisten Lippen, während in ihrem Inneren ein Sturm ausbrach, der alles mit sich zu reißen drohte.

»Weißt du, Adalbert, ich habe ein wenig nachgedacht. Der Kollektor und du, ihr seid schon ein seltsames Pärchen …« Adam schlug einen Plauderton an, während er gemächlich auf den Vorsprung zuschlenderte, von dem Megan gerade mithilfe des Aufzugs heruntergelassen wurde. »Wie lange treibt ihr beiden schon gemeinsam euer Unwesen? Nun, wenn man zwei und zwei zusammenzählt, kommt man jedenfalls unausweichlich zu der Frage, in was für einer Zelle Etienne Carrière untergebracht ist. Ehrlich gesagt, bin ich ziemlich neugierig. Hast du nicht Lust, mir ein wenig davon zu erzählen, Adalbert?«

Adalbert schnaufte so laut auf, dass es durch die Höhle hallte. »Von Etienne Carrière schwimmen nicht mehr als ein paar Knochenfragmente in Salzsäure umher, wie du nur allzu gut weißt. Immer noch ein schlechtes Gewissen deswegen?«

»Wenn du es sagst. Aber es überrascht mich, dass dein neuer Herr dich in seinen Diensten behalten hat, nachdem du deinen alten Herrn auf so originelle Weise entsorgt hast.«

»An deiner Stelle würde ich die Klappe nicht zu weit aufreißen. Dass du nicht die geringste Ahnung davon hast, wie man angemessen mit seinen Dienern umspringt, hast du in Megans Fall ja eindrucksvoll bewiesen.«

Falls Adalberts höhnische Worte ihn trafen, so ließ er es sich nicht anmerken. Bis auf Armlänge blieb er vor Megan stehen, die sich um Haltung bemühte. Als sie hörte, wie hinter ihr der Aufzug wieder hochgezogen wurde, konnte Megan ein Beben ihrer schmalen Schultern nicht unterdrücken. Die Hände waren vor dem Körper mit Plastikschnüren zusammengebunden und wie zum Gebet gefaltet. Ihr Gesicht war kreidebleich, und die eingefallenen Züge verrieten, wie viel Kraft sie die letzten Wochen gekostet hatten. Sie sah sich in der Höhle um, aber in Wirklichkeit scheute sie nur davor zurück, Adams Blick zu erwidern.

»Bin gerade dabei, diesen Fehler zu korrigieren«, sagte Adam leise.

Ohne ein weiteres Wort zu verschwenden, grub er seine Finger zwischen die Fesseln und Megans Handgelenke. Bevor sie protestieren konnte, zerriss er die Schnüre, die ihr dabei tief ins Fleisch schnitten. In ihr blasses Gesicht schlich sich eine grüne Note, während sie versuchte, die Hände um die blutenden Wunden zu legen. Doch die Manschetten ihrer hellen Seidenbluse verfärbten sich schon und zeichneten eine rote Spur in den Stoff.

Wie in Trance stand Lea da und beobachtete durch eine undurchdringliche Wand aus Raum und Zeit, wie Adam sich zu Megan hinunterbeugte und sie mit sanfter Stimme fragte: »Welche Art der Hinrichtung ist dir lieber: ausbluten oder verwandeln?«

Mit einem Ruck hob Megan den Kopf an, und bevor Lea sich versah, trafen sich ihre Blicke. Megan verzog das Gesicht, als sehe sie sich mit einem widerlichen Insekt konfrontiert. Unwillkürlich flammte in Lea der vertraute Drang auf, dieser Frau eine schallende Ohrfeige zu verpassen. Doch Megan wandte sich bereits wieder Adam zu.

»Du bist so ein elender Idiot«, sagte Megan voller Verachtung. »Du hast alles zerstört mit deiner einfältigen Verliebtheit. Dabei hättest du dir alles nehmen können: Lea, Akinora und den Kollektor. Wenn du dich an deinen ursprünglichen Plan gehalten hättest, würden wir jetzt direkt an Pis Seite sitzen. Hast du überhaupt eine Ahnung, welche Möglichkeiten uns das geboten hätte? Stattdessen hast du alles vermasselt. Wegen dieser Frau. Und nun hockst du hier in einer Höhle und spielst den Vollstrecker für diesen Abschaum.«

Adam lächelte kalt. »So wie ich das sehe, hocken wir beide gemeinsam in dieser Höhle fest. Vielleicht werde ich noch dafür zahlen müssen, dass ich dir den Rücken zugewandt habe, anstatt dir den Hals umzudrehen, weil du Lea so fahrlässig betreut hast. Obwohl ich mittlerweile vermute, dass sich dahinter reines Kalkül verbarg. Aber du wirst deine Rechnung jetzt begleichen, Megan. Also wähle, ehe ich die Geduld verliere.«

»Glaubst du etwa, dieser verwesende Hurensohn wird dir irgendeinen Deal anbieten, damit du hier wieder rauskommst? Vergiss es! Der lässt euch beide hier schmoren bis zum Jüngsten Tag. Die Höhlen und Kerker hier unten sind voll mit interessanten Objekten wie dir. Was glaubst du wohl, was passieren wird, wenn der Kollektor sich scheibchenweise in mürbes Fleisch auflöst? Ich verrate es dir: Der Jüngste Tag steht hier unten quasi schon vor der Tür. Der Kollektor hat vor lauter Gier immer mehr Höhlen erschlossen. Jetzt steht dieses ganze verfluchte Höhlenlabyrinth kurz vor dem Einsturz! Deshalb sitzt du doch auch in einem so vorsintflutlichen Loch fest.«

Adam lächelte die aufgelöste Frau mit einer dämonischen Arroganz an. »In deiner Situation ist es sinnlos, über Leas und meine Zukunft zu spekulieren. Denn im Gegensatz zu dir haben wir eine.«

Sekunden später wurde ihm zum Verhängnis, dass er nicht damit gerechnet hatte, die Sklavin Megan könnte sich zur Wehr setzen. Sie war doch immer so ein braves Mädchen gewesen – warum sollte sich das auf dem Weg zu Schafott ändern?

Megan legte Adam zärtlich eine Hand auf den Unterarm, auf die er einen Moment zu lang voller Irritation blickte. Ohne zu zögern, nutzte sie dies aus, indem sie den anderen angewinkelten Arm hochriss und Adam den Ellbogen ins Gesicht rammte, ehe der reagieren konnte. Das Geräusch der berstenden Knorpel drang bis zu Lea und sorgte dafür, dass ihr Magen rebellierte. Der Schlag war von solcher Wucht, dass Adams Kopf samt Oberkörper zur Seite gerissen wurde.

Sofort setzte Megan nach und trat ihm mit voller Wucht in die Kniekehle. Ein rascher, aber äußerst effektiver Zug. Während Adam zu Boden ging, versuchte Megan, ihm einen weiteren Treffer mit dem Ellbogen in den Nacken mitzugeben, streifte ihn aber nur knapp, was ein Glück für seine Nackenwirbel war – so wurden sie lediglich angeknackst. Stöhnend schlug Adam der Länge nach hin.

Lea schluckte. Dieser kleine Nahkampf zeigte, dass Megan viele Übungsstunden im Kampfsport absolviert hatte. Nun war sie erleichtert, niemals dem dringenden Bedürfnis, diese Frau zu ohrfeigen, nachgegeben zu haben. Vermutlich hätte allein der Versuch sie ein gebrochenes Handgelenk gekostet.

Megan verschwendete indes keine Sekunde damit, Adam dabei zuzuschauen, wie er sich vor Schmerzen aufbäumte. Stattdessen hielt sie zielstrebig auf Lea zu, die fast zu spät begriff, was die Frau vorhatte.

»O nein«, flüsterte Lea und versuchte, ihrem erstarrten Körper eine Reaktion abzutrotzen. Aber ihre Beine waren wie mit dem steinernen Boden verschmolzen. Qualvoll hob sie einen Arm, als könnte sie die heranstürmende Megan damit abwehren, doch die sah nicht sonderlich beeindruckt aus. Schon brauchte sie nur noch den Arm auszustrecken, als der Absatz ihres Pumps wegbrach. Megan knickte um und fluchte ungeahnt niveaulos, als sie um ihr Gleichgewicht rang.

Wäre die Situation nicht so bedrohlich gewesen, hätte Lea sich gewiss zu einem Kommentar über zehn Zentimeter hohe Absätze in einem Höhlenlabyrinth hinreißen lassen. Ein rascher Blick zeigte ihr jedoch, dass Adam das verletzte Knie noch nicht belasten konnte. Trotzdem verharrte sie an Ort und Stelle, als wolle sie Megan fairerweise die Möglichkeit gewähren, ihren Patzer wieder gutzumachen. Dabei kreisten ihre Gedanken panisch um die Frage, was sie gegen diese Frau ausrichten konnte. Wie war das noch mal? Was macht man in so einem Fall? Sie hatte nicht die geringste Ahnung, deshalb hatte sie den Selbstverteidigungskurs ja auch geschmissen: Sie war ein Buchmensch und keine Kämpferin.

Plötzlich riss Adams kehlige Stimme sie aus der Starre: »Beweg endlich deinen Hintern, Lea!«

Als wäre ein Hebel umgelegt worden, drehte Lea sich um die eigene Achse und setzte zum Sprint auf die zerklüftete Felsenlandschaft an. Dennoch gelang es Megan im letzten Moment, ihre Ferse zu umfassen. Lea stürzte und spürte, wie sich Steinkanten in Hände und Knie bohrten und ihr die Haut aufschlitzten. Sie lag flach auf dem Bauch und über die Schulter hinweg durchbohrte sie Megan mit einem feindseligen Blick. Dann konzentrierte sie sich auf die Hand, die sie zu Fall gebracht hatte und nun ausgestreckt auf dem Boden lag. Kurz davor, erneut zuzugreifen …

Lea hob das Bein an und ließ ihre Schuhspitze auf die Finger niedersausen. Während sie sich hochstemmte, gellte Megans überraschter Aufschrei in ihren Ohren. Der wilde Teil in Lea, der für Stolz und Rache zuständig war, wollte sich auf die am Boden liegende Frau draufsetzen und ihr die Tracht Prügel ihres Lebens verabreichen. Allerdings verspürte sie wenig Interesse, ihr Glück herauszufordern.

Wie ein Krebs, dem es nicht gelang, seine Beine zu sortieren, krabbelte sie auf die Felsbrocken zu und zog sich am erstbesten hinauf. Sie glaubte, das Tapsen nackter Füße auf Stein hinter sich zu hören. Doch sie verschwendete keine wertvolle Sekunde damit, zurückzublicken. Hektisch versuchte sie, Halt am Fels zu finden, aber ihre Hände glitten immer wieder ab: Der Stein war mit einer dünnen Schicht Wasser überzogen und dadurch so glatt wie gefrorenes Eis. Mit wachsender Panik tastete Lea im Halbdunkel nach einer Spalte und schrie vor Schmerz auf, als ein Fingernagel tief einriss. Denn auch wenn der Fels glitschig war, so war seine Oberfläche immer noch hart und porös. Schließlich fand sie einen Spalt, in den sie ihre Fingerspitzen zwängte und an dem sie sich, ihren überforderten Gelenken zum Trotz, hinaufzog. Ihr Fuß fand einen Widerstand, und ehe sie sich's versah, hatte sie einen Vorsprung erklommen. Keine Sekunde zu früh, wie Megans gegen das Gestein krachender Körper bewies.

Trotz ihrer Angst war Lea klar, dass sie nicht weiter unbeschadet über das sich auftürmende Geröllfeld entkommen konnte. Hinter ihr schickte Megan sich an, ihr nachzuklettern. Kurzerhand setzte sich Lea auf den Hintern und versuchte, mit dem Schuh Megans tastende Hände zu erwischen. Sie war aber zu langsam: Mit einem harten Griff packte Megan ihr Fußgelenk und zerrte daran. Als Lea beinahe über den abschüssigen Vorsprung gerutscht und direkt in Megans Armen gelandet wäre, schrie sie panisch auf. Wie von Sinnen strampelte sie sich frei, was Megan erneut ordinär fluchen ließ.

Blindlings ergriff Lea eine Handvoll Geröll und warf es nach Megan, ehe diese einen weiteren Aufstiegsversuch unternehmen konnte. Kurz spielte Lea mit dem Gedanken, nach Adam zu rufen. Nein, die Puste sparte sie sich lieber. Es durfte dieser Frau nicht gelingen, sie zu einer unmündigen Geisel zu deklassieren. Punkt.

Während sie noch all ihren Kampfeswillen zusammennahm, stemmte Megan sich pfeilschnell hoch und überrumpelte Lea, die sich gerade – die Hände mit Steinen beladen – umdrehen wollte, um ihre Gegnerin mit einer weiteren Lawine zu attackieren. Plötzlich lag sie flach auf dem Rücken, und Megan saß auf ihr, die Knie auf ihre Unterarme gestützt. Megans Hände schossen vor und legten sich drohend um ihren Hals; die Daumen, mitten auf der Kehle, übten einen schmerzhaften Druck aus.

»Du wirst jetzt genau das tun, was ich dir sage, du unnützes Miststück. Wenn nicht, werde ich dir den Kehlkopf eindrücken.«

Lea starrte in Megans siegessicheres Gesicht. Dann tat sie etwas, das sie beim Anblick dieser Frau schon immer hatte tun wollen: Sie spuckte sie an. Nicht die feine englische Art, aber was scherte sie das, wenn sie wehrlos auf dem Rücken lag und gleich unaussprechlich gedemütigt werden würde? Da war es besser, sich wenigstens einmal mit tiefster Genugtuung gerächt zu haben.

Voller Verachtung riss Megan die Augen auf, während sie atemlos nach Worten suchte, die Lea klarmachen würden, welchen bodenlosen Platz sie im *Megan-Ranking* bekleidete. Lea nutzte die Chance, zog leicht ein Bein an, verlagerte das Gewicht auf den Fuß und stemmte mit einem Ruck ihre Hüfte in die Höhe. Gleichzeitig winkelte sie das andere Bein an und bohrte Megan das Knie in den Rücken.

Megan schnaufte empört und zuckte vor Schmerzen zusammen. Einige Strähnen lösten sich aus ihrem sorgfältig hochgesteckten Chignon, wodurch ihr Aussehen die Spur einer Wahnsinnigen annahm. Bedrückt stellte Lea fest, dass dieser Wahnsinn sich nun in Megans Augen schlich, die sie angewidert anfunkelten. In diesem Moment zerfiel die kühle Professionalität, mit der die Sklavin bislang jede Aufgabe gemeistert hatte. Anstatt sie zu erdrosseln, verpasste sie Lea einen Fausthieb, der zwischen Wange und Kieferknochen landete. Leas Kopf flog zur Seite. Der Schmerz, als ihre Gesichtshälfte mit dem Boden kollidierte, war allerdings stärker.

Wenn ich ohnmächtig werde, bekomme ich wenigstens nicht mit, wie sie Adam erpresst, dachte Lea noch überraschend rational, bevor sie für einige Sekunden tatsächlich das Bewusstsein verlor. Als das Gewicht von ihrer Brust verschwand, kam sie wieder zu sich.

Megan wurde in die Höhe gerissen.

Adam hatte sie wie einen ungezogenen Welpen im Nacken gepackt und auf die Füße gezerrt.

Lea atmete befreit auf und blickte in Adams blutbeschmiertes, maskenhaftes Gesicht. Nur die zu Schlitzen verengten Augen verrieten, dass hinter ihnen ein Orkan tobte, den er gleich freizulassen gedachte. Er hielt Megan im Genick gepackt, dann schleuderte er sie den Vorsprung hinunter.

Das verzerrte Aufstöhnen verriet, dass Megan wenig glücklich gelandet war. Adam kümmerte sich nicht darum, sondern hielt den Blick konzentriert auf Lea gerichtet, um zu überprüfen, ob Megan ihr kein ernsthaftes Leid zugefügt hatte. Lea versuchte, sich auf den Ellbogen nach oben zu stemmen, aber er setzte ihr einen bloßen Fuß auf die Brust und drückte sie sanft, aber nachdrücklich zurück auf den steinigen Boden.

»Du bleibst hier«, sagte er gedämpft. »Genau hier.«

Dann wandte er sich ab und sprang den Felsen hinunter. Aus der Ferne konnte sie ein begeistertes Raunen hören, als befeuere das Publikum den Auftritt des Helden. Dass er so sehr auf seine Kosten kommen würde, damit hatte der Kollektor offensichtlich nicht gerechnet.

Während aus der Tiefe der Höhle ein Scharren und leises Wimmern zu hören war, rollte Lea sich wie ein Embryo zusammen und hielt sich die Hände über die Ohren. Was auch immer nun geschah, sie wollte es nicht wissen. Sie würde nicht eingreifen, sondern genau dort bleiben, wo sie war. Sie würde es ertragen.

In dem Augenblick, als Adam sich unterwarf und dem Herrscher des Tempels ein Blutopfer darbrachte, versiegte die seit Langem zerrende Unzufriedenheit des Dämons. Sein Wille, seine machtvollen Forderungen, mit denen er Adam ansonsten unablässig quälte, glichen plötzlich den sanften Berührungen eines Lieben-

den. Er umfing Adam vollständig, legte sich über seine Augen, als könne er so das Gewissen seines Knechtes reinwaschen. Und als Megans warmes Blut über Adams Hände floss und das geifernde Johlen des Kollektors erklang, nahm der Dämon das Geschenk willig an.

Während Megan starb, drang kein Geräusch zu Adam durch. Der Dämon beherrschte jeden einzelnen seiner Sinne, tauchte alles in ein tiefes Rot. Zärtlich flüsterte er Dinge in Adams Ohr, doch er gebrauchte keine Worte. Er sprach in Farben und Düften, und was immer er raunte, es brachte etwas in Adam zum Schwingen. Er hatte das Gefühl, endlich wieder aufgehoben, endlich wieder eins zu sein.

Jeglicher Widerstand war gebrochen, und Adam ließ sich in die tröstende Umarmung des Dämons sinken. Es war ein gefährlicher Handel, denn niemand konnte sagen, wann der Dämon ihn wieder aus seinem Schoß entlassen würde. Doch vorerst wollte Adam sich nur dem Vergessen hingeben und das Gefühl der Geborgenheit genießen. Seinen Preis würde der Dämon später einfordern, wenn Megans Leib schon längst erkaltet war. Dann war immer noch Zeit genug, erneut zu den Waffen zu greifen und sich dem Tyrannen entgegenzustellen.

26

Auferstehung

Stille war eingekehrt.

Am ganzen Leib zitternd, setzte Lea sich mit ungelenken Bewegungen auf und schüttelte die Steifheit aus den Gliedern. Dann nahm sie sich die Zeit, um die Haarsträhnen, die an ihren nassen Wangen klebten, einzeln aus dem Gesicht zu streichen und die Kleidung zu ordnen. Mit spitzen Fingern befühlte sie die geschundene Wange, wo Megans Schlag sie getroffen hatte. Sogleich flammte der Schmerz wieder auf, und sie unterdrückte ein Stöhnen. Auch ihr Rücken tat weh, und unter ihren eingerissenen Fingernägeln pochte es unablässig. Doch unweigerlich zog die Mitte der Höhle ihre Aufmerksamkeit auf sich. Die »Show« – wie Adam es genannt hatte – war vorbei. Noch immer gellten ihr die »Ahs« und »Ohs« des Kollektors in den Ohren sowie das glockenhelle Gelächter, mit dem er sich schließlich verabschiedet hatte.

Die ganze Zeit über hatte Lea auf den Moment gewartet, in dem ihr Herz sich dazu entschließen würde, mit Adam zu brechen. Doch es war nicht geschehen, der

Bund zwischen ihnen war zu stark. Vielmehr breitete sich eine wachsende Unruhe in ihr aus, feuerte sie an, Adam ein Zeichen zu geben, dass sie immer noch zu ihm gehörte. Sie würde ihm beistehen, egal mit welchem Dämonen er gerade zu kämpfen hatte. Doch um welchen Preis würde sie das tun?

Mit Schrecken fragte sie sich, wie sie ihm gegenübertreten und in die Augen blicken konnte – mit dem Wissen, dass er gerade vor einer geifernden Meute eine Frau hingerichtet hatte?

Auch der Gedanke daran, welche grauenhaften Spuren sich in der Dunkelheit unter dem Felsvorsprung befinden konnten, ließ den Puls in Leas Schläfen dumpf pochen. Seit dem blutigen Kampf in Etienne Carrières Haus fürchtete sich sie vor solch grausigen Bildern. Sie hatte am eigenen Leib erfahren müssen, das alles, was man einmal zu sehen bekam, vom Gedächtnis bei jeder unpassenden Gelegenheit wieder hervorgezerrt werden konnte. Die Erinnerung konnte die Gegenwart mit einem schwarzen Tuch durchziehen, das sich schlagartig wie ein Segel aufblähte und den Blick auf das Leben versperrte. Allein die Vorstellung, von Megans toten Augen verfolgt zu werden, war so schrecklich, dass Lea nicht wagte, sich zu rühren.

So kauerte sie noch eine Zeit lang auf dem kalten Stein und biss sich vor Unschlüssigkeit in die Unterlippe. Als sie sich schließlich eingestand, dass es sinnlos war, weiterhin in der Dunkelheit auszuharren, krabbelte sie auf den Vorsprung zu und ließ sich bäuchlings hinabgleiten. Während sie sich durch den Felsenwald tastete, mied sie es tunlichst, den Boden zu betrachten. Auf keinen Fall wollte sie etwas hell Schimmerndes entdecken, das sich bei genauerem Hinsehen als abgebrochener Zahn entpuppen könnte … Außerdem ignorierte sie nach Möglichkeit das Geräusch ihrer Sohlen und die Konsistenz des Grundes. Falls es dickflüssige Lachen geben sollte, so wollte sie es nicht wissen.

Als sie aus dem Schatten der Felsen hervortrat, sah sie das Zentrum der Höhle mit erschreckender Klarheit. Ihre Augen hatten sich mittlerweile so sehr an das Dämmerlicht gewöhnt, dass das Licht der Scheinwerfer ein unangenehmes Brennen verursachte.

Beim Wasserlauf entdeckte sie Adam, wie er mit dem Rücken zu ihr auf dem Boden saß. Langsam ging sie auf ihn zu, wobei ihr das Herz bis zum Hals schlug, als wollte es sich einen Weg in die Freiheit sprengen. Einen Schritt vor ihm blieb Lea stehen und beobachtete seine Körperhaltung, in der Hoffnung, dass sie etwas über seinen Zustand aussagen mochte: Der Rücken war gebogen, den einen Fuß hatte er unter den Körper gezogen, während das andere Bein angewinkelt war und das Kinn auf dem Knie ruhte. Er wirkte in Gedanken versunken, die Schultern waren entspannt, der Rücken hob und senkte sich gleichmäßig. Kein Muskelzucken verriet, ob er ihre Anwesenheit wahrgenommen hatte.

Trotzdem gelang es Lea nicht, die Anspannung abzustreifen, die ihren Körper eisern umfangen hielt. Beklommen betrachtete sie Adams Arm, der auf den Boden gestützt war. Der Stoff des Ärmels schimmerte nass. Zwanghaft folgte Leas Blick dem reißenden Flusslauf, dorthin, wo das Wasser im dunklen Schlund der Felswand verschwand. Zwei der Eisenstäbe waren aus den verrotteten Halterungen herausgebrochen worden und boten Platz genug, um sich hindurchzudrängen.

In diesem Augenblick traf Lea die Gewissheit, dass Megans Körper sich nicht mehr in dieser Höhle befand. Ihr Verstand formulierte ausdrücklich *Körper*, als wolle er die Fantasie bloß nicht anregen, wie es das Wort *Leichnam* vielleicht vermocht hätte. Zwecklos. Ein ausgebluteter Leichnam, das Gesicht im Augenblick des Todes noch vom Grauen verzerrt … ein seltsam verrenkter Leichnam, da der Dämon beim Versuch, das neue Haus zu beziehen, sämtliche Knochen gebrochen und die Blutzellen zum Implodieren gebracht hatte …

Verzweifelt bemühte sie sich, das Aufeinanderschlagen ihrer Zähne unter Kontrolle zu bringen, doch sie ließen sich genauso wenig beherrschen wie ihre wild wuchernde Fantasie. Ich brauche einen Schnaps, eine Tafel Schokolade und eine Wochenration Valium, ansonsten verliere ich hier gleich die Nerven, sagte sie sich mehrmals hintereinander, als handele es sich um ein Mantra.

Gleichzeitig stieg ihr jenes hysterische Kichern die Kehle hinauf, das ihr mittlerweile schon so vertraut geworden war.

»Adam?«, setzte Lea zögerlich an und hasste sofort den flehenden Klang in ihrer Stimme.

Langsam drehte Adam sich um. Dabei stützte er sich auf beide Hände, als wolle er zu einem Sprint ansetzen. Die Gesichtszüge waren entspannt, und die Haut wies keinerlei verräterische Spuren von Blut oder Verletzungen auf. Ein verträumtes Lächeln umspielte seine Lippen, aber es erreichte seine Augen nicht. Die waren vollkommen ausdruckslos. Doch Lea wusste genau, wer in ihren grünen Tiefen seine Kreise zog.

Das Aufblitzen des Dämons ließ sie zurückweichen, woraufhin Adam mit einem Schlag sämtliche Muskeln in seinem Körper anspannte. Aber anstatt sie zu attackieren, richtete er sich in aller Ruhe mit geschmeidigen Bewegungen auf, als könne Lea sein Vorhaben nicht begreifen, wenn er sich nur langsam genug bewegte.

Obwohl sie den Drang verspürte, auf der Stelle kehrtzumachen und loszurennen, beherrschte sie sich und setzte einen Fuß nach dem anderen zurück. Ganz bedächtig, nur keinen Verdacht wecken, dass die Losung in Wahrheit »Je weiter weg von Adam, desto besser« lautete.

Adam legte den Kopf schief und beobachtete sie mit unverhohlenem Interesse. Mit seinen langen, kräftigen Gliedmaßen, die innerhalb eines Augenblicks solch vernichtende Energie freisetzen konnten, und dem kalten Funkeln in den Augen erinnerte er Lea einmal mehr an eine Raubkatze auf der Jagd. Berauscht vom Geruch der Angst. Verspielt und gern bereit, so zu tun, als bestünde für die Beute noch eine Chance zur Flucht. Aber auch eine Spur von Enttäuschung, denn eine Beute auf der Flucht war selten raffiniert genug, um den Ehrgeiz des Jägers zu befriedigen.

Verzweifelt überlegte Lea, was sie jemals über Raubtiere und deren Jagdverhalten gelesen hatte, doch ihr Gehirn reagierte wie das eines Fluchttieres, das in der Regel gefressen wurde: Sie wollte nur noch weg, und zwar schnell und möglichst weit.

Adams Nasenflügel flatterten, und für eine Sekunde ballten sich seine Hände krampfartig zu Fäusten. Unweigerlich zuckte sie zusammen und stieß einen leisen Schrei aus. Adams Haltung entspannte sich sogleich trügerisch, aber das sardonische Lächeln verriet den lüsternen Dämon: Lauf und schrei, schien er ihr zuzuflüstern. Lass uns doch ein wenig Spaß an der Sache haben.

»Adam«, flüsterte Lea. »Ich werde ganz bestimmt nicht vor dir davonlaufen. Stattdessen werde ich mich jetzt umdrehen und mich ein wenig abseits hinsetzen. Dann warte ich ab, bist du wieder alles unter Kontrolle hast.«

Adams Mundwinkel zuckten nach oben, als wollte er sich vor Lachen ausschütten, wüsste aber nicht mehr, wie man das anstellt. Dann vibrierten seine Nasenflügel erneut, und der Blick, den er ihr zuwarf, war beredt genug.

Lea rannte los, rein dem Instinkt folgend, um eine möglichst große Entfernung zwischen sich und den Dämon zu bringen, der seine gierigen Finger nach ihr ausstreckte. Zwar konnte sie nicht hören, wie Adam sich vom Boden abstieß, aber sie vermutete, dass er ihr direkt auf den Fersen war. Vielleicht würde er sie noch etwas treiben, ehe er sie niederstreckte.

Mit einem Keuchen presste sie die Luft aus den Lungen, während sie vor Eifer beinahe über ihre eigenen Beine stolperte. Völlig von Sinnen vor Angst raste sie auf die senkrecht ansteigende Mauer zu, auf deren Rand in ferner Höhe der verlassene Regiestuhl des Kollektors stand.

Sie glaubte, Adam hinter sich heiser lachen zu hören. Im nächsten Moment durchschnitt etwas pfeifend die Luft, gefolgt von dem Knall eines Schusses und dem vielfachen Echo der Höhlenwände.

Mit einem dumpfen Krachen schlug ein Körper zu Boden.

Lea stoppte ihren Lauf, indem sie mit ausgestreckten Händen gegen die Wand prallte. Trotzdem konnte sie es nicht verhindern, dass auch ihr Brustkorb und ein Knie gegen den Stein knallten. Sie brauchte einige Atemzüge, um sich zu fangen, dann legte sie den Kopf in den Nacken und starrte hinauf. Oben stand Adalbert und sicherte die seltsam aussehende Schusswaffe, die mit Patronen voller Beruhigungsmittel bestückt war.

»Ich denke, es ist besser, wenn unser Freund hier eine Runde schläft, während wir beide einen kleinen Ausflug unternehmen«, erklärte er mit einer an Unverschämtheit grenzenden Sachlichkeit. »Außerdem sollte das Schauspiel, das Adam eben einläuten wollte, auf keinen Fall ohne den Kollektor stattfinden. Da hängt doch das ganze Seelenheil meines Herrn daran.«

Immer noch vor Angst und Erschöpfung keuchend, drehte Lea sich um und erkannte, dass Adams zusammengesunkener Körper neben dem Wasserlauf lag. Dort, wo sie sich von ihm abgewendet hatte. Er hatte sich nicht einen Schritt von der Stelle fortbewegt.

Lea starrte die Tür an, vor der Adalbert mit ihr stehen geblieben war: glattes, grau lackiertes Metall, eingelassen in eine niedrige Betonwand. Offensichtlich waren nicht alle Kerker für die interessanten Objekte des Kollektors in einem natürlichen Zustand belassen worden, so wie der, in dem man Adam und sie eingesperrt hatte. Adalbert hatte sie durch ein Labyrinth aus Gängen geführt, das immer wieder mal eine dieser Metalltüren aufwies. Unwillkürlich musste Lea an einen Sammelkasten für Schmetterlinge denken: Ein entsprechend großes Kästchen pro Exemplar.

Die grau getünchten Wände des Tunnels waren übersät mit Stockflecken, an einigen Stellen hatten sich feine Risse aufgetan, aus denen Wasser rann, das abgestanden riechende Pfützen auf dem Boden bildete. Als ahme das Reich des Kollektors seinen eigenen körperlichen Verfall nach. In absehbarer Zeit würde hier unten alles in sich zusammenbrechen und dieses obskure Kabinett voller Dämonen unter sich begraben.

Adalbert hatte ihr erneut den Seidensack über den Kopf gezogen, bevor sie das verwirrende Gangsystem betreten hatten. Sofort war Lea das polyphone Stimmengewirr aus den Kerkern entgegengeschallt, doch dieses Mal hatte es sie nicht an den Rand eines Zusammenbruchs getrieben. Sie war viel zu sehr damit beschäftigt gewesen, das Geschehen in der Raubtierhöhle zu verkraften. Was kümmerte sie das Locken und Schreien der anderen Dämonen, wenn bei ihrer Rückkehr Adam auf sie warten würde? Adam, vor dem sie sich im Augenblick wieder einmal mehr fürchtete als vor allen anderen zusammen …

Auf ihrem Weg durch die langen Flure waren die drängenden Rufe der Sammelstücke immer leiser geworden. Als sie in einen Gang eingebogen waren, der in einer Sackgasse endete, waren sie gänzlich verstummt. Am Ende der Sackgasse war ebenjene Tür eingelassen, vor der Adalbert und sie nun wortlos standen. Das metallene Monstrum wies weder Schloss noch Klinke auf. Neben dem luftdicht abschließenden Rahmen war ein Codefeld eingelassen, das Adalbert nun mit seinem Körper abschirmte.

Alter Angeber, hätte Lea ihn am liebsten angezischt. Aber sie war zu erschöpft, um ihm den verdienten Seitenhieb zu verpassen. Ohnehin schien dem vernarbten Mann nach keiner Plauderei zumute zu sein. Nicht einmal ein Kommentar dazu, was für eine perfekte Zielscheibe Adam in seiner Fixiertheit auf Lea abgegeben hatte, war von seinen Lippen gewichen. Das änderte jedoch nichts daran, dass ihn eine verstörende Aura der Vorfreude umgab. Was immer er im Schilde führte, sie würde es sogleich erfahren.

Die Tür ließ ein Seufzen vernehmen, dann schwang sie automatisch auf wie eine gut geölte Safetür. Ehe Adalbert ihr einen Stoß verpassen konnte, ging Lea auf den Spalt zu und fand sich in einer Art Schleuse wieder, an deren Ende sich dieselbe Art Metalltür befand. Hinter ihr schloss sich der Spalt wieder, und eine karge Notbeleuchtung sprang an. Einige Minuten später schwang die zweite Tür auf, und ohne zu zögern trat Lea ein.

Vor ihr lag ein niedriger quadratischer Raum, dessen graue Betonwände gelegentlich von einem Stück Fels durchdrungen wurden, wodurch er den Anstrich eines unterirdischen Verlieses erhielt.

Offensichtlich eroberte sich der Berg auch über diese Höhlen die Hoheit zurück: An einigen Stellen fiel der Putz ab und gab den Blick auf zerbröckelndes Mauerwerk frei, Wasser quoll aus den Spalten hervor und höhlte die Bausubstanz aus. Noch während sie die Wände betrachtete, war ein Knacken zu hören, und ein haarfeiner Riss grub sich in den Putz. Von Sporendurchsetzte, schwere Luft, die von einem Luftschacht in der Decke unzureichend bewegt wurde, drang in ihre Nase und verursachte ihr Übelkeit.

In einer Ecke des Raumes war eine miniaturartige Kamera an der Decke angebracht, deren Auge Lea sofort auf sich ruhen spürte. Einige Kunstdrucke, die mit Klebeband angebracht waren, sowie Holzregale verzierten die nackten Wände. Die Regale waren überwiegend mit in Leder gebundenen Büchern bestückt, die sich auf den zweiten Blick allerdings als billige Sammlereditionen entpuppten. Zudem gab es viele Titel doppelt, wie sie anhand der identischen Buchrücken höchst irritiert feststellte. Auf der einen Seite des Raums stand ein Feldbett, doch genau wie die Bücher wirkte es mehr wie eine Attrappe denn wie ein realer Alltagsgegenstand.

Lea trat einen Schritt weiter in den Raum hinein und überlegte, ob der Kollektor vielleicht beschlossen hatte, sie in Einzelhaft zu stecken, bis Adam wieder zur Vernunft gekommen war. Sie konnte sich gut vorstellen, dass diese Zelle aus seiner Sicht ihre menschlichen Bedürfnisse abdecken würde. Ein Bett und etwas zum Lesen, weitab von den anderen Sammlerobjekten, die vom Duft ihres Blutes halb wahnsinnig wurden.

Mit einem Seufzer schloss sich die Tür hinter ihr und gab den Blick auf einen schäbigen Kaminsims aus Sperrholz frei, in dem anstelle eines Feuers eine nackte Glühlampe brannte. Davor standen ein Tischchen, auf dem ein Teeservice mit grünem Blumenmuster angeordnet war, und zwei gewöhnliche braune Sessel. In einem von ihnen saß Etienne Carrière und schob die Lesebrille auf der Nase zurecht. Auf dem Knie balancierte er eins der Bücher mit Kunstlederumschlag.

»Besuch«, sagte Professor Carrière mit einer Freundlichkeit, als hätte Lea höflich an seiner Bürotür angeklopft, um seine Sprechstunde aufzusuchen. »Nehmen Sie doch bitte Platz, Lea, und erzählen Sie mir ein wenig vom Lauf der Welt.«

Lea starrte ihn fassungslos an. Dort saß tatsächlich Etienne Carrière, vielleicht noch ein wenig asketischer wirkend und schmaler, seit sie ihn das letzte Mal gesehen hatte. Aber … keine Narben, keine fehlenden Körperteile. Nur ein seltsam vergeistigter Ausdruck, den sie nicht zu deuten wusste. Aber es war unbestreitbar Professor Carrière.

Adam hatte also doch recht gehabt: Es war Adalbert nicht gelungen, Carrière zu zerstören. Stattdessen hatte ihn der Kollektor seiner Sammlung einverleibt. Ob dieser Handel schon bestanden hatte, bevor Adalbert seinen Fuß in Carrières schöne Villa gesetzt hatte? Adalbert, der Ohnmächtige, der für einen Moment lang die Vorstellung genießen durfte, die totale Herrschaft über seinen ehemaligen Herrn gewonnen zu haben, um ihn im nächsten Augenblick wieder ausliefern zu müssen. Ob Adam das geahnt hatte? Wahrscheinlich ja, denn auf einmal erschien Lea der Gedanke absurd, Adalbert könnte jemals die von Dämonen beseelte Söldnerin Truss für seine Angelegenheiten angeworben haben. Dazu brauchte es schon mehr, als die Rachegelüste eines verstoßenen Dieners.

Mit hölzernen Bewegungen nahm sie den angebotenen Platz ein und beobachtete den Professor, als verberge sich hinter seiner heiteren Miene die Antwort auf unzählige Fragen. Professor Carrière störte sich wenig an dieser Unhöflichkeit. Er nahm die Lesebrille ab und legte sie sorgsam auf den Kaminsims. »Ein wenig Tee?«, fragte er mit seiner melodiösen Stimme.

Geduldig wartete er ab, bis sie sich zu einem Nicken durchringen konnte. Dann zauberte er unter dem Tisch eine zweite Teetasse samt Untersetzer hervor und platzierte sie mit großer Akribie vor Lea. Automatisch fragte sie sich, welchen Besuch der Professor ansonsten hier in seinem dem natürlichen Lebensraum nachempfundenen Kerker empfing. Saß er in trauter Zweisamkeit mit Adalbert zusammen, und sie redeten über alte Zeiten? Allein bei der Vorstellung wurde Lea ganz elend.

Noch elender wurde ihr, als Professor Carrière zur Teekanne griff und ihr einschenkte: Es kam nichts heraus. Kein Tee, nicht einmal Wasser. Davon unberührt, stellte der Professor die Kanne zurück auf das kalte Stövchen.

»Zucker?«, fragte er.

Lea schüttelte kaum merklich den Kopf.

»Kann ich auch nicht ausstehen«, erklärte er im schönsten Plauderton. »Verklebt einem irgendwie die Zähne.«

In diesem Moment erklang ein ohrenbetäubendes Dröhnen, als hätte ein Blitz in einen Container voller Holzspäne eingeschlagen. Denn obwohl das Geräusch in Leas Ohren nachhallte, erschien es doch zugleich unendlich weit weg. Als liege eine ganze Welt dazwischen. Leas Teetasse war umgekippt, der Goldrand angeschlagen. Sie stellte sie wieder auf und legte dann rasch den Arm auf die Sessellehne. Sie brauchte dringend etwas Reales, an dem sie sich festhalten konnte.

So saßen sie eine Zeit lang schweigend beisammen, wobei Professor Carrières Gesicht einen abwesenden Ausdruck annahm, gerade so, als wäre ihm entfallen, dass Lea nach all den Jahren plötzlich wieder vor ihm saß. An diesem skurrilen Ort, tief unter der Erde. Beide Gefangene eines Irren, der von einem Dämon besessen war.

Plötzlich regte sich der Professor wieder, und Lea schwor sich, dass, sollte er Anstalten machen, aus seiner leeren Teetasse zu trinken, sie dann schreiend mit dem Kopf gegen die Metalltür rennen würde. Aber er tastete nur nach der Brille auf dem Kaminsims, als wolle er sich versichern, dass sie an Ort und Stelle lag.

»Was lesen Sie denn da?«, fragte sie und deutete auf das Buch, das immer noch aufgeschlagen auf seinem Knie lag.

»Oh …« Er brauchte einen Moment, um sich zu sammeln, dann wechselte er direkt in seinen Vortragssingsang über. »Eine ungemein spannende Abhandlung über den Menschen als Menschen an sich. Interessiere mich nun schon seit Längerem für Psychologie, durchsetzt mit Anthropologie und Soziologie sowie einer Prise Astrologie – diese Kombination erscheint mir angemessen. Denn bei einem derartig komplexen Thema kommt man mit einer einzigen Sichtweise nicht besonders weit. Da muss man schon offen sein und neue Wege beschreiten. Demut vor dem Objekt. Der Mensch war ja schon immer mein Steckenpferd, wie Sie vielleicht wissen, und da lernt man ja bekanntlich nie aus. Darum ist dies ein besonderes Werk … gehört zum Kanon, regelrecht empfehlenswert, wenn nicht sogar zwingend, wenn man sich dem Menschen in seiner brillanten Komplexität annähern will. Da muss man auf Scheuklappen verzichten und darf nicht immer nur geradeaus schauen …«

Allmählich versiegte der Redefluss, und Professor Carrière schaute sie mit einem Ausdruck an, als habe er den roten Faden verloren und hoffte, dass sie ihm wieder auf die Sprünge helfen würde.

Einen Moment lang versuchte Lea, aus dem eben Gehörten schlau zu werden. »Wie lautet denn der Titel dieses herausragenden Werkes?«

Mit zwei Fingerspitzen tippte Professor Carrière kurz gegen seine Unterlippe, dann griff er nach dem Buch und hielt es hoch, damit sie den Umschlag sehen konnte: Ein Mann mit Cape. Eine vor Ekstase fast besinnungslose Frau. Ein Garten im Mondschein. Professor Carrière dozierte über einen Liebesroman, einen sogenannten »Nackenbeißer« … wie passend, befand Lea, während ein kleiner Schwall hysterischen Kicherns ihre Lippen passierte.

»Bemerkenswerter Lesestoff, wenn man ihn richtig zu handhaben weiß! Ich besitze noch weitere Werke der Autorin«, sagte der Professor im Ton eines stolzen Sammlers.

»Und sogar jeweils mehrere Exemplare«, erwiderte Lea matt.

»Sie nutzen sich rasch ab.«

Sie warf ihm einen prüfenden Blick zu. Dieses Gespräch konnte er unmöglich ernst meinen. Aber so sehr sie auch danach suchte, sie konnte nirgends das verräterische Aufflackern in Professor Carrières Augen erkennen, dass er sich innerlich ausschüttete vor Lachen. Sie dachte an die Kamera, die ihr durch den Raum gefolgt war, und stellte sich Adalbert vor, der sich am Anblick eines völlig verwirrten Etienne Carrières ergötzte.

»Und was treiben Sie zurzeit?«, fragte der Professor. Seine Hände machten Anstalten, die leere Teetasse zu umfassen.

Leas Antwort kam wie aus der Pistole geschossen: »Ich nehme mir gerade eine kleine Auszeit von Adam, der kurz davor ist, den Kampf gegen den Dämon zu verlieren.«

Professor Carrières Finger wanderten zurück zu seiner Unterlippe, den Blick unstet auf die Glühlampe im Kamin gerichtet.

»Dämon«, wiederholte er sanft.

In dem Augenblick wusste Lea, dass sie einen Fehler begangen hatte. Eigentlich hatte sie den Professor lediglich reizen wollen, damit er die verdammte Teetasse in Ruhe ließ. Gleichzeitig war die Provokation ein Versuch gewesen, ihn aus seiner Versenkung hervorzulocken. Professor Carrières Gesichtsausdruck zufolge war ihr das auch durchaus gelungen … Sie hatte Dornröschen wach geküsst, nur dass Dornröschen sich gerade als böse Fee entpuppte.

Mit einem Mal waren Professor Carrières Züge von einer Härte überzogen, die Lea nur allzu gut von Adam kannte: Der Dämon gab sich die Ehre. Die feinen Augenbrauen zurrten mittig zusammen, die Nasenflügel blähten sich auf, die Kiefermuskeln sprangen scharf hervor. Obschon der Professor sie nicht direkt ansah, war sie sich sicher, dass alles Verträumte aus seinen Augen mit einem Schlag verschwunden war. Stattdessen würde eine Klarheit Einzug gehalten haben, die ihr Ziel vor sich wusste.

In einem Moment dachte Lea noch über Flucht nach, im nächsten umfing sie der Sog des Dämons. Es schien, als werde sie magnetisch angezogen. Unweigerlich. Einem Naturgesetz folgend, das besagte: Gegenwehr ist sinnlos.

Lea keuchte. Als der Professor sie schließlich ansah, blinkten schlagartig alle Warnlichter gleichzeitig auf. Das innere Alarmsystem fackelte ein Feuerwerk ab, Leas Körper reagierte sofort: Mit einem Handschlag wischte sie das Teeservice vom Tisch. Die Kanne und die Tassen knallten gegen die Wand, zersprangen in Bruchstücke. Zwei kleine Blechlöffel flogen hinterher, und einer davon zerschlug die Glühlampe im Kamin, wie sie mit Genugtuung feststellte.

Das eben noch hoheitlich erstrahlte Antlitz des Dämons zuckte vor Raserei, um augenblicklich verbannt zu werden. Ein bekümmert dreinschauender Professor Carrière wandte sich dem Chaos aus Porzellan zu, als hätte es die Sekunden der Machtübernahme durch den Dämon nicht gegeben.

»Meine Liebe, wie konnte das denn nur geschehen?« Er schüttelte den Kopf und hob einige der Scherben auf. Als eine Spitze sich ins Fleisch eines Fingers bohrte und einige Tropfen Blut aus der Wunde hervordrangen, hatte

Lea bereits die Metalltür erreicht und versuchte verzweifelt, ihre Finger in den Raum zwischen Rahmen und Tür zu graben. Über die Schulter schaute sie zur Kamera und formte mit den Lippen die Worte: »Mach die Tür auf, Adalbert.« In ihrem Nacken konnte sie deutlich spüren, wie der Dämon sich den Weg zurück an die Oberfläche erkämpfte und den Raum mit elektrisierender Luft erfüllte.

Endlich schnappte die Tür langsam auf, und sie fand sich atemlos in der Schleuse wieder. Hektisch fuhr sie sich mit den Händen über den Körper, aber da war nichts. Auch wenn es sich so angefühlt hatte, niemand hatte kleine Widerhaken ausgeworfen, die sich in ihrer Haut verfangen hatten und nun versuchten, sie in den Raum hinter der Tür zurückzuziehen. Trotzdem war das Gefühl, berührt worden zu sein, immer noch da, als Adalbert sie gemeinsam mit Randolf vor der zweiten Tür in Empfang nahm.

27

Ein kleiner Tod

Unter anderen Umständen wäre Lea durchaus versucht gewesen, Adalberts von rot schillernden Narben übersätes Gesicht noch die eine oder andere Verschönerung angedeihen zu lassen für das, was er ihr soeben angetan hatte. Stattdessen schritt sie benommen neben ihm her. Nicht ein böses Wort fand den Weg über ihre Lippen.

Es hatte sie zutiefst schockiert, mit anzusehen, wie leicht der Dämon Oberhand über den Professor gewinnen konnte. Wenn selbst der Menschenfreund Carrière hier die Beherrschung verlor, was würde dann erst mit dem leidenschaftlichen Adam passieren?

Zum ersten Mal gewannen Adams Worte für Lea an Bedeutung: In dieser Höhle war sie nicht länger die Gefährtin, die er sich selbst erwählt hatte, sondern eine scheue Beute, die es zu stellen galt. Ganz gleich, wie wahnsinnig der Kollektor sein mochte – wenn es darum ging, den Dämon hervorzulocken, blitzte sein Genie auf. Wahrscheinlich war dies die besondere Gabe, die ihm der Dämon zuteilwerden ließ, auch wenn er ihn nicht vollends beherrschen konnte.

Unter gesenkten Augenlidern warf Lea Adalbert einen kurzen Blick zu. Vielleicht hatte dieser von Rachsucht getriebene Mann ihr sogar einen Gefallen getan, als er sie zu Etienne Carrière in die Zelle sperrte: So hatte sie Gelegenheit gehabt, ihrem Schicksal ins Auge zu blicken. Von allen Gefahren, die im einsturzgefährdeten Höhlenlabyrinth lauerten, war Adam mit Abstand die schlimmste.

In Gedanken versunken, schritt Lea durch die Gänge, während das Brüllen und Locken aus den Zellen erneut aufbrandete. Als Lea aus der Schleuse trat, sah sie derartig erschüttert aus, dass Randolf sich trotz Adalberts abfälligem Schnaufen dazu bemüßigt fühlte, ihr kurz die Hand auf die Schulter zu legen und zu sagen: »Ist ja nichts passiert.«

»Nein«, erwiderte Adalbert an Leas Stelle. »Das große Finale steht schließlich auch unserem Freund Adam zu. Wenn Lea erst einmal verwandelt ist, sperren wir die drei Verdorbenen in eine gemeinsame Kammer, in der sie sich dann gegenseitig in den Wahnsinn treiben können.«

Aber seinem Gesichtsausdruck nach zu urteilen, bereitete der Gedanken Adalbert nur wenig Freude. Wahrscheinlich würde er in dem Moment, wenn Lea getötet oder verwandelt war und Adam seinem alten verwirrten Freund gegenüberstand, in eine Depression verfallen. Was konnte man dann noch an Schmerz herauskitzeln, welche Erniedrigungen anzetteln? Sein Leben würde eindeutig an Wert verlieren.

Plötzlich blieb Adalbert stehen und mit ihm auch Randolf, als habe er den lautlosen Befehl erhalten, alle Bewegungen augenblicklich einzustellen. Nur Lea lief noch einen Schritt weiter, bevor Randolfs Hand, die noch immer auf ihrer Schulter lag, sie so unvermittelt zum Stehen brachte, dass sie beinahe das Gleichgewicht verloren hätte. Sie kam sich vor wie ein Hund, der im vollen Lauf feststellt, dass das Ende der Leine erreicht ist.

Gereizt warf sie einen Blick in die Runde. Adalbert wand sich und rieb unablässig seine Wurstfinger aneinander, bis sie glaubte, es quietschen zu hören. Dann nahm er militärisch zackig Haltung an und blies die Wangen auf.

»Der Besuch hat dem alten Burschen gutgetan, oder was denken Sie? In der letzten Zeit ist er ein wenig eingerostet … Ich würde mal behaupten, dass Ihre Anwesenheit sein Blut richtig in Wallung gebracht hat. Ab und an braucht er das einfach. Einen Anreiz, um an alten Zielen festzuhalten und die Schönheit des Menschen wiederzuentdecken.«

»Das kann man in solch einer perfekt hergerichteten Kammer schon mal vergessen«, erwiderte Lea trocken, aber Adalbert steckte die Anspielung mühelos weg und präsentierte stattdessen sein selbstzufriedenes Lächeln.

»Ich schulde Ihnen etwas, meine Liebe«, sagte er und zeigte mit dem Finger auf sie. Dann setzte er sich wieder in Bewegung, die Schultern straff, der Gang strotzend vor Überheblichkeit. Wenn er jetzt beschwingt zu pfeifen anfängt, falle ich ihn von hinten an, schwor sich Lea.

Sie passierten ein knappes Dutzend weiterer Metalltüren und einige dunkle Schächte, hinter denen Lea ähnliche Höhlen vermutete wie die, in der Adam auf ihre Rückkehr wartete. Immer wieder durchbrach ein besonders lautes Gebrüll oder sinnliches Flüstern das allgemeine Stimmengewirr und verriet, dass der jeweilige Kerker bewohnt war. Zwar spürte sie noch das Zerren des Dämons, doch seine Intensität ließ allmählich nach. Zu oft hatte dieses Rufen sie innerhalb der letzten Stunden gestreift, so dass die Ekstase einen faden Beigeschmack angenommen hatte.

»Wenn der Dämon sie heimsucht und sie vollkommen außer Rand und Band sind, ist das die reinste Musik in meinen Ohren«, erklärte Adalbert ungefragt. »Diese arrogante Brut bildet sich so viel darauf ein, das Allerheiligste zu beherbergen, aber dient sie ihm auch?« Ein verächtliches Zischen fand den Weg über seine Fischlippen. »Aber hier unten werden sie zum vollkommenen Tempel des Dämons. Und wenn dann mal der Duft von Menschenblut den Weg in ihre Nasen findet, braucht es nur einen Atemzug und der Dämon bricht hervor. Schöner und prächtiger als jede verdammte Oper!«

Lea warf ihm einen Blick aus den Augenwinkeln zu und wunderte sich nicht im Geringsten, einen Anflug von Wahnsinn in seinen Zügen zu erkennen. Zu allem Überfluss rieb er sich erneut die schwitzigen Hände.

»Lust, noch das ein oder andere Objekt zu begutachten, ehe es zurück in die Höhle des Löwen geht?«, fragte er beflissen. »Wir hätten da eine ganz außergewöhnliche Fischfrau in einem Wassertank zu bieten. Oder vielleicht doch lieber den Extrem-Fakir, der sich unentwegt die Haut vom Leib schneidet? Wir haben natürlich auch so etwas Profanes wie ein wandelndes Lexikon im Angebot. Vielleicht nicht ganz uninteressant für Sie als Freundin des Buches? Wie gesagt, nach einer Zeit hier unten erblühen sie alle in ihrer einzigartigen Schönheit.«

»Kann mich gar nicht entsinnen, dass der Hinweg auch so lange gedauert hat«, murmelte Lea, als Adalbert sich gerade Luft in die Lungen pumpte.

»Sie können es anscheinend nicht erwarten, von Adam vernascht zu werden«, erwiderte er scheinbar amüsiert, aber sein verkniffenes Gesicht verriet, wie wenig er ihre ungebührliche Art schätzte.

Eigentlich war es naiv von ihr, Adalberts Redefluss zu unterbrechen. In Anbetracht des wilden Aufruhrs, der in den Kerkern herrschte, wurde ihr schmerzlich bewusst, was sie nach ihrer Rückkehr in die Höhle erwarten würde: Über kurz oder lang würde Adam in diesem artgerechten Gehege seine Menschlichkeit verlieren und damit dem Dämon gestatteten, jederzeit seinen Thron zu besteigen.

Bei diesem Gedanken umklammerte Lea Randolfs mächtigen Arm. Adalbert schnaufte gereizt und zog ihr den Sack über den Kopf, doch sobald sie die Gänge aus Beton mit ihren summenden Leuchtstoffröhren hinter sich gelassen hatten, nahm er ihn wieder ab. Sie durchschritten einen Stollen im nackten Felsen. Der Lichtkegel der Taschenlampe, mit der Adalbert den Weg beleuchtete, zuckte unruhig auf und ab. Hinter einer Biegung kam schließlich der Vorsprung mit dem Regiestuhl zum Vorschein. Lea bohrte vor lauter Furcht ihre Nägel in Randolfs Fleisch, was der Riese kommentarlos geschehen ließ.

Auf dem Regiestuhl hatte der Kollektor bereits Platz genommen, die mit Samtschlappen versehenen Füße auf einem Schemel abgelegt und ein Opernglas in der behandschuhten Hand haltend.

»Wird aber auch Zeit!«, sagte er schnippisch und dekorierte eine Haarsträhne über dem toten Auge, allerdings ohne den gewünschten Erfolg zu erzielen. »Unser Objekt hat sich in den felsigen Dschungel zurückgezogen. Dieses alternative Gehege ist ein einziges Ärgernis: Die Scheinwerfer sind einfach nicht in der Lage, das Gelände hinter den Felsen auszuleuchten!«

»Vielleicht kommt der Kerl ja hervorgekrochen, wenn der hintere Teil der Höhle endgültig in sich zusammenbricht«, sagte Randolf gleichgültig. Wie ein Schraubstock hielt er nun Leas Oberarm umfasst, nachdem sie beim Anblick des Kollektors unwillkürlich zurückweichen wollte. »Der Knall vorhin hat uns sicherlich ein paar weitere Objekte gekostet. Bricht alles zusammen hier. Sollen wir den da unten verlegen? Allerdings ist die andere große Höhle schon geflutet ... Kann ihn ja trotzdem erst einmal holen ...«

Maiberg drehte sich erwartungsfroh um und blinzelte den Riesen durch die Brillengläser an. Bislang hatte er neben dem Schemel des Kollektors gekauert und konzentriert in die Dunkelheit gestarrt, als könne er einen Blick auf Adam erhaschen, wenn er nur fest genug daran glaubte.

Vielleicht hätte jemand Maiberg erzählen sollen, dass Adam unverhofft an ein paar Kleidungsstücke geraten war, dachte Lea. Trotz der bedrohlichen Situation konnte sie sich angesichts dieses schmierigen Fieslings nicht zurückhalten und schenkte ihm ein anzügliches Lächeln, wobei ihre Zungenspitze langsam über die Lippen glitt. Maiberg kräuselte die Oberlippe und zeigte eine Reihe gelber Pferdezähne.

»Papperlapapp«, sagte der Kollektor und wedelte mit dem Opernglas umher, das dabei ein leises Quietschen von sich gab. »Er freut sich nun schon den ganzen Tag lang darauf! Die Sklavin war die Pflicht, jetzt folgt die Kür. Hat alles seine innere Logik – man muss sie nur erkennen! –, und lieber will er verdammt sein, als das Spiel zu unterbrechen. Jede weitere Verzögerung raubt dem Finale nur seine Intensität!« Nachdenklich musterte er Lea. »Sie könnte doch dort unten im schönsten Lichte angeflockt werden, unser kleines Lämmchen. Ein wahres Opferlämmchen.«

Als der Kollektor sein glockenhelles Lachen hören ließ, bereute es Lea zutiefst, jemals Verständnis für diese elende Kreatur aufgebracht zu haben. Adam hatte recht gehabt: vollkommen verrückt und verachtenswürdig. Doch diese späte Erkenntnis half ihr wenig. Gleich würde man sie nach dort unten schicken, und der Kollektor würde voll auf seine Kosten kommen.

»Ach, was soll's.« Er winkte lässig mit dem Opernglas ab, während er sich mit der freien Hand eine Träne aus dem Augenwinkel wischte. »Notfalls werden ein paar Leuchtraketen in dieses steinige Durcheinander geschossen. Aber nach der wunderbaren Vorstellung, in der die Sklavin sehr kunstvoll ausgeblutet ist, glaubt der Kollektor kaum, dass der Tiger seine Beute im Dunklen schlägt.«

Ein leises Aufstöhnen kam über Leas Lippen. Ihr Fuß hatte sich in einer Erdspalte verfangen, groß genug, um sie zum Stolpern zu bringen. Zuvor waren ihre Augen unablässig auf die Felsformationen am anderen Ende der Höhle gerichtet gewesen, dort, wo Schatten und Stein das Licht auffraßen. Doch von Adam war nicht die geringste Spur zu sehen gewesen.

Nun stellte sie fest, dass die Erdspalte nicht nur überraschend breit, sondern auch mit Wasser gefüllt war. Der Wasserlauf, der sich durch die Höhle zog, war angeschwollen: Er war über sein Bett getreten und flutete mit seinem schwarzen Leib die Ufer. Feine Nebenarme suchten sich einen Weg durchs Geröll, versickerten in Erdspalten.

Nachdem sie sich davon überzeugt hatte, dass mit dem Fußknöchel alles in Ordnung war, ging sie vorsichtig den Strom entlang. Die Öffnung in der Felswand, durch die das Wasser in die Höhle eindrang, hatte sich vergrößert. Am oberen Rand war ein großes Stück Fels herausgebrochen, das dunkle Wasser ergoss sich unter Druck wie eine horizontal ausgerichtete Fontäne. Das Loch in der gegenüberliegenden Wand reichte bei weitem nicht mehr aus, um die heranströmenden Wassermengen abfließen zu lassen.

Lea blieb vor der Einbruchstelle stehen, durch die das Wasser in die Höhle gelangte. Bei genauerer Betrachtung bemerkte sie die vielen glänzenden Stellen in der Felswand: Der Stein war durchlässig geworden wie ein Haarsieb. Hinter der Wand musste sich eine Wasserblase unbekannten Ausmaßes befinden. Und wie es schien, gelang es der Höhlenwand nicht mehr lange, dem Druck standzuhalten.

Sie dachte an den Knall, den sie während der Teezeremonie mit Professor Carrière gehört hatte, und fragte sich beklommen, was wohl noch alles in diesem instabilen Höhlensystem ins Wanken geraten war. Zwangsläufig wurde sie sich wieder des enormen Drucks bewusst, der die ganze Zeit über ihren Körper zu zerquetschen drohte.

Nicht nur dem Kollektor läuft die Zeit davon, dachte sie und bemühte sich, ihre rasche Atmung wieder unter Kontrolle zu bekommen. Langsam wurde sie ein richtiger Profi, was den Umgang mit abstrusen Situationen anbelangte.

Ein Stein, der irgendwo hinter ihr auf den Boden schlug, unterbrach den Gedankengang. Lea zuckte zusammen und richtete ängstlich den Blick auf die Höhlendecke in der Erwartung, auch dort Risse zu sehen. Doch die Decke schien unversehrt. Trotzdem schlug ein weiterer Stein mit einem Knall auf.

»Dummes Lämmchen!«, hörte sie den Kollektor rufen, die Stimme voller Ungeduld und Belustigung. »Das ist doch die falsche Ecke. Dort hinüber soll sie gehen, dorthin, wo es so angenehm dämmerig ist, und zwar hurtig! Ihm fällt das lange Sitzen trotz des Kissens heute unangenehm schwer, also gilt es keine Zeit zu verlieren. Versteht sie das?«

Und schon schlug ein weiterer Stein zu Boden. Wie ein Querschläger sprang der Kiesel hoch und traf Lea am Schlüsselbein. Der Schmerz war lediglich ein Ziepen, aber Maibergs hocherfreutes Grinsen angesichts dieses Treffers setzte ihr zu. Diese Ratte presste sich an den Regiestuhl des Kollektors, warf einen weiteren Stein lässig in die Luft und fing ihn wieder auf. Eine herausfordernde Geste. Eine Frechheit! Sie ging in die Hocke und suchte den Boden nach geeigneter Munition ab, während der Kollektor unbeirrt vor sich hin schimpfte.

Gerade als Lea sich aufrichten wollte, glaubte sie, einen Schatten hinter einem Felsen zu erkennen. Schlagartig war alle Angriffslust getilgt.

Warum gehst du nicht einfach zu ihm?, fragte eine ausgesprochen naiv klingende Stimme.

Großartige Idee, hielt eine andere entgegen. Als ob ich mit Sicherheit sagen könnte, wer dort hinter den Felsen seine Runden zieht.

Adams Bedarf, die Gelüste des Kollektors zu bedienen, ist sicherlich gedeckt. Deshalb hat er sich verkrochen. Vielleicht macht ihm auch noch das Betäubungsmittel zu schaffen, das Adalbert ihm unter die Haut gejagt hat.

Was hat Adalbert denn getroffen, seine Zunge vielleicht? Oder warum kann er mich dann nicht einfach zu sich rufen?

Er ist sicherlich verletzt, weil du vorhin Hals über Kopf geflohen bist. Du solltest auf ihn zugehen!

Lea stöhnte. Es war vergebliche Liebesmüh, sie konnte sich weder gegen ihr schlechtes Gewissen noch gegen ihre Sehnsucht stemmen. Wider alle Vernunft fühlte sie sich von der Dunkelheit auf der anderen Seite der Höhle magisch angezogen. Wahrscheinlich gab es in jeder Herde ein Lamm, das dumm genug war, dem Wolf von selbst ins Maul zu springen und sich dabei auch noch zu entschuldigen, das es so lange gebraucht hatte.

Mit zittrigen Beinen ging Lea zu den Resten des Bündels zurück, die auf dem Boden verstreut lagen, und breitete die Isomatte aus. Dem Vorsprung, der zu einem Logenplatz für ein sensationsgeiles Publikum geworden war, drehte sie den Rücken zu. Die Arme fest um die Beine geschlungen, versenkte sie das Gesicht in der Armbeuge.

Ein Herzschlag.

Aus weiter Ferne hallend.

Ein tiefes Rot.

Instinktiv legte Adam den Kopf in den Nacken, während sich die kühle Luft wie ein Tuch über sein Gesicht legte, ihm ein Geheimnis zuspielte.

Der Duft von Karamell und Orangenschale …

Der Dämon lächelte.

Lea lag zusammengerollt auf der Seite und lauschte ihrem eigenen Herzschlag. Stetig und tröstend.

Eine Zeit lang hatte es auf dem Vorsprung eine rege Diskussion gegeben. Schließlich war man aber übereingekommen, dass das große Finale wahrscheinlich noch auf sich warten ließ. Unterstützt wurde diese Entscheidung durch einen Kabelbrand, der die Scheinwerfer außer Gefecht gesetzt hatte. Der dabei entstandene Funkenflug hatte einige Haarsträhnen des Kollektors in Glut aufgehen lassen, so dass seine Geduld ein von Schimpftiraden begleitetes Ende fand.

Nachdem Randolf einen mobilen Scheinwerfer angeschleppt und mithilfe eines kleinen Generators zum Laufen gebracht hatte, war Maiberg mit der Aufgabe betreut worden, die Szenerie im Auge zu behalten und bei Bewegung sofort Nachricht zu geben. Seitdem waren die Stunden ereignislos verstrichen.

Lea war sich nicht mehr sicher, ob sie zwischendurch einmal eingeschlafen war. Zumindest gaukelte ihr Körper ihr vor, dass das verinnerlichte Alarmsystem funktionierte und sie auf die kleinste Veränderung in der Umgebung aufmerksam machen würde. Warum also nicht ein wenig schlafen?

Als sie eine sanfte Berührung an ihrem Scheitel spürte, schlug sie sofort die Augen auf. Sie hob den Kopf so weit an, dass sie über die Armbeuge blicken konnte. Doch da waren nur schwach beleuchtete Felsen und Wasserlachen, die sich zunehmend ausdehnten. Trotzdem glaubte sie, eine Liebkosung im Nacken wahrzunehmen. In die abgestandene Luft der Höhle schlich sich ein Hauch von Schnee. Fast unmerklich. Und doch rief es Leas Sehnen wach.

Langsam richtete sie sich auf und schaute hinauf zum Vorsprung. Maiberg hatte es sich im Regiestuhl des Kollektors bequem gemacht und schlief. Ohne ein Geräusch zu verursachen, kam sie auf die Füße und dehnte sich ausgiebig. Dann wartete sie noch einen Augenblick, bis sich ihre Augen an das dürftige Licht gewöhnt hatten, das den Grund der Höhle erreichte. Als sie vor den Felsen stand, hinter denen ein anderes Reich lag, zögerte sie kurz.

Dann trat sie in die Dunkelheit ein.

Augenblicklich glaubte sie unzählige Münder zu spüren, die ihre Haut mit Begrüßungsküssen bedeckten. Aber als sie ihre Hand ausstreckte, berührte sie lediglich kalten Stein. Die Luft verwob sich, wurde dichter. Ein metallisch schwerer Duft stieg auf, ein Aphrodisiakum, für das es in Leas Welt keinen Namen gab. Es umfing sie, wiegte sie in seidenen Bahnen, brachte ihr Blut zum Singen.

Verwirrt stöhnte sie auf und versuchte, im flackernden Schwarz eine Silhouette auszumachen. Ihr Gehör registrierte empfindlich jedes Geräusch, aber es wollte ihm nicht gelingen, neben dem Rauschen des Wassers und dem Arbeiten des Steins etwas herauszufiltern, auf das sie hätte zuhalten können. Und doch verrieten alle Nervenbahnen unter ihrer Haut, dass Adam in der Nähe war, sie beobachtete, sich näherte. Plötzlich legten sich von hinten zwei Hände um ihre Schultern, und nur im letzten Moment gelang es ihr, einen Schrei zu unterdrücken.

Eine Flut von Verlangen und Angst riss sie mit sich fort, während Adam mit den Lippen Haarsträhnen von ihrem Nacken strich, bevor er spielerisch leicht zubiss. Dann verwandelte sich die Liebkosung in einen leichten Kuss, aus dem sogleich wieder ein Biss wurde. Nicht annähernd kräftig genug, um sie zu verletzen. Dennoch spürte sie die

Gefahr, die sich hinter dem verspielten Gebaren versteckte. Trotzdem blieb sie stehen und schwieg. Denn bei jeder einzelnen Berührung flammte ein überreiztes Brennen auf, zerfraß die letzten Barrikaden und vernichtete jeden Widerstand mit einem nicht löschbaren Feuer.

»Du wirst nicht mehr fortlaufen?« Obwohl Adam es mit seiner ruhigen Stimme wie eine Frage formulierte, war es doch eine Feststellung.

Lea fand nicht einmal die Kraft zu nicken. Ihr Körper zitterte, entzog sich ihrer Kontrolle. Eine Glutspur wanderte vom Nacken hinab über den Rücken und setzte ihre Lungenflügel in Brand. Sie gab sich hin und erwartete zugleich den scharfen Schmerz, wenn Adam die Haut an ihrem Hals zerreißen würde, um an die Opfergabe für den Dämon zu gelangen. Innerlich trat sie einen Schritt zurück und betrachtete sich selbst als Gefäß, das gebrochen werden musste.

Adams Mund liebkoste ihre Schlagader. Hingebungsvolle Küsse, gefolgt von der Berührung seiner Zähne.

Sie würde stillhalten, ihn gewähren lassen. Endlich würde das verlockende Tasten, das ihr ständig einen Vorgeschmack auf Erlösung versprach, aufhören. Mit einem gezielten Biss würde Adam alldem ein Ende bereiten. Was konnte es Erfüllenderes geben, als sich in einen Strom zu verwandeln? Samtig fließende Essenz des Lebens. Zuerst ein mächtiges Rauschen, später nur noch eine Erinnerung in der Unendlichkeit des Dämons. Als Belohnung lockte duftendes Dunkel und das Versprechen, auf ewig Teil von etwas Unsterblichem zu sein.

Lea nahm kaum wahr, wie ihre Beine nachzugeben drohten und ihre Atmung immer schwächer wurde. Alles in ihr sehnte sich danach, von Adam in Besitz genommen zu werden, sich mit ihm zu vereinigen. Auch wenn es nur für einige wenige Atemzüge sein mochten, bis der letzte Tropfen ihrer Opfergabe versiegt war.

Doch während sie auf den erlösenden Biss wartete, reifte zugleich die Erkenntnis, dass sie den Kuss des Dämons trotz all seiner Herrlichkeit nicht wollte. Er mochte lodern wie eine entstehende Sonne und zugleich ganze Welten vernichten, aber in Wahrheit sehnte sie sich nach etwas anderem. Sie sehnte sich nach dem, was sich hinter all dieser überbordenden Pracht und den Verführungskünsten verbarg.

Wie ein letztes Aufbegehren wanderte Leas Hand nach hinten und unter den Stoff, der Adams Hüfte bedeckte. Als sie die fiebrige Haut berührte, stieg ein Triumphgefühl in ihr auf: Sie würde standhalten und sich nicht dem Dämon opfern, weil Adam sie als Gefährtin an seiner Seite wollte. Dieses Wissen breitete sich wie eine Flut aus und löschte das feurige Verlangen, sich zu ergeben.

»Liebstes«, flüsterte Adam zwar zärtlich, dennoch einen verräterischen Hauch zu besitzergreifend. Dabei versenkte er das Gesicht in ihren Haaren, nur um gleich wieder aufzutauchen und mit der Zungenspitze die Nackenwirbel entlangzufahren.

Ein feiner Stromschlag durchfuhr sie und ließ sie nach Luft schnappen, während sie in Adams Umarmung zurückkehrte. Eine schreckliche Erkenntnis nahm Gestalt an: Trotz Adams Nähe war das Locken des Dämons für einen Moment lang stärker gewesen. Beinahe hätte der Dämon sie mitgenommen … wie ein Kind, das an der Hand eines Fremden mitging. Während Adam seinen Körper an ihrem rieb und seine Hände über ihre Hüften wanderten, erschrak Lea über die Macht des Dämons.

Langsam umkreiste Adam sie, bis er genau vor ihrem Gesicht zum Stehen kam. Sie spürte seinen Atem auf ihren Wangen. Seine Finger liebkosten ihr Schlüsselbein, dann überflogen seine Hände die Konturen ihres Körpers. Mit einer fließenden Bewegung streifte er ihr die Strickjacke von den Schultern, und sie seufzte. Noch eine Sekunde länger und sie wäre verglüht.

Adams Blick war auf ihr Gesicht gerichtet. Sie konnte die Erwartung und die Lust in diesen grünen Augen erkennen. Doch sie war viel zu überwältigt, um den Blick direkt zu erwidern. Seine Berührungen, sein Duft und die berauschend schönen Konturen seines Gesichtes stürzten sie in einen Sinnestaumel. Langsam schloss sie die Augenlider. Ihre Lippen öffneten sich einen Hauch und fanden im nächsten Augenblick Adams. Einladend kamen sie ihr entgegen. Trotzdem war da ein kurzes Zögern – einen Atemzug lang –, als horche er in sich hinein. Dann erwiderte er den Kuss mit einer Leidenschaft, die Lea zu übermannen drohte. Seine Hand vergrub sich in ihrem Haar, und er spannte es um seine Finger. Sein Arm umfing ihre Taille, presste sie an sich, als wolle er mit ihr verschmelzen, die letzte Distanz überbrücken.

Ich habe dich erkannt, du bist mein.

Der Kuss war eine Aufforderung, der Befehl, Einlass zu gewähren. Zu akzeptieren. Alles in Lea ging in Flammen auf. Wie Widerhaken bohrten sich ihre Finger in Adams Fleisch, gleichgültig wo sie sich hineingruben. Hauptsache, er konnte ihr nicht entkommen. Ein Grollen stieg ihre Kehle empor, ein uralter Schlachtruf. Sie riss die Augen auf, und die Dunkelheit um sie herum wich dem Glühen, das ihr Innerstes heimgesucht hatte.

Da war Adam, direkt vor ihr. Still, abwartend. Das Gesicht wie leer gewischt.

Lea griff in sein Haar, zerrte den Kopf zur Seite und keuchte auf. Wartete darauf, dass die Stimme des Dämons sich verdichtete, ihr Anweisungen zuraunte. Dann erkannte sie das Ziel: Unter Adams Haut pulsierte Leben, ein anderes Leben. Es gehörte Lea. Sie musste es sich nur nehmen, erobern. Wer neugeboren werden will, muss auch gewillt sein, zu zerstören.

Blindlings grub Lea ihre Zähne in Adams Fleisch, gleichgültig ob sie ihn damit verriet. In diesem Augenblick brach der letzte Damm, und der Dämon schlug über Lea wie eine Flutwelle zusammen. Ein Wirbel aus phosphoreszierendem Blau riss sie in die Tiefe, verkehrte das Oben mit dem Unten. Eine neue Welt tat sich auf, schillernd unter der Wasseroberfläche. Sie löste Lea auf, verschlang sie, nahm sie in sich auf.

Im Auge des Strudels hielt die Zeit auf einmal an.

Wen willst du, Lea?

Dich … Adam.

Dann solltest du ihn rufen.

Und Lea rief.

Ihre Lungen füllten sich mit Wasser. Sauerstoff zersprengte in tausend aufsteigende Blasen. Schlieren, verwischend, wirbelnd. Ein Mahlstrom, aus dessen schwarzer Tiefe die Hand eines Unsichtbaren nach ihr zu greifen versuchte, um sie mit hinabzureißen. Die Berührung brannte wie Eis, war schnell und bestimmt. Sie packte Lea so fest, als wolle sie ihr ein Zeichen in die Haut stanzen. Mit jedem Meter, den sie vom Wasserspiegel fortgezerrt wurde, spürte sie, dass diese Hand mit ihr verschmelzen wollte. Sie würde sie nicht nur mit in ihr

Reich nehmen, sie würde Lea in ihr Herrschaftsgebiet verwandeln.

Da sah Lea einen Ankerpunkt in diesen blauen Wirren. Etwas, das verlockender war als dieser berauschende Sog. Ein Blick aus grünen Augen, ganz schmal vor Lachen. Die Erinnerung kehrte zurück und mit ihr die Liebe und das Sehnen nach etwas, das lebendiger war als die Unendlichkeit. Lea presste die Augen zusammen und schrie mit letzter Kraft erneut Adams Namen.

Jäh fand sie sich atemlos am Ufer wieder, allein, die tosende Brandung beobachtend. So stand sie da und schaute auf das unendliche Meer, dessen Gefangene sie eben noch gewesen war.

Dann blinzelte Lea.

Als sie die Augen erneut öffnete, sah sie Adams Haut, violett verfärbt, aber nicht zerrissen. Sie spürte ein leichtes Brennen, wo die Rauheit seines Bartschattens sich in ihre Lippen gegraben hatte. Zögernd löste sie sich von ihm, betrachtete seine geschlossenen Lider, eine wirre Haarsträhne, die an seiner Schläfe klebte. Sie lockerte ihre Finger, löste sich von ihm, soweit ihr das bei seiner Umarmung überhaupt möglich war.

»Adam«, sagte Lea, als spreche sie seinen Namen zum ersten Mal aus.

Weiter kam sie nicht, da seine Lippen sich sofort wieder auf ihre senkten. Gleichzeitig löste sich der Griff um ihre Taille. Adams Finger suchten sich einen Weg unter den Stoff, streichelten ihren Bauch. Im nächsten Moment zogen sich seine Lippen zurück, um ihr den Pullover über den Kopf zu ziehen. Bevor Lea protestieren konnte, glitten seine Lippen über ihr Dekolleté bis hinab zum Bauchnabel, während er langsam auf die Knie sank.

Atemlos starrte sie auf seinen Haarwust hinab, erst dann begriff sie, dass die neckende Zunge auf ihrer Haut nur ein Ablenkungsmanöver war, während seine Hände ihr die Hose über die Hüften streiften. Im nächsten Moment folgte die Zungenspitze dem gleichen Weg.

»Adam!«

Als Antwort erschallte ein vergnügtes Lachen. Nur kurz klang es auf, dann widmete sich Adam ganz anderen Dingen. Völlig gebannt hielt Lea inne, während das eben erst Erlebte schon zu schaler Vergangenheit geronnen war. Hier war Adam, ihr Adam, und er scherte sich im Augenblick zweifelsohne einen Dreck um die Machtspiele des Dämons. Stattdessen wirkte er so frei und selbstbestimmt wie nie zuvor.

Als Adam immer noch keine Anzeichen machte, aus ihren Tiefen aufzutauchen, gab sie sich noch einen Moment seinen Verführungskünsten hin, ehe sie sich zu ihm hinunterließ. Herausfordernd sah Adam sie an. Dabei umspielte dieses anzügliche Lächeln seinen Mund … dieses Lächeln, das Lea jedes Mal um den Verstand brachte.

»Weißt du noch, was du damals über das *Erkennen* gesagt hast?«, fragte er. »Ich meine, was es wirklich bedeutet … Wäre jetzt nicht der richtige Zeitpunkt, damit anzufangen?«

Sein Gesichtsausdruck gefiel ihr: verführerisch, frech, vielleicht eine Spur zu selbstsicher. Passend zu den Sommersprossen, die Lea trotz der Dunkelheit auf seinen Wangen und der Nasenspitze wusste.

»Ausziehen«, sagte sie streng und tippte mit dem Zeigefinger auf seine Brust. »Sofort.« Und Adam gehorchte.

28

Im Labyrinth

Es gefiel Maiberg gar nicht, das Echo des eigenen Atems in den Ohren zu hören. Nervös lauschte er noch etwas angestrengter.

Wasserrauschen, viel zu laut.

Feines Knacken und Mahlen.

Sein eigenes verdammtes Keuchen, Herrgott!

Aber da … ein leises Lachen.

Er hatte sich nicht geirrt. Eigentlich müsste er nun loseilen und den Kollektor holen. Aber das Lachen hatte vergnügt geklungen, amüsiert. Wie es da so in Maibergs Gehörgang getanzt hatte, war kein Bild von Vernichtung aufgestiegen. Es hatte viel mehr so geklungen, als verlustiere sich der Jäger noch ein wenig mit der Beute, bevor er seine Reißzähne hineinschlug. Dass er seine Reißzähne hineinschlagen würde, daran bestand für Maiberg kein Zweifel. Er hatte genau beobachtet, was dieser Mörder mit der Sklavin angestellt hatte.

Maiberg ließ sich das Wort »Mörder« wie eine Praline auf der Zunge zergehen. Dann probierte er das Wort »Lustmörder« aus. Mhm, noch süßer. Besonders in Kombination mit der Tatsache, dass dieser Lustmörder zu seinen Füßen eingesperrt war.

Was für eine berauschende Mischung: Dieser Adam würde eine Sünde nach der anderen begehen, bis dass der steinerne Grund in Blut getaucht war. Und trotz all dieser Macht, die er in sich barg, konnte Maiberg ihn beschimpfen, Dinge nach ihm werfen, ihn begaffen … nun, zumindest könnte er all dies tun, wenn dieser Kerl sein düsteres Versteck endlich verlassen würde.

Ein Aufstöhnen erklang, lustvoll, tief.

Maibergs Finger verknoteten sich zu einem komplizierten Muster, während er mit sich rang, ob er sich nun dem Wunsch seines Herrn oder dem Bedürfnis seiner Libido unterwerfen sollte. Ein heilloses Durcheinander brach in ihm aus: Der Kollektor hatte mit seiner einnehmenden Stimme die Anweisung wiederholt, ihn sofort zu holen, falls dort unten Bewegung ins Spiel käme. Maiberg wusste genau, wie viel ihm dieses Spektakel bedeuten würde. Zugleich hatte Adalbert einen ganzen Katalog von schmerzhaften und erniedrigenden Konsequenzen aufgezählt, die Maibergs Versagen zur Folge haben würde. Bei dem bloßen Gedanken an Adalberts Bestrafungskünste quiekte Maiberg auf, als habe man ihm bereits einen brennenden Dorn unter die Fußnägel gejagt.

Während sich seine Vernunftseite eine Debatte leistete, zog es die pervertierte Libido vor, zu handeln. Rasch und ehe jemand Wind von diesem Alleingang bekam.

Hastig griff sich Maiberg einige der Leuchtstangen, die Randolf zusammen mit dem Generator angeschleppt hatte. Im äußersten Notfall wollte der Kollektor damit versuchen, zumindest etwas Licht in die Dunkelheit zu bringen. Die Betäubungspistole hatte Adalbert ebenfalls zurückgelassen, damit Maiberg gegebenenfalls einen ungestümen Adam zur Räson bringen konnte. So gesehen, war er für eine kleine Höhlenexkursion bestens ausgestattet.

Seine Libido ließ ihn so schnell agieren, dass die Furcht, unter der er normalerweise dauerhaft litt, gar nicht erst auf dem Plan trat. Es würde ja auch alles ruck, zuck über die Bühne gehen: ein Blick hinter die Felsen, falls nötig ein wenig Licht, und dann nichts wie wieder rauf auf den Vorsprung. Falls das kleine Miststück zu diesem Zeitpunkt schon dahingeschieden sein sollte – sei's drum. War halt nichts zu hören und schon gar nichts zu sehen gewesen. Konnte ja keiner ahnen, dass der Jäger still und heimlich zuschlagen würde. Selbst der Kollektor war von einer atemberaubenden Darbietung im Scheinwerferlicht ausgegangen, nicht wahr?

Das Schnurren des Gewindes, als der Aufzug hinunterfuhr, versetzte Maiberg kurz in Panik. Was, wenn der Jäger ihn hörte? Kein schöner Gedanke, die ganze Nummer war nur durch das Überraschungselement ungefährlich. Plötzlich hörte er ein gerauntes »Bitte«. Schlagartig zerstreuten sich die Sorgen. Hatte Adam da eben wirklich »bitte« gesagt? Worin würde wohl die Folgeleistung für dieses »Bitte« bestehen?

Maiberg klappte vor Aufregung der Kiefer runter, seine Hände umfassten den Schaft der Betäubungspistole.

Leise wie ein Mäuschen schlich er die Felsen entlang, als er plötzlich doch ein platschendes Geräusch verursachte. Er war in eine tiefe Pfütze getreten. Sofort sogen sich die Schuhe mit Wasser voll. Maiberg zog die Oberlippe kraus, dann ging er weiter.

Kaum wahrnehmbare, aber rhythmische Atemstöße erreichten seine Ohren und gossen ein ganzes Füllhorn sexueller Fantasien aus, eine abscheulicher als die andere.

Maiberg frohlockte. Ein Mann, der all die Macht des Dämons in sich trug, dort im Dunkeln, scheinbar für sich allein. Der all das tat, wovon er selbst nur träumte – nichts auf der Welt hätte verlockender sein können. Besonders da er, Maiberg, Zeuge all dieser Unaussprechlichkeiten werden würde, weil er die Macht besaß, in dieses Universum einzudringen ... Allein diese Vorstellung setzte den schmalen Mann fast in Ekstase.

Gerade als er den äußersten Felsen tastend umrundet hatte, verklang das Atmen in einem stockenden Höhepunkt. Ein feines Schnauben, gefolgt von einem noch feineren Lachen drang zu ihm herüber. Ein Frauenlachen. Ein Frauenlachen? Beinahe riss es Maiberg von den Füßen. Einen Augenblick lang schob er die Schuld daran auf das Zusammenbrechen seiner Fantasiewelt. Dann erkannte er, dass der Grund dafür in der Wirklichkeit zu suchen war. Unter seiner rechten Sohle hatte sich ein Riss aufgetan, der ihn fast um sein Gleichgewicht gebracht hätte.

Maiberg spie ein Geräusch aus, als würde einem Luftballon pfeifend die Luft entweichen. Mit Mühe konnte er eine Hand von der Pistole lösen und eine der Leuchtstangen hervorholen. Vor ihm in der Dunkelheit herrschte Stille. Seine Hände waren so schwitzig, dass ihm der Kunststoffstab dabei fast entglitten wäre. Elender mieser Verräter, tobte es in ihm. Wobei nicht sicher gesagt werden konnte, ob er nun Adam oder sich selbst beschimpfte.

Schemen schienen in der undurchdringlichen Schwärze umherzuhuschen, aber sie verursachten nicht einmal einen Windhauch.

Beim dritten Versuch gelang es Maiberg endlich, den Leuchtstab an seinem Oberschenkel zu zerbrechen. Ein fahles grünes Glimmen beleuchtete mehrere Meter mit Gesteinsbrocken übersäten Boden. Außerdem ein Paar nackte Füße, über denen sich der Saum einer Pyjamahose wellte.

Bevor Maiberg diese weitere Enttäuschung verkraften konnte, war Adam schon so dicht bei ihm, dass er nur noch den Arm ausstrecken musste, um dem überraschten Voyeur die Kehle zu zerdrücken. In dem Moment, als auch Adams vor Zorn erstarrtes Gesicht in grünes Licht getaucht wurde, fand Maiberg so weit zur Besinnung, dass er den Abzug der Betäubungspistole drückte.

Mit trägen Bewegungen zog sich Lea den Pullover über den Kopf, während Adam lautlos in die Dunkelheit verschwand. Auch sie hatte das kurze Beben im Boden gespürt und den verdächtig nach Maiberg klingenden Schrei gehört. Trotzdem war sie zu ermattet gewesen, um zu reagieren.

Erst nachdem Adam sich schweigend aus ihr zurückgezogen hatte und nach seiner Kleidung griff, war ihr Gehirn angesprungen. Unwillig, aber verhältnismäßig einsatzfähig. Im Gegensatz zu ihren Gliedmaßen, denen jemand sämtliche Muskelstränge entzogen zu haben schien.

Gerade als sie sich abmühte, die Hose über die Oberschenkel zu ziehen, leuchtete ein grünes Glimmen auf und illuminierte das Gesicht Maibergs: Die schwarzen Murmelaugen hinter den Brillengläsern drohten aus ihren Fassungen zu springen, unter solch innerem Druck stand der knochige Mann. Der Mund war verzerrt – ob vor Ekel oder Panik, vermochte Lea nicht zu sagen. In seinen Händen hielt er eine Waffe.

Dann schob sich Adam in ihr Sichtfeld. Ein Zischen erklang, und Lea wusste, dass eine der Betäubungsampullen abgeschossen worden war. Adam schrie wütend auf und kreiste um die eigene Achse.

Mit einem Ruck richtete sie sich auf, um im nächsten Moment schwirrende dunkle Flecken zu sehen. Die letzten Stunden waren einfach zu viel für ihren Kreislauf gewesen. »O nein«, keuchte sie und setzte sich auf einen der Felsvorsprünge. Taubheit breitete sich in ihren Gliedmaßen aus.

Adam war leicht in die Knie gegangen und hielt den Oberkörper vornübergebeugt. Lea hörte ihn fluchen. Währenddessen machte Maiberg sich daran, die Pistole nachzuladen. Dabei stellte er sich ausgesprochen ungeschickt an.

Keine Automatik, so ein Pech aber auch, dachte Lea und nahm sich vor, gleich einen kleinen Überraschungsangriff zu starten. Sobald das wackelige Gefühl aus ihren Knien verschwunden war, würde sie sich auf Maiberg stürzen, ganz bestimmt.

Doch da richtete Adam sich wieder auf und schüttelte seine linke Hand aus. »Von dem Zeug habe ich vorläufig erst einmal genug«, sagte er mürrisch. Er schaute zu Lea hinüber und lächelte. »Er hat nur die Handkante erwischt. Pech gehabt, Maiberg.« Mit diesen Worten drehte er sich um, doch Maiberg hatte bereits die Flucht angetreten.

Mit langen Schritten setzte Adam ihm nach, und Lea schickte sich ebenfalls an, das Dunkel hinter den Felsen zu verlassen. Zitternd krallte sie sich am letzten Felsen fest und keuchte einige Mal hingebungsvoll. Was weder

Adalbert noch dem Kollektor, ja, nicht einmal dem Dämon gelungen war, hatte Adam innerhalb kürzester Zeit mit seiner Leidenschaft zu Wege gebracht: Jegliche Form von Kampfeswille hatte ihren Körper verlassen, und Aggression und Rachegelüste wurden von einer watteartigen Benommenheit überdeckt. Sie wollte nur noch in Adams Arme zurückkehren und sich liebevolle Worte ins Ohr flüstern lassen. Seine Hände wieder auf ihrer bloßen Haut spüren, seine kraftvollen, einfallsreichen Hände ...

Doch die hielten gerade Maiberg vorn am Hemd gepackt und verabreichten ihm ein paar gehörige Ohrfeigen, ohne ihm dabei die Brille von der Nase zu fegen. Maibergs Arme baumelten an der Seite herunter. Die Betäubungspistole war nicht länger in seinen Händen.

Lea stutzte: Ohrfeigen – kein Blutrausch, kein gewalttätiger Rachefeldzug? Ihr gerade entdecktes Liebesleben erzielte bei Adam offensichtlich eine genauso seltsame Wirkung wie bei ihr.

Plötzlich kam Leben in Maibergs Beine, und er veranstaltete einen kleinen Stepptanz, bis er sich mit einer aaligen Drehung befreien konnte. Adam machte sich nicht die Mühe, seiner wieder habhaft zu werden. Stattdessen beobachtete er, wie Maiberg vom eigenen Schwung zu Boden gerissen wurde und auf allen vieren von dannen krabbeln wollte. Adam schüttelte leicht den Kopf, dann versetzte er Maiberg einen Tritt ins Hinterteil. Obwohl ein Tritt mit dem bloßem Fuß kaum schmerzhaft sein konnte, kreischte Maiberg beleidigt auf und ließ sich flach auf den Boden fallen. Dort blieb er ausgestreckt in einer Pfütze liegen. Adam hatte keine Geduld für solche Spielchen. Unwirsch zerrte er Maiberg am Ohr hoch und drehte ihm einen Arm auf den Rücken, sobald er auf den Beinen stand.

»Was wird das hier, deine Version des *Sterbenden Schwans*?«, zischte er Maiberg an.

Ein Beben durchfuhr den Grund der Höhle und ließ ein weiteres Stück Fels beim Wasserlauf mit einem Krachen herausbrechen. Sofort ergoss sich ein Schwall dunklen Wassers in das überflutete Flussbett. Ein Anblick, der Lea überhaupt nicht gefiel und sie augenblicklich ihre Erschöpfung vergessen ließ.

»Adam!«, rief sie, woraufhin dieser aufhörte, Maiberg durchzuschütteln. »Wir sollten den Aufzug nehmen, ehe Adalbert oder der Kollektor hier auftauchen oder wir unter einer Steinlawine begraben werden.«

Mit dem Kinn deutete Adam auf Maiberg und hob dabei fragend die Augenbrauen.

»Maiberg kommt mit«, entschied sie. »Er kennt den Weg aus diesem Höhlenlabyrinth. Oder ziehst du es vor, hier unten abzusaufen?«, fragte sie den schmächtigen Mann, woraufhin dieser eifrig den Kopf schüttelte.

Adam ließ seine Hand in Maibergs Hosentaschen wandern, der sich verlegen wand und rote Wangen bekam. Mit einem verächtlichen Schnaufen zog er schließlich ein Taschentuch hervor und knebelte ihn damit. Dann wateten die drei durch das inzwischen knöcheltiefe Wasser zum Aufzug. Oben angekommen, gab Lea dem verwaisten Regiestuhl des Kollektors einen Stoß, so dass er über die Kante des Vorsprungs kippte. Bevor er unten ins schnell ansteigende Wasser schlug, war sie den anderen schon um die Ecke gefolgt.

Der Tunnel, der von der Höhle wegführte, war so niedrig, dass Adam den Kopf einziehen musste. Beim Anblick der ungewöhnlich ebenmäßigen Oberfläche der Wände fragte Lea sich, auf welche Art und Weise das Höhlensystem einst erschlossen worden war. Die Gänge verliefen oftmals sehr gerade, als hätte man sich einen Weg frei gesprengt. Die Höhle, in der Adam und sie gefangen gewesen waren, schien abseits der restlichen Gefängniszellen zu liegen: Alles war provisorisch hergerichtet, notdürftig zusammengeschustert – vom Aufzug über die Stromversorgung bis hin zum Beobachtungsposten auf dem Vorsprung. Da trug Etienne Carrières Kerker schon eine ganz andere Handschrift. Wahrscheinlich war es reines Glück gewesen, dass die andere Höhle, von der Randolf gesprochen hatte, nicht mehr von Nutzen war. Denn hier gab es weder eine Sicherheitstür noch Kameras. Die Flucht war das reinste Kinderspiel.

Mit einer Stabtaschenlampe beleuchtete Lea den mit Geröll übersäten Boden, der zu ihrem Unwohlsein abwärts und somit tiefer ins Erdreich hineinführte. Wasser folgt der Schwerkraft, dachte sie bedrückt. Was, wenn die Höhle in ihrem Rücken beim nächsten Riss in der Felswand vollief? Dieser niedrige Tunnel, durch den sie nur mühsam vorankamen, würde sich im Handumdrehen in ein nasses Grab verwandeln – zumindest für dic Sterblichen unter ihnen.

Schließlich gelangten sie an eine Weggabelung. Auf der einen Seite setzte sich der rohe Tunnel fort, auf der anderen endete der Gang vor einer raumfüllenden Betonwand, in die eine doppelflügelige Metalltür eingelassen war. Dahinter vermutete Lea das Gangsystem, dass ein künstlich geschaffenes Innenleben in einer oder mehreren Höhlen bot. Ein Stück weit über der Tür klaffte eine Lücke in der Wand, wahrscheinlich von einem der vielen Einstürze. Dahinter verbarg sich ein Hohlraum, schwarze Leere.

»Na los, Maiberg! Mach dich nützlich«, forderte Adam Maiberg auf, dessen Finger sogleich über das Display neben der Tür tanzten.

Lea blinzelte in den vom Notlicht trübe beleuchteten Gang, der nach einigen Metern eine scharfe Linkskurve machte. Entmutigt wich sie einen Schritt zurück und senkte den Blick, als Adam sie fragend anschaute.

»Welcher Weg führt nach draußen?«, fragte Adam deshalb den hysterisch blinzelnden Maiberg und nahm ihm den Knebel ab.

»Beide«, erwiderte Maiberg, wobei er sich vor Eifer beinahe überschlug. »Wenn man dem Tunnel folgt, kommt man irgendwann zu einem Senkschacht. Allerdings funktioniert der Aufzug nur, wenn man den Sicherheitsschlüssel hat, und den besitzt nur der Kollektor. Die einzige Kopie ist beim ersten großen Erdbeben verschüttet worden. Ohne Aufzug kommt man aber nicht hoch, weil die Wände zu steil zum Klettern sind. Wir müssen durch das Kabinett durch – ich meine, durch die verschiedenen Zellentrakte.« Maiberg kicherte aufgelöst. Es klang so, als büße er gerade ein Stück seines Verstandes ein. »Wir müssen zur Garage, zu einem der Wagen. Uns bleibt nur der lange Weg.«

»Bist du dir sicher, dass die Sache mit den Fledermausflügeln auch wirklich reine Folklore ist? Die Idee mit dem Senkschacht gefällt mir nämlich besser«, sagte Lea, einen beklommenen Blick in den Betongang werfend. Sie dachte an die Wesen, die dort hinter Metalltüren kauerten und die der Dämon zur Rebellion aufrufen würde, sobald sie einen Schritt hineinsetzen. Der bloße Gedanke, erneut die Berührung des Dämons ertragen zu müssen, trieb ihr den Schweiß aus den Poren.

Adam seufzte, dann richtete er seine Aufmerksamkeit ebenfalls auf den Gang und witterte. »Maiberg«, setzte er schließlich wieder an. »Du wirst nur überleben, wenn du dieses Höllenloch an unserer Seite verlässt. Falls du also mit dem Gedanken spielen solltest, uns in eine Falle zu locken, bist du tot. Selbst wenn dieser rothaarige Riese rein zufällig unseren Weg kreuzen sollte, breche ich dir innerhalb von Sekunden das Genick.«

»Randolf ist unterwegs!« Mit beiden Händen umfasste Maiberg seinen Hals, als könne er sich auf diese Art schützen. »Er ist aufgebrochen, um diese Agatha zu holen, mit der du dem Kollektor einen Floh ins Ohr gesetzt hast. Er hat Randolf tatsächlich allein losgeschickt. Allein, jawohl! Weil er im Moment nicht auf Adalbert verzichten will. Weil außer Adalbert und mir niemand mehr da ist. Alle fort! Die ganze verdammte Bude bricht zusammen. Die *Edition E* mit den körperlich begabten Objekten ist komplett abgesoffen. Das ging ratzfatz. Und die Abteilung *Zweites Gesicht* ist unter Geröll begraben. Konnte ja keiner vorhersehen! Adalbert ist fuchsteufelswild. Wohin soll das noch alles führen? Hier fällt alles in sich zusammen, und der Kollektor sammelt trotzdem weiter. Er ist verrückt, vollkommen verrückt!«

Adam starrte den röchelnden Maiberg einen Augenblick ausdruckslos an, dann verabreichte er ihm zwei klatschende Ohrfeigen. Von einer Sekunde zur anderen hielt Maiberg den Atem an. Sein Gesicht wurde aschgrau, gesprenkelt von einigen purpurnen Flecken. Die Augen traten noch mehr aus den Höhlen als gewöhnlich. Lea befürchtete schon, Maiberg habe der Schlag getroffen und er werde gleich mausetot umkippen. Doch dann riss er den Mund auf und sog Luft in seine Lungen, als wollte er zum Urschrei ansetzen. Aber er bekam nur einen roten Kopf und atmete schließlich wieder regelmäßig ein und aus.

»Dann sind im Moment also nur Adalbert und der Kollektor anwesend?« Ein gefährliches Glimmen loderte in Adams Augen auf.

Maiberg nickte. »Aber die Stromversorgung ist nicht mehr sehr zuverlässig. Wenn noch mehr Wasser durch die Wände eindringt, könnte sie kurzzeitig zum Erliegen kommen.«

»Und?«, fragte Adam, mit den Gedanken schon auf der Jagd durchs Tunnellabyrinth.

»Die Türen, die uns von den ausgehungerten Objekten des Kollektors trennen, werden übers Stromsystem verriegelt.« Lea blieb die Stimme weg. Das Szenario, das in ihrem Kopf entbrannte, war auch nicht dafür gemacht, in Worte gefasst zu werden. Kein Wunder, dass die anderen Helfer des Kollektors das Weite gesucht hatten. Ein Blackout – und hier unten brach ein Inferno aus.

Adam fluchte leise und legte kurz den Kopf in den Nacken, um sich zu sammeln. Oder vielmehr, um sich von der Idee zu verabschieden, Adalbert und dem Kollektor ein angemessenes Ende zu bereiten. Gerade als er sich anschickte, Maiberg zum Aufbruch anzutreiben, machte Lea einen Schritt auf ihn zu und berührte seine Schulter.

»In einem dieser Kerker ist Etienne Carrière gefangen.«

Wie vom Donner gerührt sah Adam sie an. In einer anderen Situation hätte sie sich zu einem überreizten Kichern hinreißen lassen, aber sie wusste nur allzu gut, was ihr Geständnis in Adam ausgelöst hatte.

»Und das erzählst du mir erst jetzt?«

»Wann genau hätte ich es dir denn sonst erzählen sollen? Du bist ja ziemlich nahtlos vom Fressenwollen zum Vernaschen übergegangen.«

Einen Moment lang loderte es in Adams Augen gefährlich auf, dann sagte er mit fester Stimme: »Wir holen ihn.« Doch um seine Augen zuckte es immer noch.

»Ich weiß nicht, ob das so eine gute Idee ist.« Lea biss sich auf die Unterlippe, nicht sicher, was sie eigentlich sagen wollte. Einerseits fürchtete sie sich davor, keine Metalltür mehr zwischen sich und einem vom Dämon heimgesuchten, fast wahnsinnigen Etienne Carrière zu haben. Andererseits wusste sie, wie wichtig es für Adam sein würde, seinen alten, tot geglaubten Freund zu befreien. »Der Professor steht ein wenig neben sich«, sagte sie deshalb vage.

Adam hielt kurz inne, dann nickte er. »Ich werde schon mit ihm fertig.«

Sie folgten dem spartanisch beleuchteten Gang. Die Risse in den Wänden kündeten vom Ende dieser zweckentfremdeten Höhlenwelt. Mit jedem Schritt, den sie tiefer ins Erdreich setzten, nahm der Druck auf Leas Ohren zu, bis sie glaubte, ihren Kopf in einen Schraubstock gelegt zu haben.

Als sie die ersten Metalltüren passierten, scholl ihnen sogleich das erwartete Brüllen des Dämons entgegen. Beunruhigt nahm Lea wahr, dass das Toben nun sehr viel ungeschminkter klang. Vielleicht lag es an Adams Anwesenheit oder an der bevorstehenden Gefahr durch die einstürzenden Höhlenwände. Außerdem hatte es eine aggressive Note bekommen, die sie so zuvor nicht wahrgenommen hatte. Die vom Dämon besessenen Gefangenen waren vollends außer Kontrolle. Es gab kein Locken, kein

Vorspiel mehr. Nur noch der explosionsartig freigesetzte Wille, ein Blutfest zu feiern.

Immer wieder wanderte Leas Blick zu Adams Gesicht, das sich erneut in eine unnahbare Maske verwandelt hatte. Doch in seinen Augen sah sie Bestürzung und Unsicherheit. Verrückterweise beruhigte sie das.

Als sie den Gang einschlugen, der in Etienne Carrières Zelle mündete, verklang das dämonische Brüllen wieder, doch die Anspannung nahm nicht ab. Adam blieb vor der Metalltür stehen und inspizierte sie ausgiebig. »Gib den Code ein«, forderte er Maiberg auf, der neben ihm stand.

»Kann ich nicht.« Eine Mischung aus Furcht und Schadenfreude durchzog Maibergs Tonfall. »Dieses Sammlerstück gehört Adalbert, und zwar nur ihm allein. Das hütet er wie seinen Augapfel. Er würde nie zulassen, dass ich einen Blick auf seinen wertvollen Etienne werfe.«

Maiberg schickte das hysterische Lachen hinterher, das Lea langsam in den Ohren zu schmerzen begann. Adam schien ähnlich zu empfinden und packte ihn grob am Oberarm.

»Und das fällt dir erst jetzt ein, wo wir uns in dieser verdammten Sackgasse befinden?«, herrschte Adam den jammernden Mann an.

»Hier muss es doch irgendwo eine Art Kontrollraum geben«, dachte Lea laut nach. »Als ich dort drinnen zu Besuch gewesen bin, hat Adalbert das Ganze über eine Kamera verfolgt. Das muss er sich ja irgendwo angesehen haben.«

»Ja, auf seinem Handy«, erwiderte Maiberg. Allerdings schien ihm die Schadenfreude angesichts Adams Wut abhandengekommen zu sein. »Zwar kann man sich die Aufnahmen aus allen Zellen an einem Bildschirm anschauen, aber der steht in den Privaträumen des Kollektors. Und die sind auf der anderen Seite des Kabinetts.«

»Wunderbar«, stöhnte Adam. Er stemmte die ausgestreckten Arme gegen die Tür und ließ resigniert den Kopf hängen.

Ein sanftes Beben im Boden ließ Lea zusammenfahren. »Wir können nicht hier bleiben und darauf hoffen, dass die Tür von allein aufspringt. Lass uns ein paar Zahlenvariationen ausprobieren … Adalbert ist in Etienne vernarrt. Was für Zahlen fallen dir zu Etienne ein?«

»Etienne und Zahlen? Dazu fällt mir überhaupt nichts ein. Der Mann besteht nur aus Buchstaben, genau wie du.« Adams Arme knickten ein, und er rumste mit dem Kopf einige Male gegen die Metalltür. Maiberg sah ihm fasziniert dabei zu.

»Nun«, überlegte Lea fieberhaft. »Etiennes Geburtstag, der Geburtstag seines Lieblingsdichters, die Anzahl seiner Lieblingsdichter …«

Adam warf ihr über die Schulter einen scheelen Blick zu, dann leuchtete die Erkenntnis in seinen Augen auf. Mit einem Satz war er bei dem Display und tippte eine Zahlenfolge ein. Seufzend schwang die Tür auf, und Adam wies grinsend auf die Schleuse, als wäre er der Einlasser beim Zirkus.

»Der Tag, an dem Etienne verwandelt wurde – zufälligerweise der Todestag von Victor Hugo. Nur deshalb konnte ihn sich Etienne über die Zeiten hinweg merken.«

Als die Notbeleuchtung in der Schleuse ansprang, suchte Adam die zweite Tür bereits nach einem weiteren Display ab. »Nein«, sagte Lea leise und nahm seine Hand. »Sie wird gleich von allein aufgehen.« Adam erwiderte den Griff ihrer Hand, und sie spürte das leichte Zittern seiner Finger. Sein ganzer Körper war ein einziges Spannungsfeld, aber als die zweite Tür aufschnappte, blieb er regungslos stehen. Lea schloss ihre Hand fester um seine. Sie sah Adam im Dämmerlicht nicken, dann trat er in das Zimmer ein, das in den letzten Jahren Etienne Carrières persönliche Hölle gewesen war.

29

Abschied

Am Tisch vor dem Kamin, in dem eine neue Glühbirne brannte, saßen Etienne Carrière und sein Peiniger Adalbert in trauter Zweisamkeit. Vor ihnen waren die leeren Teetassen adrett angeordnet. Eine von ihnen hatte einen Sprung, genau wie das Brillenglas auf Professor Carrières Nase.

»Sieh, mein guter Adalbert: Es kommt Blut zu Besuch«, verkündete Professor Carrière hocherfreut. Geschmeidig erhob er sich aus dem Sessel und kam mit weit ausgestreckten Armen auf sie zu. »Meine lieben Freunde, wie schön, dass ihr gekommen seid!« Adam gab er Küsse auf die Wangen, was dieser regungslos geschehen ließ. Dann schnappte er sich galant Leas freie Hand und verabreichte ihr einen formvollendeten Handkuss.

Adam starrte seinen Freund wortlos an. Ohne Zweifel stürzte Carrières bizarre Überschwänglichkeit ihn in eine Verwirrung, die er nicht so ohne Weiteres abschütteln konnte. Nervös beobachtete Lea seine eingefrorenen Gesichtszüge, und sie ahnte, dass Adam außerstande war, die Brisanz der Situation zu begreifen. Vielleicht hätte sie ihn doch etwas genauer über den Zustand des Professors aufklären sollen.

Während Carrière sie mit einem Schwall von Nichtigkeiten überschüttete, löste sich Adams Erstarrung: Mit einem zögerlichen Blick musterte er die Zelle, doch was er sah, schien ihn noch mehr zu verstören. Als wolle er nicht länger allein leiden, streckte er den Arm aus und zerrte Maiberg aus der Schleuse in den Raum. Der schmale Mann wand sich im hellen Licht der Neonröhren und ließ seinen Blick sehnsüchtig zur der offen stehenden Metalltür gleiten.

Unterdessen blieb Adalbert im Sessel sitzen, die Knie dicht an dicht, ganz der wohlerzogene Besucher einer Teerunde. Nur die Lippen waren vor Zorn und Verwirrung so fest zusammengepresst, dass sie jegliche Farbe verloren hatten. Schließlich nötigte ihm der Anblick seines Gehilfen eine Reaktion ab. »Maiberg, du Wurm«, zischte es aus dem Strichmund. »Ich werde dich eliminieren.«

Bei dieser Bemerkung ließ Professor Carrière ein Lachen vernehmen, als hätte jemand einen guten Witz gemacht. Dann hakte er sich bei Lea unter und führte sie zum Bücherregal. »Kennen Sie schon meine Sammlung, meine Gute?«, zwitscherte er und deutete auf die Reihen von Liebesromanen.

Qualvoll wand Lea sich, nicht sicher, ob seine körperliche Nähe oder seine Worte ihr mehr Schauer über den Rücken jagten.

Währenddessen pendelte Adalberts hasserfüllter Blick zwischen Adam und Maiberg hin und her. Maibergs Murmelaugen waren hinter den flatternden Lidern kaum noch zu erkennen, und das Neonlicht verlieh seinem verschwitzten Gesicht einen kranken Ausdruck. Zwar machte er halbherzige Anstalten, auf Adalbert zuzugehen, zugleich übte die dunkle Schleuse eine magische Anziehungskraft aus. Gefangen zwischen diesen beiden Polen, wankte er hin und her.

»Nun«, sagte Adalbert, wobei er sich langsam aus dem Sessel erhob. »Maiberg und ich werden uns jetzt zurückziehen. Ihr drei habt sicherlich einiges zu besprechen.« Als er auf Armlänge vor Adam getreten war, zückte er unvermittelt einen Elektroschocker.

Mit einem leisen Schrei fuhr Lea zusammen, und Professor Carrière schenkte ihr ein strahlendes Lächeln. »Eine besonders seltene Ausgabe, ich weiß«, erklärte er, wobei seine Finger zärtlich über den zerlesenen Buchrücken streichelten.

Adam starrte den Elektroschocker an. In diesem Moment versuchte Adalbert, den Arm auszustrecken, doch Adams Reaktion war schneller: Er verpasste dem angreifenden Mann einen Schlag gegen das Handgelenk. Lea hörte das Knistern des sich ins Leere entladenden Stroms und sah Adalbert einige Schritte zurücktaumeln, die Waffe immer noch in der Hand.

Adam wollte ihm nachstürmen, aber er hatte die Rechnung ohne Maiberg gemacht, der seine Chance witterte. Mit einem Satz sprang er gegen seinen Rücken, schlang ihm die Arme um den Nacken und stieß dabei einen Triumphschrei aus. Adam fluchte, als er nach vorn stolperte. Dabei nutzte er die gebückte Haltung, griff Maiberg am Nacken und zog ihn über die Schulter. Maibergs magere Gestalt überschlug sich genau in dem Moment, als Adalbert zu einer weiteren Stromattacke ansetzte. Nur dass er Maibergs Stirn berührte, als dieser unsanft mit den Füßen auf dem Boden auftraf. Maibergs Murmelaugen traten endgültig aus ihren Höhlen, genau wie die aufgedunsen wirkende Zunge. Dann kippte er stocksteif zur Seite. Ein widerwärtiger Gestank von verbrannter Haut breitete sich rasant aus.

Adam machte einen Sprung zurück, als hätte ihn eine Druckwelle erwischt. Die Augen unnatürlich weit aufgerissen, sank er auf die Knie und schüttelte manisch beide Hände aus. Einen Moment lang starrte Adalbert missmutig auf das Ergebnis seines Angriffs, dann wandte er sich in Leas Richtung.

»Immer derselbe Trick«, murmelte Lea und brachte sich hinter einem verdutzt dreinschauenden Professor in Sicherheit. Wenn man es nicht mit Adam aufnehmen kann, hält man sich einfach an seine bessere – sterbliche – Hälfte.

Adalbert machte Anstalten, sie um Carrière herumzuscheuchen, doch sofort legte sich eine schmale Hand mit der Kraft eines Schraubstocks um seinen Hals.

»Meins«, fauchte Professor Carrière und schlug ihm den Elektroschocker aus der Hand. »Wie kannst du es wagen, Sklave!« Wie einen Liebenden umarmte er seinen Peiniger, der sich keuchend zur Wehr zu setzen versuchte. Gegenüber einem aufgebrachten Dämon half Adalbert allerdings auch seine bullige Statur nichts – der asketische Carrière hielt ihn fest im Griff. Gebannt beobachtete Lea, wie der Professor seinen Mund auf Adalberts schreckensverzerrte Lippen presste. Doch der Kuss brach Adalberts Widerstand, ließ ihn in die Knie sinken.

Was Lea sah, war eine Flut, die sich ausbreitete, und auf ihren Kämmen tanzte der Dämon. Ein wildes Rauschen drohte die Wände des Kerkers zum Bersten zu bringen, als Carrière sich zurückbeugte, die Venen seines eigenen

Handgelenks zerbiss und die Wunde an Adalberts Mund presste.

Lea spürte, wie Adams Arme sie umfingen, sie fortzuziehen versuchten. »Schau nicht hin«, bat er sie sanft. Sie schüttelte ihn jedoch ab, unfähig, den Blick zu lösen. Da nahm Adam sie zärtlich in die Arme und ließ ihr ihren Willen, während er selbst sein Gesicht an ihrem Hals vergrub.

»Unwürdiger Sklave«, sagte Carrière mitleidslos, während Adalbert das tödliche Geschenk annahm. Mit einer Bewegung, die vor Macht strotzte, richtete Carrière sich auf und ließ den benommenen Adalbert in sich zusammensacken.

Obwohl es einer Todesstrafe gleichkam, war Adalberts Gesicht voller Verzückung. Sein alter Herr, der ihm während ihrer gemeinsamen Zeit die Verwandlung verweigert und ihn zudem auch noch verstoßen hatte, erfüllte ihm nun endlich den sehnlichsten seiner Wünsche: Etienne Carrières Dämon ging auf ihn über. Und Adalbert war mehr als bereit, dieses Schicksal anzunehmen, selbst wenn es die eigene Vernichtung bedeutete.

Augenblicklich warf Adalbert den Kopf in den Nacken, die untere Gesichtshälfte mit Blut beschmiert. Wie Säure begann sich das giftige Rot aus Carrières Adern in die Haut zu fressen und vereinte sich für einen bizarren Moment lang mit dem Narbengeflecht, mit dem Adalberts Gesicht überzogen war. Dann versengte es das Gewebe, legte Zähne und Kiefer frei. Wie eine Feuerschneise kroch die Vernichtung die Kehle hinunter, steckte den Brustkorb in Brand, während gierige Zungen in alle Richtungen hin ausschlugen und zerstörten, was ihnen im Weg war.

Die ganze Zeit über war Adalberts Blick voller Sehnsucht auf Carrière gerichtet. Bis auch diese Augen, die immer voller Rachsucht und einer irren Gier gewesen waren, in tiefem Rot versanken.

Erneut versuchte Adam, Lea mit sich fortzuziehen. Da drehte sich Carrière um, und sein überirdischer Blick traf sie. Leicht wiegte er verneinend den Kopf, während sein Zeigefinger wie ein Pendel hin- und herschwang. Seine filigranen Lippen waren zu einem grausamen Lächeln verzogen. »Das Blut gehört mir«, sagte er, als erkläre er einem kleinen Kind die Regeln.

»Etienne …«, setzte Adam tonlos an, während er sich langsam vor Lea schob. »Erinnere dich, bitte.«

Doch in dem ebenmäßigen Antlitz war nicht eine Spur von Etienne Carrière zu entdecken. Die Schönheit, die sich auf die Gesichtszüge gelegt hatte, erzählte von der Unberührbarkeit des Dämons. Schillernde Kraft und Schönheit, die ihr Lied zu Lea sangen. Gepeinigt grub Lea ihre Fingernägel in Adams Rücken und presste die bebenden Lippen gegen den Stoff seines Oberteils. Sie atmete tief ein, sog Adams Duft in sich auf und konzentrierte sich ganz auf ihn. Nur von ihm würde sie sich locken lassen.

Mit einem grazilen Sprung war Carrière bei ihnen, hob den Arm und schlug Adam, ohne zu zögern, ins Gesicht. Ein gezielter, harter Hieb, dennoch mehr eine Zurechtweisung als eine Kampfhandlung. Adams Kopf zuckte ein Stück zur Seite, und Lea hörte ein leises Aufstöhnen. Bevor Adam sich aufrichten konnte, hatte Carrière die Hand erneut erhoben. Allerdings hielt er inne, als wartete er, bis Adam bereit für eine weitere Züchtigung war.

Aber Adam richtete sich nicht wieder auf. Er verharrte in seiner Haltung, wie auch Carrière es tat. Dann drehte er den Kopf leicht zur Seite und blickte seinen Freund durch wirre Haarsträhnen hindurch an. Einen Augenblick maßen sich die beiden, dann prallten sie aufeinander. Sie hatten ihre Entscheidung getroffen.

Entsetzt beobachtete Lea das Ringen der beiden Männer. Sie fürchtete, dass Adam trotz seiner überlegenen Kraft und Erfahrung dem feingliedrigen Etienne Carrière auf Dauer unterliegen würde. Zu hell loderte der Dämon in dessen Körper, befeuert von dem Wunsch, sich endlich Untertan zu machen, was ihm seit je zustand.

Wie ein Tänzer entglitt Carrière Adams Versuchen, seiner habhaft zu werden. Immer war er einen Tick schneller und entschlossener. Er nutzte jede sich bietende Gelegenheit, Adam einen seiner harten Schläge zu verpassen. Adam hingegen war vollends damit beschäftigt, ebendiese abzuwehren, während er gleichzeitig versuchte, Carrière zu umrunden. Im Gegensatz zu seinem Freund teilte er keine Schläge aus, und Lea kam der Verdacht, dass Adam trotz der außer Kontrolle geratenen Situation versuchte, den Professor in den Griff zu bekommen, ohne ihn zu attackieren. All dies geschah mit atemberaubender Schnelligkeit. Es war ein verwirrender, gewalttätiger Tanz. Und offensichtlich gelang es Adam nicht, die Führung zu übernehmen.

»Geh zur Schleuse!«, schrie Adam atemlos.

Lea dachte gar nicht daran. Während sie die beiden Kämpfenden im Auge behielt, suchte sie den Boden ab. Wo war es? Dann schnappte sie erschrocken nach Luft. Es war Carrière gelungen, Adam mit einem brachialen Schlag gegen Schläfe und Ohr ins Wanken zu bringen.

Adam taumelte einige Schritte zurück und wäre beinahe über Maibergs Kadaver gestolpert. Er presste die Hand aufs Ohr und ließ den Kiefer aufklappen, als könne er so den Druck ausgleichen.

Diesen Moment nutzte Carrière, um auf Lea zuzuhechten. In seinen Augen blitzte es siegessicher. Doch schon in der nächsten Sekunde waren sie erfüllt von Überraschung, gefolgt von Schmerz. Carrières Körper bebte, seine zitternden Hände nur einen Hauch von Leas Gesicht entfernt, als hätte er es soeben zärtlich umfassen wollen. Dann wurde er von einer unsichtbaren Hand zu Boden geschleudert.

»Was glaubst du eigentlich?«, schrie Lea den bewusstlosen Professor an, während sie anklagend mit dem Elektroschocker auf ihn deutete. »Dass ich hier bloß dumm herumstehe, damit du mich in Schwierigkeiten bringen kannst? Ich bin kein leichtes Opfer, verdammt!«

Benommen torkelte Adam auf sie zu und tippte den seltsam verrenkt daliegenden Carrière mit dem Fuß an. Als dieser sich nicht rührte, wollte Adam sich neben ihm in die Hocke niederlassen, kippte aber stattdessen nach hinten. Angeschlagen rieb er sich die Augen, ehe er sich wieder auf die Füße zu stemmen bemühte. Doch die Erschöpfung übermannte ihn, und er sank erneut kraftlos auf den Boden.

Lea wollte ihm helfen, doch ein plötzlicher Tremor kostete sie fast das Gleichgewicht: Ein erneutes Erdbeben erschütterte den Raum. Entsetzt blickte sie sich um, während ihre Hände nach Halt suchten. Der Fußboden geriet ins Rutschen, das Bücherregal wurde von einem Felsbrocken verrückt, der sich durch die Betonwand schob. Ein Riss durchzog innerhalb von Sekunden die Decke, brachte die eine Hälfte zum Einsturz und begrub die Sitzgruppe samt Maibergs Leichnam und Schleuse unter sich. Die einzige noch funktionierende Leuchtröhre baumelte an einem Kabel und beleuchtete die Decke, deren Betonquader kaum noch von den wenigen Querträgern zusammengehalten wurden. Darüber klaffte Dunkelheit, ein Hohlraum, der sich zwischen Beton und Höhlendecke erstreckte.

Ungläubig sah Lea sich um, während sich aufwirbelnder Staub in ihre Augen stahl. Splitterstücke von Beton hatten sich in ihrem Haar verfangen und die bloße Haut ihres Gesichts verletzt.

Dort, wo der Fels die Wand durchbrochen hatte, schossen zu beiden Seiten Fontänen hervor. Zunächst versickerte das Wasser noch in den frischen Bodenspalten, doch dann, während Lea sich des Ausmaßes des Schadens bewusst wurde, bildeten sich rasch ausbreitende Pfützen. Es war nur noch eine Frage der Zeit, bis das Wasser die durchtrennten Stromkabel erreichen würde, die mit der einen Hälfte der Decke heruntergestürzt waren.

»Wie sollen wir jetzt nur zu dieser Garage kommen?«, fragte Lea tonlos. »Falls es sie überhaupt noch gibt.«

»Wir klettern hoch und suchen uns den Weg durch das Labyrinth«, antwortete Adam, der den leblosen Körper von Etienne Carrière soeben schulterte.

Sie beobachtete einen Augenblick lang, wie er versuchte, mit seiner Last aus der Hocke in den Stand zu wechseln. Obgleich ihr klar war, dass sie keine andere Möglichkeit hatte, hasste sie sich für die folgenden Worte: »Du wirst ihn zurücklassen müssen.«

»Blödsinn.« Adam hielt den Kopf gesenkt, seine Knie zitterten vor Anspannung. Dennoch wollte es ihm einfach nicht gelingen, sich aufzurichten. Das sich ausbreitende Wasser berührte seine nackten Füße.

»Adam, du bist zu erschöpft, und uns läuft die Zeit davon. Diese ganze verfluchte Höhlenflucht bricht zusammen, alles wird geflutet …«

Adam unterbrach sie unwirsch: »Er ist das Risiko wert!« Ohne sie anzuschauen, ließ er Carrière wieder auf den Boden sinken, umfasste seine Handgelenke und zog ihn Ruck für Ruck in Richtung der abgesenkten Deckenhälfte. Als Lea sich anschickte, ihm dabei zu helfen, verpasste er ihr einen Stoß. Nicht grob, aber deutlich genug, dass sie zurückwich.

Ehe das Wasser den Boden vollständig flutete und die Stromkabel zuckend im Dunkel verschwanden, hatten die drei sich auf die heruntergestürzte Decke gerettet. Obwohl der Untergrund beunruhigend nachgiebig und brüchig war, verharrte Lea neben Adam und dem weiterhin bewusstlosen Carrière. Immer mehr Mauerwerk brach aus der gegenüberliegenden Wand, und die Fontänen verwandelten sich in Sturzbäche. Lea konnte zusehen, wie die Wassermarke stieg. Gern hätte sie Adam vorangetrieben. Doch sie spürte, dass er diese Entscheidung allein fällen musste. Dabei sah er so elend aus, dass es ihr fast das Herz brach.

»Ich kann ihn nicht noch einmal zurücklassen«, sagte Adam leise.

»Dann nehmen wir ihn halt mit.« Energisch packte sie Carrière unter der einen Achsel und begann zu ziehen. Die Bewegung erzeugte ein tiefes Grollen in der Decke. Lea zerrte trotzdem an ihm weiter, bis Adam ihr Handgelenk umfasste und fortzog.

»Nicht«, sagte er sanft.

Am liebsten hätte sie ihn angeschrien, beschimpft oder einfach nur geweint. Seine Traurigkeit setzte ihr unendlich mehr zu als jede aggressive oder arrogante Haltung, die er ihr gegenüber jemals an den Tag gelegt hatte.

»Klettere bitte nach oben.« Adam kniete sich neben Carrières Kopf und umfasste sein Gesicht mit beiden Händen. »Ich komme gleich nach.«

Verzweifelt presste Lea die Lippen aufeinander, um den Wortschwall zu verhindern, der mit Gewalt nach draußen drängen wollte. Alles in ihr wollte an Adams Seite ausharren, dennoch kam sie seinem Wunsch nach. Jeder Schritt löste eine kleine Steinlawine aus, und als sie schließlich den unbeschädigten Teil der Decke erreichte, war sie schweißüberströmt. Gierig sog sie die Luft ein, was sie jedoch sofort bereute: Über der Decke war die Luft kühl und auf eine unangenehme Art verdichtet – sie verkleisterte ihr förmlich die Lungen.

Sie streckte vorsichtig einen Arm nach oben und berührte die massive Höhlendecke. So nah! Was, wenn sie sich dort irgendwo in der Dunkelheit so tief absenkte, dass es kein Durchkommen gab? Leas Gedanken wanderten unwillkürlich zu dem rasch ansteigenden Wasser in der Zelle unter ihr. Wenn noch mehr Fels wegbrach, sehr viel mehr Felsen …

Automatisch schaute sie zu Adam hinunter, der immer noch neben dem Professor kauerte. »Adam«, sagte sie – mehr zu sich selbst, als an ihn gerichtet. Doch er sah zu ihr herauf, und sie konnte am Zucken seiner Schultern erkennen, dass es ihn drängte, ihr zu folgen.

Als hätte er ihren unwillentlichen Lockruf ebenfalls gehört, schlug Carrière die Augen auf. Ganz langsam, als hebe sich ein Bühnenvorhang. Selbst auf die Entfernung und im Dämmerlicht erkannte Lea sofort, wer dort immer noch auf der Bühne stand. Auch Adams kummervolles Gesicht verriet, dass er den Dämon erkannte.

»Wag es ja nicht!«, fauchte der Dämon ihn an, und es klang wie ein uralter, stets erfolgreicher Befehl.

Um Adams Mund zuckte es, und seine Augen verengten sich zu Schlitzen. Er senkte das eine Knie auf Carrières Schulter und presste sie gegen den Stein. Dann verstärkte er den Griff um seinen Kopf und drehte ihn mit einer einzigen Kraftanstrengung zur Seite.

Lea presste sich den Handrücken auf den Mund, als sie das Brechen des Genicks hörte. Ihre Zähne schlugen gegen die Lippen, und im nächsten Augenblick schmeckte sie Blut.

Ohne zu zögern, stieß Adam Etienne Carrières Körper ins Wasser. Dort trieb er kopfunter auf der Oberfläche und drehte sich langsam um die eigene Achse wie ein Blatt im See. Während Adam die Reste der Decke erklomm, die sich unter ihm in Staub auflöste, schluckte Lea hart und spannte ihren Kiefer an, bis er schmerzte. Als Adam geduckt an ihr vorbeikroch, streifte er sie leicht – es reichte aus, um sie aus ihrer Erstarrung zu befreien.

30

Dunkle Fluten

Tatsächlich neigte sich die Decke der Höhle an einigen Stellen gefährlich tief herunter, so dass sie ausweichen und einen Umweg in Kauf nehmen mussten. Einen Teil der Strecke verbrachten sie auf dem Bauch robbend, wobei Felsvorsprünge ihr Haar streiften, sich ins Fleisch bohrten und Haut abschürften. All das geschah in vollkommener Finsternis.

Immer wieder streckte Lea die Hand aus, um Adam nicht zu verlieren. Sie konzentrierte sich so sehr auf den Klang seiner Atmung, der ihr zum Leitfaden geworden war, dass sie die lebensgefährliche Lage mehr und mehr verdrängte. Kein Gedanke hatte mehr Platz in ihrem Kopf neben den leichten Schallwellen, wenn Adams Brust sich hob und senkte.

Sie weigerte sich, darüber nachzudenken, ob es Etienne Carrière jemals gelingen würde, sich aus dem Unterwasserkäfig zu befreien. Gelegentlich taten sich Löcher im Boden oder vielmehr in der Decke auf, aber sie verdrängte jede Überlegung, ob dort unten vielleicht noch jemand lauerte oder sich ebenfalls auf den Weg gemacht hatte. Auch für den Gedanken, wie sie überhaupt hinausgelangen sollten – denn nirgends war Raum zu fliehen. Sie wollte noch nicht einmal wissen, ob Adam sich wirklich in der absoluten Finsternis orientieren konnte.

Rückblickend konnte Lea nicht sagen, wie lange sie sich robbend ihren Weg gebahnt hatten. Aber als Dämmerlicht in ihre Augen stach, waren zumindest zwei Fragen beantwortet: Adam war ein hervorragender Spurensucher. Und sie verließen den Zwischenraum dort, wo sie das Kabinett betreten hatten, nämlich an der Wegscheide der beiden Tunnel. Adam kletterte als Erster durch das eingebrochene Mauerwerk hindurch, dann half er Lea beim Abstieg.

Den kleinen Schrei, als ihre Füße bis über die Knöchel im eiskalten Wasser versanken, konnte Lea nicht rechtzeitig unterdrücken. Mit einem Schlag machten sich ihre angeschlagenen Nerven wieder bemerkbar, und sie verspürte einen derart schmerzhaften Stich zwischen den Schulterblättern, dass sie fast ein weiteres Mal aufgeschrien hätte.

»Ich kenne den Weg zur Garage nicht.« Noch während sie sprach, ärgerte sie sich über den jammernden Tonfall in ihrer Stimme. Was half es denn schon, jetzt in Selbstmitleid zu versinken? Der Weg war versperrt, und es ergab keinen Sinn, im Labyrinth der Gänge herumzulaufen und darauf zu warten, dass das Wasser sie verschlang.

Zu ihrer Überraschung ging Adam nicht annähernd so hart mit ihr ins Gericht wie sie selbst. Schweigend schlang er die Arme um sie, und sie genoss seine tröstende Wärme. Nach einer Weile erklang seine Stimme dicht an ihrer Schläfe: »So, wie es aussieht, brauchen wir uns zumindest keine Gedanken um die Kreaturen zu machen, die dort in den Wunderkammern lauern: Jemand hat die Zugangstür von außen verbarrikadiert und das Display zerschlagen. Uns bleibt also nur noch der Senkschacht als Fluchtweg.«

Lea löste sich ein Stück von Adam und schaute ihm prüfend ins Gesicht. Zu ihrer Erleichterung konnte sie keine Spur von Wut oder Rachegelüsten darin entdecken, nur Traurigkeit. Fast beiläufig stellte sie fest, dass er – trotz all der Anstrengungen der letzten Stunden – wunderschön aussah. Nur ein paar Blessuren um die Augen herum und die aufgeplatzte Unterlippe verrieten noch die Auseinandersetzung mit Etienne Carrière.

Die Absurdität, dass das Leben der Schönheit ihres Liebsten einfach keinen Schaden zufügen konnte, zauberte Lea ein befreiendes Lächeln ins Gesicht. Doch im nächsten Augenblick entdeckte sie noch etwas anderes: Die Kraftprobe, die er in der Zelle des Professors ausgestanden hatte, lag wie ein unsichtbarer Film auf seinem Gesicht. Die Ereignisse mochten seinem Äußeren nichts anhaben können, aber sie begriff, dass sie sich in Adams Kern einbrannten. Dieses Wissen reichte ihr.

Sich an den Händen haltend, beschritten sie den dämmerigen Felsentunnel. Dabei stieg das Wasser bei jedem Schritt. Sie waren noch nicht weit gekommen, als ein erneutes dumpfes Beben das Erdreich erzittern ließ. Unvermittelt blieben sie stehen, da die spärliche Beleuchtung plötzlich ganz ausfiel. Ein Nachbeben setzte ein und ließ Gesteinsbrocken von der Decke regnen. Wie durch ein Wunder wurde keiner von ihnen ernstlich verletzt. Es gesellten sich lediglich einige frische Abschürfungen und blaue Flecke zu den anderen dazu. Bei Adam mehr, weil er sich im letzten Augenblick noch schützend über Lea gebeugt hatte.

Als endlich die Notbeleuchtung ansprang, sagte er unnötigerweise: »Das ist gar nicht gut.« Denn sie hatte dasselbe gespürt: den Triumphschrei freigesetzter Macht. Was auch immer aus der Sammlung des Kollektors noch in der Lage war zu atmen, nun konnte es sich frei bewegen. Plötzlich wünschte sich Lea, dass die Eingangstür nicht nur verrammelt, sondern zusätzlich noch von einer Steinlawine verschüttet worden wäre.

»Wie kannst du dem Dämon nur widerstehen?«, fragte sie Adam, der immer noch beschützend die Arme um sie gelegt hatte. Er lächelte. Dieses schiefe Lächeln, das nur ihr allein gehörte.

»Das Angebot des Dämons war nicht so gut wie deins.«

»Mein Angebot?«, erwiderte sie unsicher.

»Mhm.« Er unterband ihren Versuch, ein wenig Abstand zwischen sie zu bringen, indem er sie noch fester an sich zog. »Das Angebot vorhin in der Höhle, als du dich so verführerisch unter mir gewunden hast … Ich habe mich seit meiner Verwandlung noch nie so menschlich gefühlt. Sieht ganz so aus, als wäre ich der Erste, der dem Dämon gegenüber einen Sündenfall begangen hat. Besteht nicht die größte Sünde darin, sich von seiner Gottheit abzuwenden?« Er lachte leise und ließ eine Hand verspielt über ihren Rücken wandern. »Vielleicht sollte ich dich fortan Eva nennen …«

Augenblicklich spannte sich jeder einzelne Muskel in Leas Körper an. »Der Senkschacht«, sagte sie heiser, auch wenn es ihr schwerfiel, den Zauber des Augenblicks brechen zu müssen.

Adam lockerte den Griff. »Keine Ahnung, wie wir den hinaufkommen sollen. Keine Ahnung, ob wir es überhaupt bis dahin schaffen.«

Lea verpasste ihm einen leichten Klaps gegen die Brust. »Wenn hier jemand die Hoffnung aufgeben darf, dann ja wohl ich! Schließlich kommen meine Lungen im Gegensatz zu deinen nicht ohne Sauerstoff aus. Wenn dir also an meinen Verführungskünsten gelegen ist, dann solltest du dich ernsthaft zusammenreißen.«

Adam lachte. »Na, dann«, sagte er und nahm erneut ihre Hand. »Hier unten riecht es nach Salz und Algen. Vielleicht finden wir ja doch ein Weg nach draußen.«

Solange es ihnen möglich war, stolperten sie eng nebeneinander durch den halb verschütteten Tunnel.

Adam hatte die Stimmen schon lange vor Lea gehört. Plötzlich hatte sich der Druck seiner Hand verstärkt, aber er hatte nichts gesagt und war einfach weiter vorangegangen. Inzwischen erschwerte das Wasser ihnen jeden einzelnen Schritt. Eiskalt umspielte es ihre Knie und stieg beängstigend schnell an – obwohl sich der Tunnel nach oben neigte. Vereinzelte Felsbrocken unter der dunklen Wasserflut drohten zu Stolperfallen zu werden, doch bislang war es Adam, der immer einen halben Schritt vorausging, gelungen, Lea sicher zu führen.

Zuerst hatte sie lediglich ein Zischen vernommen, das die Wände vor ihnen verzerrt zurückwarfen. Dann hallten ihr einzelne Wortfragmente entgegen. Irgendwo im Tunnel diskutierten zwei Personen miteinander. Oder vielmehr ereiferte sich die eine, während die andere knappe Entgegnungen von sich gab.

»Ein Elend, dass diesem Elektroschocker der Saft ausgegangen ist.« Lea bemühte sich inständig um einen mutigen Tonfall. Adam blickte ihr prüfend ins Gesicht, ehe er zustimmend nickte. Trotzdem glaubte sie ein Zögern zu erkennen, als durchschaue er ihre tapfere Fassade. Nun, sie würde auf keinen Fall zurückbleiben, bis er die Angelegenheit im Alleingang gelöst hätte. Wer zurückblieb, würde sich ruck, zuck in eine Wasserleiche verwandeln. Ausgerechnet die hatte sie immer schon am fürchterlichsten gefunden.

»Er trägt so viel Last nicht«, hörten sie Randolfs melancholische Stimme erläutern, während sie einen steilen Abhang hinaufkletterten.

Das Wasser hatten sie auf den letzten Metern hinter sich gelassen. Aber der Weg hinter ihnen bot keine Rückzugsgelegenheit mehr. Über ihren Köpfen schien der Abhang in ein Plateau überzugehen. Licht leuchtete ihnen entgegen, künstlich und kalt. Dann streifte eine leichte Brise wie ein Hoffnungsbote ihre vor Anstrengung erhitzten Wangen.

»Vielleicht sollten wir versuchen zu verhandeln«, flüsterte Lea kaum hörbar. Adam runzelte die Stirn, als wäre ihm eine direktere Lösung lieber. Doch sie legte ihm beschwichtigend die Hand auf den Unterarm, und sie tauschten einen Blick aus: Sie würden noch einen Augenblick verharren und versuchen, sich ein besseres Bild von der Lage dort oben zu machen.

»Alles nur zum Trotz. Nur zum Trotz, jawohl!«, klagte die singende Stimme des Kollektors. »Und dabei muss es rasch gehen, hinauf ins Licht. Glaubt er denn, der Kollektor wolle in aller Ewigkeit gemeinsam mit den Objekten durch die Dunkelheit schweben? Wohl kaum. Hinauf geht's, gemäß der Losung. Und nun aber hurtig!«

»Kein Problem«, erwiderte Randolf. »Wollen zuerst Sie oder das Objekt befördert werden?«

»Er will einfach nicht begreifen! So ein herrliches

Stück ohne Aufsicht dort oben, was für eine idiotische Vorstellung. Und das, nachdem der Kollektor fast seine ganze Sammlung eingebüßt hat. Solch ein schwerer Schlag, und er sträubt sich hier so widerborstig. Trotz, jawohl!«

»Wir können ruhig hier stehen bleiben und diskutieren, bis uns das Wasser eingeholt hat. Für mich führt sowieso kein Weg mehr nach draußen.«

»Ihm ist schwindelig«, ließ der Kollektor mit bebender Stimme verlauten. Es folgten ein Ächzen und ein Geräusch, als wäre jemand unsanft auf den Boden aufgeschlagen.

Adam nahm diese Worte als Startzeichen und überwand die letzte Distanz so behände, dass Leas Augen ihm kaum zu folgen vermochten. Abgehängt!, dachte sie und setzte ihm sogleich nach.

Als sie sich über die Kante stemmte, musste Adam gerade von Randolf mit aller Kraft zurückgestoßen worden sein. Der Riese machte zwar einen angeschlagenen Eindruck – den linken Arm hielt er fest an den Körper gepresst und auch sein Stand wirkte unsicher –, dennoch ging er in eine Abwehrhaltung über. Nur sein Gesicht blieb seltsam ausdruckslos, als kümmere ihn der bevorstehende Kampf nicht länger.

Adam fing sich sofort wieder und begann Randolf zu umkreisen. Anstatt sich ausschließlich auf seinen Gegner zu konzentrieren, flog Adams Blick immer wieder zu dem Stahlkäfig hinüber, der einladend an einem Aufzugsseil baumelte, das in einen engen, dunklen Schacht führte.

Leas Augen hingegen blieben an Agatha hängen, die, lediglich mit einem transparenten Camisole und einem mit Rüschen besetzten Höschen bekleidet, die Wände abtastete. Es war ihr ein einziges Rätsel, wie dieses verhuschte Geschöpf auf den kompliziert geschnürten Wedges halten konnte – und das auch noch auf unebenem Grund. Wie gewohnt, kümmerte sich Agatha herzlich wenig um ihre Umgebung. Eigentlich gehörte sie mit ihrem entrückten Gesichtsausdruck in das Ambiente einer dieser Science-Fiction-Serien aus den 60er-Jahren, dachte Lea.

»Gerade erst geliefert«, erklärte der Kollektor, der auf einem Vorsprung saß. Kurz deutete er mit seinem Fächer auf Agatha, dann fächelte er sich wieder Luft damit zu. Genau wie sein neuestes Objekt beeindruckte ihn der gerade eröffnete Zweikampf der beiden Männer, der nur ein paar Schritte von ihm entfernt stattfand, nicht sonderlich.

»Hat Randolf einiges gekostet, seine Hand an dieses Prachtexemplar zu legen. Hätte der Tiger ruhig einmal darauf hinweisen können, dass ein passendes Gegenstück existiert, und noch dazu solch ein wehrhaftes. Exemplare, die einander durch Erkennen zugetan sind, sind bekanntlich nur schwierig zu trennen. Nun, der gute Randolf hat das Problem mit der anderen Hälfte des Objekts auf seine Weise gelöst, so dass der Kollektor sich darüber nun nicht mehr den Kopf zerbrechen muss. Jammerschade.« Er seufzte ergeben, während Agatha urplötzlich eine kunstvolle Pirouette drehte. »Nun, zumindest war es das wert.«

Mit betont langsamen Bewegungen richtete Lea sich auf und ging in Richtung des schmalen Stahlkorbs, darauf bedacht, Agathas selbstversunkene Kreise nicht zu stören. Unterdessen hatte Randolf einen fluchenden Adam zu fassen gekriegt und schlug dessen Kopf mehrere Male gegen die Felswand. Bei diesem Anblick änderte Lea augenblicklich ihre Laufrichtung, um Adam zu

Hilfe zu eilen, bis das Dröhnen eines Schusses sie unvermittelt zum Stehen brachte.

Der Kollektor hatte den Fächer auf den Knien abgelegt und hielt nun eine kleine altertümliche Waffe in der Hand. »Hübsches Stück, nicht wahr?«, sagte er angesichts Leas nachdenklicher Miene, die Augen erfüllt mit Besitzerstolz. »Gehörte einst Maman, sie hatte eine Schwäche für derartige Apparaturen.«

»Das ist keine gute Idee mit der Schießerei«, sagte Randolf und zog tatsächlich die Stirn kraus. Er ließ Adam los, der benommen in sich zusammensackte und den Oberkörper auf den Oberschenkel sinken ließ. »Die Detonation ist zu laut. Das nächste Beben könnte den Schacht verschütten.«

»Schwarzseher«, entgegnete der Kollektor und winkte müde ab. »Nun schnappe er sich endlich das Objekt, und dann möge es aufwärtsgehen.«

Randolf zuckte gleichgültig mit den Schultern, um im nächsten Moment ein schmerzerfülltes Stöhnen zwischen den Zähnen hindurchzupressen. Offensichtlich hatte es ihm Macavity wirklich nicht leicht gemacht, ihm sein Spielzeug wegzunehmen.

Auf das Schmerzgeräusch reagierte Agatha wie auf ein Codewort: Mitten in der Bewegung fror sie die Pirouetten ein und verharrte wie ein Gefahr witterndes Reh. Ihre leeren Augen betrachteten den vor ihr liegenden Raum, und schon in der nächsten Sekunde sprang sie den Abhang hinunter und verschwand in der Dunkelheit.

Der Kollektor schrie entsetzt auf und schickte der Geflüchteten einen Pistolenschuss hinterher. »Fängt er es wohl wieder ein!«, brüllte er Randolf an.

Doch der Riese machte nicht die leisesten Anstalten, hinter Agatha herzujagen. Stattdessen lauschte er konzentriert in den Raum hinein, und wie zur Antwort ertönte ein tiefes Brummen. Irgendwo im Steinmassiv setzte sich etwas in Bewegung, ganz gemächlich. Mit unbeirrbaren Fingern fraß es sich durchs Gestein.

Der Kollektor ließ ein frustriertes Stöhnen vernehmen. Mit hölzernen Bewegungen richtete er sich auf und hielt auf den Abhang zu. Als Lea in sein Blickfeld geriet, blieb er plötzlich stehen. Er richtete die Waffe auf sie und zeigte auf den Stahlkorb.

»Ohne Kollektor keine Sammlung!«

Lea hätte vor Wut aufheulen mögen, als sie sich in Bewegung setzte. Warum lief es stets darauf hinaus?

In der Ecke rappelte sich gerade Adam wieder auf, was auch Randolf mit einem resignierenden Schnaufen bemerkte. Er drehte Adam einen Arm auf den Rücken und half ihm auf diese brutale Art auf die Beine.

Unterdessen bugsierte der Kollektor eine zähneknirschende Lea in den Stahlkorb und trat anschließend selbst hinein. Er platzierte sich seitlich hinter Lea und bohrte ihr drohend die Waffe in den Rücken, so dass eine abgefeuerte Kugel direkt ihren rechten Lungenflügel durchschlagen würde. Vielleicht wäre es doch besser gewesen, das Geschenk des Dämons anzunehmen, dachte sie verzweifelt. Unsterblich zu sein war in dieser verrückten Welt nicht unbedingt das Verkehrteste.

Der Kollektor griff an ihr vorbei und verriegelte die Tür. Zuvor glitt sein sehnsüchtiger Blick noch einmal den Abhang hinunter. Doch Agatha war verschwunden. Dafür ertönte irgendwo im Tunnel ein mächtiges Grollen und Tosen, das unleugbar auf sie zuhielt.

Der Riese war gemeinsam mit Adam zum Schalthebel gegangen und hatte diesen bereits umlegt. Adams vor Entsetzen geweitete Augen hingen an Lea, als der Stahlkorb vom Boden abhob.

»Er kann dann ja später nachkommen«, sagte der Kollektor großzügig an Randolf gewandt. Aber in sein Gesicht hatte sich ein Lächeln geschlichen, als hätte er eben einen guten Witz gemacht.

»Ich glaube nicht«, entgegnete Randolf und gab unvermittelt Adams Arm frei. Augenblicklich preschte der auf den Stahlkorb zu, die Arme weit vorgestreckt.

In dem Moment, als der Stahlkorb im Schacht verschwand, erfüllte ein ohrenbetäubendes Dröhnen das schmale Plateau. Als werde sie von einer magischen Hand angetrieben, brauste eine schwarze Flut den Schacht empor. Der vorauseilende Schall merzte jedes andere Geräusch aus, als das Wasser sich mit Gewalt seinen Weg bahnte: eine riesige Wasserschlange, die den Stahlkorb wie eine leichte Beute im Vorbeieilen verschluckte.

Bevor Lea das Ausmaß der Gefahr erkennen konnte, war ihr zum Schrei aufgerissener Mund mit Wasser gefüllt. Ihre Nerven kreischten ob der plötzlichen Eiseskälte, und ihr Körper wurde herumgeschleudert. Ihre Augen nahmen nur tiefste Schwärze wahr, und sie prallte gegen die Stahlstangen des Aufzugkorbs und gegen den Körper des Kollektors. Doch all das war nichts im Vergleich zu der Panikattacke, die sie erfasste, als ihr der Sauerstoff auszugehen drohte. Hirn und Lungen drohten zu implodieren.

Einen Augenblick später durchstieß der Korb die brodelnde Wasseroberfläche, und Lea schnappte verzweifelt nach Luft. Dann glitt der Stahlkäfig zurück ins kalte Nass.

Sie wurde erneut gegen den Kollektor geschleudert, der kraftlos neben ihr hertrieb.

Während unter ihr die Schwärze gähnte, streckte Lea sich im aufgewühlten Wasser nach der Helligkeit aus wie eine Blume nach der Sonne. In ihrer Verzweiflung stieg sie auf den Körper des Kollektors als notwendigen Untergrund, um den Wasserspiegel zu durchbrechen. Zwischen Stahl und Wasser war gerade genug Platz für ihren Kopf.

Einige Male atmete Lea gierig ein, als ginge es darum, ausreichend Luft für einen weiteren Tauchgang zu speichern, bis sie feststellte, dass der Pegel langsam sank. Das Wasser wich zurück, und die Luft, die ihre Haut berührte, war ein warmes Versprechen.

Trotzdem verharrte sie in dieser Position, die Hände um die Stäbe gekrallt und ganz aufs Atmen bedacht, während der Rest ihres Körper mit dem Pegel des Wassers auf die Längsseite des Stahlkäfigs niedersank, die nun zum Boden geworden war. Die Kälte hatte ihre Glieder geschwächt, und sie war zu keiner weiteren Kraftanstrengung mehr fähig.

Als einige leichte Stöße den Käfig erzittern ließen, gelang es ihr nur mühsam, die Augenlider zu heben. Die Umgebung war vollkommen verschwommen. Ein erneutes Reißen an den Gitterstäben sorgte dafür, dass ihre klammen Finger abglitten. Ihr Oberkörper schlug nach hinten, der Kopf fiel gegen den Kollektor.

Jemand berührte ihre Schulter.

»Komm zu dir, Lea. Wir müssen uns beeilen.« Adams Stimme klang rau und abgehetzt, aber auch voller Sorge.

Lea blinzelte und sah einen klitschnassen Adam vor sich, der sich mit einem Fuß auf dem Käfig abstützte, während der andere Halt auf einem schmalen Vorsprung in der Felswand gefunden hatte.

Versonnen betrachtete sie ihn, als sei er eine Heil bringende Erscheinung, zu schön, um wahr zu sein. Was für eine Willensanstrengung war notwendig gewesen, um den Käfig noch rechtzeitig zu erreichen und ihn im Wasserstrudel nicht wieder loszulassen? Während sie vollkommen erschöpft um jeden einzelnen Atemzug gekämpft hatte, musste er sich zwischen Käfig und Wand hindurchgezwängt haben …

Unendlich viele Worte schossen Lea in diesem Moment durch den Kopf, aber kein einziges davon fand seinen Weg über ihre Lippen. Es waren keine echten Worte, sie ließen sich nicht einfangen und verschenken. Und doch waren sie da, tief in ihrem Innersten.

Mit steifen Bewegungen drehte sie sich auf die Seite, um sich Adam entgegenzurecken. Durch die Anstrengung wurde ihr schlecht, und sie musste würgen. Ein Schwall Wasser schoss aus Mund und Nase und landete direkt auf dem Hinterkopf des Kollektors, der sich gerade wieder zu bewegen begann. Als Adam sie voller Ungeduld unter der Achsel packte und sie hochziehen wollte, geriet der Käfig bedrohlich ins Wanken.

»Verdammt!«, zischte Adam und zog sich blitzschnell zurück.

Lea blickte in sein vor Anspannung blasses Gesicht, dann folgte sie seinem Blick: Der Käfig war durch den hohen Druck des Wassers seitwärts in den sich nach oben verjüngenden Schacht gerammt worden. Vom Aufzugsseil war keine Spur zu entdecken, es musste gerissen sein, als der Käfig an den Steinwänden entlanggepresst worden war.

Schlagartig wurde ihr bewusst, dass es nur noch eine Frage der Zeit war, bis die Schwerkraft ihren Tribut einfordern und der Käfig zurück in das eiskalte Wasser stürzen würde. Und selbst wenn es ihr dann noch gelingen sollte, dem Käfig zu entkommen, so boten die abschüssigen Wände keine Möglichkeit, hinaufzuklettern. Dafür war das Wasser längst zu weit abgesunken. Eine falsche Bewegung, und sie würde elendig ertrinken.

Ein unmöglicher Energieschub durchpeitschte Leas Körper, und sie richtete sich vorsichtig auf, darauf bedacht, den Käfig nicht unnötig zu erschüttern. Das Ende des Schachts leuchtete ihr lockend entgegen. Wenn Adam sie ein Stück weit anhob, würde sie ihn vielleicht erreichen können. Mit beiden Händen umfasste sie die Stangen seitlich der Öffnung. Nun musste sie nur noch durch die geöffnete Tür hinaus zu Adam klettern. Einer seiner Arme wartete ausgestreckt auf sie, und seine Lippen bewegten sich unentwegt, als wolle er sie lautlos anfeuern.

Doch ehe sie die rettende Hand fassen konnte, wurde sie von hinten am Saum des Pullovers gepackt. Der leichte Ruck reichte aus, damit eine Kante des Käfigs mit einem in den Ohren schmerzenden Schaben an der Wand entlangkratzte.

Lea fror jede einzelne Bewegung ein, selbst den Atem hielt sie an.

»Der Kollektor zuerst«, wisperte die Stimme unter ihr.

»Okay«, sagte Lea und ließ sich so langsam, dass ihre Muskeln schmerzten, wieder ein Stück zurücksinken.

Dann tat sie etwas, das sie bis eben noch für unmöglich gehalten hätte: Ihre Hände schnellten hervor und umfassten den Kopf des Kollektors. Instinktiv fand ihr Daumen das noch lebende Auge. Alles in ihr wurde taub.

Lea drückte zu. Sie zwang sich, die Schreie ihres Gegners und das bedrohliche Zittern des Käfigs zu ignorieren. Sie richtete sich auf und griff nach Adams ausgestreckter Hand. Als sie sich an ihn klammern wollte, packte er sie bereits und stemmte sie mit einer kraftvollen Bewegung den Schacht hinauf. Sie hob die Arme hoch und bekam den Rand des Schachts zu fassen. Mit Adams Unterstützung zog sie sich darüber und robbte, auf dem Bauch liegend, in Sicherheit.

Sie verharrte nur einen Augenblick, dann blickte sie über den Rand des Senkschachts und sah zu, wie Adam die Eingangstür des Käfigs verriegelte, sich am Felsen festhielt und dem Käfig einen kräftigen Tritt verpasste.

Mehr brauchte es nicht: Der Stahlkäfig befreite sich aus der Umarmung des Schachts und schlug mit seiner zeternden Fracht im dunklen Wasser auf, wo er rasch versank.

31

Morgenrot

Schon seit einiger Zeit beobachtete Lea einen von Sonne und Salz ausgeblichenen Ast aus Schwemmholz, der neben dem Lichtkegel des Lagerfeuers im muscheldurchsetzten Sand steckte. Schließlich zog sie eine Hand hervor, die sie in die weiten Ärmel der gefütterten Samtjacke gesteckt hatte, und langte nach ihm. In sich versunken zog sie damit Schlieren in den Sand, während das Feuer neben ihr knisterte und seine wärmenden Strahlen aussendete.

Graue Rauchschwaden stiegen auf und zerfielen im trüben Dämmerlicht, das durch den verschachtelten Eingang der Höhle einfiel.

Tiefer im Innern der Höhle, versteckt hinter allerlei Gesteinsbrocken, lag der Senkschacht, der ins Reich des Kollektors hinabgeführt hatte. Doch schon kurz nachdem Adam und Lea sich in Sicherheit gebracht hatten, hatten sich immer mehr Steine vom Rand gelöst und waren im tiefen Wasser versunken, so dass man mittlerweile kaum noch von einem Schacht sprechen konnte. Der letzte Zugang zum Kabinett war verloren gegangen.

Was auch immer dort unten noch lebte, es war in ewiger Dunkelheit eingesperrt.

Adam hatte nicht im hinteren Bereich der Höhle verweilen wollen. Da Lea zu erschöpft und durchgefroren gewesen war, um noch auf eigenen Beinen gehen zu können, hatte er sie dem schwächer werdenden Tageslicht entgegengetragen und in eine windgeschützte Ecke am Eingang vorsichtig hingelegt. Nicht lange danach hatte er eine Tasche mit Kleidung, Proviant und anderen nützlichen Dingen gebracht, die der Kollektor offensichtlich für den Notfall hinterlassen hatte.

Trocken eingekleidet und mit Energieriegeln versorgt, war Lea in einen tiefen Schlaf gefallen, keinen Gedanken an die Welt verschwendend, die vor ihr lag. Als sie wieder aufgewacht war, hatte sie sich allein neben einem Feuer wiedergefunden, das eine magische Anziehungskraft auf sie ausübte. Von Adam war keine Spur zu sehen.

Vorsichtig horchte Lea in sich hinein, doch sie stieß nur auf Leere. Keine Bilder, keine Übelkeit verursachenden Erinnerungen. Das Höhlenlabyrinth war nah und doch schon unendlich fern.

Nach kurzem Zögern hielt sie den Ast ins Feuer und beobachtete, wie er von den Flammen verzehrt wurde. Danach warf sie den Rest hinterher und konzentrierte sich wieder vollends auf die rot glühende Wärme, die ihren Körper auf so heilende Art umhüllte. Unbewusst schlang sie die Arme um die Knie und wiegte sich sanft hin und her.

Ein Möwenschrei holte sie aus ihrer Selbstversunkenheit zurück. Der Wind trug das Brausen der Wellen in die Höhle hinein. Eine Brise scheuchte verfilzte Haarsträhnen über ihr Gesicht, mehr eine Aufforderung zum Spielen als eine zärtliche Berührung.

Nachdenklich knabberte Lea an ihrer Unterlippe, dann stand sie mit steifen Gliedern auf. Die fremden Kleider umspielten ihre Figur, und der weiche Stoff hinterließ eine leichte Reizung auf ihrer empfindlichen Haut. Zitternd ging sie in die Hocke, krempelte den Saum der Hose einmal um und schwankte leicht, als ihr beim Aufstehen schwarz vor Augen wurde.

Sie spielte mit dem Gedanken, sich doch noch ein wenig auszuruhen. Aber dann entschied sie, dass sie schon viel zu lange nicht mehr im Tageslicht gestanden hatte. Das Bedürfnis, die Sonne es auf ihrem Gesicht zu spüren, war auf einmal unglaublich mächtig.

Lea musste blinzeln, als sie zwischen den Spalten im Fels hinaustrat. Der Wind stürzte ihr mit einem herben Willkommensgruß entgegen und jagte Wolkenberge über den Himmel, als wolle er ein ganz besonderes Schauspiel bieten. Erste Sonnenstrahlen des Tages erkämpften sich ihren Weg durch regenschwangere Wolkenkaskaden, streckten ihre Finger aus und brachten mit ihren Berührungen Wellenkämme zum Glitzern. Das Meer war aufgewühlt: Mit purer Gewalt stürmte es der Brandung entgegen, Gischt spritzte auf, zersprengte Tausende von feinsten Wassertropfen.

Langsam schritt Lea durch den Sand, der sich zwischen ihren nackten Zehen hindurchpresste. Er war noch klamm von der gerade zurückgedrängten Nacht, und doch fühlte er sich für Lea wunderbar an. Sie genoss das Kribbeln und die gelegentlichen Spitzen der Muscheln unter ihren Sohlen, genau wie den frischen salzigen Wind.

Sie ließ die Höhle weit hinter sich und durchschritt eine herbe Dünenlandschaft. Vor ihr lag ein breiter Strand, der vom nächtlichen Regen gezeichnet war. Der Wind hatte gedreht; er jagte feinen Sand wie Nebel in die Höhe und verlieh dem Strand damit etwas Unwirkliches. Draußen über dem Meer türmten sich schwarze Wolken auf und ließen Regenschauer wie Schleier herabgehen.

Mit jedem Schritt, mit dem Lea sich der Brandung näherte, wurde sie sich der unendlichen Weite des Horizonts stärker bewusst – eine schmerzvolle Erinnerung.

In der Ferne hatte sie eine dunkle Figur entdeckt, schräg gegen den Wind gelehnt, den Blick aufs Meer gerichtet.

Lea näherte sich ihr, bis sie erkennen konnte, wie der Wind an Adams Kleidern und Haaren zerrte und mit aller Macht versuchte, seine nackten Füße den am Strand nagenden Wellen entgegenzudrängen. Als wolle das Meer ihn einladen einzutauchen … Dann drehte Adam sich um und schaute zu ihr hinüber. Einen Augenblick stand er nur da und sah sie an.

Regungslos.

Verloren.

Doch ehe Lea verzweifelt aufschreien konnte, schenkte er ihr ein Lächeln und schritt auf sie zu. Hinter ihm am Horizont riss die Wolkendecke auf. Es war Morgen.

DANKSAGUNG

Mein größter Dank gilt meinen beiden Lieblingen Bastian und Justus – ohne euch als Lichtpunkt wäre es gewiss schwieriger, in Dämonenwelten hinabzusteigen.

Außerdem danke ich meiner Mutter Siegrun und Eva ganz herzlich dafür, dass sie mir nicht nur jederzeit den Rücken freigehalten haben, wenn ich wieder einmal mit meiner Tastatur verschmolzen bin, sondern jede Phase, durch die *Morgenrot* ging, mitverfolgt haben. Ich danke meiner Schwester Tini für die Inspiration und meiner Freundin Melanie Voßschulte, weil mich das Funkeln in ihren Augen, jedes Mal wenn wir über Adam sprachen, angespornt hat.

Ein herzlicher Dank gilt auch meinen Lektorinnen Martina Vogl, die mit so viel Herzblut das Beste aus dem Roman herausgeholt hat, und Kerstin von Dobschütz – ihres Zeichens verantwortlich für den eleganten Anstrich des Textes. Zudem möchte ich mich bei der Agentur Thomas Schlück für all die Unterstützung bedanken.